読んでわかる俳句
日本の歳時記
The Shogakukan Haiku Compendium
冬・新年
小学館

編集委員・季語解説・
名句鑑賞・例句鑑賞

宇多喜代子
西村和子
中原道夫
片山由美子
長谷川櫂

季語解説・例句鑑賞

大石悦子
茨木和生
小島健
藤田直子
井上弘美
西宮舞
髙田正子
山西雅子
岩田由美
上田日差子
小川軽舟
日下野由季
大谷弘至

例句鑑賞

稲畑廣太郎
黒川悦子
井越芳子
石田郷子
谷口智行
辻内京子
押野裕

俳人紹介

大谷弘至

挿画

中島千波
カバー「不二」四曲一隻屛風
本文扉「白寒牡丹」、「紅白梅図」項目扉

装幀

芦澤泰偉＋児崎雅淑

目次

凡例……004

冬

時候……006
天文……026
地理……044
植物……056
動物……093
生活……126
行事……195

新年……222

季語と季節……294
冬の全季語索引……296
新年の全季語索引……314
冬／新年の行事一覧……328
冬／新年の忌日一覧……324
春・夏・秋の全季語総索引……367

凡例

季語

一、春（立春から立夏の前日）、夏（立夏から立秋の前日）、秋（立秋から立冬の前日）、冬（立冬から立春の前日）、新年（新年に関するもの）の五つに区分した。

一、各季は、時候、天文、地理、植物、動物、生活、行事の七部に分けた。

一、見出し季語の表記は原則として歴史的仮名遣いとし、振り仮名は、右傍に現代仮名遣い、左傍に歴史的仮名遣いで付した。

一、重要季語は赤色で表示した。

一、見出し語の下には、時節と、俳句でよく使われる傍題を表示した。

季語解説

一、平易でわかりやすい解説を心がけ、関連する季語との違い、句作での留意点などにも触れるよう努めた。

一、常用外漢字には振り仮名を付した。

一、解説文中に、見出し季語として立項している季語が出る場合、✚で表示した。ただし、あまりに一般的な季語（冬、十一月など）や参考にならない場合には表示しなかった。

一、年号は和暦を用い、必要に応じて西暦を添えた。

一、おもに季節や部分けの異なる関連季語を、関連として表示し、掲載頁を付した。当巻以外の巻に収録の季語は、該当巻のみを示した（春など）。

例句

一、漢字表記は新字体を原則とした。

一、近世の例句は読みやすくするため、平仮名を漢字に、漢字を平仮名に変更した場合がある。踊り字は使用しなかった。また、必要に応じて振り仮名を付した。

一、近世の俳人は号のみで記した。

例句鑑賞

一、すべての例句に「鑑賞のヒント」を▼以下に添えた。

一、執筆にあたっては、作品の背景や作者の紹介などを中心に、俳句を読む楽しみが増すような内容となるように努めた。

名句鑑賞

一、じっくりと鑑賞したい秀句を取り上げ、鑑賞文を付した。

一、執筆者名を文末の［ ］内に表示した。

俳人紹介

一、物故した著名な俳人の紹介を、本文左頁の下欄から横書きで掲載した。掲載順は生年順、師系とした。

写真・図版

一、季語の理解をたすけるため、写真、浮世絵、日本画などを多数掲載した。

索引

一、巻末に冬と新年の「全季語索引」と春、夏、秋の「全季語総索引」を付した。

付録

一、巻末付録として、二十四節気・七十二候表、行事一覧、忌日一覧を付した。

＊本書は、二〇一二年に弊社より刊行された『日本の歳時記』をもととし、大幅に加筆修正、増補したものである。

時候

天文

地理

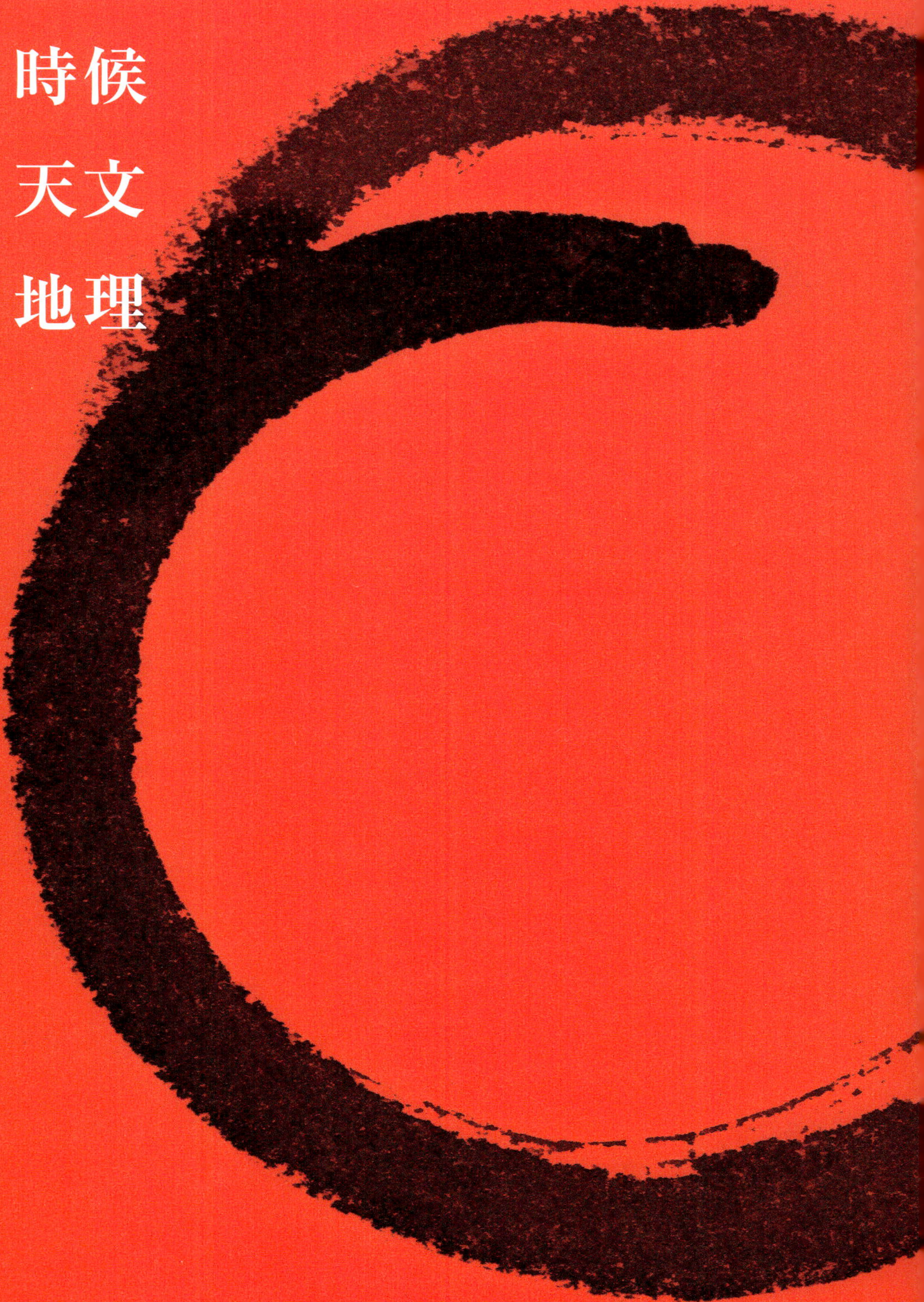

冬《ふゆ》

三冬

三冬《さんとう》・九冬《きゅうとう》・玄冬《げんとう》・玄帝《げんてい》・冬帝《とうてい》・黒帝《こくてい》・冬将軍《ふゆしょうぐん》

立冬(十一月七日頃)から、立春(二月四日頃)の前日までの期間。初冬、仲冬、晩冬を「三冬」といい、その間の九十日間を「九冬」と呼ぶ。「玄冬」の「玄」は黒の意で、陰陽五行説では冬の色。天気予報などで親しい「冬将軍」は、モスクワに進軍したナポレオンが、厳寒と積雪に阻まれて敗北した史実にちなんだもの。いかにも手強《てごわ》い季節だ。

中年や独語おどろく冬の坂　西東三鬼
冬に負けじ割りてはくらふ獄の飯　秋元不死男
何といふ淋しきところ宇治の冬　星野立子
下駄の音勝気に冬を迎へけり　鈴木真砂女
冬帝先づ日をなげかけて駒ヶ嶽　高浜虚子

▼ふと漏らした独《ひと》り言《ごと》に、自らの「中年」を突きつけられた驚き。「冬」がマイナスの驚きをあらわしている。▼新興俳句弾圧事件(太平洋戦争時、反体制的とされた一部の俳人が弾圧された事件)で、特高(特別高等警察)に逮捕された獄中の作。「冬」は弾圧の象徴でもある。▼宇治は山が迫り、川の流れも速く、洛中の穏やかな山河を見慣れた目にはいかにも淋《さび》しく映る。まして冬ざれの景色は。一千年の昔、『源氏物語』の薫大将《かおるだいしょう》や匂宮《におうみや》も同じ思いを抱いたにちがいない。▼冬に負けまいと働く下駄《げた》の音。威圧をはね返すように。▼小樽《おたる》高商(現小樽商科大学)在学中の長男、年尾が入院した折、看病に訪れた帰途、青函《せいかん》連絡船上からの光景。わが子の命を救い得た、確信と祈りの句。駒ヶ嶽は渡島《おしま》半島東岸にある山。

初冬《はつふゆ》

初冬

初冬《しょとう》・冬《ふゆ》はじめ

冬を三期に分けた、初めのほぼ一か月をいう。旧暦ではおよそ十月(神無月《かんなづき》)、太陽暦では十一月にあたる。木々の葉は落ち、霜の降りる日もあり、草々は枯れ始める。畑には冬菜が育ち、町にはコート姿が多くなる。まだ本格的な冬ではないが、寒い季節に入ったという心構えや身構えが、人々の心にも暮らしぶりにも現われる頃。

初冬や庭木にかわく藁の音　室生犀星
初冬の音ともならず嵯峨の雨　石塚友二
湯にゆくと初冬の星座ふりかぶる　石橋秀野
はつふゆといふ籠り音を愛すかな　岡本眸

▼霜除《よ》けのために根元に敷いた藁《わら》か、幹に巻きつけたものか。昼間の日射しに乾く音がかすかにしている。微妙な季節感。▼京都・嵯峨野《さがの》の竹林に注ぐ雨の静けさ淋《さび》しさも、初冬の情緒の一つ。▼冬は星の光が冴《さ》える季節。星座をふりかぶる実感は鮮やか。▼「はつふゆ」と声に出して言ってみた時の控えめな音韻の愛《いと》しさ。

神無月《かんなづき》

初冬

神在月《かみありづき》・神有月《かみありづき》・神去《かみさ》り月《づき》・時雨月《しぐれづき》・初霜月《はつしもづき》

旧暦十月の異称。全国から神々が出雲《いずも》(島根県)に集まるので、諸国の神社には神がいなくなる。そして出雲では、男女の縁結びの相談がなされるという。したがって、出雲だけは「神在月」という。古くからの伝承が思い起こされる季語である。

関連 神《かみ》の旅《たび》↓209

柏手《かしはで》もかれ行く森や神無月　也有
矢大臣の顔修繕や神無月　西山泊雲
神およそ干物の匂ひ神無月　攝津幸彦
神在す月の出雲へ寝台車　大屋達治

▼「かれ行く」は「涸《か》れ」とも「離《か》れ」とも読める。神のいない森の淋《さび》しさ。▼この機に、気になっていた神社の門の矢大臣《やだいじん》像の顔を修繕しておこうという、人間の計らい。▼神とはどんなものか、嗅《きゅう》覚《かく》で示して妙。▼「神在《いま》す月」、すなわち「神在月」を一句全体であらわした句。

十一月《じゅういちがつ》《じふいちぐわつ》 初冬

七日頃に立冬を迎える、初冬の月である。冬とはいえ、好天の日はまだ行楽日和で、山野の紅葉も楽しめる。雨の日などは急激に冷え込み、落葉も目立つ。後半に入ると、時に大風が吹いて一気に木の葉が散り、「木枯らし」(凩《こがらし》)の語の本意に思いあたるのも、この月である。秋と冬との季節のゆき合いの現象が見られる月でもある。

あたゝかき十一月もすみにけり　中村草田男
峠見ゆ十一月のむなしさに　細見綾子
白湯をつぐ湯呑に十一月の昼　桂信子
からまつに十一月の雨の音　野中亮介

▼十一月が存外暖かくすんだことに心がほぐれ、安堵《あんど》した句。▼晴れ渡った空に峠《とうげ》が見えているが、越えたところで何があるというのだろうか。十一月の肌寒さが心理的な空《むな》しさを誘引。▼白湯《さゆ》がもたらす湯気が、冬のあたたかさと安堵感を更に深めている。▼落葉松《からまつ》の茶色く黄葉した葉に降る雨。心静かにしていて初めて耳に届くほどの音。

立冬《りっとう》 初冬

冬立《ふゆた》つ・冬に入《い》る・冬来《ふゆき》る・今朝《けさ》の冬《ふゆ》

二十四節気のうち、冬の始まりを示す節気。十一月七日頃にあたる。この日から、立春(二月四日頃)の前日までが、冬。現代人は寒い時期が冬だと単純に考えがちだが、小春日和の初冬、正月準備やクリスマスなどで慌ただしい仲冬、そして厳しい寒さに襲われる晩冬と、ひと口に冬といってもいろいろ。その初めの日である立冬には、厳しい冬を迎えようという、心地よい緊張感がある。冬の到来を知らせる風が「凩《こがらし》」、雨が「時雨《しぐれ》」である。

関連 立春《りっしゅん》↓春／立夏《りっか》↓夏／立秋《りっしゅう》↓秋／凩《こがらし》↓29／時雨《しぐれ》↓31

あらたのし冬たつ窓の釜の音　鬼貫
けさの冬よき毛衣を得たりけり　蕪村
白湯一椀しみじみと冬来たりけり　草間時彦
木斛のぐいぐい吹かれ冬に入る　澁谷道
跳箱の突き手一瞬冬が来る　友岡子郷

岡本綺堂《おかもときどう》▶明治5年(1872)—昭和14年(1939)小説家、劇作家。『半七捕物帳』のほか歌舞伎台本にも健筆をふるった。

▼釜《かま》の湯の沸く音は冬籠《ふゆごも》りの楽しみの一つ。▼「毛衣《けごろも》」は今でいえば、毛皮。▼薬を飲むのだろうか、掌《てのひら》の中の椀のぬくもり。▼凩に吹かれる木斛《もっこく》の大木。▼突いた手の一瞬の冷たさに、冬の到来を感じた。

冬《ふゆ》ざれ　三冬

冬《ふゆ》され・冬《ふゆ》ざるる

冬になって北風が吹き、草木が枯れ、天地が荒涼たる空気に包まれること。動詞は「冬ざる」。これは、「冬」に、「その時になる」という意味の動詞「さる」がついてできた言葉で、「冬になる」という意。「冬ざれ」は「冬ざる」から生まれた名詞である。同様に、「春さる」（春になる）、「秋さる」（秋になる）、「夕さる」（夕暮れる）、「夜さる」（夜になる）などともいう。

冬ざれ

冬されや小鳥のあさる韮畠《にらばたけ》　蕪村

冬ざれや吾起てば彼石に掛け　佐藤念腹

鳶の貌まざと翔けつゝ冬ざるゝ　石橋秀野

▼冬景色の中、わずかに緑を留《とど》める韮の畑。▼荒涼たる冬ざれの中の二人。▼松江大橋畔での作。鳶《とび》の貌《かお》を間近に冷たい北風が身にしみる。

小《しょう》《せう》雪《せつ》《せつ》　初冬

二十四節気の一つ。十一月二十二日頃。二十四節気では、立冬（十一月七日頃）と冬至（十二月二十二日頃）の間に、「小雪」「大雪《たいせつ》」という二つの節気があるが、これは冬が深まるにつれ、雪が頻繁に降るようになることをあらわしている。この頃、水辺では、冬を越すために渡ってきた水鳥たちが、嘴《くちばし》を翼《つばさ》の中に入れて水に浮かんだまま波に揺られる浮寝《うきね》が見られる。水鳥たちの浮寝の夢のように、冬は静かに深まっていく。

関連　雪《ゆき》→37

小雪の箸ひとひらの千枚漬　長谷川かな女

▼「小雪の箸」に掬《すく》う千枚漬けの白さが情趣と冬を連れてくる。

小《こ》春《はる》　初冬

小六月《ころくがつ》・小春日《こはるび》・小春日和《こはるびより》・小春空《こはるぞら》・小春凪《こはるなぎ》

冬であるのに春のように暖かいことを、本当の春とは区別してこのようにいう。季節の移りゆきを描いた『徒然草《つれづれぐさ》』一五五段に「秋は則《すなは》ち寒くなり、十月は小春の天気、草も青くなり梅もつぼみぬ」とあり、次の季節を内包しつつ四季が巡ってゆくことを示す。女性の名前にも見られる愛らしい言葉だ。北米では「インディアン・サマー」、ドイツでは「老婦人の夏」というらしい。

先生と話して居れば小春かな　寺田寅彦

死に隣る眠薬や蛙なく：病床での最後の一句。富士見高原にて結核療養をしていた。

猫の眼に海の色ある小春かな　久保より江
日々癒えてゆく恋の傷小春かな　中村嵐楓子
小春日や客まかせなる箱の銭　富田木歩
玉の如き小春日和を授かりし　松本たかし

▼冬であることを忘れるような幸福感と満足感が、「小春」に託されている。▼これだけで美しい猫が思い浮かぶ。▼季節によみがえってくる傷もあるが、季節に癒やされる傷もある。▼店先に箱が置かれているだけ。代金は客まかせ。入れようと入れまいと。▼天に謝する思いが「授かりし」から読みとれる。

冬《ふゆ》暖《あたた》か

三冬　冬暖《とうだん》・冬《ふゆ》ぬくし・暖冬《だんとう》

冬に入って一、二日、または数日にわたって暖かい日に恵まれることがある。風のない穏やかな暖かさもあれば、南風の吹く暖かさもあって、その年によって現われ方が異なる。暖かい冬は過ごしやすいが、農作物や冬のスポーツなどに影響を与える。関連 冷夏《れいか》↓夏

校庭の柵にぬけみち冬あたたか　上田五千石
弓形に海受けて土佐冬ぬくし　右城暮石
冬暖の風久闊を叙すごとし　飯田龍太

▼学校に「ぬけみち」があることの暖かさ。ひらがな表記が効果的。▼土佐湾は室戸岬と足摺《あしずり》岬を結んで弓形。南国土佐は黒潮の影響で冬でも暖かいことが多い。▼賜《たま》わった暖かさを、「久闊《きゅうかつ》を叙《じょ》す」(無沙汰《ぶさた》の挨拶をする)ごとくとたとえて、句に温《ぬく》もりがある。

冬《ふゆ》めく

初冬

自然界も人間界も、どことなく冬らしくなってきた感じをいう。朝晩の寒さ、木々の葉の淋《さび》しさや落葉、ふと見かけた霜、人々の服装の変化など、冬めいてきたと思うのは、一日の一瞬のことである。季節の始まりは、そうやってひそかにやってくる。

枯葉鳴るあした夕べに冬めきぬ　室積徂春
口に袖あてゝ行く人冬めける　高浜虚子
はやばやとともる街灯冬めける　富田直治

▼朝に夕に、葉は散り急いでいることだろう。いかにも冬の初めらしい。▼まだ息は白く見えない頃か。外気の寒さに思わず口に袖口《そでぐち》をあてて歩いて行く女。そんな姿に冬を感じた巧みな季節描写。▼日がどんどん短くなる。街灯の点《とも》る早さと、灯《あかり》に照らされた街路に、冬を見ている。

仲《ちゅう》冬《とう》

仲冬　冬半《ふゆなか》ば

冬半ばのひと月をいう。旧暦ではおよそ十一月(霜月《しもつき》)にあたり、太陽暦では十二月にあたる。二十四節気でいえば、大雪《たいせつ》(十二月七日頃)から、小寒《しょうかん》(一月五日頃)の前日までに相当する。正月準備や新年の諸行事も仲冬のもの。年賀状書きや大掃除など身辺も慌ただしく、クリスマスや大晦日《おおみそか》、正月と、

竹久夢二《たけひさゆめじ》▶明治17年(1884)—昭和9年(1934)画家、詩人。ことに美人画で有名。没後に『夢二句集』が刊行。

家族や友人たちと団欒《だんらん》する機会も多い。華やかな行事とは反対に、外の寒さはいよいよ厳しく、大雪《おおゆき》に襲われ始める季節でもある。

【霜月《しもつき》】 仲冬

霜降月《しもふりづき》・雪待月《ゆきまちづき》・雪見月《ゆきみづき》・神楽月《かぐらづき》・神帰月《かみかえりづき》

旧暦十一月の異称。太陽暦の十二月頃。霜の降りる頃であることから、この名がある。静かで美しい名だが、あまり使われないのは、「師走《しわす》」とか「極月《ごくげつ》」といった旧暦十二月の呼称のほうが生活実感に適《かな》うからであろうか。本来、霜月は、いよいよ寒さが本格的になり、自然界は霜枯れて、師走にはまだ間《ま》のある月であった。 関連 霜《しも》→36

霜月の晦日よ京のうす氷　言水
霜月の苔のまみどり門跡寺　大橋敦子
後山へ霜降月の橋をふむ　飯田蛇笏

▼京の町に薄氷《うすごおり》を見た。今日は霜月の三十日であるよ、という合点の思い。▼「門跡寺《もんぜきじ》」とは、皇族や貴族の住持する寺。冬なお緑を失わぬ苔《こけ》と、霜月の白のイメージの対照。▼霜の降りかかった橋をそっと踏んで渡ってゆく心持ちが伝わってくる。

【十《じゅう》《じふ》二《に》《に》月《がつ》《ぐわつ》】 仲冬

十二月の声を聞くと、大方の人は慌ただしい思いに急《せ》かされる。カレンダーも最後の一枚、年末までに片付けるべき仕事や家事などが頭の中を駆け巡る。中旬を過ぎると、新年を迎える準備にも心を配らねばならない。本来、旧暦十二月をいう「師走」が、現在の太陽暦十二月をさして抵抗なく使われるのは、一年で最後の月だからである。

亡き母を知る人来たり十二月　長谷川かな女
巨き歯に追はるゝごとし十二月　石塚友二
塩つかむ妻の手太き十二月　皆川盤水
長征のひづめとどろく十二月　榎本好宏

▼訪れる側にも、年内に、という心のけじめがあったか。年とともに亡き人は遠くなる。▼生活者としての切羽詰まった実感。比喩におかしみが漂う。▼白菜でも漬けているところか。生活力あふれる妻の手によって、諸事がさばかれてゆく。▼昭和十六年（一九四一）十二月八日の、太平洋戦争勃発《ぼっぱつ》の日の記憶に重なる音のよう。

【大雪《たいせつ》】 仲冬

二十四節気の一つ。十二月七日頃。野山に雪が降り、本格的な冬の到来となる。冬という季節のすばらしさは、ほかの季節のように家の外にあるのではなく、家の中にある。外では冷たい北風が吹雪《ふぶ》いていても、内には明々《あかあか》と炉《ろ》が焚《た》かれ、温かな食事が迎えてくれる。これこそ冬籠《ふゆごも》りの楽しさである。冬至に向けて、昼はますます短く、夜はますます長くなっていく。 関連 雪《ゆき》→38

筍掘り掘り菫見つけた：伸びやかな自由律俳句。盛んに童謡を書いていた頃の作。

冬至《とうじ》

仲冬

冬至南瓜《とうじかぼちゃ》・冬至餅《とうじもち》・一陽来復《いちようらいふく》

昼(太陽が空に出ている時間)が最も短い日。十二月二十二日頃に巡ってくる。二十四節気の一つであり、しかも二十四節気全体の起点だった。この日、北半球では太陽は空の最も南寄りを通り、南中高度は最も低い。その結果、昼は最短、夜は最長となる。冬(立冬から立春の前日までの三か月間)の真ん中にあたり、寒さが厳しくなるのはこの日を過ぎてから。冬至は最も太陽が衰える日であると同時に、衰えた太陽が復活に転じる日でもあることから、新たな一年の誕生を讃《たた》えるさまざまな行事が世界各地にある。日本では柚子湯《ゆずゆ》に入ったり、小豆《あずき》の入った冬至粥《がゆ》を食べたりする。夏の太陽が育てた野菜や果物を摂取することで生命力を養う。冬至南瓜を食べ、冬至酒を飲むのも同様の理由である。関連 夏至《げし》→夏/柚子湯《ゆずゆ》→201

門前の小家《こいへ》もあそぶ冬至哉　凡兆

山国の虚空日わたる冬至かな　飯田蛇笏

風雲の少しく遊ぶ冬至かな　石田波郷

▼禅寺では冬至を祝う習わしがあった。お寺に倣って門前の家々も仕事を休んでいる。▼山国の南の空を渡る冬の小さな太陽。▼昼が最も短い日だからこそ、風雲が遊ぶ一時を尊く思うのである。

師走《しわす》《しはす》

仲冬

極月《ごくげつ》・臘月《ろうげつ》・春待月《はるまちづき》・梅初月《うめはつづき》・三冬月《みふゆづき》

本来は旧暦十二月のことをさしたが、明治の改暦以後はひと月早い太陽暦十二月に用いる。一年の最後の月であり、一年の締めくくりや新年の準備で人々は忙しい。めったに走らない僧(師)も、この月には方々《ほうぼう》で経をあげるために走る(馳《は》す)ので、「師走」というようになったという説がある。旧暦の月の名で、太陽暦の月の名として定着したのはこの師走だけ。暮れの賑《にぎ》わいは旧暦でも新暦でも変わらないからである。旧暦の名のうち、如月《きさらぎ》(二月)、弥生《やよい》(三月)、卯月《うづき》(四月)、皐月《さつき》(五月)、水無月《みなづき》(六月)、文月《ふみづき》(七月)、葉月《はづき》(八月)、長月《ながつき》(九月)、神無月《かんなづき》(十月)、霜月《しもつき》(十一月)は、みな自然現象にもとづく名なので、旧暦よりほぼひと月早い太陽暦の月の名にすると、その自然現象とずれてしまう。これに対して、睦月《むつき》(一月)と師走(十二月)は人間界の行事にもとづく名なので、太陽暦の月の名としても問題は生じない。このうち、睦月は「正月」という呼び名があるのであまり用いられない。「師走」と「正月」、現在ではこれが一対《いつい》として使われる。

何に此《この》師走の市にゆくからす　芭蕉

酔李白《すいりはく》師走の市に見たりけり　几董

女を見連れの男を見て師走　高浜虚子

極月の人々人々道にあり　山口青邨

波しろき海の極月来りけり　久保田万太郎

北原白秋《きたはらはくしゅう》▶明治18年(1885)—昭和17年(1942)詩人。短歌や童謡でも名高い。大正期、伝統回帰の流れから句作を試みた。

▼世捨て人同然の身でありながら、なぜ師走の町へ出かけるのか。烏《からす》になぞらえての自問。▼師走の雑踏に李白に似た酔っ払いを見かけた。▼師走の街で目を引く女性とすれ違った。思わず連れの男性にも目をやった。▼人々で賑《にぎ》わう師走の町。▼際だつ波の白さ。

年《とし》の暮《くれ》

仲冬

歳末《さいまつ》・歳晩《さいばん》・年末《ねんまつ》・年《とし》の瀬《せ》・年《とし》つまる・年暮《としく》る・年《とし》の湊《みなと》・年深《としふか》し・暮《くれ》

十二月になると、今年も終わるという意識が生まれ、半ばを過ぎて正月を迎える準備に心が向くと、いよいよ歳晩の思いが深まる。ことにクリスマスが過ぎると、にわかに年が押し詰まったという実感が湧《わ》く。街の様子もクリスマスまでは洋風の飾り付けが目立つが、クリスマス後は屋内の設《しつら》いも和風となり、いよいよ正月が近いことを感じさせる。

関連 正月《しょうがつ》↓222

年暮《としくれ》ぬ笠きて草鞋《わらぢ》はきながら　芭蕉

いささかの金欲しがりぬ年の暮　村上鬼城

銭湯のさらゆひとりに年の暮　木津柳芽

年の瀬を忙しとといひつつ遊ぶなり　星野立子

年の瀬の人にも話す美談かな　橋本花風

▼旅人のまま年が暮れたことを具体的に表現。生きる姿勢をも示した句。▼あからさまな言い方だが、年の暮れだからこそ実感があり、切実。▼新湯《さらゆ》というからには昼間の銭湯。他人《ひと》が忙しい時に湯に浸る贅沢《ぜいたく》。▼世間の人は存外こんなもの。遊ぶ時間があるからこそ、仕事のラストスパートがかけられる。▼そういわれれば、美談というものは年の瀬が背景であることが多い。

名句鑑賞

ともかくもあなた任せのとしの暮　一茶

「あなた任せ」とは、他力本願を旨とする浄土真宗《じょうどしんしゅう》の言葉で、阿弥陀《あみだ》の力にすがり、お任せするという意。軽やかな俳諧味《はいかいみ》のある句だが、この表現の裏に一茶の悲しい運命がある。この年の始めに「目出度《めでた》さもちう位也《くらゐなり》おらが春」と詠んだ一茶だったが、六月にかわいい盛りの長女さとを疱瘡《ほうそう》のために亡くした。人生の計らいを投げ出したような、五十七歳の男の諦観と本音がこめられた句なのである。［西村］

年《とし》の内《うち》

仲冬

年内《ねんない》

年の終わりが近づき、残り数日になった頃をいう。年内になすべきことは多いが、「年の暮」ほど押し詰まった感じはなく、余裕がある。「年内立春」という晩冬の季語があるが、これは旧暦一月一日より前に立春を迎えること。

年の内無用の用のなくなりぬ　星野麥丘人

山恋をかるき恙に年の内　上田五千石

浪々の身にも年内余日なし　村山古郷

▼「無用の用」は世間では役に立たないと思われがち。慌ただしい年の瀬には有用の事に追われる。▼年もおし迫ると募る山恋を恙《つつが》のひとつだと解した作者の旅心である。▼さすらいの身だと思うものの、相変わらず忙しい年の暮である。

人間に火星近づく暑さかな：宇宙的感覚で暑さを捉えた。当時、火星は謎に満ちた存在。

数へ日《かぞえび》 仲冬

江戸時代の川柳に「数へ日は親のと子のは大ちがひ」（『誹風《はいふう》柳多留《やなぎだる》』）という句がある。今年もあと幾日と指折り数えられるまでになると、親は大忙しだが、子供たちはもういくつ寝ると……と楽しげに正月を待つ。季語として定着したのは戦後のこと。生活実感のこもった語だ。

数へ日の欠かしもならぬ義理ひとつ　富安風生
数へ日となりたるおでん煮ゆるかな　久保田万太郎
数へ日のショーウインドに影往来　清崎敏郎

▼数々の予定と雑用が詰まっているが、義理も欠かせない年末。▼いかにもさりげない庶民の暮らしぶり。作り置きできるおでんは忙しい時期には重宝。▼せわしなく往き来する人々の歩く速さまで想像できる。

行く年《ゆくとし》 仲冬

年行く《としゆく》・年歩む《としあゆむ》・年送る《としおくる》・年流る《としながる》・年浪流る《としなみながる》

今年も去ってゆく、という実感のこもった言葉。この一年を顧みて、過ぎた日々を惜しむ思いが湧く。人が時間を生きるというより、時が人の上を流れ、歩み去り、過ぎ去ってゆくという観念があらわれていよう。人は年の終わりに留《とど》めがたい時を意識する。ことに大晦日の夜、除夜の鐘が聞こえてくる頃には。 関連 除夜《じょや》の鐘《かね》→206

行年や夕日の中の神田川　増田龍雨
年を以て巨人としたり歩み去る　高浜虚子
たちいでて年浪流る夜の天　飯田蛇笏
地が呑みし血の量思へ年送る　高橋睦郎

▼夕日に染まった神田川を目にした時、行く年の感慨が湧いた。東京の市井人の目がとらえた思い。▼人間よりも大きな存在が、人の意志の及ばぬ力をもって歩み去る。歩調を崩さず、のっしのっしと。▼大晦日の夜空を仰ぎ、年浪《としなみ》が流れるのを目のあたりにした詩的感興。▼一年の終わりに思い返す、今なお尽きぬ戦争への怒り。

小晦日《こつごもり》 仲冬

一年の最後の日である「大晦日《おおつごもり》」に対して、その前日をいう。旧暦では三十番目の日を「三十日《みそか》」（晦日《みそか》）といい、転じて月末の意となった。したがって、小晦日は十二月二十九日のことであるが、太陽暦の十二月三十日のことにも使う。

翌ありとたのむもはかな小晦日　蝶夢
妻すこし昼を睡りぬ小晦日　星野麦丘人

▼新年までまだもう一日あるとは思うものの、それもわずか一日、頼みにはならないのである。▼正月の支度の忙《せわ》しさから、転《うた》た寝をする妻を優しく見守る夫の姿である。

萩原朔太郎《はぎわらさくたろう》▶明治19年（1886）—昭和17年（1942）日本近代詩の父。『郷愁の詩人 与謝蕪村』など俳諧に関する著作も多い。

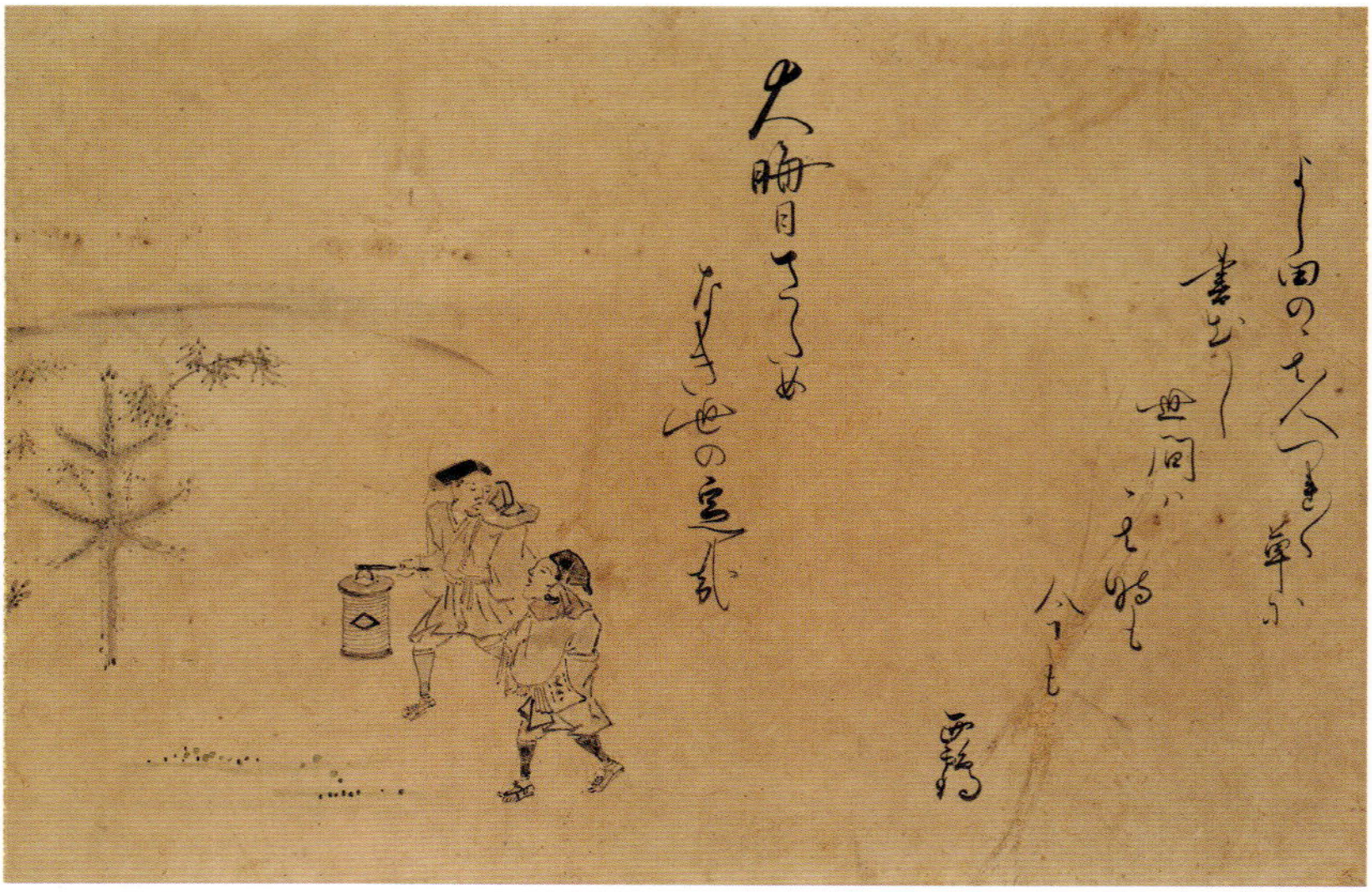

西鶴筆「画賛十二ケ月」より　柿衛文庫
よし田の其人つれく草に　書出し　世間ハ　其時も　今も　西鶴
大晦日さだめなき世の定哉

【大晦日《おおみそか》《おほみそか》】

仲冬

大三十日《おおみそか》・大《おお》つごもり・大年《おおどし》

十二月三十一日のこと。「晦日」はすなわち「三十日《みそか》」。旧暦では三十日がひと月の末日であった。一年の最後の月の最終日なので、「大」を冠して「大晦日」という。行事や家々のしきたりも多い。「つごもり」は「月隠《つきごもり》」の略で、旧暦では、月が最も隠れる日。

大晦日定なき世の定かな　西鶴
漱石が来て虚子が来て大三十日　正岡子規
初島へ大つごもりの水尾を引く　星野椿
大年の廃品出るわ出るわ出るわ　石塚友二
大年や灯ゆるめず滑走路　奥坂まや

▼「定めなき世」（無常の世）と「世の定め」（世間の決まり）を思い知らされる大晦日。『世間胸算用《せけんむねさんよう》』で大晦日の町人生活の悲喜こもごもを描いた西鶴《さいかく》ならではの作。▼一年のけじめのように親友と愛弟子が訪れた。▼初島《はつしま》は熱海市の沖に浮かぶ小島。船の水尾《みお》を眺めつつ、小島には小島なりの大晦日があることを思いやる。▼年末の廃品が後から後から出ることへの感嘆。▼一年最後の夜間飛行を導く滑走路。灯の連なりに緊張感が見てとれる。

【年《とし》《とし》惜《お》《を》しむ】

仲冬

年が暮れていくことへの感慨。今年も終わると思うと、おの

秋のはへあきの蠅とてたたきけり：人間の業を感じさせつつ、どこかおかしみがある。

ずから過ぎた一年が思い起こされる。さまざまなことを思い出し、懐かしんだり悔やんだりすること自体が年を惜しむことにつながる。過ぎ去っていく「時」の流れを最も意識するのが年の終わりであるがゆえに、この語には「時」を惜しむ思いもこめられている。かつては正月が来ると一歳年を取ったので、自分の年齢を惜しむ思いもあったろう。

関連 年取《としとり》↓206

年惜しむ心うれひに変りけり　高浜虚子
年惜しむ程のよきことなかりけり　松崎鉄之介
ゆく年を惜しむ長巻山水図　森澄雄
大海の端踏んで年惜しみけり　石田勝彦

▼楽しかった一年であっても、年の暮れの思いの根源には憂いがある。時の流れを留《とど》めることのできない哀《かな》しみ。▼一年を振り返った時の正直な感慨。▼行く年を惜しむのは、自然を描いた山水図の巻物を、心の中に広げるのに似ている。▼大いなるものの前の自分の小ささ。海も、歩み去る年も、人間の存在のはかなさを思わせる。

年越《としこし》

仲冬

年越《としこ》す・大年越《おおとしこし》・年移《としうつ》る

大晦日《おおみそか》から元日へと年が移ること、また、その間の行事や風習をいう。除夜の鐘を聞いたり、年越し蕎麦《そば》を食べたりする。これは、正月神を迎えるために心身を清め、一晩中起きていた古い習わしの名残である。立春の前夜である節分の夜も「年越」という。

関連 年越詣《としこしもうで》・除夜《じょや》の鐘《かね》↓206

しばらくは藻のごときとき年を越す　森澄雄
あをあをと年越す北のうしほかな　飯田龍太

▼大晦日から新年へ流れる時を、水流に漂う藻のようなものとしてとらえた。▼新しい年の訪れを潮流のイメージとして表現。豪快にして鮮烈。

年《とし》の夜《よ》

仲冬

除夜《じょや》・年一夜《としひとよ》・年夜《としや》・年《とし》の晩《ばん》・除夕《じょせき》

大晦日の夜のことで、一年の最後の夜であるとともに、新しい年への境目である。寺院では、夜半十二時を期して除夜の鐘を撞《つ》き、人の百八つの煩悩《ぼんのう》を除去し、新年を迎える。この夜、年が改まったばかりの社寺に参詣《さんけい》することを「除夜詣《じょやもうで》」という。

関連 年越詣《としこしもうで》・除夜《じょや》の鐘《かね》↓206

年の夜やもの枯れやまぬ風の音　渡辺水巴
立てかけてある年の夜の箒かな　岸田稚魚
除夜の妻白鳥のごと湯浴みをり　森澄雄

▼新年を迎える夜にも、容赦なく寒風は吹く。▼慌ただしかった年の瀬を象徴するかのごとき箒《ほうき》も、静かに立て掛けられている。▼作者の代表作。この句によって作者の妻は、白鳥夫人の異名をとることとなった。

晩冬《ばんとう》

晩冬

冬の最後のひと月。旧暦ではおよそ十二月（師走《しわす》）にあたり、

日夏耿之介《ひなつこうのすけ》▶明治23年（1890）—昭和46年（1971）詩人、英文学者。高踏的作風で知られる。俳壇に関わらず作句した。

太陽暦では一月にあたる。二十四節気でいえば、小寒《しょうかん》（一月五日頃）から、立春（二月四日頃）の前日までの間。寒《かん》の入《いり》を迎え、一年で最も寒く厳しい時節である。豪雪地帯は雪で覆われ、湖や川には氷が張り、地上も霜で覆われる。しかしその下には、新しい生命の息吹《いぶき》がある。晩冬も最後のほうになれば、日が長くなるのにしたがい、梅はほころび、椿の蕾《つぼみ》もふくらんでくる。すぐそこに春が見えてくる。

【一月《いちがつ》《いちぐわつ》】 晩冬

太陽暦の一年最初の月。「正月」というと祝賀気分があるが、「一月」の語感と文字は簡素で、始まりの潔さがある。一方、旧暦の一年最初の月は「睦月《むつき》」。旧暦では一年の始まりは立春の頃であったから、春の季節の訪れと密接な関わりがあったが、太陽暦の「一月」は極寒のさなかである。このことは、一月という月の印象と実感を、旧暦時代とは大いに隔てることになった。 関連 睦月《むつき》→春

一月や去年の日記尚机辺　高浜虚子

しろじろと一月をはる風の畦　綾部仁喜

群青を恋ひ一月の船にあり　友岡子郷

▼旧暦に慣れ親しんだ感覚では、太陽暦の一月はまだ寒く、正月を迎えた実感が湧かないのかもしれない。去年の日記が今尚《いまなお》、机《き》辺《へん》に置かれている。▼風に晒《さら》される畦《あぜ》に、一月というもののあるがままを見た。▼正月ではない、単なる一月。濃く強く厳しいものを求める心。

名句鑑賞

飯田龍太

一月の川一月の谷の中

正月でも睦月《むつき》でもない一月。この「簡潔な文字の眺めは、キッパリと目に沁《し》みて肌に刺さる。言葉に情緒の湿《しめ》りがない」とは、作者の季語解説（講談社『日本大歳時記』）。自然界のながめもまた、枯れきった谷の中を、ひと筋の川が貫いているだけで、花も虚飾もない。この句の単純な姿は、そうした情緒の湿りもない季節の、あるがままの自然のありようを描くにふさわしい。正月の華やぎは過ぎ、早春の兆しが見え始める前の、一月の川と谷。［西村］

【寒《かん》の入《いり》】 晩冬

寒固《かんがため》

寒に入ることをいう。「寒の内」は、小寒（一月五日頃）から、立春（二月四日頃）の前日まで。江戸時代の歳時記『改正月令《がつりょう》博物筌《はくぶつせん》』に「寒の入りにあづきを喰へば、寒気にあたらず」とあり、この日に堅いものを食べる習わしがあった。これを「寒固」という。北陸地方では小豆餅《あずきもち》を食べたという。 関連 寒明《かんあけ》→春

うす壁にづんづと寒が入りにけり　一茶

宵過ぎや柱みりみり寒が入る　一茶

わが十指われにかしづく寒の入　岡本眸

寒固以後もの断ちに入りにけり　岩城久治

▼気密性のない当時の住居の実感が、ひしひしと伝わってくる。▼「みりみり」「寒が入る」に迫力がある。▼寒に入る覚悟をもって

すすき原すすきに触れて月のぼる：月がすすきに触れるという繊細にして大胆な把握。

手まめに働く。わが身ながら健気《けなげ》だという気持が、「かしづく」にこめられている。▼心願のため、食を断つことが「もの断ち」。強い意志に貫かれた句。

【小寒《しょうかん》《せうかん》】晩冬

二十四節気の一つ。一月五日頃。いわゆる寒《かん》の入《いり》の日で、この日から立春(二月四日頃)の前日までのひと月が、寒の内。大寒《だいかん》(一月二十日頃)に向かって、ますます寒さは厳しさを増していくが、一月七日の七種《ななくさ》、一月十五日の小正月《こしょうがつ》など、元日ほど華やかでこそないが、伝統ある行事が続く。

小寒やふるさとよりの餅一荷　伊藤一草

▼故郷より届く寒餅の荷。親族《うから》の心遣いをありがたく思う作者である。

【大寒《だいかん》】晩冬

二十四節気の一つで、一月二十日頃。読んで字のごとく一年中で一番寒さが厳しい時期。朝、寝床を離れるのがつらい時、屋外に出ると寒気が頬を刺すように感じる時、夜空の星が冴《さ》え冴《ざ》えと輝く時でもある。そんな寒さの極限にあっても、自然界は着実に春への歩みを進めている。

大寒や水あげて澄む茎の桶　村上鬼城

大寒と敵《かたき》のごとく対《むか》ひたり　富安風生

大寒の一戸もかくれなき故郷　飯田龍太

▼「茎の桶《おけ》」は漬物桶のこと。塩漬で上がった水が冷たく澄んでいる。手を入れると切れそうだ。▼大寒を迎える心身の緊張。敵に打ち勝つべく万全を期す。▼すべて枯れつくした山里の大寒。家々が無防備にその構えを曝《さら》している。故郷の全貌《ぜんぼう》をあるがままに描写。

【寒の内《かんのうち》】晩冬

寒《かん》・寒中《かんちゅう》・寒九《かんく》

寒《かん》の入《いり》(一月五日頃の小寒)から寒明《かんあけ》の前日(二月三日頃の節分)までの約三十日間をいう。後半の大寒(一月二十日頃)から節分までの半月間が一年中で最も寒い時期。「寒」という言葉そのものにも厳しい響きがあり、それを口にするたびに、人は覚悟と緊張と忍耐を自覚する。かつては水道管が凍って破裂しないよう、寒中は夜通し細く水を流したりしたものだった。

関連 寒見舞《かんみまい》↓130

乾坤に寒といふ語のひびき満つ　富安風生

約束の寒の土筆を煮て下さい　川端茅舎

寒に臨む洋を望むに似たりけり　相生垣瓜人

荒礁寒九の夕日しづみけり　友岡子郷

▼「乾坤《けんこん》」とは天地のこと。この響きのよい言葉を選んだ効果を音読して味わいたい。▼「寒の土筆《つくし》」とは奇跡的なものだが、もし取れたらという約束が交わされていたのだろう。作者逝去の年の作であることを思うと、口語表現に切実な思いがこもる。▼寒の

吉屋信子《よしやのぶこ》▶明治29年(1896)—昭和48年(1973)少女小説で人気に。薄幸な俳人達を描いた『底のぬけた柄杓』がある。

三十日間に臨む思いが、大洋を眺めるのに似ているという感慨。自然の運行の中の存在。▼「礁《いくり》」は海中の岩。寒九(寒に入って九日目)の厳しい寒さの中の荒々しい光景。

【冬《ふゆ》の朝《あさ》】

三冬

冬曙《ふゆあけぼの》・寒暁《かんぎょう》・冬暁《ふゆあかつき》・寒《さむ》き朝《あさ》

すべてが凍《い》てついた冬の早朝は、霜や雪が輝き、余分な色彩や動きのない潔さがある。日の出前の時間が、一日で最も冷え込む時。そこに朝日が射すと、打って変わって華やかな景色となる。都会でも田園でも海辺でも、ものみな活動を始める前の緊張感に満ちたひととき。

冬曙六人の病床うかびそむ　石田波郷
寒の暁ツィーンツィーンと子の寝息　中村草田男
寒暁や神の一撃もて明くる　和田悟朗
寒暁を起きて一家の火をつくる　阿部完市

▼入院療養中の冬の夜明け、一人目覚めてしまったために、六人部屋の病床に射す暁の光の変化を見つめている。▼寒さで鼻が詰まった子供の寝息だろう。微笑《ほほえ》ましくもあり、いたわしくもある。▼太陽が昇った瞬間の変化を「神の一撃」と誇張した。▼どんなに寒い朝も、まず一家のために火をおこすことから一日の活動が始まる。

冬の朝

【短《たん》日《じつ》】

三冬

日短《ひみじか》・日《ひ》つまる・暮早《くれはや》し・短景《たんけい》

冬の一日があっという間に暮れてしまうことを惜しんで「短日」「日短」という。冬は夜の長い季節であるのに、なぜ夜長といわず短日というのか。春は暖かな昼間が長くなったのを喜んで「日永《ひなが》」といい、夏は涼しい夜がたちまち明けるのを嘆いて「短夜《みじかよ》」という。秋は涼しい夜が長くなったのを喜んで「夜長」といい、冬は暖かな昼が短いのを嘆いて「短日」という。これらは、昼夜の長短をいうだけでなく、昼と夜に対する人間の喜びや嘆きのあらわれでもある。

関連　日永《ひなが》→春／短夜《みじかよ》→夏／夜長《よなが》→秋

日短かやかせぐに追ひつく貧乏神　一茶
短日の胸厚き山四方に充つ　飯田龍太
人間は管《くだ》より成れる日短《ひみじか》　川崎展宏

▼稼いでも稼いでも、貧乏神に追いつかれる。▼どっしりと座る、作者の住む甲州の山々。▼飾りをはぎとってゆけば、人間も一本の管。

【冬《ふゆ》の暮《くれ》】

三冬

冬《ふゆ》の夕《ゆう》・冬《ふゆ》の宵《よい》・寒暮《かんぼ》

冬の夕方のこと。「寒暮」も同じ意だが、音韻上、よりかたい

冬の夜やいやですだめですいけません：河盛好蔵が「春の夜やいややわ好かんわやめといて」と返したという。

感じがある。日が落ちると急に冷え込み、早々と灯《とも》される電灯は人恋しさや寂しさを誘う。冬はほかのどの季節より、寒く、暗くなるのが早いので、人は温《ぬく》もりや明かりを求める心が強くなる。日が暮れてまもないうちを「冬の宵」という。

黒き帆のまぢかに帰る冬の暮　山口誓子
鉄筆をしびれて放す冬の暮　能村登四郎
縄とびの寒暮いたみし馬車通る　佐藤鬼房

▼冬の日暮れの寒さが帆を黒っぽく見せたのだろう。「黒き帆」と断定したことで印象が鮮明に。▼鉄筆を強く握り、ガリ版原稿を書いていた。手がしびれて顔を上げると、早くも日暮れ。孤独感が漂う。▼子供らが縄跳びをしている脇を、古びて傷んだ馬車がガタガタ通る。一時代の一地方の、冬の夕方の情景。

冬《ふゆ》の夜《よ》

三冬

夜半《よわ》の冬《ふゆ》・寒夜《かんや》・寒《さむ》き夜《よ》

「夜長《よなが》」というと秋の季語だが、秋より冬のほうが夜の時間は長い。秋の夜が読書や芸術を楽しんだり、物思う時間であるのに対して、冬の夜は寒く、夜の長さを楽しむどころではなかった。照明や暖房が行き届くようになった現代でも、時を楽しむというよりは、静かにひっそりと心の内を見つめるのに適《かな》う時間といえよう。冬の夜更けを「夜半の冬」、とくに寒さが厳しい夜を「寒夜」という。

冬の夜の海眠らねば眠られず　鈴木真砂女
冬の夜の捩りし反古が音立つる　野見山ひふみ
よき母でありたき願夜半の冬　金子せん女
燈に遇ふは瀆るるごとし寒夜ゆく　津田清子

▼海辺に生まれ育った作者ならではの、冬の夜の海と一心同体になったような句。▼捩《ねじ》って捨てた反古《ほご》が屑籠《くずかご》でわずかな音をたてる。それほどに静か。▼子供たちは眠ってしまった。夜更けに一人、母としての願いを心に温める純真さ。▼寒い夜は徹底的に寒いのがいい。人家の灯に出合うのさえ瀆《けが》れるようだという潔癖な思い。

霜《しも》夜《よ》

三冬

よく晴れて風のない夜、地表の温度が氷点下になると、霜が降りる（霜が置く）。それだけ霜の夜は寒気が厳しいわけだ。今夜はことのほか冷え込むと思って外を見ると、地面や枯草や屋根が白々《しらじら》と光っている。最も気温が下がる明け方に降りることが多い。霜が降りるさまを目のあたりにすることはあまりないので、その気配が詠まれることが多い。

関連 霜《しも》→36

埋火に酒あたたむる霜夜かな　桃隣
戛《かつ》然とくわりんの落つる霜夜かな　中勘助
ひとつづつ霜夜の星のみがかれて　相馬遷子
一人住み灯して更けて霜夜なる　上野章子

▼灰の中の埋火《うずみび》で酒を温めるのは、寝酒がほしくなる寒い夜更けならではのこと。▼霜夜の静寂の中に榠樝《かりん》の実が落ちる戛然とした堅い音が響く。地表の霜の白さも思い浮かぶ。▼霜夜はことに

井伏鱒二《いぶせますじ》▶明治31年（1898）―平成5年（1993）小説家。飯田蛇笏・龍太父子と交友が深く、俳句も残している。

星が一つ一つ輝いて見える。▼一人暮らしの夜の時間が静かに淋《さび》しく描かれる。

【冷《つめ》たし】

三冬

底冷《そこび》え

「寒し」は大気の温度についていうが、「冷たし」は、その物体に触れた時の皮膚感覚をあらわす言葉である。「爪《つめ》痛し」からきた語ともいわれる。人の心の薄情なこともいうが、季語としては、あくまでも体感がもとになっている。「底冷え」は身体全体が大地の底からしんしんと冷える感じ。とくに京都盆地の底冷えは有名。

つめたさの蒲団に死にもせざりけり　村上鬼城
あまりに手冷たきことの恥しく　成瀬正俊
働いて耳を冷たく戻りけり　西嶋あさ子
なつかしき京の底冷え覚えつゝ　高浜虚子

▼蒲団《ふとん》の衿《えり》の冷たさ、いつまでも温《ぬく》もらぬ爪先。厳しい冬を生きのびる実感。▼人に手を握られた時の羞恥心《しゅうちしん》。他人の手に触れて自分の手の冷たさがより自覚される。▼一日の労働の疲れが、外気の寒さと世間の風に冷えきった耳に集まる。▼虚子は三高時代、京都の吉田山《よしだやま》近くに下宿していた。後年、冬の京都を訪れた折の感慨。

【寒《さむ》し】

三冬

寒《さむ》さ・寒気《かんき》・寒威《かんい》・寒冷《かんれい》・寒苦《かんく》

体全体で感じる冬の低温のこと。この低温を皮膚で感じると「冷たし」となり、目や耳で感じると「冴《さ》ゆ」となる。この冬の寒さを基本にして、その前の秋の寒さ(「秋寒」「そぞろ寒」「肌寒」など)、その後の春の寒さ(「余寒」「春寒」など)、夏の寒さ(「梅雨寒」「冷夏」など)をあらわす、さまざまな季語がある。

葱《ねぶか》白く洗ひたてたるさむさ哉　芭蕉
我が馬を楯にしてゆく寒さかな　其角
藍壺にきれを失ふ寒さかな　丈草
うづくまる薬の下の寒さかな　丈草
くらき夜はくらきかぎりの寒さかな　白雄
くれなゐの色を見てゐる寒さかな　細見綾子

▼この「葱」は、根深葱《ねぶかねぎ》。「洗ひたてたる」は、洗ったばかりの意。▼馬の陰で寒風をしのぐ。▼藍甕《あいがめ》の中に落としてしまった布切れ。▼死の床にあった芭蕉を看病していた時の句。▼底知れぬ冬の闇夜。▼寒気の中の紅が鮮やか。

【凍《こお》《こほ》る】

三冬

氷《こお》る・凍《こご》ゆ・凍《し》む

冬の厳しい寒さによって、池や湖をはじめ、水分を含んだものが凝結すること。また、凍るように思われること。次項の「冱《い》つ」と同義だが、「冱つ」は月、星、雲、風など、水(分)以外のものが凍ることにも用いる。

関連 氷《こおり》→51

オリオンも阿蘇の五嶽も凍るのみ　下村非文
打ち上げて忽ち氷る藻なりけり　杉田久女

蟻臺上に餓ゑて月高し：自らの孤高な野心を台上の蟻の姿で暗示した。

冱つ　日光・中禅寺湖。

▼天上の星も、地上の山岳も、ともに冬の張りつめた闇の中に静かに凍ってゆく。▼冬の浜辺に打ち上げられた藻が、その形のままにたちまち凍ってゆく。

冱《い》つ

三冬

凍《い》つ・凍《いて》・凍《いて》つく・凍晴《いてばれ》・凍曇《いてぐもり》・凍霞《いてがすみ》・凍靄《いてもや》・凍道《いてみち》・凍港《いてみなと》

寒気のために物が凍ることをいうが、実際に凍っていなくても、凍てついた感じを強調する語としてしばしば用いられる。「月凍つ」「星凍つ」「風凍つ」をはじめ、「鐘凍つ」「頬凍つ」などともいう。北国では、大気が凍結して霞や靄のように見える現象があり、「凍曇」「凍霞」「凍靄」などと呼ぶ。寒さの極みをあらわす語といえよう。

駒ケ嶽凍てて巌を落しけり　前田普羅

涙不思議凍てし心のほぐれゆく　田畑美穂女

凍港や旧露の街はありとのみ　山口誓子

▼甲斐《かい》駒《こま》ケ岳《たけ》(山梨県)の厳しい山容を詠んだもの。山の意志で巌《いわお》を落としたように表現した。▼「凍てし心」とは悲嘆の極限。涙が

名句鑑賞

地球凍てぬ月光之を照しけり　高浜虚子

実際には北半球が冬でも南半球は夏で、地球全体が凍《い》てつくということはあり得ない。しかし、自分が住んでいる大地が凍てつく日々は、地球そのものが凍てたように思えるものだ。実際にあり得ないことを詠み、宇宙的視点から、月光がこれを照らしていると把握したところに、作者の詩的想像の世界がある。月光の凄絶《せいぜつ》な光によって、地球という科学の言葉が詩的に昇華された。［西村］

横光利一《よこみつりいち》▶明治31年（1898）—昭和22年（1947）小説家。新感覚派の旗手。波郷ら多くの俳人が師事した。

あふれてきた時の実感。▼作者が作句を始めたのは樺太《からふと》(現サハリン)。ここにかつて露西亜《ろしあ》の街があったという記憶も、港とともに凍てついたようだという。

【冴《さ》ゆ】 三冬

冴《さ》え・月冴《つきさ》ゆる・星冴《ほしさ》ゆる・鐘冴《かねさ》ゆる・風冴《かぜさ》ゆる・影冴《かげさ》ゆる・灯冴《ひさ》ゆる

「冴え」とは澄みきることをあらわし、大気、光、色、音などが透き通るほどまでになったことをいう。なかでも寒気を強調したものが季語になったのだが、「寒し」「冷たし」よりも厳しく澄んだ感じがともなうのは、その本来の意味による。「こがらしの雲ふきはらふたかねよりさえても月のすみのぼるかな」(源俊頼『千載和歌集《せんざいわかしゅう》』)など、和歌にも多く用いられた。

さえざえとまたなき夜空現れにけり　斎藤玄
オリオンの四ツ星冴えて三ツ星も　京極杞陽
風冴えて魚の腹さく女の手　石橋秀野
満月の冴えてみちびく家路あり　飯田龍太

▼「またなき」は二つとないという意。かつて見たこともなく、今後も見ることのないほどの夜空の冴え。▼オリオン座をかたどる四つ星が冴え、帯をかたちづくる三つ星も光を放つ。▼漁港の作業場の光景であろう。風だけでなく手さばきにも冴えが見えるようだ。▼満月の光の澄みわたる夜道。それが家路であることの安《あん》堵《ど》感。

【三《さん》《さん》寒《かん》《かん》四《し》《し》温《おん》《をん》】 晩冬

三寒《さんかん》・四温《しおん》・四温日和《しおんびより》

冬から春先にかけて、三日ほど寒い日が続くと、その後、四日ほど暖かい日が続き、これが繰り返されて、春に近づいてゆくこと。もともとは朝鮮半島や中国東北部に顕著に見られる気象現象で、第二次世界大戦前に大陸に移り住んだ人々によって広まった季語。現在では、天気予報や日常の挨拶にも用いられるようになった。

三寒四温ゆゑ人の世の面白し　大橋越央子
三寒の四温を待てる机かな　石川桂郎
雲とんでゐるも暫く四温晴　高浜年尾
電柱の四温の影を伸ばしけり　片山由美子

▼こうした変化があるから人の世も飽きないのだ。▼寒い日に机に膝《ひざ》を入れて書きものをしていると冷えがこたえる。四温の日和が待たれる思い。▼四温晴の裏にはやがて三寒がぶり返すであろう覚悟がある。▼電柱にさえ、伸びやかな思いがあるかに見える穏やかな日和。

【厳《げん》寒《かん》】 晩冬

厳冬《げんとう》・酷寒《こっかん》・極寒《ごっかん》・寒《かん》きびし・寒波《かんぱ》・冬一番《ふゆいちばん》

冬の最も厳しい寒さの続く頃のことで、ほぼ大寒《だいかん》(一月二十日頃)の頃である。シベリアからの寒波に襲われ、寒風、降雪などにより、耐えがたい寒さとなる。とくに北海道、東

鳥籠の稗ぬれてゐる雪解かな：稗は鳥の餌。春先の空気の潤いを感じさせる。

北、北陸などの地方では豪雪に見舞われる。

厳寒や夜の間に萎えし草の花　杉田久女
極寒のちりもとゞめず巌ふすま　飯田蛇笏
寒きびし樟の切口香に立ちて　日野草城

▼あまりの寒さに、一夜にして萎えてしまった「草の花」の哀れ。自然の猛威を、微小なものに見いだしている。▼寒風に晒《さら》され、堂々たる「巌」。揺るがない一句。▼樟《くすのき》から樟脳《しょうのう》が作られる。樟の切り口に立つ香に寒気が立ちのぼる。

【冬《ふゆ》深《ふか》し】

晩冬

冬深《ふゆふか》む・真冬《まふゆ》

真冬の厳寒の頃をいい、ほぼ寒《かん》の内《うち》（一月五日頃から二月三日頃まで）にあたる。雪国では根雪《ねゆき》が凍り、雪のない地域では枯れきった荒寥《こうりょう》たる景色が広がる。都会でも凍えた表情の人々がコート姿で息を白くして行き交う。今が一番寒い時期であることを知る人々は、ひたすら守りの姿勢に入る。自然の情景も変化に乏しい時期である。

一盞のベルモット書斎冬深し　山口青邨
四囲の音聴き澄ますとき冬深く　加藤楸邨
冬ふかむ父情の深みゆくごとく　飯田龍太

▼ベルモットは、香草を浸出させたワインの一種。書斎に漂う苦みのある香りが、ものを書く孤独感を深める。▼どんな音か、読み手にも、耳を澄まし心を鎮めることを促す力がある。▼自分の内の父情の深まりを、冬の深まりとともに実感している句。

【日《ひ》脚《あし》伸《の》ぶ】

晩冬

春を前に、日一日と日が長くなること。しかし、人々がそれに気づくのは、冬も終わりに近づいた頃である。東京の日没は、冬至の頃には午後四時三〇分頃だが、節分の頃には午後五時一〇分頃になる。会社の退《ひ》け時や外出時など、人々は、以前は暗くなっていた夕方に空がまだ明るいことに気づき、春の訪れも近いことを実感する。

雪深くなりつゝ山居日脚伸ぶ　大橋桜坡子
よきことの一つ日脚の伸びしこと　京極杞陽
あとで訪ふことを約して日脚のぶ　上野泰
こころまづ動きて日脚伸びにけり　綾部仁喜

▼雪国ではまだまだ雪が深くなりつつある。それでも日は確実に長くなっている。春も遠からじの思い。▼日照時間が伸びたことを素直に喜ぶ健やかな感情。▼夕方の心持ちに余裕が生じた頃の約束。▼心が冬から春へ、暗から明へと動いてこそ、天文の現象も確認される。

【春《はる》待《ま》つ】

晩冬

待春《たいしゅん》・春《はる》を待《ま》つ

行く季節を惜しむという思いは、この冬という時節には少なく、来たるべき季節を待ちわびる思いのほうが強い。冬を過ごすことは人々にとって苛酷で厳しいものだからだ。ことに

永井竜男《ながいたつお》▶明治37年（1904）—平成2年（1990）小説家。俳号、東門居。久米三汀や横光利一らの句会に参加。

春隣

雪に閉ざされた土地では、その思いが強い。春は単なる季節の一つではない。よきこと、明るい光、幸せ、暖かな風を心待ちにすることにつながる。「春隣《はるとなり》」(次項)より、思いのこもった表現。

少年を枝にとまらせ春待つ木　西東三鬼
時ものを解決するや春を待つ　高浜虚子
九十の端《はした》を忘れ春を待つ　阿部みどり女
春を待つおなじこころに鳥けもの　桂信子

▼まるで鳥のように少年を枝に止まらせた詩人の眼。オスカー・ワイルドの『わがままな大男』が思い出される。▼時が物事を解決するという人生観は、つらい冬を過ごしつつ春を待つという自然随順の姿勢でもある。▼九十年生きた身にとって数年は「端」にすぎない。おおらかな思いをもって春を待つ。▼自然の運行によって生かされている人間と鳥獣と、春を待つ思いに違いはない。

春《はる》隣《となり》

晩冬

春隣《はるとな》る・春近《はるちか》し・春遠《はるとお》からじ

人と人、家と家が並ぶように、春がすぐ隣まで来ていることを「春隣」という。まだ寒さは続いていても春の温《ぬく》もりや香りがほのかに伝わってくる感じがする。時期でいえば立春(二月四日頃)間近な頃の季語である。「春近し」「春待つ」と同類だが、「春近し」が客観的、「春待つ」が心情的であるのに対して、「春隣」は感覚的。「夏隣」「秋隣」「冬隣」という季語もあるが、待つ感覚がこめられているのは「春隣」と「秋隣」。暖かな

幇間の道化窶れやみづつぱな：幇間は太鼓持ちのこと。太宰自身を自虐的に描いた自画像だ。

春や爽《さわ》やかな秋は待ちわびる季節だが、蒸し暑い夏や凍える冬は待つ季節ではない。

一吹雪春の隣となりにけり　前田普羅
産科とふ名札はたのし春隣　中村汀女
銀鼠色の夜空も春隣り　飯田龍太

▼真っ白な吹雪に春を感じているのだ。▼診察室の入口に張ってある「産科」の名札。どことなく楽しいのは、命の誕生と関わるから。病院のほかの科は病気に関わる。▼真珠のような光を発している夜空。もう霞み始めているのだろう。

冬尽《ふゆつ》く　晩冬

冬終《ふゆお》わる・三冬尽《みふゆつ》く・冬果《ふゆは》つ・冬行《ふゆゆ》く・冬去《ふゆさ》る・冬《ふゆ》の名残《なごり》・冬《ふゆ》の限《かぎ》り・冬《ふゆ》の別《わか》れ・冬送《ふゆおく》る

初冬、仲冬、晩冬の三冬が終わること。長く厳しい冬が去って、ようやく明るい春がやってくるという喜びや解放感がある。「三冬尽く」は『万葉集』の、「み冬つき春は来たれど梅の花君にしあらねば招《を》く人もなし」など、和歌に用例のある言葉である。

冬尽きて刳り舟にある日の匂ひ　山上樹実雄
バラの刺白く三角冬も終る　山口青邨
冬が去る渦瀬に魚のひかるたび　飯田龍太

▼木を刳《く》り抜いて作った舟に冬日の名残りを愛《いと》しむのである。▼冬の間、凍えたように白く尖《とが》っていた刺《とげ》にも、もうすぐ春の柔らかい日射しが射す。▼冬の川に明るい日が射し、魚影のきらめきとともに、冬が終わることが実感されるのである。

節分《せつぶん》　晩冬

＋立春の前日で、二月三日頃にあたる。もともとは四季それぞれの分かれ目を意味していたが、現在では冬と春の境をいう。この日に行なわれる、豆を撒《ま》いて鬼を退散させる行事は、中国から伝わったもので、「追儺《ついな》」の名で宮中行事になった。それがしだいに民間に広がって、「＋鬼やらひ」となり、豆を撒き、＋鰯《いわし》の頭や柊《ひいらぎ》の枝を門口に挿すなどして邪気を払うようになった。関連 鬼《おに》やらひ→208

節分の春日の巫女の花かざし　五十嵐播水
節分や梢のうるむ楢林　綾部仁喜
節分や海の町には海の鬼　矢島渚男

▼厄除《やくよ》け祈願の参詣者で賑《にぎ》わう境内。巫女《みこ》も黒髪に花かんざしを挿している。▼楢《なら》林の艶《つや》やかな梢に、立春直前の明るい季節感がとらえられている。▼節分行事にも風土色は豊か。海辺の町に生きる人々と、節分の夜の真っ暗な海が思われる。

太宰治《だざいおさむ》▶明治42年（1909）―昭和23年（1948）小説家。芥川に憧れ高校時代より作句。小説にも多く俳句を引用した。

冬《ふゆ》の日《ひ》

三冬

冬日《ふゆひ》・冬日向《ふゆひなた》・冬日影《ふゆひかげ》・冬日射《ふゆひざし》

冬の一日をいう場合と、冬の太陽をいう場合とがある。「短日」という季語が示すとおり、冬の日照時間は少ない。太平洋側は晴れた日が続くが、日本海側は雪や曇天《どんてん》が多く、太陽を見ることは少ない。それだけに貴重な日射しに、人々は物を干したり、日向ぼっこをしたりする。気象用語でいう「冬日《ふゆび》」は、一日の最低気温が零度を下回る日である。最高気温が零度に達しない日は、「真冬日」という。

関連 短日《たんじつ》→18

冬の日

冬の日や馬上に氷る影法師　芭蕉
冬の日や臥して見あぐる琴の丈　野澤節子
旗のごとくなびく冬日をふと見たり　高浜虚子
大仏の冬日は山に移りけり　星野立子

▼冬の寒々しい日輪《にちりん》に、馬上の人影も凍ったよう。モノトーンの絵のごとき冷たさ。▼冬の一日を、臥《ふ》したまま琴を見上げて過ごす。作者は若い頃、脊椎《せきつい》カリエスで闘病中に、俳句と出合った。▼冬の太陽に雲がかかっているのだろう。一瞬、旗のように靡《なび》いたと見た。▼大仏の頭上にあった冬日がすでに山に移った。冬の一日の短さ。

冬晴《ふゆばれ》

三冬

冬日和《ふゆびより》・冬麗《ふゆうらら》・冬麗《とうれい》・寒晴《かんばれ》・寒日和《かんびより》

冬の間のよく晴れた日。「冬晴」というと、大気が冴《さ》えわたった、カーンと乾ききった晴天の感じだが、「冬日和」というと、穏やかな安堵《あんど》感がある。さらに「冬麗」となると春の「麗《うらら》か」に通じる暖かさまで感じる。一方、「寒晴」「寒日和」といえば、凍えるような厳寒の中の晴天となる。気象学的にはいずれも同じ冬の「晴れ」であるが、気分によって詠み分けたい。

冬晴

冬晴をすひたきかなや精一杯　川端茅舎
冬晴やたまさか鳶の見ゆる窓　中尾白雨
五位鷺のどろばう歩き冬うらら　山口速
身ふたつのなんの淋しさ冬麗　辻美奈子

▼厳しく晴れわたった大気を精一杯に吸いたいとは、冬の晴天と同化したい思いのあらわれだ。▼まれに鳶《とび》の飛ぶさまが見えるだけで、あとは青を塗り込めた冬空。窓が額縁の役割を果たして、かっきりとした絵を見るよう。▼抜き足差し足を「どろばう歩き」と描いて妙。▼「身ふたつ」になるとは、子供を出産すること。喜びの中の一抹の淋《さび》しさを自問する、乾いた抒情《じょじょう》の句。

障子洗ふ上を人声通りけり：川で一心に障子を洗っていると、土手をゆく人の声がした。

冬《ふゆ》の空《そら》

三冬

寒天《かんてん》・寒空《さむぞら》・冬天《ふゆてん》・冬天《とうてん》・冬空《ふゆぞら》・凍空《いてぞら》・冬青空《ふゆあおぞら》

冬の空は多くの場合、灰色の雲が重く垂れ込めて寒々しく暗い。とくに日本海側は、雪の降らない日でも雪雲に覆われていることが多いが、太平洋側はどこまでも晴れ渡った青空が続くこともある。

一平野一寒天の下にあり　高野素十
冬空をいま青く塗る画家羨《とも》し　中村草田男
冬空の鋼色なす切通　大野林火

▼数詞を使い、天と地を一対にすることで大景をとらえ得た。▼画家に「心の青空」を見たように思い、曇天を抱えている自分と引き比べて羨望《せんぼう》を感じたのである。▼切通しの隙間から仰ぐのは、鋼色の重々しい冬の空である。

冬《ふゆ》の雲《くも》

三冬

冬雲《ふゆぐも》・寒雲《かんうん》・凍雲《いてぐも》

冬に見られる雲すべて。晴れた日の雲は冬の濃い青空に引き立てられて美しい。曇った日は空一面に畝《うね》のような陰鬱《いんうつ》な層積雲が広がり、いかにも寒々しい。日本海側に雪を降らせるのは積乱雲で、雷を生むこともある。とくに寒の内の雲でなくても、寒々しい感じの雲は「寒雲」と呼ばれる。動かない冬の雲を「凍雲」と呼ぶ。

冬雲は薄くもならず濃くもならず　高浜虚子
冬雲を山羊に背負はせ誰も来ず　百合山羽公
寒雲の燃え尽しては峡を出づ　馬場移公子
寒雲の片々たれば仰がるる　楠本憲吉

▼変化に乏しい冬雲のありようをあるがままに描き出した。▼山羊《やぎ》の群れも冬雲もじっとしている。山羊が雲に抑圧されているような情景を描き、絵本のよう。▼夕日に照らされた羽のような雲であろう。早々と暮れる峡谷の底の暗さとの対比。▼寒々とした雲を詠みながら、自然と仰いでしまう人間の心理状態をも表現している。

冬《ふゆ》の月《つき》

三冬

月氷る《つきこおる》・寒月《かんげつ》

寒気のためか、冱《い》てついたように小さく見える冬の月。その冴《さ》え冴《ざ》えとした光は、ほかの季節にはない鋭さがあって、ゆっくり眺めたり愛《め》でたりする対象ではないものの、かえって印象的である。「しらしらと氷かがやき千鳥なく釧路《くしろ》の海の冬の月かな」と石川啄木《たくぼく》が詠んだように、北国の氷や雪の上に照る月は、ぞっとするほど美しく、明るい。関連 月《つき》→秋

寝ぬる子が青しといひし冬の月　中村汀女
冬の月寂莫として高きかな　日野草城
冬の月ベッドにすがり糞まれば　石田波郷
降りし汽車また寒月に発ちゆけり　百合山羽公

▼月が青いと言い残して眠る子。それを確かめるように月を仰ぐ若き母。純真な目に映る冬の月。▼ひっそり小さく見える冬の月。

松本清張《まつもとせいちょう》▶明治42年（1909）—平成4年（1992）小説家。久女をモデルにした『菊枕』など、俳句を題材にもした。

作者の心もまた。▼入院中の惨《みじ》めな己《おの》が姿を非情にも見据える冬の月。▼ホームに降り立つ人の孤影。なお旅を続ける汽車の孤独。

冬《ふゆ》の星《ほし》

三冬

冬星《ふゆぼし》・寒星《かんせい》・凍星《いてぼし》・荒星《あらぼし》・冬銀河《ふゆぎんが》・冬星座《ふゆせいざ》

星の光が最もはっきり見えるのは冬である。星空を眺めて楽しむには寒い季節だが、家路の途中に冴《さ》え冴《ざ》えとした星を見いだした体験は誰しもある。冬の夜空を仰ぐと、強い光を放つ星に気づく。オリオン座の赤いベテルギウス、大犬座の青いシリウス、小犬座の淡黄色のプロキオンを結ぶ線を、「冬の大三角形」という。寒風に吹きさらされ、一段と磨きがかかった星を「荒星」と呼ぶ。

寒星や神の算盤ただひそか　中村草田男

寒星のひとつを引きてわが燈火　岡本眸

凍て星の水にも落ちてまたたかず　五百木飄亭

荒星や誰ともあはぬ道をゆく　細谷喨々

歓楽の灯を地にしきて冬星座　飯田蛇笏

▼星の運行の深遠なること、その天文学的数字は、人知をはるかに超越している。神の意図を「算盤《そろばん》」と表現して妙。▼星の一つを自分の窓に引くというロマンチックな想像。明るい冬の星なればこそ。▼水に映った大粒の星。水中でも凍てついた光を放って。▼荒星は、地上の道だけでなく、生きる道をも照らしていることだろう。厳しい孤独感が伝わってくる。▼地上の歓楽街の灯《ひ》と、天上の澄みきった星の光との対比。すべてが対照的。

冬《ふゆ》北《ほく》斗《と》

三冬

寒北斗《かんほくと》

北斗七星は大熊座《おおぐまざ》にある柄杓《ひしゃく》(斗)形の七つ星。北極星を見つける目印ともなる。冬の初めは北の地平に低く横たわって全部は見えないが、冬が深まるにつれて北東の地平線から立ち上る。柄杓の柄を下にくっきりと数えられる七つの星は、冬の夜空の象徴でもある。オリオン座とともに、冬の星座の中でも見つけやすく親しみのある星。

夜を帰る枯野や北斗鉾立ちに　山口誓子

生きてあれ冬の北斗の柄の下に　加藤楸邨

▼夜の枯野を家路につく時、行く手に北斗七星が鉾《ほこ》(両刃の剣に長い柄のついた武器)のごとく立つ。▼無事を確かめる術《すべ》もない人への切実な思いがこめられた句。「生きてあれ」という命令形は、強い祈りの表現。

寒《かん》昴《すばる》

三冬

冬昴《ふゆすばる》・六連星《むつらぼし》

『枕草子』に「星はすばる。彦星《ひこぼし》。夕《ゆふ》づゝ。よばひ星……」と、筆頭にあげられているように、古来親しまれてきた。牡牛座《おうしざ》にある散開星団で、肉眼では六個の星がひと塊になって見え、「統《す》ばる」(一つにまとめる意)からきていることを納得させる。真冬には最も鮮やかに見える。

寒昴天のいちばん上の座に　山口誓子

諸畑にただ秋風と潮騒と：島原の乱の舞台、原城址での作。今では寂寞たる景。

青貝の櫛買うて出づ寒昴　文挾夫佐恵

来世では上手に生きよ寒昴　祖父江千代子

▼六つの星の塊は王冠のようにも見える。「いちばん上の座」は単に位置だけでなく、美しさや品格をもあらわす。▼青貝は螺鈿《らでん》に用いる、妖しい光の貝。美しい螺鈿の櫛《くし》を買って店を出た時、光り合うように昴が輝いていた。▼来世で生きていると信じることで、遺《のこ》された者の魂は鎮められる。寒昴への祈りの声が胸を打つ。

冬《ふゆ》の風《かぜ》　三冬

寒風《かんぷう》・冬風《ふゆかぜ》・空風《からかぜ》・風冴《かぜさ》ゆ・凍《い》て風《かぜ》

冬には北や北西から冷たい風が吹くことが多く、空風《からかぜ》や北《きた》颪《おろし》など、さまざまな名称をもつ風があるが、特別な風ではなく、冬に吹く風一般をさしていう。「寒風」は「寒」の字が示すように、吹きすさぶ冷たい風が肌を刺すようなイメージが強い。したがって、俳句に詠む場合はインパクトの強い「寒風」が使われることが多い。

冬の風人生誤算なからんや　飯田蛇笏

寒風に吹きしぼらるゝ思ひかな　星野立子

寒風や砂を流るる砂の粒　石田勝彦

空風の褉の空に天狼星　星野光二

▼冷たい風の中で、ふと自分の人生はこれでよかったのだろうか、との思いがよぎった。▼体の芯まで凍《こご》えるような寒さを、「吹きしぼらるゝ」と表現した。▼砂浜の砂が「寒風」に吹き飛ばされる様子を、「砂粒」の流れととらえた。目の確かな写生句。▼空風に掃き清められた寒空に、天狼星（大犬座のα星・シリウス）が王者のようだ。

凩《こがらし》　初冬

木枯《こがらし》

冬の到来を告げる北風＋。冬の初め、気圧配置が西高東低型になった時、大陸で発達した高気圧から吹きつける冷たい風である。「木枯」とも書くように、草を枯らし、木の葉を散らし、天地を荒涼とした冬の景色に塗り替えてゆく。平安時代後期の歌人、津守国基《つもりのくにもと》の歌「いつの間に空のけしきの変るらんはげしき今朝の木枯しの風」（『新古今和歌集』）は、「木枯」の本意そのままの歌である。

凩の果はありけり海の音　言水

木がらしの地にも落さぬ時雨かな　去来

こがらしに二日の月のふきちるか　荷兮

海に出て木枯帰るところなし　山口誓子

▼この「海」は琵琶湖《びわこ》。▼凩が吹きさらってゆく時雨《しぐれ》。▼夕暮時、西の空にかかる二日の細い月。▼もはや二度と陸地へ戻れない凩。

北風《きたかぜ》　三冬

朔風《さくふう》・北風《きた》・北吹《きたふ》く・大北風《おおぎた》・朝北風《あさぎた》

春に吹くのが東風《こち》＋、夏は南風《みなみ》＋、秋は高西風《たかにし》や大西風《おおにし》と呼ばれる風、そして冬の代表的な風が、北風である。アジア大陸に発達したシベリア高気圧が、北太平洋上のアリューシャン低気圧へ向かって吹く季節風。風速十数メートルにも及ぶ強風

山本健吉《やまもとけんきち》▶明治40年（1907）―昭和63年（1988）評論家。詩歌に精通。『定本現代俳句』『奥の細道』ほか著書多数。

が日本海上で湿気を帯び、列島中央部の山脈に当たって、日本海側に雪をもたらす。太平洋側は乾いた北風が吹く。「朔風」の「朔」は北を意味する。

北風や浪に隠るゝ佐渡ケ島　青木月斗
われに妻妻にわれあり北風吹く夜　森川暁水
獄の門出て北風に背を押さる　秋元不死男
北風に吹かれて星の散らばりぬ　今井杏太郎

▼冬の日本海は北風に荒れて波が高い。流人の島であった佐渡島《さどがしま》が隠れる日もある。▼北風の夜も夫婦が寄り添っていればよいと、確かめ合うごとく詠む。▼新興俳句弾圧事件（6頁「冬」鑑賞参照）で投獄された作者の出獄の際の作。「北風」は世の中の厳しさの象徴か。▼不変の星の位置をこのように詠む空想の楽しさ。

【隙間風《すきまかぜ》】　三冬

戸や障子《しょうじ》、壁などの隙間から吹き込んでくる寒い風で、身にしみるようでつらく、耐えがたい。『新選袖珍《しゅうちん》俳句季寄せ』（大正三年）に季語のみあげられている、比較的新しい季語である。最近の建築は機密性が高く、隙間風もなくなってきた。

寸分の隙をうかがふ隙間風　富安風生
隙間風屏風の山河からも来る　鷹羽狩行

関連　北窓塞《きたまどふさ》ぐ↓158／目貼《めばり》↓159

▼わずかな隙をも逃さない風を擬人化し、「うかがふ」という言葉でとらえた点がおもしろい。▼描かれているのは山水画か。風を遮《さえぎ》るための屏風《びょうぶ》であるにもかかわらず、描かれている風景からも寒風が来るよう。

【虎落笛《もがりぶえ》】　三冬

冬の烈風が竹垣や柵《さく》などに吹きつけて、ヒューヒューと笛のような音を発することをいう。「もがり」とは本来、殯宮《もがりのみや》（貴人を仮葬した所）のことで、それを囲う竹垣をもいうようになった。それに、中国で虎《とら》を防ぐ柵を意味する「虎落」の字を当てたもの。また、「もがる」（逆らう、だだをこねる）という方言からきたとの説もある。この風音を聞くだけで首をすくめたくなるような、寒い音だ。

日輪の月より白し虎落笛　川端茅舎
この齢で何を恐るゝ虎落笛　及川貞
もがり笛風の又三郎やあーい　上田五千石

▼真昼でも白々とした太陽は、寒風にヒューヒュー吹かれて熱を失ったかに見える。▼脅かすように吹く風の音に対抗し、自らを叱咤《しった》激励するような句調。作者は三人の子に先立たれた運命に耐えた。▼日本人の原体験に直結する寒風の音。「風の又三郎《またさぶろう》」が懐かしさを呼ぶ。

【鎌鼬《かまいたち》】　三冬

鎌風《かまかぜ》

旋風《つむじかぜ》によって鎌で切られたような切り傷ができる現象をい

さやうなら雪月花よ晩酌よ：終生、酒と風狂を愛した偉大なる学者の辞世句。

い、鎌鼬という魔獣のせいだという言い伝えがある。とくに東北地方、信越地方などに多い。旋風の中心に真空状態の所ができ、それが人間の皮膚に触れて裂傷となるのだと説明されているが、いまだ科学的検証はなされていない。越後《えちご》七不思議の一つに数えられている。

御僧の足してやりぬ鎌鼬　高浜虚子
三人の一人こけたり鎌鼬　池内たけし
かまいたち仏に花を怠れば　黛執

▼「してやる」は企《たくら》みをうまくしおおせるという意。あたかもそんな妖怪の意志があるかのごとき詠みぶり。▼同じ所にいても切られるのは三人のうちの一人だけ。いよいよ不思議と思わせる。▼何かの祟《たた》りや罰でこういう目に遭うのだろうと人は思いがちである。

初時雨《はつしぐれ》
初冬

その冬初めて降る時雨。秋にも時雨は降るが、「秋時雨」といって区別している。両者の間には、季節だけでなく、「時雨」という俳諧の代表的季題に対する思い入れの深さにおいても差がある。いよいよ時雨の季節に入ったという感慨は、芭蕉をはじめ、時雨に心を寄せてきた先人たちの思いとつながるのである。 関連 秋時雨《あきしぐれ》→秋

旅人と我名《わがな》よばれん初しぐれ　芭蕉
初しぐれ猿《さる》も小蓑《こみの》をほしげ也　芭蕉
初時雨これより心定まりぬ　高浜虚子
厨の火消すやほどなき初時雨　渡邊千枝子

▼『笈《おい》の小文《こぶみ》』の冒頭「神無月の初《はじめ》、空定めなきけしき、身は風葉《ふうえふ》の行末なき心地して」に続く発句。旅立ちの覚悟を示す。▼山中で見かけた猿も蓑を欲しそうな風情。侘《わ》びしさの中に生じた、生き物への共感。▼定まった心は俳句への心。そう思わせる力が、この季語にはある。▼この音は初時雨と思う時、日常の生活に句心が訪れる。厨《くりや》は台所の意。

時雨《しぐれ》
初冬

朝時雨《あさしぐれ》・夕時雨《ゆうしぐれ》・小夜時雨《さよしぐれ》・村時雨《むらしぐれ》・北時雨《きたしぐれ》・横時雨《よこしぐれ》・時雨雲《しぐれぐも》・時雨傘《しぐれがさ》

冬の初めに降る通り雨。大事なのはその音。ぱらぱらと通り過ぎる時雨の音に耳を止めて、冬の訪れを感じとった。俳句に「時雨」とあれば、その音に耳を傾けなくてはならない。古くから寒々としたものとされてきた時雨を華やかなものとしてとらえ直したのは、芭蕉とその門弟たち。蕉門《しょうもん》の俳諧撰集『猿蓑《さるみの》』は冬の部を最初に置き、時雨の十三句に始まる。巻頭は芭蕉の「初しぐれ猿《さる》も小蓑《こみの》をほしげ也」。

関連 春時雨《はるしぐれ》→春／秋時雨《あきしぐれ》→秋

あはれさやしぐるる比《ころ》の山家集　素堂
幾人《いくたり》かしぐれかけぬく勢田《せた》の橋　丈草
しぐれけり走り入りけり晴れにけり　惟然
寝莚《ねむしろ》にさつと時雨の明り哉　一茶
小夜時雨上野を虚子の来つつあらん　正岡子規

暉峻康隆《てるおかやすたか》▶明治41年(1908)―平成13年(2001)俳号桐雨。西鶴や芭蕉のほか落語の研究でも知られ、多方面でも活躍。

時雨

秋に入る毛虫退治を生き甲斐に：自嘲の句。毛虫退治が生き甲斐とはなんとも皮肉なことだ。

天地の間にほろと時雨かな　高浜虚子
翠黛の時雨いよいよはなやかに　高野素十
鍋物に火のまはり来し時雨かな　鈴木真砂女
しぐるるや駅に西口東口　安住敦

▼『山家集《さんかしゅう》』は西行法師《さいぎょう》の家集。▼広重《ひろしげ》の浮世絵にこんな構図の絵があった。「勢田の橋」とは琵琶湖《びわこ》の南端、瀬田川《せた》にかかる橋。▼ぱらぱらとこぼれて、たちまち上がる時雨。▼筵《むしろ》に寝ていると、時雨が通り過ぎる。▼上野の山を越えて、根岸の子規庵へ向かう虚子。▼広大な天地、そこに降るかすかな時雨。▼「翠黛《すいたい》」とは、眉《まゆ》のような緑の山並み。物寂しいと思われている時雨の、何という華やかさ。▼ようやく煮立ってきた鍋。▼たとえば新宿駅を上空から見下ろすと、この句の景色になる。

冬《ふゆ》の雨《あめ》

三冬

冬の雨の一日は、昼間も明かりをつけずにはいられない。音もなく降る冷たい雨は侘《わ》びしい。冬の雨に濡《ぬ》れるのはみじめなものである。北国では、寒気がゆるむと雪が雨になるが、雪が降るより淋《さび》しい感じがする。それは暗さのせいかもしれない。太平洋側では、冬は最も降水量が少ない季節で、降ってもあまり降り続くということはない。

戸一枚だけの灯もらす冬の雨　田中午次郎
冬の雨崎《さき》のかたちの中に降る　篠原梵
永遠の待合室や冬の雨　高野ムツオ

▼戸を一枚だけ開けて商っているのだろうか。その灯《ひ》に冬の雨が寒々と光る。▼灰色一色の空と海。岬の形のところだけ雨脚が見えることをこう描いた。▼陰鬱《いんうつ》な冬の雨の音を聞きつつ、人が永遠に待つものとは何か。

寒《かん》の雨《あめ》

晩冬　寒九《かんく》の雨《あめ》

冬の雨の中でも、とくに寒《かん》の内《うち》に降る雨をいう。厳しさ、冷たさの極限をあらわす。北国ではこの時期、雪が降ることがほとんどで、雨は珍しい。「寒九の雨」とは、寒に入って九日目に降る雨のことで、豊年の兆しとされている。真冬の厳しさの中に春が近づいていることを感じとっているのである。

鹿はみな置きたるごとく寒の雨　田村木国
鷺の蓑すこしみだるる寒の雨　山口青邨
寒の雨松の雫をまじへつゝ　佐野青陽人
寒の雨しづかに御代のうつりつつ　山本洋子

関連　寒《かん》の内《うち》→17

▼寒の雨の冷たさに、身を固くして耐えている鹿たち。雨脚のほかは動きのない世界。▼鷺《さぎ》が濡《ぬ》れて立ちつくす姿を、まるで蓑《みの》を着ているようだと描いた。その裾《すそ》から冷たそうな雫《しずく》がぽとぽと垂れている。▼冷たく透き通った水滴と松の緑の美しさ。▼昭和から平成に変わった日は一九八九年一月八日。日本人共通のその日の思い出。

井本農一《いもとのういち》▶大正2年（1913）―平成10年（1998）国文学者。芭蕉を中心に俳諧を研究。「俳句イロニー説」を唱える。

霰《あられ》

三冬

玉霰《たまあられ》・初霰《はつあられ》・夕霰《ゆうあられ》・急霰《きゅうさん》・雪《ゆき》あられ・氷《こおり》あられ

大気中の水蒸気が急速に凍ってできる、真っ白で小さな玉。突然ぱらぱらと音をたてて降りしきる。印象的なのは、この音。冬、空から降る氷の類には、霰のほかに雪や霙《みぞれ》があるが、どれも降る音が異なる。雪はしんしんと、霙はびちょびちょと降る。なお、雹《ひょう》(氷雨)は夕立と同様、夏の積乱雲が降らせる氷の塊。冬ではなく、夏の季語。

関連 春《はる》の霰《あられ》→春／雹《ひょう》→夏

あられせば網代《あじろ》の氷魚《ひを》を煮て出さん　芭蕉
いざ子ども走《はしり》ありかむ玉霰　芭蕉
二三合蜆にまじる丸雪《あられ》かな　梅室
夕霰枝にあたりて白さかな　高野素十
磐石をめがけて霰降り集ふ　山口誓子

▼琵琶湖《びわこ》の南、膳所《ぜぜ》(滋賀県大津市)での句。「氷魚」は鮎《あゆ》の稚魚。網代に跳ねる霰の音が聞こえる。▼跳ねる玉のような霰が嬉《うれ》しくてたまらない。▼蜆《しじみ》の笊《ざる》に降り込む霰。▼枯枝にあたって跳ね返ったところ。▼「磐石《ばんじゃく》」とは、地に横たわる大きな岩。

霙《みぞれ》

三冬

霙《みぞ》る・雪交《ゆきま》ぜ

雪と雨が混じって降るものをいう。気温が高くなって雪が雨に変わったり、逆に低くなって雨が雪に変わる時に降る。初雪の頃に多く、また、春先に最後の雪が霙となることもある。『枕草子《まくらのそうし》』に「降るものは雪。霰《あられ》。霙はにくけれど、白き雪のまじりて降るをかし」とある。霙は雪よりも寒々しく暗いので、清少納言も好きではなかったらしい。

関連 春《はる》の霙《みぞれ》→春

淋しさの底ぬけてふるみぞれかな　丈草
野をわれを霙うつなり打たれゆく　藤沢周平
てのひらの未来読まるる夜の霙　福永耕二

▼底ぬけに淋《さび》しい日に降り出した霙。さらに淋しさがつのる。人の感情と自然とが共鳴し合う。▼自然に逆らわず霙に打たれるままに野をゆく。作者は結核療養中、俳誌『海坂《うなさか》』に投句していた。作者の小説によく出てくる架空の小藩、海坂藩の名はこれによる。▼夜の町角で手相見に見せているのだろう。その未来を季語が語っているようでせつない。作者は四十二歳で急逝。

霧氷《むひょう》

晩冬

霧氷林《むひょうりん》

霧が木の枝や枯草などに氷結したもの。遠くから見ると、霧氷が枝々に細やかに氷着した木々は、白い花が咲いたように見える。白く見えるのは気泡のためである。雪が降る前の寒冷地や、雪の少ない山岳地帯に見られる現象。朝日や夕日に輝く眺めは素晴らしい。十二月頃の長崎県雲仙《うんぜん》の霧氷が有名。

関連 霧《きり》→秋

霧氷界より人界を顧る　谷野予志
吹きとべる霧の音して霧氷林　下村非文

懐しのあの山この山雪残る：故郷の信州伊那の山々か。増田龍雨らと巻いた連句の発句。

霧氷　長野・美ヶ原高原。

霧氷林日を得て沼の瑠璃きはむ　角川源義

霧氷林ぬけて焼岳より来しと　福島吹斗

▼この世のものならぬ霧氷の妖しさをこう表現し、人間界と対比した。▼今まさに霧氷ができつつある。霧の飛ぶ音が林中に吹きすさぶ。▼一面の霧氷の林に日が射しわたる時、沼の瑠璃《るり》色もひときわ深まる。▼焼岳《やけだけ》(長野・岐阜県境の山)から来たというその人の話を聞いて、道程の美しさを想像している句。

樹氷《じゅひょう》

晩冬

樹氷林《じゅひょうりん》・木華《きばな》

気象学上、霧氷は、樹霜《じゅそう》、樹氷、粗氷《そひょう》の三種に分類される。「樹霜」は空気中の水蒸気が樹皮などに直接凍りついたもので、針状、板状の結晶の形をしている。「樹氷」は氷点下の霧の粒が地上の物や樹木に吹きつけられて白色不透明の氷層を形づくったもの。「粗氷」は樹氷より霧粒が大きく、半透明か透明に近い。俳句でいう樹氷は、樹々を覆って自然の造形を感じさせるようなもの。山形県蔵王《ざおう》や青森県八甲田山《はっこうださん》の樹氷は特異な形で壮観である。

心なき吾が樹ら樹氷かがやかせ　細谷源二

樹氷林いまだ覚めざる日をかゝげ　高浜年尾

樹氷林むらさき湧きて日闌《た》けたり　石橋辰之助

樹氷林あゆみて過去へゆくごとし　奥坂まや

▼樹そのものは心なき存在だが、樹氷に変身して輝きを放つ。▼樹氷林にけぶるように昇ってゆく太陽。原初的な光景が幻想的。▼

根津芦丈《ねづろじょう》▶明治7年（1874）—昭和43年（1968）連句作者。伊勢派の道統を継ぐ。「最後の俳諧師」とも称される。

▼樹氷ばかりの世界の真昼を、紫色をもって描き出した句。この色は妖気にも繋《つな》がる。▼不思議な世界へ歩み入る感じを、過去へ遡《さかのぼ》ると表現した。

ダイヤモンドダスト
晩冬

氷晶《ひょうしょう》・氷塵《ひょうじん》・氷霧《ひょうむ》・霧雪《むせつ》・細氷《さいひょう》

北海道や山岳地帯など、気温の低い地域で大気中にできる氷の結晶。空中を流れる霧が急激に冷却されて起こる現象で、肉眼ではとらえられないが、晴れた日、空中に浮かんだ氷の結晶が日の光によってきらきらと輝く。

ダイヤモンドダスト太古の空の青　鈴木貞雄

▼凍てつく空に輝く氷晶は、自然の神秘そのもので、空の青さもまた格別。

ダイヤモンドダスト

初霜《はつしも》
初冬

その冬、最初に降りた霜。ある朝、初めて目にした霜に、人々はいよいよ冬がやってきたことを感じとる。『古今和歌集』には「心あてに折らばや折らむ初霜の置きまどはせる白菊の花」（凡河内躬恒《おおしこうちのみつね》）とあるように、古くから和歌にも詠まれてきた。寒冷地では秋のうちに初霜を見ることもあるが、おおよそ十二月中旬頃である。

初霜や鐘楼の道の履の跡　許六

初霜や嵩減り枯れて箒草　西山泊雲

初霜や物干竿の節の上　永井荷風

初霜や墨美しき古今集　大嶽青児

▼初霜の上の履《くつ》の跡に、すでに鐘楼へ通った人があることを想《おも》う。営々と継がれる人為に思いを致した句。▼箒草《ほうきぐさ》の嵩《かさ》の減りように、霜が置く頃の衰えを見た。▼今となっては懐かしい情景。細部への観察がゆき届いている。▼凡河内躬恒の歌を想わせるとともに、墨の黒と初霜の白との対比が美しい。

霜《しも》
三冬

霜《しも》の花《はな》・朝霜《あさしも》・霜晴《しもばれ》・大霜《おおしも》・深霜《ふかしも》・霜《しも》の声《こえ》

冬の晴れた夜、放射冷却によって急に冷え込むと、大気中の水蒸気が氷の微粒子となって、地上のさまざまなものに付着する。これが霜。春の霞、秋の霧とともに、変幻する大気中の水蒸気の起こす現象の一つ。冬の朝、霜の白く置いた景色は、寒々として身も心も引き締まるもの。『枕草子《まくらのそうし》』には、「霜のいと白きも、またさらでも、いと寒きに、火などいそぎおこして、炭持《も》てわたるも、いとつきづきし」とある。農作物にはしばしば害をもたらすが、ほうれん草など、うまみを増すために霜にあてるものもある。

関連　春《はる》の霜《しも》・別《わか》れ霜《じも》→春／霜夜《しもよ》→19

虫鳴くや終の栖の庭十坪：終の栖《すみか》のささやかな庭。草間時彦らと巻いた連句の発句。

里人のわたり候歟《か》はしの霜　宗因
しら菊に赤みさしけり霜の朝　青蘿
鳴きながら霜ふるひけり明がらす　大江丸
甘干も粉をふきそめよ軒の霜　二柳
死や霜の六尺の土あれば足る　加藤楸邨

▼宇治《うじ》橋(京都府)の上に残る足跡。▼霜にあたって赤く染まった白菊。▼夜明け、羽に降りた霜を払う烏《からす》。▼干し柿もそろそろ白い粉を吹く頃。▼「六尺の土」とは、棺《ひつぎ》を埋めるほどの土地。

初雪《はつゆき》

初冬

その冬、初めて降る雪。初という字を冠すれば、初時雨《はつしぐれ》、初霜、初氷、初蝶、初雁《はつかり》、初花など、すべて褒美《ほうび》の心がともなっている、とは山本健吉の言葉。なかでも初雪は、天からの贈り物のように感じるもので、人の心に華やぎと詩情をもたらしてくれる。すぐに消えることが多いが、そのまま積もることもあり、気象用語では「初積雪」という。雪国では、毎日雪に閉ざされる季節の先ぶれである。

初雪や水仙の葉のたはむまで　芭蕉
初雪を見てから顔を洗ひけり　越人
初雪や俥とめある金閣寺　野村泊月
うしろより初雪降れり夜の町　前田普羅
はじめての雪闇に降り闇にやむ　野澤節子

▼何センチ積もったというより、はるかに具体性のある描写。雪をのせた水仙の葉が美しい。▼現代の私たちも、初雪の朝はそうしている。▼うっすら雪を刷《は》いた金閣寺と、俥《くるま》(人力車)の黒々とした照りの対照。その轍《わだち》も雪の上に捺《お》されていることだろう。▼行く手にも降っているが、「うしろより」とすることで、淋《さび》しい夜の町の背後の山々も浮かぶ。▼「はじめての」という詠《うた》い出しに、初々しいときめきがある。人知れず降り、人知れずやんだ雪。

雪《ゆき》

三冬

六花《むつのはな》・雪《ゆき》の花《はな》・深雪《みゆき》・粉雪《こなゆき》・細雪《ささめゆき》・雪《ゆき》の声《こえ》

雪は「雪月花」の一つ。春の花、秋の月とともに、日本の四季を彩る美しいものの代表とされた。この花と月と雪には、「美しい」というほかに、いくつかの共通点がある。一つは、時の流れとともに移ろい、消滅してしまうということ。花は散り、月は欠け、雪は解ける。日本人は永遠不滅のものに美を見いださず、このように時とともに失われてゆくものこそ美しいと感じた。もう一つは、花も月も雪も消滅した後、再びよみがえるということ。花は春が来れば花開き、月は月ごとに満ち、冬になればまた雪が降る。どれも未来における再生の約束だった。この国では消滅もまた永遠ではないわけだ。この再生の約束が日本人の心に安らかなものをもたらしている。雪は花や月とは違って、冷たく、時には人を凍えさせる恐るべき別の顔をもっていながら、それでも美しいものとして讃《たた》えられ、人々の心を安らかに包むのには、こうしたわけがある。

関連 春《はる》の雪《ゆき》・雪解《ゆきげ》→春／雪搔《ゆきかき》→161

東明雅《ひがしめいが》▶大正4年（1915）―平成15年（2003）国文学者、連句作者。「猫蓑会」主宰。連句の復興と普及に貢献。

長々と横たふ雪のつつみかな　才麿

馬をさへながむる雪の朝《あした》哉　芭蕉

我雪《わがゆき》とおもへばかろし笠《かさ》の上　其角

応々《おうおう》といへど敲《たた》くや雪の門《かど》　去来

引きすてし車の数よ夜の雪　白雄

是《これ》がまあつひの栖《すみか》か雪五尺　一茶

いくたびも雪の深さを尋ねけり　正岡子規

雪片のつれ立ちてくる深空かな　高野素十

降る雪や明治は遠くなりにけり　中村草田男

降る雪の地に着くまでの一期かな　伊藤青砂

泥に降る雪うつくしや泥になる　小川軽舟

▼白く盛り上がる堤の、ぬくぬくとした感じ。▼街道を行く馬も雪の朝は美しい。▼自分のものと思えば苦にならない。▼こんな雪の夜更けに、何か火急の用。▼雪のために進まなくなり、都大路に乗り捨てられた牛車《ぎっしゃ》。王朝時代を想像しているのだが、現代の都市の雪の夜のようでもある。▼「つひの栖」とは、この世で住む最後の家。▼子規の病は重く、病床から起きて雪を見にゆくこともままならなかった。▼雪の降る空を見上げると、この句の光景が広がる。▼降りしきる雪を眺めながら、感慨にふけっているところ。▼雪の一期は儚《はかな》いだけではなく、何かを問いかけてくる。▼あたりまえのことに見いだす美。

【雪催《ゆきもよい》《ゆきもよひ》】

三冬

雪雲《ゆきぐも》・雪曇《ゆきぐもり》・雪気《ゆきげ》・雪模様《ゆきもよう》・雪暗《ゆきぐれ》

暗雲が垂れ込め、地の底から冷え込み、今にも雪が降り出しそうな天候をいう。「催」は物事の兆しが見えること。冬中、雪に閉ざされる地方や雪害を被る地域では、人々は恐れをもって待ち受ける。そうでなくとも、暗く寒い予感であることには変わりなく、冷え込みに身構える。

京まではまだ半空《なかぞら》や雪の雲　芭蕉

湯帰りや灯ともしころの雪もよひ　永井荷風

雪催小家に住める友ばかり　石田波郷

杉山は息を殺して雪催　土屋秀穂

▼まだ道半ばなのに雪雲が広がってきた。不安が重なる。▼灯《ひ》ともし頃、湯帰りのゆったりした歩み。今宵《こよい》は雪になりそう。▼狭さ、暗さ、心もとなさを「雪催」が強調。▼雪の予感に杉山も息を潜める。静けさと戦《おのの》きと。

【雪女《ゆきおんな》《ゆきをんな》】

晩冬

雪女郎《ゆきじょろう》・雪鬼《ゆきおに》・雪坊主《ゆきぼうず》・雪《ゆき》の精《せい》・雪男《ゆきおとこ》

雪はさまざまな「あやかし」を生んだ。雪女もその一つ。雪国の伝説と人間の想像力の中に生息する。雪のように冷たい白い肌であるとも、透き通るような青白い肌をしているともいう。雪山で道に迷った人間の男を虜《とりこ》にし、氷のように冷たい息を吹きかけて凍え死にさせる。美女とも鬼女ともいう。

みちのくの雪深ければ雪女郎　山口青邨

弃は白骨作り雪女　鈴木真砂女

雪女郎厩の馬も見てゐたり　皆川盤水

逃水の果て敦煌のありにけり：敦煌《とんこう》はオアシスに拓かれた都市で、かつてシルクロードの要衝であった。

息せきて来る雪女郎にはあらず　上田五千石

▼愛情の裏には哀《かな》しみがある。故郷への愛も同じ。作者はみちのく盛岡の生まれ。「雪深ければ」に、その二つがこめられている。▼笄《こうがい》は髪飾りの一種。▼馬とともに生きる雪国の厳しい生活とメルヘン。▼現実か幻想か、夜の吹雪は作者を昔話の世界に誘うのであった。

雪晴《ゆきばれ》　晩冬

深雪晴《みゆきばれ》

雪のやんだ翌日は、快晴、無風の洗濯日和《びより》で暖かくなる。昔から「裸坊《はだかんぼう》の洗濯」などといわれる。積雪の少ない都会でも、雪の翌日の景色は晴れやかで美しく、都塵《とじん》が清められたようにすがすがしい。まして雪国の「深雪晴」はすべてが眩《まぶ》しく、家の中まで照り映えて、梢《こずえ》や軒がきらきらとし、昨日まではうって変わった明るさである。

雪晴れて蒼天落つるしづくかな　前田普羅

雪晴れのひたすらあふれたり微笑　富澤赤黄男

雪晴れに足袋干すひとり静かなる　沢木欣一

雪晴の鳶凜々と飛べりけり　三村純也

▼雪の純白の輝き、蒼天《そうてん》の深い青、木々の雫《しずく》はあたかも天からもたらされたように清らか。▼何もかも眩しく輝く日の感情を、あふれる微笑であらわす。人ばかりでなく自然界も。▼雪の翌日の洗濯物に足袋《たび》があることから見えてくる暮らしぶり。▼いつもはのどかな鳶《とび》も、凜々《りんりん》と張りつめて飛ぶ。ラ行の音の重なりが心地よい。

風花《かざはな》　晩冬

吹越《ふっこし》

空は晴れているのに雪が舞う現象。風に吹かれて花のように雪片がちらちらするところからこの名がある。「花」は華やかなもの、はかないものの象徴でもある。「かざはな」と清音で読むのがふさわしい。山の向こう側で降る雪の一部が吹かれてくるので、山麓《さんろく》の風下に多く見られる。群馬県では「吹越」と呼ぶ。風土色のある言葉だ。

日ねもすの風花淋しからざるや　高浜虚子

風花の一しきりともいへず熄む　後藤夜半

風花のけふどの家も紙干さず　橋本美代子

吹越に大きな耳の兎かな　加藤楸邨

▼「日ねもす」は終日の意。読み手に問いかける形をとっているが、同意を求める疑問詞なのである。▼「熄」は「消える」の意。ひとしきりというより、もっとはかなかった現象。▼紙漉《かみす》きの村の光景であろう。風花といえども、デリケートな和紙には大敵。▼山を越えてきた雪片に、兎《うさぎ》は大きな耳を立てて敏感に呼応している。

吹雪《ふぶき》　晩冬

地吹雪《じふぶき》・雪煙《ゆきけぶり》・雪浪《ゆきなみ》

雪が激しい風に乗って、空中を舞いながら降る現象をいう。積雪が吹き上げられるのを「地吹雪」と呼び、視界を遮《さえぎ》るほど

宇咲冬男《うさきふゆお》▶昭和6年（1931）―平成25年（2013）俳人、連句作者。「あした」主宰。宇田零雨に師事。国際交流に尽力。

になるのを「雪煙」という。江戸後期の越後《えちご》の文人、鈴木牧之《ぼくし》が著した『北越雪譜《ほくえつせっぷ》』によると、枝に置いた雪が風に散乱するのを吹雪と呼んだり、花吹雪などという優美な比喩を用いたりするのは、雪の少ない国の発想であるという。雪国の本当の吹雪は死者が出ることもあり、「暴風雪《はやて》を吹散事《ふきちらすこと》巨濤《おほなみ》の岩を越《こゆ》るがごとく、飃《つぢかぜ》雪を巻騰《まきあげ》、白竜峯《はくりようみね》に登《のぼる》がごとし」と、筆を尽くしている。

宿かせと刀投出す雪吹《ふぶき》哉　蕪村

能登人にびやう〳〵として吹雪過ぐ　前田普羅

行人や吹雪に消されそれつきり　松本たかし

吹雪く中人のかたちの雪歩む　小原啄葉

▼必死の覚悟をあらわした迫力のある句。ここで断わられたら行き倒れになるしかないほどの猛吹雪。古くは「雪吹」とも表記した。▼擬音語が効果的。能登《のと》の暗い荒波も見えてくる。▼いったいどうなっただろうと不安が湧く。▼歩きゆく人も雪まみれ。

【雪《ゆき》しまき】 晩冬

しまき・風雪《ふうせつ》・しまき雲《ぐも》

雪まじりの激しい風をいい、時に雨がまじることもある。「吹雪」は雪が主だが、「雪しまき」は強風が主。「しまく」とは風が激しく吹きまくることで、「風巻《しま》く」と書く。もともと季節に関わりなく用いられたが、江戸時代初期の俳諧式目書『俳諧御傘《はいかいごさん》』(松永貞徳)に「冬也《なり》」と定められてのちは、「しまき」だけでも冬の季題として用いられる。

名句鑑賞

妻いつもわれに幼し吹雪く夜も　京極杞陽

吹雪の夜はことさら心細いものだ。妻が夫を頼るのは自然のことだ。大丈夫だよ、と安心させる作者。そんな折、ふと生じた妻への感慨。夫婦愛のひとつの形を見る思いがする句。女は最も安心している相手にだけ、弱みや幼なさを隠さないものだ。それは甘える態度とは少し違う。「われに」だけいつも幼い妻に対する激しい愛《いと》しみ。「吹雪」は単に外の天候を伝えているだけではない。［西村］

色々に傘持ち直すしまきかな　闇指

雪しまきわが喪の髪はみだれたり　橋本多佳子

雪しまき人消え人の現はるる　上野泰

▼しまきの向きはすぐに変わる。▼雪しまきによる髪の乱れに仮託して、喪《も》の心の乱れもあらわしている。▼ひとしきり雪まじりの風が吹きつけたかと思うと、しばらくは人影が見える、間歇《かんけつ》的な現象。

【しづ《ず》り】 三冬

しずり雪《ゆき》・しずれ・しずり

「しずる」とは、木の枝などから雪が落ちる意味の動詞で、「垂《しず》る」と書く。竹などに積もった雪が、その重みに耐えかねてずり落ちる場合もあれば、風のために吹き落とされる場合もある。また、日が射してきたために解けて落ちることもあり、華やかにきらめくさまは美しい。雪の静寂の中に突如起こる音は、自然の発する声のようだ。

しづり雪誘ひさそはれ淵に落つ　阿波野青畝

又一つ芋の子殖えぬ天ヶ下：次女誕生を詠んだ。芋の子とは非情でありつつ微笑ましい。

いま遠き星の爆発しづり雪　正木ゆう子

暮れぎはの家並かたぶく雪しづれ　富田木歩

▼ひと枝のしずり雪が周辺のしずりを誘う。静止していた風景がにわかに動き、最後は碧潭《へきたん》に落ち込む。▼地上の現象と宇宙の現象との呼応を感じとった豊かな想像力。▼一日中屋根に降り積もった雪が、日暮れ間際に一挙にずり落ちる。寄り添い立つ家々が傾いたかのよう。

冬《ふゆ》の雷《らい》

三冬　寒雷《かんらい》

雷は七、八月に最も多く鳴るが、冬も、寒冷前線の通過と大陸の高気圧の張り出しにともない、大気が不安定になって鳴ることがある。日本海側に多く見られる現象。夏のような烈《はげ》しさはないものの、重々しく少し鳴ってはやむ音は不気味で、何かの前兆のようにも聞こえる。雪の先ぶれのように鳴るのを「雪起し」(次項参照)と呼ぶ。また、寒《かん》の内《うち》に鳴るものを「寒雷」という。関連 雷《かみなり》→夏

冬の雷家の暗きに鳴り籠る　山口誓子

寒雷や肋骨のごと障子ある　臼田亜浪

寒雷の乾びきつたる音すなり　相生垣瓜人

寒雷やセメント袋石と化し　西東三鬼

▼夏の雷鳴のように豪快ではなく、くぐもった暗い音は炸裂《さくれつ》することもない。▼寒雷にあぶり出された障子《しょうじ》の桟《さん》が肋骨《ろっこつ》のようだという喩《たと》えは、レントゲン写真のようで不気味。▼ラ行の音の連なりが寒雷の音を伝えて効果的。▼放置されていたものが固まったのか、石と化したように見えたのか。後者ととるほうがおもしろい。

雪起《ゆきおこ》し

三冬　雪雷《ゆきがみなり》・雪《ゆき》の雷《らい》

冬に鳴る雷の一つ。雪国の人々は、これを雪の前兆と見て、「雪起し」と呼ぶ。空が急に暗くなったかと思うと、突如雷が激しく響き、その後、季節風が強く吹き、雪が降る。雷鳴に、長く続くであろう雪の季節の到来を覚悟する、雪国の人ならではの実感と体験に裏打ちされた季語である。

とつぷりと暮れし海より雪起し　田村木国

灯しても鏡奥晦し雪起し　山口草堂

じぶ椀を熱くあつくと雪起し　草間時彦

▼暮れきった海の彼方《かなた》から、雪の季節の到来を告げるように鳴る雷。▼屋内にいて重い音を聞いている。部屋の暗さを鏡の奥の晦《くら》さ(暗さ)と表現した点が巧み。▼「じぶ椀《わん》」は石川県金沢の郷土料

名句鑑賞

寒雷やびりりびりりと真夜の玻璃　加藤楸邨

寒雷の語そのものに厳しい響きがある。寒の内の凍《い》てついた大気を伝わる雷の音に呼応して、びりりびりりとガラス窓が鳴る。「玻璃《はり》」とは水晶をあらわす梵語《ぼんご》だが、転じてガラスの別称として俳句ではよく用いられる語。真夜中に目覚めてそれを聞いている作者の心も張り詰めている。玻璃の震えは、そのまま作者の琴線の震えでもある。この代表作をもって、楸邨の句集『寒雷』の題名となり、のちの主宰誌の名ともなった。[西村]

伊藤柏翠《いとうはくすい》▶明治44年(1911)—平成11年(1999)「花鳥」主宰。「ホトトギス」同人会長を務めた。疎開先の福井で活動。

理で、鴨肉の煮込みの椀。雪の来る予感に、熱い治部煮を味わって身を温める。

鰤《ぶり》起《おこ》し

三冬

冬に鳴る雷の呼称の一つ。十二月から一月にかけて、北陸地方で鰤漁が最盛期を迎える頃、大陸の高気圧と寒冷前線通過にともなって雷が鳴る。その音を、鰤を目覚めさせ豊漁をもたらす合図と聞いた呼び名で、能登《のと》や佐渡《さど》など、鰤の定置網漁が盛んな土地で聞かれる語。その俳諧味が俳人たちに好まれて、使われるようになったものだろう。

佐渡の上に日矢旺んなり鰤起し　岸田稚魚

一つ疑ひ二つたしかや鰤起し　神蔵器

鰤を起し雪を起してつづけさま　三村純也

▼日矢《ひや》は、雲間から漏れる日光が矢のように突き刺さる情景。冬の荒波の彼方の佐渡島《さどがしま》に注ぐ光の矢と、雲中に育つ雷とに鰤豊漁の兆しを見た。▼最初は真冬に雷が、と疑ったけれど、二度三度と聞いて、あれが「鰤起し」かと得心。▼鰤の美味《うま》い季節になると、同時に雪も降り始める。季語の動詞的扱いに工夫がある。

冬《ふゆ》霞《がすみ》

三冬

冬《ふゆ》の霞《かすみ》・冬霞《ふゆかす》む・寒霞《かんがすみ》

単に「霞」といえば春の季語だが、冬、海に風もなく穏やかに凪《な》いだ日などに、遠くうっすらと霞がたなびくことがある。これを「冬霞」という。海や空、山裾《やますそ》などの遠景に淡くぼんやりと霞が掛かると、なごやかな気分がもたらされる。

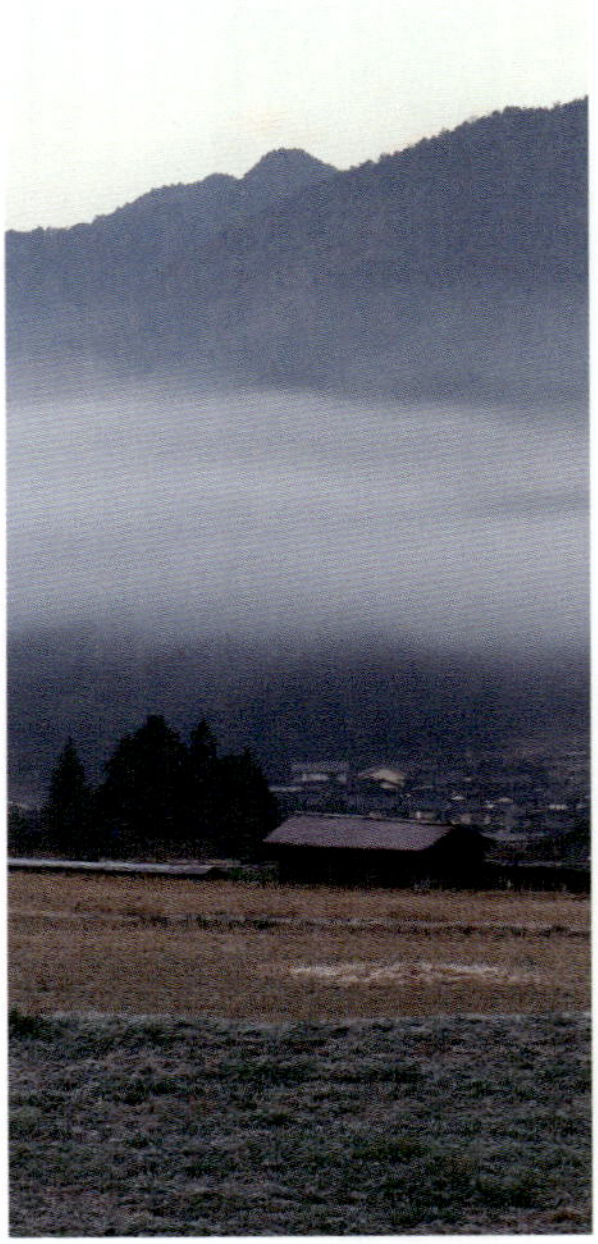

冬霞

関連 霞《かすみ》→春

冬霞茶の木畑に出て見れば　富安風生

町の名の浦ばかりなり冬霞　古賀まり子

▼冬霞の掛かった茶畑の心なごむ風景を、倒置法を用いて表現。下五から上五へと句が循環する。▼冬の一日、車窓から霞たなびく海を眺めつつの旅。「浦」の付く町名に海のある国を行く思いは深まる。

冬《ふゆ》の霧《きり》

三冬

冬霧《ふゆぎり》・スモッグ

「霧」は秋の季語だが、冬にも見られる。江戸時代の歳時記『改正月令博物筌《がつりょうはくぶつせん》』に「冬のきりはとかく水きは(水際)に立也《たつなり》」とある。「スモッグ」は、とくに都市に顕著な現象で、工場などの煤煙《ばいえん》や自動車の排出ガスが原因で発生する。smoke(煙)

寒泉に一杓を置き一戸あり：寒泉をたたえる一戸。一本の柄杓が置いてある。

と fog（霧）の合成語である。環境対策が進みつつある近年は減少傾向にあるが、都会特有の憂愁を感じる現象ではある。

関連 霧《きり》→秋

橋に聞くながき汽笛や冬の霧　中村汀女
冬霧や四条を渡る楽屋人　中村吉右衛門
スモッグ濃し大企業下の吾が職よ　草間時彦
焼栗購《か》ふスモッグ濃ければ淋しければ　楠本憲吉

▼橋の上に立ちのぼる冬霧。霧にこもる長い汽笛は郷愁を誘う。▼京都の南座《みなみざ》から四条大橋《しじょうおおはし》にかけての情景。楽屋から出た人影が、鴨川《かもがわ》に立ちのぼる冬霧の中へ消えてゆく。初代吉右衛門は高浜虚子の門下で、句集も残した。▼スモッグの原因である大企業の下に、自分の生計は成り立っているという複雑な思い。▼街で売っている焼き栗の温《ぬく》もりと、都会人の哀愁がマッチした句。

【冬夕焼《ふゆゆうやけ》《ふゆゆふやけ》】 三冬

寒夕焼《かんゆうやけ》・寒茜《かんあかね》

「夕焼」は夏の季語であるが、四季にわたって見られる現象である。なかでも冬の夕焼は、短いだけに寒々とした余情がある。一月から二月にかけて最も寒さが厳しい寒の内の夕焼を、「寒夕焼」「寒茜」と呼ぶが、そのかたくきっぱりした語感のせいか、いっそう峻烈《しゅんれつ》な印象がある。枯野の果てを染める夕焼、枯木越しに見る夕焼、殺伐としたビル街をひととき浸す夕焼。それらを窓ガラス越しに眺めるのも、冬ならではの趣。五音に整えるため、「冬夕焼《ふゆゆやけ》」「寒夕焼《かんゆやけ》」と詠まれることが多い。

関連 夕焼《ゆうやけ》→夏

寒夕焼終れりすべて終りしごと　細見綾子
寒夕焼ひかゞみに手を挟み臥て　石田波郷
海染むる力を持たず寒夕焼　加藤三七子

▼すぐに消えてしまう寒夕焼の淋《さび》しさ、つまらなさを強調して最後まで描き出した。▼病床の作。「ひかがみ」とは膝《ひざ》の裏の窪《くぼ》みのこと。そこに手を挟んで臥《ね》て、病室の窓越しに寒夕焼を眺めている。横臥《よこぶ》しの淋しい姿勢。▼夏の夕焼なら、赤々と海原を染めたことだろう。寒夕焼の本質を言い得た句。

【冬《ふゆ》の虹《にじ》】 三冬

しぐれ虹《にじ》

単に「虹」といえば夏の季語であるが、「春の虹」「秋の虹」と、四季それぞれに季語になっていて、その趣も異なる。冬の虹には夏のようなダイナミックさはないが、冷えた大気と相まって、鮮明にしてはかない美しさを感じさせる。

関連 虹《にじ》→夏

冬の虹消えむとしたるとき気づく　安住敦
野にひかるもののみな墓群冬の虹　黒田杏子
しぐれ虹二つ目は藍濃かりけり　大石悦子

▼消えてゆく一瞬の美しさもまた、冬の虹のもの。▼雨後の光を野にたつ墓群がまとう。冬の虹の綺羅《きら》が墓域を包みこむ神秘。▼時雨《しぐれ》は盆地特有の初冬の雨。上がったと思うとまた時雨れて虹が立つ。濃い藍《あい》色がいかにも冬。

木村蕪城《きむらぶじょう》▶大正2年（1913）―平成16年（2004）「夏爐」主宰。虚子に師事。長野にて教職に就く。

冬《ふゆ》の山《やま》

三冬

冬山《ふゆやま》・枯山《かれやま》・雪嶺《せつれい》・冬山家《ふゆやまが》・冬山路《ふゆやまじ》・雪山《ゆきやま》・冬嶺《ふゆみね》・山枯る《やまかる》

山は一年中そこにあるが、冬には冬の相貌《そうぼう》を見せる。枯山も雪山も、岩肌があらわになった山も、すべて冬の山である。以前は遠望して詠まれたことが多かったが、近年は冬山登山やスキーを楽しむ人々も増え、さまざまな視点から詠まれるようになった。

冬山やどこまで登る郵便夫　渡辺水巴
冬山路俄にぬくきところあり　高浜虚子
雪嶺に三日月の匕首《ひしゅ》飛べりけり　松本たかし
雪嶺のひとたび暮れて顕はるる　森澄雄
山枯るる音なき音の充満す　岡本眸

▼この先に人家があるとも思えないのだが、という思いがある。郵便配達員の後ろ姿が、枯枝越しにいつまでも見える。▼冬の山を登ってゆくと、急に温かい日だまりの場所に出た。▼「匕首」とは鍔《つば》のない短刀「あいくち」のこと。三日月の鋭さを匕首に喩《たと》え、しかも「飛べりけり」と強調した。雪嶺の厳しさと三日月の冷たい光とが、寒気を切り裂く。▼いったんは暮色に紛れながら、とっぷりと辺りが暮れた後、夜目にも白々と浮かび上がる雪嶺の存在感迫る句。▼山の木や草が枯れてゆく音が、聞こえないのに充満する。枯れ一色の充実した無音の世界。

名句鑑賞

とぢし眼のうらにも山のねむりけり　木下夕爾

見わたせば、あちらの山、こちらの山も冬の姿となり、眠りに入っている。目を閉じると、まぶたの裏にもう一つ、大きな山があり、これも深い眠りについているというのだ。人間の内と外、どちらも深閑たる冬。［長谷川］

山《やま》眠《ねむ》る

三冬

眠《ねむ》る山《やま》

眠るように静かな冬の山を「山眠る」という。北宋の画家郭熙《かくき》の『郭熙画譜』の文言「春山淡冶《たんや》にして笑ふが如《ごと》く、夏山蒼翠《そうすい》として滴《したた》るが如く、秋山明浄《めいじょう》にして粧《よそお》ふが如く、冬山惨淡《さんたん》として眠るが如し」から生まれた言葉。「惨淡」とは枯れ果てていること。

山眠る如く机にもたれけり　高浜虚子
山眠る大和の国に来て泊る　山口青邨
炭竈に塗込めし火や山眠る　松本たかし
浅間山空の左手に眠りけり　石田波郷

▼「山眠る如く」とは、心地よさそうなうたた寝。▼三輪山《みわやま》も天《あま》の香具山《かぐやま》も畝傍山《うねびやま》も耳成山《みみなしやま》も、みな冬の眠りの最中。▼轟々《ごうごう》と炎が渦巻く炭竈《すみがま》。▼「空の左手《ゆんで》に」とは、はるかに見渡しているところ。

冬《ふゆ》野《の》

三冬

冬《ふゆ》の野《の》・冬《ふゆ》の原《はら》

冬の野原。枯野+であることが多いが、「枯野」は一面、枯草と枯木であるのに対して、「冬野」というと、常緑樹の林や冬菜畑、人家や川など、すべてを含んだ景色である。動きがなく寂寞《せきばく》たる風景だが、枯れるものが枯れ尽くした後の、変化に乏しいが、どこか安定感のある眺めでもある。

玉川の一筋光る冬野かな　内藤鳴雪

東西に汽車のわかる冬野かな　金尾梅の門

切株に座して冬野の底力　坂本宮尾

▼歌枕《うたまくら》の地である玉川の名は全国六か所にあり、「六玉川《むたまがわ》」とも総称される。どこの玉川でも冬野を流れる時は同じような風景ではないだろうか。▼冬野に動きをもたらす汽車。その煙も西へ東へ靡《なび》くことだろう。▼底力とは、やがて来る春には甦《よみがえ》る、秘められた生命力。

枯《かれ》野《の》　三冬

枯原《かれはら》・枯野道《かれのみち》・枯野宿《かれのやど》・枯野人《かれのびと》

冬、草の枯れ果てた野原。枯草をもの寂しげに風が揺らすこともあれば、冬の日射しに照らされることもある。枯野は古くから和歌に詠まれてきたが、とくに中世以降の歌人や茶人は「わび」「さび」の精神を体現するものとして、「枯野の美」をとりたてた。

枯野

旅に病《やん》で夢は枯野をかけ廻《めぐ》る　芭蕉

よわよわと日の行き届く枯野哉　麦水

むささびの小鳥はみ居る枯野哉　蕪村

枯野はも縁の下までつゞきをり　久保田万太郎

火を焚くや枯野の沖を誰か過ぐ　能村登四郎

よく眠る夢の枯野が青むまで　金子兜太

▼芭蕉の最後の一句。▼冬の柔らかな日射し。▼「食《は》む」は、かんで食べること。これはまたすさまじい光景。▼縁の下には竹竿《たけざお》や石が転がっている。▼炎の先に広がる枯野。そのもっとも奥を人が通り過ぎていく。淋しさと温かさと。▼ひと冬を眠り続けたような感じ。

雪《せつ》原《げん》　三冬

雪野《ゆきの》・雪の原《ゆきのはら》

一面に雪の降り積もった広大な原。青空の下に広がるまばゆいばかりの白銀の野原から、寒風吹きすさぶ荒涼たる雪の原野まで、さまざまな表情をもつ。雪野と雪原は同じ意味だが、音読した場合の音の響きによって、「ゆきの」はどこか懐かしく、「せつげん」には硬質な詩的味わいがある。 関連 雪《ゆき》→37

ながながと川一筋や雪の原　凡兆

何すればこの雪原に跡のこる　右城暮石

雪原の白光月光を以つて消す　岡田日郎

▼『猿蓑《さるみの》』所収の作者の代表作の一つ。▼川一本を据えて単純にして明快な景。▼圧倒的な自然に立ち向かう時、人間の存在はあまり

高木晴子《たかぎはるこ》▶大正4年（1915）―平成12年（2000）虚子の五女。「玉藻」選者を経て「晴居」主宰。花鳥諷詠の理念を継承。

に小さい。▼白く輝く雪原を消すことができるのは月の光。幻想的な世界が生まれる。

【冬《ふゆ》田《た》】

三冬

冬《ふゆ》田《た》道《みち》・冬《ふゆ》の田《た》・雪《ゆき》の田《た》・休《やす》め田《だ》

稲刈の後、そのままにされている田のこと。次の年のために休ませているので、「休め田」ともいう。単なる休耕田は季語ではない。穭《ひつじ》(刈り跡から再び伸びる稲)も霜枯《しもがれ》し、一面荒れ果てた景色となる。鴉《からす》や雀《すずめ》が落ち穂や穭穂《ひつじぼ》をついばみ、やがて北から渡ってきた白鳥や鴨《かも》がそれに加わる。雪が来るまで、時が止まったような状態が続く。

関連 春田《はるた》→春／青田《あおた》→夏／秋の田《た》→秋

雨水も赤くさびゆく冬田かな　太祇

風音の虚空を渡る冬田かな　鈴木花蓑

家康公逃げ廻りたる冬田打つ　富安風生

家にゐても見ゆる冬田を見に出づる　相生垣瓜人

▼放っておかれたままさびれゆく冬田の本情。▼風に靡《なび》くものとてない荒涼たる景色。▼元亀三年(一五七二)の冬、武田信玄の兵に敗れた徳川家康は浜松城に逃げ帰った。史実と眼前の光景と人間の変わらぬ営みとを季語に託す。▼物好きの極みを示したような句。絵にもならぬ景色を、俳人はわざわざ見に出かける。

【枯《かれ》園《その》】

三冬

冬《ふゆ》の園《その》・冬《ふゆ》の庭《にわ》・庭《にわ》枯《か》るる・枯《かれ》庭《にわ》

冬を迎えた庭は、木々は葉を落とし、草葉は萎《しお》れ、一見、見るべきものがないように見える。しかし日本人は昔から、自然の姿を庭に再現して、冬には冬の風情を愛《め》でてきた。『源氏物語』の主人公光《ひかる》源《げん》氏《じ》が、広大な邸宅に理想の庭を作った時、四季折々の粋を集めた庭とし、冬の庭には朝の霜の置くよすがとして菊の籬《まがき》を作らせた。美しく咲き誇った秋の草花が、霜に打たれ、枯れ衰えてゆくさまに亡《ほろ》びの美を見いだしていたのである。

枯園に何か心を置きに来し　中村汀女

枯園に向ひて硬きカラア嵌む　山口誓子

枯るゝ庭ものの草紙にあるがごと　高浜虚子

▼枯園には、すべてをあるがままに受け入れる情がある。その安心感を詠んだもの。▼目は枯園に向けられたまま、意識は衣服の硬いカラー(襟《えり》)を嵌《は》めることにある。▼「ものの草紙」と、具体的にいっていない点が心憎い。絵《え》草《ぞう》紙《し》などに描かれてあった淋《さび》しい庭のように、と、その風情を楽しむ心が下敷きになっている。

【冬《ふゆ》景《げ》色《しき》】

三冬

冬《ふゆ》の景《けい》・冬景《とうけい》・冬《ふゆ》の色《いろ》

いかにも冬らしく、蕭条《しょうじょう》とした風景が広がっている様子をいう。山々は眠り、野は荒涼とした枯色を深め、湖や海も寒々しい姿をさらす。「春景色」「秋景色」も季語として存在するが、「景色」という言葉に季節を冠して、最も効果を発揮するのは、「冬景色」であろう。

生涯は一度落花はしきりなり：「生命諷詠」を提唱した作者らしい浪漫《ろまん》的心象句。

帆かけ舟あれや堅田の冬げしき　其角

椀中に豆腐崩れる冬景色　和田悟朗

冬景の霧を脱ぎつつあるところ　石田勝彦

▼「堅田《かただ》」は、「落雁《らくがん》」で知られる近江《おうみ》八景の一つ。「あれや」と願望することで、「帆かけ舟」を出現させた。▼眼前に広がる冬景を楽しみつつ、手の中の「椀」が温かい。▼霧がはれるにしたがって姿を現わす、寂寞《せきばく》たる冬の風景。全貌《ぜんぼう》が現われるまでの時間をとらえた。

水《みず》《みづ》涸《か》《か》る

三冬

川涸《かわか》る・沼涸《ぬまか》る・池涸《いけか》る・滝涸《たきか》る

冬には水も涸れる。水源地が氷に閉ざされたり積雪のため、水量が減るのである。中洲があらわになったり、滝が細々と水を落としたりするのも、万物が枯れて動きの乏しくなった冬の風景の一つといえよう。

関連　水温《みずぬる》む→春／田水沸《たみずわ》く→夏／水澄《みずす》む→秋

山水の涸れ〳〵ながら玉走る　田中王城

涸れ残りたる水鏡暮れ残り　永田耕衣

ライターの火のポポポポと滝涸るる　秋元不死男

▼涸れそうになりながらも、縷々《るる》と流れる水の連なりを「玉走る」と表現し、見るべきものとてない侘《わび》しい山河に美をもたらした。▼かろうじて残っている水が、鏡のように、暮れ残った冬空を映している。▼ライターの火が勢いよく出ず、ポポポポと途切れつつ上がる状態と、涸れ滝の水とが呼応するかのようだ。

冬《ふゆ》《ふゆ》の泉《いずみ》《いづみ》

三冬

寒泉《かんせん》・冬泉《とうせん》

「泉」が夏の季語になっているのは、暑い盛りにその冷たく清らかな水が心身を癒やすからだが、ことに冬の泉のありようは、人に顧みられないゆえに心がひきつけられる。人知れずこんこんと湧きやまぬ寒中の泉は、自然の神秘や底力の象徴ともいえよう。

関連　泉《いずみ》→夏

なまよみの甲斐の霊《くす》しき冬泉　加倉井秋を

冬も湧くたしかな泉夜明け近し　佐藤鬼房

自《みずか》らに問ふこと多し冬泉　深見けん二

寒泉に一杓を置き一戸あり　木村蕪城

▼「なまよみの」は甲斐《かい》（山梨県）の枕詞《まくらことば》。地霊への挨拶句だが、冬泉の霊力を感じとってこそ詠めた句。▼夜の冬泉のひそやかな動きと音に夜明けの兆《きざ》しを確信。▼日常気づかぬ心の底への問いかけを促すのも冬の泉の力。▼「寒泉」の音韻の厳しい響き。「一杓《いっしゃく》」「一戸《いっこ》」も潔い。

冬《ふゆ》《ふゆ》の水《みず》《みづ》

三冬

水烟《みずけむ》る

冬の水は、冷たく暗く湛《たた》えられている。河川の水は涸《か》れて少なくなり、池や沼は底に落葉を溜《た》め、動きを止める。井戸水や地下から湧く水は外気のわりに温かく、寒い朝にはほのかに湯気を立てることもある。「水烟る」は水温と気温の差に

野見山朱鳥《のみやまあすか》▶大正6年（1917）—昭和45年（1970）「菜殻火」主宰。虚子の評「曩《さき》に茅舎を失い今は朱鳥を得た」。

よって生じる現象。『徒然草《つれづれぐさ》』に「霜いと白う置ける朝《あした》、遣水《やりみづ》より烟《けぶり》の立つこそをかしけれ」とある。

冬の水浮む虫さへなかりけり　高浜虚子

冬の水櫟の落葉しづめけり　青木月斗

克明に提灯うつる冬の水　山口誓子

暗きより暗きへ冬の水の音　石塚友二

▼何も浮かばず何の動きもない冷たい水を強調している。▼水底に沈潜する櫟《くぬぎ》の落ち葉の重なりまで見える静かな水。▼鏡のように静止した夜の水面《みなも》。提灯《ちょうちん》に記された紋所や文字までもが見えてくるようだ。▼冬の水の寒々しいありようを、暗さと音をもって表現した句。

冬の水

【寒《かん》《かん》の水《みず》《みづ》】

晩冬

寒九《かんく》の水《みず》

寒の内の水は冷たく清らかで腐らないので薬になるといわれ、とくに寒中九日目の「寒九の水」は体によいとされる。実際冷たくておいしい。酒造りや、葛《くず》を曝《さら》す寒曝《かんざら》し、紙漉《かみす》きや、布を晒《さら》すのにも用いられる。寒餅《かんもち》を搗《つ》くにも、餅を漬けて保存するのにも使われ、かつては寒中に汲《く》んだ水を甕《かめ》に蓄えたものだった。水道水が主流となった現代でも、朝の起きぬけの一杯の寒の水は、体内に凜冽《りんれつ》たる力を注いでくれるように感じる。 関連 寒《かん》の内《うち》↓17

寒の水こぼれて玉となりにけり　右城暮石

寒の水念ずるやうに飲みにけり　細見綾子

焼跡に透きとほりけり寒の水　石田波郷

ひたひたと寒九の水や厨甕　飯田蛇笏

▼貴重な寒の水だからこそ「玉」になると表現される。硬いきらめきが見えてくるよう。▼薬効を信じて寒の水を飲むのである。▼終戦の翌年、東京に帰り住んだ時の作。無惨な焼け跡に、透き通る水のなんと救いを与えることか。▼厨《くりや》の甕《かめ》を満たす寒九の水に、大いなる保証を得たような思い。

> **名句鑑賞**
>
> ### 冬の水一枝の影も欺かず　中村草田男
>
> 鏡のように張りつめた水面。視覚的にも感覚的にも冷たい緊張感に満ちている。映っているのは細かな枯枝。その一枝《いっし》の影もゆるがせにせず、克明に写し取っている。「欺《あざむ》かず」の一語にこめられた嘘偽りを許さぬ造化の鏡。写真でも表現できそうに思えるが、その厳しさをあらわせるのは、俳句という潔い韻文ならではのもの。冴《さ》えわたった大気、冷えきった水、虚飾を捨て去った枝。いずれも読む者の背筋を正させる。［西村］

【冬《ふゆ》《ふゆ》の川《かわ》《かは》】

三冬

冬川《ふゆかわ》・冬川原《ふゆかわら》・寒江《かんこう》

冬は雨が少ないため、川の流れは細る。あらわとなった河原

打水の流るる先の生きてをり：打った後の水が流れてゆく様子を生き物のようにとらえた。

に細々と流れる様子は、周りの枯れた風景とともに寂しい。しかし、色彩の乏しいなか、青空を映し、動きのある存在でもある。雪国では雪が河原に迫り、時に川を隠すことも。「川涸《か》る」という季語もあるが、「冬の川」は、あくまでも流れに重きが置かれている。

冬川や筏《いかだ》のすわる草の原　其角
冬川に出て何を見る人の妻　飯田蛇笏
あを〳〵と片よる水や冬の川　楠目橙黄子
冬川をたぐり寄せては布放つ　鮐山實

▼流れが細いため、筏が河原の草に乗り上げている。その草も枯れているだろう。▼見るべきものとてないのに、という思いが底にある。淋《さび》しげな人妻の背後にある事情は読み手の想像にゆだねられている。▼あるがままを描いた句。河原の空《むな》しい広がりも。▼「ては」は繰り返しを意味する。染めた布を川で晒《さら》しているのだろう。

冬《ふゆ》の海《うみ》

三冬

冬海《ふゆうみ》

冬の海は寒風が吹きすさび、荒々しい波が押し寄せて荒涼としている。とくに北国の日本海側は、雪雲が重く垂れ込め、暗く時化《しけ》ていることが多い。一方、太平洋側は比較的凪《な》いで明るいが、沖はうねるように波が高い。

真黒き冬の海あり家の間　高浜虚子
冬海に誰が捨て去りし子の玩具　原コウ子

▼海辺に立ち並ぶ家々と、その間から見える冬の海。真っ黒な海は、人々の生活をも象徴している。▼荒波に揉《も》まれる玩具は、痛々しくも凄《すさ》まじく、人目をひきつける。

冬《ふゆ》の波《なみ》

三冬

冬浪《ふゆなみ》・冬濤《ふゆなみ》・寒濤《かんとう》

冬は北西の季節風が強いので、日本海は波が高く、怒濤《どとう》の呼び名がふさわしい。「濤」の字は荒々しくダイナミックに崩れるイメージをあらわしている。岩に砕けた波が泡状に湧き立って風に舞う「波の花」（次項参照）も見られる。「冬の波」は海ばかりでなく、湖や川の荒波をもいう。

大き冬浪ま黒き壁がはしり来る　軽部烏頭子
冬の濤隠岐《おき》の島根を削りたる　長谷川素逝
冬波をおそれに来しか見に来しか　谷野予志
立ち上りくる冬濤を闇に見し　清崎敏郎

▼間近で見るとこんな感じ。単純な描写が成功している。▼「島根」は島の根。冬濤の荒々しさ、力強さを、島を削ったと誇張して表現。実際、削ったかもしれぬ。▼冬波を恐れる自分に興じる部分がある。▼「闇に見し」が、迫力と不気味さと底知れぬ存在感を強調している。

波《なみ》の花《はな》

晩冬

波《なみ》の華《はな》

シベリアからの季節風が吹きつける厳冬の晴れた日、奥能登《おくのと》の外浦《そとうら》海岸や福井の越前《えちぜん》海岸などの岩場で見られる、岩に砕

上野泰《うえのやすし》▶大正7年（1918）—昭和48年（1973）「春潮」主宰。「ホトトギス」における新感覚派として注目された。

波の花

けた波が泡状に湧き立って風に舞う現象。海水がプランクトンの粘性によって泡状になるといわれ、強風に乗って数十メートルも高く飛ぶことがある。厳しい冬の自然の中の、人々の美意識が偲《しの》ばれる呼び名。

松葉ちる嵐や礒は波の花　支考

能登瓦越えて舞ひけり浪の花　林　徹

波の花ぶつかり合ひて松が枝《え》に　千田一路

波の花外套の裾ふちどりぬ　井上雪

▼寒さと強風と岩場という条件下で波の花は咲く。松葉の緑、波の花の白、礒《いそ》の黒が鮮明。▼能登瓦《のとがわら》は独得の照りのある漆黒の瓦。舞い上がった高さを示しながら、色の対比をも描く。▼松の枝に留《とど》まった波の花に興じる。荒《すさ》びがちな厳冬にも健在な詩心。▼こちらは岩場を這《は》う波の花。外套《がいとう》の裾《すそ》に付着したものを美しく表現。

寒潮《かんちょう》《かんてう》

三冬

冬《ふゆ》の潮《しお》・冬潮《ふゆじお》・冬汐《ふゆじお》

冬はプランクトンなどの微生物が少ないため、潮流は海本来の色をたたえ、澄んでいる。寒の内に限らず、冬の寒く厳しい潮流、および潮の干満を「寒潮」と呼んでいる。「潮」という字は本来、朝のしおに用い、「汐」と書くと夕方のしおを意味した。現在では「潮」で両方をあらわすが、とくに夕べの意味をこめたい場合は、「汐」がふさわしい。

寒潮の一つの色に湛へたる　高野素十

寒潮の犇《ひしめ》きゐるは解きがたし　山口誓子

充電のあひだ寒潮見てゐたり　髙柳克弘

冬汐といへどもぬくし岬の果て　鈴木真砂女

▼模様や微妙な変化を一切排した、力強い、一徹の色。▼寒潮の色と質感を「犇く」ととらえ、解きがたい密度をもって描いた。▼電器の充電か、自分自身の休養か。前者なら数時間、後者なら数日。内側から満ちてくるものを感じる。▼冬汐であっても冷たくないのは黒潮《くろしお》のおかげだろう。作者の生まれ育った房総の岬だろうか。

霜柱《しもばしら》

三冬

寒い夜、地中の水分が細い柱状の氷の結晶となって地表に突き出る現象。関東地方の赤土に最もできやすい。寒い朝、霜柱を踏んで登校した思い出が誰にもあろう。朝日にきらめく霜柱は自然の造形美の一つで、太陽に当たると解けて崩れる。麦の根を浮かしたり、農作物や庭を荒らしたりする。寒冷地では鉄道のレールを押し上げることもあるという。

関連 霜《しも》↓36

霜ばしらしらさぎ空に群るるなり　久保田万太郎
霜柱立つ日立たぬ日家にあり　高野素十
霜柱慥かドナウの川岸に　京極杞陽
石ひとつすとんと沈め霜柱　石田勝彦

▼地上の銀色に輝く霜柱と、天上に白く飛び交う白鷺《しらさぎ》との美しい対比。「霜ばしら」が「しらさぎ」の序詞のよう。▼寒かったりそうでもなかったりの数日、家にいたのである。▼異国の地に霜柱を見いだした記憶が「慥《たし》か」にこめられている。▼石の周りを埋めた霜柱。あたかも後からすとんと石を落としたかのように。

初《はつ》氷《ごおり》（はつごほり）　初冬

その冬、初めて水面に氷が張ること。早朝、うっすらと張った氷を目にして、いよいよ寒くなることを予感する。北海道では十月の中旬に見られるが、東京では十二月上旬頃、鹿児島や和歌山の潮岬《しおのみさき》では十二月後半、さらに温暖な高知の足摺《あしずり》岬《みさき》では年が明けてから見られる。初氷ののち、初雪となる。

関連 初雪《はつゆき》↓37

初氷尾を大切に尾長跳《と》ぶ　堀口星眠
初氷夜も青空の衰へず　岡本眸

▼「飛ぶ」ではなく「跳ぶ」だから、ちょんちょんと水辺を跳《は》ねている尾長《おなが》。灰青色の長い尾を大切そうにもたげて寒そう。▼深夜になって気づいた初氷。こんな夜はしんしんと冷えて、夜空の色にも張りがある。

氷《こおり》（こほり）　晩冬

厚氷《あつごおり》・綿氷《わたごおり》・氷点下《ひょうてんか》・氷塊《ひょうかい》・結氷《けっぴょう》・氷結《こおりむす》ぶ・氷張《こおりは》る・氷上《ひょうじょう》

冬、低温によって水が固体となったもの。雪とともに冬固有の水の姿。氷には三つの特徴がある。第一に冷たく、第二に硬く、第三に透明である。霞、霧、霜、雲、雨、雪、氷。水は季節とともに変幻自在に姿を変えて、この国を彩る。

関連 凍《こお》る↓20

たくましき樋の蓋とづる氷かな　来山
水よりも氷の月はうるみけり　鬼貫
くらがりの柄杓にさはる氷かな　太祇
星きらきら氷となれるみをつくし　闌更
草の戸や小田の氷のわるる音　抱一

名句鑑賞

霜柱俳句は切字響きけり　石田波郷

霜柱をつくづく見ると、針状の氷の結晶はじつに美しい。まさに造化の神の賜物《たまもの》である。しかも日が射すと、きらめきながらはかなく消える。寒い朝、きりりと耀《かがや》く霜柱の潔さに、俳句の切字《きれじ》の響きの理想形を見た句。「けり」は詠嘆の助動詞で、俳句形式は切字がすっきり響いてこそ美しいと感嘆する思いがこめられていよう。切字を重視し、韻文精神の徹底を説いた作者ならではの屹立《きつりつ》した作品。［西村］

上野章子《うえのあきこ》▶大正8年（1919）―平成11年（1999）虚子の六女。夫・泰没後「春潮」を継承。素直で大らかな句風。

空谷のわれから裂くる氷かな　前田普羅

氷上や雲茜して暮れまどふ　原石鼎

▼「樋《とい》」は堰《せ》き止めた水の流れ口。今は固く氷に閉ざされて。▼水に映る月はひらひらと揺れて寒そうだが、氷に映る月は潤んで見える。▼暗がりで手水鉢《ちょうずばち》の柄杓《ひしゃく》を探す。手水鉢には氷が張っている。▼「みをつくし」は舟の道標。凍るような寒風に、辺りの水が星のようにきらめいている。▼草庵暮らしをしていると、田んぼの氷の割れる音が聞こえる。春の足音。▼春が近づくと、谷の氷もおのずから割れる。「空谷《くうこく》」は人影のない谷。▼凍《い》てが厳しいほど、夕焼雲の茜《あかね》色が鮮やか。

氷柱《つらら》

晩冬

垂氷《たるひ》

水の滴りが凍り、先の細い棒状に成長したもの。北国では軒の氷柱が地面に届くような大氷柱となることもある。また、崖《がけ》から何本もの氷柱が格子のように連なり、日光や月光に光るさまは壮観。『枕草子《まくらのそうし》』に「日ごろ降りつる雪の、今日《けふ》はやみて、風などいたう吹きつれば、垂氷いみじうしだり」と見えるように、古くは「垂氷《たるひ》」といった。

遠き家の氷柱落ちたる光かな　高浜年尾

大氷柱切先を埋め深雪かな　野見山朱鳥

みちのくの星入り氷柱吾に呉れよ　鷹羽狩行

人泊めて氷柱街道かがやけり　黒田杏子

▼遠くで何かが光って落ちた。あれは氷柱が落ちた光だと気づいた折の作。一瞬の鋭い光の軌跡。▼雪深い北国の情景。相当太い氷柱であろう。▼氷柱に星が映るという発想からの詩的飛躍。星も大粒であろうし、氷柱も澄んでいる。▼軒並み氷柱が育っている宿であろうか。客のある窓の灯《ひ》に、氷柱が輝く。きらびやかな光景。

名句鑑賞

みちのくの町はいぶせき氷柱かな　山口青邨

「いぶせし(鬱悒《いぶせ》し)」は、気が晴れない、うっとうしい、むさ苦しいといった意味の古語。句の表面には氷柱《つらら》だけしか詠まれていないが、東北地方の雪に埋もれた家並が見えてくる。おおいかぶさる雪と、長く太い氷柱。外から見てもうっとうしい感じがする。そんな光景を詩的に昇華させたのは「みちのく」と「いぶせき」という古語。作者自身も岩手県盛岡《もりおか》市の出身。雪と氷柱に閉ざされた、長い冬の暮らしを知りつくしているのだ。［西村］

冬滝《ふゆだき》

晩冬

滝凍《たきこお》る・凍滝《いてだき》・氷瀑《ひょうばく》・寒《かん》の滝《たき》

冬は水が涸《か》れる季節なので滝も細くなる。厳寒の頃、氷結した滝を「凍滝」という。両側の岩から氷柱《つらら》が垂れ、白く凍った滝水は、時が止まったようで不思議な景観を呈する。周囲が氷壁と化したなか、唯一の動きとして水が落ち続ける滝もまた、淋《さび》しく美しい。「滝」は夏の季語だが、冬滝の厳しさも心打たれるものである。関連 滝《たき》→夏

冬の滝心棒立ててとゞろけり　沢木欣一

終章はかがやけと滝凍るなり　倉橋羊村

おのが影ふりはなさんとあばれ独楽：影だけではなく、何かと決別しようとしているかのよう。

しつかりと見ておけと滝凍りけり　今瀬剛一
凍滝と奥嶺の月と照らし合ふ　能村登四郎

▼水量の少ない冬の滝だからこそ、心棒の在処《ありか》が見える。▼冬は四季の巡りの最終章。最後に輝きを放つありさまを希求する自然観。▼凍滝の様相に自然界の意志を読みとった叙し方。▼月に照らされているというのではなく、照らし合うとみた点に、凍滝の存在が強調される。

氷湖《ひょうこ》　晩冬

湖氷る《みずうみこおる》・冬の湖《ふゆのみずうみ》・凍結湖《とうけつこ》・凍湖《とうこ》・結氷湖《けっぴょうこ》・氷盤《ひょうばん》

一面に凍結した湖をいう。氷が十分な厚さになると、その上を対岸へ行く道としたり、そのままスケート場にしたりする。また、氷を切り取って公魚《わかさぎ》などの穴釣りを楽しむことができるなど、凍ることで湖の趣は一変する。

月一輪凍湖一輪光りあふ　橋本多佳子
氷湖ゆく白犬に日の殺到す　岡部六弥太
湖凍ててわが声われを驚かす　林　翔

▼冬の月と凍湖が光り合う美しさは、凍結したもののもつ、純粋で神秘的な美である。▼氷の上をゆく真っ白な犬の輝かしいばかりの姿をとらえて、比喩が巧み。▼自分の声の谺《こだま》にひとり驚く。静まりかえった氷湖の寒さが押し迫る。

御神渡《おみわたり》　晩冬

御渡《みわたり》

長野県の諏訪湖《すわこ》が全面結氷する現象で、大寒《だいかん》の頃に起きる。ある晩、轟音《ごうおん》とともに亀裂が走り、湖面を二分した裂け目に氷が盛り上がる。これは厚くなった氷が昼夜の温度差によって収縮、膨張を繰り返した結果、起こるもの。古来、諏訪大社上社《かみしゃ》の男神である建御名方《たけみなかた》が、下社《しもしゃ》の女神である八坂刀売《やさかとめ》のもとに通う道だという伝説がある。亀裂の方角、規模によって豊凶を占う風習もある。

御渡りも過ぎてや湖に鳥の声　梅珠
月ささぬ隈とてあらぬ御神渡　鈴木元
せり上る三角四角御神渡り　坂本靖夫

▼御神渡が過ぎると、春も遠からじの思いが湧く。湖に響く鳥の声は春の言触《ことぶ》れ。▼一夜にして湖の眺めが一変する。月は一部始終を照らしている。▼単純で力強い筆致が、まだ見ぬ者にも全容を思い浮かべさせる。湖にひと筋盛り上がった氷の鋭角が見えてくるようだ。

氷海《ひょうかい》　晩冬

凍海《とうかい》・海凍る《うみこおる》

厳冬期、北の海が一面に結氷した状態、あるいは氷山や氷塊が海を埋めつくしたさまをいう。オホーツク海沿岸などでは、海が鉛色になり、初めは「蓮葉氷《はすばごおり》」と呼ばれる丸い氷片が浮かぶ。石川啄木《たくぼく》が「さらさらと氷の屑《くず》が波に鳴る磯の月夜のゆきかへりかな」と詠んだのはこの状態。やがて氷は厚さを増して、氷海となる。戦前は樺太《からふと》(現サハリン)と稚内《わっかない》の間に砕

上村占魚《うえむらせんぎょ》▶大正９年（1920）―平成８年（1996）「みそさざい」主宰。たかし、虚子に師事。抒情的写生句が特色。

氷船による連絡航路があったという。 関連 流氷《りゅうひょう》→春

氷海や船客すでに橇の客　山口誓子

氷海や日の一粒の珊瑚色　金箱戈止夫

▼氷海に阻《はば》まれた船を降りた客は、一面の氷原を橇《そり》で運ばれる。▼果てしない氷海の広がりの中で、太陽は一粒にすぎない。その珊瑚《さんご》色の初々《ういうい》しいこと。

狐火　歌川広重「名所江戸百景　王子装束ゑの木大晦日の狐火」（江戸時代）
山口県立萩美術館・浦上記念館

狐火《きつねび》

三冬

狐《きつね》の提灯《ちょうちん》

山野や墓地に青白い炎がちらつく現象を、狐+が口から吐く火だと古人はみた。原因は人骨や獣骨の燐《りん》が放つ微光だといわれるが、狐火と見るからこそ詩が生まれる。東京都北区の王子稲荷《いなり》では、+大晦日《おおみそか》の晩に関八州《かんはっしゅう》の狐が集まって火を燃やし、人々はその燃え方で豊凶を占ったという。実際に狐は冬季に活動が活発になる。それに稲荷信仰が重なって、幻想的季題となった。 関連 狐《きつね》→94

狐火を信じ男を信ぜざる　富安風生

狐火の出ることうそでなかりけり　久保田万太郎

狐火の減る火ばかりとなりにけり　松本たかし

狐火や老いて声よき子守唄　山本洋子

向かひ来ることあらざりし狐火は　茨木和生

▼幻のような狐火を信じ、現実の男は信じない。ある女人像が立ち上がってくる。▼今までは疑っていた。でも目《ま》のあたりにした驚き。▼魅せられていた時間的経過が表現されている。あれほど連なっていた狐火も今は……。▼不可思議な火に怯《おび》える幼児と、嫗《おうな》の子守唄。▼そのとおりだなと思ってしまう、幻惑的な句。

植物
動物

【冬《ふゆ》の梅《うめ》】 晩冬

寒梅《かんばい》・寒紅梅《かんこうばい》

春の訪れに先がけて咲く梅の花。春の梅はすがすがしいものだが、冬の梅は凜《りん》とした印象がある。春の先触れの花である。

関連 梅《うめ》↓春／探梅《たんばい》↓130

梅一輪一輪ほどの暖かさ　嵐雪
ゆつくりと寝たる在所や冬の梅　惟然
寒梅や雪ひるがへる花のうへ　蓼太
峡ふたつ日あたる方に冬の梅　水原秋桜子

▼「寒梅」と前書がある。寒中、一輪の梅に「一輪ほどの」暖かさを感じとった。梅が一輪咲くごとに暖かくなるという意味ではない。▼冬にも梅の咲く暖かな在所。▼一輪の寒梅と、上空で翻る雪片。▼鎌倉だろうか。峡《かい》(両側に山の迫る所)の日のよくあたる方にはもう梅が咲きはじめている。

【早梅《そうばい》《さうばい》】 晩冬

梅早《うめはや》し

春を待ちかねたかのように咲き出す梅のこと。暖地では年が明けると開き始める。「冬の梅」「寒梅」というといかにも寒さに耐えて花をつける印象だが、「早梅」には、春も遠くはないという希望を感じる。

関連 梅《うめ》↓春／探梅《たんばい》↓130

早梅や日はありながら風の中　原石鼎
早梅やはなだ色なる谷戸の空　伊藤伊那男

名句鑑賞

早梅の発止発止と咲きにけり　福永耕二

早梅には紅い花もあるが、これは白にちがいない。「発止発止《はっし》」の表現は、どうしても白い花のきびきびした様子を思わせるのである。また、枝が細かく岐《わか》れて空へ突き出しているさまも浮かぶ。たとえるなら、碁盤《ごばん》に布石を打っていくかのような鋭さが一句全体に感じられ、春の梅との違いが明らかになっている。「ハッシハッシ」の語感が心地よい。［片山］

早梅の世間知らずの花二三　中原道夫

▼日射しはすでに春の明るさだが、風のまだ冷たい中、咲き出す早梅。▼「縹《はなだ》色」は薄い藍《あい》色。もう冬の曇り空ではない。切り取られた「谷戸《やと》(谷)」の空を背景に早梅が開き始めた。▼「おずおず」などとはいわず、「世間知らず」と言い切ったところに俳諧《はいかい》味がある。

【冬至梅《とうじばい》】 仲冬

山野に自生する野梅《やばい》の園芸種で、冬至の頃にはもう咲き出す。白い一重咲きで楚々《そそ》とした趣があり、盆栽にして楽しむことが多い。

関連 冬至《とうじ》↓11

冬至梅蕾微塵に暮れゆけり　百合山羽公
朝日より夕日こまやか冬至梅　野澤節子
一と本の城の裾なる冬至梅　星野椿

▼花は中輪で蕾《つぼみ》も小ぶり。夕暮の中の蕾に焦点を当てた一句。▼朝日の力強さに対し、衰えてゆく夕日をこまやかと感じた。▼寒さに耐えてひっそりと咲く梅の白さと城壁の白さが引き立て合う。

台風を迎へ打つ茶を淹れにけり：泰然自若と台風を迎え撃つ。九州の人ならではの句。

蠟《ろう》《らふ》梅《ばい》《ばい》

晩冬

臘梅《ろうばい》・唐梅《からうめ》・南京梅《なんきんうめ》

蠟梅は甘い香りの花。晩冬、裸のままの枝に蠟のような半透明の黄色い花を咲かせる。中国原産の植物の中では遅く、江戸時代の初めに渡来した。

臘梅や雪うち透かす枝のたけ　芥川龍之介
臘梅のつばらかに空凍てにけり　石原舟月
臘梅や隠るるごとく安房に来し　角川源義
臘梅はもつと淋しい花の筈　飯島晴子
臘梅をポケットに入れバスが揺れ　川崎展宏

▼臘梅の枝に雪。その雪に花が透けている。▼細やかに咲く臘梅。空は凍てついている。▼平家追討の戦に敗れ、いったん安《あ》房《わ》(千葉県)へと逃れた頼朝の姿と重なる。▼蠟梅の中を歩いている。花の香と花びらを透く光に満たされてゆく。▼バスが揺れるたび、その人も臘梅も揺れる。すぐ訪れる春の先触れのように。

蠟梅

帰《かえ》《かへ》り花《ばな》《ばな》

初冬

返《かえ》り花《ばな》・帰咲《かえりざき》・狂咲《くるいざき》・狂花《くるいばな》・忘咲《わすれざき》・忘花《わすればな》・二度咲《にどざき》

春や夏に咲くはずの花が、冬の初めの小春日和に誘われて、思い出したように一輪二輪咲く、その季節はずれの花のこと。桜以外の草木の帰り花もあるが、「花」といえば、桜の花をさすように、ただ「帰り花」といえば、桜の帰り花のこと。

凩に匂ひやつけし帰花　芭蕉
日に消えて又現れぬ帰り花　高浜虚子
返り花咲けば小さな山のこゑ　飯田龍太
約束のごとくに二つ返り花　倉田紘文

▼帰り花のあるかなきかの香り。▼太陽がまぶしくて、見えたり見えなかったり。▼帰り花は山のささやき。▼この日、ここでと互いに約束して咲いた帰り花。

室《むろ》咲《ざき》

三冬

室《むろ》の花《はな》・室咲《むろざき》の梅《うめ》・室《むろ》の梅《うめ》

本来は春に咲く花を、温室で育てて冬に咲かせたもの。蘭《らん》や+シクラメンの鉢植えが代表的だが、+フリージアや+スイートピーなどの切花も温室で促成栽培されている。花が少ない時期だけに喜ばれる。

おそろしき風に匂ふや室の梅　蝶夢
厨房に母のためなる室の花　上田日差子

▼室育ちの梅にとって外の冷たい風は「おそろしき」ばかり。それでも馥郁《ふくいく》とした香りを漂わせている。▼家族のために立ち働く母への感謝の念がこもった室の花。

岡部六弥太《おかべろくやた》▶大正15年（1926）―平成21年（2009）虚子、朱鳥、蓼汀に師事。福岡市に「円」を創刊、主宰。

冬《ふゆ》桜《ざくら》

三冬

十月桜《じゅうがつざくら》・寒桜《かんざくら》

晩秋から一月頃にかけて咲く桜で、花は春の桜よりやや小ぶり。春と冬の二回咲く豆桜(富士桜)や四季桜が多い。なかでも、群馬県藤岡市の桜山公園の冬桜は天然記念物に指定されている。「十月桜」とも呼ばれる四季桜は、鎌倉の長谷寺《はせでら》、円覚寺《えんがくじ》、東慶寺や愛知県豊田市小原《おばら》町などがその名所。「寒桜」は寒緋桜《かんひざくら》と山桜系里桜などとの雑種といわれ、淡紅色のやや大きめの花である。 関連 桜《さくら》→春

冬桜海に日の射すひとところ　岸田稚魚
冬桜空の碧《あを》さとかかはらず　馬場移公子
わが生れ月の十月桜かな　鷹羽狩行
寒桜交はり淡くして長し　古賀まり子
うすうすと島を鋤くなり寒桜　飴山實

▼冬晴の日。冬桜の白さと、スポットライトのような日射しに照らされる海の輝きとの対比。▼碧空に輝く春の桜とは違い、晴れても翳《かげ》っても懸命に咲く冬桜。▼十月桜は旧暦十月十三日の日蓮聖人の忌日(御会式《おえしき》)の頃に咲くことから「御会式桜」ともいう。「十月」から「わが生れ月」への運びの妙を味わいたい。▼春の桜は華やかに咲いて一斉に散るが、寒桜はひそやかにしばらく咲いている。その花のようなしみじみとした付き合いもある。▼冬の日差しの中で島の畑を鋤いている。同じ日差しの中の寒桜が幻のように静かだ。

寒《かん》緋《ひ》桜《ざくら》

晩冬

緋寒桜《ひかんざくら》

一月頃から咲き出す紅色の鮮やかな桜で、「艶《あで》やか」という花言葉にふさわしい直径二センチほどの花が、下向きに半開きで咲く。中国南部や台湾原産で、石垣島などでは野生化している。盆栽に仕立てて愉《たの》しむことも多い。

緋寒桜見むと急ぎて日暮れけり　邊見京子
緋寒桜脇から入る二の鳥居　数長藤代

▼この花が咲き出す頃はまだ日が短く、たちまち日暮れになってしまう。▼長い参道が続く立派なお宮なのだろう。緋寒桜が華やか。

冬《ふゆ》木《き》の桜《さくら》

三冬

枯桜《かれざくら》

季節の変化とともにさまざまな姿を見せる桜。その葉も散り尽くした冬になると、蕭条《しょうじょう》とした風景に紛れてひっそりとし

寒緋桜

冬木の桜

しんしんと離島の蟬は草に鳴く：草の中から聞こえてくる蟬の声。離島の静寂。

てしまうが、黒黒とした幹や八方へ伸びた枝はたくましく、寒さに耐える力を感じさせる。これを「冬木の桜」という。やがて冬芽が少しずつふくらみはじめ、春を迎える用意が始まる。なお、冬に花をつける「冬桜」や「寒桜」は「冬木の桜」とは呼ばない。関連 桜《さくら》→春

哀れさは殊に桜の冬木立　游刀
艶すこしありて冬木の桜かな　青柳志解樹
鳥過ぎて風過ぎて冬木の桜　永方裕子

▼花が咲いてこその桜と思えば、ことさら哀れを誘う。▼寒さにさらされている幹にも艶を発見したところに、冬木の桜の趣が感じられる。▼裸木《はだかぎ》となった桜をかすめて鳥が飛んでゆき、風が吹きわたる。それを見つめる作者の心情。

冬薔薇《ふゆばら》

三冬　冬《ふゆ》の薔薇《ばら》・冬薔薇《ふゆそうび》・寒薔薇《かんそうび》

四季咲きの薔薇もあるが、秋に咲いた薔薇が冬に咲き残っている場合が多い。霜が降りた朝、凍えそうな花は哀れを誘い、一途な思いや健気《けなげ》さを投影して俳句に詠まれる季語となっている。関連 薔薇《ばら》→夏

冬薔薇石の天使に石の羽根　中村草田男
冬ばらの蕾の日数重ねをり　星野立子
冬薔薇紅く咲かんと黒みもつ　細見綾子
冬薔薇や風にめくれる雲の端　川上良子

▼彩りに乏しい冬の庭。寒々しい「石の天使に石の羽根」に、傍らの薔薇が救いのよう。▼うまく咲くだろうかと案じつつ過ごす日々。▼寒気や霜で黒ずんだ蕾《つぼみ》。それでも真紅の花を咲かせるはずだと見守る作者の眼差し。▼寒風が吹きすさぶ頃であることを雲の動きで伝える。

冬牡丹《ふゆぼたん》

三冬　寒牡丹《かんぼたん》

人工的に真冬に咲かせる牡丹。牡丹は本来、初夏五月の花だが、春のうちに蕾《つぼみ》を摘み取り、開花時期を遅らせる。寒風の中、あるいは雪中に菰《こも》をかぶって咲く姿は、初夏の牡丹とは別の花のようである。関連 牡丹《ぼたん》→夏

冬牡丹

ひうひうと風は空ゆく冬ぼたん　鬼貫
開かんとしてけふもあり冬牡丹　千渓
苞割れば笑みこぼれたり寒牡丹　高浜虚子
寒牡丹物書く音にせかれをり　加藤知世子
日と月のごとく二輪の寒牡丹　鷹羽狩行

▼大空を吹く北風の音が聞こえる。▼何日も花が開きかかったまま。▼苞《つと》の中で笑むように咲いている。▼一心に書き継ぐペンの音。▼菰《こも》を着て端正な姿に育てられた花が二輪、高さを少し違《たが》えて美しい季を迎えている。

山田弘子《やまだひろこ》▶昭和9年（1934）―平成22年（2010）「円虹」主宰。虚子、汀子、杞陽に師事。伝統派にあって清新な句風。

冬椿《ふゆつばき》

晩冬

寒椿《かんつばき》・早咲《はやざき》の椿《つばき》

椿は春の季語だが、冬のうちから咲くものを「冬椿」または「寒椿」といい、冬の季語としている。濃い葉隠れにのぞく花の姿は寒気に耐えて咲いているという感じがする。花や葉に雪の積もったところも美しい。 関連 椿《つばき》→春

うつくしく交る中や冬椿　鬼貫

赤き実と見てよる鳥や冬椿　太祇

葉籠りに咲き初めにけり冬椿　高浜虚子

寒椿つひに一日の懐手　石田波郷

寒椿から四十雀ぽんぽんと　上澤樹實人

▼礼節を心得た人付き合い。その人の庭だろうか、傍らに咲く冬の椿。▼鳥たちにとって食べ物の乏しい冬。椿の赤い花を、実と勘違いして寄ってきた。▼鬱蒼《うっそう》と茂る葉の奥で、花が開き始めた。▼一日中、何ごとか考えあぐねていたのだ。▼椿の木から手品のように次々と小鳥がとび出てくる。驚くような数。

侘助《わびすけ》

三冬

冬、椿《つばき》に似た小ぶりの花をつける。この名から、ひっそりとした佇《たたず》まいの花が想像される。ツバキ科の樹木の中で、山茶花《さざんか》(冬の季語)や椿(春の季語)は日本に自生するが、侘助は自生しない。中国渡来とも、中国渡来種と藪椿《やぶつばき》との交配によって生まれたともいう。

すぐくらくなる侘助の日暮かな　草間時彦

▼たちまち日暮れる侘助の花のあたり。

山茶花《さざんか》《さざんくわ》

初冬

茶梅《さざんか》・ひめつばき

山茶花は冬の初めの花。紅、白、薄紅、斑《ふ》入りの紅などの色がある。椿《つばき》(春)の花に似ているが、椿よりはかなげに咲き、はかなげに散る。「山茶」は中国では椿のこと。「山茶花」という名前はこれを借りて日本で作られた。初めは「さんざか」と読んでいたが、江戸時代になると「ん」と「ざ」が入れ替わって「さざんか」と読むようになった。

山茶花

山茶花のここを書斎と定めたり　正岡子規

霜を掃き山茶花を掃く許りかな　高浜虚子

山茶花は白一色ぞ銀閣寺　小沢碧童

山茶花の散りしく月夜つづきけり　山口青邨

山茶花やいくさに敗れたる国の　日野草城

山茶花のこぼれつぐなり夜も見ゆ　加藤楸邨

▼書斎と山茶花がよく合う。▼霜の白く置く朝、山茶花もたくさ

ちちろ鳴く肩をまとはぬ仏より：仏像の背後から聞こえてくる、こおろぎの鳴声。

ん散っている。▼銀閣寺は銀色ではないが、「銀」という言葉に白い山茶花が映える。▼昨夜も今夜も山茶花の落花を照らす冬の月。▼終戦直後の句。戦争に敗れたと思えば、山茶花もいよいよあわれ深い。▼日中のおだやかな日和は夜もつづく。そして山茶花も散り続く。

【茶《ちゃ》の花《はな》】

初冬

茶の木は、初冬、小さな白い花をつける。鎌倉時代、臨済宗の開祖、栄西が中国から日本にもたらし、茶の湯が広まるとともに、各地で栽培されるようになった。山茶花と同じく椿の仲間。その花は、穏やかな冬の日和を連想させる花でもある。関連 茶摘《ちゃつみ》→春／新茶《しんちゃ》→夏

茶の花

ちやの花のからびにも似よわが心　青蘿

茶の花のとぼしきままに愛でにけり　松本たかし

茶の花の映りて水の澄む日かな　飯田龍太

茶の花の黄をつけて来し犬の貌　川崎展宏

茶が咲いて肩のほとりの日暮かな　草間時彦

▼「からび」とは枯淡の趣のこと。干涸《ひか》らびることではない。▼ちらほらと咲く茶の花。▼澄みきった水に花が映る。▼黄色い花粉をつけてきた。▼この頃の夕日には温度がない。気が付くと肩から冷えている。

【八手《やつで》の花《はな》】

初冬

花八手《はなやつで》

八手は、天狗《てんぐ》の団扇《うちわ》のような大きな葉が福を招くといわれ、庭や、とくに鬼門となる場所へ植える家が多かった。その葉ばかりが目につき、初冬に咲く白い花は見過ごされやすい。長い蘂《しべ》をもった小花が球形に固まって咲く。

八手の花

いち日で足袋は乾かず花八ツ手　鈴木真砂女

みづからの光りをたのみ八ツ手咲く　飯田龍太

用事とは日暮に多し花八ツ手　手塚美佐

▼冬の日射しが弱くて足袋《たび》が乾かないと、八手の花が咲く頃の季節感を伝えている。▼ほんのりと白い象牙色の花はおのずから光

名句鑑賞

茶の花のわづかに黄なる夕べかな　蕪村

夕闇ににじむ茶の花のほのかな黄色。それは遠い昔に失われた故郷への郷愁の色。蕪村には「花いばら古郷の路に似たるかな」という句をはじめ、はるかな郷愁を詠んだ句がいくつかあるが、この句はそのひとつ。［長谷川］

古舘曹人《ふるたちそうじん》▶大正9年（1920）―平成22年（2010）師・青邨逝去後、「夏草」代表を終刊まで務めた。

を発しているように見え、それをたのみに咲くととらえた。▼「日暮に多し」が一句の要。「短日」の慌ただしさがうかがえる。

柊《ひいらぎ》《ひひらぎ》の花《はな》《はな》

初冬

柊は、冬の初め、銀木犀《ぎんもくせい》（秋の季語）に似た、香り高い細かな白い花をつける。棘《とげ》のある葉の陰に咲くので、その香りや散り敷いた花屑《はなくず》で気づく、ひそかな花。節分の魔除《まよ》けに戸に挿すのはこの小枝。クリスマスの飾りに使う、赤い実をつけるホーリー（西洋柊）はモチノキ科の柊黐《ひいらぎもち》。柊はモクセイ科で、夏に黒い小さな実を結ぶ。関連 柊挿《ひいらぎさ》す↓208

柊の葉の間より花こぼれ　高浜虚子

柊の花一本の香かな　高野素十

▼葉隠れに咲く柊の花。▼柊の小さな花を大きく描いた。

柊の花

ポインセチア

仲冬

猩々木《しょうじょうぼく》

クリスマスを彩る、なじみの植物。真っ赤に色づく部分は苞《ほう》葉《よう》で、花はその中心に集まっている。短日植物のため、日中はよく日に当て、逆に夜は夕方から朝まで十二時間以上、光を遮ると、よく色づく。クリスマスにあわせて温室栽培され、花屋の店先に赤い鉢植えが所狭しと並べられる頃になると、心浮き立つものがある。関連 クリスマス↓202

ポインセチアその名を思ひ出せずゐる　辻田克巳

星の座の定まりポインセチアかな　奥坂まや

▼知っていながら名前が出てこないものが時々ある。ポインセチアもそんなものの一つかもしれない。▼オリオン座もおおいぬ座も、すべてあるべきところに輝いている。夜を迎えたポインセチア。

ポインセチア

寒木瓜《かんぼけ》

晩冬

冬木瓜《ふゆぼけ》

木瓜は春の花だが、冬のうちから花をつける品種や、四季咲きで冬にも開花するものがあり、それらを「寒木瓜」という。花は朱色が多いが、白や紅白の絞り、八重咲きなどもあり、花期は長い。関連 木瓜《ぼけ》の花《はな》↓春

寒木瓜や先きの蕾に花移る　及川貞

寒木瓜の咲きつぐ花もなかりけり　安住敦

寒木瓜や日のあるうちは雀来て　永作火童

▼一つずつおもむろに蕾《つぼみ》が開くのも、寒木瓜ならでは。中七・下五の表現が生き生きしている。▼すべて咲いてしまい、春の木瓜

枯木立どの幹となく揺れはじむ：風に揺れはじめる枯木立。自然が生動する瞬間をとらえた。

ほどには控えの蕾がないのだ。▼日向《ひなた》で遊んでいたと思った雀がもういない。

仙蓼《せんりょう》《せんれう》

三冬　千両《せんりょう》・実千両《みせんりょう》・草珊瑚《くささんご》

関東以南の林に自生する常緑小低木で、濃い緑の葉の上に固まって実がつき、冬になると朱色に色づく。植え込みにあしらったり、正月の生け花の花材にしたりする。ありがたそうな名前であるところから、俳句では「千両」と書くことが多い。実の色が黄色い種類もある。

仙蓼

千両の実をこぼしたる青畳　今井つる女

いにしへを知る石ひとつ実千両　伊藤敬子

▼正月用に床の間に生けられた千両だろう。こぼれている実を千両がこぼしたと見たおもしろさ。▼謂《いわ》れのあるらしい銘石を、千両の鮮やかさが引き立てる。

万両《まんりょう》《まんりやう》

三冬　実万両《みまんりょう》

仙蓼《せんりょう》と同様、縁起のよいものとして庭に植える。仙蓼の実が葉の上につくのに対し、万両の実は葉の下に総状に下がる。仙蓼よりやや小ぶり。「万両」の名には、千両(仙蓼)より実が美しいという意味もあるという。

万両のほかに生家の記憶なし　富安風生

百両がほどをこぼして実万両　伊藤トキノ

▼幼い頃の記憶は、一部が不思議に鮮明だったりする。作者にとっては、万両の赤さだけが生家の思い出なのだ。▼「百両」と呼ばれる唐橘《からたちばな》に優るというので「千両」「万両」の名がついたという。万両の実が少しこぼれているのを「百両がほど」と見た楽しさ。

万両

藪柑子《やぶこうじ》《やぶかうじ》

三冬　山橘《やまたちばな》

仙蓼《せんりょう》、万両と同じように、緑の葉に赤い実をつけるが、木の丈が一〇センチから三〇センチほどなので、愛らしい印象を与える。盆栽にされることも多く、正月用として人気がある。「十両」ともいわれるように、山中で、わずかな丈のものが小さな実をつけているさまは、健気《けなげ》である。

藪柑子

清崎敏郎《きよさきとしお》▶大正11年(1922)—平成11年(1999)虚子、風生に師事。「若葉」主宰を継承。花鳥諷詠を貫く。

八十の母の笑ひや藪柑子　山田みづえ
奥山の昼は短し藪柑子　岩津厚子

▼歳を重ねてゆく母とともに新年を迎えられためでたさ。藪柑子が母の明るさを思わせる。▼自然の中の藪柑子。山中の日射しはすぐに逸《そ》れてしまう。

【南《なん》天《てん》の実《み》】 三冬

実南天《みなんてん》・白南天《しろなんてん》

南天はその名が「難を転ずる」に通じるところから、屋敷の鬼門に植えられる。実は十一月頃から色づくので秋に分類する歳時記もあるが、雪の中で赤い実をのぞかせているさまなど、いかにも冬らしい光景である。雪兎の目にも南天の実は欠かせない。「白南天」は実が白い南天で、正しくは「白実南天」である。 関連 南天《なんてん》の花《はな》↓夏

南天の実

南天の実に惨たりし日を憶《おも》ふ　沢木欣一
億年のなかの今生実南天　森澄雄
ていねいに朝日がとどく実南天　黛執

▼戦場から帰還した時の句。平穏な日常の象徴として南天の実を見ているのか。▼地球の歴史から見れば、一瞬にすぎない人間の一生。だが、一人の人間にとっては、かけがえのない時間。真っ赤な南天の実が、思念を印象づける。▼朝日をたっぷり浴びるさまを「ていねいに朝日がとどく」とした主観的な描写が、情景を浮き立たせている。

【青《あお》《あを》木《き》《き》の実《み》《み》】 三冬

青木は日陰でも茂るところから、屋敷の北側などによく植えられる。冬になると、まるでペンキで塗ったような赤い実が固まってなり、静かに存在を主張している。ほかに花が少ない季節だけに、その赤さは目をひく。

青木の実

青木の実紅をたがへず月日経る　柴田白葉女
夕凍《ゆうしみ》のにはかに迫る青木の実　飯田龍太
弓弦の響きかすかや青木の実　星野恒彦

▼ひと冬の間、青木の実は色を変えない。時は留《とど》まることなく過ぎているのに、という作者の思い。▼急に足元から冷えを感じるような時間、実の赤さがことさらくっきり浮かぶ。▼弓道場からは矢を射る唸《うな》りのような音。静まり返った裏庭に青木の実が赤く光る。

路地に生れ路地に育ちし祭髪：下町に生きる祭。人と祭のはるかな歳月を感じさせる。

冬珊瑚《ふゆさんご》

三冬

玉珊瑚《たまさんご》

ナス科の常緑低木で、冬に実が赤く色づくので観賞用に栽培される。別名「玉珊瑚」ともいう。珊瑚を思わせる明るい色の実がたくさんつくが、有毒であるという。鉢植えにするほか、切花にもする。

なかぞらに風は笛吹き冬珊瑚　飴山實

気が付けば子あり孫あり冬珊瑚　小林鱒一

▼寒風にもめげず赤い実をつけている冬珊瑚の愛らしさ。▼いつの間にか孫をもつ身となった。短いけれども満ち足りた人生の象徴ともいうべき冬珊瑚の赤い実。

冬珊瑚

女貞の実《ねずみもちのみ》

三冬

鼠黐《ねずみもち》の実《み》・ねずみのふん・ねずみのこまくら

女貞は、おもに関東以西で生け垣などに植えられる木。その実は一センチほどで、熟しても黒くなるだけで、青木の実のような華やかさはない。「ねずみのふん」の名のとおりで、「ねずみのこまくら」の呼び名のほうがまだユーモラスだ。「女貞」の表記は、同属の唐鼠黐《とうねずみもち》の乾燥した実を漢方で「女貞《じょてい》」ということによる。

関連 鼠黐《ねずみもち》の花《はな》→夏

ねずみもちの実を見る胡散臭さうに　川崎展宏

鼠のこまくら人の死ならば口軽に　能村登四郎

▼木になっていればまだしも、実を何粒か手にのせられたりしたら、「胡散臭《うさんくさ》」くも思うだろう。▼他人の死は所詮《しょせん》、他人事《ひとごと》と、軽々しく話題にしたりもする。軽妙な季語が逆に人の心理を衝《つ》く。

女貞の実

冬苺《ふゆいちご》

三冬

寒苺《かんいちご》

「冬苺」は山地に自生する常緑の蔓《つる》性小低木で、冬に赤い果実をつけ、熟すと甘くなる。真っ赤な粒が輝くさまは見るだけでも楽しい。一方、温室栽培の西洋苺も年明けから出回り始

名句鑑賞

余生なほなすことあらむ冬苺　水原秋桜子

この苺《いちご》は温室栽培のように思える。慈しむように苺を味わって食べている。そんな時間も大切な人生のひとときだ。すでに老いて久しいが、まだまだ好奇心を失っていない。生あるかぎり「なすことあらむ」と言いたい作者であろう。この句において季語の果たす役割は大きい。林檎《りんご》、蜜柑《みかん》、葡萄《ぶどう》、柿など、あれこれ置き換えてみると、ほかの果物では成り立たない句であることがよくわかる。大事に育てられた大粒の苺の豊かさによって、充足感に満ちた作品となっているのである。［片山］

菖蒲《しょうぶ》あや▶大正13年（1924）―平成17年（2005）「春嶺」主宰。平明な表現の中に確かな生活感情を詠みこんだ。

める。本来の「冬苺」と区別して「冬の苺」とすべきではあるが、日常では温室苺を目にすることのほうが多く、これも「冬苺」として俳句に詠まれることがある。

あるときは雨蕭々と冬いちご　飯田蛇笏
蔓ひけばこぼる丶珠や冬苺　杉田久女
冬いちご森のはるかに時計うつ　金尾梅の門

▼冷たい雨に濡《ぬ》れる赤い冬苺。「蕭々《しょうしょう》」に冬の雨の静けさが。▼まさに自然の中の冬苺。次々に手《た》繰《ぐ》り寄せられる美しい果実は「珠《たま》」と呼ぶにふさわしい。▼まるで童話の世界のよう。時計は何時を知らせているのだろう。

冬苺

枇《び》杷《わ》の花《はな》（枇《び》杷《は》の花《はな》）

仲冬

花枇杷《はなびわ》

十二月頃、大きな葉に守られるようにして、枝先に白っぽい小花が円錐《えんすい》状に集まってひっそりと咲く。遠目には薄茶色の木質のかたまりに見えるほど地味である。ほのかな香りがある。関連 枇杷《びわ》→夏

枇杷の花

故郷に墓のみ待てり枇杷の花　福田蓼汀
裏口へ廻る用向き枇杷の花　山崎ひさを
咲き初めて雲の色なる枇杷の花　岩田由美

▼墓参のみの帰省。墓地の片隅の枇杷の木か。控えめな花に懐かしみを覚える。▼珍しい到来物でも持参したところか。裏庭や勝手口付近によく植えられる。▼何色とも言いがたい花の色を、「雲の色」と言い止めた。控えめながらも、ほのぼのとした花。

蜜《み》柑《かん》

三冬

温州蜜柑《うんしゅうみかん》・蜜柑山《みかんやま》

ふつうは温州蜜柑をさす。温州は中国浙江《せっこう》省南部の都市で、中国から伝わったことがわかるが、現在では日本で代表的な品種となった。皮がむきやすく、甘く安価であるところから、手軽に食べられる果物の代表となっている。炬燵《こたつ》を囲む団欒《だんらん》の中心に置かれた蜜柑は、いかにも日本的な冬の日常風景である。関連 蜜柑《みかん》の花《はな》→夏

探しもの又して疲れ蜜柑むく　星野立子
みかん山九九を唱へて子の通る　山崎祐子

▼日常の暮らしの中に溶け込んでいる蜜柑。こんな時にはひと休みして喉を潤したい。▼学校帰りの明るい声が響く。

九《く》年《ねん》母《ぼ》

三冬

蜜柑《みかん》の仲間で、蜜柑より皮が厚くて堅いが、香りが豊かで甘い。「くねんぼ」の名はヒンドゥー語で柑橘《かんきつ》類を意味する言葉

が変化したもので、沖縄で「くにぶ」「くぬぶ」、鹿児島で「くねぶ」と発音されるようになったという。「九年母」の字を当てたのがおもしろい。秋に分類する歳時記もあるが、熟して橙色《だいだい》になるのは一月頃である。

九年母やすこしへげたるなまこ塀　星野麥丘人

▼「へぐ」は剝《は》がす、削り取るの意。白黒の海鼠塀《なまこべい》の上から垂れる九年母の実の鮮やかなオレンジ色。

仏手柑《ぶしゅかん》　三冬

仏手柑《ぶっしゅかん》

柑橘《かんきつ》類の一種で、先端が指のように分かれているのを、仏像の指に見立てて名づけられた。独特の形が珍重され、観賞用に栽培されるが、中国では皮を砂糖漬けにして食べるという。

仏手柑の灯影に仏手見たりけり　大橋敦子

仏手柑捥《も》ぐ手を空にかざしけり　根岸善雄

▼果実そのものより、影のほうがさらに仏の手らしく見えたというおもしろさ。▼空にかざした自分の手と仏手柑と、どちらが御仏の手に似ていただろうか。

橙《だいだい》　三冬

回青橙《かいせいとう》

正月飾りに欠かせない柑橘《かんきつ》類。供え餅の上に載せたり、輪飾りに添えたりする。熟しても落果せずに冬を越し、春に再び青くなって、翌年の新しい実とともに木になり続けるところから「だいだい(代々)」の名があり、一家の繁栄を思わせてめでたいとされる。「回青橙」は小型の実をつける品種で、色づいたものが再び青くなるところからこの名がある。正月飾りに用いるのは回青橙である。関連 橙飾《だいだいかざ》る→269

橙のたゞひと色を飾りけり　原石鼎

お供《そなえ》餅の上の橙いつも危し　山口青邨

橙に黙約《きまり》のごとき一葉かな　宇多喜代子

▼確かに橙はどこから見てもまったく同じ色だ。▼いつ転がり落ちてもおかしくない。まさに「危《あやう》し」。軽い調子といい、諧謔《かいぎゃく》の味。▼プラスチック製の模造品であっても、ちゃんと葉一枚がついている。

朱欒《ざぼん》　三冬

うちむらさき・文旦《ぶんたん》・ぼんたん・ざんぼあ・ざんぼ

柑橘《かんきつ》類中で最も大きな実をつけ、味は淡泊。果肉が淡紅色のものを「うちむらさき」、淡黄色のものを「文旦」「朱欒」という。皮の砂糖漬けも人気がある。主産地は高知、熊本、鹿児島を中心とする西日本である。

甲板へ朱欒投げやる別れかな　太田嗟

母へ買ふザボン月よりやや小さし　新田祐久

通夜の兄弟ひとつ文旦むきにけり　邊見京子

▼乗組員に別れの挨拶とお礼をこめて、朱欒を投げて渡した。大きな朱欒ならではである。▼月と比べるのだから、決して小さくはない。▼食べたくてむいている、というわけでもない様子が「ひ

森田峠《もりたとうげ》▶大正13年（1924）—平成25年（2013）青畝に師事。「かつらぎ」にて長く編集長を務めた後、継承主宰。

とつ文旦」にあふれている。無言で分け合う文旦に存在感がある。

【冬林檎《ふゆりんご》】三冬

林檎の収穫期は秋だが、保存が利くので、長期にわたって出荷される。寒い冬には、焼林檎やアップルパイにする楽しみもある。かつては林檎を籾殻《もみがら》で保存したので、取り出す時の籾殻の匂いが冬林檎の思い出となっている人も多いことだろう。

関連 林檎《りんご》→秋

窓にいま太陽生まる冬林檎　花谷和子

刃をあててかがやきが増す冬林檎　今瀬剛一

冬林檎一個しだいに重くなる　西山睦

▼冬の太陽と相似形のような真っ赤な冬林檎が卓上に置かれている。▼むき始める瞬間の感覚。紅潮した林檎の充実感が手に伝わってくる。▼ずしりとした重さと冷たさは、冬林檎ならでは。

【木守《きまもり》】三冬

木守《こもり》・木《き》まぶり・木守柿《きもりがき》・木守柿《こもりがき》・木守柚子《きもりゆず》・木守柚子《こもりゆず》

柿や柚子を収穫する際、全部とってしまわないで、木のてっぺんに実を残しておく。翌年もたくさんの実がなるようにとのまじないで、「木守」と呼ぶ。鳥に実りを分け与えるという意味もある。夕空を背景に、ぽつんと残る実は郷愁を誘う。

奥美濃や心底赤き木守柿　菖蒲あや

村見尽して夕晴れの木守柿　廣瀬直人

名句鑑賞

朱《あけ》よりもはげしき黄あり冬紅葉　井沢正江

すでに山中の紅葉は散るいっぽうとなり、葉が残り少なくなった木々はなんとも心細げである。燃えるような赤さはどこへ消えてしまったのだろう。そんな木々を左右にしながら山道を歩いていると、明るい黄色の葉が目に飛び込んできた。日射しに透けて驚くばかりの鮮やかさである。紅葉の盛りには目立たなかった黄色が、冬紅葉《ふゆもみじ》となってむしろ輝きを増して見えたのだ。「はげしき黄」という表現がこの句のポイントであり、「ハゲシキキアリフユモミジ」と、イ音の多さが緊張感をもたらしている。［片山］

木守や空耳に聞く父のこゑ　西嶋あさ子

▼美濃一帯は柿の産地。透き通るような木守り柿の赤さに、奥地までやってきたという感慨がこもる。▼村中が見渡せる高さの木守り柿。▼木守りは懐かしいものを呼び覚ますものでもある。作者は、もう聞こえるはずのない父の声を聞いた。

【冬紅葉《ふゆもみじ》《ふゆもみぢ》】初冬

残《のこ》る紅葉《もみじ》

冬になってもまだ残っている紅葉をいう。紅葉の時期は日本列島の南北でかなりの開きがあり、高度によっても異なるので、地域によっては、十二月に入ってもなお紅葉が残っている景色を見ることも多い。日に日に風が冷たくなる中で、寒さに耐えて色を凝らしている姿には風情がある。雪が降ると、まだ葉を残した紅葉の木々が白く彩られ、それもまた美しい。

関連 紅葉《もみじ》→秋

日おもてにあればはなやか冬紅葉　日野草城
梵妻と立話して冬紅葉　松田美子
病む夫に一合の酒冬もみぢ　藤田直子

▼雨風にさらされてくすみ始めた葉でも、日が当たれば真っ赤な色が甦《よみがえ》る。▼境内の冬紅葉が、まだまだ美しい寺。たまたま庫裏《くり》から出てきた梵妻《ぼんさい》(僧侶の妻)さんと立ち話。▼病状に障るのではないかと案じつつ、夫の好きな酒を用意。いつか飲めなくなるかもしれないと思いながら。

【紅葉散る《もみぢちる》】

初冬

散紅葉《ちりもみじ》

冬、真っ赤なままの葉が、日射しを浴びて宙を舞うさまは、浄土もかくやと思わせる艶《あで》やかさである。散った葉を「散紅葉」といい、一面に敷き詰めたようになる。木の下に掃き寄せてあるさまもまた、初冬の華やぎを感じさせる。

関連 紅葉《もみじ》・紅葉且《もみじか》つ散《ち》る↓秋

紅葉散る旅の衣の背に肩に　五十嵐播水
はじめより掃かでありたる散紅葉　後藤夜半
苔の上のひとつひとつの散紅葉　長谷川素逝

▼身に降りかかるように散る紅葉。盛りを過ぎた紅葉を心ゆくまで楽しめるのも旅先ならでは。▼もとより掃くつもりなどない。地を覆い尽くすほどの散紅葉の豪華さを知っているからである。▼同じようでいながら微妙に違う美しさを発見。

【落葉松散る《からまつちる》】

初冬

落葉松落葉《からまつおちば》

落葉松はマツ科でありながら落葉樹である。暖地では生育せず、高原に出かけなければ黄葉にも出合えないところに、人の心をとらえる魅力があるようだ。初冬、上高地や木曽旧街道などを歩くと、この季語が実感できる。すっくと伸びた木のてっぺんから、金色のこまかな葉が、後から後から降るように散りかかる。

からまつ散る縷々《るる》ささやかれゐるごとし　野澤節子
からまつ散るこんじきといふ冷たさに　鷲谷七菜子
直立のさみしさに散る落葉松か　須賀一惠

▼さらさらと降る葉音を聞きながら、落葉松にささやかれているようだと感じた。▼金という色を「冷たさ」ととらえた感覚の鋭さ。▼真っすぐに立ち続けていることを「さみしさ」と受け止めたところに作者の思いがこもる。

【木の葉《このは》】

三冬

木の葉散《このはち》る・木の葉雨《このはあめ》・木の葉時雨《このはしぐれ》

散ってゆく葉のことで、今まさに散っているものだけでなく、まだ木に残っているもの、すでに散り敷いたものも含める。「木の葉雨」や「木の葉時雨」は、まるで雨が降るように木の葉が散るさまをいう。「音まがふ木の葉時雨をこきまぜて岩瀬に染むる清滝の波」(藤原定家)のように、和歌の時代から用

加藤三七子《かとうみなこ》▶大正14年(1925)—平成17年(2005)「黄鐘」主宰。青畝に師事。次第に王朝風へと回帰。

いられてきたもので、このような表現を「偽《にせ》の時雨」と呼ぶ。

水底の岩に落ちつく木の葉かな　丈草
木の葉舞ふ天上は風迅きかな　太田鴻村
木の葉ふりやまずいそぐないそぐなよ　加藤楸邨

▼透明度の高い冬の水ゆえ、水に散り込んだ木の葉が底にまで沈むのを見届けた。▼地に届く時はゆっくりだが、高い所では風に吹き飛ばされているように見える。▼落葉に対して言う「いそぐないそぐなよ」が、自分自身をなだめる言葉としても響く。

【枯葉《かれは》】
三冬

冬が深まるにつれ、木々の葉は枯れて散り始める。樹下に積もっていたり、まだ枝に残って風に吹かれていたりする姿は、冬の侘《わび》しさを象徴する。都会でも、並木の枯葉が歩道を吹かれてゆくさまなどが目につく。シャンソンにも歌われた詩情のある光景である。

枯葉のため小鳥のために石の椅子　西東三鬼
枯葉走れる正門のほか門いくつ　高柳重信
地の色となるまで枯葉掃いてゐる　野木桃花

▼人影もまばらな冬の公園。冷たい石の椅子に枯葉が降りかかり、小鳥が来ては止まるだけ。▼都会の一角を切り取るように塀で囲まれた敷地に、乾いた枯葉がみずから走り出すように飛ばされてゆく。▼すでに枯色の葉が、掃いているうちに地面となじんでくる。地のものとして箒《ほうき》に押しやられていく枯葉の哀れ。

【落葉《おちば》】
三冬

落葉《らくよう》・落葉《おちば》の雨《あめ》・落葉《おちば》の時雨《しぐれ》・落葉風《おちばかぜ》・落葉時《おちばどき》・落葉掃《おちばは》く・落葉焚《おちばた》く

冬、地上に散り敷く落葉樹の葉。紅葉のままのこともあれば、すでに枯葉と化していることもある。落葉のしきりに降るさまを雨にたとえて、「落葉の雨」「落葉の時雨」ともいう。庭や道に降り積もった落葉は、掃きためられて焚かれる。それぞれ「落葉掃く」「落葉焚く」という。

手ざはりも紙子の音の落葉かな　許六
吹き上げて塔より上の落葉かな　夏目漱石
せつせつと落葉は己が木をくぐる　松村蒼石
拾得は焚き寒山は掃く落葉　芥川龍之介
落葉掃了へて今川焼買ひに　川端茅舎
落葉焚き人に逢ひたくなき日かな　鈴木真砂女
落葉するおとにさめゐるまぶたかな　飴山實

▼「紙子《かみこ》」は、紙で作られた着物。さわさわと音がする。▼高々と吹き上げられる落葉。はるかに塔を越していった。▼落葉そのものが即物的に詠まれている。まるで生き物のように。▼伝説の唐僧、寒山《かんざん》と拾得《じっとく》。▼今川焼きの温《ぬく》みが恋しくなったのだ。▼誰にも逢《あ》わず一人でいたい日。▼落葉の降るかすかな音に目覚めているのだ。

【柿《かき》落《おち》葉《ば》】
初冬

冬空や猫塀づたひどこへもゆける：寒々とした空の下、軽々と越境してゆく猫をうらやむ。

落葉　京都・嵯峨野。

落葉の中でも特徴のあるものは「柿落葉」「朴《ほお》落葉」「銀杏《いちょう》落葉」などと個々の名を冠して呼ぶ。柿落葉は、黄、朱、紅、臙脂《えんじ》と、さまざまな色が混じり合い、二つと同じものがない。地に落ちている葉のどれもが手に取りたくなるような美しさである。

関連　柿若葉《かきわかば》→夏／柿紅葉《かきもみじ》→秋

畑中は柿一色の落葉かな　士朗

いちまいの柿の落葉にあまねき日　長谷川素逝

▼実をとるために栽培している柿畑。落葉の頃には敷き詰めたように一面がいろどられる。▼日を浴びて輝きを取り戻したのである。やや大きい柿の葉ならでは。

朴落葉《ほおおちば》《ほほおちば》

初冬

朴散《ほおち》る

朴の葉は三〇センチ以上もある楕円《だえん》の団扇《うちわ》形で、落葉もひと目でそれとわかる。表は薄茶色で裏は銀色を帯び、からからに乾いた葉が初冬に落ちる。木の高さが二〇メートルにもなるので、まるで空から葉が降ってくるかのよう。古くは、食べ物を盛る器代わりに用いられた。

地に触れてはじめて音す朴落葉　粟生純夫

山に入るいきなり朴の落葉かな　山田みづえ

▼大きな葉が舞い落ちるのだが、空中にある時は音をたてない。

朴落葉

波多野爽波《はたのそうは》▶大正12年（1923）—平成3年（1991）「青」主宰。虚子に師事。「写生」「多作多捨」を突き詰めた。

地面に届いて、やっとガサリと音がするのである。▼山道にかかるや、目の前に大きな朴落葉が横たわっている。どこに木があるのだろうと、思わず見上げてしまう。

銀杏落葉《いちょうおちば》《いちやうおちば》

初冬

冬を彩る落葉の中でも、銀杏落葉は最も華やかである。高空から扇の形をした無数の金の葉が冬の日射しを浴びながら舞い落ちるさまや、大きな木の下一面に落葉が重なっているのは、ことのほか美しい。

関連　銀杏黄葉《いちょうもみじ》・銀杏散る《いちょうちる》↓秋

隣る木もなくて銀杏の落葉かな　道彦
巫女の掃く銀杏落葉を手にすくふ　加藤憲曠
銀杏落葉一枚咬みて酒場の扉《と》　土生重次

▼一本の大木の下、辺りを憚《はばか》ることなく敷き詰めた落葉の豪華さ。▼神社に多い銀杏の木。参道や境内の落葉を掃くのは、ひと仕事である。巫女《みこ》が掃いている傍らで、戯れにすくってみた金色の落葉。▼人影まばらな昼の酒場通り。固く閉ざされた一軒の扉に銀杏落葉が挟まって。「咬《か》みて」ととらえたところに雰囲気がある。

銀杏落葉

名句鑑賞

花の如く銀杏落葉を集め持ち　波多野爽波

一枚一枚、きれいな銀杏《いちょう》の葉を拾っては、葉柄《ようへい》の部分を揃え、しっかり持っているのである。葉の数が増えるにしたがって、まるでブーケのようにたまっていくのを楽しんでいるのは、まだ幼い女の子だろう。ほかの木の葉ではこうはいかない。色もかたちも大きさも、「花の如く」というのが、いかにも銀杏落葉らしい。集めてどうするというのでもなく、思わず手にとってみたくなる、そんな気持は子供でなくてもよくわかる。大人になると、一枚を手にして歩くくらいしかできなくなるのが寂しい。［片山］

冬木《ふゆき》

三冬

寒木《かんぼく》・冬木道《ふゆきみち》・冬木影《ふゆきかげ》

冬に寒々と立つ木を「冬木」「寒木」という。冬の到来を実感させるものの一つ。常緑樹も含まれるが、いかにも冬木らしいのは、葉を落とし尽くした落葉樹だろう。枯れ一色の中、枝が露《あら》わとなった木がぽつんと立っているのは、見るからに寒々しい。また、「寒木」には、孤独感も漂う。

売家につんと立つたる冬木かな　一茶
大空に伸び傾ける冬木かな　高浜虚子
つなぎやれば馬も冬木の静けさに　大野林火
あせるまじ冬木を切れば芯の紅　香西照雄
冬木描くいきなり赤を絞り出し　橋本美代子

▼住人の暮らしを日々見つめていた木が、取り残されたように寒風にさらされている。▼先端が傾いて見えるのは、空に届いて曲

茶摘女と同いどしなる茶の木かな：同い年と聞けば茶の木への親しみもわく。茶の木とともに育ったか。

がったためだといわんばかり。▼ひっそりと立つ冬木に馬をつなげば、馬もまた、じっと佇《たたず》む。▼切り倒された冬木の中心は、まるで血が滲《にじ》んでいるように赤い。寒さに耐えてきた冬木のその赤さを見て、今は雌伏《しふく》の時なのだと、あらためて自分を励ましている。▼枝を赤で描き、その上にさまざまな色を重ねていくのだろう。作者の心の弾みが伝わってくる。

冬木立《ふゆこだち》 三冬

冬木が数本立っている景色をいう。江戸時代の歳時記にも「冬枯れた枯木のすがたをいへり」（『改正月令博物筌《がつりょうはくぶつせん》』）、あるいはまた、「夏木立は茂りたるをいひ、冬木立は葉の脱落したるさまなどいふべし」（『栞草《しおりぐさ》』）などの記述がある。彼方《かなた》まで見渡せる広々とした景色には、晴れ晴れとした明るさがある。

関連 夏木立《なつこだち》→夏

斧入れて香におどろくや冬木立　蕪村
灯せば影は川こす冬木立　紫暁
太陽に素顔晒して冬木立　関森勝夫
一本はうしろ姿の冬木立　和田耕三郎

▼斧《おの》を入れた途端に生木の匂いがほとばしり出た。紛れもなく生きていることの驚き。▼対岸へ影を伸ばした木々。灯をつけた瞬間の驚きが伝わる。▼太陽の光をいっぱいに受けた木々の、満ち足りた素顔。▼ほかの木々とは異なる方向を向いた一本に、作者の視線が向けられる。寂しさと優しさがある、その後ろ姿に。

寒林《かんりん》 三冬

葉を落とし尽くした木々がひっそりと並ぶ林。「冬木」「寒木」「冬木立」「枯木」など、同じような季語があるが、「寒林」は、林をなすほどの数の木々であるところに特徴がある。また、「かんりん」という響きには透明感があり、寒さの中で快い緊張を覚える。枝だけになった橅《ぶな》林や櫟《くぬぎ》林などは、遠くまで見渡すことができるようになり、陰鬱さは感じさせない。「寒○○」とあっても寒中に限るわけではなく、「冬○○」とほぼ同じ意味で用いられる。

寒林の一樹といへど重ならず　大野林火
寒林を見遣るのみにて入りゆかず　星野麥丘人
寒林に散るもののなほ残りをり　岡安仁義
寒林に寒林の空映す水　野中亮介

▼白樺《しらかば》林か落葉松《からまつ》林か、すっきりと立つ幹が決して重なることなく林の奥へと続いている。重ならないこと、その発見が俳句である。▼寒林の完璧な美しさゆえに、踏み込むことを思いとどまった。▼見通しがよくなったからこそ、ハラリと落ちるわずかな葉まで見える。▼空も見えるようになった寒林の明るさが、水たまりという、切り取られた部分を描くことで強調される。

田中裕明《たなかひろあき》▶昭和34年（1959）―平成16年（2004）「ゆう」主宰。爽波に師事。「昭和三十年世代」を代表する俳人。

枯木《かれき》

三冬

裸木《はだかぎ》・枯枝《かれえだ》・枯木立《かれこだち》・枯木道《かれきみち》・枯木宿《かれきやど》・枯木星《かれきぼし》

冬、木の葉を落とした落葉樹のこと。枯死した木ではない。「枯木立」といえば、「夏木立」「冬木立」と同じく、数本の枯木が立っている景色をいうが、ただ「枯木」といえば、その中の一本をさす。「裸木」も枯木のことだが、呼び名が変われば味わいもおのずから異なる。

鶲来て色作りたる枯木かな　原石鼎

逢ふところまでいくたびも枯木過ぎ　桂信子

父母の亡き裏口開いて枯木山　飯田龍太

火を焚けば闇にあらはれ枯木立　田村奎三

▼黄鶲《きびたき》だろうか。▼一本一本枯木を通り過ぎているという意識は、逢うという行為への強い思い。▼裏口の先に枯木の山が見える。▼焚火《たきび》のまわりに人のように立つ枯木。

枯銀杏《かれいちょう》《かれいちやう》

三冬

枯公孫樹《かれいちょう》・銀杏枯る《いちょうか》

さまざまな木が葉を枯らし、落としていく冬。ひと目でその名がわかる木の枯れた姿をまとめて「名の木枯る」というが、なかでも特徴のある樹木については、その名を冠して季語としている。銀杏(公孫樹)は代表的なもので、樹形のシンメトリーな美しさから、枯木となっても遠くからひと目でそれとわかる。

関連 銀杏散る《いちょうち》る↓秋

名句鑑賞

赤く見え青くも見ゆる枯木かな　松本たかし

枯木といえば、葉を落とした木の姿。樹皮以外の色などあるはずもない。この句の赤や青も枯木にはありえない色。作者はこの時、色の氾濫《はんらん》する絵画を描くような感覚で、枯木に色を塗りつけたのにちがいない。［長谷川］

考へる皺を根もとに枯公孫樹　鷹羽狩行

銀杏枯れ星座は鎖曳きにけり　大峯あきら

落丁のごとき一日や銀杏枯る　藤木倶子

▼幹の外皮にある溝状の凹凸を、脳の皺《しわ》とみた。「枯」という雌伏《しふく》の時に思索を深めている。▼夜でも樹形の明らかな枯銀杏。星座がくっきりと現われ、それらがつながって見えてくる。冬の夜空の華やかさ。▼冬の一日《ひとひ》、ふと虚《うつ》ろな思いにとらわれた。空には頼りない太陽、そして枯銀杏がすっくとそびえている。

枯欅《かれけやき》

三冬

欅枯る《けやきか》

欅の枯れた姿もまた、特徴がある。枝が細かく分岐するため、真冬が最も美しいとさえいえる。冬の欅並木を歩くといつしか絵の中に入り込んだような気分になる。

雲つかむごと枝ひろげ枯欅　三村春代

大欅枯れていいよいよ位あり　内山芳子

▼見上げると空を覆わんばかりに広がった枝。雲をつかもうとしているというのだ。▼もともと立派な木だったが、枯木となってますます品格が感じられるというところに欅らしさがある。

枯欅

枯《かれ》柳《やなぎ》

三冬

柳枯《やなぎか》る

葉を落とし尽くした柳は、糸のような細い枝を頼りなげに垂らしている。並木の枯柳は見るからに侘《わび》しく、濠《ほり》や川に映る姿は寒々しい。都会で見られる冬枯れの景色の一つである。

関連 柳《やなぎ》→春

板前の出てきて憩ふ枯柳　廣瀬ひろし

柳枯れ剛き雨降る眼鏡橋　下村ひろし

▼まだ開店前のひと時だろうか。準備が一段落したのを機に煙草《たばこ》を一服、そんな場面。▼眼鏡橋《めがねばし》は長崎のものがよく知られている。橋が作りだす円に対して、鞭《むち》のような枯柳と激しい雨脚の直線の構図が印象的。

枯《かれ》桑《くわ》

三冬

桑枯《くわか》る

その年の養蚕が終わると、晩秋、畑の桑は枝を括《くく》られ、葉は枯れてゆく。余分な枝を切られ、あたかも枯死したかのような姿で冬を越すのが枯桑で、人影もなく、空風《からかぜ》が吹き抜ける桑畑は荒涼としている。

関連 桑《くわ》→春

枯桑に汽車の短き笛一つ　松本たかし

桑枯れて日毎に尖る妙義かな　石橋辰之助

▼汽車が短く汽笛を鳴らした。冬の桑畑は音を遮るものもない侘《わび》しさ。▼群馬県の妙義山はごつごつとした岩山。麓の桑も枯れ尽くし、異様さが日に日に目立つ。

枯《かれ》萩《はぎ》

三冬

萩枯《はぎか》る

秋の七草の一つである「萩」は、花の時期が終わると実をつけ、やがて枝々が乱れて荒れた印象を与えるので株ごとに括《くく》っておく。さらに冬になると、枯れていっそう侘《わび》しい姿をさらすようになり、春の芽吹きをよくするために根元から刈り取ることもある。花の盛りの頃の優雅さとは正反対のうらぶれた様子が「枯萩」だが、それもまた風情あるものとして眺めるの

石原八束《いしはらやつか》▶大正8年（1919）—平成10年（1998）「秋」主宰。蛇笏に師事。一方で三好達治に私淑、散文も磨く。

である。

母と焚く枯萩の焔《ほ》のしろがねに　星野麥丘人
葉をふるふ力も尽きて萩枯るゝ　大橋桜坡子
園の風高きをわたり萩枯るる　梶井枯骨

関連 萩《はぎ》→秋

▼刈り取った枝を集めて焚く、その火も美しく、銀色であるという。母を労《いたわ》りながら焚《た》いている静かな冬の庭。▼小さな葉を散らし続けた萩も、力が尽きたかのように枯れ果ててしまった。▼吹き抜ける風の高さに寒々しさが感じられる。萩の枯れゆくさまに侘しさが募る。

冬《ふゆ》《ふゆ》柏《かしわ》《かしは》

三冬

枯柏《かれかしわ》

柏は大きな葉が枯れて褐色になるが、落葉せずに芽吹き前まで残っていることが多い。それを、木に宿る神が葉を守るのだとして「柏木《かしわぎ》の葉守《はもり》の神」という。『源氏物語』柏木巻で、光源氏の親友頭中将《とうのちゅうじょう》の息子柏木《かしわぎ》が亡くなった後、妻の落葉宮《おちばのみや》は「柏木に葉守の神はまさずとも人ならすべき宿の梢《こずゑ》か」と詠んだ。木肌があらわとなり、風に吹かれて葉ががさがさ鳴る様子はいかにも寒々しい。

冬柏

赤彦の家に一樹の冬柏　皆川盤水
風あればすぐに音して冬柏　滝沢伊代次
音ひとつたてず月下の枯柏　前澤宏光

▼歌人島木赤彦の住家を訪ねたら、柏の木があった。赤彦も冬柏の寂しさを眺めていたのだろうか。▼乾いた葉がわずかな風にも音をたてるのが家の中にいてもわかる。▼風がひたとやみ、月が煌々《こうこう》と照る夜の枯柏。

枯《かれ》蔦《つた》

三冬

蔦枯《つたか》る

葉を落とし、蔓《つる》だけになった冬枯れの蔦をいう。木の幹や建物の壁などを這《は》い上がった様子をつぶさに見ることができ、視覚的な印象が鮮明である。無機的な表情も作句意欲をそそるものである。単に「蔦」といえば秋の季語で、秋の「蔦紅葉《つたもみじ》」が最も賞翫《しょうがん》されるが、春の「蔦の芽」、夏の「青蔦」、冬の「枯蔦」と、四季折々の姿が特徴的で、それぞれ季語となっている。

枯蔦や石の館の夜の雨　松根東洋城
蔦枯れて一身がんじがらみなり　三橋鷹女
蔦枯れて蔓の呪縛の残りけり　稲畑汀子

関連 蔦《つた》→秋

▼蔦が枯れて露《あら》わになった寒々しい壁面に、追い討ちをかけるように冷たい夜の雨が降る。▼枯蔦にがんじがらめになっている木を見ていると、いつしかわが身が縛《ばく》されているような思いになる。▼壁一面に毛細血管のように広がった蔦は、枯れて力を緩める様子もない。

春の鳶寄りわかれては高みつつ：寄り分かれては高みへと羽ばたいてゆく鳶《とび》。青春の姿が重なる。

枯《かれ》蔓《づる》

三冬

冬の山中を歩くと、葉を落とし、蔓《つる》だけになった籐《とう》、通草《あけび》、野葡萄《のぶどう》、忍冬《すいかずら》などの蔓性植物が、木々に絡みついているのを目にする。力をもて余したようにぐるぐる巻きついているさまなど、どこか哀れでもある。春が来るのを、そのままじっと待っているのだ。

枯蔓の引かれじとする力かな　富安風生

枯蔓の螺旋描けるところあり　上村占魚

叱られて窓の枯蔓見てをりぬ　今井千鶴子

▼枯蔓を引いたところ、抵抗するかのような力を感じた驚き。▼時には幾何学的な螺旋《らせん》模様を描きつつ、枯蔓となっている。▼戸惑いつつ視線を外へ向けたところに枯蔓が。冬の庭の光景にしばし心を預けて。

冬《ふゆ》枯《がれ》

三冬

枯《か》る

野山の草は枯れ、木も葉を落とし尽くした荒涼たる風景に趣を見いだそうという季語。「冬枯れの野辺とわが身を思ひせばもえても春を待たましものを」(『古今和歌集』伊勢)などと和歌の時代から詠《うた》われ、俳諧に引き継がれた。

草山の奇麗に枯れてしまひけり　正岡子規

木も草もためらはずして枯れゆけり　相生垣瓜人

枯といふこのあたたかき色に坐す　木内彰志

一木の炎の形して枯るる　髙田正子

▼草がすっかり枯れてしまい、一面枯れ色となった草山は「奇麗」と讃《たた》えたいほど。▼「枯れ」が始まると草木はためらうことなく一挙に枯れてゆく。潔いまでに。▼枯草の色は決して寒々しくはない。むしろ暖かいと見た。それは太陽の恵みを受けた暖かさである。▼葉がある時にはわからなかった見事な樹形。炎さながらの一木といえば、欅《けやき》かポプラか。

霜《しも》枯《がれ》

三冬

霜枯《しもが》る

霜のために草木が枯れしぼむこと。多少の気温の低下に耐えていても、霜の降りる日が続いたりすると、葉も縮れ、冬芽も黒ずんだりして枯れてしまう。回復の兆しが見えないものを目にすることも、真冬には珍しくない。

関連 霜《しも》→36

霜がれて鳶の居る野の朝曇り　暁台

霜枯を全《まつた》うしたる力草　岸田稚魚

霜枯れの野に遊びゐる日の光　青柳志解樹

霜枯 ノリウツギ

▼霜枯れの野原に、寒さで飛ぶのを厭《いと》うかのように、鳶《とび》が翼を休めている。冬の朝曇りは陰鬱《いんうつ》である。▼「力草《ちからぐさ》」は「雄日芝《おひしば》」の別称。

飯田龍太《いいだりゅうた》▶大正9年(1920)—平成19年(2007)父蛇笏より「雲母」を継ぐ。新古典派として戦後俳壇の中心となる。

道端に生える野草で、引いてもなかなか抜けないことからの名。そんなものまで霜枯れる寒々しい季節。▼霜枯れの野に射す日を「遊びゐる」ととらえたのは、冬の日射しの移ろいやすさゆえ。

冬芽《ふゆめ》

三冬　冬木《ふゆき》の芽《め》

葉をすべて落とした落葉樹は深い眠りについたかのようだが、冬に入る前にすでに春の芽吹きの用意をすませており、枝々に小さなふくらみとして見えるのが「冬芽」である。じっと寒さをやり過ごし、気温の上昇につれてふっくらと動き出せば、一挙に春がやってくる。

雲割れて朴の冬芽に日をこぼす　川端茅舎

真直ぐに行けと冬芽の挙《こぞ》りけり　金箱戈止夫

冬木の芽水にひかりの戻りけり　角川照子

青空のその深淵へ冬木の芽　金子青銅

▼厚い雲が時折切れて日が射し、朴《ほお》の冬芽にスポットライトのように日が注ぐ。神の啓示のごとく。▼枝々にびっしりついた冬芽の確かな意志に、前進を促される。▼水辺を歩きながら確かな冬芽を見つけた時、水ももう真冬の色ではないと感じた。「戻り」によって時間を巧みに表現。▼晴れ上がった冬空は深い藍《あい》色。その空へ向かって芽を掲げた木々。青空の深淵《しんえん》が神秘的。

冬芽　クルミ

雪折《ゆきおれ》《ゆきをれ》

晩冬

降り積もった雪の重みに耐えかねて、木の幹や枝、竹などが折れること。これを防ぐために添え木をしたり、縄を使った「雪吊《つ》り」などを施す。

関連　雪吊《ゆきつり》→160

雪折も聞えてくらき夜なる哉　蕪村

雪折の竹もうもれし深雪かな　鈴木花蓑

▼夜の闇の向こうから響いてくる雪折の音。▼雪折の竹も何もかも埋めてしまった雪。

雪折　長野県・野尻湖畔。

凩や馬現れて海の上：凩《こがらし》を詠んだ句が多く、「凩の作家」と呼ばれた。

冬菊《ふゆぎく》

三冬

遅咲きの菊は、冬に入っても咲き続ける。俳句ではそれを「冬菊」と呼び、寒さの中で咲く菊の意で「寒菊」と詠むこともある。霜が降りても枯れず、尽きることのない生命力を感じさせる。

冬菊のまとふはおのがひかりのみ　水原秋桜子

冬菊の括られてまたひと盛り　横澤放川

▼みずから光を発し続ける花は毅然《きぜん》として高貴。老いても己《おのれ》以外は恃《たの》まずという人間の姿が重なる。▼頼りなげに見えてもまだ残っている力。

枯菊《かれぎく》

三冬

菊枯《きくか》る・枯菊焚《かれぎくた》く

菊は花期が長く、霜が降りる頃になっても、枯れかけた葉をつけながら、花はさして衰えを見せない。それがかえって哀れである。風雨にさらされてさらに傷み、根元から切って焚いたりするのも、また、風情がある。焚くと、蓬《よもぎ》に似た独特の匂いがする。また、庭や畑の隅に放置されたまま打ち伏しているさまは、見るも無惨である。

関連 菊《きく》→秋

枯菊の水にうつりて色香なし　山口青邨

枯菊となりてののちの日数かな　安住敦

火の中に枯菊の花沈みけり　京極杞陽

枯菊の終の香りは火の中に　桂信子

枯菊を焚き来しにほひ母の髪　古賀まり子

▼水に映る姿に色香がないのは当然だが、それだけに、本来の豊かな色香を想像させる逆説的表現となっている。「色香なし」が一瞬、「色香」を思わせて効果的。▼葉はすがれたが、花はまだ見られるだろうと思うと、ついそのままに。気にかけつつも過ぎてゆく日々。▼枯菊を焚くその状態が描かれる。炎の中に花は静かに沈んでゆく。▼火の中にあって、よりいっそう枯菊は枯菊らしい香を放っている。▼庭を片づけていた母が入ってきたら、髪がふっと匂った。枯菊を焚いていたらしい。

寒菊《かんぎく》

三冬

霜《しも》の菊《きく》・島寒菊《しまかんぎく》・油菊《あぶらぎく》

西日本の山地に自生するキク科の「島寒菊（油菊）」を園芸用に改良したもの。黄色が多いが、白や赤もある。寒さや霜で葉が赤くなるところから「霜の菊」とも呼ばれ、花が少な

名句鑑賞

火の中に枯菊の花沈みけり　京極杞陽

枯菊とはいっても花はまだ色を残し、かたちの崩れていないものも多いので、焚《た》くことにはいささかためらいがある。火に投じた後、しばらく見守ってしまうのも、そんな心理のせいである。静かに炎が上がり、やがて花を呑《の》み込んでいった。それを火の中に花が沈んでゆくと見たことで、哀れながら華やぎを感じさせる場面となった。ふと、壇《だん》ノ浦《うら》に沈んでいった平家の女性たちの姿を思い浮かべないだろうか。［片山］

松澤昭《まつざわあきら》▶大正14年（1925）―平成22年（2010）「四季」主宰。蛇笏に師事。現代俳句協会会長を務めた。

くなる時期だけに健気《けなげ》な印象を与える。

寒菊や粉糠のかかる臼の端　芭蕉
寒菊や日の照る村の片ほとり　蕪村
寒菊の霜を払つて剪りにけり　富安風生
さみしからず寒菊も黄を寄せ合へば　目迫秩父

▼寒菊の咲くほとりに臼が置かれ米を搗《つ》いている。けなげな美しさ。▼「片ほとり」は片隅。日当たりのよいのどかな場所に咲く寒菊。▼「霜を払つて」というのがいかにも寒々として、「寒菊」の名にふさわしい。▼心細げに見えるのは辺りの蕭条《しょうじょう》とした景色のせいでもある。それでも何本か集まれば……。

寒菊

【石蕗《つわ》《つは》の花《はな》《はな》】

初冬

槖吾《つわ》の花《はな》・石蕗《つわぶき》の花《はな》

石蕗は、葉が蕗《ふき》に似ていて「ツヤブキ」ともいわれるように光沢があるところから、この名がある。葉柄の部分は蕗同様に食べられるが、やや苦味がある。暖地の海岸に自生し、庭園や茶庭にも植えられる。青々とした葉を一年中楽しめるが、何といっても花の咲く初冬が最も美しい。黄色の花は、日射しを浴びると金色に輝いて見える。

石蕗咲いていよいよ海の紺たしか　鈴木真砂女
静かなるものに午後の黄石蕗の花　後藤比奈夫
暮れてゆくものに手を藉《か》す石蕗の花　八田木枯

▼作者の故郷は千葉県鴨川《かもがわ》市。毎日見て育った太平洋の紺と、海岸に自生する石蕗の花の鮮やかな黄とのコントラスト。▼本格的な寒さが訪れる前の、しばしの安らぎの時間。▼冬は日の落ちるのが早い。夕闇に溶け込んで、色を失っていく庭先のものが、石蕗の花の明るさとの対比でいっそう暗く見える。

石蕗の花

【カトレア】

三冬

洋蘭の種類は数多いが、なかでも女王と称されるのがカトレア。花の大きさ、色合い、豪華さでこれに勝るものはない。一輪でも存在感があるため、晴れの舞台に立つ胸元を飾るコサージュに用いられる。中南米原産なので、冬に出回る花は、当然温室で栽培されたもの。日持ちがよいので、鉢植えも切花も室内でしばらく楽しめる。

カトレア

斧一丁寒暮のひかりあてて買ふ：寒暮の鈍い日差しの中、斧を選んでいる。

古稀を祝《ほ》ぐとてカトレアの胸飾　辻田克巳

カトレアを挿し花嫁の父となる　大石悦子

▼古稀《こき》の祝賀会に引っ張り出された趣の主人公。華やかなカトレアのコサージュを胸につけられ、面映《おもは》ゆさを隠せない。▼胸のカトレアがぎこちなく見えるのも、初めて花嫁の父となったせいかもしれない。

【アロエの花《はな》】三冬

アロエの花

アロエは観賞用、薬用として栽培され、冬に朱色の筒状の花を多数つける。種類は三〇〇種にも及ぶというが、ふつうは、一、二メートルになる木立《きだち》アロエのことをいう。江戸時代に渡来した時、Aloëを「ロエ」と読み、「蘆薈」の字をあてたところから、これを音読みにして「ろかい」ともいうようになった。

アロエ咲く風の酷しき流人島　鈴木理子

花アロエ四五本活けて鬱を断つ　窪久美子

▼かつて流刑地だった島は、強い風が吹きつける自然条件の厳しいところである。とはいえ、アロエが自生するというのだから南の島なのだろう。▼肉厚の葉には鋸歯《きょし》があり、サボテンのようでいささか扱いづらいところはあるが、鮮やかな色の花は、暗くなりがちな季節を明るくしてくれる。

【クリスマスローズ】仲冬

クリスマスローズ

ヨーロッパから入ってきた植物で、その名とともに愛されている。五片の花弁に見える部分は萼《がく》で、白色や淡紫色の一重の薔薇《ばら》のようにも見える。薬草であると同時に毒草でもあり、昔、フランスでは、戦いの際、乾燥させたクリスマスローズを撒《ま》きながら敵陣を突破したという。しかし、一般にこの名で花壇などに植えられているのは、同種のレンテンローズという花である。

クリスマスローズに遠く濤の音　青柳志解樹

クリスマスローズの雪を払ひけり　長谷川櫂

▼うつむきがちに咲く花は、じっと物音に耳を傾けている姿に見える。地を伝わってくる波の音も聞き逃さない。▼雪の中の可憐《かれん》な姿。重そうに雪をのせているクリスマスローズに思わず手を伸ばし、払ってやった。

【蝦蛄葉仙人掌《しゃこばさぼてん》】仲冬

蝦蛄仙人掌《しゃこさぼてん》・クリスマスカクタス

サボテンの一種で、冬に鮮やかな花をつける。楕円《だえん》形の茎が

福田甲子雄《ふくだきねお》▶昭和2年（1927）―平成17年（2005）「雲母」「白露」同人。甲斐の風土に根差した篤実重厚な作風。

つながりながら鎖状に分岐して垂れ下がり、緋《ひ》色、牡丹《ぼたん》色、白色など、花をたくさん垂らすさまはみごとである。栽培は比較的容易で、冬場は日当たりのよい廊下などに置いておけば花をつける。「クリスマスカクタス」は交配を重ねた園芸種。似たものに「蟹葉《かにば》仙人掌《さぼてん》」があるが、蟹葉仙人掌は早春の二、三月頃に花をつける。

しやこさぼてん撩乱と垂れ年暮るる　富安風生
しやこばさぼてん祭のごとく咲きにけり　堀千代
クリスマスカクタス苦き恋もして　大石悦子

▼年の暮れを彩る花の中でも、蝦蛄葉仙人掌は最も華やか。▼花の盛りの艶《あで》やかさは「祭のごとく」。このひと鉢があるだけで辺りが明るくなる。▼見た目の華やかさとは裏腹に……というのはよくある話。鮮やかな花を前に、恋の苦さを噛《か》みしめなければならないことも。

蝦蛄葉仙人掌

【葉牡丹《はぼたん》】晩冬

江戸時代に入ってきた不結球のキャベツを観賞用に改良したもの。白や赤紫の葉が牡丹のように見え、花の少ない冬の花壇に欠かせない存在となっている。花の乏しい時期だけに花時計にもよく使われる。

葉牡丹にうすき日さして来ては消え　久保田万太郎
葉牡丹の渦一鉢にあふれたる　西島麦南
葉牡丹を植ゑて玄関らしくなる　村上喜代子

▼冬の日射しの頼りなさ。太陽が雲から現われそうで現われない。▼ひと抱えもある葉牡丹は、鉢植えにするとその大きさがよくわかる。▼新築の家の玄関前にまず葉牡丹を植えてみた。楽しみはまだまだこれから。

葉牡丹

【水仙《すいせん》】晩冬

水仙花《すいせんか》・野水仙《のずいせん》

冬の終わりに香り高い清らかな花を咲かせる。色は白。春を待つ花の一つ。地中海沿岸の原産。日本の越前海岸、伊豆半島の爪木崎《つめきざき》、淡路島などにも群生地があるが、シルクロードを経て伝来し、これが野生化したもの。「黄水仙」や「喇叭《らっぱ》水仙」は春の季語。関連 黄水仙《きずいせん》→春

其匂ひ桃より白し水仙花　芭蕉
清浄な葉のいきほひや水仙花　涼菟
水仙に日のあたるこそさむげなれ　大江丸
水仙や背戸は月夜の水たまり　蒼虬

水仙や古鏡の如く花をかかぐ　松本たかし

水仙を巌場づたひにはこぶ夢　宇佐美魚目

▼気高い水仙花の汚れを知らない白さは白桃よりはるかに純真。▼水仙の清らかな葉に目をとめた。▼日が射しても、水仙は寒々と見える。▼「背戸《せど》」とは家の裏口、勝手口のこと。▼「古鏡」とは古い金属の鏡のこと。花をかたどるものもある。▼波の打ち寄せる渚《なぎさ》の道を、水仙の花束を抱えてゆく。

水仙　福井県・越前海岸。

【枯《かれ》芭《ば》蕉《しょう》】

三冬

芭蕉枯《ばしょうか》る

芭蕉の大きな葉は風雨で傷み、破れて垂れ下がったものが枯れてゆく。青々とした夏の「青芭蕉」「玉巻く芭蕉」、葉が破れ始めた秋の「破《やれ》芭蕉」、そして冬の「枯芭蕉」と、年齢を重ねる人間の姿がどこかで重なり、哀れを誘う。関連 芭蕉《ばしょう》→秋

枯芭蕉いのちのありてそよぎけり　草間時彦

枯芭蕉折れたる茎の支へあふ　棚山波朗

▼無残な姿に見えるが、枯れきってはいない。残る命のそよぎ。▼茎まで折れてしまい、その茎どうしが支え合っているという哀れ。

【枯《かれ》蓮《はす》】

三冬

枯《かれ》はちす・蓮枯《はすか》る・蓮《はす》の骨《ほね》

冬、枯れ果てた蓮の姿。夏の間、青々と葉を翻し、みごとな花を咲かせていた蓮の池も、冬になると葉が枯れ、茎（葉柄《ようへい》）のみとなり、寂寥《せきりょう》の世界に変わる。蓮の一年にわたる季語をまとめると、次のとおり。春は「蓮植う」「蓮の芽」、夏は「蓮の浮葉」「蓮」「蓮の葉」「蓮の花」「蓮見」、秋は「蓮の実」「敗荷《やれはす》（破蓮）」、冬は「枯蓮」「蓮の骨」「蓮根」「蓮根掘《はすね》る」。関連 蓮《はす》→夏

湖の枯蓮風に賑かに　高野素十

枯蓮の残る茎のみ如何んとも　中村汀女

名句鑑賞

枯蓮のうごく時きてみなうごく　西東三鬼

風が吹くと、水面の枯蓮《かれはす》も、水に映るその影も揺れる。やがて風がやめば、ふたたび時間の止まったような静寂に戻る。動く時が来れば動き、静まる時が来れば静まる。天地とひとつになった枯蓮のたたずまい。［長谷川］

大井《おおい》雅人《がじん》▶昭和7年（1932）―平成20年（2008）「柚」主宰。飯田龍太に師事。「雲母」誌の編集に携わる。

枯蓮の一日二日は蝶も来ぬ　加藤楸邨
枯るるとき最も蓮のなまめかし　橋閒石

▼まだ枯葉をつけている枯蓮。▼「如何《いか》んとも」とは、もはやどうしようもない。▼小春日和の日には蝶も来る。▼緑の葉が茶色に変わってゆくところ。

冬菜《ふゆな》　三冬

小松菜《こまつな》・野沢菜《のざわな》・広島菜《ひろしまな》・冬菜畑《ふゆなばた》

冬に収穫される葉野菜の総称。ただし、葱《ねぎ》や白菜などは含まれない。冬の畑で青々とした葉が育っているのを目にすると、心が温かくなる。小松菜などは汁物の具にしたり、お浸しにしたりして食べる。野沢菜や広島菜などの漬物は冬の味覚の一つである。

桶踏んで冬菜を洗ふ女かな　正岡子規
山畑の冬菜の色も雨のなか　田沼文雄
冬菜畑さへぎるもののなかりけり　髙田正子

▼野沢菜などの大きな葉は手ではさばききれない。ダイナミックに踏んで洗う。▼ほかに彩りのない山畑では冬菜の緑が鮮やかだが、雨でさらに色が深まる。▼辺りの枯れが進み、すっかり見通しがよくなった冬菜畑。がらんとした明るさが、かえって淋《さび》しい。

白菜《はくさい》　三冬

鍋物に、漬物にと、食卓に欠かすことのできない冬の代表的な野菜である。手にした時のずしりとした重さやぎっしり詰まった葉が、充実した手応えを感じさせる。現在では一般的になっている結球型の白菜は、明治時代以降入って来たもので、全国に栽培が広まったのは戦後のこと。案外、歴史は新しいのである。

洗ひ上げ白菜も妻もかがやけり　能村登四郎
洗はれて白菜の尻陽に揃ふ　楠本憲吉
白菜を干したる中華料理店　藤本美和子

▼冷たい水で真っ白に洗い上げた白菜も美しいが、家事に精を出す妻も美しく見える。▼収穫後に水で洗い、洗っては積み上げてゆくのだが、白菜がきれいに積み揃《そろ》えられた様子をユーモラスに描いた。▼水気が多いので、少し干しておくと甘みが増すという。

葱《ねぎ》　三冬

一文字《ひともじ》・根深《ねぶか》・葉葱《はねぎ》・葱畑《ねぎばたけ》

薬味として重宝するため一年中出回ってはいるが、旬はやはり冬である。鍋物には欠かせず、熱々の味噌汁なども冬ならではのもの。葱は地上部が深い緑、地中部が真っ白と、くっきり色が分かれるのが特徴だが、関西では葉葱を使うところから、緑の部分を

葱　葱畑

多くし、関東では白葱が好まれるので地中深く植える。これを「根深」と呼ぶ。古名を「葱《き》」といったことから「一文字」の別名がある。

母の灯のとどくところに葱囲ふ　神蔵器
葱の泥しごきて暮るる信濃川　本宮哲郎
白葱のひかりの棒をいま刻む　黒田杏子

▼「葱囲ふ」とは、保存のため庭先に浅く埋《い》けておくこと。厨《くりや》(台所)から出てすぐ取り出せるような場所に囲ったのだろう。▼葱の収穫もようやく終わりが近づいた。目の前を流れる信濃川が疲れを癒やすかのように輝いている。▼白葱をさあこれから刻もうという時、まぶしさを感じた。葱が葱以上のものに見えた一瞬である。

大根《だいこん》　三冬

沢庵大根《たくあんだいこん》・青首大根《あおくびだいこん》・辛味大根《からみだいこん》・聖護院大根《しょうごいんだいこん》・三浦大根《みうらだいこん》・だいこ・おおね

冬を代表する野菜の一つ。真っ白でみずみずしい本体の部分、ふさふさと茂る緑の葉もすがすがしい。おでん、風呂吹《ふろふき》、鰤《ぶり》大根《だいこん》など、さまざまな料理法がある。どれも体の温まる冬の家庭料理。春の七草の一つ、蘿蔔《すずしろ》(清白《すずしろ》)は大根のこと。大根を干して沢庵を作るのも冬の仕事である。冬に収穫するのは秋冬大根だが、ほかに春大根、夏大根がある。

関連　春大根《はるだいこん》→春／夏大根《なつだいこん》→夏／大根蒔《だいこんま》く→秋／大根引《だいこんひき》→184／大根干《だいこんほ》す→185／蘿蔔《すずしろ》→238

大根に実の入る旅の寒さかな　園女
霜のつくほり大根を貰ひけり　松瀬青々
流れ行く大根の葉の早さかな　高浜虚子
死にたれば人来て大根煮きはじむ　下村槐太

▼寒くなるほど、大根がうまくなる。▼抜いてきたばかりの大根。▼小川で大根を洗っているところ。▼弔いの炊き出しの様子。冷徹にとらえた。

人参《にんじん》　三冬

胡蘿蔔《にんじん》

一年中食べている根菜だが、本来の収穫期は冬。根は東洋種は長く、西洋種は短い。古くから日本で栽培されていた東洋種は、匂いが強く味にもくせがある。子供に人参嫌いが多かったのはそのせいといえる。冬の人参は柔らかく甘みが強い。最近出回っている西洋種は味が淡泊で、サラダにもなるほど。

ロシヤ映画みてきて冬の人参太し　古沢太穂
人参赤し火山灰地に肩出しあふ　岡田日郎

▼映画と人参の取り合わせにより、不思議な味わいが醸し出される。暗い画面から抜け出てきたような太い人参。▼人参の栽培には、

名句鑑賞

折鶴のごとくに葱の凍てたるよ　加倉井秋を

畑に青々とした葱《ねぎ》が真っすぐ立っている光景であろう。なかには葉ががくりと折れたものもある。それは鋭角の折鶴《おりづる》の頭の部分のように、きっちり折れ曲がっているのである。凍りついたように動くこともなく、ますます折鶴のように見えてくる。すでに抜き取った葱が台所に横たわっているのであれば、折鶴という発想は生まれなかっただろう。ふと、凍鶴《いてづる》を前にしているような錯覚に陥る。［片山］

小川双々子《おがわそうそうし》▶大正11年(1922)—平成18年(2006)「地表」主宰。加藤かけい、山口誓子に師事。絵画もよくした。

火山灰が積もってできた柔らかな土が適している。育つにつれて地上に伸び上がってくるが、それを「肩出しあふ」と擬人化したおもしろさ。

蕪《かぶ》　三冬

蕪菁《かぶら》・かぶらな・据《すわ》り蕪《かぶ》・聖護院蕪《しょうごいんかぶ》・小蕪《こかぶ》・大蕪《おおかぶ》・赤蕪《あかかぶ》

大根と並ぶ冬の野菜の王者。ふつう大根は長く、蕪は丸いが、聖護院大根のように丸い大根もある。実だけではなく、葉も漬物などにして食する。信州の野沢菜は、蕪菜の一種である。蕪を「すずな」(菘、鈴菜)と呼べば、春の七草の一つになる。関連 蕪汁《かぶらじる》↓148／菘《すずな》↓237

誰かしる今朝雑炊の蕪の味　惟然
おく霜の一味付けし蕪かな　一茶
たまかぶら玉のはだへをそろへけり　室生犀星
緋かぶらをさげて伊賀より来りける　細見綾子
闇を出る婆はたくさん蕪持ち　飯島晴子

▼雑炊に入れた蕪のうまさ。▼ひと霜を浴びて、味が深まった蕪。▼珠《たま》のように輝く蕪の肌。▼伊賀(三重県)の山々を越えてはるばるやってきた。▼「すずな」という古名で『古事記』にも登場する。土着性の強い根菜である。

寒芹《かんぜり》　三冬

冬芹《ふゆぜり》

芹の旬は春だが、冬に収穫する芹を「寒芹」という。特有の香気をもつ深い緑の葉は、和え物や鍋物の青菜として需要が高く、芹焼(芹鍋)などにも使われる。春の七草にも「根白草《ねじろぐさ》」の名で入っている。湧水《ゆうすい》などを利用して、流れのきれいなところで育てられる。関連 芹《せり》↓春／根白草《ねじろぐさ》↓236

寒芹のなびきて水の皺も見ゆ　宮津昭彦
冬の芹抜きたる濁り流れ行く　茨木和生

▼寒芹は、ほとんど水に隠れるような状態で栽培される。そういう流れの中の芹と水の動きがリアルに描かれる。▼長い根を抜き取った後の濁りも、すぐに流されてしまうような澄んだ水であることがわかる。

麦《むぎ》の芽《め》　初冬

初冬に蒔《ま》いた麦は一〇日ほどで芽を出し、寒さに耐えながら少しずつ伸びてゆく。霜枯れることもなく葉を伸ばしてゆく様子は、寒中に春を待つ強さを感じさせ、希望を見いだすような思いをもたらす。関連 麦《むぎ》↓夏／麦蒔《むぎまき》↓185

麦の芽に汽車の煙のさはり消ゆ　中村汀女
麦の芽や妙義の裏へ日が廻り　宮津昭彦
麦の芽や雲は光を運びくる　藤田直子

▼煙を吐きながら汽車が走っていた頃の懐かしい風景。線路の両側に広がる麦畑に汽車の煙が這《は》うようにして消えてゆく、初冬の光景。▼冬の日はあっという間に暮れる。とりわけ山間部では、太陽はたちまち山へ隠れてしまう。そんな日々を経て麦は育って

渡り鳥みるみるわれの小さくなり：飛び去ってゆく鳥の視点。「われ」という存在の小ささ。

ゆく。▼冬雲の切れ間からのぞく確かな光。雲が過ぎれば、麦の芽を育む日が射すだろう。

冬草《ふゆくさ》

三冬

冬《ふゆ》の草《くさ》・冬青草《ふゆあおくさ》

冬の野には、枯草の中にわずかに青さをとどめているものや、枯れずに残っているものがあり、じっと寒さに耐えている。植物のすがれた様子や、枯れて命を失ったかのように見えるものにも心を寄せるのは、春が必ず廻《めぐ》ってくることを知っているから。冬草の緑は希望であり、再生の季節を待つ命の確信である。

大阿蘇の冬草青き起伏かな　稲荷島人

木々の間に輝く日あり冬の草　山西雅子

葬の旗冬青草に挿しにけり　山崎祐子

▼阿蘇山《あそさん》の草千里《くさせんり》は、冬も青い草が風に吹かれ、緩やかな起伏をなしている。▼冬は木々の間に見える太陽のまぶしさもありがたい。わずかな冬草も輝いて。▼懸命に命をつないでいる冬草の傍らに葬式の旗を挿した。無惨なまでに生と死の対比が浮き彫りになっている。

冬草

名《な》の草《くさ》枯《か》る

三冬

名草《なぐさ》枯《か》る

春に「名草の芽」（草の芽）というように、名が知られている植物が枯れる様子をいう。「名の草」というものがあるわけではなく、秋薊《あきあざみ》や鶏頭《けいとう》、竜胆《りんどう》など、主として秋に花をつけた個々の植物の枯れたさまを詠むことが多い。

蕭条と名の草枯るゝばかりなり　大場白水郎

長き影曳きて鶏頭枯れにけり　伊藤伊那男

▼枯れ始めたものはとどめようがない。「蕭条《しょうじょう》」は物寂しさをいう。▼影が長いのは日暮れだからだが、盛んな季節が過ぎ、滅びへ向かう姿を夕影に見ている。

草《くさ》枯《か》る

三冬

枯草《かれくさ》・草枯《くさがれ》

木々の枯れに対して、草が枯れる様子をいう。落葉樹は葉は枯れても幹や枝が残っているが、草の場合はふつう地上の部分は消え去る。地に打ち伏し、緑を失ってゆくさまは哀れである。多年生のものは根が残っていて春にまた萌え出るが、一年生のものは完全に枯死してしまう。

草枯れて石のてらつく夕日かな　村上鬼城

枯草も華やぐ雨の通りけり　阿部ひろし

草枯のそこらまぶしく鞄置く　木村蕪城

▼草が枯れて露《あら》わになった石が、冬の夕日に照らされている。

上田五千石《うえだごせんごく》▶昭和８年（1933）—平成９年（1997）「畦」主宰。秋元不死男に師事。「眼前直覚」を説いた。

▼すっかり枯れてしまった草がにわか雨に濡れて、ほんのり紅を帯びているのを見ることがある。時雨《しぐれ》が通り過ぎる一時《ひととき》の華やぎ。▼晴れた日には枯草も艶《つや》やかに見え、旅人の目には何もかもがまぶしい。

【枯蘆《かれあし》】

三冬

枯芦《かれあし》・枯葦《かれあし》・枯葦原《かれあしはら》

「日本」を古くは「豊葦原《とよあしはら》の国」と呼んだように、かつて、水辺に自生する葦（蘆）はあちこちで見られた。葦が群生するさまを「葦原」という。芽を出す春、青々と茂る夏、屋根を葺《ふ》いたり、飼料にしたり、炭俵を編んだりするために刈り取る秋、そして枯れた姿をさらす冬と、四季それぞれの趣がある。『万葉集』でも葦を詠んだ歌は五〇首に及び、冬景色の中の葦も、「葦辺行く鴨《かも》の羽がひに霜降りて寒き夕《ゆふへ》は大和《やまと》し思ほゆ」（志《し》貴皇子《きのみこ》）のように詠《うた》われている。

関連 蘆《あし》の角《つの》→春／青蘆《あおあし》→夏／蘆刈《あしかり》→秋

枯芦の日に日に折れて流れけり　闌更

枯蘆や夕《ゆふべ》を浪の尖りつゝ　野村喜舟

日当つて枯蘆原のかげもなし　高浜年尾

枯蘆は吹き寄せられし月光か　高野ムツオ

▼枯蘆は雨風にさらされて折れ、やがて水に没してゆく。「日に日に」が、衰えに拍車がかかる様子を描く。▼浪《なみ》の尖《とが》りは風の荒さを示す。見るからに寒々しく、実際の寒さが伝わってくる。▼日が当たっていながら、影ができないほどに枯れが進み、茎が細くなってしまった。▼枯蘆に月の光が注いでいる。他の何よりも枯蘆に注いでいる。月光そのもののように。

枯蘆

【枯尾花《かれおばな》《かれをばな》】

三冬

枯薄《かれすすき》・枯芒《かれすすき》・冬薄《ふゆすすき》・冬芒《ふゆすすき》

秋には銀《しろがね》に輝き波打っていた穂芒《ほすすき》も、やがて穂絮《ほわた》が飛び、頼りなげに風に吹かれるようになる。そんな姿もまた趣あるものとして眺める。「尾花」は芒の穂を動物の尻尾《しっぽ》に見立てた呼び名だが、「枯尾花」には「侘《わ》び、寂《さ》び」を愛《め》でる日本人の美意識が反映されている。「枯芒」というと、うらぶれた印象が強まる。

関連 芒《すすき》→秋

枯きつて風のはげしき薄かな　杉風

枯尾花夕日とらへて華やげる　稲畑汀子

夕焼のうつりあまれる植田かな：田水に映りきらない夕焼。繊細な感性がとらえた田園風景。

川幅を追ひつめてゆく枯芒　鷲谷七菜子

冬芒日は断崖にとどまれり　岡田日郎

▼もう飛ばす穂絮もなくなってしまった芒に、風が容赦なく吹きつける。蕭条《しょうじょう》とした冬景色。▼細くなった芒に夕日が当たり、しばし華やいで見える。「とらへて」に、末期《まつご》の必死な姿を見る。▼下流から上流を見ているか。徐々に幅が狭くなるのを、両岸に広がる芒原が狭めていると見た。「追ひつめてゆく」の措辞《そじ》がいのち。▼沈みかけた日が断崖にかかり、しばし動きを止《と》めたように見えた。断崖の冬芒が逆光に浮かぶ。

枯芝《かれしば》

三冬　芝枯《しばか》る

芽が出始めた春の若芝、青々と広がる夏の青芝に対し、冬の枯芝は侘《わび》しいまでに枯れ一色。しかし、色といい感触といい、晴れた日などにはむしろ優しさを感じさせる。芝生といえば洋館の趣であるが、古典にも詠《うた》われている。「冬枯の芝生の色のひととほり道ふみ分くる野辺のあさじも」（『風雅和歌集』）。まだ霜が降りたままの早朝の眺めである。

関連　若芝《わかしば》→春／青芝《あおしば》→夏

よき傾斜せる枯芝に腰おろす　山口波津女

枯芝に円陣若く爆笑す　木下夕爾

枯芝のこの弾力を雀らと　九鬼あきゑ

枯芝に子供のものをあづかりぬ　山西雅子

▼なだらかな傾斜を発見し、座してみようという気になった。何とはなしに下のほうを見やる時、ゆったりとした気分になる。▼スポーツの仲間かクラスメートか。枯芝の上の若く明るい円陣。▼雀《すずめ》が飛び跳ね、作者が座ろうとする枯芝には心地よい弾力がある。▼子供にとっては恰好《かっこう》の遊び場所。預かったのはささやかなものにちがいないが、幼い子にとっては貴重品。

枯葎《かれむぐら》

三冬

「金葎《かなむぐら》」という植物もあるが、単に「葎」といえば、夏に荒地や野原に茂る雑草の総称で、それらが絡みついたまま冬枯れた状態を「枯葎」という。茫漠《ぼうばく》としていて、手のつけようもない枯れざまである。

関連　葎《むぐら》→夏

あたゝかな雨がふるなり枯葎　正岡子規

枯葎蝶のむくろのかかりたる　富安風生

枯葎こむらがへりの予感せり　亀田虎童子

▼冬の雨を「あたゝか」と感じたのは、葎がそれまで日射しを浴びてふくらんでいたからか。▼枯れにとどめを刺すかのように蝶の骸《むくろ》まで引っかかって。もの皆すべてが眠りにつく季節。▼侘《わび》しい景色を眺めていたら、こむら返りが起きそうな、というのだが、「かれむぐら」と「こむらがえり」の諧謔《かいぎゃく》を楽しみたい一句。

冬蒲公英《ふゆたんぽぽ》

三冬

蒲公英はふつう三月頃から咲き出すが、なかには春に先駆け

木下夕爾《きのしたゆうじ》▶大正3年（1914）—昭和40年（1965）詩人。詩誌「木靴」主宰。俳句は万太郎に師事。抒情的な作風。

て花をつけるものがある。十一月頃、小春日和に誘われて咲き出すものは「帰り花」として詠むこともあるが、年が明けてからは「冬蒲公英」と呼ぶ。寒風を避けて葉を地面につけるように広げた状態をロゼットといい、日射しをたくさん浴びることができるようになっている。花は茎をあまり伸ばさず、首をすくめているように見えるのも、冬蒲公英ならではである。関連 蒲公英《たんぽぽ》↓春

冬蒲公英

冬たんぽぽ母子の会話海を見て　椿文惠
子を負いし影が離れず冬たんぽぽ　寺井谷子

▼海辺に咲く冬蒲公英を前に、母と子は何を語っているのだろう。遠い未来のことかもしれない。▼幼子は冬の寒い日にも外へ出たがる。背負って出た野原で小さな蒲公英を見つけ、それを見せようと佇《たたず》んでいる。母と子と蒲公英が一つになったような親しさが伝わる。

【冬《ふゆ》菫《すみれ》】

晩冬

冬《ふゆ》の菫《すみれ》・寒菫《かんすみれ》

菫は春の野の花の中で最も親しまれているものの一つだが、意外に寒さに強く、冬のうちから日だまりで花をつけているのを見かける。丈が低く、全体に小ぶりではあるものの、花の紫が春より濃く感じられる。冷たい風が吹くと、必死で耐えるかのように小刻みに震えている姿が印象的である。

関連 菫《すみれ》↓春

わが影のさして色濃き冬菫　右城暮石
冬すみれおのれの影のなつかしき　川崎展宏
山住みは日和を頼む冬すみれ　村田脩
仮の世のほかに世のなし冬菫　倉橋羊村
花街に抜け道ありぬ冬菫　蟇目良雨

▼冬菫を見つけて立ち止まると、影の中に花が入り、紫がいっそう濃く見えた。その時、自分だけのものになった菫。▼自分の影を懐かしいと思うのは青春期の感慨ではない。▼山の冬、晴れた日は貴重。冬菫もまた日和を頼りに咲く。▼はかない人の世の片隅にきっぱりと咲く冬菫。▼都会の一角に残る花街。複雑に道が折れ、抜け道も。そんな華やかな街の空白地にぽつんと咲く冬菫。

冬菫

名句鑑賞

生涯のをはりの山の冬すみれ　宇佐美魚目

みずから選んで晩年の居を山中に求めた、隠遁《いんとん》にも似た暮らし。俗世を離れ、自然のすべてを友とする日々である。冬の寒さは厳しいが、日だまりに咲く菫《すみれ》を見つけてしばし立ち止まる。誰に見せるためにでもなく咲いている小さな花と、ひとときをともにすることで心が満たされる。そんな静かな時間を過ごしつつ、自然の中へ消えていくつもりなのである。［片山］

穀象に青き空など用はなし：明るい青空に背を向けて、ひたすら米を食う穀象虫《こくぞうむし》。

寒蘭《かんらん》

初冬

四国や九州の広葉樹林に自生している蘭で、観賞用に栽培もされている。高さ四〇センチから六〇センチ、細い花茎の先に細いプロペラ状の花をつける。色は紫がかった褐色や、赤みを帯びた褐色、緑などで、香りがよい。山野草では、夏に咲く羽蝶蘭《うちょうらん》などと並んで人気が高い。

寒蘭の香と日溜りにあそびをり　福田甲子雄

寒蘭の一茎に灯のともさるる　青柳志解樹

▼晴れた日には寒蘭の鉢を日向に出してやる。その傍らで過ごすひとときの満ち足りた気分。▼繊細な花の、昼とはまた違う趣。光沢のある葉も灯に輝いている。

竜《りゅう》の玉《たま》

三冬

竜《りゅう》の髯《ひげ》の実《み》・蛇《じゃ》の髯《ひげ》の実《み》

庭の下草などとして植える竜の髯(蛇の髯)の実。小さな球形で、冬が深まるにつれて艶やかな瑠璃《るり》色に染まる。竜が守っているという玉になぞらえて「竜の玉」と呼ぶ。

竜の玉深く蔵すといふことを　高浜虚子

竜の玉升《のぼ》さんと呼ぶ虚子のこゑ　飯田龍太

この家の竜の玉ともさやうなら　細川加賀

丈草の墓より貰ふ竜の玉　飴山實

生きものに眠るあはれや竜の玉　岡本眸

▼竜の玉を見て思うこと。何ごとも軽々しく表に出さず、深くしまっておくということのよさ。▼正岡子規の本名は正岡升《のぼる》。虚子たちは「升さん」と呼んだ。▼引っ越しの一句。▼丈草《じょうそう》は芭蕉の墓守りとなった人。その墓は芭蕉の墓のある義仲寺《ぎちゅうじ》(滋賀県)の裏の丘にある。▼生き物は眠らなければならない。眠るということの安らかさ。

竜の玉

冬萌《ふゆもえ》

晩冬

冬も半ばを越すと、一面の枯野にかすかな緑がのぞくようになり、少しずつではあっても春が近づいていることを感じる。日だまりには、すでに丈を伸ばし始めた草も見かける。

冬萌や五尺の溝はもう跳べぬ　秋元不死男

冬萌や歌ふにも似て子の独語　馬場移公子

冬萌やうすうす沖の島二つ　向笠和子

冬萌や湖国の畦木みな低き　藤田湘子

▼冬萌に心がはずみ、溝を跳び越そうと思ったが……。五尺(約一・五メートル)ばかりの溝も跳べないほどに年をとってしまったとの悲しさ。▼言葉を覚えた幼子は、一日中、何か歌うように言っている。冬萌の野を歩く楽しさが独り言を誘うのか。▼沖の島がうっすら霞み始めたのは春が近づいている証《あか》し。足元の冬萌にも

成瀬櫻桃子《なるせおうとうし》▶大正14年(1925)―平成16年(2004)「春燈」創刊より参加、安住敦没後、継承主宰。随筆も多い。

寒さがゆるみ始めている。▼ようやくところどころに緑が見えてきた湖のほとり。湖面が辺りのものの高さを制しているような湖国の穏やかな景色。

宿《やどり》木《ぎ》

三冬　寄生木《やどりぎ》

地面には生えず、欅《けやき》や榎《えのき》、小楢《こなら》などの樹上に寄生する植物。球状に枝が張り、冬、寄生している木の葉が落ちた後は毬《まり》のようにも見える。ヨーロッパではこれをクリスマスの飾りに使う。種子は粘着力のある皮膜に覆われ、実を食べた鳥の嘴《くちばし》などに付着して運ばれ、増えてゆく。

宿木を宿し大樹は村の神　蓮實淳夫

晝月や寄生木に血の通ふころ　中原道夫

宿木

▼たくさんの宿木をつけた姿が、それもまた貫禄のように見え、神木として崇《あが》められるにふさわしい。▼「血の通ふころ」とは、冬には、宿木のほうが存在感を示し、生き生きとすることをいう。昼の空にぽっかりと浮かんだ白い月と宿木の危うげなバランス。

滑《なめ》子《こ》

三冬

橅《ぶな》の切株や倒木に生える小さな茸《きのこ》。表面に粘着性の膜があって滑《ぬめ》りがあるところから「滑子」の名がついた。開ききってしまわないうちに採ったほうが味がよい。味噌汁の具にするのが一般的だが、大根おろしで和《あ》えても美味で、つるりとした食感と、嚙《か》んだ時の歯触りを楽しむ。

なめこ汁朝昼晩とうまかりき　山田みづえ

塗椀に湯気あそぶなりなめこ汁　飴山實

▼旅から戻ったところだろうか。朝昼晩のなめこ汁に飽きるどころか、すっかり満足したことを思い出している。▼椀にからむように立ち昇る湯気。熱々のなめこ汁のうまさが想像される。

滑子

春暁をまだ胎内の眠たさに：母の胎内で眠り続けることができれば幸福なのだが。

熊《くま》 三冬

羆《ひぐま》・月輪熊《つきのわぐま》・白熊《しろくま》

近世までは、本州以南に生息する月輪熊を「熊」といい、猛獣とみなしてきた。しかし月輪熊は、草木や果実、昆虫などを食べる雑食性で、人を襲うことは少ない。現代では、「熊」といえば北海道にすむ羆も含まれる。こちらは獰猛《どうもう》で、時として人に危害を加え、牛馬を襲う。熊の数は年々減り、九州では月輪熊は絶滅したといわれる。関連 熊《くま》の架《たな》→秋／熊突《くまつき》→190

餌を欲りて大きな熊となつて立ち　中村汀女

熊の出た話わるいけど愉快　宇多喜代子

▼餌をあさる熊は毬《まり》のようだが、いったん立ち上がると、驚くほど大きい。▼熊が出没したという。当事者は震えあがったろうが、話だけ聞くほうには被害はない。

熊《くま》穴《あな》に入《い》る 初冬

秋の間に多くの食料を摂取した熊は、雪が降り積もる頃になると、岩穴、樹洞《じゅどう》などで、体に蓄えた脂肪などを消費しながら、冬ごもりをする。体温は低下せず、体の機能はかなり維持されているから、冬眠とはいわない。この状態の熊を「穴熊」ともいう。関連 熊穴《くまあな》を出《い》づ→春

穴に入る熊になりたく思ひをり　高木晴子

熊穴へ木肌に残る爪の跡　葉良一彦

▼殺伐としたこの世を避けて、ちょっと冬ごもりができたならと、誰もがそう思う時あり。▼穴に入ってしまった熊が残したこの爪跡は、いったい何を物語る。

冬《とう》眠《みん》 三冬

変温動物である蛙などの両生類や、蜥蜴《とかげ》などの爬虫類《はちゅうるい》は、外気温とともに体温が低下するため、一定温度以下になると体を動かせなくなる。このため眠ったような状態になり、行動をしないまま冬を越す。これを「冬眠」という。

草の根の蛇の眠りにとどきけり　桂信子

冬眠の蝮のほかは寝息なし　金子兜太

▼地中に眠っている蛇に、地上の草の根の先端が届く。あたかも地面を縦割りにして見ているかのよう。▼蝮《まむし》だけが寝息、ひょっとして鼾《いびき》をかいているのだろうか。あとは静かに眠っている。

貛《あなぐま》 三冬

狢《むじな》・猯《まみ》・笹熊《ささぐま》

体長五〇～八〇センチ。穴掘りに適したがっしりとした胴と強く大きな爪をもち、時に一〇〇メートルにも達する入り組んだ巣穴を掘り、群れですむ。日没後、一キロ内外の

貛

野澤節子《のざわせつこ》▶大正9年（1920）―平成7年（1995）「蘭」主宰。林火に師事。脊椎カリエスに罹り闘病。いのちを詠った。

行動圏を餌を求めて動き回る。雑食性で気が荒い。

振り返る貉の目玉星のいろ　福田甲子雄

老婦人むじなの如く睡りけり　今井豊

▼山中の夜の景。ライトに照らされて、貉の目玉が光った。星のような金色の目。▼老婦人が寝入っている。体を丸めるようにして、まるで貉のように。

冬《ふゆ》の鹿《しか》

三冬

交尾期も終わった冬、鹿の毛は、白い斑点の目立つ褐色から全体が灰色っぽい褐色になる。また雄は、首のあたりの毛が豊かになり、たてがみ状となる。これらの冬毛のため寒さには強いが、雪が深いと行動が鈍るため、多くの個体が命を落とす。 関連 鹿《しか》↓秋

身じろがず見る遠方や冬の鹿　内田暮情

冬鹿にあひつつうとみあふ如し　皆吉爽雨

▼じっと動かずに遠くを見る冬の鹿。そのじつ、小さな物音を聞き分けて次の行動に移ろうとしている。▼冬の鹿を眼前にして、少なからず感動のようなものが湧くはずなのだが、なぜか互いに疎み遠ざけたい気分。

羚羊《かもしか》

三冬

かもしし・氈鹿《かもしか》・青鹿《あおしし》

見たところ鹿に似ているが、シカ科ではなくウシ科。中国地方を除いた本州、四国、九州の森林に生息。単独または数頭の小群で暮らし、急な斜面や岩場を器用に歩き回る。朝と夕方、草地などで、草、木の芽、葉、小枝を食べると、日中は崖の岩陰などに座り、それを反芻《はんすう》する。

羚羊の跡ぞ深雪を巌頭へ　篠田悌二郎

かもしかの逃げあしすぐにもやもやす　松澤昭

▼羚羊の足跡を見つけた。こんな雪深いところにその足跡は点々と、険しい岩の上まで続いている。▼山中で見かけた羚羊。逃げ足は速く、本当に見たのだろうかと、今になって心がもやもやとして定かではない。

羚羊

狐《きつね》

三冬

赤狐《あかぎつね》・黒狐《くろぎつね》・高麗狐《こうらいぎつね》・北狐《きたきつね》

平地から標高一八〇〇メートルほどの山地にすむ。北海道には「北狐」、本州、四国、九州には「本土狐《ほんどぎつね》」が生息する。夜行性であるが、霧の深い日などは昼間も行動し、好物の野鼠《のねずみ》類を求めて数キロ四方の行動圏内を徘徊《はいかい》する。化けて人を騙《だま》したり、ずる賢い動物として民話などに登場するが、稲荷《いなり》神の使いとして信仰されるなど、日本人にとってはなじみ深い動物。 関連 狐火《きつねび》↓54／狐罠《きつねわな》↓190

児の泣けばはつと飛び退く狐かな　中村汀女
狐を見てゐていつか狐に見られをり　加藤楸邨
北きつね老いさらばえて昼遊ぶ　津田清子

▼甲高い泣き声に驚いたのか、ひらりとその場を飛び退《の》く狐。大人は騙せても、子供は苦手なのか。▼ずっと狐を凝視していたら、気づけば今度は狐に見られていた。▼夜行性である北狐がよぼよぼになって、事もあろうに昼間遊び呆《ほう》けている。

狸《たぬき》

三冬　たのき・貉《むじな》

毛深く四肢《しし》が短いため、体はずんぐりしている。顔は正面から見るとほぼ円形で、どこか愛嬌《あいきょう》がある。平地から低山にかけて生息するが、まれに人家にすみつくこともある。数頭で家族を構成し、夜行性で、何でも口にする雑食性である。

関連　狸罠《たぬきわな》→190

晩成を待つ顔をして狸かな　有馬朗人
足跡をたぬきと思ふこのあたり　石田郷子

▼大器晩成とはいうが、この狸、どうも幼顔。それでも晩成するのを待っているようだ。▼山里へ降りる途中、こんなところの足跡は狸のものという気がする。

鼬《いたち》

三冬　蝦夷鼬《えぞいたち》

体長三〇センチくらい。短い四肢《しし》と細長い体で、鼠《ねずみ》の巣穴などに潜り込む。雄は雌よりかなり大きく、山林や草地のほか、時に人家近くにすむ。農作物を荒らす鼠などの害獣を大量に捕殺するところから、古くから益獣と思われてきた。しかし、性質は獰猛《どうもう》で、鶏などの家禽《かきん》を襲うこともある。

関連　鼬罠《いたちわな》→190

山国や鼬振り向き人は笑い　森下草城子
鼬出て腓返りの夜となりぬ　橋本榮治

▼山国には鼬のような動物はけっこういる。しかし、その動作、とくに振り向くさまは剽軽《ひょうきん》で、人々の笑いを誘う。▼鼬が出没するとは聞いていたが、実際にその姿を見てからというもの、腓《こむら》が引きつるはめになった。

貂《てん》

三冬

がっしりした大きな体と短く幅広い耳、尖《とが》った口先をもつ。✝鼬《いたち》より大きく、猫よりやや小さい。行動は敏捷《びんしょう》で、おもに夜、活動する。木を渡り歩くことに長《た》け、しばしば樹上で鼠《ねずみ》、✝栗鼠《りす》などの中・小型の哺乳類を狩る。柿、✝木天蓼《またたび》、大亀《おおかめ》の木などの果実を食べる。

開拓牧場貂のうろつく夕間暮　岡田日郎

貂

宮津昭彦《みやつあきひこ》▶昭和4年（1929）―平成23年（2011）林火に師事。「濱」副主宰、俳人協会副会長を務めた。

見廻りて全部空なり貂の罠　福本須代子

▼薄暗くなった夕暮時に牧場をうろつく奴。何かまた悪さを企《たくら》んでいる貂だ。▼貂を捕まえる罠《わな》を仕掛けた。しかし一匹としてかかっていない。何としたことだ。

鼯鼠《むささび》

三冬

晩鳥《ばんどり》・ももんが

体長三〇～五〇センチ。前肢《ぜんし》と後肢の間に皮膚が発達した皮膜をもち、これを使って木々の間を滑空し、樹上で活動する。夜行性で、木の葉や果実、芽など、植物を食べる。「ももんが」は鼯鼠に酷似するが、体長一五～二〇センチと、ずっと小型である。

鼯鼠

むささびの巣の穴丸しまんまるし　右城暮石

むささびにくまなく星の粒立てる　矢島渚男

▼何の穴かと思って見ていたのだが、鼯鼠の棲処《すみか》と知る。それにしても、よくもあんなにまん丸に開けられるものだ。▼晩鳥という呼び名のとおり、夜、樹から樹へ飛び移る。そんな日の夜空にはびっしりと星が出ている。

狼《おおかみ》《おほかみ》

三冬

山犬《やまいぬ》・豺《やまいぬ》

日本にも古くから狼がいたが、主食である鹿の減少、家畜の被害を防ぐための駆除、狂犬病の流行などが原因となり、明治三十八年(一九〇五)、奈良県吉野村鷲家口《わしかぐち》で捕獲された雄を最後に、絶滅したとされている。そのため、現在では季感が薄くなった季語である。

絶滅のかの狼を連れ歩く　三橋敏雄

滅びたるのちも狼ひた走る　高野ムツオ

狼は亡び木霊は存ふる　三村純也

▼絶滅したといわれる日本狼。その姿なき狼を連れ歩くとは、一匹狼としての矜持《きょうじ》だろうか。▼私たちは畏怖すべきものを神と呼んだ。狼は太古、「大神」であった。▼狼は亡《ほろ》んでしまったが、山中の木々の木霊《こだま》はまだ脈々と生き長らえ、その谺《こだま》(遠吠《とおぼ》えの声)は、今も生きている。

兎《うさぎ》

三冬

越後兎《えちごうさぎ》・野兎《のうさぎ》

ふつう季語で「兎」というと、本州、四国、九州の平地から高山にかけて分布する野生種である「野兎」をさす。夜になると活動を始め、草木の葉や芽、樹皮(冬季)、果実などを食べる。夏毛は、灰褐色ないし暗褐色。冬毛は、褐色のものや、「越後兎」のように全身白色のものがある。

関連 兎狩《うさぎがり》→190

鬼やらふとき大闇の相模灘：深閑たる相模灘《さがみなだ》の闇に響く追儺《ついな》の声。重厚な句柄。

衆目を蹴つて脱兎や枯野弾む　中村草田男

二羽と言ひ兎は耳を提げらるる　殿村菟絲子

逆吊りの兎を軒に麓村　藤木倶子

▼皆の見ている前で兎が逃げた。まるで枯野のほうが弾んでいるようだ。▼兎は一羽二羽と数える。今日の獲物はこの二羽と、両の手にぶら下げて。▼山懐の村。とある軒下に吊るされた兎。冬の食料なのだろう。

寒《かん》猿《えん》　三冬

冬の寒々しい猿をいい、その鳴声の寂しげな風情をいう。日本猿は、南は屋久島から北は下北半島まで、全国各地に生息している。下北半島の猿は、人間以外の霊長類のなかで最北に生息し、「北限の猿」として知られている。

寒猿に谷の琵琶滝ねむりけり　大島民郎

見る者も見らるゝ猿も寒さうに　稲畑汀子

▼冬眠もせず、まれに人里にも出没する寒猿。琵琶滝《びわたき》とは、その形からそう呼ばれるのだろう、数条の弦(水流)を残すのみ、静かに眠っているようだ。▼じっと寒さに耐えているような姿。見ているこちらも寒くなる。

寒《かん》犬《けん》　三冬

雪《ゆき》の犬《いぬ》・冬《ふゆ》の犬《いぬ》

犬は猫と違って、北海道犬など、寒さに強い種が多い。冬の寒空の下で戸外につながれていたり、冬に潑剌《はつらつ》と狩りをする犬をさして、「寒犬」「冬の犬」などと呼ぶ。

森抜けてころげんばかり雪の犬　廣瀬町子

耳張つて月の野を恋ふ冬の犬　保坂敏子

▼森を通る時はおとなしくついて来たのに、一面の雪野に出た途端、はしゃぎ回る犬。▼「月の野を恋ふ」のであるから、冬の犬にとって厳しすぎる冬のようだ。

かじけ猫《ねこ》　三冬

竈猫《かまどねこ》・灰猫《はいねこ》・へっつい猫《ねこ》・炬燵猫《こたつねこ》

猫は寒さに弱い。冬には炬燵に潜り込んで「炬燵猫」となり、寒さにかじかんで「かじけ猫」となっている。「灰猫」「へっつい猫」は、火を落とした竈《へっつい》(かまど)の暖かさに身をゆだねる猫をいう。「竈猫」は富安風生の造語である。

何もかも知つてをるなり竈猫　富安風生

閑居とはへつつひ猫の居るばかり　阿波野青畝

薄目あけ人嫌ひなり炬燵猫　松本たかし

▼夜は竈の中で暖をとる老猫。知らぬ顔をしながら、じつはこの家の内部事情に精通している。▼この家の主《あるじ》は閑居を決めこんでいるらしい。だが、実際に家に籠《こも》っているのはへっつい猫だけで、主は留守がちである。▼猫は炬燵に身を寄せ、主も炬燵に足を突っ込んで所在なげ。思いついたように猫の名を呼んでみたが、猫は薄目をあけただけ。猫の本質をうまく言い得た句。

原裕《はらゆたか》▶昭和5年（1930）—平成11年（1999）師・石鼎没後、原家の養子となり「鹿火屋」を継承、主宰。

鯨《くじら》《くぢら》

三冬

白長須鯨《しろながすくじら》・長須鯨《ながすくじら》・抹香鯨《まっこうくじら》・座頭鯨《ざとうくじら》・背美鯨《せみくじら》・勇魚《いさな》

鯨は海にすむ大型の哺乳類。白長須鯨は地球上最大の動物。季節に従って大洋を回遊する。冬の季語になっているのは、回遊の途中、冬に日本近海に姿を見せるから。日本では、古くからこれを捕らえて食料などに利用してきた。近年、鯨は食肉用の動物というだけでなく、神聖な生命体としてとらえられるようになってきた。海中を悠々と泳ぐ姿には神秘性と宇宙性が感じられる。俳句の詠み方もその方向へ移行している。

関連 捕鯨《ほげい》↓192

鯨

暁や鯨の吼《ほゆ》るしもの海　暁台

大鯨潮吹き分けよ壱岐対馬　日野草城

いつの生か鯨でありし寂しかりし　正木ゆう子

ぶらいんどおろして長須鯨をまつ　阿部完市

▼「しもの海」とは、霜の降りた朝の海。海に霜が降りているのではない。鯨が潮を吹くことを「吼る」といえば恐ろしげで、かつ、おかしい。▼対馬《つしま》海峡を渡ってゆく勇壮な鯨。芭蕉の「かたつぶり角ふりわけよ須磨明石」を踏まえる。▼輪廻《りんね》転生のはるかな記憶。かつて人類の祖先も海にいた。▼地球に棲息するどの動物よりも大きい長須鯨を、外界と隔絶した部屋で待っている。

海豚《いるか》

三冬

真海豚《まいるか》・巨頭鯨《ごんどうくじら》

鯨+と海豚は呼び名が違うだけで、明確な動物学上の分類ではない。視神経はそれほど発達していないが、聴神経は発達し、物体の察知と仲間同士の交信には水中音が重要な役割を果たす。穏和な性格で知能が高い。

海豚

海豚観し少年海豚泳ぎせり　品川鈴子

海豚ショーおぼろの沖へ伸び上る　井崎佳子

▼海豚ショーを観た少年だろう。それからというもの、泳ぐ時はドルフィンキックで進む。▼壁の向こうは海。ジャンプして一瞬の沖合を目にする時、おぼろげながらも、すんでいた海を思い出すのだろうか。

鷹《たか》

三冬

蒼鷹《もろがえり》・鷲《のすり》・沢鵟《ちゅうひ》・鶚《みさご》

鋭く長い爪と尖《とが》った嘴《くちばし》をもつ。一般に、雌のほうが大型。強い飛翔力で俊敏に空を飛び、空中または地上の小さな鳥獣を捕食するが、死肉は食べない。この習性を利用したのが鷹+

狩。飼い慣らした鷹に、彼らの常食である鳥獣を捕獲させる。

関連 鷹《たか》の塒出《とやで》・鷹渡《たかわた》る↓秋／鷹狩《たかがり》↓191

夢よりも現《うつつ》の鷹ぞ頼母《たのも》しき　芭蕉

大鷹のぴたりと宙に止まれり　中村苑子

天山の夕空も見ず鷹老いぬ　藤田湘子

かの鷹に風と名づけて飼ひ殺す　正木ゆう子

▼「いさミたつ心　大勇の心持有るべし」（『俳諧雅楽集』）。▼空を舞う大鷹を風が抱きすくめた。瞬間、静止画像のように中空に止まった鷹。煌々《こうこう》とした目は油断なく獲物を探しながら。▼海外に出ることに消極的だった作者によるイメージの飛翔。「鷹」に自身を投影し、「夕空」にその晩年を重ねる。▼「風」と命名されながら、束縛された身である鷹。どこか傲慢な人間の身勝手を突く。

隼《はやぶさ》

三冬

長元坊《ちょうげんぼう》・稚児《ちご》隼《はやぶさ》

よく発達した胸の筋肉のために飛翔力に富み、獲物を見つけると、高い空から翼をすぼめて時速四〇〇キロの速さで一気に急降下し、強靭《きょうじん》な脚で蹴落として捕まえる。ふだんは鵯《ひよどり》や鶫《つぐみ》などの小鳥を狙うが、時として鴨《かも》や小型の雁《かり》を襲うこともある。

隼

はやぶさや流れ早めし根なし雲　松本可南

一本松隼がゐて日当れり　宮津昭彦

▼風に乗る隼は停止しているように見える。が、急に雲が流れ始め、風の動きがわかるのだ。▼何の変哲もない一本の松に隼がとまる。その松だけに日が当たる。

鷲《わし》

三冬

大鷲《おおわし》・尾白鷲《おじろわし》・犬鷲《いぬわし》

日本で目にする鷲は、大鷲、尾白鷲、犬鷲など。大鷲は直径約一〇センチもの鋭く半円形の爪をもち、大きいものでは体重九キロにも達する。尾白鷲は成鳥の尾が白いところからこの名がある。犬鷲は樹木の少ない山岳地帯に生息する鷲。大鷲、尾白鷲は冬鳥、犬鷲は留鳥。

雪空を畳のやうに鷲飛ぶと　大峯あきら

めつむりて千里の枯を思ふ鷲　上田五千石

▼雪空の鉛色の空を睥睨《へいげい》する鷲が畳ぐらいの大きな存在に見える。▼どこまでも果てしなく続く原野の枯れ景色を想起。作者が鷲になりきって見渡している。

鷲

林翔《はやししょう》▶大正3年（1914）—平成21年（2009）秋桜子に師事。同窓の能村登四郎と行動を共にする。

【暖鳥《ぬくめどり》】 三冬

鶻《こつ》という猛禽は、寒い冬の夜、捕らえた小鳥の体温で自分の身を温め、翌朝になるとその小鳥を放してやるという言い伝えがある。この小鳥を「暖鳥」と呼ぶ。いわば仮想季語であり、ちょっとした寓話的世界の生き物である。

爪たてぬ心もあはれぬくめどり　蓼太

鷹の爪が眼にや氷らんぬくめ鳥　松瀬青々

▼暖をとるために捕らえられた小鳥が観念し、爪を立てて抗《あらが》いもしないのがあわれである。または、小鳥を傷つけまいとする鷹の気遣いがあわれともとれる。▼暖鳥にとっては鷹の爪が目に焼きついて凍るような思い。

【寒禽《かんきん》】 三冬

冬《ふゆ》の鳥《とり》・冬鳥《ふゆどり》・かじけ鳥《どり》

渡り鳥として冬に姿を見せる鳥だけではなく、留鳥、漂鳥、そして種類を問わず冬に目にする鳥をさす。餌も少なくなる季節だが、冬ざれの景色の中にいたり、雪を背景としていたりと、注意して見ると、多くの鳥が活動している。寒さにかじかむ鳥をさして「かじけ鳥」と呼ぶ。

銃谺寒禽翔つて山緊る　福田蓼汀

滝行の声に寒禽だまりけり　森田峠

▼何発か銃声が谺《こだま》し、鳥たちが驚いて飛び立つ。その後山間は静まり返り、空気も引き締まる。▼滝行《たきぎょう》は、己を律するために、野太い声で題目などを唱える。水音より大きいので、鳥たちは鳴きやんでしまった。

【寒苦鳥《かんくちょう》《かんくてう》】 三冬

雪山《せつざん》の鳥《とり》

経文に出てくる想像上の鳥。寒苦に責められている時は巣を造ろうとするが、夜が明けて暖かくなるとすぐに忘れてしまう。衆生《しゅじょう》の生き方を投影した仮想季語である。

酒買へと啼きすすむるや寒苦鳥　才麿

寒苦鳥呼ばはりされし日向椅子　夏井いつき

▼酒買えと啼《な》いて勧めるのは、じつは自分。雄の寒苦鳥は「夜明《やみょう》造巣《ぞうそう》」（夜が明けたら巣を造ろう）と鳴くというが、怠け心のもう一人に負けて、酒を飲もうといっている。▼日向《ひなた》にぬくぬくとある椅子はまるで放心したかのよう。まるで寒苦鳥のようだとみんなに罵《ののし》られている。

【寒雁《かんがん》】 三冬

冬《ふゆ》の雁《かり》

晩秋、雁が姿を見せるといよいよ冬の到来。その種類は、真《ま》雁《がん》、菱喰《ひしくい》、灰色雁などで、冬を通して湖沼、河川、田などを生活の場とする。警戒心が強く、群れで暮らしていて、早朝に餌場となる田へ飛び立ち、夜には採食を終え、ねぐらである湖沼に戻り、眠る。 関連 雁《かり》→秋

雁来紅や中年以後に激せし人：まるくなるはずの中年になって、かえって激しくなった人。

啼き連るる寒雁に沼こたへなし　細川加賀

伊勢の田の芥に下りて冬の雁　河東碧梧桐

▼連鎖するかのように続く寒雁の鳴声。しかし沼は静まり返り、反応するものもいない。▼お伊勢さまの賑《にぎ》わいとは別に、周囲の田はひっそりしている。そこに降り立つ冬の雁。田の芥《あくた》の中にまだ餌になるものがあるのだ。

冬《ふゆ》鷺《さぎ》

三冬　残《のこ》り鷺《さぎ》

おもに留鳥の鷺で、冬に見かけるものをさして「冬鷺」という。全身白色で中型の小鷺(日本画の題材の白鷺のほとんどはこの種類)や、鶴に見間違われることもある青鷺などがある。また、病気や怪我《けが》などで渡りができなかった鷺を「残り鷺」という。 関連 青鷺《あおさぎ》・白鷺《しろさぎ》→夏

冬の鷺歩むに光したがへり　加藤楸邨

葦原に羽搏つは残り鷺ならん　廣瀬直人

▼夏の鷺は自身が発光体のようだが、冬の蕭条《しょうじょう》とした景の中の鷺は、静かに光がついてくるように歩む。▼葦原《あしはら》に羽ばたく音がする。残り鷺ではなかろうか。

冬《ふゆ》の鵙《もず》

三冬　寒《かん》の鵙《もず》

小動物を、その鋭い爪と、先端が鉤《かぎ》状になった嘴《くちばし》で捕らえる鵙。秋から初冬にかけて、テリトリーを守るために枝や杭《くい》にとまり、甲高い声で鳴く。それも冬が深まるにつれ、梢で目にすることはあっても、その独特の高い鳴声を耳にすることはなくなる。 関連 鵙《もず》→秋

檣頭にこゑ切り落す冬の鵙　山口誓子

一本の白髪おそろし冬の鵙　桂信子

天辺に個をつらぬきて冬の鵙　福田甲子雄

▼鵙が船の檣頭《しょうとう》(マストの先端)で鳴く。その鋭い声はストンと切り落としたかのよう。▼冬の鵙の声の鋭さが、おのれの老いに拍車をかける。▼蕭条《しょうじょう》たる景の中で、個を貫き通す冬の鵙にそこはかと啓発される作者。

冬《ふゆ》《ふゆ》の鶯《うぐいす》《うぐひす》

三冬　寒鶯《かんおう》・藪鶯《やぶうぐいす》

夏場に高山帯で過ごした鶯は、晩秋になると低地に下りてくる。笹藪《ささやぶ》、竹藪、低木林などにすみ、暗い林にはあまり入らない。警戒心が強く、「チャッ、チャッ、チャッ、チチチ」と

名句鑑賞

冬雁に水を打つたるごとき夜空　大野林火

雁《かり》は群れで過ごすことが多く、渡りの時はおもに夜間である。ふつう雁が飛来するのは晩秋だが、この群れは冬に入ってから渡ってきたのだろう。静まり返った夜空に、哀愁をおびた雁の鳴声が響いている。もちろんその姿は見えない。位置もおぼろげながらにわかるだけで、眼前には夜空が広がっているだけである。ひょっとしたら星さえも出ていないのかもしれない。それを「水を打つたる」と表現したところに句の深みが出た。〔中原〕

香西照雄《こうざいてるお》▶大正6年(1917)—昭和62年(1987)師・草田男を信奉。俳句による思想の結晶化を目指した。

短く鳴く「笹鳴《ささなき》」は聞こえるが、藪の中からなかなか姿を見せることはない。関連 鶯《うぐいす》→春

庭に来し冬鶯の大きさよ　高浜虚子

逢曳や冬鶯に啼かれもし　安住敦

▼枯れきった庭先にやってきた冬の鶯が、隠れどころがないくらい大きく見える。鶯がこんなに大きな鳥だったとは。▼人影のない場所での逢曳《あいびき》なのだろう。近くの雑木林に「チャッチャッ」と舌打ちをするように鳴く鶯がいる。

笹鳴《ささなき》

三冬　小鳴《ささなき》・笹子《ささご》

夏に高山で繁殖した鶯《うぐいす》は、秋の終わりになると、人里近くに下りてきて冬を越す。この時、「チャッチャッ」と、まるで人間が舌打ちをするように、藪の間などで地鳴きをする。この地鳴きを「笹鳴」、この鶯のことを「笹子」と呼ぶ。関連 鶯《うぐいす》→春

笹鳴きに枝のひかりのあつまりぬ　長谷川素逝

笹鳴の移りて残る日差しかな　星野恒彦

▼舌打ちのような笹鳴を聞きとめて、枝々もそれ（鶯）に集中するかのよう。▼先ほどまで鶯がいた枝先に、不意に主《あるじ》を失ったかのように日射しだけが残される。

冬雲雀《ふゆひばり》

三冬　寒雲雀《かんひばり》

冬に目にする雲雀をいう。気温の高い日などに畑地や草地で、舞い上がる姿を見かけることがある。しかし、春に雄が見せるような、空中高く舞い上がって複雑な囀《さえず》りを長く続けることはない。春の雲雀とは少し違うが、どこかに春を感じさせる響きがある。関連 雲雀《ひばり》→春

瞑《めつむ》りて冬の雲雀を聴きゐしか　安住敦

人の死をすぐ忘るるや冬雲雀　渕上千津

▼目を瞑《つむ》ると、いろいろな声が聞こえてくる。なかでも冬の雲雀の声を聞きたいと瞑っているのではと、作者はその人を見て思う。▼悲しいことに、人の死も時間がたてば忘れられてしまう。春の雲雀と違い、冬の雲雀などは顧みられる存在ではないと。

寒雀《かんすずめ》

晩冬　冬雀《ふゆすずめ》・ふくら雀《すずめ》

雀は四季を通じて人里近くでよく見られる。種子や穀物のなくなる冬になると、餌となるものを求めて、より人家周辺に近づき、時に建築物の穴などに巣を作る。大きく息を吸ったように体中の羽毛を丸く膨らませ、どこか愛嬌《あいきょう》を感じさせるのが「ふくら雀」である。関連 稲雀《いなすずめ》→秋

二羽となりて身細うしけり寒雀　臼田亜浪

死ぬまでは転ぶことなく寒雀　三橋敏雄

▼雄と雌の寒雀だろう。丸々としていたのでは寄り添えない。いきおい二羽とも身を細くして、交尾《つる》んでいる。▼屈託のない姿で遊んでいる丸々と太った寒雀。年をとったからといって人間のように転ぶこともない。

マルメロの創《きず》冬空となりにけり：マルメロの木の傷は癒えぬまま、空は一気に冬へ。

寒鴉《かんがらす》

晩冬

寒鴉《かんあ》

鴉は一年中その姿を目にするが、冬に見かける鴉をさして「寒鴉」という。鴉の種類には嘴細烏《はしぼそがらす》と嘴太烏《はしぶとがらす》があり、嘴細烏は市街地化の進んでいない、都会周辺に生息。都会化が進むとこの種は姿を消す。対照的に嘴太烏は都会への順応性が強く、自然が荒廃した環境でよく目にする。

寒鴉己《し》が影の上におりたちぬ　芝不器男

冬の鴉よひとはひとりに如くはなし　安住敦

▼寒鴉が自分より黒い自分の影の上に降り立った。▼冬の鴉よ(と呼びかけ)、人間もおまえのように一人でいるのが一番(それに及ぶものはない)、という作者。

梟《ふくろう》《ふくろふ》

三冬

ふくろ・母食鳥《ははくいどり》

柔らかい羽毛をもち、音をたてず獲物に気づかれないように飛ぶことができる。前面に並ぶ眼で獲物までの距離を正確に測り、網膜の作用で暗くても獲物がよく見える。聴覚にも優れ、左右異なる位置にある耳に音が達するわずかな時間差を利用し、獲物の位置と距離を判定できる。

梟の目玉見にゆく星の中　矢島渚男

旅おえてまた梟に近く寝る　宇多喜代子

▼夜空の星の中に梟の目玉があるというファンタジー。それをイメージのなかに訪ねていく。▼数日旅に出て、留守にしていた家に戻ってきた。いつものように梟の声が聞こえる。日常に戻ることの安堵《あんど》。

梟 シロフクロウ。

木菟《みみずく》《みみづく》

三冬

木菟《ずく》・五郎助《ごろすけ》・大木葉木菟《おおこのはずく》

木菟と梟《ふくろう》は区別がつきにくい。羽角《うかく》(耳のように見える羽冠)があるのが木菟、ないのを梟とするが、青葉木菟《あおばずく》のように羽角がないのに「ズク」の名をもつものや、反対に島梟のように羽角があるのに「フクロウ」の名がつく例もある。「青葉木菟」と「木葉木菟」(仏法僧《ぶっぽうそう》)は夏の季語。

うつうつと木菟の瞼の二重かな　軽部烏頭子

木菟啼くや毛深きのどをふくらまし　林徹

▼うつらうつらと半ば眠っているような木菟。二重瞼《まぶた》がなおさらそう見せている。▼鳴くからには喉があるはずだが、丸々と羽毛

木菟

千代田葛彦《ちよだくずひこ》▶大正6年(1917)—平成15年(2003)「旅人木」主宰。秋桜子に師事。新鮮な抒情を湛える作風。

でおおわれていて定かでない。

鷦鷯《みそさざい》

三冬

三十三才《みそさざい》・青蝶《かぶとちょう》・巧婦鳥《たくみどり》

全長一〇センチほどの比較的ずんぐりした体形をしている。山岳地帯にある沢沿いの藪《やぶ》や、岩が目立つ林にすむが、秋から冬にかけて、低山帯や平地に下りてくる。地鳴きは「チョッチョッ」と、鶯《うぐいす》の「笹《ささ》鳴《なき》」に似ている。

笹垣のどちらに啼くぞみそさざい　去来

みそさざい声の花びら谷に撒く　堀口星眠

▼笹垣のこちらかと思えばあちら、いや、こちら。虚をつかれる作者。▼鷦鷯の美しい声を花びらにたとえ、「谷に撒《ま》く」と、これまた美しく讃辞《さんじ》で飾る。

鷦鷯

通《とお》《とほ》し燕《つばめ》《つばめ》

三冬

越冬燕《えっとうつばめ》

夏鳥である燕は秋になると、越冬のため南方へ帰る。冬になっても残っている燕を「通し燕」「越冬燕」と呼ぶ。だが、日本で越冬する燕は、じつは日本より北方で繁殖したものが冬鳥として渡来したもので、夏に渡来したものではない。

関連　燕《つばめ》→春

越冬燕命をまもる一羽づつ　百合山羽公

越冬のつばめ夕日を撒きちらす　鷹羽狩行

▼帰らずに冬を越す燕。寒さに体を縮まるだけ縮めて命を温めている。▼それなりの暖地で冬を越す燕。夕暮時に群れ飛ぶ姿が夕日を攪拌《かくはん》しているようだ。

水鳥《みずとり》《みづとり》

三冬

浮寝鳥《うきねどり》・浮鳥《うきどり》・水禽《すいきん》

鴨《かも》や雁《かり》など、水辺に生息する鳥が「水鳥」。冬に数多く見られるので、冬の季語になっている。その多くは北国から渡ってきて日本列島で越冬する鳥たちである。水に浮いたまま眠る水鳥を「浮寝鳥」という。ただ「浮寝」といえば、その水鳥たちのことであり、人が水上の舟で寝ることでもあった。またそれは、ひとり眠れぬ夜を過ごす恋人たちの「憂き寝」をさすこともあった。

水鳥のおもたく見えて浮きにけり　鬼貫

鳥共も寝入つてゐるか余吾の海　路通

水鳥やむかふの岸へつういつうい　惟然

水鳥のどちへも行かず暮れにけり　一茶

羽搏きて覚めもやらざる浮寝鳥　高浜虚子

水鳥や頭にとまる水の玉　阿波野青畝

▼ふんわりとした水鳥の量感。▼余呉《よご》(余吾)湖は琵琶湖《びわこ》の北にある小さな湖。▼「つういつうい」は今なら、すーいすい。▼水の上で夕暮れてゆく水鳥。▼羽ばたいてもまだ眠りの中。▼潜ったば

麦秋の蝶ほどにわが行方なし：秩父での生活は時に閉塞感を感じるものであった。

かりか、水しぶきを浴びたか。

鴨《かも》

三冬

真鴨《まがも》・青頸《あおくび》・小鴨《こがも》・鴨打《かもうち》・鴨鍋《かもなべ》

真鴨、小鴨、尾長鴨《おながガも》、嘴広《はしびろ》鴨《がも》、鈴鴨《すずがも》など、多くの種類がある。脚は短く、前三本の指は水搔きでつながり、幅広く扁平《へんぺい》な嘴《くちばし》の先には鉤《かぎ》状の突起があり、縁にはギザギザの板歯《ばんし》が並ぶ。鴨が湖沼に飛来するといよいよ冬。その肉は美味なため、古くから好まれ、狩猟の対象ともなる。

関連 引鴨《ひきがも》・残《のこ》る鴨《かも》→春／通《とお》し鴨《がも》→夏

湖を鴨で埋めたる夜あけかな　士朗

水底を見て来た顔の小鴨かな　丈草

海に鴨発砲直前かも知れず　山口誓子

鴨群るるさみしき鴨をまた加へ　大野林火

虚子の鴨立子の鴨と見て立ちぬ　波多野爽波

かかへ来て鴨や市場の端に売る　小池文子

▼そういえば、夜半過ぎに鴨の鳴く声を聞いた。しかしこれほどたくさん渡って来ていたとは……。朝の景に驚く。▼深緑色の帯に囲まれている小鴨の眼はぱっちりと見える。まるで驚いている顔のように。▼穏やかで平和な波間に浮寝する鴨。しかし、猟師の発砲に遭えばひとたまりもない。引き金に指をかけた猟師がどこかに潜んでいるようだ。▼鴨がまた一羽やって来た。群れ離れした鴨か、やはり寂しいのだろう。▼あのちょっと胸の張ったのが虚子、その後ろを離れないようについていくのが娘の立子と、しばらく池の岸から鴨を見立てて佇《たたず》んでいた作者。さて、と立ち上がった。▼作者はフランス生活が長かった。マルシェ（市場）の端で目立たぬように売る鴨には理由《わけ》がありそうだ。でも買う人はちゃんといて……。うまくしたものだ。

鴨　真鴨の雄（奥）、雌（手前）。

鴛鴦《おしどり》《をしどり》

三冬

おし・匹鳥《おしどり》・銀杏羽《いちょうば》・思羽《おもいば》・鴛鴦《おし》の沓《くつ》・鴛鴦《おし》の契《ちぎり》・鴛鴦《おし》の妻《つま》・鴛鴦《おし》の浮寝《うきね》

留鳥または漂鳥として全国に分布。繁殖期の雄の羽毛は、雌を引きつけるために非常に美しく、反対に雌は暗褐色で地味である。雌雄で仲のよい鳥の代表のように思われ、昔から「鴛鴦《えんおう》の契り」とか「おしどり夫婦」などといわれるが、実際は繁殖期ごとに相手を変える。

横ざまに鴛のながるる早瀬かな　蝶夢

鴛鴦に月のひかりのかぶさり来　阿波野青畝

あらくれて日月は逝く鴛鴦のそば　八田木枯

鴛鴦　雄（手前）、雌（奥）。

馬場移公子《ばばいくこ》▶大正７年（1918）—平成６年（1994）秋桜子門。夫没後、帰郷。郷里・秩父の自然や生活を詠んだ。

▼置物のように美しい鴛鴦がつがいで早瀬の水にのって流れていく。▼月光に照らし出されたつがいの鴛鴦の姿に見入る。▼鴛鴦のゆったり浮かんでいる姿を見ていると、日月は何と荒々しく過ぎていくものかと思う。

千鳥《ちどり》　三冬

鵆《ちどり》・磯鳴鳥《いそなどり》・小千鳥《こちどり》・浜千鳥《はまちどり》・川千鳥《かわちどり》

丸い大きな頭に大きな眼をもつ鳥で、種類が多い。草原、砂地、湿原、海岸などの、見通しのきく場所に生息する。多くは前三本の指で器用に砂地などを歩き回り、餌をとる時に、違う方向にフラフラと行くと見せかけ、獲物を急襲する。この歩き方から、酔った足取りを「千鳥足」というようになったという説もある。

貫之が船の灯による千鳥かな　几董
上汐の千住を越ゆる千鳥かな　正岡子規
ありあけの月をこぼるゝちどりかな　飯田蛇笏
高波の裏に表に千鳥かな　岡田耿陽
足跡は千鳥のそれかすぐ消える　池内友次郎

▼紀貫之《きのつらゆき》の乗る船の灯に、物珍しそうに千鳥たちが寄ってくる。『土佐日記』からの連想。▼海からの上汐《あげしお》に乗って、今、千住(東京都)の辺りを過ぎるところ。周囲には千鳥の群れが波のまにまに漂っている。▼朝になっても残っている月。その月からこぼれるようにして千鳥が水面に降りてくる。▼まさしく波間に飛び交う千鳥の意匠を、逆に現実に見せられているような景。▼いわゆる磯千鳥。たたずんだかと思うとツッと少し歩いて波打ち際で遊ぶ。その足跡もすぐに波に消され、定かではない。

千鳥　小千鳥。

田鳧《たげり》　三冬

千鳥の仲間の中でも大型の鳥で、体長三〇センチほど。冬鳥として渡来する。田や干潟などに数羽から数十羽で群れをなし、地上を歩きながら昆虫類や蚯蚓《みみず》などの餌をとり、とってはまた歩くのを目にする。その警戒心の強さから、人が近づくとすぐふわふわと飛び立つ。

山影の遠のいてゐる田鳧かな　鷹羽狩行
田鳧来る田のひこばえの狐色　沖島たづ

▼田に出て遊ぶ田鳧は高貴な姿に見える。短い冬の一日、山影も遠く見守るように控えている。▼田の蘖《ひこばえ》も冬はすっかり枯れ色、そこにやってくる田鳧の金属光沢のある暗緑色の羽は、じつに美しく映える。

田鳧

佐保姫をゑがく青墨もとめけり：描かれる佐保姫《さおひめ》はきっと青々とした姿なのだろう。

鳰《かいつぶり》

三冬

羽白鳰《はじろかいつぶり》・赤襟鳰《あかえりかいつぶり》・かいつむり・鳰《にお》・いよめ

水辺にすむ留鳥（一部は漂鳥）である。尾は短く脚は体の最後部にある。細く短い翼は、たたむと密生した体の羽の中に収まり、潜水生活に適応する。陸に上がることはほとんどなく、飛翔することはできても、羽ばたきながら水面を蹴って走るだけである。水辺の水草や葦《あし》、真菰《まこも》、睡蓮の葉などを積み重ね、浮巣《うきす》を作る。琵琶湖《びわこ》に多く生息し、琵琶湖は「鳰《にお》の海」と呼ばれた。

関連 浮巣《うきす》→夏

鳰

淡海いまも信心の国かいつむり　森澄雄

かいつぶり潜けば湖の窪みけり　加古宗也

物思ふ鳰かも遂に潜《くぐ》らざる　林翔

鳰浮くを見届けざれば夜も思ふ　岡本眸

▼渡岸寺の国宝十一面観音をはじめ、多くの仏像が手厚く守られている淡海《おうみ》(近江)。鳰の潜るさまは仏に頭を垂れる信心の姿に似ている。▼真っ平らな湖面に鳰が浮かぶ。その鳰が潜ると、湖が一瞬だが窪《くぼ》む。▼いつも水に潜って餌をついばむ鳰が水面に漂っている。物を思ってのことか。▼一度水中に潜った鳰が浮き上がるところを見なかった。どうしたのか、そのことが夜になっても気にかかる。

都鳥《みやこどり》

三冬

百合鷗《ゆりかもめ》

冬鳥、旅鳥として渡来し、古くから詩歌や文学に登場する。『伊勢物語』東下《あずまくだ》りの段に、在原業平《ありわらのなりひら》一行が隅田《すみだ》川《がわ》から船に乗った時、鴫《しぎ》ほどの大きさの、白くて嘴《くちばし》と脚が赤い鳥を見かけ、船頭に名を尋ねたところ「都鳥」と答えたので、「名にしおはばいざ言問《こと》はむみやこどりわが思ふ人はありやなしやと」と詠んだとある。この「都鳥」は百合鷗。カモメ科の冬鳥で、この時期の体は全体的に白く、嘴と脚が赤い。これとは別に、ミヤコドリ科の鳥も「都鳥」と呼び、この二種は混同されやすい。

都鳥　百合鷗。

何もかも曇つてしまひ都鳥　久保田万太郎

頭上過ぐ嘴脚《はしあし》紅き都鳥　松本たかし

かよひ路のわが橋いくつ都鳥　黒田杏子

百合鷗少年をさし出しにゆく　飯島晴子

▼単なる天候の曇りだけではなく、時代の趨勢《すうせい》も含めての人生の曇りと思われる。そんななかで都鳥の白さが浮き彫りになる。▼警戒心がそれほど強くない都鳥。近くまでやって来るので、嘴と脚の赤い特徴がよくわかる。▼通勤電車が鉄橋を渡る時、目は川面に群がる都鳥を追っている。▼百合鷗と親しくなりたい少年。

大島民郎《おおしまたみろう》▶大正10年（1921）―平成19年（2007）「馬酔木」「橡」同人。清崎敏郎らと慶大俳句会を結成。

思いきって、まるで餌であるかのように、作者は少年を差し出したい気分でいる。著者の自解には、百合鷗の言葉に魅せられて、イエズス会の天正遣欧少年使節をイメージして作ったとある。

冬《ふゆ》鷗《かもめ》 三冬

「鷗」は季語としては無季だが、日本へは冬鳥として渡来するため、「冬鷗」として冬の季語としている。全国の海岸、湾、港、河口などで群れて生活し、空を飛ぶ姿、水面を漂う姿をよく目にする。肉食性で、カモメ科の海猫や百合鷗《ゆりかもめ》と一緒にいることが多い。魚だけでなくほかの鳥類の雛《ひな》なども狙い、さらにはそれらの死骸、大型の昆虫類などを食べる。

冬鷗黒き帽子の上に鳴く　西東三鬼
冬鷗見てゐたる目を保つべし　加藤楸邨

▼「黒き帽子」とは、作者のベレー帽か。その黒い帽子の頭上で、白い冬鷗が鳴いている。▼空を滑翔する鷗をじっと見つめ続けていれば、おのずと何かが見えてくると。

鶴《つる》 三冬

丹頂《たんちょう》・鍋鶴《なべづる》・真鶴《まなづる》

鶴は、真鶴、鍋鶴、黒鶴、カナダ鶴、姉羽鶴《あねはづる》などが、冬鳥または迷鳥として渡来する。どの種も比較的ほっそりした体形で、首と脚が長く、羽の色はおもに暗灰色ないし白色である。広い湿地、草原、耕地などに生息。丹頂は北海道にすみ、留

名句鑑賞

青天のどこか破れて鶴鳴けり　福永耕二

晴れていて空は抜けるように青い。それに呼応するかのように大気が極限まで締まっている。その緊張しきった空から、群れをなして飛ぶ鶴《つる》の声が聞こえてくる。それはまるで空が破れ、甲高い鳴声がこぼれ落ちてくるように作者には感じられた。そこに作者独自の美意識が働いている。調べが高く、乱れのない作風をつねにめざし、叙情的な美質をかたくなに守り通した作者。だが、その才を惜しまれつつも四十二歳で急逝した。【中原】

鳥である。関連 引鶴《ひきづる》→春／鶴来《つるきた》る→秋

我が息にわが冷えて鶴仰ぐなり　神尾季羊
鶴の棹月光のなか落ちきたる　岡部六弥太
鶴に餌を撒くゆふぐれの美少年　吉田汀史
鶴啼くやわが身のこゑと思ふまで　鍵和田秞子
鶴はもう来たかと訊けばこつくりと　原雅子
丹頂の紅一身を貫けり　正木浩一

▼今か今かと、飛来する鶴を待っていたようだ。自分の吐く息の白さに、すっかり体が冷えたことを知る。まだもう少し鶴を仰ぐつもり。▼矢が降るように渡ってくる鶴。月光の中にシルエットとなるさまは幻想的。▼鶴の餌付け。餌を撒《ま》く役どころを得た少年はちょっと緊張し、ちょっと得意げ。▼身を裂かれるような鳴声を聞いている作者。聞きながら、いつしかそれが自分の嘆きの声のようにも思えてきた。▼コックリとうなずいたという動作が描かれ、子供の表情が活写された。▼丹頂鶴は頭の頂に「丹《に》」の色を置く。その紅がいろいろな動作にしっかり蹤《つ》いてくるところか

ら「一身を貫く」の措辞《そじ》が生まれた。

凍鶴《いてづる》

三冬

鶴凍《つるい》つ・霜《しも》の鶴《つる》・霜夜《しもよ》の鶴《つる》

冬の鶴はじっとしたまま、なかなか動こうとしない。その不動の鶴の姿を愛《め》でて、「凍れる鶴」「凍鶴」という。あるいは、一方の脚を縮めて一本の脚だけで立ち、長い首を翼の下に埋《うず》めたままなのか、あるいは一歩踏み出そうとしてかじかんでしまったか、長い間、その一歩を踏み出さずにいることもある。

凍鶴の首を伸して丈高き　高浜虚子

凍鶴のやをら片足下しけり　高野素十

ひともがきして凍鶴の凍てを解く　能村登四郎

鶴凍てて花の如きを糞りにけり　波多野爽波

▼すっくと立つ凍鶴。▼「やをら」は、おもむろに。▼動き出す前のひともがき。まるで呪縛を解くかのよう。▼凍てついて動かない鶴。一瞬、動いたかと思うと、それは花のような糞を落としたのだった。

白鳥《はくちょう》《はくてう》

晩冬

スワン・鵠《くぐい》・黒鳥《こくちょう》・大白鳥《おおはくちょう》

毎年日本に渡来し、全国で、大白鳥が一万数千羽、小白鳥が六、七千羽、越冬する。成鳥は純白で、その優美な姿は霊鳥という印象を与え、白鳥を主人公とする民話や伝説は、倭建命《やまとたけるのみこと》の霊魂が白鳥と化した話をはじめ、各地に見られる。「黒鳥」は白鳥と同じカモ科の鳥で、オーストラリア産である。

一夜吾に近寝《ちかね》の白鳥ゐてこゑす　橋本多佳子

白鳥といふ一巨花を水に置く　中村草田男

千里飛び来て白鳥の争へる　津田清子

白鳥の集まりて声濁りゆく　寺井谷子

白鳥の首やはらかく混み合へり　小島健

関連　白鳥帰る《はくちょうかえる》→春

▼湖畔での旅寝。白鳥もすぐそばで一夜を過ごしたらしく、声が聞こえた。▼翼を割って展《ひろ》げる姿など、白鳥はまるで大きな花のようだ。その花のような白鳥を水に置く。▼脱落者のないよう励まし合って飛んで来たかのように見えた白鳥が、餌のことか何かと争う。▼白

白鳥

名句鑑賞

凍鶴が羽ひろげたるめでたさよ　阿波野青畝

凍鶴《いてづる》がやっと翼を広げたのだ。凍りついたように動かない鶴を、作者はずっと息を殺して見守っていたのにちがいない。そのとき、鶴が翼を広げ、緊張した空気がにわかに和らぐ。それがこの句の「めでたさよ」。〔長谷川〕

伊藤白潮《いとうはくちょう》▶大正 15 年（1926）—平成 20 年（2008）「鴫」を復刊、主宰となる。重厚な中に諧謔と哀愁がにじむ。

鳥はお世辞にも美声とはいえない。集まれば集まるほど声は濁っていく。▼首を高く立てて絡ませる仕種は求愛のポーズなのだとか。

海雀《うみすずめ》

三冬

善知鳥《うとう》

本州北部以北で繁殖し、冬は本州以南でも見られる、ウミスズメ科の海鳥の総称。秋から冬にかけ、数羽から十数羽ほどの群れをなして海上で生活し、水に潜って魚を捕食する。「善知鳥」もウミスズメ科で、北日本で繁殖、冬は少し南へ移動する。

海すずめ遠流《をんる》の国に野火走る　角川源義

もしかして俺は善知鳥のなれのはて　佐藤鬼房

▼海雀の飛び交う遠流の地。佐渡か隠岐《おき》か。収穫を頼んで放つ野火が空を焦がす。▼北方の島で生まれさまよう善知鳥が落ちぶれた自分のように思えて仕方ない。

鮫《さめ》

三冬

鱶《ふか》・葭切鮫《よしきりざめ》・猫鮫《ねこざめ》・撞木鮫《しゅもくざめ》

体は円筒形または紡錘《ぼうすい》形をし、軟骨性の骨格からなり、歯は抜けると生え替わる。胃はよく発達し、まるで手袋を裏返すように、不消化物を口から出すことができる。人を襲うと恐れられているが、多くは無害。鰭《ひれ》はフカヒレ料理の材料となる。関西では「鱶」、山陰では「鰐《わに》」と呼ぶことがある。

糶られゐる鮫の半眼月の暈　増田河郎子

本の山くづれて遠き海に鮫　小澤實

▼糶《せ》り場に並べられた鮫は眠たそうな半眼。港の月は今日は暈《かさ》が掛かっていて、どこか鮫の眼のようにどろりとしている。▼本の山が崩れた。それとは無関係だが、遠い海には鮫が泳ぎ回っているにちがいない。

鰰《はたはた》

三冬

雷魚《はたはた》・鱩《はたはた》・かみなりうお

寒流域にすむ魚。ふだんは深い場所にいるが、産卵期の十一月頃になると、水深数メートルの場所に大群で移動する。秋田では、雷が鳴るその頃によく獲れることから、「雷」の字がついた。秋田の郷土料理である塩汁《しょっつる》にはなくてはならないものである。

関連 塩汁鍋《しょっつるなべ》→149

鰰

鰰を男鹿に食らへば午後荒るる　松崎鉄之介

鰰のみひらきし目にまた雪来　山上樹実雄

▼男鹿《おが》半島の名物の鰰を食べる。午後になって海が急に荒れ出した（「雷魚」と書くくらいだから、荒れ模様がふさわしいとも思われる）。▼海から上がったばかりの鰰。真ん丸のぱっちりとした目にまた雪が降りしきる。

大歳の酒大尽となりにしよ：正月用にと届いた酒。年明け前に呑み尽くしたという挨拶句。

魴鮄《ほうぼう》　三冬

日本沿岸に生息する魚で、骨板に覆われた固く大きな頭をもち、体は尾に向かうほど細くなる。大きな胸鰭《むなびれ》の下には指のような付属肢がある。この付属肢で砂泥の海底を歩いたり、砂に潜っている蝦《えび》、蟹《かに》、小魚などの餌を掘り出す。また、鰾《うきぶくろ》を使って蛙の鳴声のような音を出す。

魴鮄の美し過ぎる赤さにて　児玉輝代
魴鮄は口を揃へて売られけり　平林孝子

▼何か装飾的な肌合い、色彩をもつ魴鮄を見て、過ぎたる赤だと思う。▼角張った口の魴鮄が、口を前面に向けて並べ売られている。売る人たちが口を揃《そろ》えて「今日は魴鮄がいいよ」と勧める様子ともとれる。

方頭魚《かながしら》　三冬

金頭《かながしら》・火魚《ひうお》

姿、形は魴鮄《ほうぼう》によく似ているが、魴鮄が胸鰭《むなびれ》にもつ鮮やかな模様を方頭魚はもたず、鱗《うろこ》は魴鮄より大きい。紅い体色に白い腹面、胸鰭の内側は一様に赤い。胸鰭の一部が変化した歩行肢で海底を這《は》い回り、蝦《えび》などの甲殻類や小魚を捕食する。

方頭魚ほどの口かと聞かれをり　岡井省二
大学はいま戦場か方頭魚　宮坂静生
月光を淵より覗く方頭魚　岡本高明

▼いかつい貌《かお》のわりにはかわいらしく、めくれたような口をしている方頭魚。さる女性の唇について聞かれているのだろうか。▼ヘルメットのような頭の方頭魚から、学生運動家を連想してできた句。▼緋色の方頭魚が岩礁の底から覗《のぞ》く様子を、イメージを中心に詠んだ。

鮪《まぐろ》　三冬

しび・鰭長《びんなが》・黄肌《きはだ》・めばち

黒鮪《くろまぐろ》、鰭長、目鉢《めばち》、黄肌、南鮪《みなみまぐろ》などを「鮪」と呼ぶ。なかでも、刺身や寿司種として最も好まれるのが黒鮪。冬から春先の産卵期のものがとくに美味である。しかし、数十年前までは、トロと呼ばれる部位は、アラ同然の扱いを受け、葱《ねぎ》とともに「葱鮪《ねぎま》」にされるくらいだった。

鮪またぎ老いのがにまた競りおとす　橋本多佳子
胴の張り鏡の如き鮪かな　平松三平

▼丸太棒のような鮪を蟹股《がにまた》の老爺《ろうや》がまたぐ。品定めして競《せ》り落とす。▼パンパンに張った鮪の胴はまさに銀《しろがね》。鏡のように顔が映る。

鱈《たら》　三冬

雪魚《たら》・真鱈《まだら》・本鱈《ほんだら》・初鱈《はつたら》・鱈子《たらこ》

タラ科の魚の総称で、下顎より上顎が突出し、頭部が大きい。ふつう真鱈をさす場合が多く、大きいものだと体長一メートルにも達する。魚偏に雪と書き、また「雪魚」とも書くところからもわかるように、冬季が旬である。ほかの魚や烏賊《いか》、海

角川源義《かどかわげんよし》▶大正6年（1917）―昭和50年（1975）角川書店の創業者。戦後俳句において抒情性の回復を標榜。

老などの海底生物を貪欲に食べまくる。「たら腹食う」も、この魚の腹部が大きく膨らんでいるところから生まれた言葉として知られている。

藁苞や在所にもどる鱈のあご　室生犀星
北十字かゝげて荒るゝ鱈場かな　小野寺昴子

▼藁苞《わらづと》が一つ、中身は鰓顎《えらあご》の大きく張った鱈が一尾。これから田舎に帰るところだ。▼白鳥座の北十字があたかも掲げたように見える。鱈の漁場は今日は荒れに荒れ、北十字も傾いて見える。

【助《すけ》宗《そう》鱈《だら》】

三冬

介党鱈《すけとうだら》・明太魚《めんたいぎょ》・紅葉子《もみじこ》

鱈と同様、上顎が突出しているが、体は真鱈に比べるとやや細長く、体長も半分くらい。水深五〇メートルから五〇〇メートルのあたりに生息し、オキアミ、小魚などを食し、高齢になると共食いも少なくない。煮魚、粕漬《かすづけ》にもなるが、多くは蒲鉾《かまぼこ》などの原料となる。卵巣は「たらこ」や「明太子《めんたいこ》」に加工される。

関連 干鱈《ひだら》→春

スケソウダラおどけ顔して凍《しば》れをり　阪本浩邦
助宗《すけそう》鱈と小蕪のやうな暮し向き　佐藤鬼房
難破船のごと鰭立つ助宗鱈《たら》の汁　中原道夫

▼目がギョロリと大きな助宗鱈が愛嬌《あいきょう》のある顔で凍っている。▼安価な助宗鱈と安価な小蕪《こかぶ》で、どうにも気取るような生活ではない。▼助宗鱈汁(じゃっぱ汁と呼ぶところも)に、鰭《ひれ》が傾いたまま飛び出している。荒海に座礁した難破船のようだ。

白鳥の胸を濡らさず争へり：争っている時でさえ胸を濡らさない白鳥。気高くも哀れ。

江戸時代の魚図『梅園魚品図正』より。❶鰤、❷方頭魚、❸鱈、❹鮃、❺魴鮄、❻鮟鱇、❼河豚、❽鰰。　国立国会図書館

鰤《ぶり》

三冬

初鰤《はつぶり》・大鰤《おおぶり》・巻鰤《まきぶり》

味といい姿といい、鰤は冬の魚の筆頭。とくに関西の正月料理の材料としてなくてはならない。出世魚であり、成長するにつれて、関西ではツバス、ハマチ、メジロ、ブリ、関東ではワカシ、イナダ、ワラサ、ブリと呼び名が変わる。なお、関東で鰤に代わるのは、✝鮭《さけ》。

女あり父は魚津の鰤の漁夫　高野素十

品書きに鰤書き足して鰹消す　鈴木真砂女

▼荒々しい漁師を父にもつ娘。魚津(富山県)は富山湾に面し、鰤の水揚げが多い。▼戻り鰹《がつお》も終わり、鰤が出始めた。

寒《かん》鰤《ぶり》

晩冬

✝鰤は敏捷《びんしょう》なため、捕獲が難しく、漁が盛んになったのは江戸時代から。かつては保存に問題があり、塩鰤として流通していた。旬は冬で、産卵に備えて餌を飽食した寒鰤は、脂がのっていて美味。刺身、照焼きが多いが、酢の物、ぬた、薫製《くんせい》などにも向く。

塩打ちし寒鰤の肌くもりけり　草間時彦

本物は世に出たがらず寒の鰤　加藤郁乎

寒鰤を買へばたちまち星揃ふ　山本洋子

寒鰤や飛騨を越え来し塩こぼす　中澤康人

吉田鴻司《よしだこうじ》▶大正7年（1918）—平成17年（2005）角川源義に師事。「河」創刊とともに参加、同人会長を務めた。

▼寒鰤に粗塩《あらじお》を振る。これを関西では塩鰤といって吊《つ》るし、正月を祝う。銀に輝いていた肌が塩で締まって曇る。▼寒鰤も天然物は少なくて養殖物が多い。人間も本物は、チャラチャラ自分のほうから出ていこうとはしないものだ。▼寒鰤の切り身を買った。さて今晩は、と空を見上げれば、日はとっぷりと暮れ、星が瞬《また》いている。▼信州松本・諏訪の年取りの必需品。富山から飛騨高山を経て野麦峠《のむぎとうげ》を越えて来る。

鮟鱇《あんこう》《あんかう》

三冬

琵琶魚《びわぎょ》・華臍魚《かせいぎょ》・鮟鱇《あんこう》の吊《つる》し切《ぎ》り

著しく押しつぶされたような頭部をもつ深海魚。黒褐色で鱗《うろこ》がなく、皮膚には多くの突起がある。背鰭《せびれ》が変形した長い突起の先端を揺り動かし、下顎が突出した口に小魚を誘引して、捕食する。筋肉が締まっていないため、調理の際は顎に通した縄で鮟鱇を吊るし、多量の水を胃の中に注ぎ、独特の包丁さばきで切る。これを「吊し切り」という。とも(尾鰭)、肝、水袋(胃)、ぬの(卵巣)、皮、えら、柳肉《やなにく》(身肉)などを「鮟鱇の七つ道具」といって珍重する。

関連 鮟鱇鍋《あんこうなべ》↓150

鮟鱇のよだれの先がとまりけり　阿波野青畝

鮟鱇と一対一の一句なり　鈴木真砂女

罪科もなき鮟鱇の吊し切り　三橋敏雄

吊されし鮟鱇何か着せてやれ　鈴木鷹夫

▼「際限がないほどさがるのかと思えたが際限があった」と青畝。▼先達《せんだつ》がすでに名句を残している鮟鱇を、自分ならどう詠むか。▼

名句鑑賞

鮟鱇もわが身の業も煮ゆるかな　久保田万太郎

身よりも内臓類が好まれる鮟鱇《あんこう》を割下《わりした》で煮たのか、ポン酢で食すためにちり鍋風に水煮にしたのか。切り身にして鍋に入れてみて、ふとそのグロテスクな外見を思い出した。それは、最初の妻の自死、一子の死去、再婚相手との別居、いい関係にあった愛人の突然の死と、まさに自分の後半生に降ってわいたような業(カルマ)を煮ているようでもあった。戯曲、小説、脚色などで活躍した作者、昭和三十八年(一九六三)の作。この年、彼も鬼籍に入った。　[中原]

何の罪科《つみとが》もないのに吊し切りになるのは、悪人面だから？▼吊されて寒々しく見える鮟鱇に着せてやるものといえば……。

河豚《ふぐ》

三冬

ふく・鰒《ふぐ》・真河豚《まふぐ》・虎河豚《とらふぐ》・針千本《はりせんぼん》・箱河豚《はこふぐ》・河豚提灯《ふぐちょうちん》・海雀《うみすずめ》・河豚《ふぐ》の毒《どく》

河豚は冬が旬。締まった白身が喜ばれ、河豚刺し(刺身)やてっちり(河豚鍋)にする。河豚は最も贅沢《ぜいたく》な魚でもある。肝などに猛毒のテトロドトキシンがあり、あたれば大枚ばかりか命まで払わなければならない。

関連 彼岸河豚《ひがんふぐ》・菜種河豚《なたねふぐ》↓春／河豚汁《ふぐじる》↓147／河豚鍋《ふぐなべ》↓151

あそび来ぬ鰒釣《ふくつり》かねて七里迄　芭蕉

鰒喰うて其の後雪の降りにけり　鬼貫

河豚の面世上の人を白眼《にら》むかな　蕪村

河豚食うて仏陀の巨体見にゆかん　飯田龍太

▼厳子陵《げんしりょう》の故事にならい、河豚釣りの舟を出したが、釣果がないまま桑名《くわな》(三重県桑名市)から熱田《あつた》(愛知県名古屋市)までの七里を

さつきから夕立の端にゐるらしき：夕立の降っているところと降っていないところの境目。

来てしまった。厳子陵は後漢の人。世を避けて七里灘の近くで釣りをしていた。▼河豚を食べた後、何日かして雪が降った。冬という季節もまたゆっくりと移ってゆく。▼うらめしそうに世の中をにらむ河豚。蕪村自身の姿か。▼河豚を食べて、大仏を見にゆく。恰幅《かっぷく》のいい一句。

鮃《ひらめ》

三冬

比目魚《ひらめ》・平目《ひらめ》・寒鮃《かんびらめ》

鰈《かれい》が両眼とも右側にあるのに対し、鮃は両眼とも左側にある。体色を周囲の色や模様に合わせて変化させることができる。昼間は、砂泥底に身を隠して眼だけ突き出し周囲をうかがい、小魚などが接近すると捕食する。夜は餌を求めて活発に動き回る。越冬期は沖合のやや深い場所にすむ。

夕暮れのはかりに重き寒鮃　有馬朗人

庖丁に身のねばりつき寒鮃　大野崇文

▼冷たい海から上がった寒鮃。あたかも冬の海の圧《お》しを加えたかのような重さがある。▼脂ののった寒鮃は庖丁《ほうちょう》を引こうとすると粘る。もうそんな時期になったかと思う。料理人ならではの句。

霜《しも》《しも》月《つき》《つき》鰈《がれい》《がれひ》

仲冬

寒鰈《かんがれい》

ふだんは海底に潜っている鰈も、産卵期である冬期になると浅瀬に上がってくる。その頃に捕獲される、旬の石鰈や真子《まこ》鰈《がれい》を、「霜月鰈」または「寒鰈」という。

寒鰈箸こまやかに食ふべけり　草間時彦

星の夜の星の斑《ふ》の寒鰈こそ　友岡子郷

▼脂ののった寒鰈。骨の間の身も上手に箸を使って食べねば、と作者。▼寒鰈の背の斑は、きっと星が降って海底の鰈の背に咲いたもの。そんな鰈こそうまい。

寒《かん》鰡《ぼら》

三冬

盲鰡《めくらぼら》・日出鰡《ひのでぼら》

✝鰡は本来、秋季に分類されるが、産卵期の十月から一月になると外洋に出て産卵場へ向かう。旬は十一月から一月の冬季で、どんな料理でも美味である。

関連 鰡《ぼら》→秋

娼家の灯寒鰡つりにはや灯り　吉川葵山

寒鰡の一つ一つの貌を見し　中杉隆世

▼娼家《しょうか》に早々と灯が点《とも》った。寒鰡釣りは寒い、とおしまいにした連中が酒宴で盛り上がっているようだ。▼寒鰡の脂肪のかぶさった目の状態を見比べている。

杜《か》父《くぶ》魚《つ》

三冬

杜夫魚《かくぶつ》・霰魚《あられうお》・霰《あられ》がこ

✝鰍《かじか》に似た魚で、体長三〇センチほど。本州、四国、九州に分布するが、福井県の九頭竜川《くずりゅうがわ》ではアラレガコと呼ばれ、天然記念物に指定されている。鰓《えら》の後部にある棘《とげ》で✝鮎《あゆ》を捕らえるといわれるところからアユカケの名があるが、その行動は確認されていない。味は美味である。

飯島晴子《いいじまはるこ》▶大正10年（1921）―平成12年（2000）「馬酔木」のち「鷹」創刊に同人として参加。論・作ともに犀利《さいり》。

杜父魚や流るゝ蘆に流れ寄り　高田蝶衣
杜父魚のぞめきの空となりゐたり　岡井省二

▼枯蘆《かれあし》が流れる清流。杜父魚は自分の身を流れ蘆のように装い、餌になるものを待っている。▼杜父魚の捕れる頃の空模様。雷が鳴って霰が降る。そんな騒《ぞめ》き＝騒々しい空になってきた。

氷下魚《こまい》　三冬

乾氷下魚《ほしこまい》・氷下魚釣《こまいつ》る・かんかい

日本海および北洋に分布。北海道の北東部に多く、根室では、結氷した海面や汽水湖面に穴を開け、産卵するために集まった群れを定置網や手釣りで漁獲する。夜行性のため、昼より夜のほうがよく釣れる。コマイの名はアイヌ語で「小さい音の出る魚」を意味する。

氷下魚《かんかい》は夢見るごとく釣られける　斎藤玄
氷下魚釣氷上に彩《いろ》ともしけり　古賀まり子

▼薄明るい穴から垂れた糸に食いつけば、途端に体はその穴に吸い寄せられて。釣られる側からしてみると、それはまるで夢を見ているような心地。「かんかい」はサハリンの言葉から来ているといわれている。▼氷下魚釣りの人たちが着ている服が、氷上に彩りを添える。

柳葉魚《ししゃも》　初冬

ししゃも焼《や》く

名はアイヌ語の「柳の葉」を意味した言葉からきている。体は細長く、色は銀白色で美しい。十月下旬から十二月上旬の産卵期になると、大群で海から河川を遡上する。産卵期近くの雌の卵巣が好まれ、丸干しにして珍重される。近年、近縁種が代用品として大量に輸入されている。

一湾の光束ねて柳葉魚干す　南たい子
寒ければ歯ざわりの良き柳葉魚焼く　菊田琴秋

▼初冬のすぐに陰る冬日を集めて、柳葉魚を干す様子を描く。▼体全体が魚卵であるかのような柳葉魚は歯ざわりが嬉《うれ》しい。そして寒ければ酒になる。

落鱚《おちぎす》　仲冬

鱚《きす》は、三月から十一月頃まで岸近くの砂底にすむ美味な白身の高級魚で、夏の季語。産卵期は夏から秋で、冬になると沖合に向かって移動し、水深一〇メートル以上の深みで越冬する。これを「落鱚」と呼ぶ。関連 鱚《きす》→夏

落鱚のいよよ銀光《しろがね》りして　大石悦子
波かぶる径《みち》落鱚を釣り来しと　茨木和生

▼夏の鱚と違ってさらに金属的な光り方になってきた。▼冬波の激しさは海辺の道にまで乗り上げる。その激しさもいとわずに、好事家は釣りにやってくる。

雁ゆきてまた夕空をしたたらす：春の夕空を帰る雁《かり》。早熟な作者の青春の一句。

寒鯛《かんだい》《かんだひ》
晩冬

冬《ふゆ》の鯛《たい》

冬に捕れる鯛のこと。冬季、深い海の岩場で越冬する鯛は、春の産卵の頃の桜鯛ほどではないが、身が締まっていて美味である。その姿、味もよい鯛は、昔から魚の王として珍重される。頭やアラまでを使い、さまざまな料理に用いられる。

関連 桜鯛《さくらだい》→春

寒鯛の瞳の爛々と気品満つ　鈴木真砂女

寒鯛をぶち切り漢《をとこ》ばかりで酔ふ　山口いさを

▼「腐っても鯛」というが、鯛には気品が漂う。寒鯛の瞳の奥の奥まで透けるような姿。▼脂ののった寒鯛を大胆に料理。気のおけない連中で飲む。

潤目鰯《うるめいわし》
晩冬

成長すると三〇センチほどになり、真鰯《まいわし》より大きくなる。名の由来は、眼が脂瞼《しけん》という透明な膜で覆われているため潤んでいるように見えるところから。ほかの鰯類に比べ脂肪が少なく、鮮魚としては向かないが、塩乾魚《えんかんぎょ》としては価値が高い。

関連 鰯《いわし》→秋

うるめにも玉為す色や藍の色　松瀬青々

火の色の透りそめたる潤目鰯《うるめ》かな　日野草城

一合を愉しむ潤目鰯かな　山崎ひさを

▼潤目鰯にも玉《ぎょく》(宝石)のように藍《あい》色を湛《たた》えているところがある。▼潤目鰯をさっと炙《あぶ》る。ほんの一瞬なのだが、火の色が透けて見える。▼たった一合の酒だが、潤目鰯を肴《さかな》にちびりちびりと愉《たの》しむ。

氷魚《ひお》《ひを》
三冬

氷魚《ひうお》・氷魚汲《ひおく》む

琵琶湖《びわこ》、あるいはそれを水源とした川にすむ、体長三、四センチの鮎《あゆ》の稚魚をさす。鮎は九月から十一月に産卵する。孵《ふ》化後、稚魚は一、二か月は色素がまだ体表に現われてこないため、半透明で氷のように透き通っているところから、この名がある。味は、白魚《しらうお》よりも淡泊で美味である。

店さきの氷魚《ひうお》つまんで旅の顔　坪内稔典

竹笊の真中に氷魚盛られあり　対中いずみ

▼近江今津《おうみいまづ》(滋賀県高島市)の辺りの商店街。魚屋の店先には試食の氷魚が置いてあって自由につまめる。こんなところにも旅を感じる。▼氷魚は水から揚がるとねっとりとした感じで、こんもりと笊《ざる》に盛り付けられる。

魦《いさざ》
三冬

魦船《いさざぶね》・魦網《いさざあみ》

琵琶湖《びわこ》特産の淡水魚で、この時期に漁をする舟や網が琵琶湖の景物とされ、古くから季題とされてきた。京都の市場では「川ごり」と呼ぶこともある。佃煮《つくだに》をはじめとして、味噌仕立ての「いさざ鍋」、天ぷらや酢の物、大豆と飴煮にした「いさ

藤田湘子《ふじたしょうし》▶大正15年(1926)—平成17年(2005)「鷹」主宰。秋桜子に師事。後進の育成にも手腕を発揮した。

ざ豆」は滋賀県の郷土料理である。

雨戸半分明けての店や魦売る　能村登四郎
自転車を止めて魦の小商ひ　森田峠

▼開店休業なのか、雨戸が半分だけ開いている。覗《のぞ》けば魦の姿が見える。▼自転車の荷台に積んだ魦売りが来ている。呼び止められて、買う人垣ができる。

寒鯉《かんごい》《かんごひ》

晩冬

凍鯉《いてごい》・寒鯉釣《かんごいつり》

寒中、鯉は温かな水底に集まってじっとしている。これが「寒鯉」。脂がのって滋養がある。ほとんど餌も食べないので、釣るのは難しい。

寒鯉の一擲したる力かな　高浜虚子
寒鯉はしづかなるかな鰭を垂れ　水原秋桜子
寒鯉の雲のごとくにしづもれる　山口青邨
別の桶にも寒鯉の水しぶき　飯田龍太
寒鯉を数へて数の定まらず　深見けん二

▼「一擲《いってき》」はひと跳ね。▼寒鯉の静かさを詠む。▼雲のように水中にじっとしている寒鯉。▼桶《おけ》に入れられた寒鯉が暴れている。池浚《いけさら》えだろうか。▼胴体に鰭を寄せて冬眠する。動かず静かだが水底に打ち重なる鯉を数えることができない。

寒鮒《かんぶな》

晩冬

寒馴《かんな》れ

鮒は冬季に、湖沼や河川の枯れた水草の陰などで越年する。この季節の鮒を「寒馴れ」と称し、春の産卵の頃と違い、釣果《ちょうか》は少ない。それだけに腕の見せどころでもあり、「釣りは鮒に始まり鮒に終わる」といわれるように、たまらない魅力がある。 関連 乗込鮒《のっこみぶな》・子持鮒《こもちぶな》→春

水を釣つて帰る寒鮒釣一人　永田耕衣
寒鮒の一夜の生に水にごる　桂信子
寒鮒焼く火は何よりも赤かりき　友岡子郷

▼寒鮒釣りが釣果もなく帰っていく。水を釣って帰るとは、なんとも愉快で哀れ。▼釣った寒鮒を一夜桶に入れた。水の濁りに寒鮒の一夜の生を見る。▼寒鮒を直火で焼く(それから甘露煮などにする)。火があかあかと熾《おこ》きて鮒の身を焦がす。

寒鮠《かんばや》

晩冬

鮠は、体が細長く流線形をした小形の淡水魚をいう。日本各地の河川や湖沼に分布するが、地方によっては、追河《おいかわ》魚、河《かわ》鯥《むつ》、鯎《うぐい》などの別種の魚を「鮠」と呼んでいる。✦寒鮒《かんぶな》、✦寒鯉《かんごい》同様に、冬は脂肪がのるため、とくに美味である。 関連 柳鮠《やなぎはえ》→春

寒鮠釣るおなじ仕草をくりかへし　山口いさを

寒鮠や川底青む千曲川　中村智恵子

▼寒鮠を釣る。寒い中、倦《う》むことなく同じ動作を繰り返す。▼寒中の空は冴《さ》え冴《ざ》えと青く、千曲川《ちくまがわ》（長野県）の流れもその空を映して川底まで青く、深く見える。そんな流れの中を、群れをなして泳ぐ寒鮠。

八目鰻《やつめうなぎ》

晩冬

八目《やつめ》・寒八目《かんやつめ》

名に「鰻」とついているが、体形が鰻に似ているだけで、別種である。左右に各七つの孔《あな》があり、目と合わせて片側に八つの目があるように見えるところから、この名がある。体表に鱗《うろこ》はなく粘液に覆われている。秋から冬にかけて成体となると、ヤスリの形態をした歯のある吸盤状の口で魚類に取りつき、体液を吸う。ビタミンAを多く含むため、夜盲症の薬や滋養食として古くから利用されてきた。

八目鰻のききめ確かと翁僧　三井菁一

寒八目付け値で買はれゆきにけり　茨木和生

▼眼が弱った老僧が八目鰻を前に「夜盲症に効くか」と尋ねる。▼誰もかもが飛びつく寒八目ではない。売るほうも心得ていて、買う人が言った値段で売った。得をしたのか損をしたのか。

鱈場蟹《たらばがに》

三冬

多羅波蟹《たらばがに》

タラ漁の網に偶然かかったことからその漁が始まったといわれ、名もこれによる。日本海、オホーツク海、ベーリング海あたりの、水温一〇度以下、水深三〇メートルから数百メートルの冷水帯に広く分布。脚を広げると一メートルにも達し、缶詰として最高級品となる種である。

鱈場蟹おのが甲羅で煮られをり　長谷川櫂

▼ずわい蟹などの甲羅に熱燗《あつかん》を注いだものは甲羅酒。それより大きな鱈場蟹の甲羅で「鍋」でもやろうというのか。豪勢のひと言。

鱈場蟹

ずわい蟹《がに》

三冬

越前蟹《えちぜんがに》・こうばく蟹《がに》・松葉蟹《まつばがに》

食用の蟹の中では最も高価であるが、深海の蟹が食卓に並ぶようになったのは明治時代以降のことである。北陸地方では「越前蟹」、山陰地方では「松葉蟹」と呼ばれるが、これは雄に対するもので、雌の場合は、北陸地方で「香箱蟹《こうばこがに》」（こうばく蟹）、山陰地方で「親蟹」などと呼ぶ。

雪の上山陰蟹の鞠躬如　阿波野青畝

福永耕二《ふくながこうじ》▶昭和13年（1938）―昭和55年（1980）秋桜子に師事。「沖」創刊に参加。瑞々しい青春性あふれる作風。

長靴に囲まれ鱰のずわい蟹　森田かずを

荒海の能登より届く松葉蟹　星野椿

▼雪の上に置かれた松葉蟹が鞠躬如《きっきゅうじょ》＝身を屈《かが》めて謹《つつし》みかしこまっているよ（「如」は語調を整える語）。▼一杯で相当の値のつくずわい蟹を競る風景。立錐《りっすい》の余地もないほどゴム長靴の男たちに囲まれる。▼作者は鎌倉に住んでいて実際には海は見ていない。が、差出人を見れば、能登。一気に荒海まで、蟹の姿から想像する。

ずわい蟹

海鼠《なまこ》

三冬

酢海鼠《すなまこ》・虎海鼠《とらこ》・このこ・海鼠突《なまこつき》・海鼠売《なまこうり》・海鼠舟《なまこぶね》

海鼠は不気味な格好をしているが、人間はこれを「酢海鼠」にして食べる。冬の料理である。『古事記』では、海鼠は無口な生き物として描かれる。俳句では古来、海鼠の味よりはその姿を、おもしろおかしく詠んできた。腸の塩辛が海鼠腸《このわた》である。

関連 海鼠腸《このわた》↓155

いきながら一つに冰《こほ》る海鼠哉　芭蕉

憂きことを海月に語る海鼠かな　召波

引き汐のわすれて行きしなまこかな　蝶夢

安々と海鼠の如き子を生めり　夏目漱石

沖の石のひそかに産みし海鼠かな　野村喜舟

恋ひ焦がれ五粍動きし海鼠《なまこ》かな　小川真理子

▼海鼠は生きたまま凍りついたかのよう。噛《か》めば、こりこりと音がする。▼海月《くらげ》に恋の悩みを打ち明ける海鼠。▼磯の汐溜《しおだ》まりで見つけた海鼠。▼長女誕生の折の一句。流産を経験していたため安堵《あんど》もひとしお。▼石から産まれたかのような海鼠。▼五粍《ミリ》というのがなんとも切ない。魚屋の店頭の景だろうか。

牡蠣《かき》

三冬

真牡蠣《まがき》・牡蠣田《かきた》・板甫牡蠣《いたぼがき》・住江牡蠣《すみのえがき》・牡蠣殻《かきがら》・牡蠣打《かきうち》

牡蠣の旬は冬。海の重力によって押しひしがれたような殻をこじ開けると、柔らかな身が眠っている。世界各地の海でとれるが、日本では、松島（宮城県）、志摩《しま》の的矢《まとや》（三重県）、広島が名高い。生のまま食する酢牡蠣から、煎《い》り牡蠣、牡蠣雑炊《ぞうすい》、牡蠣フライなど、食べ方はいろいろ。夏、牡蠣は繁殖期を迎え、味が落ちる。英語の月の名前にｒのつくSeptember（九月）からApril（四月）までは食べてもよいといわれるが、冬、寒さが厳しくなるほどうまくなる。

関連 牡蠣剥《かきむ》く↓193／牡蠣船《かきぶね》↓193

松島の松に雪ふり牡蠣育つ　山口青邨

牡蠣の口もし開かば月さし入らむ　加藤楸邨

橙の灯いろしぼれり牡蠣の上　飴山實

▼名勝・松島は牡蠣の産地でもある。降りしきる雪が牡蠣を育てる。▼固く閉ざした牡蠣の殻。外は月夜の海。▼灯の色をした橙《だいだい》。生

たかんなの光りて竹となりにけり：竹の生長を光の中に鮮やかにとらえた。

牡蠣にしぼって食すのだ。

寒蜆《かんしじみ》

晩冬

真蜆《ましじみ》

「蜆」といえば春の季語だが、寒中にとれる蜆を「寒蜆」といって、冬の季語とする。蜆には、河川などの淡水域にすむ真蜆、河口や潟《かた》の汽水域に生息する大和蜆、琵琶湖水系の瀬田蜆(現在ではほとんどとれない)などがいる。青森県十三《じゅうさん》湖《こ》、島根県宍道湖《しんじこ》、関東の利根川河口は、大和蜆の有名な産地で、食用に採取する。関連 蜆汁《しじみじる》・蜆《しじみ》↓春

明治よりつづくゆふぐれ寒蜆　八田木枯

冬蜆店の雨だれひゞきけり　阿波野青畝

寒蜆石の音して計らるる　中澤康人

▼夕暮の雰囲気は明治の頃からまったく変わっていない。そんな中にこそ寒蜆はふさわしい。▼寒蜆を商う店であろう。雨だれの音が響き、買いに来る人影もない。▼諏訪湖《すわこ》の寒蜆は川魚店に売られる。かつての木の桝《ます》に盛る時の触れ合う音はまるで小石だ。

玉珧《たいらぎ》《たひらぎ》

三冬

平貝《たいらがい》・烏帽子貝《えぼしがい》

「平貝」の名で流通している。平らな三角形をした殻の尖《とが》った部分を砂泥底に突き刺した状態で生息し、殻は暗黄緑色で、乾くと壊れやすい。市場で扱われる貝としては最大で、時には三五センチになるものもある。二つある貝柱のうちの大きなほうを食べる。

玉珧の濡れ肉を出す喜悦かな　山上樹実雄

たいらぎは邪馬台国より旧りにけり　五島高資

▼玉珧の貝の真ん中に鎮座する貝柱(濡れ肉)を剥《は》がし取る気分はなんとも嬉《うれ》しい。▼「たいらぎ」と「邪馬台国《やまたいこく》」と、音を遊んでいるよう。玉珧の起源は邪馬台国よりずっと古い昔だという。

冬の蝶《ふゆのちょう》《ふゆのてふ》

三冬

越年蝶《えつねんちょう》・越年蝶《おつねんちょう》

現在、日本にはおよそ二三〇種の蝶が分布している。これ以外に、海外から台風などの風によって運ばれたもの、人為的に持ち込まれたもの約四〇種の迷蝶《めいちょう》が加わる。これらのうち、冬に目にする蝶をさす。暖かい日、秋を越した蝶が日の当たる場所を飛んでいる。関連 蝶《ちょう》↓春

北上の空へ必死の冬の蝶　阿部みどり女

冬蝶を口もていちどならず吹く　三橋敏雄

冬蝶の身をひらきたる怒濤音　斎藤梅子

▼日照時間の少ない北上(岩手県)の冬。わずかな光を求めて狂ったように飛んでいく冬の蝶。▼ぴたりと翅《はね》を閉じた冬蝶。少しでも暖かくなれば動くのではと思い、何度も息を吹きかける。▼死んだように動かなかった冬蝶の翅を広げる。今まで無音だっただけに、まるで怒濤《どとう》のような音が聞こえる。イマジネーションの産物。

小林康治《こばやしこうじ》▶大正元年（1912）—平成４年（1992）「泉」主宰のち「林」主宰。波郷に師事。韻文精神を貫く。

【冬《ふゆ》の蜂《はち》】

三冬

凍蜂《いてばち》

夏の間、あれだけ活発であった蜂の動きも秋には鈍り、冬を迎えると、ほとんどその姿を目にしなくなる。それでも暖かい日などは、越冬している動きの緩慢な蜂に出くわす。越冬方法は種類によって異なる。 関連 蜂《はち》→春

冬蜂の死にどころなく歩きけり　村上鬼城
我作る菜に死にてあり冬の蜂　杉田久女
留守の窓どこも日当る冬の蜂　中村汀女
冬の蜂日を得しものは力抜き　豊長みのる

▼やっと生きている冬蜂は死に場所を探している。作者にとっても死にどころが今の最大の関心事。それがまだ見つからぬ。▼自分が育てていた野菜の上に死んでいた蜂。自分のせいではないのだが、何か罪の意識を覚える。▼天気がよくて外出してしまった家。もったいないくらいの日がどの窓にも当たり、その冬日を貪るかのように蜂が来ている。▼微弱な冬の日から力を得た蜂は、やっと少し安堵《あんど》するのか、力を抜いた動き方になる。

【冬《ふゆ》《ふゆ》の蠅《はえ》《はへ》】

三冬

冬蠅《ふゆばえ》・凍蠅《いてはえ》

夏を謳歌《おうか》していた蠅も、秋を過ぎ、冬になると、ほとんどその姿を見かけなくなる。しかし、時に冬のぬくぬくとした日だまりで翅《はね》を休め、力ない全身をそこに投げ出している。冬になっても生きながらえているものを「冬の蠅」といい、凍りついたように動きが鈍いものを「凍蠅」という。 関連 蠅《はえ》→夏

憎まれてながらふる人冬の蠅　其角
冬の蠅仁王の面を飛びさらず　高浜虚子
飛びたがる誤植の一字冬の蠅　秋元不死男

▼憎まれながらも生き続けている人を見ると、何だか冬の蠅を思い出す。▼仁王の面《つら》に冬の蠅。なかなか飛び去らないのは、仁王の威を借ることを覚えたせいか。▼誤植が一字。冬の蠅のようにじっと動かない。飛び去ってもらいたい気持を「飛びたがる」と逆の気持で書く。

【冬《ふゆ》の虻《あぶ》】

三冬

凍虻《いてあぶ》

吸血性のものからそうでないものまで、虻は種類が多い。冬の暖かい日に山茶花《さざんか》や八手《やつで》の花に、その姿を見かける並花虻《なみはなあぶ》（ハナアブ）は、成虫で越冬するといわれる。冬でもその命をながらえている虻を「冬の虻」という。また、寒さのために衰弱し、動けなくなっている虻のことを、「凍虻」という。 関連 虻《あぶ》→夏

行厨のパセリに冬の虻来るも　富安風生
鎌倉に鋏の音す冬の虻　榎本好宏

▼「行厨《こうちゅう》」とは弁当。おかずの飾りに添えられたパセリの緑を目ざとく見つけて、冬の虻がやってきた。▼鎌倉の人家の庭先か。冬の日だまりの中で剪定《せんてい》か何かやっている。そんなところへ冬の虻

秋の暮業火となりて秬は燃ゆ：業火となって燃える黍殻《きびがら》。業火は悪行の報いである地獄の火。

は親しげにやってくる。

冬《ふゆ》の蚊《か》

三冬

冬蚊《ふゆか》

屋内で最も普通に目撃されるアカイエカの場合、夜間盛んに行なわれる吸血活動は四月頃から始まり、十月頃まで続く。その後越冬するが、この頃になると、活動も鈍り、人を刺すこともなくなっている。こうした、冬に活動の衰えた状態の蚊を、「冬の蚊」という。関連 蚊《か》→夏

仏燈に浮み出でたる冬蚊かな　大橋桜坡子

冬の蚊の血の気もあらず膝に寄る　増田河郎子

▼仏燈はそこだけ熱をもつ。その熱を慕って冬の蚊がまとわりつく。▼すっかり弱りきった冬の蚊が膝の辺りにいる。刺すでもなく羽音もしない。

冬《ふゆ》の虫《むし》

三冬

虫老《むしお》ゆ・虫嗄《むしか》る・虫絶《むした》ゆ

秋も深まるにつれて虫の数も減るが、冬になっても、枯色に染まり始めた草の陰などで消え入るような声で鳴いている虫がいる。それを「冬の虫」という。「虫老ゆ」はあたかも人生になぞらえた表現、「虫絶ゆ」は、声もほとんどなく、絶えてしまったかのようである。関連 虫《むし》→秋

冬の虫ところさだめて鳴きにけり　松村蒼石

木洩日に厚さのありて冬の虫　山田美保

▼声も絶え絶えとなった冬の虫。一か所に場所を決めているのは、弱っていて動き回れないのだろう。▼冬の虫に少しでも日が当たるようにと思っている作者。木洩《こも》れ日にさえ、薄さ厚さがあると思われる。

冬《ふゆ》の蝗《いなご》

初冬

冬蝗《ふゆいなご》

蝗は卵で越冬して五月から六月に孵化《ふか》し、夏から秋にかけて成虫となる。この蝗が、冬になっても何とか生き延び、刈り取った稲の根元にうずくまっているのを目にする。これを「冬の蝗」という。関連 蝗《いなご》→秋

しばらくは跳ぶ力溜め冬蝗　伊藤伊那男

をりにけり冬の螽の口閉ぢて　秋山夢

▼一度跳ぶとしばらく動かない。エネルギーを充電しているのだ。▼「をりにけり」で螽《いなご》の存在を、そして細部を描く。閉じたへの字口が寒さを我慢している感じ。

綿《わた》虫《むし》

初冬

雪虫《ゆきむし》・雪蛍《ゆきぼたる》・雪婆《ゆきばんば》・白粉婆《しろこばば》・大綿《おおわた》

冬の初め、空中を飛ぶともなく漂う綿のような小さな虫。その姿には静かな冬の空気が感じられる。アブラムシ(アリマキ)科の昆虫で、綿のように見えるのはこの虫の分泌物。飛ぶ姿が空中を漂う雪のようでもあるので、「雪蛍」「雪婆」ともいう。

石田波郷《いしだはきょう》▶大正2年（1913）—昭和44年（1969）「鶴」主宰。韻文精神を説き、境涯を格調高く諷詠《ふうえい》。

大綿虫を上げおだやかに暮色あり　山口青邨
綿虫に訪はるる故のあるらしも　相生垣瓜人
綿虫の立ちゐるところ慈姑掘　森澄雄
粥膳のあと綿虫の庭に出ん　飴山實
大綿や昔は日ぐれむらさきに　大野林火

▼夕暮の空に漂う綿虫。▼別に訪ねてきているわけではないのだが、なぜか訪ねてきたような感じがする。▼蚊柱のように立つ綿虫。その下で慈姑《くわい》を掘っている人がいる。▼功山寺《こうざんじ》(下関市)での作。作者晩年のさびさびとした一句。▼子供のころの日暮れを思い出す。人温のあたたかさがある。

綿虫

蟷《とう》《たう》螂《ろう》《らう》枯《か》《か》る

初冬

枯蟷螂《かれとうろう》

蟷螂《かまきり》は、その多くの種類が草の間や樹上で生活し、肉食性で、小昆虫などをよく捕らえて食べる。冬が近づくにつれて、体色もみずみずしい緑色だったものが、だんだんと枯葉色に近づいてゆく。これら蟷螂の精気が失せてゆくことを「蟷螂枯る」という。関連 蟷螂生る《とうろううまる》→夏／蟷螂《かまきり》→秋

蟷螂の眼の中までも枯れ尽す　山口誓子
蟷螂の枯にしたがふ水際かな　原裕

名句鑑賞

枯れて来しかと蟷螂の己れ見る　正木浩一

何気なく振り上げた鎌なのか、ひねった胴体のあたりなのか、それが枯葉色に変わっているのにふと気づいた蟷螂《とうろう》。そうか自分もついにここまできたか、と自身でどこか第三者的な見方をしている。あまりにも飄々《ひょうひょう》と客観視した境地である。それは、癌《がん》によって四十九年の生涯に終止符を打たなければならなかった作者の人生観にどこかで共通する。終幕までの四か月間、彼は人と会うこともなく、しかし、淡々と飽きることなく俳句の世界に没頭し続けた。［中原］

▼じっとして動かない枯蟷螂。体だけでなく、その「枯れ」は目にも及んだようだ。▼枯蟷螂が一匹、身じろぎもせずにいる。水際の草々もそれに倣《なら》うかのように、「枯」を兆してきている。

ざざ虫《むし》

三冬

水生昆虫の幼虫の総称。十二月から二月の漁期、天竜川上流で流れの緩い浅瀬の石をひっくり返し、「四つ手網」と呼ばれる道具で、石の裏側にはりついているところをすくいとる。醤油、砂糖などで味付けして佃煮《つくだに》とする。酒の肴《さかな》として珍重され、信州伊那《いな》の珍味である。

ざざ虫の佃煮遂に届きたる　山尾玉藻
さめざめと煮るざざ虫の罪と咎　大木孝子

▼知人から届いたざざ虫の佃煮。まさか送ってくるとは思わず、怖さと興味津々とが相半ばするか。▼まだ成虫にもならないのに、こうして煮つめられているとは。

生活行事

【歳《せい》《せい》暮《ぼ》《ぼ》祝《いわい》《いはひ》】

仲冬

お歳暮《せいぼ》・歳暮《せいぼ》・歳暮《せいぼ》の礼《れい》

年の暮れの贈り物のこと。正月の年玉が目上から目下に贈られるのに対し、年末の歳暮はもともと、目下から本家や親元などの目上に贈り、謝意をあらわすものであったという。かつては、米、餅《もち》、魚を、十二月十三日の正月事始《しょうがつのことはじめ》から二十八日頃までに持参したものだった。現在では、デパートや商店街が十一月頃から歳暮大売り出しを呼びかけ、品物も贈り先まで配送してもらうことが多い。関連 中元《ちゅうげん》↓秋

竈の火歳暮の使ひあたり行く　喜谷六花

髯を立て生けるしるしの歳暮海老　阿波野青畝

師へ父へ歳暮まゐらす山の薯　松本たかし

▼歳暮を持って来たお使いの人が、竈《かまど》の火で暖をとってゆく。▼ピンピンした海老《えび》は、贈り主の気持のあらわれ。▼「まゐらす」に、師や親への気持があふれている。

【年《ねん》《ねん》末《まつ》《まつ》賞《しょう》《しやう》与《よ》《よ》】

仲冬

ボーナス・年末手当《ねんまつてあて》・年越資金《としこししきん》

年末に支給される冬季のボーナスのこと。夏季賞与とともに俸給生活者にとってはありがたい特別賞与金となる。業績に対する褒賞の意味もあるが、かつて餅代《もちだい》と称していた越年資金に通じる色合いが強い。もっとも、支給額などをめぐっては、悲喜こもごもである。

賞与出づ御陵の松に鎌の月　波多野爽波

ボーナスの紙幣鮮らしく酒に濡らす　岡本圭岳

懐にボーナスありて談笑す　日野草城

ボーナスやビルを零《こぼ》れて人帰る　辻田克巳

▼見慣れた松や月が、格別にくっきりと見える。▼現金支給だった頃の話。鮮《あた》らしい紙幣を手にした時のありがたみ。▼ボーナスがあるというだけで、気持がはずむ。▼家族の待つ家に帰る人、仲間と一杯やりに行く人。昼間賑《にぎ》やかだったビルが空っぽになる。

【社《しゃ》《しや》会《かい》《くわい》鍋《なべ》《なべ》】

仲冬

慈善鍋《じぜんなべ》

毎年、十二月中旬から年末まで、全国の主要都市の中心地で、キリスト教の団体、救世軍の行なう街頭募金のこと。三脚に吊《つ》るした鍋に喜捨を募るところから、「社会鍋」「慈善鍋」の名で呼ばれている。明治四十二年(一九〇九)、日露戦争後に兵士たちの就職斡旋《あっせん》や宿の世話などの慈善事業を行なったのが始まりで、日本の街頭募金の先駆けである。

人も風も足早に過ぐ社会鍋　水原春郎

古びたる鍋蓋であり社会鍋　辻桃子

夕刊を売る童とありぬ慈善鍋　篠原鳳作

▼通行人の足が速くなるのも歳末。寒風の中を行く人の眼に社会鍋が映っていたかどうか。▼百年以上、歳末の街角から時代の様相を見続けてきた鍋蓋《なべぶた》だ。▼「夕刊を売る童」の隣の社会鍋。昭和初期の作。

死が見ゆるとはなにごとぞ花山椒：癌闘病にあった作者の絶句。迫りくる死に対し、おのれを叱咤《しった》。

【掛《かけ》乞《ごい》】

仲冬

掛取《かけとり》・附《つ》け・書出《かきだ》し・借銭乞《しゃくせんごい》

掛け売り（附け）の代金を年末に取り立てること。附けの支払いは盆と暮れで、決算日である大晦日《おおみそか》に、支払う側は金を工面し、取り立てる側は年が明けるぎりぎりまで集金に奔走した。井原西鶴《いはらさいかく》の『世間胸算用《せけんむねさんよう》』での支払いをめぐる悲喜劇は、江戸時代の年末風景であった。

掛乞や提灯抱いて庭の隅　角田竹冷

書出しやこま〳〵と書き並べたり　村上鬼城

▼今でいう居留守か。庭の隅で息をひそめて掛乞をやり過ごしている。▼あれこれと溜《たま》った附け。なかにはもう忘れていたものも。

【冬《ふゆ》休《やすみ》】

仲冬

年末休暇《ねんまつきゅうか》

学校などが、正月をはさんで二週間ほどの冬季休暇に入ることをいう。寒冷地や大学などでは、もっと長期に休むこともある。また、官公庁や会社の年末年始の休暇をさす場合もある。

冬休み帰る高校皆異なる　山口誓子

風力計いそがし冬休みの校舎　藤井圀彦

▼同級生が集まる束の間の時間、互いに違う高校にまた戻って行く。▼冬休みは強い寒風が吹く。ゆえに校舎の風力計は忙しくなかなか休めない。この対比がおかしみを導く。

【賀《が》状《じょう》書《か》く】

仲冬

慌ただしい十二月、何とか時間を見つけて賀状（年賀状）を書き、元日に届くよう早めに投函《とうかん》する。かつては目上の人には墨筆でしたため、仲間には芋版で作って送り、親戚には近況報告を多めにするなどして、平素の無沙汰を詫《わ》びる気持をこめて書いたものだった。単に「賀状」というと、新年の季語となる。関連 年賀状《ねんがじょう》→245

世のつねに習ふ賀状を書き疲る　富安風生

賀状書き名利を思ふかなしさよ　福永鳴風

▼面倒だなと思いながらも、ついつい「世のつね」に倣《なら》ってしまう。▼書いているうちに、書くのをやめようかと思ってみたり、後々のために書いておこうと思ったり、なかなか虚心坦懐で書くことが難しい。

【日《にっ》記《き》買《か》ふ】

仲冬

歳晩になると、書店の一角に来年の日記帳が並ぶ。毎年同じものを買って欠かさずつけている人もいれば、来年こそ日記を続けようと品定めする人もいる。日記を買うことで、新しい年の生活に思いを馳《は》せるのである。関連 日記始《にっきはじめ》→249

我が生は淋しからずや日記買ふ　高浜虚子

実朝の歌ちらと見ゆ日記買ふ　山口青邨

斎藤玄《さいとうげん》▶大正3年（1914）—昭和55年（1980）「壺」主宰。三鬼、波郷に師事。一貫して生と死を詠んだ。

▼几帳面に日記をつけながら人生を一日一日積み重ねてきた人のふと感じる淋《さび》しさ。▼日記の欄外に季節の名歌が印刷されているらしい。源実朝《さねとも》に心引かれる。

古日記《ふるにっき》　仲冬

日記果《にっきは》つ

今年一年書き続けた日記のこと。新年に向けて新しい日記帳を用意すると、今年の日記は古く感じられるが、過去の思いの詰まったものとしての感慨もある。

母の文はさみて日記古りにけり　大島民郎
いささかの背信ありし日記果つ　木田千女

▼挟んだまま忘れていた母の文。ますます古日記への愛着が深まった。▼この一年、正直な気持を日記に書いてきたのだった。

暦売《こよみうり》　仲冬

暦配《こよみくばり》

歳末に来年の暦を売ること。または、売る人。江戸時代、暦の刊行には幕府や朝廷の許可が必要で、神社が関わっており、暦売りも神社の使丁《してい》が行なっていた。現在は出店のほか書店などで普通に売られている。

関連 初暦《はつごよみ》→247

大川の風を避けたる暦売　星野高士

▼寒さのなか、川風が身にこたえる。少しでも暖かなところへ移動する暦売り。

古暦《ふるごよみ》　仲冬

暦果《こよみは》つ

今年も残り少なくなって、新しい暦も用意する頃になると、今の暦も古びて感じられる。残り少ない日めくりや、残り一枚になったカレンダーには寂しさを感じる。

大安の日を余しけり古暦　高浜虚子
古暦水はくらきを流れけり　久保田万太郎

▼暦もあと一日。それが大安の日だという発見が、何となく嬉《うれ》しい。▼年の暮れ、水も憚《はばか》るように暗いところを流れている。

年忘《としわすれ》　仲冬

忘年会《ぼうねんかい》・別歳《べっさい》・除夜《じょや》の宴《えん》

もとは、一年の苦労を忘れ、無病息災を祝うための集まりであったが、現在では、年末に友人、親戚、職場の同僚などが集まって酒食を共にして楽しみ、その年を締めくくる宴となっている。忘年会の案内などが届くと、今年も終わりだという感慨が去来する。貞享《じょうきょう》五年(一六八八)の『日本歳時記』には「十二月の下旬の内、年忘とて父母兄弟親戚を饗することあり。これ一とせの間、事なく過ぎしことを祝ふ意なるべし」とあり、以下、この風習が唐土《とうど》(現在の中国)にもあることを述べている。

魚鳥の心は知らず年忘　芭蕉
わかき人に交りてうれし年忘　几董

羽抜鶏卵を生んでしまひけり：みすぼらしい羽抜鶏がはからずも卵を産んでしまった。

酔少し回りてからが年忘　三村純也

▼平素であれば命あるものに思いを寄せるが、年忘れの日、ふっと「魚鳥の心は知らず」の心境を味わう。▼几董《きとう》の享年は四十八。いつの時代も「わかき人」との交流は楽しいということだ。▼初めは神妙にしていても、いつしか、わいわいがやがやになる。

年用意《としようい》

仲冬

年設《としもうけ》・年取物《としとりもの》・春仕度《はるじたく》

新年を迎えるために、歳末に準備をしておく、さまざまなことをいう。近年は元日から店を開けるところもあり、年用意の必要はないとする向きもあるが、あれこれと準備をしていくうちに、正月を待つ気分になってくるのも愉《たの》しいものである。

文筆の徒にもありけり年用意　山口青邨

年用意利尻昆布の砂落す　細見綾子

夢殿へ白砂敷き足す年用意　山田孝子

▼筆一本がすべてという文筆業にも、それなりの年用意があるというのだ。▼正月の雑煮や煮しめに欠かせないのが出汁《だし》。年用意はまず上等の昆布出汁をとることから。▼これほどの清浄なる年用意が、ほかにあるだろうか。

年《とし》の市《いち》

仲冬

節季市《せっきいち》・暮市《くれいち》・暮《くれ》の市《いち》・師走《しわす》の市《いち》

新しい年を迎えるための正月用品を売る市。飾り物や食品などを売る店が並ぶ。慌ただしい年の瀬の一風物。昔から混雑したらしく、年の市を詠む俳句には「押し合ふ」という表現がよく使われる。

雪の日をおされて見ばや年の市　丈草

押合を見物するや年の市　曾良

水仙の香も押し合ふや年の市　千代女

年の市提灯ひとつ燃えにけり　久保田万太郎

蒟蒻を落して跼む年の市　飴山實

▼雪の降るなか、人ごみに揉《も》まれてみたい。▼ごった返す人々こそ、年の市の見もの。▼水仙の香りも押し合っているよう。旧暦時代の歳末は、現在の一月末。水仙の花の盛り。▼賑《にぎ》わいのなか、提灯《ちょうちん》が一つ火だるまに。▼年の市で買った蒟蒻《こんにゃく》。うっかり落としてしまい、拾おうと跼《かが》みこむ。

雪見《ゆきみ》

晩冬

雪見酒《ゆきみざけ》

花見や月見と同じように、雪の景色を見て楽しむことで、中世頃から始まった。雪見障子《ゆきみしょうじ》を上げて部屋から眺めたり、雪見酒や雪見風呂のように、暖まりながら楽しんだりする。

関連 雪《ゆき》→37

いざさらば雪見にころぶところまで　芭蕉

船頭の唄のよろしき雪見かな　斎藤梅子

▼『笈《おい》の小文《こぶみ》』の旅の途次、名古屋での作。さあ、雪見に出かけよう。

▼船頭の唄が雪見の情趣によくあっていて心地よい。

岸田稚魚《きしだちぎょ》▶大正7年（1918）—昭和63年（1988）「琅玕」主宰。波郷に師事。韻文精神に都会的洗練を加える。

寒施行《かんせぎょう》《かんせぎやう》

晩冬

野施行《のせぎょう》

寒中、夜間に、小豆《あずき》飯や餅、油揚げ、稲荷《いなり》ずしなどを、村の辻や祠《ほこら》、野の窪《くぼ》みなどに置き、餌《えさ》の少なくなるこの時期の狐《きつね》や他の獣などに恵むこと。これがなくなれば、その年は豊作だという。大寒の日に始めたり、呪文《じゅもん》を唱えたりと、地域によって流儀はさまざま。関西、中国地方で盛んであったが、近年は見ることもまれになった。

野施行を覗く雑木の鴉かな　庄司瓦全

野施行や石に置きたる海の幸　富安風生

野施行の餅に檜葉の香うつりつつ　吉本伊智朗

▼折あらば、狐より先に食ってやろうと狙う鴉《からす》。▼海魚のひと切れのみ石の上に置く。狐に恵む「海の幸」とは何だろう。▼青々とした檜《ひのき》の葉の独特の香りが餅に移る。実際に試みた者でなければわからない匂いだ。

寒見舞《かんみまい》《かんみまひ》

晩冬

寒中見舞《かんちゅうみまい》

寒中に、知人や友人の安否や体調などを気遣って、訪問や贈り物をしたり、手紙を出したりすること。年賀の挨拶から間もないこともあり、暑中見舞ほどには普及していないが、「寒さの折からお大事に」という一言は、高齢者や病人などにはうれしい便りである。

寒見舞したたむ墨のかんばしき　西島麦南

しもふりの肉ひとつつみ寒見舞　上村占魚

道すがら拾ひし貝も寒見舞　宇佐美魚目

▼心配りの行き届いた見舞状だったのだろう。墨書きがひときわゆかしい。▼薬喰《ぐ》いとして獣肉を口にすることも寒中の習慣。ことに柔らかい霜降りなら、贈り物には何よりの品。▼拾った貝でも届ける気持が何より。

探梅《たんばい》

晩冬

梅探《うめさぐ》る・春《はる》の便《たよ》り

梅はいち早く春を告げる花だが、「探梅」は、春を前にして早咲きの梅(早梅)を探して野山を歩くこと。春を待つ心のあらわれの一つ。「観梅」(梅見)は春の季語だが、「探梅」は冬の季語。もともと漢詩で使われていた言葉で、中国の詩人たちが梅の花を愛《め》でるようになる宋代(十～十三世紀)以降、しばしば使われた。なかでも南宋の陸游《りくゆう》は梅を愛でた詩人だった。「探梅」と題する詩には次のようにある。「半ば幽香《ゆうこう》を吐いて特地に奇なり、正《まさ》に官柳《かんりゅう》黄を弄する時の如《ごと》し、放翁頗《ほうおうすこぶ》る具《そな》う尋梅の眼、南枝を愛すべくして北枝を愛す」(ほころびかけた梅の香りはまことに香しく、まさに芽吹き始めた柳の糸さながら。この放翁〈陸游の号〉には「梅を尋ねる目」がある。世の人は満開の南の枝を愛でるが、私は咲き初めた北の枝を愛でる。探梅〈尋梅〉こそ梅の愛で方である)。

関連 梅《うめ》→春／早梅《そうばい》→56

探梅や遠き昔の汽車にのり　山口誓子

探梅や天城出て来し水ゆたか　飯田龍太
心当てあらぬとはなく梅探る　上田五千石

▼思い出の中の汽車に乗って、梅を探りにゆくというのだ。▼「天城《あまぎ》」は伊豆の天城山。渓流には山葵田《わさびだ》もある。▼記憶をたよりに梅の花を探すことの心許なさを逆に楽しんでいる。

冬服《ふゆふく》

三冬

冬着《ふゆぎ》・冬衣《ふゆごろも》

冬に着る洋服全般。防寒のため、ウールやコーデュロイなど暖かな素材が多い。冬に着る衣服のうち、和服に関しては「冬着」「冬衣」といっていたが、今では必ずしも和服というわけではなく、洋服にも使われている。

冬服に海の入日の柔らかや　中村汀女
山国の闇冬服につきまとふ　茨木和生

▼暖かで柔らかい毛の服に射す入り日の柔らかさ。▼山国の免れがたい暗さ、寒さ。

綿入《わたいれ》

三冬

布子《ぬのこ》・小袖《こそで》・おひえ

表布と裏布の間に綿を入れた着物で、保温性が高い。木綿の綿入を「布子」といい、真綿を入れた上等のものを「小袖」と呼ぶ。暖房の普及であまり見ることがなくなったが、年配者の中には、キルティングジャケットやダウンジャケットなどの防寒用衣服を「綿入」と呼ぶ人もいる。

木がらしに吹き抜き布子一つかな　一茶
野に干せる四五歳の子の布子かな　高野素十
よろよろと出て街道の布子婆　谷野予志

▼「吹き抜き布子」は、下着をつけずに引っ掛けた布子のこと。貧しいからなのか、お洒落《しゃれ》なのか、よくわからない。▼広げて干すしかないのが洗濯後の綿入。この子、おしっこでも洩《も》らしたかな。▼あわれ布子婆。布子を着て颯爽《さっそう》と出て行くなんて、どだい無理。

夜着《よぎ》

三冬

掻巻《かいまき》・小夜着《こよぎ》

広い袖《そで》と襟《えり》のついた、着物の形をした掛け夜具《やぐ》の一つ。大きめの褞袍《どてら》と思えばよい。肩をすっぽりと覆うので、肩口から入る風を防ぎ、暖かい。襟にかけたビロードの肌触りも温かみを増す。中綿の量の少ないのが「掻巻」。

をさなくて夜着に溺れてしまひけり　石黒りん

▼大きな夜着に、子供は二人一緒に寝かされた。分厚く重い夜着の中、小さい子は首を出すのがやっと。

衾《ふすま》

三冬

掛衾《かけぶすま》・敷衾《しきぶすま》・古衾《ふるぶすま》・冬衾《ふゆぶすま》

寝具の古名。寝る時に体の上に掛けた。現代の掛蒲団《かけぶとん》にあたる。はじめ薦《こも》や筵《むしろ》を用いたが、元禄時代になって木綿製の蒲団が一般にも普及した。「敷衾」は敷蒲団のこと。「古衾」には、古《ふ》りにし恋の気分があるという。

清水基吉《しみずもとよし》▶大正7年（1918）—平成20年（2008）波郷に師事。「日矢」主宰。戦中、小説「雁立」で芥川賞受賞。

かぶり居て何もかも聞く衾かな　　樗堂

虚実なく臥す冬衾さびしむも　　野澤節子

▼頭から衾をすっぽりかぶっていると、眠っていると思われ、こみいった話を延々としている。はてさて。▼病み臥す現実のやるせなさに、冬衾の薄さをさびしむのである。

蒲団《ふとん》

三冬

布団《ふとん》・掛蒲団《かけぶとん》・敷蒲団《しきぶとん》・藁蒲団《わらぶとん》・羽根蒲団《はねぶとん》・蒲団干《ふとんほ》す

綿、羽毛、藁、パンヤなどを、布でくるんだ寝具。その布も、羽二重《はぶたえ》から木綿までさまざま。現在では掛蒲団と敷蒲団を「蒲団」というが、もともとは敷蒲団のみをさした。蒲《がま》の葉などをほぐして編み、これを敷物としたところから、「蒲団」の字があてられた。掛蒲団は歴史的に贅沢《ぜいたく》品で、江戸時代に木《も》綿綿《めんわた》が普及して庶民も用いるようになったものの、多くは木綿地を重ねて縫ったものや、昼間着ていたものをかぶって寝た。現在に残っている明治から昭和初期の蒲団も総じて粗末で、硬くて薄い。藁を用いた藁蒲団もあり、使った人によると、温かかったそうだ。関連　夏蒲団《なつぶとん》→夏

つめたかりし蒲団に死にもせざりけり　　村上鬼城

寒さうに母の寝たまふ蒲団かな　　正岡子規

蒲団干す家の暮しのみられけり　　西島麦南

布団縫ひあげて俄かに顔老ける　　横山房子

▼蒲団は粗末で冷たくとも、人は死ぬこともなく生きてゆく。▼病床の作者を看病したのは母と妹。隣の部屋で寝るその母への、万感の思いがほとばしってできた句だろう。▼日本くらい蒲団を堂々と干す国はないそうだ。おねしょの蒲団も煎餅蒲団もみなわが蒲団。▼かつての主婦には家族の蒲団を縫うという大仕事があった。

背蒲団《せなぶとん》

三冬

腰蒲団《こしぶとん》

防寒のため、背に当てる小さな蒲団。ずり落ちないよう、紐《ひも》をつけて結んだ。女性が座布団を背に当てたことが始まりというが、のちには男性も旅などに携行したという。「腰蒲団」は、腰が冷えないよう、腰に当てる小さな蒲団。

背蒲団紐が赤くて姉御かな　　高浜虚子

結び目を帯に挟みし背蒲団　　藤木いづみ

▼手作りの背蒲団であろう。紐の赤さが姉御の洒落っ気である。▼防寒の用をなしても、人にはあまり知られたくないもの。結び目はさりげなく帯に隠す。

ちゃんちゃんこ

三冬

猿子《さるこ》

袖《そで》のない綿入れ羽織。もともとは子供用として考案されたらしい。大人用のものは「猿子」ともいうが、「ちゃんちゃんこ」の呼び名のほうに親しみがある。

柔らかき黄のちゃんちゃんこ身に合ひて　　高野素十

ちゃんちゃんこなどは一生着るものか　　山田弘子

ほろ酔ひの昼の漁師のちゃんちゃんこ　　三村純也

だんだんにけぶりて梅雨の木となれり：梅雨にけぶりはじめた一本の木。やがてずぶ濡れに。

▼「黄」は黄《き》八丈《はちじょう》か。「身に合ひて」は自分か、それとも傍らの娘子か。▼格好つけていても、いつしかちゃんちゃんこなしでは冬が越せなくなるのです。▼ちゃんちゃんこのおかげで寒い浜風にも親しんでこられたのだ。

ねんねこ

三冬

ねんねこ半纏《ばんてん》・負《お》い半纏《ばんてん》・子守半纏《こもりばんてん》・亀《かめ》の子半纏《こばんてん》

幼児をおんぶした際に羽織る防寒のための綿入れ半纏で、おぶっている人の両手が自由に使えるように仕立ててある。親も子も暖かく、背中の子の体調や動きや機嫌のよしあしがすぐにわかり、ことに寒い日の外出には最適。「ねんねこ」は幼児語で、寝ること。袖《そで》のない簡易なねんねこは、通称「亀の子半纏」、略して「亀の子」と呼び、屋内の家事の際に重宝する。

ねんねこやあかるい方を見てゐる子　京極杞陽

手の伸びてねんねこの子の目覚めゐし　大石悦子

ねんねこの子へともなしに唄ふなり　片山由美子

▼赤ん坊ならずとも、人はみな「あかるい方」が好きである。▼目を覚ますと動き出し、ウーウーと何か言い始める。▼唄というより語りかけだろう。聞くともなしに聞く母親の声。ねんねこなればこそ。

厚司《あつし》

三冬

厚子《あつし》

ニレ科の植物、オヒョウの樹皮からとれる繊維で織った、アイヌ民族の織物、あるいはその布で作った着物。防寒着となった。これをまねて明治時代に大阪で作られた、厚くて丈夫な木綿の仕事着をもいう。

紺の厚司で魚売る水産高校生　能村登四郎

▼日本の漁業の将来を支える水産高校生。紺の厚司で魚を売る質実剛健な姿に、強く明るい未来がある。

重《かさ》ね着《ぎ》

三冬

厚着《あつぎ》

寒さを防ぐために、幾枚もの下着や衣服を重ねて着ること。近年、薄手の繊維素材も増え、重ね着もかつてほどぶざまではなくなった。

重ね著て醜老の胆斗のごとし　川端茅舎

重ね着て母の編みたるものばかり　西嶋あさ子

▼寒がり老人の重ね着は見苦しいものなのに、胆力のあるでっぷりした人のように見えるという。「醜老」とは、四十代半ばで病没した作者自身の自嘲《じちょう》か。▼娘に寒い思いをさせまいという、母の思いのこもったものばかり。

着《き》ぶくれ

三冬

冬、寒さを防ぐため、コートを羽織ったり、服を何枚も重ね着したりして、体が丸々とふくらんで見えること。

着膨れし体内深く胃痛む　松本たかし

石田勝彦《いしだかつひこ》▶大正９年（1920）―平成16年（2004）「泉」同人代表。波郷に師事。単純化の中に柔らかな詩情をたたえる。

百貨店めぐる着ぶくれ一家族　草間時彦

▼着ぶくれの奥深く、ひそかに痛む胃袋。▼ひと目で家族とわかる一団。

縕袍《どてら》　三冬

丹前《たんぜん》

厚い綿の入った広袖の着物。本来は男性用で防寒のための普段着とする。関西では「丹前」と呼び、綿の入らないものもある。洋装の生活になって、家で着ることは少なくなったが、冬に旅館に泊まると、宿浴衣の上に着る。

昨今の心のなごむ縕袍かな　飯田蛇笏

丹前を着れば馬なり二児乗せて　目迫秩父

▼甲斐の国の冬は厳しい。厚い縕袍を着込んでようやくほっとする。▼帰宅して丹前に着替えれば、子供たちの大好きな父親に戻る。仕事の憂さも忘れよう。

紙子《かみこ》　三冬

紙衣《かみこ》

紙製の着物のこと。柿渋《かきしぶ》を塗った和紙を天日に晒《さら》し、手で揉《も》んで柔らかくしたあと仕立てたもので、軽くて暖かい。古代から僧衣として用いられ、のちに武士や風流人も着用するようになった。現在でも、東大寺二月堂修二会《しゅにえ》の練行衆《れんぎょうしゅう》が身につける。

めし粒で紙子の破れふたぎけり　蕪村

ありありと反古の読まるゝ紙子かな　高田蝶衣

▼飯粒をつぶして糊として紙子を繕う。生活の知恵である。▼書き損じの紙を紙子に用いたのであろう。何が書かれているのか。思わず身を乗り出したくなる。

毛衣《けごろも》　三冬

裘《かわごろも》・皮衣《かわごろも》

狐《きつね》、狸《たぬき》、兎《うさぎ》などの獣の毛皮で作られた、実用本位で野性味の残る防寒着。山仕事をする人や猟師が着用する。なかにはラッコや貂《てん》の皮を用いたものもある。「毛皮」とは区別する。

毛衣も湯呑も宮内庁のもの　田中裕明

▼宮内庁主催の狩場か。一切が宮内庁のものだということを伝えるための毛衣と湯呑《ゆのみ》。

毛皮《けがわ》　三冬

毛皮売《けがわうり》

毛がついたままの獣の皮をなめしたもの、あるいは、それを仕立てて作った防寒着や敷物をいう。貂《てん》やミンク、アストラカンなどの高級品から、兎《うさぎ》や狐《きつね》などを使った襟巻《えりまき》などの防寒小物などまで、さまざま。

包装の中に毛皮の柔かし　右城暮石

小狸といふ毛皮なら買へさうな　後藤比奈夫

▼柔らかい毛皮を買った。高級であればあるほど、包装も立派。浮き浮きした気分。▼値の張る品には手が出せないが、小狸《こだぬき》くら

冬薔薇や賞与劣りし一詩人：会社勤めのサラリーマン俳人である作者の哀愁。

いならと思う。狸が愛らしくも滑稽《こっけい》。

毛布《もうふ》

三冬　電気毛布《でんきもうふ》

防寒用の寝具や敷物、膝掛《ひざかけ》として用いる、厚い毛織物。しかし近年は、化繊や綿など、素材も厚さも多様化してきている。

毛布にてわが子二頭を捕鯨せり　辻田克巳

志摩ホテル白き毛布の目ざめかな　車谷弘

▼いつまでも寝ようとせずに動き回る子供。毛布を大きく広げてかぶせ、二人一度に捕まえる。▼いつもと違う新鮮な朝。

膝掛《ひざかけ》

三冬　膝毛布《ひざもうふ》

防寒や保温のために膝に掛ける布や毛布などをいう。冷気は低いところに溜《たま》りやすく、椅子に座っていると足元から冷えるため、膝掛は重宝される。

膝掛の椅子ゴヤ展に何を編む　平畑静塔

ダリ展の隅の監視の膝毛布　冨田正吉

▼ゴヤの絵は黒く重々しいものが多い。膝掛の色も気になるところである。▼美術展の監視員など、じっとしていると底冷えがするので、膝毛布が欠かせない。

角巻《かくまき》

三冬

雪国の女性の外出用防寒着。四角の大きな毛布を三角形に二つに折って、頭からすっぽりかぶったり肩から羽織ったりして体全体を覆い、前で深く打ち合わせる。赤ん坊を背負う時にも、その上から羽織れて重宝。

子を入れて雪の角巻羽づくろふ　岸田稚魚

角巻の母の目をまた遠ざかる　細川加賀

▼角巻にわが子を入れる。その始終が鳥の羽繕《はづくろ》いに似ているという、微笑《ほほえ》ましい母子の景。▼母をおいて故郷を出るのも何度目か。角巻の奥の母の目がせつない。

角巻

股引《ももひき》

三冬　パッチ

江戸時代には職人用の穿《は》きものだったが、現在は、男性がズボンの下に着用する防寒用下着をいう。脛《すね》の部分が細く、腰の後ろで交差させて紐《ひも》で結ぶ。同類のパッチは、股引よりもいくぶん広め。かつて江戸では、木綿製のものを「股引」といい、より上質の素材のものを「パッチ」といった。

股引や膝から破れて年のくれ　馬佛

膝形に緩む股引足入るる　山畑禄郎

▼どうしても膝《ひざ》から抜ける。春に新調したものなら、暮れあたり

草間時彦《くさまときひこ》▶大正9年（1920）—平成15年（2003）秋桜子、波郷に師事。洒脱で哀歓に満ちた境涯詠が多い。

に抜けてくる。これを繕《つくろ》って繕って穿き続ける。▼まるで形状を記憶されたよう。

【セーター】 三冬

毛糸で編んだ上着の総称で、頭からかぶる形のもの。暖かくて軽いもので、素材は、羊毛、化繊、カシミヤなど、さまざまである。

セーターの闇くぐる間に一決す　山田弘子
命はぐくみふくよかな白セーター　今瀬剛一

▼セーターをかぶって頭を通す間の、一瞬の闇の集中。決める時は早い。▼みごもっている人が着ている、暖かそうな白いセーター。

【ジャケツ】 三冬

ジャケット・ジャンパー・カーディガン

腰までの上着で、袖がついていて前開きのもの。毛織物や革など、素材はさまざまで、防寒に用いられる。「ジャンパー」は、スポーツ着や作業着に使われる、動きやすい上着。

みちのくや山の童女の赤ジャケツ　沢木欣一
ジャンパーを脱ぎ捨ててすぐ仲良しに　高田正子

▼みちのくの山の冬に咲く一花のような赤ジャケツが愛らしい。
▼活動的な子供たち。元気よく体を動かして遊べば、子供たちはもう仲良し。

【外套《がいとう》《ぐわいたう》】 三冬

オーバーコート・オーバー・コート

防寒のために衣服の上から着るオーバーコートのこと。「オーバー」「コート」と呼べば軽快、「外套」と呼べば荘重な雰囲気が漂う。ウールやカシミヤなど、暖かく柔らかな生地で仕立てる。外套といって、すぐ思い浮かぶのは、体をすっぽりと包む単純なシルエット。その頭にはソフト帽。農業指導者でもあった詩人、宮沢賢治が外套を着て大地を歩く印象的な写真がある。

外套と帽子と掛けて我のごと　高浜虚子
外套の裏は緋なりき明治の雪　山口青邨
外套のうら存分に酒まはる　飴山實

▼まるでそこに、自分がいるかのよう。▼色鮮やかな明治の面影。
▼体中、ぽかぽかと酒に温まっているところ。

【二重廻《にじゅうまわ》《にぢゆうまは》し】 三冬

インバネス・とんび・マント

燕尾服《えんびふく》の上などに着用する、ケープの付いた袖なしの✚外套《がいとう》を「インバネス」(インバネスはスコットランド北部の地名)といい、これを男性の和服の上に着る外套として、マ

二重廻し

若布刈竿紀貫之の昔より：『土佐日記』の頃の姿を残す若布刈《わかめかり》の風景。

ントのように改良したものが「二重廻し」。形が鳶《とび》に似ていることから「とんび」ともいう。東京の白木屋《しろきや》呉服店が明治三十年(一八九七)頃、発売したところ、大流行した。

背に老いのはやくも二重廻しかな　久保田万太郎

インバネス凋落色の裏地あり　中原道夫

▼確かに、背に最も早く老いが現われる。▼裏地の色がいささか落ちぶれて見えた。褪《あ》せたというより、寒中に山河の景色を愛《め》でているのかもしれない。

雪合羽《ゆきがっぱ》

三冬　雪蓑《ゆきみの》・雪《ゆき》マント

+雪の日の外出に、衣服の上から着た。古くは紙に油をひいたものを用いたが、江戸中期から木綿合羽が普及し、道中などに用いられた。「雪蓑」は、茅《ちがや》や葭《よし》などの茎や葉、藁《わら》や棕櫚《しゅろ》の毛を編んで作ったものである。

雪合羽汽車に乗る時ひきずれり　細見綾子

雪マント被《かつ》けばすぐにうつむく姿勢　橋本多佳子

▼雪の降りしきる中を停車場に着き、雪合羽を脱ぐ間もなく、汽車に乗り込む。あまりのせわしさに雪合羽もひこずれて。即時のおもしろさを見せた句である。▼吹雪ともなれば屈んで雪に立ち向かわなくてはならないものである。

雪合羽　雪蓑

頭巾《ずきん》

三冬　角頭巾《すみずきん》・丸頭巾《まるずきん》・大黒頭巾《だいこくずきん》・投頭巾《なげずきん》・御高祖頭巾《おこそずきん》

寒さ除《よ》けに布で作り、頭にかぶるもの。顔をすっぽり覆うものもある。昔は男女ともに用い、その種類も多かったが、現在は僧侶や雪国の人が用いる程度となった。女性用の「御高祖頭巾」、円い「大黒頭巾」などが知られる。

たらちねに送る頭巾を縫ひにけり　杉田久女

眉かくれ知性の失せし頭巾かな　上野泰

▼年老いた母に頭巾を縫う。離れ住む母の面輪や仕草がしみじみと懐かしい。▼眉が隠れるほど深々と頭巾を被ると、間が抜けた顔になるというのだ。

冬帽子《ふゆぼうし》

三冬　冬帽《ふゆぼう》

冬にかぶる帽子のこと。大正から昭和にかけて冬帽子といえば男性の中折帽《なかおれぼう》をさすほど、ふだんに着用された。ベレー帽や鳥打帽《とりうちぼう》なども冬帽子の一つ。現代の若者のかぶる毛糸帽は、防寒ばかりでなくファッション性も高い。

別れ路や虚実かたみに冬帽子　石塚友二

冬帽買う死なず癒えざりさりげなく　寺田京子

▼お互いの心を忖度《そんたく》しながら別れ道に来て、帽子に手をかけて別れを告げる。小説の一場面のよう。▼この作者のベレー帽姿を写

細川加賀《ほそかわかが》▶大正13年(1924)—平成元年(1989)「初蝶」主宰。波郷、友二に師事。初期の境涯詠から平明な句境へ深化。

真で見たことがあるが、病者とは思えなかった。

雪眼鏡《ゆきめがね》　晩冬

雪山や雪原などで、雪の反射光を防ぎ、紫外線や吹雪から眼を保護するために用いるサングラス。冬季スポーツ用のゴーグルは濃い色の偏光ガラス製で、眼をすっぽりと覆い、固定バンドが付く。関連 サングラス→夏

雪眼鏡みづいろに嶺《ね》を沈ませる　大野林火

雪眼鏡山のさびしさ見て佇《た》てり　村山古郷

▼雪眼鏡をかけると、雪嶺が輝きをおさめて水色に見える。まるで別世界の景色のようだと興じているのだろう。▼白一色の雪景色は美しいが、時に寂しく思えるものである。

頬被《ほおかむり》《ほほかむり》　三冬

防寒のために、手拭《てぬぐ》いで頭から両頬を包み、両端をきりきりと捻《ねじ》って結ぶこと。手拭いも純粋な木綿の日本手拭いがいい。一本の布が手拭いだけでなく、首巻にもなれば頬被りにもなる。厳寒の戸外での仕事にも欠かせない。近年とんと見られなくなったが、頬被りがなくなったのではなく、頬被りの似合う顔がいなくなったのだ。

頬被

頬被して巡査との立話　阿波野青畝

一望怒濤の襟巻でする頬被　斎藤玄

恋文をしるしてもとの頬かむり　鷹羽狩行

▼頬被りが善良なおじさんという印象をもたらす。▼襟巻で頬を包んだ。一望怒濤《どとう》の中であれば、こういうこともあるだろう。▼なぜか恋文を書く間のみ、頬被りを外す。わからなくもない、その気持。

耳袋《みみぶくろ》　三冬

耳掛《みみかけ》・イヤーマフ

凍傷になりやすい耳を寒さから守るため、耳にかぶせる袋。寒い地方に限らず、実用的なものから、お洒落《しゃれ》なものまで、色も形も種類も豊富である。

耳袋して大勢に随はず　山崎ひさを

東京に入りて外しぬ耳袋　今瀬剛一

▼耳袋で耳を塞ぐことで周りと一線を置いたような不思議な心地である。▼北のほうから東京へ。耳袋を外して、東京人になりすます。

襟巻《えりまき》　三冬

首巻《くびまき》・マフラー

首に巻いて使う防寒具。毛皮、毛糸、毛織物、シルクなど、素材は多種多様。形も、長いもの、四角いものなど、さまざ

ま。大型になると、肩掛けにもなる。

襟巻やしのぶ浮世の裏通り　永井荷風
襟巻や老のおとがひたくましく　百合山羽公
襟巻をして晩節をいとほしむ　老川敏彦

▼わけありげな裏通りに似合う襟巻。▼老いて目立つのが顎から首にかけてだが、襟巻に埋もれた顎の線は緩んでいない。▼どんな晩節であっても、愛《いと》おしむことに変わりはない。

ショール　三冬

肩掛《かたかけ》

女性が冬の寒さをしのいだり、お洒落《しゃれ》のために肩に羽織るもの。明治初年、日本に伝わった。✝襟巻《えりまき》より幅が広く、正方形、三角形、長方形などがあり、和服にも洋服にも用いられる。

関連 春《はる》ショール→春

ショールぬぎひとりの顔をとりもどす　渡邊千枝子
相別れショールに埋む顔なかば　鷲谷七菜子

▼華やかな席へ出掛け、帰ってきたところだろう。▼つかの間の逢瀬《おうせ》だろうか。別れてショールに顔を半分埋《うず》めて歩く。余韻を逃さないように。

手袋《てぶくろ》　三冬

皮手袋《かわてぶくろ》・手套《しゅとう》

手にはめて、寒さから指や手を保護、保温する防寒具。デザインも豊富で冬の装飾としても活用。布、毛糸、皮製のものがある。親指の部分だけが分かれた二股の手袋は「ミトン」というが、五指に分かれているものと同様に、手袋として詠まれることが多い。春におもにおしゃれ用としてはめる「春手袋」は春の季語、夏に礼装用または紫外線防止としてはめる「✝夏手袋」は夏の季語である。

関連 夏手袋《なつてぶくろ》→夏

投函に手袋の手を信ぜざる　山口波津女
手袋に五指を分かちて意を決す　桂信子
不治と診て辞す手袋をはめにけり　馬場駿吉

▼大事な手紙を投函する際に感じた手袋の違和感。▼師・日野草城の死の直後に作られた句。悲しみを乗り越えて前を向いて進もうとする決意が「五指を分かちて」という毅然《きぜん》とした態度に見える。▼往診に行ったものの、不治の病に医者としての無力を感じている。

足袋《たび》　三冬

白足袋《しろたび》・色足袋《いろたび》・革足袋《かわたび》・足袋洗《たびあら》う・足袋干《たびほ》す

和装の時のはき物。もとは鹿皮製で、のちに木綿製となった。礼装用もあるが、冬の季語としては防寒用の足袋をいう。防寒、保温のため、裏地にネルを用いることもある。汚れやすい足袋は、こまめに洗わなくてはならず、「足袋洗う」「足袋干す」も季語。

関連 夏足袋《なつたび》→夏

足袋つぐやノラともならず教師妻　杉田久女
足袋ぬがぬ臥所や夜半の乳つくり　石橋秀野
白足袋はすいすいと行くものなりし　林　翔

▼ノラはイプセンの戯曲『人形の家』の主人公で、自立を目ざす女

星野麥丘人《ほしのばくきゅうじん》▶大正14年（1925）—平成25年（2013）波郷、友二の後を継ぎ「鶴」主宰に。著書に『近世俳人ノオト』等。

性の象徴。そんな女にもなれず、ただうつむいて足袋を繕う教師の妻。▼足袋を脱いで臥所《ふしど》に横になるゆとりもないのが、授乳期の赤ん坊を抱えた母親。▼真っ白な足袋で颯爽《さっそう》と歩く。これぞ白足袋。

マスク

三冬

乾燥や寒さから喉を守り、感冒や塵埃《じんあい》を防ぐため、ことに冬期に用いる。着用すると、鼻先から頬《ほお》、顎《あご》先まで覆われるため、瞳《ひとみ》が目立つ。予防もさることながら、風邪《かぜ》をひいた人は、人に移さぬようマスクをつけてほしいものである。

度外れの遅参のマスクはづしけり　久保田万太郎

子安神マスクの女来てゐたり　辻恵美子

マスクして母美しく在します　寺井谷子

▼どのくらいの遅れなのだろう。一〇分か、はたまた一時間か。▼子安神は妊婦の安産を守護する神。マスクで覆った顔が真剣である。▼作者の母は、大正モダニズムの申し子ともいえる女流俳人、横山房子。

毛《け》糸《いと》編《あ》む

三冬

毛糸《けいと》・毛糸玉《けいとだま》

家庭で、セーターや帽子、マフラーなどを編むこと。まず好みの色の毛糸を揃《そろ》え、デザインを決め、編み棒や鉤針《かぎばり》で編んでゆく。多少不出来でも、機械編みや市販のものにはない温かな感触がある。夜長のこぼれ時間や家事の合間を利用して、一目二目と編んでゆくのも楽しい。

毛糸編む手の疾くして寄りがたき　橋本多佳子

寄せ集めだんだら縞の毛糸編む　野見山ひふみ

ひとときは掌の中にある毛糸玉　黛まどか

▼熟練者の手の動きたるや、まるで手品のよう。▼いろいろ編んでいるうちに少しずつ余ってきた毛糸で、何かを作りあげる。▼編む前の一時《ひととき》。この〝ふんわり〟に、編む気持が加わるのが、手編みならではのよろしさ。

春《はる》着《ぎ》縫《ぬ》ふ《う》

仲冬

「春着」は新年になって着る着物。正月を前にこれを縫う。豪華なものではなくとも、寸暇を惜しんで縫う着物には、新春を待つ心の華やぎがあった。姉のものを妹に、というやりくりにも喜びがあふれていた。

関連　春着《はるぎ》↓251

髫重きうなじ伏せ縫ふ春着かな　杉田久女

木々に目をしづかに移し春着縫ふ　吉田成子

▼作者自身の姿であろうか。子の春着を思いを込めて縫う母親である。▼針仕事の手を休め、戸外を見る。思うのは、過ぎた一年のこと、来る年のこと。

餅《もち》

仲冬

餅焼《もちや》く・黴餅《かびもち》・きな粉餅《こもち》

悪女たらむ氷ことごとく割り歩む：婚家に二児を残して離婚。その境涯を自虐的に詠んだ。

餅は晴れの食べ物として、出産や結婚、建前などの祝い事にも搗《つ》くが、季語としての「餅」は、正月を前にして十二月二十九日、三十一日を除く日に搗いたもの。餅には霊力があると信じられ、それを食べることで身に霊力がつくと考えられていた。もち米のほかに、粟《あわ》、黍《きび》、橡《とち》の実《み》などとともに搗いたりした。 関連 鏡餅《かがみもち》↓243

禅寺の最大の餅三升餅　山口誓子

選句せり餅黴けづる妻の辺に　石田波郷

餅丸め心素直になつて来し　髙松早基子

▼禅寺の僧侶が搗きあげた大きな餅は三升臼《さんしょううす》の餅を一つにしたもの。▼餅に生えた黴《かび》を黙々と削っている妻の側で選句を続ける。▼餅を丸めているうちに、何か心までもが丸く素直になってきたように思える。

霰《あられ》餅《もち》　晩冬

あられ・かき餅《もち》

正月用に餅を搗《つ》く時に、揚げ菓子のあられにする餅を別に作って、ほどよく乾いた頃に、賽《さい》の目《め》に切って干したもの。これを揚げて食べる。「あられ」とか「きりこ」ともいう。

霰餅干し並べたる公民館　大久保和子

▼公民館の行事で使う霰餅。青海苔《あおのり》や桜海老《さくらえび》、食紅を使った美しい霰餅が干し並べてある。

水《みず》餅《もち》　晩冬

冬季、水をたっぷり入れた容器に餅を入れて冷暗所に置いておくと、かなりの日数、保存できる。寒中に搗《つ》く寒餅を寒の水に浸けるとよいといわれている。二日か三日おきくらいに水を換えるとよいが、それができない時は、練った芥子《からし》を和紙に包んで底に入れておくと水が濁らず、餅に障りがないという。 関連 寒《かん》の水《みず》↓48

水餅の水深くなるばかりかな　阿波野青畝

水餅の水ふきながら妹は　細見綾子

水餅の水の重り合うてゐし　後藤比奈夫

▼餅の嵩《かさ》の減るぶん、水は深くなり、手の冷たさがつのる。水をのぞき込む気持も伝わる句。▼餅を手に姉を見る妹。何を言おうとしているのか。▼重なっているのは餅。水底に見える餅を見た目が非凡。

寒《かん》餅《もち》　晩冬

寒《かん》の餅《もち》・寒餅搗《かんもちつ》く

寒の水は腐らないといわれ、寒中に搗《つ》いた餅は黴《か》びないで長持ちする。丸餅にもするが、一臼《うす》の餅を糀蓋《こうじぶた》に伸べて干し、かき餅にもする。 関連 寒《かん》の内《うち》↓17

寒餅のとゞきて雪となりにけり　久保田万太郎

寒餅を切るか鈍重なる音す　山口誓子

山田《やまだ》みづえ▶大正15年（1925）―平成25年（2013）「木語」主宰。波郷に師事。父は国語学者の山田孝雄。

▼雪国から届いた寒餅がまるで雪を連れてきたようである。▼寒餅を切るのは二人掛かりでの仕事。慎重に切ってゆくが、その時の音は確かに鈍重。

氷《こおり》《こほり》餅《もち》《もち》　晩冬

寒い地方で行なわれている餅の保存法の一つ。寒中に搗《つ》いた丸餅や角餅を紙に包んで藁《わら》で括《くく》り、それを氷点下の戸外に出して凍らせたもの。

乳柱の粥にもどせり氷餅　上村佳与

常念の風に仕上がり氷餅　竹内昭子

▼乳柱《ちはしら》は離乳食。軟らかめの粥《かゆ》に、もどした氷餅を加えて炊いた。▼常念岳(長野県)から吹き下ろす風に氷餅は仕上がる。

雑《ぞう》《ざふ》炊《すい》《すい》　三冬

おじや・卵雑炊《たまごぞうすい》・鶏雑炊《とりぞうすい》・葱雑炊《ねぎぞうすい》・菜雑炊《なぞうすい》・牡蠣《かき》雑炊《ぞうすい》・餅雑炊《もちぞうすい》

出汁《だし》で味をつけたお粥《かゆ》と考えればいい。簡単で体が温まる冬の料理の一つ。鍋料理の残り汁にご飯を入れれば、たちまち雑炊ができる。蕪《かぶ》、大根などの野菜や、魚、鶏肉を入れて雑炊をこしらえることもある。

雑水のなどころならば冬ごもり　其角

雑炊の腹へこまして談笑す　高浜虚子

鴨を得て鴨雑炊の今宵かな　松本たかし

▼師の芭蕉が琵琶湖《びわこ》の西岸、堅田《かただ》に遊びに出かけたと聞いて詠んだ句。「などころ」は名所。▼雑炊で満たされて膨らんだ腹。▼雑炊になる一羽の鴨《かも》。

蒸《ふかし》飯《めし》　三冬

蒸《む》し飯《めし》・温《ぬく》め飯《めし》

冷えた飯を蒸して温めたもの。蒸し器で蒸すほか、炊きあがった飯の上に冷飯《ひやめし》をのせて温める方法もある。電子ジャーもレンジもなかった時代、飯を凍らせずにおくためには、藁《わら》製の畚《ふご》という器に入れたり、風呂敷に包み、炬燵《こたつ》の脇に置くなどした。

蒸飯なれど一家の揃ひたる　辻田克巳

蒸飯福神漬の匂ひせり　大石悦子

蒸飯頒けていささか足らざりき　岩城久治

▼たとえ食事が「蒸飯」であっても、「一家の揃《そろ》ひたる」にまさるものはない。▼蒸飯に福神漬。お腹《なか》がすいていればこれもご馳走。▼「しっかりお食べなさい」と、自分のものを子供らに譲るのは、たいていお母さん。

蕪《かぶら》鮓《ずし》　三冬

青蕪《あおかぶ》を薄塩で漬け、それを薄く輪切りにし、薄切りの鰤《ぶり》を挟み、麹《こうじ》で漬け込んだもの。熟鮓《なれずし》の一種である。金沢が発祥地といわれ、石

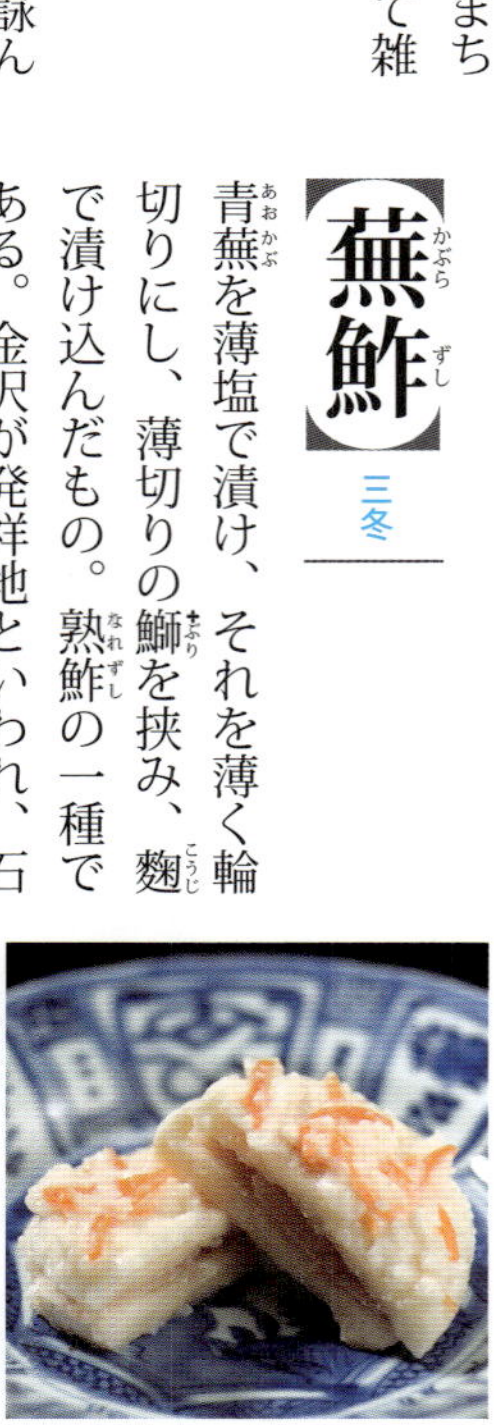

蕪鮓

双六のごとく大津に戻りをり：滋賀県大津はかつて芭蕉が「東西の巷」といった要衝。

川県、富山県などの冬の名産である。

蕪ずしつまみし指を舐《ね》ぶことよ　岸田稚魚

一燈に二人はさびし蕪鮓　古舘曹人

▼独特の香りと旨みが馳走の蕪鮓。思わず指をも舐ぶるおいしさ。▼北陸の厳しい冬の淋《さび》しい食の光景が浮かぶ。蕪鮓は美味だが、一燈に二人だけでは、何とも淋しい。

熱燗《あつかん》

三冬

燗酒《かんざけ》・焼燗《やきかん》

熱を加えて熱くした酒。冬、冷えた体を温めるのにちょうどよい。ぬる燗から熱燗まで、人により好みの燗がある。酒を入れた銚子《ちょうし》を熱湯に入れて温める方法が一般的。温めるのに、ほかに銅・真鍮《しんちゅう》製の「ちろり」などが用いられる。

関連 温《あたた》め酒《ざけ》→秋

熱燗の舌にやきつく別れ哉　村上鬼城

熱燗や討入りおりた者同士　川崎展宏

▼舌をやけどするほどに熱した熱燗。別離の情がしたたかに沁《し》みる。▼赤穂浪士《あこうろうし》の討ち入りから脱落した男二人、熱燗を酌《く》み交わす。誰にも事情というものがある。

鰭酒《ひれざけ》

三冬

身酒《みざけ》

切り取った河豚《ふぐ》の鰭を焦がすくらいに焼き、熱燗《あつかん》を注いだもの。酒の終わりにこれを飲むのが、通とされている。早く酔いが回るという。鰭の代わりに河豚の刺身の一片を用いるのが「身酒」である。

鰭酒

鰭酒の鰭焦がしたり妻の留守　栗田やすし

鰭酒や海へ出てゆく夜の雲　斎藤梅子

▼妻の留守に鰭酒を企《たくら》んだ。だが、いささか鰭を焦がしすぎたよう。諧味《かいみ》よし。▼鰭酒と、海へ向かう夜の雲の取り合わせが良好。酔眼には鰭が海へ帰るとも。

寝酒《ねざけ》

三冬

寒い冬の夜、体を温めて寝るために飲む酒。冬の夜はとかく寒くて眠りにくい。それを防ぐには、酒を飲んで心身を温めるのが効果的である。適量の酒は最良の寝酒となる。

いやなことばかりの日なる寝酒かな　草間時彦

山風のすさびにまかす寝酒かな　上田五千石

▼今日はつくづく嫌なことばかりであった。こんな日は、寝酒で温まってすべてを忘れ、早く寝るに限る。▼外の山風の音を聞き流しての寝酒、旅心はその地に委ねている。

玉子酒《たまござけ》

三冬

卵酒《たまござけ》

江戸時代の玉子酒は、滋養強壮に効果がある薬酒だった。『本朝食鑑《ほんちょうしょっかん》』に「まづ水五盞《さん》（盞は盃《さかずき》）、麹上の黄衣（麹《こうじ》カビ）一盞、砂糖半盞を用ひて、拌匀《はんいん》し、これを煎《せん》ずること数十沸。

鈴木鷹夫《すずきたかお》▶昭和3年（1928）—平成25年（2013）「門」主宰。波郷、登四郎に師事。小説『風騒の人』は其角が題材。

別に鮮鶏卵一箇を用ひて、殻を去り汁を取りて湯中に投じ、頻々《ひんぴん》に攪《か》き合はせ、温に乗じてこれを飲す」とあり、現在の作り方もほぼこれと同じ。体が芯から温まる。火が強すぎると卵が固まるので要注意。

母の瞳にわれがあるなり玉子酒　原子公平
雄ごころのなかなか起きず玉子酒　伊藤白潮
玉子酒雲踏むごとく起きて来て　茨木和生

▼たぶん風邪《かぜ》ひきだろう。玉子酒を作ってきた母ののぞき込む目が心配そう。▼今もこの飲み物は婦女子のもの、という偏見がある。▼風邪の熱が下がらない。起きても足元がふわふわしている。

生姜酒《しょうがざけ》《しやうがざけ》　三冬

熱燗《あつかん》の酒に生姜をすって入れたもの。生姜は血液の循環をよくし、発汗を誘う。それゆえ、寒い冬に体を温め、風邪《かぜ》の予防ともなる。生姜の味と、その香りが酒と溶け合い、特有の味わいとなる。 関連 生姜《しょうが》→秋

老残の咽喉にひりりと生姜酒　宮下翠舟

▼老いて生き残ることが、生姜酒のひりりとした感じと照応する。生姜酒に託した人生の感慨でもあろう。

葛湯《くずゆ》　三冬

葛粉をごく少量の水で溶き、熱湯を注いでかき混ぜて作った半透明のとろりとした飲み物。好みで砂糖を加える。体が温まり消化もよい。葛粉は葛の根からとった澱粉《でんぷん》だが、葛の根は発汗解熱作用があるため(葛根湯《かっこんとう》)、漢方薬の材料として古くから珍重されている。 関連 葛《くず》→秋

明日という時間のような葛湯かな　寺井谷子
さましゐてさましすぎたる葛湯かな　片山由美子
あつけなく湯気の固まる葛湯かな　長谷川櫂

▼葛湯のゆるりとした感触は、今日という現実にはない時間のようで。▼熱すぎるからといって冷ましすぎると台なしに。▼湯ではなく湯気を注ぐくらいの熱湯で、あっけないくらい素早く作るのがいい。

生姜湯《しょうがゆ》《しやうがゆ》　三冬

おろし生姜に砂糖をまぜ、熱湯を注いだ飲み物。その辛みが独特の味わいとなり、体を温める冬の飲み物として喜ばれる。発汗作用を利用して風邪《かぜ》のひき始めに飲まれることが多い。 関連 生姜《しょうが》→秋

生姜湯や生きて五十の咽喉仏　石塚友二

▼風邪で痛む咽喉《のど》に生姜湯が沁《し》みる。ここまでよく生きてきた五十年。沁みるのは生姜湯だけではない。

父の日の忘れられをり波戻る：父という存在のはかなさ。哀愁とおかしみがにじんでいる。

蕎麦掻《そばがき》

三冬　蕎麦搔餅《そばかいもち》

蕎麦粉に熱湯をそそぎ、よくこねたものをちぎったりまるめたりして、醤油や汁につけて食べる。強い香りや、歯ごたえが喜ばれる。鍋に蕎麦粉を溶いて火にかけ、練りあげるやり方もある。いずれにしても熱々のものが好まれる。

妻がゐて子がゐて蕎麦掻きが五つ　今瀬剛一

▼冬の夜の家族団欒《だんらん》の図。たっぷり沸かした湯をとりまわし、さざめきながら、めいめい蕎麦掻きを練る。

蕎麦掻

焼鳥《やきとり》

三冬　焼鳥屋《やきとりや》

冬を迎えて味の増した鳥の肉を切って、串に刺して焼き、塩、たれなどで食べるもの。現在、焼鳥といえば鶏肉が主体だが、近世までは、雁《がん》、鴨《かも》、雉《きじ》、山鳥《やまどり》などの野鳥がおもであった。近年は、牛や豚の臓物や肉の串焼きも「やきとり」の名で食されている。

焼鳥や恋や記憶と古りにけり　石塚友二

▼焼鳥という今日庶民的な食べ物と、甘い恋との取り合わせが警抜。そうした青春の彷徨《ほうこう》も記憶の奥へ。

焼芋《やきいも》

三冬　焼藷《やきいも》・石焼芋《いしやきいも》・壺焼芋《つぼやきいも》・焼芋屋《やきいもや》

焼いたさつまいも。焚火《たきび》で焼く焼芋には郷愁がある。「石焼芋」は焼いた小石に埋めて焼いたもの。また、「焼芋屋」の売り歩く声も季節感に富む。「壺焼芋」は大きな壺に入れて蒸し焼きにしたもの。関連 甘藷《さつまいも》→秋

焼芋の固きをつつく火箸かな　室生犀星

焼薯をぽつかりと割る何か生れむ　能村登四郎

ビルの谷石焼芋の火をこぼす　有馬朗人

▼さて、芋の焼け具合は？　まだ固いところに諧味《かいみ》がある。▼焼芋を割ると、いったい何が生まれるのだろう？「ぽつかり」の語からみるに、癒やし系の温かい安らぎか。▼近代的なビルの谷間と、昔風の石焼芋売りの取り合わせが絶妙の味。

今川焼《いまがわやき》《いまがはやき》

三冬　太鼓焼《たいこやき》・巴焼《ともえやき》

水で溶いた小麦粉を円形の焼型に注ぎ入れ、餡《あん》を中に入れて焼いた菓子。江戸時代に、江戸神田今川橋付近で売り出されたことにちなんだ名という。巴形の焼印の押してあるものは「太鼓焼」「巴焼」「義士焼」ともいう。巴は大石内蔵助《くらのすけ》の紋で、赤穂《あこう》義士の討ち入りの太鼓になぞらえたもの。

今川焼恩は返せぬものとこそ　永井東門居

今川焼あたたかし乳房は二つ　飯田龍太

田川飛旅子《たがわひりょし》▶大正3年（1914）—平成11年（1999）「陸」主宰。科学者にしてクリスチャン。ヒューマニズムを追求。

▼今川焼の温さに触れながら現実を省みる。作家永井竜男ならではの一句。▼今川焼は円形で、並べると、まるで乳房のよう。温かさも共通する。発想の豊かさ、健康な艶。

鯛《たい／たひ》焼《やき》

三冬

鯛焼屋《たいやきや》

小麦粉、卵、砂糖、重曹を水で溶いたものを、鯛の形をした銅の型に流し込み、小豆餡《あずきあん》などを中に入れて焼いたもの。頭のてっぺんからピンとした尾の先まで餡が入っていて、食べごたえがある。

鯛焼を徹頭徹尾食ひ尽くす　相生垣瓜人
鯛焼のまづ尾の餡をたしかめし　能村登四郎
鯛焼の頭は君にわれは尾を　飯島晴子
鯛焼を割つて五臓を吹きにけり　中原道夫

▼頭の先から尾の先まで食べたということ。▼頭はともかく、尾のほうはどうかな。▼鯛焼も尾より頭のほうがエライのかな。▼焼きたてはとにかく熱い。ふうふう吹いてこそ鯛焼の正しい食べ方。

夜《よ》鷹《たか》蕎《そ》麦《ば》

三冬

夜泣蕎麦《よなきそば》・夜泣饂飩《よなきうどん》

夜遅くまで、路上で屋台を引いて商売をする蕎麦屋、あるいはその蕎麦をいい、江戸の風物詩であった。「夜鷹」の名は、夜だけ店を開くから、客に夜鷹(街娼)が多かったから、蕎麦と夜鷹の値段が同じだったからなど、諸説ある。饂飩が主流の上方では「夜泣饂飩」となった。

夜鷹蕎麦来て足早に刻が過ぐ　古賀まり子
ふるさとを言ひあてらるる夜鷹蕎麦　髙橋るい

▼チャラメラの音色で夜も更けたことを知るのである。▼長年東京にいても、抜けない故郷の訛《なまり》。「お前さん、上方だろ」と訊《き》く屋台のおやじにも、明らかに東北の訛が。

鍋《なべ》焼《やき》

三冬

鍋焼饂飩《なべやきうどん》・土手焼《どてやき》

現在、「鍋焼」といえば「鍋焼饂飩」をさすが、本来は土鍋に鶏肉や魚、芹《せり》、慈姑《くわい》などを入れ、醬油や味噌で煮て、鍋からじかに食べる料理のことだった。鍋肌に味噌を盛り、少しずつ溶かしながら食べるのは「土手焼」という。牡蠣《かき》と芹の土手焼きは冬のご馳走《ちそう》の一つ。「鍋焼饂飩」は幕末から明治初年に盛んになった。浅い土鍋で饂飩を煮込み、鍋のままアツアツのところを食べる。

鍋焼　土手焼

鍋焼の火をとろくして語るかな　尾崎紅葉
鍋焼や泊ると決めて父の家　篠田悌二郎
逢ふことの鍋焼うどん食べつつよ　草間時彦

▼とろ火で煮込むとは、饂飩ではなく鍋のようだ。よほど話がは

殺したる蛇の長さを計りをり：殺《あや》めた蛇の長さを目測で測っているのだ。

ずんだのだろう。▼泊まると決めたとたん腰を据えて鍋焼きを食べ始める。▼相手が誰かはわからないが、まずは腹ごしらえ。こんなデートも悪くない。

貝《かい》《かひ》焼《やき》《やき》

三冬　貝焼《かやき》

帆立貝《ほたてがい》の殻を皿とし、いろいろな具を入れて焼いたもの。郷土料理の一つとして秋田県では鰰《はたはた》を使ったしょっつる貝焼きが知られている。今では、各地の料理屋で風土色のある一品として出されている。

貝焼の脂野鴨と聞かずとも　茨木和生

▼貝焼きに出された鴨《かも》の脂《あぶら》の色を見て、野鴨と断らなくても、そうだとわかったのである。

貝焼

河豚汁《ふぐじる》

三冬　ふぐと汁《じる》・河豚《ふぐ》の宿《やど》

ぶつ切りにした河豚の身や粗《あら》を入れた味噌汁。真河豚《まふぐ》、虎河豚《とらふぐ》は高価なので、代わりに無毒の白鯖河豚《しろさばふぐ》、黒鯖河豚を使ったりする。根深葱《ねぶかねぎ》などを一緒に入れるが、河豚の身の淡泊さが葱の風味をいっそう引き立ててうまい。「河豚鍋」とも呼ぶ河豚のちり鍋（てっちり）は、河豚汁とは別物である。

関連　河豚《ふぐ》↓114

人事　生活　食

あら何ともなやきのふは過てふくと汁　芭蕉

河豚宿は此許よ此許よと灯りをり　阿波野青畝

▼河豚汁を鉄砲汁ともいうのは、江戸時代にはよく毒にあたったから。翌朝、「あら何ともなや」との安堵《あんど》の思い。▼河豚宿と書かれた赤い提灯《ちょうちん》が、ここよここよと呼ぶように灯《とも》っている。

葱鮪《ねぎま》

三冬　葱鮪鍋《ねぎまなべ》・鮪鍋《まぐろなべ》

醤油に浸しておいた鮪肉を角切りし、ぶつ切りの葱や豆腐などとともに、醤油、味醂《みりん》、酒で煮ながら食べるもの。濃いめの味付けが合い、薬味は粉山椒《こさんしょう》。大正八年（一九一九）の「俳諧雑誌」に「居酒屋に靄《もや》たちこむる葱鮪かな」（井上唖々）が出たことから、冬の季語となった。

ねぎま汁風邪のまなこのうちかすみ　下村槐太

葱鮪鍋毛槍は鳥にあらざりし　磯貝碧蹄館

▼風邪《かぜ》をひいたところに熱々の葱鮪汁。▼毛槍《けやり》の鞘《さや》は鳥の羽毛でできてはいるけれど、これは鳥ではないよ、ということの念押しをしているよう。それが葱鮪鍋のある場でのことなので、おかしみを誘う。

納《なっ》豆《とう》汁《じる》

三冬　なっと汁《じる》

納豆に味噌を加えてすりつぶし、だし汁を足して、具に大根、牛蒡《ごぼう》、蒟蒻《こんにゃく》、人参、油揚、葱《ねぎ》や、賽《さい》の目に切った豆腐

原《はら》子《こ》公平《こうへい》▶大正8年（1919）—平成16年（2004）「風濤」主宰。「寒雷」「風」などに拠り「社会性俳句」を推進した。

を入れた味噌汁。雪国自慢の料理の一つで、寒い冬の夕餉《ゆうげ》には欠かせなかった。「納豆」そのものも冬の季語。ただし、大《だい》徳寺《とくじ》納豆などの塩辛納豆は真夏に仕込むので、「納豆造る」「大徳寺納豆」は夏の季語である。

田の神を迎へて温し納豆汁　前孝治

みちのくの米着きし夜の納豆汁　葛西節子

▼奥能登《おくのと》では旧暦一月五日に田の神迎えをする。暖かな座敷で田の神に納豆汁を振る舞う。▼陸奥《みちのく》から米の届いた寒い夜、久しぶりに思い出して納豆汁を作った。

のっぺい汁《じる》

三冬

のっぺ・のっぺ煮《に》・濃餅汁《のっぺいじる》・能平汁《のっぺいじる》

里芋、大根、人参、蒟蒻《こんにゃく》、椎茸《しいたけ》、油揚、焼豆腐などを醤油味で煮て、葛粉《くずこ》などでとろみをつけた汁。もとは島根県の郷土料理だそうだが、新潟や奈良などにもあり、体を温めてくれる具だくさんの汁物として、広く食されている。

愚に生きて天下泰平のっぺ汁　松下みどり

百年の柱を前にのっぺ汁　水田光雄

▼愚直に生きてきたが、それでいい。そんな思いで食べるのっぺい汁は身にしみてうまい。▼先祖代々食べてきたのっぺい汁を見続けてきたのは家の柱。

薩《さつ》摩《ま》汁《じる》

三冬

ぶつ切りにした鶏肉か豚肉を、大根、人参、牛蒡《ごぼう》、小芋、蒟《こん》蒻《にゃく》などとともに味噌味で煮込んだ汁。もともと鹿児島県の郷土料理であったが、今や家庭料理として、全国に普及した。

さつま汁妻と故郷を異にして　右城暮石

▼作者の故郷は土佐、妻の故郷は博多、と異なるが、薩摩汁はどちらも好物。

蕪《かぶら》汁《じる》

三冬

霜が降りるにつれて柔らかくなり、甘みも増してきた蕪《かぶ》を具にした味噌汁で、茎も刻んで入れる。白味噌仕立てのものもある。大蕪や小蕪が一般的だが、かつては大阪の天王寺蕪など、地方独特の蕪を使った。関連 蕪《かぶ》→86

蕪汁飯山盛りの講の宿　皆川盤水

▼蕪汁に山盛りの飯、いかにも講《こう》の宿らしい。作者のよく泊まった羽黒山《はぐろさん》（山形県）での体験を詠んだ句。

干《ほし》菜《な》汁《じる》

三冬

「干菜」は、大根や蕪《かぶ》の葉を切って乾燥させたもので、冬場に使う保存食の一つである。これを湯に戻し、細かく切り刻んで、油揚などとともに仕立てた味噌汁が「干菜汁」。体がよく温まるので夜食にも出された。

夜ふかしを妻に叱られ干菜汁　沢木欣一

力いま丹田にあり鏡餅：丹田《たんでん》は臍下《せいか》にあり、気が湧くところ。新年を迎えた充実感に満ちている。

木曾駒の産を終へたる干菜汁　松村富雄

▼今夜はよく冷えるわねと言いながら干菜汁を持ってきた妻に、夜更かしを叱《しか》られた。▼木曾駒《きそこま》の出産を終えて、労《ねぎら》うように出された干菜汁、心まで温まる。

粕《かす》汁《じる》

三冬　酒《さけ》の粕《かす》

酒粕を入れて作った、体の芯から温まる味噌汁。関西では白味噌仕立てのことが多い。酒粕は細かくほぐして使い、塩鮭《しおざけ》や塩鰤《しおぶり》の粗や身を入れ、野菜や蒟蒻《こんにゃく》を具にする。十二月になると出回る新粕を使うと香りがよい。

粕汁や裏窓にある波がしら　千田一路

▼粕汁を食べていると裏窓から見える日本海には、木枯しによる白い波がしらが立っている。

けんちん汁《じる》

三冬　けんちん

崩した豆腐を千切り野菜とともに澄まし汁に仕立てたもの。冬期に限った汁物ではないが、体が温まり、冬野菜をふんだんに使う料理として、冬の季語としている。「巻繊《けんちん》」は中国伝来の料理で、崩して油炒めした豆腐と野菜の千切りを、湯葉で巻いて揚げたり煮たりしたもの。

けんちん汁母在りし日は貧しかりし　松崎鉄之介

故郷がけんちん汁に混み合へり　松浦敬親

▼総じて貧しかった頃、けんちん汁はご馳走《ちそう》だった。母を恋しく思う気持が募る。▼大根も牛蒡《ごぼう》も故郷の産であったのか、椀《わん》の中の何かが故郷を思い出させたのか。具だくさんを「混み合っている」と見立てた句。

闇《やみ》汁《じる》

三冬　闇夜汁《やみよじる》・闇汁会《やみじるえ》

変わった興を楽しむ鍋料理。昼間に暗幕で遮光《しゃこう》して部屋を真っ暗にしたり、闇夜に部屋の電灯を消したりして行なう。具はおでんとほぼ同じだが、干瓢《かんぴょう》で編んだ草鞋《わらじ》など、工夫を凝らした具を入れる。食べたものの名を当てあったりすることも。「闇汁句会」というものもある。

闇汁に蝮を入れしこと云はず　小津溢瓶

憎からぬ人と箸触れ闇汁会　龍神悠紀子

▼一人一品を持ち寄って闇汁句会。作者は干し蝮《まむし》を出汁《だし》代わりに入れたのを黙っている。▼憎からず思う人だけに、箸が触れたことにもときめきが。

塩汁鍋《しょっつるなべ》

三冬　塩汁《しょっつる》・塩汁貝焼《しょっつるかやき》

「塩汁」とは、鰰《はたはた》や鰯《いわし》を麹《こうじ》と塩で漬け込んで熟成させ、上澄みを濾過《ろか》した魚醤《ぎょしょう》の一種である。この塩汁を薄めて、ぶつ切りにした鰰や豆腐、葱《ねぎ》や芹《せり》を入れて炊いた鍋料理が「塩汁鍋」。秋田県を代表する郷土料理である。

森澄雄《もりすみお》▶大正８年（1919）—平成22年（2010）「杉」主宰。戦後俳壇において新古典派として独自の境地を示した。

だらだらと塩汁鍋を食ひ終る　皆川盤水

塩汁鍋薬缶の水でうすめけり　棚山波朗

▼だらだらと食べることは話も弾む。秋田の夜を惜しんでいる。▼座がはずむと鍋の具はなくなり、汁は煮詰まって塩辛くなる。そこで用意された薬缶《やかん》の水を足す。

きりたんぽ

三冬

たんぽ鍋《なべ》・だまっこ汁《じる》

秋田県の郷土料理で、新米を炊いたご飯を半つぶしにして、秋田杉で作ったたんぽ串に竹輪《ちくわ》のように握って焼いたもの。たんぽ槍《やり》に似ているところからの命名という。熱いうちに串から抜き取り、小口切りにし、鶏肉と葱《ねぎ》などを入れて煮て食べるのが「たんぽ鍋」。「だまっこ汁」は、ご飯を団子状に丸めたただまっこ(だまこ)を入れた鍋。

きりたんぽ

きりたんぽ秋田訛がよくて食ぶ　小原啄葉

きりたんぽ話せば長くなるけれど　榎本好宏

▼秋田訛《なまり》が純朴な人柄の人物像を浮き出す。人情味を味わえることの至福。▼きりたんぽの長い串と、炉端が何とものんびりムード。話も長くなるぞ。

寄《よせ》鍋《なべ》

三冬

鱈《たら》、鮭《さけ》、鰆《さわら》、蛤《はまぐり》、帆立貝などの魚介類、鶏肉、豚肉に冬野菜をたっぷりと使った、冬の夜の代表的な鍋料理。煮詰まると塩辛くなるので、醤油、砂糖、酒を使ってだし汁は薄めに仕上げる。うどんや餅を入れたりもする。

寄鍋の貝のなかなか口開かず　浅井陽子

寄鍋に通天閣の灯が親し　小島國夫

▼具だくさんな寄鍋、蛤がなかなか口を開けないのは死んでいるのかも。▼寄鍋を食べている席から通天閣の灯が見える。いかにも寄鍋にふさわしい大阪の景。

鮟《あん》鱇《こう》鍋《なべ》

三冬

鮟鱇汁《あんこうじる》・鮟肝《あんきも》・きも和《あえ》

鮟鱇の淡泊な身(柳肉)のほか、とも(尾鰭《おびれ》)、肝、水袋(胃)、ぬの(卵巣)、皮、えらのいわゆる「鮟鱇の七つ道具」を用いて、野菜や旬の茸《きのこ》などとともに薄味に仕立てた鍋。鮟鱇鍋を名物とする茨城県大洗《おおあらい》海岸の料理屋では、吊《つ》るし切りを見せてくれる。

関連 鮟鱇《あんこう》↓114

おそろしき骨の出てきし鮟鱇鍋　高木良多

肝いかゞいかゞと仲居鮟鱇鍋　森田峠

鮟鱇鍋肝だれ入れられてよりの　滝川ふみ子

▼何でも食べられる鮟鱇。ハープに似た骨に出会う。▼肝がおい

しいんですよ、いかがですかと勧める仲居さんと客のやりとりが見えてユーモラスな場面。▼蒸した鮟鱇の肝をすりつぶして作ったたれを鍋に入れると、味はいちだんとよくなる。

河豚鍋《ふぐなべ》　三冬

河豚《ふぐ》ちり・てっちり・河豚料理《ふぐりょうり》

河豚のちり鍋。骨付きのぶつ切りの身を、野菜や豆腐などと土鍋で炊き、ポン酢で味わう。毒にあたるのを洒落《しゃれ》て「鉄砲鍋」、転じて「てっちり」とも呼ぶ。天然のトラフグが最も珍重される。最後に飯を入れて雑炊に仕立てたのもうまい。

関連　河豚《ふぐ》→114

てつちりと読ませて灯りゐるところ　阿波野青畝

河豚鍋や憎むに足らぬことばかり　山田みづえ

▼路地にぽつんと灯《とも》る提灯《ちょうちん》に「てっちり」とある。目当ての店だ。暖簾《のれん》をくぐる。▼喧嘩《けんか》はしても憎むほどのことはない。河豚鍋をつつけば忘れてしまう。

紅葉鍋《もみじなべ／もみぢなべ》　三冬

鹿肉を用い、白菜、葱《ねぎ》、茸類《きのこ》、蒟蒻《こんにゃく》などの具も入れた味噌仕立ての鍋をいう。花札の絵に鹿と紅葉が取り合わされているところから、鹿肉を「紅葉」というようになったという説がある。夏の鹿に比べて冬の鹿は脂が少ないので、あっさりしている。

関連　鹿《しか》→秋

ここよりの高見山を見よと紅葉鍋　大石悦子

密猟と訝かるひとり紅葉鍋　茨木和生

▼紅葉鍋もよいが、ここからの高見山の眺めも一等よと主人は勧める。高見山は奈良・三重県境に聳《そび》える秀峰。▼害獣駆除の特別許可を得て捕獲した夏鹿の冷凍肉を使った鍋。脂がよくのっていたので訝《いぶか》った。

牡丹鍋《ぼたんなべ》　三冬

猪鍋《ししなべ》・山鯨《やまくじら》

猪《いのしし》の肉を、大根、人参、牛蒡《ごぼう》、蒟蒻《こんにゃく》、葱《ねぎ》、芹《せり》、豆腐などとともに、味噌仕立ての汁で煮て食べる鍋。猪肉《ししにく》を「牡丹」と呼ぶのは唐《から》獅子《じし》牡丹と関わってのこと。江戸時代には猪肉を「山鯨」とも呼んでいた。料理屋では、猪肉を牡丹の花のように飾り付けた大皿が出される。猪肉のすき焼も香ばしくて旨《うま》い。

関連　猪《いのしし》→秋

取り皿の脂こほり来牡丹鍋　茨木和生

ぼたん鍋椿象飛べる座敷にて　塩見道子

▼少しの間、鍋のものを食べずにいると、取り皿の脂が凍ってくる。牡丹鍋が炊かれていても部屋は寒い。▼牡丹鍋で座敷が温まってくると、椿象《かめむし》が飛び出す。

すき焼《やき》　三冬

鋤焼《すきやき》・牛鍋《ぎゅうなべ》・魚《うお》すき・沖《おき》すき・鶏《とり》すき・饂飩《うどん》すき

冬の代表的な鍋料理。基本は、家族や仲間で鉄鍋を囲み、牛

岡井省二《おかいしょうじ》▶大正14年（1925）—平成13年（2001）「槐」主宰。楸邨、森澄雄に師事。古今独歩の俳境。

肉、葱《ねぎ》、白滝、豆腐などを醤油と砂糖で焼いて食べるのだが、関西と関東で作り方が異なる。関西では鉄鍋で肉を焼くが、関東では鉄鍋で肉を煮る。関西のすき焼きは鳥獣の肉を鋤《すき》の刃にのせて焼く「鋤焼き」に由来し、関東のすき焼きは文明開化時代の「牛鍋」からおこったもの。牛肉以外の鳥獣の肉でも作る。

横額は八一の書なり鋤焼す　右城暮石

牛鍋に一吉報を齎しぬ　村山古郷

▼會津八一《あいづやいち》の横額が掛けてあるひと間。▼よき知らせが齎《もたら》されて、いよいよ華やか。

薬《くすり》喰《ぐい》

三冬　鹿売《ろくうり》・寒喰《かんぐい》

寒い時期、体力をつけるために、鹿《しか》、猪《いのしし》、兎《うさぎ》などの獣肉を食べ、滋養をとること。仏教の教えにより殺生《せっしょう》を戒め肉食を禁忌にしていた時代に、これらを薬として食べたことをいう。『滑稽雑談《こっけいぞうだん》』には「肉類をおほよそ冬月に至りて服食し、方薬に用ゆる。(中略)寒に入りて三日、七日、あるいは三十が間、その効用に応じて、鹿、猪、兎、牛等の肉を食ふ。これを薬喰と称するなり」とある。獣肉を食べることがそれほど特異なことであった。季語としては、広義には獣肉にかぎらず、寒中に身の栄養となるものを食べることをいうこともある。

客僧の狸寝入りやくすり喰ひ　蕪村

頑の妻を持ちけり薬喰　石井露月

頸筋に真綿のぞかせ薬喰　高浜虚子

薬喰地にまつろわぬもの集い　久保純夫

▼薬喰いに居合わせた旅僧。参加するわけにもゆかず、狸《たぬき》寝《ね》入《い》りでやり過ごす。▼勧めても食べようとしない妻。▼負い真綿《まわた》(真綿で作った袖《そで》なしの保温衣)の端がのぞくのもおかまいなしで食べる。▼筵《むしろ》を敷き、鍋を囲んでいる情景か。「まつろわぬ」(従わない)者らの力が感じられる。

おでん

三冬　煮込《にこ》みおでん・関東煮《かんとうだき》

蒟蒻《こんにゃく》、八頭《やつがしら》、焼き豆腐、竹輪《ちくわ》、がんもどき、大根などをぐつぐつと煮込み、芥子《からし》をつけて食べるもの。家族で囲むおでんは、寒い日の何よりのご馳走《ちそう》となる。江戸時代に江戸で生まれた料理で、関西では「関東煮」などと呼ぶ。「でん」は「田楽」の意で、豆腐や蒟蒻に味噌をつけたものをいう。

おでん食ふよ轟くガード頭の上　篠原鳳作

何人にならうとおでん煮てをけば　田畑美穂女

おでん酒貧乏ゆすりやめ給へ　倉橋羊村

▼南国育ちの作者にとって、おでんは珍しかったのではないか。轟々《ごうごう》と頭上を電車が走るような場所のおでんこそうまい。▼客人が増えても平気。鍋いっぱいのおでんがあるから。▼この生活実感とおおらかさこそ、この作者の俳句の身上。▼こんな人、いるいるという感じ。

炎天へ打つて出るべく茶漬飯：さらさらと平らげる一杯の茶漬。炎天下へ出る前の腹ごしらえ。

蕪《かぶら》蒸《むし》

三冬

魚や海老《えび》、百合根《ゆりね》や銀杏《ぎんなん》などを器に入れ、その上からすりおろした蕪《かぶ》に泡立てた卵白を混ぜたものをかけて蒸す。仕上げに葛餡《くずあん》をかける。また、蕪の中をくり抜いて具を詰め、同様に蒸したものもある。関連 蕪《かぶ》→86

あつあつの蕪蒸あり老いの恋　草間時彦
南座を出て小座敷のかぶら蒸　石川美佐子

▼妻以外の女性と蕪蒸を食べる。食事を一緒にすることは、すなわち恋の始まり。▼師走の京都南座での顔見世興行を観ての帰り。もう一つ贅沢《ぜいたく》をしたのだ。

風《ふ》呂《ろ》吹《ふき》

三冬

風呂吹大根《ふろふきだいこん》

柔らかく煮た大根や蕪《かぶ》に練り味噌《みそ》をかけたもの。大根や蕪の皮をむいて三センチほどの厚さに切り、昆布を敷いた鍋でゆっくりと煮る。米を少量加えて茹《ゆ》でると苦味が消える。味噌、みりん、砂糖に、すった白胡麻《しろごま》などを練り合わせ、だし汁でのばしてかける。

風呂吹の一きれづつや四十人　正岡子規
風呂吹に杉箸細く割りにけり　高橋淡路女
風呂吹の湯気の眼鏡となりにけり　草間時彦
風呂吹に舌一枚の困るなり　中原道夫

▼病床にあっても子規の枕頭《ちんとう》にはいつも誰かが来ていた。ある年の蕪村忌《ぶそんき》など、四十人もの人が集まり、床の間に座る人もあったとか。大鍋で炊いた風呂吹も一切れずつということになる。▼大根を割り崩すには細い箸がいい。▼大根の湯気がまともにくる。▼口に入った途端、フハフハとやけどしそうな舌を動かす。

湯《ゆ》豆《どう》腐《ふ》

三冬

豆腐を水で煮るだけの簡単にして奥深い料理。土鍋に昆布を敷き、その上に豆腐を沈めて煮る。ぐらぐらと煮立てないことが肝要で、豆腐の芯が温まり、ゆらゆら動くようになればすでに食べ頃。春菊や鱈《たら》の切り身などを入れることもあるが、豆腐だけを入れるのが本道。

湯豆腐や蝦夷の板昆布跳上り　渡辺水巴
湯豆腐にうつくしき火の廻りけり　萩原麦草

▼なかなかいうことをきかない昆布。▼湯豆腐のお湯が揺れてきた。そろそろ食べ頃。

煮《に》凝《こごり》

三冬

煮凍《にこごり》・凝鮒《こごりぶな》

煮魚が煮汁ごと寒天のように固まったもの。骨から出るゼラチンが冷えて凝固したもので、熱いご飯の上に一切れのせると、じわりと溶ける。

煮凍りや格子のひまを洩る月夜　雁宕

川崎展宏《かわさきてんこう》▶昭和2年（1927）―平成21年（2009）楸邨に師事。「貂」代表。軽妙洒脱にして繊細な詩情を湛える。

煮凝や往生わるき一句抱き　上田五千石

▼台所の格子窓から月の光が射し込んでいる。そこに煮凝の鍋がある。▼往生への作者の思いは、寒気で固まる煮凝の潔《いさぎよ》さに刺激されたようだ。

人事　生活　食

茎漬《くきづけ》　晩冬

菜漬《なづけ》・葉漬《はづけ》・茎の桶《おけ》・茎の石《いし》・茎圧《くきお》す・茎の水《みず》

蕪《かぶ》や大根、高菜、野沢菜などの葉を茎とともに塩漬にしたもの。冬の長い地域の保存食として、その地に伝わる方法でたっぷりと漬け込む。当座漬が出始めると、古いものは古漬となり、麹《こうじ》や糠《ぬか》などに漬け直して、古漬ならではの風味を味わう。菜を漬ける容器が「茎の桶」、重しの石が「茎の石」。「茎の水」とは圧《お》して出る水のこと。

茎漬に霰のやうに塩をふる　細見綾子

手が覚えゐる茎漬の塩加減　塩見道子

石臼で過ぎし月日を茎の石　飴山實

▼一段ごとに粗塩をぱらぱらと振って重ねていく。▼毎年、漬物を漬けてきた、その経験で手が量を覚えている。▼長年使ってきた石臼《いしうす》を漬物石にする。

酢茎《すぐき》　三冬

酸茎《すぐき》・酢茎売《すぐきうり》

京都上賀茂《かみがも》地方特産の蕪《かぶ》の一種である酢茎菜の漬物。太った根を葉ごと塩漬けし、水が上がると、塩を改めて本漬けにする。乳酸発酵による酸味と香りが好まれる。天秤漬《てんびんづけ》という漬け方で漬けたり、酢茎室に入れたりする。

酢茎

酢茎売橋を渡れば別の町　浜崎素粒子

酢茎樽泡立つ塩の濁り来し　藤勢津子

▼酢茎売りはリヤカーを引いて京都の町を歩く。小さな橋を渡ると、もう別の町。▼一度目の漬け込み、泡を吹いて上がってきた塩水は濁っている。

千枚漬《せんまいづけ》　三冬

京都特産の聖護院蕪《しょうごいんかぶら》を用いた漬物。鉋《かんな》状の器具を使って、三ミリまでの薄さに輪切りにしたものを、浅漬けしたのち昆布を間に挟んでみりんを入れた甘酢で漬け直す。鷹《たか》の爪《つめ》を入れたり、彩りを考えて壬生菜《みぶな》を添えたりする。

うすら氷の千枚漬を切にけり　瀧井孝作

速足のたのしき父の白息くる：白い息を吐きながら、速足で子のもとへ寄ってくる父。

児の頭ほどの蕪を千枚漬　塚月凡太

▼寒さの中で千枚漬はまるで薄氷のように感じた触感である。▼千枚漬の作業場に運ばれてきた白く大きな聖護院蕪、「児の頭ほどの」という比喩は的確。

乾鮭《からざけ》

三冬

干鮭《ほしざけ》

とれたばかりの鮭から鰓《えら》やはらわたを取り除き、縄を通したりして、特別に仕立てた小屋や家の軒下にぶら下げて、海から吹いてくる寒風に晒《さら》して乾燥させたもの。年の暮れの贈答品としても保存がきくので重宝された。江戸時代には薬喰《くすりぐい》の対象となっていた。関連 鮭《さけ》↓秋

乾鮭のあるが上にも貰ひけり　松瀬青々
乾鮭の壁赤々と榾明り　佐藤紅緑
乾鮭や海の嵐を託ちつつ　前田攝子

▼年の暮れ、二、三軒の家から乾鮭をもらっていたが、また乾鮭をもらった。▼乾鮭をぶら下げた壁に炉の榾明《ほたあか》りが赤々としている。▼乾鮭を干している軒下に立って、沖を見やりながら海荒れを嘆いている漁師。

乾鮭

人事　生活　食

塩鮭《しおざけ》《しほざけ》

三冬

しおじゃけ・塩引鮭《しおびきざけ》・新巻《あらまき》

塩蔵《えんぞう》した鮭のこと。鮭の腹を割いて内臓を取り出し、薄塩をして菰《こも》に巻き、縄を巻きつけたものを「新巻」という。塩を濃くしたものを「塩引」という。鮭の口や腹に塩を詰めて積み上げ、途中で上下を積み換えながら二十日間ほど漬ける。長く保存できるので、江戸時代から歳末の贈答品として重宝されている。関連 鮭《さけ》↓秋

塩鮭を女抱きゆく田の日暮　皆川盤水
新巻の塩のこぼれし賑はひや　角川照子
新巻の届くひとりの暮しかな　如月真菜

▼暮れ方の田道を、大事なもののように鮭を抱いてゆく。▼菰を外すと粗い塩がこぼれ、歓声が上がる。▼一人でどうさばくか。ありがたさと、いささかの困惑。

塩鮭

海鼠腸《このわた》

三冬

海鼠《なまこ》の腸の塩辛《しおから》で、酒肴《しゅこう》として珍重される。寒中に製したものがよいとされる。江戸時代の『滑稽雑談《こっけいぞうだん》』には「海鼠

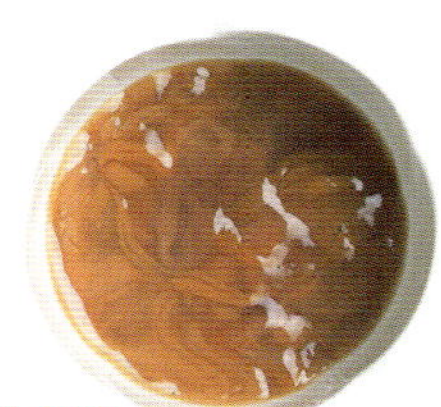
海鼠腸

櫻井博道《さくらいはくどう》▶昭和６年（1931）―平成３年（1991）楸邨に師事。誠実にして静謐な詩情を湛える句風。

その腸黄にして長し。味佳、およそ諸肉醢《ひしお》の中、これをもつて上品とす」と珍味の所以《ゆえん》が記されている。関連 海鼠《なまこ》↓120

このわたの壺を抱いて啜りけり　島田五空

海鼠腸に無頼のこころ制しけり　大串章

海鼠腸の仔細は聞かず啜りけり　能村研三

▼独り占めしようとする情景が、あまりに微笑《ほほえ》ましい。▼この珍味にはさしもの無頼も形《かた》なし。▼その製法や効能など知らなくてもいい。ただ美味でさえあれば。

【新海苔《しんのり》】

晩冬　初海苔《はつのり》

海苔漁は晩冬から初春にかけて行なわれる。十一月から十二月頃の早い時期に先がけて採れるのが「新海苔」。早く作った海苔は、香りも強く、色もよく、焼海苔、味付海苔、佃煮《つくだに》などに加工される。関連 海苔《のり》↓春

新海苔の艶はなやげる封を切る　久保田万太郎

▼袋の封を切ると同時に、海苔の強い香りが立ちのぼり、よい色艶が目に入る。艶の一字が息づいている。

【寒卵《かんたまご》】

晩冬　寒玉子《かんたまご》

寒中に鶏の産んだ卵。ほかの季節に産んだ卵と比べて滋養に富み、保存もきくという。関連 寒《かん》の内《うち》↓17

苞《つと》にする十の命や寒鶏卵　太祇

大つぶの寒卵おく襤褸の上　飯田蛇笏

▼十個の寒卵を藁《わら》で包んでいるところ。▼とりあえず襤褸《ぼろ》（繿縷）布の上に置かれた寒卵。

【寒曝《かんざらし》】

晩冬　寒晒《かんざらし》・寒晒粉《かんざらしこ》

穀類などを粉にひき、寒の水に幾度も浸け、さらに寒気に晒《さら》すことをいう。同様に、糯米《もちごめ》の粉を水に浸けて晒したのち、筵《むしろ》などに広げて乾燥させたものが「寒晒粉」、別名「白玉粉」である。菓子の材料として欠かせない。

水で責め水で宥めて寒晒　右城暮石

▼何度も水に晒されて寒晒粉はできあがる。「水で責め水で宥《ゆる》めて」は、その過程をよく言い当てている。

【杜氏《とうじ》来《き》る】

仲冬

冬季、杜氏が醸造元にやって来ることをいう。杜氏は、農閑期の農村から醸造元の酒蔵に来て、十二月から約一〇〇日の間、酒造りに従事する職人。出身地により「丹波《たんば》杜氏」「能登《のと》杜氏」などと呼ばれる。

杜氏来る見慣れしかほの少し老ゆ　名取文子

竹箒新し丹波杜氏来る　大石悦子

▼なじみの顔が今年もやって来た。やや老いた杜氏への思いのにじみ出た句。▼杜氏が来るのを機に、箒《ほうき》も新しくした。杜氏が来

雲雀落ち天に金粉残りけり：はるか大空に金粉となって残る雲雀《ひばり》の声の残像。

るのは枯葉の舞う季節。

寒《かん》造《づくり》

晩冬

寒造酒《かんづくりざけ》

寒中に酒を醸造すること。あるいは、その酒をいう。古くは、酒は稲刈の後、晩秋に仕込むものであり、これを「新酒」と称したが、徐々に寒造りに移行してきた。寒中のほうが品質がよく、味もよい。寒造りさなかの酒蔵では、寒気のなかに酒の香りが漂う。

関連 新酒《しんしゅ》→秋

碓《からうす》の十梃だてや寒づくり　召波

かぐはしき湯気くぐりては寒造　三森鉄治

▼唐臼《からうす》を十台も並べて酒米を搗《つ》いているところ。▼醪《もろみ》の立てる香ばしい湯気。

寒《かん》天《てん》製《せい》す

晩冬

寒天造《かんてんつく》る・寒天晒《かんてんさら》す・寒天干《かんてんほ》す

天草《てんぐさ》を水に晒し、大釜で煮たものを木箱に流し込んで、心太《ところてん》を造る。それを棒状にして屋外に出し、夜間は凍結させ昼間は溶かすという作業を十日ほど繰り返すと、寒天ができあがる。乾燥した寒冷地に適した産業で、長野県諏訪《すわ》地方や岐阜県東濃《とうのう》地方が生産地。

寒天製す

寒天を干すあかるさに人を見ず　宇多喜代子

▼寒天造りは未明から早朝にかけての仕事で、日中は干し場に人を見ることがない。冬の日が見守るのみ。

凍《しみ》豆《どう》腐《ふ》

晩冬

凍豆腐造《しみどうふつく》る・氷豆腐《こおりどうふ》・高野豆腐《こうやどうふ》

寒中、豆腐を適当な厚さに切って屋外に置き、夜間は凍らせ、昼間は溶かすことを繰り返して水分を抜く。これを簀《す》に並べたり、藁《わら》を編んだもので軒端に吊《つる》したりして乾燥させる。東北や信州の寒冷地の特産品。

天竜のひびける闇の凍豆腐　木村蕪城

▼信州の天竜川沿いの盆地で営まれる凍豆腐造り。夜間いちだんと高まる川音が、凍豆腐造りに加勢する。

沢《たく》庵《あん》漬《づけ》製《せい》す

初冬

沢庵漬《たくあんつ》ける・大根漬《だいこんつ》ける・新沢庵《しんたくあん》・新漬沢庵《しんづけたくあん》

「沢庵漬」は、初冬、生干しの大根を塩を加えた糠《ぬか》に漬けて作る漬物。江戸時代の臨済宗の僧、沢庵宗彭《そうほう》が始めたという説がある。樽《たる》に糠を敷き、大根を並べるのを繰り返し、最後に干した葉で覆い、重しを載せて冷暗所で保存する。柿の皮を干したものを混ぜ込むと、大根に甘味が残る。

妻と我沢庵五十ばかりかな　島田五空

縄目もつ沢庵漬を噛みゐたり　北光星

大根を漬けてしまへば真暗がり　大峯あきら

平井照敏《ひらいしょうびん》▶昭和6年（1931）—平成15年（2003）「槇」主宰。楸邨に師事。詩人として活躍、仏文学者でもあった。

▼二人暮らしで漬ける大根の数はせいぜい五十本くらい。▼葉をはねた大根を横にして縄でしばって干す。「縄目」は、その光景を思ってのことか。▼大根を漬ける日常の時間から、晩《おそ》い時間への移行が見事。

【切《きり》干《ぼし》】 三冬

大根を細く切り、一週間ほど寒風に晒《さら》して乾燥させたもの。切り方によって、「輪切り干し」「千切り干し」「割り干し」などという。水に戻して、煮物、酢の物、はりはり漬けなどに用いられる。日なたくさい素朴な味が好まれる。 関連 大根《だいこん》↓85

切干やいのちの限り妻の恩　日野草城

世をしのぶかたちじわじわ切干に　中原道夫

▼晩年、病床にあった作者にとって、妻は命のよりどころであった。夫人の献身が語り継がれている。▼切干がしだいに乾燥して縮んでゆくさまを、おもしろくとらえている。

切干

【味《み》噌《そ》搗《つき》】 三冬

味《み》噌《そ》作《つく》る・味《み》噌《そ》焚《たき》

収穫したばかりの新大豆を煮たり蒸したりして柔らかくし、臼《うす》で搗《つ》いたものに米や麦の麴《こうじ》と塩を混ぜて、甕《かめ》に密封して熟成を待つ。搗いた大豆を球状にした味噌玉を藁《わら》で包んで天井などから吊《つ》るし、麴菌を繁殖させて味噌に作る。地方により、また、各家によって味に特色がある。

三年は囲ふつもりの味噌を搗く　後藤比奈夫

▼手前味噌というように、その作り方と味は家によって異なる。三年もねかした味噌の味はいかばかりか。

【冬《ふゆ》《ふゆ》構《がまえ》《がまへ》】 初冬

厳しい冬の到来に備え、北風や雪から、家屋や樹木、また家畜などを守るために、さまざまな工夫を施すこと。本項目に続いて「北窓塞《きたまどふさ》ぐ」「目貼《めばり》」「霜除《しもよけ》」「風除」「雪囲《ゆきがこい》」「雁木《がんぎ》」「藪巻《やぶまき》」「雪吊《ゆきつり》」の季語が並ぶが、みな「冬構」である。

あるだけの藁かゝへ出ぬ冬構　村上鬼城

桐の実の鳴りいでにけり冬構　芝不器男

冬構括りきれざるものは伐り　三村純也

▼耐久性や保温性に優れる藁《わら》をたくさん使って寒さを防ぐ。▼桐《きり》の実がからからと鳴り始めるのは寒くなる合図。実際に鳴ったというより、寒空で揺れる桐の実から受けた感じだろう。▼木に菰《こも》を巻こうとしたのだろうが、この木、少し大きくなりすぎたよう。

【北《きた》窓《まど》塞《ふさ》ぐ】 初冬

北塞《きたふさ》ぐ

冬、北の窓に目貼りをしたり板を打ちつけたりして塞ぎ、冷たい風が吹き込むのを防ぐこと。最近は断熱ガラスの普及もあってあまり見られなくなったが、大事な冬構えの一つである。関連 北窓開く《きたまどひら》→春

こころにも北窓のあり塞ぐべし　片山由美子

北窓を塞いで遠野物語　櫂未知子

▼冷たい風が吹き込むのは、現実の窓だけでなく、人の心の中にもある。▼暖かくした室内で、『遠野《とおの》物語』の世界に浸る。

目貼《めばり》

初冬　隙間張《すきまばり》・隙間張《すきまは》る

北風は、障子の腰板の隙間など、ほんの少しの隙間からでも入ってくる。北国では雪までが侵入する。かつては寝ていた額に吹き込んだ雪が積もっていたという話をよく聞いたものだ。これを防ぐために北側の窓を塞《ふさ》いだり、反故《ほご》紙を建具の隙間に貼ったりする。暖かくなってこの目貼をとることを「目貼剝ぐ」といい、春の季語である。

出稼ぎに父とられじと厚目貼　木附沢麦青

徳島一わびしい男隙間張る　佐野まもる

▼作者は岩手県生まれ。父ちゃんを出稼ぎにやるまいと精一杯厚く目貼りをする、その健気《けなげ》さ。▼作者は徳島県生まれ。この「徳島一わびしい男」とは作者自身だろう。卑下、自嘲しながら、誇らしげでもある。

霜除《しもよけ》

初冬　霜覆《しもおおい》・霜囲《しもがこい》

霜に弱い野菜や花、屋内に取り込めない樹木などに、藁《わら》や菰《こも》、筵《むしろ》などをかぶせて守ってやること。日和のよい時には霜除けを外すこともある。霜が降りるとかえって柔らかくなり甘みを増す白菜や水菜、大根、蕪《かぶ》などには、霜除けを施さない。関連 霜除《しもよけ》とる→春

霜除のその勢ひのくくり縄　高浜虚子

霜除につかへし葱のはみ出せり　田邉富子

▼樹木に巻かれたくくり縄。その凜とした勢いが霜をはじくようだ。▼菰や筵で作った霜除け。よく育った葱《ねぎ》は霜除けの菰覆《こもおお》いからはみ出している。

風除《かざよけ》

初冬　風垣《かざがき》・風囲《かざがこい》

冬の寒風から家や畑を守るために作る垣。かつては、丸太を組み、竹、蘆《あし》、藁《わら》などをくくりつけた風除けが、北国の海に面した漁村などに見られた。東京近郊でも、古い農家の北側に、樫《かし》などの高い生垣の風除けを見ることができる。

風除に入りてほつとしたること　小澤實

▼息がつまりそうなほど吹き募る北風の中を、小走りで来た。風除けに入ってやっと生きた心地がする。

皆川盤水《みながわばんすい》▶大正７年（1918）—平成22年（2010）「かびれ」等を経て「風」同人。のち「春耕」を創刊、主宰。

雪囲《ゆきがこい》《ゆきがこひ》

三冬

雪垣《ゆきがき》・雪除《ゆきよけ》・雪菰《ゆきごも》

積雪から家や樹木を守るために、板などで囲う。これが雪囲い。豪雪地帯では、家の周りに頑丈な雪囲いを作る。雪が積もると、ダムのように何メートルもの積雪を支える。

関連 雪囲《ゆきがこい》とる→春

雪がこひするやいなやにみそさざい　浪化

御社雪囲ひして雪すくな　高野素十

▼雪囲いした家の庭。鷦鷯《みそさざい》がすっと飛んできて囀《さえず》ると、どこかへ飛び去った。「するやいなやに」に、その敏捷《びんしょう》さを写しとった。▼神社のいかめしい雪囲い。

雪囲

雁木《がんぎ》

晩冬

雁木市《がんぎいち》

積雪期の歩道を確保するために、家々の道路側に柱を立て、小屋根を付け足したもの。新潟県上越市高田には、昔ながらの雁木通りが残っている。そんな通りでは「雁木市」が立ち、干店《ほしみせ》(露店)が並んだ。

雁木

瞽女のやど雁木づたひの小暗がり　西本一都

▼今宵《こよい》、瞽女《ごぜ》はどこに宿るのだろうかと思っていると、雁木伝いの小暗がりの家に消えた。

藪巻《やぶまき》

仲冬

菰巻《こもまき》

降雪の多い地域や、重たい春雪の降る地方では、公園や庭の樹木を雪折れから守るために、筵《むしろ》や菰、縄を巻いて雪害を避ける。時には、竹や鉄棒などで支柱を立てて巻く。名園といわれるところでは装飾を凝らしている。

藪巻や背に傷のつく鯉を飼ひ　島田たみ子

▼藪巻きをした庭園の池の鯉《こい》を見ると、背に傷がある。きっと貂《てん》か鼬《いたち》に襲われての傷。

雪吊《ゆきつり》

晩冬

積雪の重みから庭木の枝の雪折れを防ぐために、立てかけた支柱や樹のてっぺんから縄を張って、枝を吊り上げておくことをいう。とくに貴重な松には丁寧な雪吊りがなされる。金沢市の兼六園が有名である。

関連 雪折《ゆきおれ》→78

雪吊に白山颯とかがやけり　阿波野青畝

雪吊のはじめの縄を飛ばしけり　大石悦子

雪吊りの縄雪が来て落着けり　滝川ふみ子

大雪をうごかしてゐる目白かな：一羽の目白が動くと、すべての雪景色が動きだす。

▼雪吊りをしている公園の遠方にそびえている雪嶺の白山《はくさん》、雪雲が切れた一瞬に現われて、輝いた。▼一本の縄が青空に向けて投げ上げられた。雪吊り作業の始まり。▼雪吊りの縄に初めて雪が降った。そのことで雪吊りの縄が落ち着いたように見えた。

冬籠《ふゆごもり》　三冬

冬《ふゆ》ごもる・雪籠《ゆきごもり》

冬、寒い屋外に出るのを控え、暖かな家の中に籠《こも》って過ごすこと。暖炉や囲炉裏《いろり》に火が焚《た》かれ、家族の円居《まどい》がある。狭くて暗い屋内に閉じ込められるように見えて、そのじつ、その狭い屋内にこそ広大な世界が開けている。冬という季節のすばらしさは、ほかの季節のように家の外にあるのではなく、家の中にある。

金屏《きんびやう》の松の古さよ冬籠　芭蕉
病中のあまりすするや冬ごもり　去来
屋根ひくき宿うれしさよ冬籠り　蕪村
冬ごもり五車の反古のあるじかな　召波

▼鈍い光を放つ古屏風の金と、そこに描かれた松の緑。▼大坂で病に倒れた芭蕉を看病した時の句。▼冬眠する動物の温かな穴のよう。▼「反古《ほご》」とは無用の書物。それが五台の車にいっぱいになるほどの蔵書がある。

冬館《ふゆやかた》　三冬

冬の設《しつら》えをした邸宅、洋館のこと。窓は閉じられ、厚いカーテンがかかってひっそりした感じがするが、家の中には絨毯《じゅうたん》が敷かれ、暖炉が燃えていたりする。

一つだに造花は置かず冬館　鷹羽狩行

▼寒々とした外に対して、館の中は、生花があちこちに飾られていて春のような心地。

雪搔《ゆきかき》　晩冬

雪《ゆき》を搔《か》く・雪《ゆき》を掃《は》く・除雪《じょせつ》・除雪隊《じょせつたい》・雪捨《ゆきす》つ

家の玄関からの道や表通りの雪を搔いて歩きやすくすること。スコップや塵取《ちりと》りの型の手押しの道具で雪を搔いてゆく。滑《すべ》りやすい薄雪の石段では竹箒《たけぼうき》を使って雪を掃く。鉄路など吹き溜《だ》まりの雪を搔く「除雪隊」が出たりする。

雪搔

戒律の日々学僧が雪を搔く　阪上史琅
中学の制服を着て雪を搔く　髙松早基子

▼厳しい戒律を守って修行に励む学僧にとっては、日々の雪搔きも大事な作務。▼登校前の雪搔き。おそらく玄関から道路までの雪搔きだろう。

安東次男《あんどうつぐお》▶大正8年（1919）―平成14年（2002）詩人、評論家。フランス文学の翻訳や俳諧の評釈でも知られる。

雪下《ゆきおろ》し　晩冬

雪卸《ゆきおろし》

屋根に積もった雪の重みで建物が傾いたりしないよう、屋根に上って雪を下ろすこと。力が要るうえに危険もともなう作業で、下ろした雪を除去するにもまた人手が必要である。近年は屋根の材料や建て方で雪下ろしが不要な家も多くなったが、豪雪地帯で句会をすると、必ず誰か、雪下ろしで屋根から落ちた体験を話してくれる。

雪卸し能登見ゆるまで上りけり　前田普羅

おとづれて来て雪卸してくれぬ　京極杞陽

雪卸す勉強部屋はこのあたり　松倉ゆずる

▼雪下ろしのため屋根に上る覚悟を、大きな構えで表現して、言い聞かせたものか。大雪の後の晴天が想像される。▼「してくれぬ」の「ぬ」は完了。「してくれた」の意。ありがたしの感がにじむ。▼屋根の上から、わが家の間取りを確認しつつ子供のことを思う。

雪踏《ゆきふみ》　晩冬

豪雪地帯で、裏道など除雪が行き届かないところを、藁《わら》で編んだ雪沓《ゆきぐつ》や樏《かんじき》などで雪を踏み固めて、その上を往き来すること。融雪剤や消雪パイプなどの設置により、雪踏みをする所は減ったが、現在でも、山間部では行なわれている。

雪踏みの父ら吹雪にまた隠る　西村公鳳

▼吹雪が収まると雪踏みをしている父たちの姿が現われるが、たちまち吹雪にかき消される。

除雪車《じょせつしゃ》《ぢょせつしゃ》　三冬

ラッセル車《しゃ》・ロータリー車《しゃ》

豪雪地において、道路や線路の上などに積もった雪を排除する車。ラッセル車は機関車の一種で、雪を排除する楔《くさび》形の鋤《すき》を前面に備える。ロータリー車は、先端に線路上の雪を弾《はじ》き飛ばす回転翼をもつ。

除雪車の地ひびき真夜の胸の上　黒田桜の園

▼深夜の道路の除雪車か。大重量の車がまさに地響きを立て、夜の胸の内まで入る。

冬《ふゆ》の灯《ひ》　三冬

寒灯《かんとう》・冬灯《ふゆともし》

寒い冬の夜の灯火をいう。明るく灯《とも》しても、なお寒々と見えるのが「冬の灯」の本意とされるが、寒い夜、家路を急ぐ目に映るわが家の灯が、温かく懐かしいのも事実。「寒灯」は寒中と限定せず、寒さが厳しい夜の灯のこと。

淋しさの冬のともしび灯すらん　高野素十

冬の灯のいきなりつきしあかるさよ　久保田万太郎

一湾の寒灯の綺羅もてなさん　山田弘子

▼遠く住む友のことを思いやっての句か。今頃は、独りの灯をともし、冬の夜の淋《さび》しさに耐えているのだろう、と。▼冬の夜の闇

塩田に百日筋目つけ通し：能登《のと》塩田を取材した折の一句。製塩作業の刻苦。

のなんと濃く寒いことだろう。灯《あか》りがついて初めて気がつくこと。▼海を望む高台の家からの夜景は自慢の一つ。寒夜はことさらの綺羅《きら》。

【冬座敷《ふゆざしき》】三冬

冬らしく整えられた座敷。障子《しょうじ》や襖《ふすま》を入れ、隙間風《すきまかぜ》を防ぐために屏風《びょうぶ》を立てたりする。絨毯《じゅうたん》を敷き、炬燵《こたつ》を置いて暖をとる。穏やかな日の午後など、冬枯れの庭からの光や、障子に映る枯木の影など、しみじみとしてよい。

冬座敷くぬぎ林の中にあり　大峯あきら

泣きに来し子の坐りたる冬座敷　石原八束

一筆の虹が貫く冬座敷　古舘曹人

▼葉をすっかり落としたくぬぎ林にゆきわたる冬の日を、いっぱい受ける座敷の明るいこと。▼嫁いだ娘にとって子供の頃からなじんだ座敷は、悲しみを癒やしてくれる場所なのだ。▼大きな虹が襖に強い筆勢で描かれている、寺院の虹の間と呼ばれるところだろうか。

【畳替《たたみがえ》《たたみがへ》】仲冬

畳表を新しいものに取り替えること。あるいは、畳を新しいものにすっかり取り替えること。一般家庭では、主として新年を迎える準備として行なわれることが多い。新しい藺草《いぐさ》の香りに淑気《しゅくき》を覚える。

今替へし畳に母が体操す　山尾玉藻

▼畳を替えたばかりの部屋で、ご機嫌の母がのびのびと体操している。母を見守る目が優しく温かい。

【障子《しょうじ》《しやうじ》】三冬

腰障子《こししょうじ》・明《あか》り障子《しょうじ》・猫間障子《ねこましょうじ》・雪見障子《ゆきみしょうじ》

木と紙を組み合わせた建具で、間仕切りに用いる。紙を通して届く採光は心地よく、取り外しも簡単、紙を貼り替えれば幾年も新しさが味わえる。一般的なのは、格子に組んだ桟《さん》に白い和紙を貼った「明り障子」。ほかに、外が見えるように中央部にガラスを嵌め込んだ「額入り障子」、開閉できる小障子を組み込んだ「猫間障子」、下部に板を張った「腰付き障子」、ガラス戸と組み合わせた「雪見障子」など、さまざまな種類がある。

関連　春障子《はるしょうじ》→春／障子貼《しょうじは》る・障子襖《しょうじふすま》を入《い》れる→秋

或るときはうすむらさきの障子かな　永田耕衣

文楽の人形の手の泣く障子　文挟夫佐恵

障子見るたびに赤貧志賀潔　宇佐美魚目

名句鑑賞

一枚の障子明りに伎藝天　稲畑汀子

古仏のなかでもひときわ容姿の美しい伎藝天《ぎげいてん》。奈良の秋篠寺《あきしのでら》の伎藝天像もその一つである。天女を照らしているのは電灯や蠟燭《ろうそく》ではなく、「障子」を通して届く外光。伎藝天を浮かびあがらせているのは、日の光か、雪の輝きか。美しいとはどこにも書いていないのに、美しさの満ちあふれた句。［宇多］

沢木欣一《さわききんいち》▶大正8年（1919）—平成13年（2001）「風」創刊、多くの後進を育成。即物性、即興性、対話性を重視。

▼外気の色を映すのが障子。この「うすむらさき」は寒茜《かんあかね》か。▼文楽人形はさまざまな所作で泣く。ここは障子にすがっているのだろう。▼志賀潔《しがきよし》は赤痢《せきり》菌を発見した明治時代の細菌学者。もう幾年も貼り替えていない障子に、その暮らしぶりが偲《しの》ばれる。

襖《ふすま》

三冬　唐紙《からかみ》・襖障子《ふすましょうじ》・絵襖《えぶすま》

日本家屋の建具の一つ。間仕切り、装飾、防寒などに用いる。国宝級の襖から、一般住宅のものまで、紙や布の色や絵柄は多彩。通年用いられるが、隙間風除《すきまかぜよ》け、保温の意味から、冬の季語となっている。

関連　襖外す《ふすまはずす》→夏／障子襖《しょうじふすま》を入《い》れる→秋

一切を断ち雪国の重襖　鷲谷七菜子

あの世かくして金の唐紙古りにけり　寺井谷子

▼重襖は襖の重さというより、雪に閉ざされた空気の重さだろう。▼これは金箔《きんぱく》を貼った上等な襖。唐紙の向こうに続く歳月とは、あの世のことか。

屏風《びょうぶ》《びやうぶ》

三冬　金屏風《きんびょうぶ》・金屏《きんびょう》・銀屏風《ぎんびょうぶ》・銀屏《ぎんびょう》・絵屏風《えびょうぶ》・枕屏風《まくらびょうぶ》・衝立《ついたて》

折り畳み式の室内の風除《よ》け。屏風とは「風を屏《ふせ》ぐ」という意味である。そればかりではなく、空間を仕切り、人目を避け、ものを隠す役目もある。金銀の箔《はく》を貼ったり、絵を描いたりして装飾ともなる。

銀屏の古鏡の如く曇りけり　高浜虚子

くらがりに七賢人の屏風かな　山口誓子

古屏風の剥落とどむべくもなし　松本たかし

▼硝子《ガラス》ではなく金属を磨いた鏡。▼竹林の七賢人を描いた屏風。▼岩絵具《いわえのぐ》の剝がれ落ちた屏風。

絨毯《じゅうたん》

三冬　緞通《だんつう》・カーペット

床に敷く織物や敷物のこと。毛足の長いものや短いもの、無地のものや柄のものなど、さまざまな種類がある。装飾性、断熱性があり、冬の床の冷えをやわらげる。

絨毯の百花に指輪見失ふ　山下由理子

絨毯は空を飛ばねど妻を乗す　中原道夫

▼百花の描かれた豪華な絨毯の上に、落としてしまった小さな指輪。▼アラジンの空飛ぶ絨毯とはいかないけれど……。

暖房《だんぼう》

三冬　煖房《だんぼう》・スチーム・ヒーター・床暖房《ゆかだんぼう》・暖房車《だんぼうしゃ》

室内や車内を暖める器具や装置の総称。次項以下、暖房にまつわる季語を掲出する。炭をおこした火鉢、薪を燃やす囲炉裏《いろり》、薪や石油、石炭などを燃料とするストーブなどのように、じかに火や炎の見えるものから、ガスや電気を用いたものまで多彩。地域によって、使う装置や器具にも特徴がある。

関連　冷房《れいぼう》→夏

暖房のぬくもりを持ち鍵一房　有馬朗人

さやけくて妻とも知らずすれちがふ：すれ違った妻に気づかないほど、心はさやけくなっていた。

床暖房が迎へてくれる土踏まず　倉橋羊村

スチームにともに凭るひと母に似し　石田波郷

▼暖房された室内に置かれていたのか、冷たいはずの鍵束が温かい。▼床全体を暖めるのが床暖房。部屋に足を踏み入れた瞬間、足裏から暖かさが伝わり、迎えられているという実感がある。▼母を思い出させたのは、ほかほかしたスチームのせいだろう。

ストーブ

三冬

石炭《せきたん》ストーブ・石油《せきゆ》ストーブ・ガスストーブ・電気《でんき》ストーブ

室内用の暖房器具の一つ。石炭、石油、ガスなどを燃やしたり、電熱を利用したりする。石炭を燃やす昔の鋳物《いもの》のだるまストーブは、もはや貴重品となった。ストーブの炎やそれに擬した赤色は、人の心をも暖かくする。

ストーブに温まりゐし手と握手　星野立子

▼状況からしてストーブに手をかざしていた温かい手。しっかりと握手を交わす。人柄も温かい。

暖《だん》炉《ろ》

三冬

煖炉《だんろ》

火を燃やして室内を暖める炉のこと。とくに壁に接して設けた炉をさす場合が多い。暖炉の赤い火と暖かさは、人の心をゆったりとさせ、豊かな気持にさせる。また、インテリアとしても、古風な暖炉は人気がある。

煖炉灼く夫よタンゴを踊らうよ　三橋鷹女

煖炉ぬくし何を言ひだすかも知れぬ　桂信子

▼大胆な内容とその表現。激しく情熱的なタンゴと、それを誘う口語調がよく合う。▼煖炉は何かを語る雰囲気をもっている。あるいは自戒かも。

炭《すみ》

三冬

木炭《もくたん》・堅炭《かたずみ》・白炭《しろずみ》・炭《すみ》の香《か》・炭火《すみび》・消炭《けしずみ》・炭納屋《すみなや》・炭《すみ》挽《ひ》く・炭売《すみうり》・炭斗《すみとり》・炭俵《すみだわら》

木材を炭窯で焼いて炭化させた燃料。ガス、石油、電気などが登場する前は、料理も暖房も炭か薪《まき》に頼っていた。炭は薪より煙や煤《すす》が出ないので、火鉢や茶の湯の炉など、室内では炭を用いた。「消炭」は、おこした炭を途中で消して作った炭。火つきがよいので、火だねに重宝する。「炭斗」は炭を小出しにして入れておく炭入れ。「炭俵」は炭を詰める俵。

更くる夜や炭もて炭をくだく音　蓼太

ものおもひ居れば崩るる炭火かな　樗堂

うき人の顔にもかかれはしり炭　召波

安炭のはしたなき音して熾る　富安風生

かんかんと炭割る顔の緊りをり　石田波郷

▼炭で炭を折ろうとしているのだ。こんな音も聞かれなくなった。▼恋の思いに沈んでいると、炭火があかあかと砕ける。▼「うき人」とは、つれない人。「はしり炭」は、爆《は》ぜて飛び散る炭火のかけら。▼安い炭はよく爆ぜる。▼堅い炭なのだろう、割ろうとしている人の顔が緊張している。

西垣脩《にしがきしゅう》▶大正8年（1919）—昭和53年（1978）詩人、国文学者。俳句は亜浪門、「風」同人、「皿」主宰。

埋火《うずみび》《うづみび》
三冬

いけ火《び》・いけ炭《ずみ》

炭を長もちさせるために灰に埋めること。灰の中の炭は火力は弱まるが、いつまでも燃え続ける。灰に手をかざせば、ほのかな温《ぬく》もりが感じられる。

うづみ火や終《つひ》には煮《に》る鍋のもの　蕪村

掻立てゝ埋火の色動くかな　松浦為王

▼埋火のあるかなきかの熱でやっと煮立ってきた鍋のもの。▼火《ひ》箸《ばし》を入れて埋火を掻《か》くと、あかあかと熾《おこ》る。

炭団《たどん》
三冬

木炭の粉を、ふのりで固めて団子状にし、日干しにした燃料。炬燵《こたつ》や火鉢に埋めて用いる。炭にはない強い火力があり、暖かい。似ているがやや小形の豆炭や練炭は、木炭ではなく石炭の粉を固めたもの。

うら町や炭団手伝ふ美少年　一茶

▼炭団作りは全身真っ黒になる。美少年には不釣り合いだが、この裏町少年は健気《けなげ》だ。

石炭《せきたん》
三冬

いしずみ

地中に埋もれた古生代の植物が炭化したもの。真っ黒で火力が強く、蒸気機関車や工場の燃料などに使用されたが、今や家庭で使うことはなくなり、かつての産出地である夕張《ゆうばり》、筑《ちく》豊《ほう》もすでに閉山した。

石炭を投じたる火の沈みけり　高浜虚子

卓上の石炭一個美しき　三橋敏雄

▼赫々《あかあか》と燃えている炎の上に真っ黒な石炭を投じる。炎がすとんと消え、次の炎が立ち上がる。▼「黒いダイヤ」と呼ばれた石炭。独特の光沢があり、割った断面がキラリと光る。

石炭

練炭《れんたん》
三冬

豆炭《まめたん》

無煙炭、コークス、木炭などの粉末を円筒形に固め、縦に空気穴を通した燃料。練炭火鉢を用いて煮炊きに用いるほか、風呂、暖房など、長時間の利用に重宝する。一酸化炭素中毒などに注意が必要。

練炭の穴より炎あがりけり　鳥居三朗

▼下方に着火し、筒状の下から穴を伝って炎が上がってくる。火もちのよさを発揮するのはこれから。

練炭

わが脈も波もゆつたり浮鷗：脈と波とがゆるやかに一体となっている安らかさ。

榾《ほた》

三冬

ほだ・根榾《ねほだ》・榾火《ほたび》・榾明《ほたあかり》・榾《ほだ》の宿《やど》・榾《ほだ》の主《ぬし》

囲炉裏《いろり》や暖炉にくべる木の幹や根のこと。焚《た》き木には薪《まき》や柴《しば》もあるが、「榾」といえば、丸のままの、樹皮もついたものを想像する。木の名を冠して、「桜榾《さくらほだ》」「葡萄榾《ぶどうほだ》」「牡丹《ぼたん》榾《ほだ》」などと呼ぶ。

大榾をかへせば裏は一面火　高野素十

がたと榾崩れて夕べなりしかな　稲畑汀子

▼迫力のある炎の描写。▼榾が崩れて、火の粉が飛び散る。ふと気がつくと、もう夕暮だった。

榾

炉《ろ》

三冬

囲炉裏《いろり》・炉火《ろび》・炉明《ろあかり》・炉話《ろばなし》

「炉」は火を焚《た》く区画。お湯を沸かし、食べ物を煮炊きし、暖をとるなど、かつて日本の家族の団欒《だんらん》の中心には囲炉裏があった。現在、「炉」といえば、もっぱらこの囲炉裏のことをさす。ほかに茶の湯の炉があり、冬に「炉開《ろびらき》」、春に「炉塞《ろふさぎ》」を行なう。外国風の暖炉もある。

大原女の足投げ出してゐろりかな　召波

誰といふことなく当る大炉あり　高野素十

大き炉に招かれて子のかしこまる　大串章

▼歩き疲れた足を囲炉裏の端《はた》に投げ出す京の大原女《おはらめ》。▼誰でもあたれる大きな囲炉裏。▼現代っ子にはなじみがない。

炬燵《こたつ》

三冬

掘炬燵《ほりごたつ》・置炬燵《おきごたつ》・電気炬燵《でんきごたつ》・炬燵櫓《こたつやぐら》・炬燵蒲団《こたつぶとん》・炬燵板《こたついた》・炬燵開《こたつひら》く

日本特有の暖房具。「掘炬燵」(切炬燵)と「置炬燵」がある。掘炬燵は床に炉を切る。櫓をのせて蒲団で覆う置炬燵は床の上に置き、櫓をかぶせて蒲団を掛ける。どちらも蒲団の中に足や下半身を入れて温まる。室町時代、炬燵は囲炉裏の上に櫓をのせたものだったが、江戸時代に掘炬燵と置炬燵が広まった。もともと掘炬燵が主流で、置炬燵は簡易型だったが、現代は置炬燵が主流となり、火種も薪炭《しんたん》から電気に替わった。

関連　炬燵塞《こたつふさ》ぐ→春

つくづくともののはじまる火燵かな　鬼貫

淀舟やこたつの下の水の音　太祇

腰ぬけの妻うつくしき巨燵かな　蕪村

句を玉と暖めてをる炬燵かな　高浜虚子

▼炬燵に温められて始まるものとは何だろう。▼川舟の座敷の炬燵。▼「腰ぬけの妻」とは腰弱の妻。「腰ぬけの妻うつくしき」で、いったん切って読む。▼炬燵に入って句を案じているところ。

志城柏《しじょうはく》▶大正10年(1921)—平成12年(2000)国文学者の目崎徳衛。俳句は「風」同人、「花守」主宰。

火《ひ》鉢《ばち》

三冬

火桶《ひおけ》・火櫃《ひびつ》・手焙《てあぶり》・足焙《あしあぶり》

陶器、金属、木などで作られた暖房具。実用、装飾用など形はさまざま。灰を入れ炭を用いて暖をとる。「火桶」は桐《きり》や欅《けやき》などの丸木をくりぬいて、中に銅の「落とし」を仕込んだもの。漆《うるし》を塗ったり、装飾を施したものもある。手用足用の火鉢が、陶器製の「手焙」や「足焙」。囲炉裏《いろり》、炬燵《こたつ》とともに、日本の伝統的暖房具の一つである。

火を入れしばかりの火鉢縁《ふち》つめた　星野立子

▼やがて炭火の熱が陶器製火鉢に移り、縁が温かくなり、手を温めたり湯を沸かしたりする火鉢になる。

火鉢

行《あん》火《か》

三冬

ねこ・ねこ火鉢《ひばち》

箱のような形の中に、土製の火入れを置き、蒲団などを掛けて用いた小形の火鉢。個人用で持ち運びが可能なため、火鉢のない仕事場や端近《はしぢか》の客などにもおおいに利用された。陶製で上部が丸くなった形のものを「ねこ」と呼び、膝にのせて手を温めたりした。

行火

ありがたや行火の寝床賜ひしは　石塚友二

▼冷えた身に寝床の暖かさは何よりのもの。「ありがたや」「賜ひし」に、その気持があふれている。

湯《たん》婆《ぽ》

三冬

湯《ゆ》たんぽ

湯による保温器具。ブリキ製、陶器製などの容器に熱湯を入れ、布で包み、寝床に入れて体を温める。「たんぽ」は唐音《とうおん》(平安中期から江戸時代までに伝来した漢字音)の転訛《てんか》で、日本では「たん」が「湯」であることがわかりにくく、「湯」を重ねて「湯たんぽ」としたという説がある。表面が波形になった容器からじんわりと伝わる温かみは、今も病人や老人や幼児に愛用されている。

湯婆　昭和のくらし博物館

生涯のあはたゞしかりし湯婆かな　村上鬼城

なき母の湯婆やさめて十二年　夏目漱石

湯婆より足が離れて睡り落つ　福永耕二

▼明治から昭和にかけて生きた作者。時代を問わず、個人の一生は常に慌ただしいものなのだろう。▼人間漱石を思わせる湯婆。▼眠りに落ちるまでが湯婆の役目。朝には蒲団《ふとん》の外へ蹴り出されていることもしばしば。

野火を見てきて椅子が持ち去られゐし：さきほどまでそこにあった椅子がなくなっていた。

懐《かい》《くわい》炉《ろ》《ろ》

三冬　懐炉焼《かいろやけ》・懐炉灰《かいろばい》・紙懐炉《かみかいろ》・温石《おんじゃく》

懐に入れて体を暖めるもの。かつてはブリキの小箱に懐炉灰を入れて燃焼させたが、やがて白金石綿に点火してベンジンを燃焼させるニッケル製容器の白金触媒式懐炉になり、昭和五十三年（一九七八）、手もみの使い捨て懐炉が発売された。これには、もはや「懐炉」という字は似つかわしくないだろう。「温石」は懐炉の原型ともいえるもので、焼いた石を布にくるんで懐中にしのばせたもの。

三十にして我老いし懐炉かな　正岡子規

他郷にて懐炉しだいにあたたかし　桂信子

用済みの使ひ捨て懐炉のごはごは　桑原三郎

▼三十歳にして病臥《びょうが》の身であった作者から「我老いし」のせつない思いを引き出した懐炉。▼他郷での心細さを慰めてくれた懐炉。▼たしかに冷えるとゴワゴワに。「用済み」「使ひ捨て」が、ぐさりと胸を刺す。

炉《ろ》開《びらき》

初冬　囲炉裏開《いろりびら》く

冬、初めて炉に火を入れること。茶道では、旧暦十月の亥《い》の日に風炉《ふろ》から炉に替える。江戸時代の年中行事の解説書『日《ひ》次《なみ》紀事』ほかによると、社寺や一般の囲炉裏開きは十月一日。

関連　炉塞《ろふさぎ》→春

炉開きや仏間に隣る四畳半　夏目漱石

聴く事の先師に残る炉を開く　森白象

▼この四畳半は茶室だろう。隣室が仏間であることに、静けさがつのる。▼暖かい炉端は、親から子へ、師から弟子へと、諸々《もろもろ》を渡し、渡される場でもある。

敷《しき》松《まつ》葉《ば》

初冬

霜の降りる頃から春先にかけて、霜や雪から庭の景物である苔《こけ》類を守るために、苔の上に松葉を敷くこと。茶道では、炉開きとともに敷松葉を施し、寒さがゆるむにつれて薄くしていき、炉塞《ろふさ》ぎの時に取り去る。松落葉を用いるのが本来だが、庭によっては脂《やに》が出ることを避け、青い松の葉を煮沸して干した褐色のものを用いるという。

北向の庭にさす日や敷松葉　永井荷風

原発の無臭無音や敷松葉　中村和弘

▼どことなく弱々しい日射しを受けている庭。敷松葉もどこか弱々しい。▼原発と敷松葉。このとんでもない組み合わせの中で生きているのが、今の私たち。

口《くち》切《きり》

初冬　口切茶事《くちきりちゃじ》・口切茶会《くちきりちゃかい》

茶道では、その年の新茶をすぐに抹茶にせず、陶器の壺《つぼ》に詰め、裂《きれ》をかぶせ紐《ひも》でしめ、涼しい所にひと夏おく。初冬の

川口重美《かわぐちしげみ》▶大正12年（1923）—昭和24年（1949）「風」同人となるも自殺。敗戦直後の混乱期を象徴する存在。

頃、炉開きとともに壺の口の封を切る。この日の茶会が「口切茶会」。新茶を使い始めるので、「茶人の正月」とも称される。茶葉を茶臼《ちゃうす》で挽《ひ》き、まず亭主が新しい年の茶を味わい、客人にも供する。特別な口切の作法があり、晴れがましい茶会とされている。

口切やはやして通る天つ鴈　一茶
口切や庵の行事の覚書　石井露月
口切やふるきまじはりまた重ね　及川貞

▼口切の時季、折から飛来した雁《かり》が茶会を囃《はや》して去ったというのだ。じつは囃しているのは一茶自身。▼床《とこ》の軸から花、茶器、膳に至るまで、口切茶会は覚書がなければ務まらない。▼口切茶会で旧知の人に会った。どうやらこの交わりは淡い交友のようだ。

【夜咄《よばなし》】

三冬　炉辺話《ろべばなし》・夜咄茶事《よばなしちゃじ》

冬の夜、炉端でくつろぎながら話に興ずること。また、茶事で、夕刻から催す茶の会「夜咄茶事」のこと。いずれも夜の長い冬ならではの愉《たの》しみである。

夜咄の庵裏みし靄ならむ　瀧井孝作
炉話の百貫目とは牛のこと　後藤綾子

▼庵の内から外の気配を察している。このしっとりと裹《つつ》んでいるものは、たぶん靄《もや》。▼話がだんだん大きくなる。百貫目とは何か、それは牛、という明快な句。

夜咄

【吸入器《きゅうにゅうき》《きふにふき》】

三冬

空気が乾燥し、喉《のど》の具合が悪くなる冬、食塩水やホウ酸水をアルコールランプの炎で沸騰させ霧状にして、咽喉《いんこう》へ送り込む器具。かつては家庭医療器具として活用されたが、現在は内服薬や携帯用のスプレーが主流となった。

吸入の一心生毛ぬらしつつ　川島彷徨子
妹より気弱な兄や吸入器　清水基吉
吸入器いや応もなき昔かな　山本洋子

▼生毛《うぶげ》の初々しさと、治るようにと懸命に口を開けている様子のうかがえる句。▼さっさと吸入器に向かう妹と、湯気にたじろいだのか、もじもじしている兄。▼嫌だと思っても、吸入器の前に座らされる。

【湯気立て《ゆげたて》】

三冬　加湿器《かしつき》

冬場の室内の乾燥を防ぐため、火鉢やストーブの上に、水を入れた容器や、蓋《ふた》をとった鉄瓶《てつびん》などをのせ、湯気を立たせること。単に室温を上げるだけでなく、清潔でほどよい湿度が保たれるのがよい。

ほしいまゝ湯気立たしめて独ゐむ　石田波郷

湯気立てて父にかしづくきのふけふ　藤木いづみ

▼作者は上京後、しばらく妹と暮らした。前書には「妹郷に帰る」とある。独《ひと》り居《い》を楽しみながら、じつは妹の帰りを待っているのだ。▼病む父と、看取《みと》る娘と。

干《ほし》菜《な》湯《ゆ》

三冬

干菜風呂《ほしなぶろ》

大根や蕪《かぶ》などの葉を干した干菜を入れて沸かした風呂。現代ではほとんど見られなくなったが、体を芯から温めるものとして、農閑期の湯治場などで喜ばれる。

焚口に山風あそぶ干菜風呂　黛執

▼焚き口いっぱいにくべた薪に火がまわり、干菜風呂は湯加減もよいらしい。あとは山風に任せるばかり。

焚《たき》火《び》

三冬

落葉焚《おちばたき》・焚火跡《たきびあと》・朝焚火《あさたきび》・夕焚火《ゆうたきび》・夜焚火《よたきび》・焚火守《たきびもり》

冬、温まるために屋外で火を焚《た》くこと。かつては路上や庭で落葉や枯れ枝を掃き集めて焚火をし、通りすがりの人が火にあたりながらおしゃべりする光景が見られた。焚火に埋めて焼芋を焼くこともあった。現在では、火災予防などの理由であまり見かけなくなった。

尻あぶる人山を見る焚火かな　野村喜舟

焚火火の粉吾の青春永きかな　中村草田男

とつぷりと後ろ暮れゐし焚火かな　松本たかし

火掻棒持つより焚火守となる　稲畑汀子

▼焚火に尻《しり》を向ければ、遠くの山が見える。▼焚火の輪の外は真っ暗な夜。明暗の対比。▼火掻《ひか》き棒を手にするだけで焚火守の格好になる。

火《ひ》の番《ばん》

三冬

火の用心《ひのようじん》・夜廻り《よまわり》・夜番《よばん》・夜番小屋《よばんごや》・夜警《やけい》・寒柝《かんたく》

冬は空気が乾燥して風も強いため、大火事になることが多い。そこで「火の用心」と声を上げ、「寒柝」と呼ばれる樫《かし》の拍子木を打って町内を廻《まわ》った。年の暮れや寒中には「夜番小屋」を置いて、火への注意を呼びかけた。

火の番の舟屋一軒づつ廻る　松村幸代

橋渡る間は夜廻の柝打たず　三村純也

火の番のなくてはならぬ時代劇　水谷洋子

▼丹後《たんご》半島の伊根《いね》の町、舟屋《ふなや》の一軒一軒に寒柝を打ち入れる。▼寒柝を打ちながら進んできた夜回りが、橋を渡る時には柝を打たなかった。▼時代劇での夜の江戸の町、火の番の拍子木の音はなくてはならないもの。

火事《くわじ》《かじ》

三冬

山火事《やまかじ》・大火《たいか》・遠火事《とおかじ》・昼火事《ひるかじ》・夜火事《よるかじ》・火事跡《かじあと》

「火事」が冬の季語であるのは、火を使う機会が多く、空気も乾燥している冬に、発生件数が多いことによる。木と紙と土でできた日本家屋の火事は、発生して燃え盛るまでが早

林徹《はやしてつ》▶大正15年（1926）—平成20年（2008）「雉」主宰。沢木欣一に師事し「即物具象」を徹底した。

く、被害も甚大。今は消防設備や消火技術が進み、かつてのように街全体が焼けるような大火は少なくなったが、かわりに、煙による災害が多くなった。山火事もいったん発生すると鎮火に時間がかかり、恐ろしい。「火事」に関連して、「消防車」「火事見舞」も冬の季語としている。

火の中に落つ火のぼる火火事の窓　大橋桜坡子
今思へば皆遠火事のごとくなり　能村登四郎
山火事ののち戻らざる僧ひとり　黒田杏子

▼窓から火事を見ている。ぱっと上がった炎が火の中に落ち、また上がる。▼数多《あまた》の災難、いずれはみなこの思いに収斂《しゅうれん》されてゆく。▼火に巻かれたか。騒ぎに紛れて姿を消したか。僧あわれ、の思いがつのる。

雪沓《ゆきぐつ》

三冬　藁沓《わらぐつ》・深沓《ふかぐつ》

雪の中を歩くのに用いる、藁《わら》製の長靴《ながぐつ》のような形の履物《はきもの》で、種類も多い。東北地方から日本海沿岸にかけての豪雪地で利用されてきたが、現在は、さまざまな防寒用の靴にとって代わられた。

雪沓といふ暗闇が立つてをり　仲寒蟬
管理人室に雪沓干してあり　駒木根淳子

▼雪沓の中は暗い。それはまた、雪国に生きる運命の人々の暗闇でもあった。それを陽転すべく、知恵を絞る。▼管理人は、雪沓も十分使いこなす。

名句鑑賞

暗黒や関東平野に火事一つ　金子兜太

暗黒と火の赤。この二色が鮮烈にまぶたの奥を走る。自然発火することもあろうが、火事はおおむね人による災いである。とてつもなく暗い闇中にみられる火事。実景になきにしもあらずの光景だが、おそらく「暗黒」「火事」の指示する色から広がって成り立った仮想の光景だろう。句集『暗緑地誌』所収。この句集には「われら」を用いた句が多いが、掲句には「ひとり」を堪能している時間が感じられる。［宇多］

樏《かんじき》

三冬　板樏《いたかんじき》・金樏《かねかんじき》・アイゼン

雪深い山野を歩く際、雪に深くはまり込んだり雪や氷で滑ったりしないよう、靴の下に装着する履物《はきもの》。枝、蔓《つる》、竹などを撓《たわ》めたものや板を利用した「板樏」、金属製の爪をつけた「金樏」もある。冬山登山の登山靴に用いるのは「アイゼン」という。

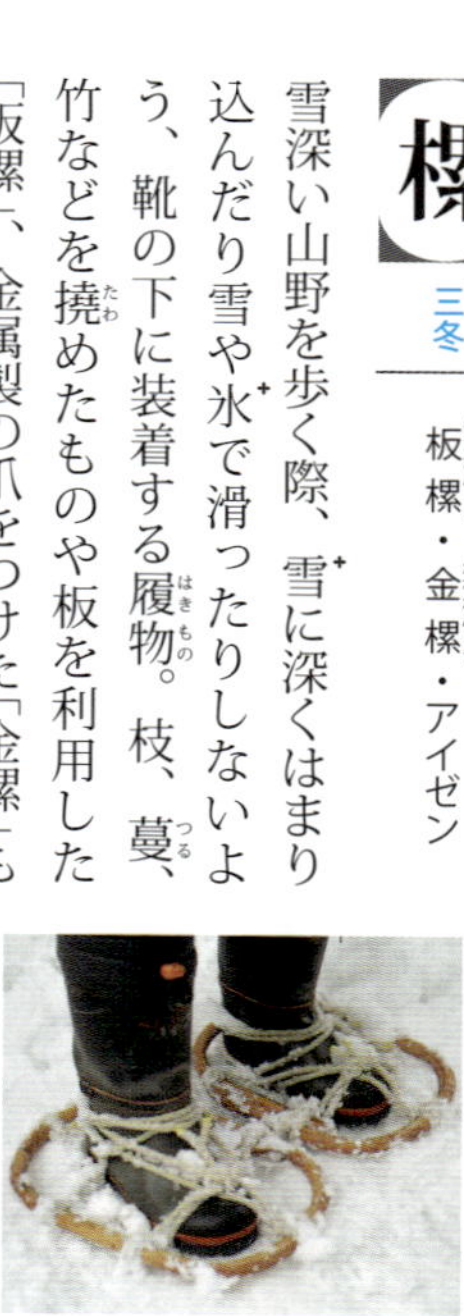
樏

樏をはいて一歩や雪の上　高浜虚子
ばりばりと樏鳴らす力足　加藤楸邨
樏を履きて高野の人力車　福田蓼汀

▼不慣れだと、最初の一歩を踏み出すのに苦労する。▼「ばりばり」は歩き慣れた音。力の入れようがあるのだろう。▼「高野《こうや》」は高野山(和歌山県)のこと。山上の雪の道を行き来する人力車の様子を想像する。

比良ばかり雪をのせたり初諸子：比良《ひら》は琵琶湖西岸の山地。近江の春の訪れを言祝《ことほ》ぐ。

橇《そり》
三冬

雪舟《そり》・雪車《そり》・荷橇《にぞり》・馬橇《ばそり》・いぬぞり・橇《そり》の鈴《すず》

人や荷物をのせて雪や氷の上を滑らせるように作った乗り物、または運搬具である。その多くは馬、犬などに引かせる。雪国では、古くから重要な交通手段であったが、現在では少なくなった。

飛ぶが如き雪舟さえぎるものもなし　長谷川零余子

橇がゆき満天の星幌にする　橋本多佳子

旅二日すでにさびしき橇の鈴　栗生純夫

▼橇の走る勢いが、強い断定と韻律に表現されている。▼ダイナミックな把握。夜を行く橇が満天の星を幌《ほろ》にするとは、発想に優れ、詩情も豊か。▼旅も二日めともなれば、淋《さび》しい気持が。橇の鈴さえ淋しく響く。

橇

人事　生活　住

雪上車《せつじょうしゃ》《せつじやうしや》
晩冬

スノーモビル

雪の上を走るため、車輪部に鉄やゴム製の走行用ベルトを付けるなどした特殊な自動車。人や荷物の運搬、警備や救助活動など、多方面に用いられる。近年は、バイクの前輪がスキーになった一人乗りスノーモビルもある。

山裾に入る雪上車浮き沈み　村上しゆら

▼山裾に入って雪上車はますますその威力を発揮。険しい地形などに浮き沈みしつつも、強力に突き進む。

スノーチェーン
晩冬

積雪時、雪道や凍結道路などでのスリップを防ぐ目的で、自動車のタイヤに巻きつける金属やゴムの鎖のことをいう。このスノーチェーン装着の自動車は、いかにも重苦しい音を出し、雪国の厳しく長い冬をより暗くする。

旧街道スノーチェーンの音過ぎゆく　戸川稲村

▼昔から続く由緒ある旧街道に、現代的なスノーチェーンの音が響き過ぎ行く。積雪への不安が増幅する。

すが漏《も》り
晩冬

すが漏《も》れ

寒冷地で屋根の雪が凍結し、やや寒気のゆるむ頃に解けて、

飴山實《あめやまみのる》▶昭和元年（1926）—平成12年（2000）「風」を経て安東次男に兄事。古格を踏まえた句風は大柄かつ繊細。

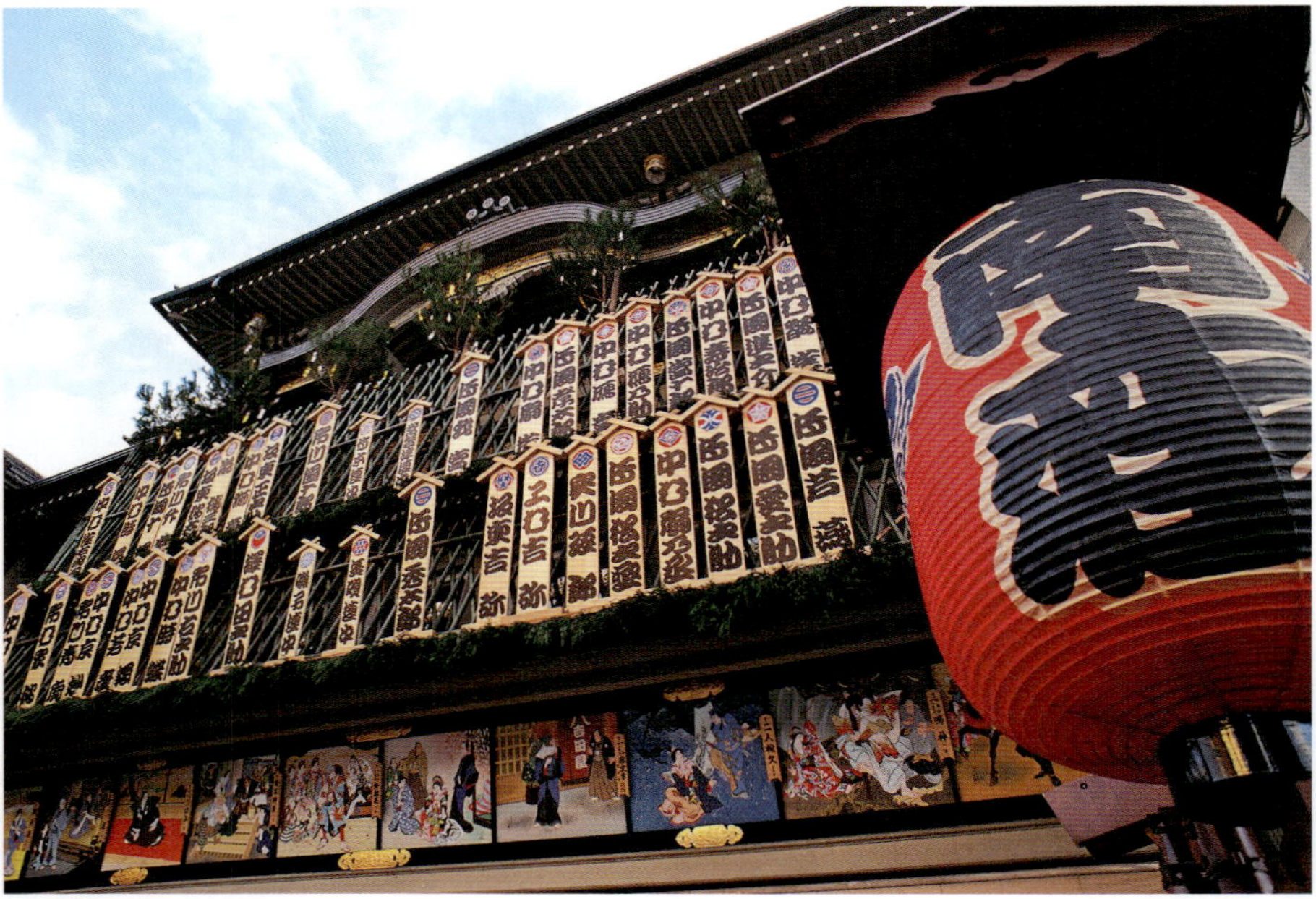

顔見世

屋根の隙間を伝って壁に下りてくる。「すが」は方言で、氷や氷柱《つらら》をさすという。

灯をあててみてすが漏のあきらかに　中岡毅雄

▼なにか妙だ。すが漏りらしい。確かめるとやはりそうだった。その臨場感の伝わる句。

九州場所《きゅうしゅうばしょ》《きうしうばしよ》　初冬

十一月場所《じゅういちがつばしょ》

日本相撲協会が主催する大相撲六場所の一つ。毎年十一月に福岡市で行なわれる。その年の最後の本場所でもあり、大いに賑《にぎ》わう。

潮匂ふ九州場所の日向雨　廣瀬直人

▼「潮匂ふ」に、福岡での九州場所の特徴がある。日向雨《ひなたあめ》は天気雨のことで、この頃の季節感をとらえた。

顔見世《かおみせ》《かほみせ》　仲冬

歌舞伎顔見世《かぶきかおみせ》・面見世《つらみせ》・足揃《あしぞろえ》・歌舞伎正月《かぶきしょうがつ》

初顔ぶれで行なわれる歌舞伎の興行。江戸時代には江戸、京都、大坂には幕府公認の芝居小屋があり、各座は役者と一年間の専属契約を結んでいた。「顔見世」の起源は、大坂の座主《ざぬし》兼役者の松本名左衛門《なざえもん》が十一月を顔見世の月にしたという説、京都の座元の村山又兵衛が初春興行で新規更新の顔ぶれを披露したという説などがある。現在は京都南座《みなみざ》の十二月興行が年中行事として残っており、表に出演者の名前と紋を書い

ハンカチをいちまい干して静かな空：晴れわたる大空に干してある、たった一枚のハンカチ。

た庵看板《いおりかんばん》が掲げられる。

顔見世の楽屋入まで清水に　中村吉右衛門

顔見世や顔にかゝりし紙の雪　市川右団治

顔見世に来て不景気の話いや　田畑美穂女

▼作者(初世中村吉右衛門《きちえもん》)は楽屋入りまでの時間を利用して、清水寺までお詣《まい》りに出かけた。南座と清水寺まではぶらぶら歩きによい距離。▼芝居の雪は細かく切った紙。どんな演目だったのだろうか。▼憂さ晴らしの歌舞伎見物で不景気話などしたくない。

【根《ねっ》木《き》打《うち》】三冬

釘打《くぎうち》・篦打《へらうち》・ねん棒《ぼう》

「根っ木」と呼ばれる先を尖《とが》らせた棒を、地面や刈田《かりた》、土の斜面、雪の上などに交互に打ち込み、相手のものを倒したほうが勝ちという、男の子の遊び。昔から全国で見られる遊びで、地域によってさまざまな呼び名があり、東北では「篦打」、関東では「ねん棒」という。

根木打大地あばたとなしにけり　阿波野青畝

分校の五人総出や根木打　古市枯声

▼あばたとなった大地は根付打の跡。子供達の遊び声を思い出す。▼年齢の異なる男女五人の分校生が全員で根木打ち。先生も入って賑《にぎ》やかなこと。

【竹《たけ》馬《うま》】三冬

高足《たかあし》・鷺足《さぎあし》

二本の竹に足をのせる横木を付けて、それに乗って遊ぶもの。おもに男の子の冬の遊び。学校では、校舎の横に竹馬を立て並べて、竹馬を奨励した。古くは、枝葉のついた竹を馬に見立てて跨《また》いで遊んだ。

竹馬の子が女教師を見おろせり　勝井良雄

竹馬を作りて父がまづ乗りぬ　下田千里

▼横木を高く上げた竹馬に乗った男の子、女教師を見下ろして、自慢げな顔をしている。▼竹馬を作っていた父が完成すると試乗してみせた。

【縄《なわ》《なは》飛《とび》《とび》】三冬

縄跳《なわとび》・綱飛《つなとび》・縄飛唄《なわとびうた》

二人の子が縄の両端を持って回転させ、その輪の中を次々に跳び抜けていく遊び。一人で縄を回して行なうことも。長い縄を使って、同時に何人跳んだかを競うものもある。

みな跳んで抜けて縄飛びもとの波　矢削みき子

さびしいぞ縄跳の地を打つ音は　大石悦子

▼校庭での縄飛び、波を早めたりして遊ぶが、みんなが跳び抜けてしまうともとの波に。▼日暮れ時、一人での縄飛び、地を打つ縄の音が寂しい。

【押《お》《お》しくら饅《まん》《まん》頭《じゅう》《ぢゆう》】三冬

「押しくら饅頭、押されて泣くな」と囃《はや》し声を掛け合いながら、

成田千空《なりたせんくう》▶大正 10 年 (1921) ―平成 19 年 (2007) 草田男に師事。「萬緑」代表。津軽の風土にあって人間探求を志向。

お互いにかたまりとなって押し合い、押し出されれば再び塊に入って押し合いをする、寒い時期の子供の遊び。饅頭の餡《あん》がはみ出るように押し出されるので、この名がついたのだろう。押し合ううちに体も温まる。

おしくらまんぢゅう路地を塞ぎて貧などなし　大野林火

おしくらまんじゅう汐騒こめてふくれけり　森田博

▼かつての子供は遊びを見つける名人だった。路地住まいの子がどこからともなく出てきて道を塞ぎ、押し合いへし合い。「貧」のことなど考える暇もない。▼浜辺に近い場所。一人二人と子供が集まってくる。

綾取《あやとり》　三冬

輪にした毛糸を指や手首を使って、川から梯子《はしご》、橋などと、さまざまな形に作って互いにやり取りする女児の遊び。編みものをする母親から毛糸をもらうことが多かったので、冬の季語となった。

綾取の雛妓にお呼びかかりけり　茨木和生

▼雛妓《すうぎ》はまだ一人前でない芸妓《げいぎ》のことで、半玉《はんぎょく》ともいう。綾取り遊びをしていた時にお呼びがかかった。

青《あお》《あを》写《じゃ》《じや》真《しん》《しん》　三冬

日光写真《にっこうしゃしん》

かつての子供の遊び。図柄を印刷した薄い紙を原板として感光紙に重ね、ガラスを張った木枠にはめて日光に当て、画像を焼きつける。多く「日光写真」といった。冬の日向《ひなた》を追って、あちこちと場所を移動したものだ。

青写真兄が賢くありし日ぞ　大石悦子

▼遊びの大方は兄について歩いて覚えた。青写真の図柄は男の子向けのものが多く、それが不満だった。

雪遊《ゆきあそび》　晩冬

雪合戦《ゆきがっせん》・雪投《ゆきなげ》・雪礫《ゆきつぶて》・雪丸《ゆきまろ》げ・雪釣《ゆきつり》

雪で遊ぶこと。その筆頭は「雪合戦」であろう。雪を固めて丸い球を作り、投げ合って遊ぶ。最近は雪合戦の国際ルールも制定され、世界で楽しまれるスポーツとなっている。「雪釣」は糸の先に木炭などを結びつけ、それに雪を付着させて大きくしていく子供の遊び。関連　雪《ゆき》→37

雪合戦休みてわれ等通らしむ　山口波津女

靴紐を結ぶ間も来る雪つぶて　中村汀女

▼道をはさんでの激しい雪合戦。われわれに気づいて、一時休戦して通してくれたのだ。▼激しい動きに靴の紐《ひも》が解ける。結ぶ間にも飛び交う雪つぶて。

雪達磨《ゆきだるま》　晩冬

雪仏《ゆきぼとけ》・雪布袋《ゆきほてい》

大小二つの雪のかたまりを作って重ね、炭や木の葉などで目鼻を付け、達磨に見立てる。バケツをかぶせたりする。子供

生前も死後も泉へ水飲みに：死後もなお渇くのである。老いと死を情念的に詠んだ。

に人気がある遊び。関連 雪《ゆき》→37

おぼえある町なり辻に雪達磨　水原秋桜子

雪だるま北なる肩を高くせり　岸風三楼

鬱としてはしかの家に雪達磨　辻田克巳

▼辻に立つ雪達磨を見て、かつて訪れた町だと思い出したのである。▼日の当たる南のほうから解け始めた雪達磨のあわれ。▼雪が積もっても外へ出られない、はしかの子に、部屋から見えるところに雪達磨を作ってやったのである。その親心。

【雪兎《ゆきうさぎ》】晩冬

雪をこんもりと固め、赤い南天の実や青木の実などで目を作り、南天の葉で耳を立てて、うずくまった兎を作る。これを盆などにのせて楽しむ。雪が解けて赤い目玉が残っているのは淋《さび》しい思いがしたものだ。関連 雪《ゆき》→37

ひきつづき身のそばにおく雪兎　飯島晴子

人の髪ひとすぢかかり雪兎　吉本伊智朗

雪兎おほきなこゑの人きらひ　対中いずみ

▼離したくないという気持がよくわかる句。▼白い雪に黒い毛髪。いささか恐ろしさを感じさせ、一瞬、兎が生き物に思われる。▼静かにうずくまっている兎。大声を出すと兎が目を覚ますではないか。

【スキー】三冬

スキー場《じょう》・スキー列車《れっしゃ》・スキー宿《やど》・スキー帽《ぼう》・スキーヤー・ゲレンデ

細い板を両足に装着して、雪の上を滑ったり歩いたりするスポーツ、あるいはその板。ウインタースポーツとして、また冬季のレジャーとしてなじみ深いが、もともとは雪深い北欧で交通手段として発達したものだという。明治四十四年（一九一一）、新潟県上越市で軍隊用に取り入れられ、その後、長野県飯山市から野沢温泉村へ伝わり、全国に広まった。

スキー長し改札口をとほるとき　藤後左右

春日巫女スキーの日焼かくしけり　大島民郎

垢じみしスキージャケット着て美男　行方克巳

▼長いスキーを抱えて、夜汽車で滑りに行った時の句。▼袖の口を引っ張って頬やおでこを隠したのか。微笑《ほほえ》ましい句だ。▼美男は何を着ても美男。

【スケート】三冬

氷滑《こおりすべり》・スケート場《じょう》・スケーター

氷上を金属製の刃のついた靴《くつ》（スケート）で滑るスポーツ。冬季オリンピックでも、スピード競技や華麗なフィギュアなどが花形種目となっている。日本には明治十年（一八七七）に北海道に伝えられたが、当時は竹製の刃であった。凍湖を渡るなどの実用のものだったのだろう。

スケートの紐むすぶ間も逸りつゝ　山口誓子

中村苑子《なかむらそのこ》▶大正２年（1913）―平成13年（2001）はじめ万太郎に師事。のち高柳重信らと「俳句評論」を創刊。

スケートの濡れ刃携へ人妻よ　鷹羽狩行

スケートの両手ただよひつつ止まる　森賀まり

▼スケート靴は幾つもの鉤《かぎ》に紐《ひも》をかけてはかなければならない。手元がもどかしく、気ばかり逸《はや》る。▼人妻の初々しさが伝わる句。まだ息も整わない様子を「……よ」という助詞が巧みに言いあらわしている。▼スケーターが止まる時、両手はまさに漂っている。鋭い観察眼。

【アイスホッケー】 三冬

氷上でスケート靴をはいて行なうホッケー。重々しい防具をつけた一チーム六人の競技者が、L字形のスティックを用い、硬化ゴム製の小円板を相手ゴールにシュートする。スピードとスリル、迫力に満ちたスポーツである。

アイスホッケー一列となり敗れ去る　戸川稲村

▼激しい攻防の末、敗れたチーム。無言で氷上から去る。だが、一列となって、団結の美しい姿は崩さない。

【ラグビー】 三冬

ラガー

一チーム一五人で行なう球技で、楕円《だえん》のボールを奪い合い、激しいタックルやスクラムを行ない、トライまたはゴールをめざす男性的なスポーツ。正式には「ラグビー・フットボール」。一八二三年にイギリスのラグビー校で、フットボールの試合中にエリスという少年が思わずボールを抱えて走ったのが始まりとの説がある。日本に入ってきたのは、明治三十二年（一八九九）。冬季のスポーツとして親しまれ、冬の季語になった。「ラガー」は、ラグビーまたは、ラグビー選手のこと。

ラグビーや敵《かたき》の汗に触れて組む　日野草城

ラグビーの選手あつまる桜の木　田中裕明

眉の根に泥乾きゐるラガーかな　三村純也

▼試合中は相手チームともみくちゃとなり、敵も味方も汗をかく。▼試合の前か、それとも後か。桜の木が、お守りのように選手を見守る。▼眉間《みけん》についた泥がいつしか乾いたという時間の経過。

名句鑑賞

ラガー等のそのかちうたのみじかけれ　横山白虹

「昭和九年二月八日大阪花園に於《おい》て全日本対豪州ラグビー試合を見る」の前書のある五句のうちの一句。横山白虹は、吉岡禅寺洞の「天の川」で新素材を俳句の中に取り入れていった、昭和初期の新興俳句運動を推進したひとり。「勝ち歌」がいかなる歌かはわからないが、さっぱりとした大声が競技場に響いたのだろう。白虹自身も短距離のスポーツマンであっただけに、勝者の心中がひとしおに思われたのだと思う。〔宇多〕

【寒《かん》中《ちゅう》水《すい》泳《えい》】 晩冬

寒泳《かんえい》・寒泳《かんおよ》ぎ

寒中の海や川で、日本古来の泳法を伝える水練道場の流派が揃《そろ》って行なう寒稽古《かんげいこ》。競技ではなく、水泳の技術と心身の鍛《たん》

雪搔く音さくさくとまた葱切る音：外では雪を搔く音。室内では葱を刻む音。

練《れん》を示すもので、さまざまな泳法が披露される。東京では、隅田川《すみだがわ》での寒泳が知られる。見ているだけで、寒さや冷たさが伝わってきて身が縮む。

関連 泳《およ》ぎ→夏

寒中水泳

寒泳に拍手せざるはわれひとり　小川双々子
寒泳の急階段を降りてゆく　長田等
すれちがひざま寒泳の髪雫　福永耕二

▼この批判精神。寒中、泳ぐことに何の意味があるのか、と見ている。▼いよいよ水に入りますという覚悟の顔だ。▼雫《しずく》のたれる泳者から殺気だった雰囲気が漂う。

風邪《かぜ》

三冬

感冒《かんぼう》・流感《りゅうかん》・風邪薬《かぜぐすり》・風邪声《かざごえ》・風邪心地《かぜごこち》

鼻、咽喉《いんこう》、咽頭《いんとう》などの上気道に炎症がおこり、くしゃみや鼻水、喉《のど》の痛み、咳《せき》などの症状が出る感染症。発熱をともない、時に筋肉痛や倦怠《けんたい》感に苦しめられる。原因は大方がウイルス。総じて「かぜ症候群」と呼ばれるが、特効薬はなく、内服薬などで対症療法を続け、安静にして養生するほかない。かかりやすい病気であるからか、周囲の同情が薄く、俗に「腰痛と風邪には見舞いが来ない」などといわれるが、肺炎を併発することもあり、侮れない。

関連 夏《なつ》の風邪《かぜ》→夏

風邪の子や眉にのび来しひたひ髪　杉田久女
ひとごゑのなかのひと日の風邪ごこち　桂信子
迷惑をかけまいと呑む風邪薬　岡本眸

▼風邪でぐずぐずしているうちに、眉が隠れるほどに額の髪が伸びてきた。▼人のおしゃべりが遠くに聞こえるような、休むほどではない、少し風邪気味かな、という程度の風邪。▼周囲にしわ寄せがいくと思うと、おちおち風邪もひけない。

湯《ゆ》ざめ

三冬

風呂や温泉などで温まった湯上がりの体が、時がたち、冷めて、冷え冷えしてくること。✚風邪《かぜ》をひくことが多い。

湯ざめして晩年是非もなかりけり　長谷川双魚
ケーキ切る湯ざめの顔の加はれり　吉田成子
湯ざめしてシャガールの青うすれゆく　上田日差子

▼湯冷めの一身に去来する晩年の思い。▼湯冷めの顔だが、ケー

名句鑑賞

風邪の子や団栗胡桃抽斗に　中村汀女

大人の風邪とちがい、分別のない子供が風邪をひくと、むずかって看病に手がかかる。ふっと、元気な日に持ち帰った木の実のことで気をそらす。それが抽斗《ひきだし》にあるということは、団栗《どんぐり》・胡桃《くるみ》はこの子の宝物らしい。あれやこれやで日を過ごしているうちに、回復に向かう。元気になれば、団栗のことなど忘れてしまう。「咳の子のなぞなぞあそびきりもなや」も汀女の句。子供の風邪の妙薬は、母親がそばにいてやることのようだ。［宇多］

古沢太穂《ふるさわたいほ》▶大正２年（1913）—平成12年（2000）「道標」主宰。社会や庶民生活を抒情的リアリズムで詠んだ。

キのある場を去るわけにはゆかぬ。▼シャガールの象徴ともいえる青色だが、湯ざめの目には薄らいだ。

咳《せき》　三冬

しわぶき・咳《せ》く

咽喉《いんこう》、気管などが刺激されて反射的におこる呼気運動。風邪《かぜ》をひいた時や、冷たい風に触れた時などにおこる。連続して咳く、乾いたもの、痰《たん》の出る湿ったものがある。「しわぶき」は「繁吹く」の意。

咳止んでわれ洞然とありにけり　川端茅舎

咳の子のなぞなぞあそびきりもなや　中村汀女

咳く前の力溜めまた咳けり　寺井谷子

▼全身を使って咳くつらさ。ひとしきり咳いて、まるで魂が抜けたような感じ。▼風邪の子は遊びに行けない。ついついお母さんを相手になぞなぞ遊びだ。▼力を溜《た》めおくところは、みぞおちのあたりか。

嚔《くさめ》　三冬

くしゃみ・くっさめ・鼻《はな》ひり

寒気や大気中の塵《ちり》、あるいは強い光などに鼻粘膜が刺激されておこる反射運動。一回ないし数回、痙攣《けいれん》状に息を吸った後で、急に強い息を吐く。その発声がそのまま「くさめ」となったもの。

一堂の諸仏を驚かせし嚔　但馬美作

名句鑑賞

咳をしても一人　尾崎放哉

初出は「せきをしてもひとり」。高学歴をもって一流企業に勤務、という暮らしを捨て、須磨寺《すまでら》(神戸市)の寺男となる。晩年、小豆島《しょうどしま》の庵《いおり》で独居無言の日を送るが、喉頭《こうとう》結核を患う。「一人ノ病気ハ、全ク死ンダト同様也」と日記に記している。尾崎放哉は「入れものが無い両手で受ける」「墓のうらに廻る」など、俳句定型にこだわらない表現で個性を発揮した自由律作家。極貧の中に精神的安心を得た、放哉最晩年の句である。［宇多］

したたかに嚔を浴びし小児科医　水原春郎

▼冷えきったお堂の中で、思わず出た嚔。さぞ諸仏もびっくりなさったことだろう。▼聴診器をあてる医師の顔を間近に、幼子は遠慮もなく嚔を放つ。

水《みず》《みづ》洟《ばな》《ばな》　三冬

鼻水《はなみず》

水のようなうすい鼻水のこと。風邪《かぜ》をひいていなくても、寒さに鼻粘膜が刺激され、鼻水の出ることがある。室内外の温度差や大気汚染もその原因の一つ。どことなく老人の自嘲《じちょう》や諧謔《かいぎゃく》性の感じられる季語といえる。

水洟や鼻の先だけ暮れ残る　芥川龍之介

水洟やお茶碗ひとつ箸一ぜん　後藤綾子

▼水洟といえばこの句。冬の日暮れの侘《わび》しさをつかんでいる。▼肉親を失い独《ひと》りとなったわが身を、悲しみの中から見すえた句。▼生きていくうえでの最低の必需品であるところの飯茶碗と箸《はし》。そ

戦争が廊下の奥に立つてゐた：廊下という日常に不意に闖入《ちんにゅう》してきた戦争。

れが一人分なのである。

息《いき》白《しろ》し

三冬

白息《しらいき》

大気が乾き気温が低い時、人の吐く息が白く見える。息がにわかに細かい水滴になることによる現象で、動物にも見られる。しかし、生活の季語として用いる場合は、人間の吐く息に限る。

戦あるかと幼な言葉の息白し　佐藤鬼房
駆けて来て父よりも子の白き息　櫻井博道
身籠りてより白息の濃くなれり　木内怜子

▼「戦争があるの」と聞く幼子の目が真剣。「息白し」に、この子の命が大きく見えてくる。▼いつしか子は父を越えてゆく。そんな元気があふれている。▼妊婦の息遣いを美しく、生き生きと伝える。「白息」が命の象徴のよう。

悴《かじか》む

三冬

寒さのあまり、手足が凍《こご》えて自由に動かせない状態。甚だしい場合には、体も震え、口も十分にはきけなくなる。厳しい寒さで体の自由が奪われ、心理的にも鬱屈する。

人の死を知る眼交して悴かめる　石原八束
悴むはひとりになるといふことか　田中裕明

▼人の死は時に無言を強いる。お互いに眼で話し、悴んで死を悼むのだった。心理が投影。▼悴むことを孤独の様相に擬した。おのずから心も凍えよう。

懐手《ふところで》

三冬

寒さしのぎのため、和服の懐に手を入れること。しかし見方によっては、何かを拒絶したり、一定の距離をとる意思表示のようにも見える。心理をも反映する季語。

英霊車去りたる街に懐手　石田波郷
懐手人に見られて歩き出す　香西照雄
懐手この蓬髪に悔なきか　高柳重信

▼戦死者の霊を乗せた車か。暗澹《あんたん》たる気持が揺曳《ようえい》する。▼物思いに耽《ふけ》っていたか。人の怪訝《けげん》な顔を避け、懐手を解いて歩き出す。▼「蓬髪《ほうはつ》」は人生の来し方に対する感懐の象徴。悔いもないではないが、よしとしよう。

胼《ひび》

晩冬

胼薬《ひびぐすり》

厳しい寒さで血行不良になり、汗も出なくなることから、皮膚の表面にできる細かい割れ目のこと。ひどい時には、血がにじむこともあり、水仕事がつらくなる。

肩をもむ妻の胼の手頬にふれ　八木絵馬
谷に夜が来て胼薬厚く塗る　村越化石

▼妻が肩を揉《も》んでくれている。すると、ざらっと頬に触れた胼の手。

渡辺白泉《わたなべはくせん》▶大正2年（1913）—昭和44年（1969）新興俳句を推進、京大俳句弾圧事件で検挙される。戦後は俳壇を離れた。

妻の苦労に感謝。▼谷間の村か。厳寒の夜は胼薬を厚く塗って寝よう。詩情豊かな作。

皹《あかぎれ》

晩冬

あかがり

寒さによる手足の血行障害で、胼《ひび》の状態がさらに深刻になり、時に皮膚が深く裂けてしまう症状をいう。裂け目は小さくとも、その痛さたるや身の深部に及ぶ。かつては冬場の水仕事によって多くの人が罹患《りかん》し、歯をくいしばって痛みに耐えたものだ。

皹といふいたさうな言葉かな　富安風生

あかぎれの手のきらめくは和紙の村　落合水尾

あかがりや哀れ絹地に引つかかり　三橋敏雄

▼「皹」という字だけで痛さが蘇《よみがえ》る。▼家事の水仕事でもつらいのだから、紙漉《かみす》きの仕事人たちはさぞや痛かったろう。その痛い手を誇りに紙を漉く。▼柔らかい絹地に引っかかる荒れた手指。「哀れ」が目を引く。

霜《しも》焼《やけ》

晩冬

霜腫《しもばれ》

寒さのため、手足に血行障害が生じ、皮膚が赤紫色に腫れあがって、我慢できない痒《かゆ》みや痛みが出る状態。とくに季節の変わり目に子供や女性がなりやすく、痒く痛がっている姿はあわれである。

信濃より藷さげてきし手の霜焼　加藤楸邨

父祖の血を承けけり頰の霜焼も　不破博

▼信濃より届けられた藷《いも》は、霜焼の手が作ってくれたありがたいもの。▼頰の霜焼が痛々しく、まさに父祖の血を受け継いでいると実感。

凍傷《とうしょう》《とうしやう》

晩冬

厳しい寒冷下でおこる体の障害で、とくに手足の指や鼻、耳などの体の末端部に重大な血行障害が生じる。知覚障害や疼《とう》痛《つう》をともない、ひどい時には細胞が壊死《えし》することもある。冬山の遭難事故などで発症することが多い。

凍傷の手もて岳友に花捧ぐ　福田蓼汀

雨聞くや凍傷薬を耳にもぬり　秋元不死男

▼自身は手に凍傷を負い、岳友は亡くなった。不自由な手で花を捧げる。ああ、友よ。山男の友情は固い。▼一九四一年、作者は俳句弾圧事件に連座して検挙された。獄中の冬は寒く凍えるほどである。雨音が耳に凍みてくる。

雪《ゆき》焼《やけ》

晩冬

積雪に太陽の紫外線が反射して、顔が赤黒く焼けること、また、その様子をいう。スキーや雪山登山をする人、雪の上で働く人に多い。夏の日焼と比較するならば、黒く煤《すす》けたよう

切株があり愚直の斧があり：木の切株とそれを切った斧。「愚直」がいたましい。

に焼けるのが特徴的である。

酒酌むや雪焼しるき出羽の人　三島隆英

▼豪快に酒を酌む出羽《でわ》の人を、頼もしく温かく見ている。赤黒い顔は酒酔いではなく、まさしく雪焼である。

関連 日焼《ひやけ》↓夏

雪眼《ゆきめ》　晩冬

積雪に日光の強い紫外線が反射することでおこる、眼の結膜や角膜の炎症。眼が赤く充血し、痛くて開けられず涙が出る。眼科での治療が必要となる。スキーや雪山の登山など、晴天の雪上に長時間いるとなりやすく、ゴーグル等で防ぐ。

長湯治つづけて老の雪眼して　上村占魚

雪眼していまがもつとも母に似る　今瀬剛一

▼湯治もいつしか長くなり、老眼も雪眼となってしまったのである。▼眼が赤くなり、涙が出る。こんな時の顔が、最も母に似ている。ユーモアの中に母の人生をも思う。

木《こ》の葉《は》髪《がみ》　初冬

冬の初め、人の髪が木の葉のように抜け落ちること。髪の少ない人はいうまでもなく、髪の多い人も気になる。ある朝、自分の髪にちがいない木の葉髪を目の前にして、はたと人生の寂寥《せきりょう》に目覚めることもある。

音たてて落つ白銀の木の葉髪　山口誓子

そのむかし恋の髪いま木の葉髪　鈴木真砂女

木葉髪おほかたはわが順ひぬ　石田波郷

▼聞こえるはずのない木の葉髪の落ちる音。▼恋する女もやがて年をとる。▼「木葉髪」で切り、間を置いて読む。ふと顧みれば、世の中のたいていのことには順《したが》って生きてきた。

日向《ひなた》ぼこり　三冬

日向《ひなた》ぼこ・日向《ひなた》ぼっこ

冬の日で温まること。戸外の日だまりや、ガラス戸の内側などで受ける冬の日はほっかりと暖かく、気分もなごむ。「日向ぼこり」の「ぼこり」も、「ほっかり」を語源とするという説がある。地域により、ぼっこり、ぼっこ、などその呼び方はまちまちだが、いずれも日向で受ける日の恵みへの愛《いと》しさが感じられる。

ちかよりて老婦親しく日向ぼこ　飯田蛇笏

欠伸して顔の軋みし日向ぼこ　山口誓子

日向ぼこ仏掌の上にゐる思ひ　大野林火

ふところに手紙かくして日向ぼこ　鈴木真砂女

▼おばあさんの日向ぼこ。話の垣根も緩む。▼気が緩み眠くなって大欠伸《おおあくび》。それまで動かすことのなかった顔面がギギギと軋《きし》む。▼まるで仏さまの掌《たなごころ》にいるような心地よさ。安心の境地だ。▼温まりながらも気は懐に。

佐藤鬼房《さとうおにふさ》▶大正8年（1919）—平成14年（2002）「小熊座」主宰。みちのくの風土、人間性に根ざした強靭な作品。

冬《とう》耕《こう》《とうかう》

三冬

土曳《つちひき》・客土《きゃくど》・寒耕《かんこう》・冬田打《ふゆたうち》

冬に入ってから田畑を耕すこと。稲刈の後、そのままにしておくと、草が生え、地味《ちみ》がやせてくるので、かつては牛馬を使って犂《すき》で荒起しをしたり、備中鍬《びっちゅうぐわ》で田を打っていった。現在では耕耘機《こううんき》で冬耕を行なう。二毛作のできない雪国でも、耕して雪を迎える。「客土」は、山の土などを入れて土壌を改良することである。関連 耕《たがやし》→春

冬耕の次の一人は三里先　鷹羽狩行

冬耕の拾ひきれざる小石かな　奥谷郁代

海底山脈山頂は島冬耕す　吉野義子

▼広大な農地の続くところ。冬耕の一人に出会うと、次は三里も先でしか出会えない。▼畑での冬耕の景。拾っても拾っても小石が残る。▼冬耕をしている島は、じつは海底山脈の山頂。

甘《かん》蔗《しょ》刈《かり》

仲冬

甘蔗刈《きびかり》

「甘蔗」はイネ科の多年草で、その茎の汁から砂糖をとる砂糖黍《さとうきび》のこと。沖縄県を中心に、年平均気温が一八度以上の地域で栽培されている。栽培上は二年生の作物で、沖縄では一月から二月にかけて手刈りされる。近年は機械刈りも多い。関連 甘蔗《さとうきび》→秋

甘蔗刈

戦場の跡の甘蔗刈る母子かな　城崎全輝

▼太平洋戦争では、沖縄の全土が戦場であった。母子で甘蔗を刈っている地も戦場の跡。

大《だい》根《こん》引《ひき》

初冬

大根引《だいこんひ》く・だいこ引《び》き・大根馬《だいこんうま》・大根車《だいこんぐるま》

初秋に種を蒔《ま》いた大根は、霜が降りると甘くなって、収穫期に入る。漬物用の大根引きには、畑に何人もの人が出て賑《にぎ》わう。その場で洗われ、「大根車」に載せて出荷される。チクッと葉の痛さを感じての「だいこ引き」も経験してみたいもの。関連 大根《だいこん》→85

伊吹には雪こそ見ゆれ大根引　支考

大根引く二人離れてゐてしづか　松村富雄

▼伊吹山《いぶきやま》の冠雪が見える頃、琵琶湖《びわこ》東岸の畑で大根引きが行なわれている。伊吹の雪は大根引きの一つの目安。▼黙々と大根を引いている二人。

蒟《こん》蒻《にゃく》掘《ほ》る

初冬

蒟蒻玉干《こんにゃくだまほ》す

サトイモ科の蒟蒻藷《こんにゃくいも》は山畑で栽培される。蝮蛇草《まむしぐさ》に似た不気味な蒟蒻藷の茎葉が黄色く枯れてくる頃、晴れの続く日に備中鍬《びっちゅうぐわ》を使って掘り出す。畑に残しておくと凍《い》て腐りをするの

暗闇の眼玉濡らさず泳ぐなり：暗闇の水の上を進んでいく眼玉。戦場の切迫感がある。

で、すべて掘って乾燥して保存する。

蒟蒻負ひ馴れしこの道この傾斜　橋本多佳子

▼「賀名生村《あのう》」と題した十句の「蒟蒻掘る夫婦に吉野山幾重」に続く句。掘った蒟蒻玉を背負って帰る。

蓮《はす》根《ね》掘《ほ》る

初冬

蓮掘《はすほ》る・蓮掘《はすほり》・蓮根掘《れんこんほ》る

蓮根掘りがピークになるのは、歳暮用、正月料理用にと需要の多くなる十二月半ばを過ぎてから。かつては胸まで泥に浸かって手掘りをしていたが、最近では機械化が進んでいる。それでも重労働にちがいない。

蓮掘りが手もておのれの脚を抜く　西東三鬼

底泥をぬくしと言へり蓮根掘　浅井陽子

▼泥深い蓮根田での作業は難渋を極める。作業を終えて畦《あぜ》に上がろうとした場面をとらえた句。▼蓮根掘りの「底泥がぬくい」と言ったことが意外だった。

麦《むぎ》蒔《まき》

初冬

麦蒔《むぎま》く

日本では、稲作の裏作として麦を作ることが多い。稲刈がすんだ十月から十一月、田を鋤《す》き起こして土塊《つちくれ》を砕き、畝《うね》を立て、種を筋蒔きに蒔く。『本朝食鑑《ほんちょうしょっかん》』には「秋の土用に蒔くべし。立冬の後、十日ばかりに至るまでなほ蒔くべし。小雪の節の前後に至りては、遅生の麦といへども、また蒔くべからず」とあり、時期の大事を教えている。発芽するまでの間、田に人の姿は絶える。関連 麦《むぎ》↓夏

麦蒔きの影法師長き夕日かな　蕪村

夕霧や地にしづまりし麦の種　西島麦南

また開く麦蒔老婆の紅い拳　伊丹三樹彦

▼影が長く延びてきた。急がないと、すぐ薄暗くなる。▼夕霧が立ちこめ、人影も消えた。地に蒔かれた麦の種は、見えない力を静かに蓄えている。▼エネルギーの塊のような老婆。何だか凄《すご》みがある。

大《だい》根《こん》洗《あら》ふ

初冬

大根洗《だいこあら》う・菜《な》を洗《あら》う

収穫した大根を漬物にするために洗う。野川の岸に真っ白に洗いあげられた大根が山と積まれている光景は、懐かしい初冬の風物詩。同様に、白菜や野沢菜などの漬け菜を洗う「菜を洗う」もまた、冬の季語。関連 大根《だいこん》↓85

洗ひ積む大根いづみ溢れをり　及川貞

▼水の豊かな泉で、引いたばかりの大根を洗い、積み上げていく。水には大根の葉も浮いているのだろう。

大《だい》根《こん》干《ほ》す

初冬

懸大根《かけだいこん》・干大根《ほしだいこん》

収穫した大根を、葉を付けたまま洗い、八〜一〇本ぐらいを束ねて葉を荒縄でくくり、振り分けにして木の枝や竿《さお》に干す。

鈴木六林男《すずきむりお》▶大正8年（1919）—平成16年（2004）「花曜」主宰。太平洋戦争では弾丸をうけ破片が体内に残った。

その景色は冬の到来を思わせる。一週間から十日後、しんなりしてきたところで、沢庵漬《たくあんづけ》やべったら漬などにする。

関連　大根《だいこん》→85

真白な干大根の一日目　太田土男
朝焼の美しかりし干大根　石田郷子
干大根梅に桜に縄渡し　岩田由美

▼一日目は真っ白で重い感じだが、日がたつにつれ、色もやや黄ばみしんなりしてきて、十日もすれば、くの字に曲がる。これ以上干すとくにゃくにゃになる。▼大気の冴《さ》える冬の朝。朝焼けの茜《あかね》色が白い大根に射す。▼「梅に桜に」は諸々《もろもろ》の木をいう。よさそうなものは縄を渡される運命を担うことになる。

大根干す

干菜《ほしな》

三冬　干菜吊《ほしなつ》る・懸菜《かけな》・蕪菁干《かぶらほ》す

+大根や蕪《かぶ》の葉を首がしらで切り取り、縄に懸けたり、縄の綯《よ》りの間に挟みこんだりして、軒先など風通しのよいところに吊って乾燥させたもの。戻して汁の実や漬物にする。鄙《ひな》びた味があり、青物の少ない冬場に重宝する。

菜を干して仏間も暗くなりにけり　宮田正和
梵妻の懸菜を外し賜ふなり　髙橋るい

▼干菜に日射しを遮《さえぎ》られ、青菜の匂いの立ちこめる仏間。家中が懸菜の暗がりにあるのはいうまでもない。▼お移りに、軒先の懸菜を外してくれたものであろう。

寒肥《かんごえ》

晩冬　寒《かん》ごやし

寒中に、春先の活動に備えて休眠中の植物に、油粕《あぶらかす》、豆粕、堆肥《たいひ》などを施すこと。これを怠ると、葉の艶が悪くなることがある。

寒肥や花の少き枇杷の木に　高野素十
つきまとう死者の一言寒肥す　鈴木六林男
寒肥を吸ひきつてまた土眠る　横澤放川

▼貧相な枇杷《びわ》の木。次こそはという思いの句。▼寒肥を怠ってはならぬとの声は、先祖の言い伝えか、作者に縁ある誰かの声か。▼眠っていた土や根も一瞬驚くだろうが、また春までの眠りにつく。

フレーム

三冬　温室《おんしつ》

野菜や草花を促成栽培するために、木などの枠で作られた保温装置のこと。また、寒さから植物を保護したり、温熱を補給したりするための設備。

フレームの出荷の一花づつ親し　岡安仁義
フレームや万の蕾に紅兆し　山崎ひさを

▼フレームから出荷される花はどれも丹精されたものたち。▼フレームをのぞいてみると、早くも春の花が一斉に蕾《つぼみ》をつけている。

射ち来たる弾道見えずとも低し：18歳の作。一連の戦火想望句で誓子の激賞を得た。

万の蕾のほのかな紅が愛らしい。

炭焼《すみやき》 三冬

炭焼《すみや》く・炭負《すみおい》・炭焼夫《すみやきふ》・炭馬《すみうま》・炭車《すみぐるま》

木材を焼いて木炭を作ること。または、その仕事に従事する人。明治以降、暖房や煮炊きのために炭を利用することが多くなり、山間の農家での冬季の兼業として広まったが、その後、石炭や石油、ガスなどにとって代わられた。しかし今では、炭の価値が見直され、燃料としてだけでなく、脱臭剤としても利用されている。

炭焼

炭焼の顔洗ひ居る流れかな　内藤鳴雪

山刀伐の深雪の中に炭を焼く　阿波野青畝

青空はどこへも逃げぬ炭を焼く　平畑静塔

▼炭焼窯《すみやきがま》のそばにいるだけで顔や手足が黒くなる。そんな顔を川水で濯《すす》ぐ。▼山刀伐《なたぎり》(山形県最上《もがみ》町と尾花沢市の境の峠)は「おくのほそ道」の芭蕉も通った難所。こんなところに炭焼く人がいるという驚きがあったのだろう。▼逃げるものの多い世に、青空という逃げぬものがある。炭焼を讃《たた》えているようだ。

枝打《えだうち》 三冬

良材として杉や檜《ひのき》を育てるために、植林後十五年を過ぎた頃から、力枝の下の小枝を打ち落としてゆく。大きく育った杉や檜の枝打ちは猿渡りをして枝打ちをしていく。

枝打をしたるばかりの杉立てり　右城暮石

力枝までを枝打ちして下りし　矢野典子

▼枝打ちをしたばかりの杉の木々が杉山に立っている。地肌に日射しが届いていて明るい。▼熟練の杉の枝打ち、力枝を見極めて枝打ちをしていく。

斧仕舞《おのじまい》《をのじまひ》 仲冬

手斧仕舞《ちょうなじまい》

枝打ちをしたりする斧を「手斧」とも呼ぶが、年の暮れにその手斧を休めて、新年の山始めの日まで道具休めをすることを、「斧仕舞」という。一年の無事を山の神に感謝する行ないである。

関連 手斧始《ちょうなはじめ》↓279

山上は無垢の青空斧仕舞　古賀まり子

▼杉や檜の山の頂上は、雲一つない、原初のような青空である。そんな青空の下で行なわれている斧仕舞いの素朴な神事が懐かしい。

馬《うま》下《さ》げる 初冬

馬下《うまさ》げ

山に雪が降り積もると、馬の食べる草が雪に埋もれてしまう。そんな頃、馬を山から裾野《すその》の各自の家の馬小屋に下ろすことが「馬下げ」である。

馬下げる馬柵の錆色八ヶ岳　廣瀬町子

人事　生活　農林

三橋敏雄《みつはしとしお》▶大正９年（1920）─平成13年（2001）十代で新興俳句の新人として注目。のち古俳諧を踏まえた作風へ。

▼裾野の広い八ケ岳《やつがたけ》は放牧をするのにふさわしい地である。馬が出られないようにしていた馬柵《うませ》も、冬に入って錆《さび》色となって黒ずんでいる。

池《いけ》普《ぶ》請《しん》

三冬

川普請《かわぶしん》

冬の渇水期に灌漑《かんがい》用の池を浚《さら》って、春からの田畑の灌漑用水の準備をすること。村の共同作業として行なわれることが多く、鯉《こい》、鮒《ふな》、鰻《うなぎ》などもとれて賑《にぎ》わった。

残りゐる水の氷りて池普請　深見けん二

池普請終へたる池に水満たす　大久保和子

▼池底にわずかに残っている水が凍っている。寒さゆえのこと。▼池の改修が終わると、川水を池に引き入れて水を満たしている。稚魚を放って育てるのも目的。灌漑用水はもちろん消防用水としても使われる。

藁《わら》仕《し》事《ごと》

三冬

縄綯《なわな》う・筵織《むしろお》る・藁打《わらう》つ

農家の冬の夜なべに藁仕事が行なわれた。縄を綯ったり、筵を織ったり、草鞋《わらじ》や藁沓《わらぐつ》、雪沓を編んだりした。藁を打つ藁砧の音も懐かしい。関連 夜《よ》なべ↓秋

藁仕事

座布団に尻形深く藁仕事　安達光宏

父と子の音異なれる藁砧　水野露草

▼藁仕事は根気仕事、おのずと座っている座布団にも深い尻形がつく。▼父と子の藁仕事、藁砧を打つ父の音には年季が入っている。

紙《かみ》漉《すき》

三冬

寒漉《かんすき》・紙干場《かみほしば》・紙漉女《かみすきめ》・楮晒《こうぞさら》す・楮蒸《こうぞむ》す

楮、三椏《みつまた》、雁皮《がんぴ》などの植物の皮を剝《は》いで蒸し、水に晒《さら》して乾燥させたものを槌《つち》で叩《たた》き、原料を作る。ここにネリ（黄蜀葵《とろろあおい》の根、糊空木《のりうつぎ》の樹皮など）と呼ばれる粘剤を加え、漉《す》き舟（水槽）に入れ、とろっとした紙料液を簀桁《すげた》（桁をはめた簀）で漉くようにしてすくう。これが紙漉き。その後、張り板に張って乾

紙漉

身をそらす虹の／絶巓／処刑台：自らの孤独と絶望を暗喩した多行形式による一句。

かして紙となる。かつては農家の女性の副業で、もっぱら農閑期を利用しての作業であった。厳寒期に行なう、熟練を要する重労働である。

百漉けば百の祈りや紙漉女　林 翔
紙を漉く唄ふごとくに首ふつて　野見山朱鳥
紙一重水の一重と漉きあがる　中原道夫

▼どの紙もできあがりは同じように見えて、一枚一枚微妙に違う。▼足腰や首でバランスをとりながら両手に簀桁を持って紙を漉く。▼むらなく同じ厚みに漉く。「紙の一重」を決めるのが「水の一重」。

寒紅《かんべに》　晩冬

丑紅《うしべに》・寒紅売《かんべにうり》

寒中に作られた口紅。ことに寒中の丑《うし》の日に製した「丑紅」は高品質とされた。日本の口紅は紅の花から作るのだが、化粧品というだけでなく、唇に塗る毒消しの役割もあった。

関連　紅《べに》の花《はな》→夏

寒紅の濃き唇を開かざり　富安風生
罪障のふかき寒紅濃かりけり　鈴木真砂女
寒紅や鏡の中に火の如し　野見山朱鳥

▼何をいっても、微笑《ほほえ》んでいるだけ。▼自分の半生を、しみじみと省みているところ。▼寒中、唇だけが赤い。

初猟《はつりょう》《はつれふ》　初冬

猟解禁《りょうかいきん》・初狩《はつかり》

狩猟の解禁を待って、その年の猟を始めること。現在の狩猟法では十一月十五日から、翌年の二月十五日まで。ただし北海道では、十月一日から翌春の一月三十一日まで。ちょうど各地に鴨《かも》や鴫《しぎ》が渡ってくる時期である。とった獲物も「初猟」という。

初猟や朝飯たのむ沼の茶屋　野村泊月
初猟の雉子うち返し見せくれし　後藤夜半
野の風や初猟の犬すでに逸る　富田直治

▼一年ぶりの猟だ。まずは朝飯を食っていかねば。▼獲物は立派な雉子《きじ》。ほら、見てみろよ。▼連れてきた猟犬が出番を察知。早く行こうよ、早く、早く。

狩《かり》　三冬

狩猟《しゅりょう》・狩場《かりば》・猟《りょう》・猟期《りょうき》・猟銃《りょうじゅう》・猟犬《りょうけん》・獣狩《けものがり》・狩《かり》の宿《やど》

狩猟が解禁となって、山野や海、湖沼にすむ鹿《しか》、猪《いのしし》、熊《くま》などの獣や、雉《きじ》、山鳥《やまどり》、鴨《かも》などの鳥類を捕獲する猟のこと。鹿、猪、熊の狩りは数人が組を作り、猟犬を使って狩りをすることが多い。雉、鴨を撃つ鳥猟師は撃ち落とした獲物を逃さないように鳥犬を使う。猟期は北海道を除く地では十一月十五日から翌年の二月十五日まで。

一湾をたあんと開く猟銃音　山口誓子
猪猟師焚く火に童女まつはれり　右城暮石
狩の犬風を見てゐるやうに立つ　木村淳一郎
縫へと言ふ猟犬の腹裂けたるを　谷口智行

高柳重信《たかやなぎじゅうしん》▶大正 12 年（1923）—昭和 58 年（1983）前衛俳句運動の旗手。「俳句評論」代表、「俳句研究」編集長を務めた。

▼海上に舟を出しての鴨猟。「たあん」という猟銃音が湾中に響く。▼焚火《たきび》に集まってきた出猟前の猪《しし》猟師、まつわりついて離れない童女はその孫である。▼猟師はもちろん風を読んでいる。狩りの犬もまた猟師にならっている。▼作者は内科医だが、こんな無理も押しつけられる地に住む。

熊突《くまつき》　三冬

熊狩《くまがり》・熊猟《くまりょう》・熊罠《くまわな》

かつては、岩穴や木を重ねた下で冬眠している熊《くま》を槍《やり》で突いたので、「熊突」といった。今では、冬眠している熊の穴に犬を入れて追いたて、銃を使って捕獲する。冬眠前は罠《わな》で捕らえることが多い。関連 熊《くま》→93

熊撃ちの夜語り雪となりにけり　鈴木野莠

▼熊撃ちを囲んでの夜の炉語りだろうか。いつしか外は静まって、しんしんと雪が降っている。

兎狩《うさぎがり》　三冬

兎網《うさぎあみ》・兎罠《うさぎわな》

兎は植樹後の杉や檜《ひのき》の葉を食べる害獣として、網や罠《わな》を使って駆除する。学校行事として、兎を山に追い上げて網で捕獲する兎狩りをした時代もあった。関連 兎《うさぎ》→96

学校をからつぽにして兎狩　茨木和生

▼学校の裏山での全校生二十人ほどの兎狩り。空き缶を叩《たた》き、賑《にぎ》やかに兎を山に追い上げる。

狸罠《たぬきわな》　三冬

狸狩《たぬきがり》

狸はよい毛皮がとれるので、狸の通り道に罠を仕掛けて捕獲する。狸のすむ穴の前で火を焚《た》き、いぶり出して捕らえる方法もあるが、なかなか成功しない。関連 狸《たぬき》→95

人間に見えてをりけり狸罠　茨木和生

▼狸の通る獣道や山の溝の中に狸罠を仕掛けることが多い。人間の目にはよく見えている狸罠だが。

狐罠《きつねわな》　三冬

狐落し《きつねおとし》・狐釣《きつねつり》

狐はかつて、その毛皮を珍重され、また、鶏《とり》小《ご》屋《や》の鶏を襲ったりする害獣として、捕獲された。狐の通り道は決まっているので、そこに罠を仕掛けた。関連 狐《きつね》→94

布かませ撥条たしかむる狐罠　田邉富子

▼仕掛けた罠のバネがあまいと狐は逃げてしまう。この句の罠はトラバサミ。布を使って強度を確かめる。

鼬罠《いたちわな》　三冬

鼬は、鶏を殺したり、庭池で飼っている鯉《こい》や養魚池の鱒《ます》や山《やま》女《め》なども食べる害獣である。トラバサミという罠や、「落とし」と呼ぶ箱形の罠で捕獲する。関連 鼬《いたち》→95

枯萩にけむりのごとく女立つ：枯れた萩叢のなかに幻のように立つ女。

鼬罠凍てつきてゐて弾かざる　小津溢瓶

▼仕掛けておいた鼬罠を見に出かけたが、日中も氷点下の山の中、罠は凍りついていて弾《はじ》かなかった。

鷹狩《たかがり》　三冬

放鷹《ほうよう》・鷹猟《たかりょう》・鷹野《たかの》・鷹場《たかば》・鷹《たか》の鈴《すず》・鳥叫《とさけ》び・鳥追《とりお》う・鷹匠《たかじょう》

よく飼育、訓練した鷹を放って、兎《うさぎ》や野鳥を捕らえる狩り。いにしえの仁徳天皇の時代に中国から伝来した狩りといわれている。江戸時代には鷹匠も多くいた。銃猟が中心となった現在では、鷹狩りをする鷹匠の数も数えるほどになった。

関連 鷹《たか》→98

鷹狩の鷹となるまで闇に置く　村上喜代子

鷹狩の鷹飢ゑし瞳をかがやかす　茨木和生

▼鷹狩りの鷹を訓練するのには根気がいる。昼間も暗いところに置くのは訓練の一つ。▼何日も餌に眼もくれないで鷹は飢えに耐えているが、その瞳は鋭い。

網代《あじろ》　三冬

網代木《あじろぎ》・網代床《あじろのとこ》・網代守《あじろもり》

川の両側に「網代木」と呼ばれる杭《くい》を打ち、それに竹や木の小枝で編んだ網漁具「網代」を掛け、その一端に簀《す》を仕掛けて、魚(古くは鮎《あゆ》の稚魚である氷魚《ひお》など)を捕った。夜は篝火《かがりび》を焚《た》いて網代守が番をした。

水浅きところ日あたる網代かな　対中いずみ

笯をゆすり大鯉かかる網代かな　広瀬一朗

▼網代を掛けた川、浅瀬の流れには日が当たって輝き、水は網代を抜けて流れてゆく。▼網代の末端に仕掛けた笯《ど》を揺さぶって、大鯉が入った。

柴漬《ふしづけ》　三冬

竹の枝や柴《しば》の束を川や湖沼に沈めておくと、寒さを避けようと、鮒《ふな》や諸子《もろこ》、川蝦《かわえび》、鰻《うなぎ》などがその中に潜り込む。頃合いを見計らって、舟の上から叉手網《さであみ》や大きなたも網ですくう冬の漁法。

ふし漬やいつ取りに来るものとしも　松瀬青々

▼いつ揚げに来るのか、やって来ては網を受けて柴漬を振って魚を捕る。再び柴を戻して舟で帰って行く。

竹瓮《たっぺ》　三冬

たっぺ・筌《うえ》

川の淵《ふち》や湖沼に沈めて、小魚や小海老《こえび》を捕る、竹製やプラスチック製の漁具。片方の口は紐《ひも》で閉じ、片方の魚が入るほうの口は漏斗《ろうと》状で「返し」がついているので、いったん入ったら、出ることができない。

竹瓮積み上げて舟出るばかりなり　滝川ふみ子

▼日射しが西に傾きかけた頃、竹瓮を積み上げた舟が今まさに湖に出ようとしている。

赤尾兜子《あかおとうし》▶大正14年（1925）—昭和56年（1981）「渦」主宰。前衛俳句からやがて伝統的俳句へ変化。

捕鯨《ほげい》

三冬

勇魚取《いさなとり》・捕鯨船《ほげいせん》

日本人と鯨の関係は古く、縄文時代の集落跡からも鯨骨が多数発掘されている。当時は、湾内に迷い込んだ鯨や陸に乗り上げた「寄り鯨」を、天の恵みとして利用した。積極的に捕鯨を行なうようになったのは、漁業技術が発達した江戸時代初めの頃。最初に「突き捕り式」捕鯨を試みたとされるのは三河《みかわ》(愛知県)の師崎《もろざき》で、これを組織化し、日本初の捕鯨専業組織を誕生させたのが紀州(和歌山県)の太地《たいじ》である。明治時代中頃に、ノルウェーから捕鯨砲を用いた近代的捕鯨法が導入され、一九六〇年代には南氷洋などで盛んに捕鯨を行なった。しかし一九八二年に、国際捕鯨委員会により商業捕鯨は禁止され、日本人の食文化と深い関わりがあった捕鯨も、調査捕鯨等の条件のみに限定されている。

関連 鯨《くじら》↓98

突き留めた鯨や眠る峰の月　蕪村

捕鯨船嗄れたる汽笛をならしけり　山口誓子

勇魚とる船見送りのテープこれ　山口青邨

▼命の絶えた鯨が浜辺に横たわっている。月光に峰々の稜線が際立って見える。鯨への「あわれ」が湿っぽくなく出ている。▼性能がよくなかったのか、鳴らし続けたからか、嗄《しゃが》れた汽笛があえいでいる。成果を喜んでいるかに聞こえる。▼「勇魚」は鯨の古称。見送りのテープで遠洋へ出て行く捕鯨船があった時代のことだ。国際捕鯨委員会が実質的な捕鯨禁止を打ち出す前のこと。

鰤網《ぶりあみ》

仲冬

鰤船《ぶりぶね》・鰤釣《ぶりつ》る

冬季、陸地近くまで回遊してくる鰤を捕るために仕掛けた大敷網を、とくに「鰤網」という。鰤の需要の多い年末や、ひと網数千匹という大漁の時には漁港は賑《にぎ》わう。大敷網に入った鰤を運ぶ船を「鰤船」という。鰤の漁期に鳴る雷を北陸地方では「鰤起し」と呼び、豊漁をもたらす合図とみた。

関連 鰤起し《ぶりおこし》↓42／鰤《ぶり》↓113

鰤網を仕掛けて能登の空くもる　竹中恭子

鰤網に立山颪兆すなり　上埜是清

▼鰤網を仕掛けて戻って来ると、能登《のと》(石川県)の空は曇ってきた。鰤起しがあれば、と願う。▼鰤網を仕掛けた海に立山颪《たてやまおろし》の兆しが。これも豊漁の予兆。

泥鰌掘る《どじょうほる》

三冬

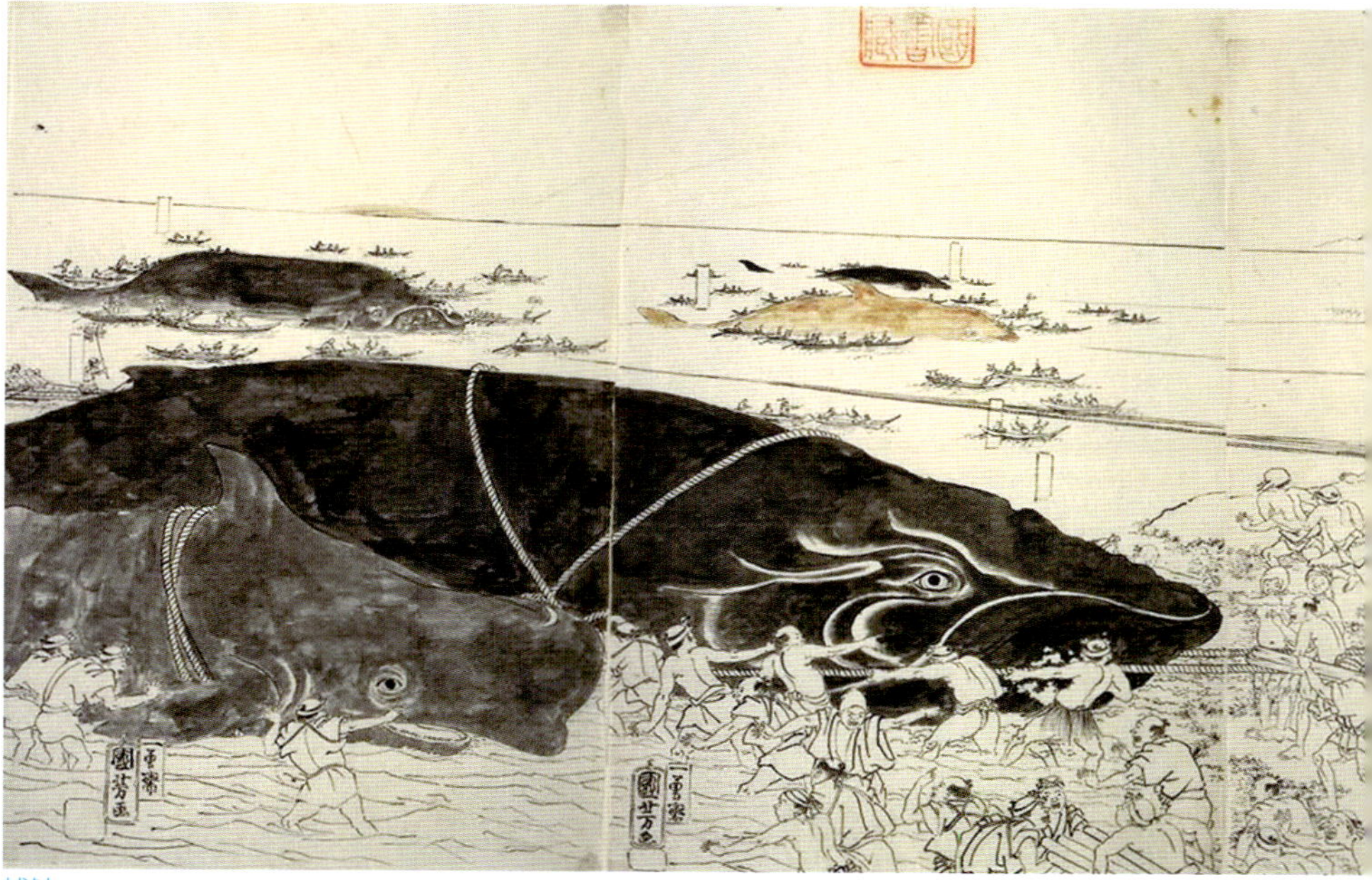

捕鯨　一勇斎国芳「捕鯨の図」（江戸時代）　国立国会図書館

泥鰌は、沼田や田溝、水の浅くなった川の泥の中にすむ。冬の間は動きが鈍いので、水を抜いた泥を裏返していくと、泥鰌が現われる。

泥鰌掘泥そのままに立ち去れり　棚山波朗

▼泥を掘って泥鰌を獲った泥鰌掘りは、そのまま帰った。ひと雨来れば元に戻るのを知っているから。

【牡蠣《かき》剝《む》く】

三冬

牡蠣割《かきわ》る・牡蠣割女《かきわりめ》

養殖した牡蠣は剝き身の状態で出荷されることがほとんどである。そのため、養殖場近くの作業場で牡蠣剝きが行なわれている。地方によっては「牡蠣打ち」「牡蠣打女」というところもある。

関連 牡蠣《かき》↓120

剝きし牡蠣生きゐて水を濁らしむ　山口誓子

牡蠣割場殻ひとつづつ捨つる音　奥谷郁代

▼金盥《かなだらい》の中のむいた牡蠣はまだ生きていて、その水を濁らせている。▼牡蠣割りの作業は、牡蠣を一つずつ打っては、その殻を捨ててゆく。

【牡蠣《かき》船《ぶね》】

三冬

牡蠣料理《かきりょうり》・牡蠣鍋《かきなべ》

冬の間、川に係留して、牡蠣料理を提供にする屋形船のこと。かつては西日本の各地で、冬の間営業されていたが、今はすっかり減ってしまった。

関連 牡蠣《かき》↓120

林田紀音夫《はやしだきねお》▶大正13年（1924）—平成10年（1998）下村槐太に師事。戦後の無季俳句に新たな地平を切り開いた。

採氷　長野県阿智村（昭和13年）。

牡蠣船のネオンともりて小さしや　右城暮石

▼川に浮かんでいる牡蠣船、風情も考えてか、赤い小さなネオンがあるのみ。

採氷《さいひょう》　晩冬

氷切る《こおりきる》・氷挽く《こおりひく》

水を人工的に凍らせることが難しかった時代、冬に湖沼や川から天然の氷を切り出し、氷室《ひむろ》などに蓄えておいて、夏の飲料などに用いた。現在ではその役割は激減したが、かき氷などに用いられることがある。関連 氷《こおり》→51

蒼天へ積む採氷の稜《かど》ただし　木村蕪城

▼寒気の締まった青空の下で採氷作業が続く。筋目のついた稜が正しく積まれてゆく。凛《りん》とした光景。

砕氷船《さいひょうせん》　晩冬

結氷した水域の氷を割って航路を開くための、特別に堅牢な装備をした船のこと。その砕氷能力は抜群で、二メートルもの分厚い氷ももののともしない。南極観測船としての活躍も報道されることが多い。関連 流氷《りゅうひょう》→春／氷《こおり》→51

月明や砕氷船の錨垂れ　井上康明

▼深閑とした月明かりの夜、頑丈な姿の砕氷船が錨《いかり》を垂らす。しばし力を蓄えるかのような勇姿である。

寒釣《かんづり》　晩冬

河川や湖沼の深みに潜んでいる寒鯉や寒鮒《かんぶな》、寒諸子《かんもろこ》、寒鮠《かんばや》などを釣ることをいう。防寒具に身を包んでじっと浮きを見つめている釣人の姿は句材となる。

もの問へば寒釣きげんわるかりし　阿波野青畝

▼精神を集中して浮きを見つめている寒釣りの人に声をかけるのがそもそも間違い。

昼顔の見えるひるすぎぽるとがる：幻のような昼過ぎの景。ルの音が音楽を生んでいる。

亥の子　亥の子突

亥《い・ゐ》の子《こ》

初冬

玄猪《げんちょ》・亥《い》の子餅《こもち》・亥《い》の子石《こいし》・亥《い》の子突《こづき》

旧暦十月の亥の日のこと。ことに初亥の日をいう。太陽暦ではだいたい十一月初旬頃に巡ってくる。この日、病魔退散を願って、大豆《だいず》、小豆《あずき》、栗《くり》などの新穀でこしらえた「亥の子餅」を食べる風習がある。菓子屋の店頭には猪《い》の子の姿をした亥の子餅が並ぶ。古くから宮中で営まれ、これにならって武家でも行なわれた。かつて西日本の農村では収穫の祝いとなり、子供たちが、縄で縛った石で地面を叩《たた》く「亥の子突」をして回った。

命婦《みやうぶ》より牡丹餅《ぼたもち》たばす亥の子かな　蕪村

故郷の大根うまき亥子かな　正岡子規

亥の子して顔あたたかや辻地蔵　飴山實

▼宮中の女官から届いた亥の子餅ならぬ牡丹餅。▼故郷の大根がうまくなるのが亥の子の頃。▼亥の子突きをして地蔵の顔が温《ぬく》もった。

十《とお・とを》日《かん》夜《や》

初冬

おもに東日本の農村で、旧暦十月十日の夜に行なわれる収穫祝いの行事。無事に稲刈が終わったことに感謝するもので、西日本を中心に行なわれる「亥《い》の子《こ》」と同じ意味合いをもつ。この日をもって、田の神が田から去ってゆくという。餅を搗《つ》

加藤郁乎《かとういくや》▶昭和4年(1929)―平成24年(2012)詩人。俳句は父・加藤紫舟に学ぶ。俳諧について考証した著書が多数ある。

いて神棚へ上げたり、この日を待って炬燵《こたつ》を出したり、子供たちが藁鉄砲《わらでっぽう》（今年藁《ことしわら》を太い棒状に束ねたもの）で地面を叩《たた》いて回ったりと、することも囃子《はやし》言葉も、地域によってさまざまである。

十日夜星殖え子らに藁鉄砲　大野林火

十日夜坊主頭の輪となりて　山田閏子

▼どの子も手に手に藁鉄砲を持ち、集まってくる。星座が満天に輝く。▼かつて男の子はみなクリクリの坊主頭であった。大きい子もいれば小さい子も。いつもは苛《いじ》めたり苛められたりでも、今夜は「輪となりて」だ。

案山子揚《かかしあげ》

初冬

そめの年取《としと》り

東日本の「十日夜《とおかんや》」、西日本の「亥の子《いのこ》」と同じく、おもに長野県で行なわれる旧暦十月十日の収穫祭。この日を最後に田の神が山へと帰るので、田の神の依り代《よりしろ》である案山子を庭先に祀《まつ》り、餅や大根などを供えて、田の神に感謝する。「そめ」とは南安曇《みなみあずみ》地方の方言で、案山子のこと。

へのへのの微かに残る案山子揚　浦歌子

すさまじき案山子となりて帰りけり　滝沢伊代次

▼「へのへのもへじ」も、風雨のうちに薄れてしまった。それでも、ありがとうよと労《ねぎら》ってもらえるのが、この日の案山子。▼近づく鳥を睨《にら》み、大事な稲を守ってきた案山子。合戦後の雑兵《ぞうひょう》のようになって戻ってきた。

七五三《しちごさん》

初冬

七五三《しちごさん》の祝《いわい》・七五三祝《しめいわい》・千歳飴《ちとせあめ》

十一月十五日に行なわれる、数え年で三歳と五歳の男児、三歳と七歳の女児を対象として、子の無事な成長と加護を願う祝い。公家や武家の行事であった「髪置《かみおき》」「袴着《はかまぎ》」「帯解《おびとき》」が、子の成長を祝う民間行事として江戸庶民の間に普及し、全国に広がって現在に至る。当日は晴れ着を着て氏神に詣で、親戚を回礼するなど、子供にとっては緊張の一日となる。境内には、松竹梅や鶴亀《つるかめ》の図柄の長い袋に、紅白の飴を入れた千歳飴を売る店が並ぶ。

母と子とまれに父と子七五三　大橋桜坡子

子がなくて夕空澄めり七五三　星野麥丘人

花嫁を見上げて七五三の子よ　大串章

▼個々の事情で、付き添うのが父親だけだったり、祖父母だったりすることは、ままあること。▼子のない人もたくさんいるはず。ちょっと淋《さび》しいけれど、見上げた夕空がきれい。▼七五三の日に結婚式をあげるカップル。晴れ着の子が、さらなる晴れ着のお嫁さんを見上げている。

髪置《かみおき》

初冬

十一月十五日、三歳の男女が赤子から幼児に成長するのを祝う儀式で、頭に白髪《しらが》に見立てた綿を置いて結ぶ。かつては

海の蝶最後は波に止まりけり：海を渡ってゆく蝶。陸に行きつかぬまま波に止まった。

赤子は髪の毛を剃《そ》る習慣があり、髪置の儀の後、髪を伸ばし始めた。現在は一部の地方を除いてこの名称は忘れられ、七五三の三歳の祝いとなっている。

髪おきやちと寒くとも肩車　太祇

よくころぶ髪置の子をほめにけり　高浜虚子

▼祝事のあとは幼子と遊ぶ時間。寒くても肩車に親子の絆が深まる。▼まだ幼くてよく転ぶが、泣かずにすぐに立ち上がって動き回る子の元気さを愛《め》でる気持。

【袴着《はかまぎ》】　初冬

十一月十五日、五歳の男児が、赤子から幼児への成長の祝いとして初めて袴をはく儀式。親族の中から決められた袴親となる人が、男児の袴《はかま》の紐《ひも》を結んで、氏神に詣《もう》でる。七五三の男子五歳のお祝いの起源である。

袴着や酒になる間の座の締り　井上井月

袴着の足袋の白妙よかりけり　野村喜舟

▼儀式を終えてから祝宴になるまでの間、緊張感はまだ解けない。▼りりしく頼もしげな男の子。足袋《たび》の白さ（白妙《しろたえ》）が初々《ういうい》しく際立っている。

袴着　鳥居清長「風俗東之錦　袴着」（江戸時代）山口県立萩美術館・浦上記念館

【帯解《おびとき》】　初冬

七五三の女子七歳のお祝いの起源。それまでは着物を付け紐《ひも》で結んでいたのを、七歳から帯に改めて、氏神に詣《もう》でる習慣があった。ふだん、着物を着ることがなくなった現代の子供も、十一月十五日前後、華やかに着付けてもらって宮参りをする姿が見られる。

帯解や雨の中打つ宮太鼓　石橋秀野

帯解の二人が待てり写真館　井ヶ田杞夏

▼慶びの宮参りはあいにくの雨であるが、宮太鼓の高らかな音が心地良い。▼帯解の記念に、写真館にいる二人。初々《ういうい》しさと華やかさと。

【新嘗祭《にいなめのまつり》《にひなめのまつり》】　初冬

新嘗祭《しんじょうさい》・大嘗祭《だいじょうさい》

天皇が新穀の初穂を天神地祇《てんじんちぎ》（すべての神々）に供え、自身も

折笠美秋《おりかさびしゅう》▶昭和９年（1934）―平成２年（1990）高柳重信に師事。難病を発症、長い闘病生活を送った。

食する宮中儀式。旧暦十一月下旬の卯《う》の日を祭日としたが、明治六年(一八七三)以降、太陽暦十一月二十三日となった。現在の勤労感謝の日である。かつてはこの日以前に、庶民が新穀を口にすることはなかった。初物《はつもの》を神に供えるという祭儀は世界中の農耕社会に古くからあり、これによって祭祀《さいし》者は神格を身につけていった。「大嘗祭」は、天皇が即位後、初めて行なう新嘗祭で、一代一度の祭事となる。

新嘗祭北鎌倉に人降りる　前田普羅
藁塚に旗新嘗祭とは今いづこ　富安風生
新嘗祭この日頭屋で村長で　浦歌子
雨音に稔りことほぐ新嘗祭　葵瓔子

▼昭和二十一年、戦後初めての新嘗祭であり、その思いはひとしおである。▼今年藁《ことしわら》の藁塚《にお》だろう。大事な藁に国旗が挿してある。作者は新穀を敬っていた昔を、ひそかに懐かしんでいる。▼無住の村社での村新嘗。輪番制で巡ってくる村の世話人である頭屋《とうや》さんはたまたま村長。▼稔《みの》りは天地《あまつち》からのもの。雨音もその恵みの一つと解したい。

【勤《きん》《きん》労《ろう》《らう》感《かん》《かん》謝《しゃ》《しや》の日《ひ》《ひ》】 初冬

十一月二十三日の国民の祝日。旧暦十一月下旬の卯《う》の日の宮中儀式であった新嘗祭《にいなめのまつり》が、明治六年以降、十一月二十三日となり、さらに昭和二十三年七月二十日に「勤労をたっとび、生産を祝い、国民たがいに感謝しあう」との主旨のもと、「勤労感謝の日」の名称で国民の祝日に制定されたもの。紅葉の時節でもあり、行楽地は賑《にぎ》わう。

何もせぬことも勤労感謝の日　京極杜藻
アイロンを噴射す勤労感謝の日　松山足羽
勤労感謝の日の音楽を流しづめ　森田智子

▼これぞ勤労感謝の日。平素のんびり休めない人々が何もせず一日を過ごす贅沢《ぜいたく》。▼スチームアイロンの噴射が快い遊びのようだ。▼平素は音楽を聴く時間もないが、この日ばかりは、じっくりと長い楽章を楽しむ。

【酉《とり》の市《いち》】 初冬

お酉《とり》さま・酉《とり》の町《まち》・一《いち》の酉《とり》・二《に》の酉《とり》・三《さん》の酉《とり》・熊手《くまで》・熊手市《くまでいち》・おかめ市《いち》・頭《とう》の芋《いも》

十一月の酉の日に行なわれる鷲大明神《おおとりだいみょうじん》の祭礼。浅草の鷲大明神の酉の市がとくに有名で、一五〇軒の露店が立ち、大変な人出。幸いを掻《か》き込み、客を掻き寄せるという縁起物の熊手が並び、商売繁盛を願う人に人気がある。また、八《や》つ頭《がしら》を蒸しておかめ笹《ざさ》を通した「頭の芋」も縁起物。十一月に酉の日が三回あれば、「三の酉」まで賑《にぎ》やか。ただし、「三の酉」のある年は火事に用心するようにと伝えられている。この頃から寒くなるので、火の用心を呼びかけたものだろう。

だんだんに顔が灯に浮き酉の市　深見けん二
世の中も淋しくなりぬ三の酉　正岡子規
このごろは野暮用ばかり三の酉　草間時彦

▼お祭や熊手市を楽しむ人々の顔を露店の灯りが照らす。▼十一

国家よりワタクシ大事さくらんぼ：大衆社会では「国家」でも「個人」でもなく「ワタクシ」が大事。

月も終わり頃には、誰かにこう嘆きたくもなる。▼こんなボヤキも言いたくなる「三の酉」。

酉の市

【十二月八日《じゅうにがつようか》】（じふにぐわつやうか）

仲冬

開戦の日《かいせんのひ》

昭和十六年（一九四一）十二月八日、日本軍はハワイの真珠湾を攻撃し、アメリカ・イギリスに対して宣戦を布告した。この日を太平洋戦争開戦の日とする。戦争初期は優勢であった日本軍も、南方諸地域において致命的な打撃を受け、やがて本土空襲、原爆投下などの悲劇の果てに、昭和二十年八月十五日に敗戦を迎える。関連 終戦記念日《しゅうせんきねんび》→秋

十二月八日といふ日静かなり　神谷石峰

ハワイよりの便り十二月八日かな　喜舎場森日出

▼静かであることが不安に思われる日。「撃ちてしやまむ」の喧騒《けんそう》を知る者にはなおさらのこと。▼かの宣戦布告の日から歳月を経て、安堵《あんど》の境地と戦禍の記憶がないまぜになった気持。

【事納《ことおさめ》】（ことをさめ）

仲冬・晩冬

納め八日《おさめようか》

旧暦十二月八日に、農事の終了を祝って行なわれた行事。旧暦二月八日の「事始《ことはじめ》」に対して、コトを納める日とする。コトは田の神。二月八日に郷《さと》に来臨して農事を助けた田の神が、十二月八日に天にお帰りになる。物忌みの日として畑仕事を休む地域や、正月事始《しょうがつのことはじめ》の日として、正月の準備を始める日とする地域もある。関連 事始《ことはじめ》→春

灯ともして下城の人や事納　内藤鳴雪

山の井に大きな蓋や事納　広江八重桜

▼提灯《ちょうちん》を点《とも》したか。日暮れになったからか、物忌みだからか。城

名句鑑賞

かつぎ持つ裏は淋しき熊手かな　阿部みどり女

宝尽くし熊手、小判熊手など、さまざまな縁起物をあしらった、酉《とり》の市の名物「熊手」。商売繁盛を念じ、少しでも立派なものをと買いこみ、担いで帰る人たち。作者の目は豪華な熊手の裏にそそがれているのだが、さりげなく市の賑《にぎ》わいの裏を見ているようで、その冷静な目にはっとさせられる。みどり女は、女性俳句の黎明《れいめい》期から現代までを、気負いなく大河の流れのように生きた、数少ない女性俳人のひとり。［宇多］

攝津幸彦《せっつゆきひこ》▶昭和22年（1947）—平成8年（1996）同人誌「豈」を創刊。戦後世代の前衛派の旗手として活躍。

から去る人の背が見えるよう。▼山の井戸を大きな蓋《ふた》で覆い、井戸もしばらくお休みとなる。

【正月事始《しょうがつのことはじめ》《しやうぐわつのことはじめ》】

仲冬

事始《ことはじめ》・事始《ことはじめ》の餅《もち》

年神を迎えるための準備にかかる日のことで、十二月十三日とされる。この日から、門松を準備したり、雑煮を炊く薪《まき》をとりに山へ入ったり、煤払《すすはら》いなどもする。芸事の世界では、弟子が師匠に「事始の餅」を贈って一年の挨拶をするが、なかでも京都祇園《ぎおん》の「事始」が有名。歳暮《せいぼ》などもこの日から贈る慣わしとなっている。旧暦二月八日の「事始」とは区別して、「正月事始」という。 関連 事始《ことはじめ》→春

事始めなる祇園町通りけり　村山古郷

永遠に京紅はあり事始　岡井省二

▼たまたま通りかかった祇園町。改まった衣装をまとった舞妓《まいこ》や芸妓《げいぎ》がさざめき通る。今日は事始の日。▼舞妓の愛用する京紅の歴史は古い。永遠に受け継がれる伝統は尊い。

【飾売《かざりうり》】

仲冬

注連縄《しめなわ》や門松、楪《ゆずりは》などの正月用の飾り物を売ること。商店街や駅前に葭簀《よしず》を張った簡略な店を出し、一家をあげて店頭に立っていたりする。そんなところは馴染《なじ》み客も多く、なごやかに歳暮の挨拶を交わす光景が見られる。

閃々と湖が一枚飾売　廣瀬直人

一灯に一炉を抱き飾売　金箱戈止夫

▼冬麗の湖を前にした年の市の光景。希望に満ちた新しい年が来る予感もする。▼日暮れの早い北の地方であろう。暗い灯りの下、簡便な暖房具を抱くようにして飾り物を商っているのだ。

【煤払《すすはらい》《すすはらひ》】

仲冬

煤掃《すすはき》・煤《すす》おろし・煤《すす》の日《ひ》・煤見舞《すすみま》い・煤竹《すすだけ》・煤竹売《すすだけうり》・煤籠《すすごもり》・煤逃《すすにげ》・煤湯《すすゆ》

新年を迎えるために、家中の煤を払って清めること。かつては正月事始《しょうがつのことはじめ》の日(十二月十三日)から正月の準備にとりかかったが、煤払いはその最初の行事だった。煤払いの箒《ほうき》を「煤竹」といい、このために伐《き》り出した笹竹《ささだけ》を用いる。「煤籠」は、煤を避けるために、老人や子供にいったん別室に移ってもらうこと。「煤逃」ともいう。煤払い後、体にかぶった汚れを落とすために風呂に入ることを、「煤湯」という。

旅寝《たびね》してみしやうき世の煤はらひ　芭蕉

煤掃きてしばしなじまぬ住居かな　許六

一函の皿あやまつやすす払ひ　召波

煤払や神も仏も草の上　正岡子規

煤払ふ女の城の大きさよ　松井桂女

▼旅人となって眺める人間界の煤払い。▼きれいになって、何となく落ち着かない気分。▼大事な皿の箱を落として、割ってしまった。▼煤払いが終わるまで、神も仏もしばしは草の上。▼自分の働き守る場所を「女の城」と言い切った。

遠蛙過去を語れば過去明るむ：遠蛙の声が呼び起こす過去。誰かに語ればぱっと明るむ。

柚子湯《ゆずゆ》　仲冬

冬至風呂《とうじぶろ》・柚子風呂《ゆずぶろ》・冬至湯《とうじゆ》

冬至には柚子を入れた風呂に入る。これが柚子湯。黄色に熟れた柚子の浮かぶ風呂は香り高く、見た目にも美しい。柚子湯は端午の節句の菖蒲湯《しょうぶゆ》とともに、人と植物の麗しい関係の一つ。人の生命力は太陽の巡りとともに循環し、夏に盛りを迎え、冬には衰えると考えられた。衰えた生命力は植物の力をもらって甦《よみがえ》らせなければならない。柚子湯に入ると、風《か》邪《ぜ》をひかないというのは、この生命観のあらわれ。

関連　柚子《ゆず》→秋／冬至《とうじ》→11

冬至湯の煙あがるや家の内　前田普羅
柚子どもと衝突しつつ湯浴みせり　相生垣瓜人
白々と女沈める柚子湯かな　日野草城
湯あがりの柚の香の娘その母も　岩井英雅

▼土間に充満する、柚子湯を焚《た》く煙。▼「衝突しつつ」などとおもしろがっている。▼黄色の柚子と、色白の肌と。▼妻も娘も柚子湯の香りを漂わせる。

冬至粥《とうじがゆ》　仲冬

赤柏《あかがしわ》

冬至に食べる小豆粥《あずきがゆ》のこと。小正月に食べる「小豆粥」と紛らわしいので、「冬至粥」と呼んで区別する。古く中国から伝わった習俗で、魔除《まよ》けの意味をもつ。赤飯を柏の葉にのせて食べる地域もあり、この赤飯を「赤柏」と呼ぶ。

関連　冬至《とうじ》→11／小豆粥《あずきがゆ》→282

海よりも背山親しき冬至粥　鍵和田柚子
年毎にやさしき父と冬至粥　浜崎素粒子

▼海よりも背山に思いを馳せ、故郷回帰の念が静かに重なる。▼かつては厳しかった父親が、年をとるたびに柔和になる。粥の薄紅色がやわらかい。

天皇誕生日《てんのうたんじょうび》《てんわうたんじやうび》　仲冬

十二月二十三日。天皇陛下の誕生日を祝う日である。公的な儀式と一般参賀が行なわれる。平成元年（一九八九）、今上天皇の即位後、この日に定められた。昭和時代には四月二十九日で、この日は現在、「昭和の日」に制定されている。

天皇誕生日その恋もまた語らるる　林翔

▼天皇の誕生日を心から祝う時、自然とその恋もまた、語られるのだ。敬愛の念と同時に、親しみも感じられる。

クリスマス　仲冬

降誕祭《こうたんさい》・聖夜《せいや》・クリスマスイヴ・聖歌《せいか》・聖樹《せいじゅ》・聖菓《せいか》・サンタクロース

キリストの降誕祭。十二月二十五日に行なわれる（東方正教会ではユリウス暦で一月七日）。「クリスマス」とはキリストのミサの意で、この日と、前夜のクリスマスイヴに、教会でミサを行なう。一般には、知人や友人の平安を祈るクリスマス

楠本憲吉《くすもとけんきち》▶大正11年（1922）—昭和63年（1988）「野の会」主宰。家業は料亭「なだ万」。随筆でも知られる。

カードを交換し、プレゼントを贈答し、クリスマスツリーを飾る。歳時記にも「聖夜」「聖歌」「聖樹」「聖菓」などの呼び名で記載され、親しまれてきた。子供たちに贈り物を運ぶサンタクロースは、四世紀頃の司祭の名、セント・ニコラスが転《てん》訛《か》したもの。

へろへろとワンタンすするクリスマス　秋元不死男
クリスマス羊の役をもらひたる　西村和子
聖夜はや紅をおびゆく星得たり　阿波野青畝
聖菓剪る縫針をまだ衿にさし　横山房子

▼ワンタンと降誕祭は関わりはないが、生きる力を感じさせるところがこの日にふさわしい。▼この日、幼稚園でキリスト生誕劇を演じたか。ボクの役は羊。▼作者はカトリックの信者。この夜の星にひときわ感慨深いものがあったのだろう。▼縫い物中だが、とりあえず針を置いて、子供たちとケーキを食べる。

注《し》連《め》作《つくり》　仲冬

注《し》連《め》綯《な》う

年末になると、青刈りをして干しておいた新藁《しんわら》を使って正月飾りの注連縄作りが行なわれる。注連縄は左綯《ひだりよ》りに編んでゆく。年男《としおとこ》が作ったり、村が共同作業をして作るところもある。

隠し酒顔にあらはれ注連作　恩智景子
注連の尾の仕上げ年寄り呼ばれけり　田邉富子

関連 注連飾《しめかざり》↓267

▼寒い土間での作業なので、一杯引っ掛けた隠し酒だが、顔に出てしまった。▼注連縄の仕上げに尾を撥《は》ね上げるのは、やはり長老に頼ることになる。

歯《し》朶《だ》刈《かり》　仲冬

羊歯刈《しだかり》・もろむき

三方《さんぽう》に飾る鏡餅の下に敷いたり、注連飾《しめかざ》りに使うために、山に入って、おもにウラジロ歯朶を刈ること。歯朶は羽片が対生しているために、「諸向《もろむ》き」と、めでたい名を使ったりする。

関連 歯朶《しだ》↓234／歯朶飾《しだかざ》る↓268

歯朶刈の音裏山へ廻りたる　児玉輝代
杉渓はしづか裏白採り去りて　茨木和生

▼さほど大きな音ではないが、新年を迎える喜びを身近に感じている。▼裏白《うらじろ》は杉渓《すぎだに》の崖《がけ》に生えている。その裏白を刈り取って人が去ると、杉渓はもとの静けさに。

松《まつ》迎《むかえ》　仲冬

松《まつ》ばやし

門松飾りにする形のよい松や竹、隈笹《くまざさ》、梅などを山に入って伐《き》ってくること。もともと十二月十三日の正月事始《しょうがつことはじめ》の日に行なわれていたが、近年では、十二月二十八日頃に行なわれている。また、新年に焚く薪を「年木《としぎ》」というが、この年木を用意しておくことを「年木樵《としきこり》」という。この年木を、飾り薪として、門松の根元に供えることもある。

関連 門松《かどまつ》↓243

谷山に子どもの声す松迎へ　森澄雄

鯛あまたゐる海の上盛装して：鯛の華やかさに対抗するかのように船上で着飾る女たち。

産土神の松迎へ役給はりし　相野暲子

▼谷山に飾り松を採りに行ったのだろうか。子供の声が賑々しい。▼産土《うぶすな》の神社の行事の役目は村役の会議で決められる。作者の家では松迎えの役目を引き受けることになった。

門《かど》松《まつ》立《た》つ　仲冬

門松《かどまつ》の営《いとなみ》・松飾《まつかざ》る

松迎えで伐ってきた松、竹、梅を、家の門口に立てて飾ること。門松は歳徳神《としとくじん》の降臨する依《よ》り代《しろ》であった。現在は、多くの家では既製の門松を立てる。銀行や百貨店では正月事始《しょうがつのことはじめ》の日に立てたりする。

関連 門松《かどまつ》↓243

本殿にまさる門松立てゐたり　矢野典子

門松を立てに来てゐる男かな　池内たけし

▼本殿の門松も見事なものだが、摂社の門松はそれにも優るものだったという驚き。▼毎年頼まれて男は門松を立てに来る。きっと手際のよい職人にちがいない。

餅《もち》搗《つき》　仲冬

餅《もち》の音《おと》・餅《もち》の杵《きね》・賃餅《ちんもち》・引摺《ひきず》り餅《もち》・餅筵《もちむしろ》・餅配《もちくばり》

正月用の餅は、暮れの二十七、二十八日頃までに搗《つ》く。玄関や裏庭に竈《かまど》を据えて米を蒸し、杵で搗きあげる、家族総出の歳末の風物詩だった。搗きあがった餅を広げておくのが「餅筵」、まだ柔らかいうちに親類や近所に配るのが「餅配」である。現在では機械で搗いたものを店頭で買うことが多い。

餅搗

搗きあげし餅を嬰子のごと運ぶ　肥田埜勝美

餅筵踏んで仏に灯しけり　岡本松浜

餅配大和の畝のうつくしく　大峯あきら

▼搗きあがった餅は、待ち構える丸め手の所に運ばれる。両手に捧《ささ》げられた餅は嬰子《えいじ》そのもの。▼しらしらと仏間まで広げられた餅筵のめでたさ。▼餅配りという人情深いしきたりが、大和（奈良県）にはまだ残るのだ。

注《し》連《め》飾《かざ》る　仲冬

一夜飾《いちやかざり》・輪飾《わかざり》す

正月を迎えるために、年末に新しい注連縄を飾ること。シメ

桂信子《かつらのぶこ》▶大正3年（1914）—平成16年（2004）「草苑」主宰。新興俳句から平明で深い作風へと変化。

は「占め」で、神域を示すもの。新藁《しんわら》を左綯《ひだりな》いで作った縄に、白紙の幣《ぬさ》や稲穂、裏白《うらじろ》や橙《だいだい》などの縁起物を下げた注連縄を玄関や神棚などに飾り、年神の来臨に備える。作り方や飾り方は地域によりさまざまだが、「一夜飾」（大晦日《おおみそか》に飾りつけをすること）を忌むことは共通している。注連縄を作って飾るのは年男《としおとこ》の役だが、年を追うごとに年男の存在感も淡くなり、注連縄を飾る家もまた、少なくなっている。

関連 注連飾《しめかざり》→267

注連飾る間も裏白の反りかへり　鷹羽狩行

釘といふこの強きもの輪飾りす　殿村菟絲子

越してきて一夜飾りとなりしかな　片山由美子

▼裏白にはくるりと反る性質がある。生き生きとした俳句の眼。▼年神の来訪をまず引き受けるのは、この釘《くぎ》。▼忌むべき一夜飾もやむをえぬ場合がある。

【御用納《ごようおさめ》】 仲冬

御用終《ごようじまい》・仕事納《しごとおさめ》

官公庁がその年の仕事を終えることをいう。十二月二十八日が多い。この日に残務整理をし、一月三日まで休みとなる。民間会社の多くもこれに準じ、「仕事納」という。

関連 御用始《ごようはじめ》→278

煙吐く御用納の煙出し　山口青邨

真顔して御用納の昼の酒　沢木欣一

▼机上を片付けた後に出る塵を燃やす。その煙に安堵感が込められている。▼御用納めに所内で慣例の軽い飲み会。ほろ酔いになっても真顔を崩すことはない。ユーモアがある。

【札納《ふだおさめ》】 仲冬

納札《おさめふだ》

寺や神社で翌年用の新しいお札を授かる時に、古いお札を納札所に納めること。そのお札は後日、お焚《た》き上げといって、お祓《はら》いをして焚かれる。

草戸なる札もめくるや札納　松瀬青々

伸び上り高く抛りぬ札納　高浜虚子

▼茅《かや》などで作られた枝折戸《しおりど》に貼ってあった、色あせたお札もめくって、札納めに持って行ったことよ。▼足を爪立てて背を伸ばしお札を抛《ほう》って納め、来る年への願いも込めた。

【掃納《はきおさめ》】 仲冬

すでに煤払《すすはら》いはすませてあるが、新しい年を迎えるために大晦日《おおみそか》の日にする掃除のこと。元日は箒《ほうき》を持たないという風習があり、夜更けてから行なうところが多い。

句集には手を触れずして掃納　茨木和生

▼積んである句集の山に手をつけだしたらきりがない。句集の山はそのままにして、空いているところだけを掃いて終わる。

【晦日蕎麦《みそかそば》】 仲冬

年越蕎麦《としこしそば》・つごもり蕎麦《そば》・運気蕎麦《うんきそば》

栃木にいろいろ雨のたましいもいたり：万物に宿る「たましい」。栃木には雨の「たましい」もいる。

大晦日の夜、細く長くという縁起をかついで、蕎麦を食べる風習。関西では「つごもり蕎麦」、東北の一部では「運そば」「運気そば」などとも呼ぶ。嘉永元年（一八四八）の『季寄新題集』に「三十日《みそか》蕎麦」で季語として初出。

だぶだぶと老もすすりぬ晦日蕎麦　富安風生

宵寝して年越蕎麦に起さるる　水原秋桜子

▼「だぶだぶ」が生々しい。無事元気の証拠。▼一家揃《そろ》っての晦日蕎麦のためには、「起《おこ》さるる」も仕方ない。

【年《とし》湯《ゆ》】仲冬

除夜《じょや》の湯《ゆ》・年《とし》の垢《あか》

「年の垢」ともいうように、ゆっくりと除夜の湯に浸《つ》かって、一年の垢を落とすこと。かつて入浴は日常的ではなかったので、大晦日の入浴は、新年を迎えるための禊《みそぎ》の意味もあったと考えられる。

年の湯の湯気に消えゆく月日かな　吉屋信子

年の湯に湯の花入れて長湯せり　堀井信子

▼今年一年を感慨深く振り返る。その湯気に去りし日を垣間見る。▼温泉場で買い求めてあった湯の花を浴槽に入れての年湯である。一年の仕舞いの湯ゆえ、身も心も温まろうと長湯する。

【年《とし》の火《ひ》】仲冬

大晦日の夜、神社や寺、家の庭で榾火《ほたび》などを焚《た》いて、神事や仏事に使ってきたものを燃やすこと。火には清めの意味があった。「年越しとんど」と呼ぶ地域もあることから、「左義《さぎ》長《ちょう》」と通じるものと思われる。関連 左義長《さぎちょう》↓284

年の火に今生の身のうらおもて　黛執

年の火を片づけてゐる四日かな　水野露草

▼持ってきたものを火に投げ入れたのち、飛び散ってくる火の粉や炎に、体の表裏を焙《あぶ》って清める。火の持つ力を信じているから。▼正月四日の朝ともなると、榾火は燃え尽きている。静かな後片付けの風景。

【年《とし》守《まも》る】仲冬

年《とし》もる

大晦日の夜、眠らずに新しい年を迎えること。家族がひと部屋に集まって話をしたりして、年の明けるのを待つ。あるいは、寺や神社に集まって、年の火を守りながら新年を迎える。

年守るや火を焚いて火を敬ひて　小川匠太郎

年守るかまど水甕となりあひ　鷹羽狩行

▼産土《うぶすな》の杜《もり》で榾火《ほたび》を焚《た》きながら、新年を迎えようとしている。火を神聖なものと敬い育てている。▼大晦日の夜、家族が語り合う中で、かまどと水甕《みずがめ》の存在も忘れてはならない。

【年《とし》籠《ごもり》】仲冬

年参《としまいり》

大晦日の夜、参籠所《さんろうじょ》のある神社や寺に籠《こも》って、新しい年を迎

阿部完市《あべかんいち》▶昭和３年（1928）—平成21年（2009）独自の韻律や意味性を排した作風から難解派といわれる。

えること。大晦日の夜は眠らないという習俗があって、そのために寺社に籠って夜を明かすのである。

月読の光称へて年籠　水野露草

くづれゆく燠美しき年ごもり　水谷敦子

▼年籠りをしていると話題は尽きるもの。そんな時に月読《つくよみ》(月の神=月)の光の美しさを称《たた》える。▼年籠りをして焚《た》いていた薪の火(燠《おき》)が美しくくずれてゆく。

年越詣《としこしもうで》《としこしまうで》

仲冬

除夜詣《じょやもうで》

「年越詣」は、除夜に寺社に参詣《さんけい》すること、あるいは節分の夜に寺社に参詣すること、この両方に使われるので、注意を要する季語である。そのため、大晦日の夜の参詣は「除夜詣」として詠まれることが多い。関連 年越《としこし》→15

鐘楼まで篝火あかり除夜詣　山際かほり

満月は高きを渡り除夜詣　島田たみ子

二の鳥居よりのにぎはひ除夜詣　松橋利雄

▼間もなく除夜の鐘が撞《つ》かれる鐘楼にまで燃えたった篝火《かがりび》で明るい。▼産土《うぶすな》の杜《もり》は暗いだけに、中天を渡る満月は明るい。▼二の鳥居を過ぎると、本殿も間近になった賑《にぎ》わいが。

除夜《じょや》《ぢょや》の鐘《かね》《かね》

仲冬

百八《ひゃくはち》の鐘《かね》

大晦日の夜、寺々で撞《つ》き鳴らす鐘。人間のもつ百八の煩悩《ぼんのう》を払うために、百八回撞く。この鐘の音を聞きながら、行く年を送り、来る年を迎える。「除夜」とは、除日《じょじつ》(旧年を除く日、つまり大晦日)の夜の意。関連 年《とし》の夜《よ》→15

除夜の鐘幾谷こゆる雪の闇　飯田蛇笏

おろかなる犬吠えてをり除夜の鐘　山口青邨

百方に餓鬼うづくまる除夜の鐘　石田波郷

▼降りしきる雪の中。幾つもの谷を越えて広がる、除夜の鐘の音。▼除夜の鐘に驚いた犬。▼終戦直後、焼け野が原にうずくまって除夜の鐘を聞く人々。

年《とし》取《とり》

仲冬

年取《としと》る

大晦日の夜、新年を迎えることを祝い、また、一つ年をとることを祝って行なう正月準備や行事。かつては数え年だったために、年が明けると年齢が一つ増えるので「年取」といった。北陸から東北地方では、大晦日の夜にとる尾頭付きの祝いの食事を「年取」という。

年取が済みて炬燵に炉に集ひ　高野素十

年取の大鰤梁につるしたり　滝沢伊代次

▼除夜の儀式が終わると、思い思いにくつろぐ家族の姿がある。▼大晦日の夜、顎《あご》から口にかけて荒縄を通した大きな塩鰤《しおぶり》を梁《はり》に吊《つる》して、正月の準備も終了した。

春風の重い扉だ：荒れた春の一日。強く吹く風に押されて重たい扉。

除夜の鐘　山形県鶴岡市・出羽三山神社。

人事　行事

関西震災忌《かんさいしんさいき》《くわんさいしんさいき》

晩冬

阪神淡路震災忌《はんしんあわじしんさいき》・阪神忌《はんしんき》

平成七年（一九九五）一月十七日午前五時四六分、兵庫県淡路島北部を震源とする、マグニチュード七・三の地震（阪神淡路大震災）が発生した。神戸市と淡路島洲本《すもと》で震度六を観測、阪神一円に甚大な被害を及ぼした。死者約六四〇〇人、家屋全半壊約二五万棟、火災も発生し、神戸市長田区では区全域が灰燼《かいじん》に帰すほどであった。ライフラインや交通網も壊滅し、都市機能と経済基盤が一瞬にして破壊される、都市型災害の恐ろしさを目の当たりにした。犠牲者を悼み、被災地では毎年この日に、追悼行事が行なわれている。

関連 東日本震災忌《ひがしにほんしんさいき》→春／震災忌《しんさいき》→秋

白梅や天没地没虚空没　永田耕衣

雪降り来「男」とのみの柩あり　中山泰次郎

凍土より生きてこの世に掘り出され　細川葉風

▼作者は自宅の便所にいて、大地震に遭遇したという。その瞬間、天も地も宇宙（虚空《こくう》）も陥没したかと思った。▼炎に巻かれて、性別しかわからなくなった遺体。並べられた柩《ひつぎ》に降りかかる、無情の雪。▼生き埋めとなったものの、奇跡的に生還した人。命ひとつをしっかりと抱いて。

住宅顕信《すみたくけんしん》▶昭和36年（1961）—昭和62年（1987）白血病のため離婚、長男を引き取り闘病。自由律に傾倒。

鬼《おに》やらひ《い》

晩冬

追儺《ついな》・なやらい

立春の前日、節分の夜に、暴れる鬼を追い払う行事。旧暦とともに中国から宮中に伝わった「追儺の節会《せちえ》」が、しだいに民間に広まったもの。追儺の「儺」(ダ、ナ)は、鬼を追うこと。現在の豆撒《まめま》きは豆を撒いて鬼を払うが、古くは桃の弓に蘆《あし》の矢をつがえて放ち、鬼を射た。追儺は初め大晦日《おおみそか》に行なわれていたが、のちに節分に移った。このことからも、節分と大晦日のどちらも、年のつなぎ目とされていたことがわかる。 関連 節分《せつぶん》↓25

硝子戸を開きて海へ鬼やらふ　山口波津女

姿ある鬼あはれなり鬼やらひ　三橋敏雄

古枡や追儺の豆にあたたまり　百合山羽公

▼硝子《ガラス》戸の外には真っ暗な海が広がっている。▼節分の行事に登場するお面をつけた鬼など、あわれなもの。本当に恐ろしいのは姿のない鬼。▼冷えきっていた古枡《ふるます》も豆まきの熱気に温まった。

鬼やらひ　奈良県吉野町・金峯山寺。

豆《まめ》撒《まき》

晩冬

豆打《まめうち》・鬼《おに》の豆《まめ》・年《とし》の豆《まめ》・福豆《ふくまめ》・鬼《おに》は外《そと》・福《ふく》は内《うち》

節分の夜、炒《い》った大豆を撒《ま》いて鬼をやらう(追い払う)こと。この時、「鬼は外、福は内」の文句を高らかに唱える。この豆を「年の豆」と呼ぶ。この「年」は「年の夜《よ》」、すなわち大晦日《おおみそか》のこと。豆をはじめ、植物の果実や種子には邪気を払う霊力があるとされた。 関連 節分《せつぶん》↓25

三つ子さへかりりかりりや年の豆　一茶

豆撒やかりそめに住むひとの家　石田波郷

豆撒きの昔電燈暗かりき　川崎展宏

福豆の升をこぼれしひゞきかな　飴山實

▼豆をかじる幼子。▼借家での鬼やらい。▼子供の頃、暗い電灯の下、鬼やらいをしたことが思い出されるのだ。▼升《ます》からこぼれて跳ねる豆のぱちぱちという音。

柊《ひいらぎ／ひひらぎ》挿《さ》す

晩冬

柊売《ひいらぎうり》・鰯《いわし》の頭挿《あたまさ》す・焼《や》い嗅《か》がし・目突柴《めつきしば》・鬼《おに》の目《め》さし

強い臭いのする鰯の頭に柊の枝を刺し、門口に挿して魔除《まよ》けとする、節分の夜の風習である。邪悪な鬼は、鰯の悪臭に辟易《へきえき》し、棘《とげ》のある柊の葉で目を突かれて逃げ出すということを信じての風習である。 関連 節分《せつぶん》↓25

明日毀つ家に柊挿しにけり　大久保和子

柊を挿すより影を失へり　上田五千石

木枯しや星明り踏む二人旅：福永武彦の結婚を祝った句。日米開戦直後の先行き不安な時期。

まだ温き鰯の頭挿しにけり　　多田睦子

▼明日家を毀《こぼ》つというのに、その家に柊を挿している。篤《あつ》い信仰心がうかがえる。▼門口に柊を挿すのは節分の夜、その夜もまたたくまに更けてゆく。▼焼いたばかりの、まだ温《ぬく》もりの冷めない鰯の頭をちぎって柊に挿す。

厄払《やくばらい》《やくばらひ》

晩冬

厄落《やくおと》し・ふぐり落《おと》し・厄詣《やくもうで》

＋節分の夜、厄年に当たる四十二歳の男、三十三歳の女が神社に参詣《さんけい》して厄を払うこと。参詣の途上で、男は褌《ふんどし》を、女は櫛《くし》や簪《かんざし》を落として、厄を払った。かつては節分の夜、家に来て「厄払いましょ」と言って回った門付《かどづけ》もいた。

籠所の二つある宮厄落　　山中弘通

鰐口をしたたか叩き厄落　　塚月凡太

▼参籠所《さんろうじょ》が二つもあるのは大きな神社。わざわざそこに行っての厄落し。▼神殿の前の鰐口《わにぐち》(鈴のように打ち鳴らす円形の鳴らし物)をしたたかに叩《たた》くのも厄落し。

神《かみ》の旅《たび》

初冬

神立《かみたち》・神《かみ》の旅立《たびだち》・神送《かみおくり》・神《かみ》の留守《るす》・神在祭《かみありまつり》・神迎《かみむかえ》

初冬の旧暦十月、諸国の神々は出雲《いずも》大社(島根県出雲市)に集まる。この神々の大移動が「神の旅」である。「神送」ともいう。事情があって持ち場を離れられない留守神《るすがみ》(留守番の神)もあるが、こぞって出雲へ向かう八百万《やおよろず》の神々の姿はどこか人間的でもある。出雲大社と佐太《さだ》神社(松江市)では、全国からやってくる神を迎えるための「神在祭」が行なわれる。「神の留守」は、神がすでに出雲へ旅立ってしまって社《やしろ》を留守にしている状態をいう。神が帰ってくる際には「神迎」の神事を行なって

神の旅　島根県・出雲大社。

中村真一郎《なかむらしんいちろう》▶大正7年(1918)—平成9年(1997)小説家、詩人、評論家。青蘿をサンボリストと評するなど、俳諧に精通。

出迎えるのである。関連 神無月《かんなづき》↓6

都いでて神も旅寐の日数哉　芭蕉
蘆の葉も笛仕る神の旅　高浜虚子
魂ぬけの小倉百人神の旅　阿波野青畝
通ひ路の一礼し行く神も留守　松本たかし

▼京の都から江戸へ向かう途中、沼津(静岡県)での句。神も旅をするこのひと月、私も旅をしてきた。▼蘆《あし》の葉を吹く風の音が神を送る笛の音《ね》に聞こえる。▼「小倉《おぐら》百人一首」の歌人たちも旅に出る。▼いつもお参りする近所の神社。そこの神も旅立ってしまって今は留守。

【神《か》等《ら》去《さ》出《で》の神《しん》事《じ》】

初冬　からさで

神無月《かんなづき》に出雲《いずも》へ参集した神々を、諸国へと送り出す神事。出雲大社は旧暦十月十一日から十七日まで、佐太《さだ》神社では新暦十一月二十日から二十五日まで、それぞれの神在祭が行なわれるが、その最終日に行なわれるのが「神等去出の神事」。秘儀の部分が多い神事である。

神等去出の過ぎたる山が遠く照る　森田廣
袈裟がけに神等去出の雷海を裂く　石原八束

▼神々を諸国へ送り出した後の、出雲の佇《たたず》まいが見えるようだ。人も地もほっと安堵《あんど》しているのであろう。▼出雲に集った神が帰る時の海の雷。袈裟《けさ》がけに信心の心が見える。

名句鑑賞

出雲路やあらぶる神の草枕　松瀬青々

八百万《やおよろず》の神々が出雲大社に集まる旧暦十月、出雲の国ではあちらの山、こちらの野で神々が旅寝しているというのだ。草枕《くさまくら》とは、草を枕にして野宿すること。目に見えない神々の気配をありありと感じている一句。［長谷川］

【冬《ふゆ》安《あん》居《ご》】

三冬　雪安居《ゆきあんご》

「安居」とは、おもに夏の雨期に、僧侶たちが一堂に籠《こも》って、座禅、仏書研究など、仏道の修行をすること。冬に行なうものを「冬安居」といい、その期間はふつう十月から一月半ばまで。「雪安居」ともいう。関連 安居《あんご》↓夏

庫裏に吊る沓の濡れをり冬安居　羽田岳水

▼沓《くつ》の濡《ぬ》れは、雪の中を托鉢行脚《たくはつあんぎゃ》でもしてきたものだろうか。

【十《じゅう》《じふ》夜《や》《や》】

初冬　お十夜《じゅうや》・十夜粥《じゅうやがゆ》・十夜婆《じゅうやばば》・十夜寺《じゅうやでら》・十夜僧《じゅうやそう》

おもに浄土宗の寺院で、十日十夜にわたって行なわれる念仏法要。旧暦十月五日から十日間、無量寿経《むりょうじゅきょう》の教えに基づいて修するもので、室町中期の永享年間に平定国《さだくに》が京都の真如堂《しんにょ》に参籠《さんろう》したのに始まるとされる。現在、真如堂では十一月五日から十五日に行なっている。寺院によって日は異なり、短縮しているところもある。結願《けちがん》の日に供される粥を「十夜粥」という。

雪女ちよつと眇であつたといふ：伝聞の形を取ることで、かえって雪女の存在がありありと艶やかに。

油燈《あぶらび》の人にしたしき十夜かな　蕪村

お十夜のずんと冷えきて雨の音　星野麥丘人

てのひらに柿ひとつ乗る十夜婆　廣瀬直人

▼「油燈」はともし油に灯心を浸してともす火。蠟燭《ろうそく》よりも明るく、十夜法要の人々を照らした。▼「ずんと」という表現に、雨音ににわかに冷える広い本堂が思われる。▼てのひらにのっているのは、卵形の小さい「十夜柿」。婆の呼称に親しみが込められている。

御《お》火《ほ》焚《たき》

初冬

お火焼《ほたき》・おひたき

十一月、京阪地方の神社で行なわれる火祭の行事。社前に火を焚《た》き、神酒《みき》を供え、神楽《かぐら》や祝詞《のりと》を奏上する。伏見稲荷《ふしみいなり》大社（京都市）などで行なわれる鞴祭《ふいごまつり》もその一つ。

御火焚や霜うつくしき京の町　蕪村

お火焚の切り火たばしりたまひけり　後藤夜半

▼蕪村《ぶそん》の頃の御火焚は旧暦十一月八日であったから、寒気厳しい中での参詣であったろう。▼井桁《いげた》に組んだ松割木に火の点《つ》く瞬間。聖なる火の色が走る。

鞴《ふいご》祭《まつり》

初冬

鍛冶祭《かじまつり》・踏鞴祭《たたらまつり》・蜜柑撒《みかんまき》

鍛冶屋、鋳物師《いもじ》、飾り師など、鞴（火力を強める送風装置）を使う職人の祭で、十一月八日に行なわれる。注連縄《しめなわ》を張り、酒、赤飯、蜜柑《みかん》などを供え、鞴に感謝を捧げる。祭神は、鉄と金工の守護神である金山彦神《かなやまひこのかみ》や、火の神である迦具土神《かぐつちのかみ》など。古代より鉄で栄えた出雲《いずも》（島根県）から吉備《きび》（岡山県および広島県東部）にかけて多く残る。供物のお下がりの蜜柑を火に炙《あぶ》って食べると風邪《かぜ》をひかないといわれるところから、「蜜柑撒」ともいう。

雨しぶく鞴祭の唄はずむ　佐藤鬼房

軽井沢鞴祭はすみたるか　宮坂静生

▼十一月の初旬、冷たい雨が降り始める。それでも歌声ははずむ。▼避暑地で知られる軽井沢（長野県）だが、こんな軽井沢へのご挨拶もあるのだ。

牡《ぼ》丹《たん》焚《たき》火《び》

初冬

牡丹焚《ぼたんた》く・牡丹供養《ぼたんくよう》

毎年十一月の第三土曜日に、福島県須賀川《すかがわ》市の須賀川牡丹園内の一隅で、天寿を全うした牡丹の古木を焚いて供養する行事。古木を焚くと、辺りに芳香が漂う。この香りが「かおり風景一〇〇選」（環境省）に選ばれている。当日は大勢の俳人が集い、吟行句会が盛んに行なわれる。

牡丹焚火

真鍋呉夫《まなべくれお》▶大正9年（1920）—平成24年（2012）小説家。俳人の父・天門の影響から作句。連句にも造詣が深かった。

煙なき牡丹供養の焔かな　原石鼎
牡丹供養の天衣の焔ひるがへる　野澤節子
音もなくあふれて牡丹焚火かな　黒田杏子

▼最初に季語として句作に採用したのは作者。燃えゆく木は煙を立てず、焔《ほのお》は青みがかっている。▼焔の形が、ひらひら翻る天女の衣に見えた。牡丹の花の盛りを彷彿《ほうふつ》とさせる句。▼ぱちぱち弾《はじ》ける音もなく、焔が豊潤に満ち満ちた様子。まことに妖艶。

【恵比須講《えびすこう》《ゑびすこう》】初冬

恵比須市《えびすいち》・夷切《えびすぎれ》

商売繁盛を祈る恵比須神の祭で、旧暦十月二十日に行なわれた。今は祭日は十一月二十日が多いが、地方によって異なる。商家では客を招いて祝宴を開く。田の神、山の神として信仰する地方もある。商店街では恵比須市を開き、冬物衣料や正月用品を特売する。呉服店では端布《はぎれ》や売れ残り物を「夷切《えびすぎれ》」といって売る。

振売の鴈《がん》あはれ也ゑびす講　芭蕉
何買はむ甲斐の城下のゑびす講　小島千架子

▼この「あはれ」は賛嘆、愛着の意か、それとも悲哀、憐憫《れんびん》の意か。ともかく雁《がん》も食用とされた事実。▼旅先で出合うものはいずれも珍しく、心が弾《はず》む。

【神農祭《しんのうさい》】初冬

神農《しんのう》さん

神農祭

江戸時代から薬問屋の町として知られる大阪市中央区道修町の少彦名《すくなひこな》神社の祭礼。十一月二十二、二十三日に行なわれる。祭神の少彦名命《みこと》は薬の神だが、古代中国の伝説上の皇帝で、医薬を民に伝えたとされる神農氏をも祀《まつ》っている。これが「神農さん」として親しまれていて、祭日には、五葉笹につけた張り子の虎《とら》が授けられる。

神農の虎ほうほうと愛でらるる　後藤夜半
廟を打つ銀杏を売り神農祭　秋山朔太郎

▼張り子の虎が首を振る様子と、それを楽しげに眺める人の姿が見える。▼境内に落ちる銀杏が初冬の季節感を伝え、出店などで賑《にぎ》わう祭を思わせる。

【鉢叩《はちたたき》】仲冬

空也念仏《くうやねんぶつ》・空也和讃《くうやわさん》

江戸時代、旧暦十一月十三日の空也忌から✚大晦日《おおみそか》までの

佐保姫もこんなずん胴酒のびん：春の女神、佐保姫もきっと日本人体型だったことだろう。

四十八日間、京都の空也堂の行者が鉦《かね》や瓢簞《ひょうたん》を打ち鳴らし、念仏や和讃を唱えて洛中洛外を巡り歩いたもの。平安時代に空也上人が始めた✝踊念仏《おどりねんぶつ》に由来する。歳末の都の風物詩として聞こえていたらしく、芭蕉もわざわざ去来の家に泊まり込んで、巡って来るのを待ちわびた。

長嘯の墓もめぐるかはち敲　芭蕉

箒こせまねてもみせん鉢叩　去来

清水の灯は暗うして鉢叩　藤野古白

▼明け方にやっと鉢叩が来た。さては縁のある木下長嘯子《ちょうしょうし》の墓まで巡ったのか、と興じた一句。▼同じ夜の句。箒《ほうき》をよこしなさい。鉢叩が来ないなら私が真似てみせよう。▼清水《きよみず》界隈はすっかり寝静まっている。

【神楽《かぐら》】仲冬

神遊《かみあそび》・神楽歌《かぐらうた》・御神楽《みかぐら》

「神楽」は、神道で神に奉納するために奏する歌舞。宮中で行なわれる「御神楽」と、民間で行なわれる「✝里神楽《さとかぐら》」がある。御神楽は、平安時代から続く行事で、十二月中旬、宮中の内侍《ないし》所《どころ》の前庭に庭燎《にわび》と呼ぶ篝火《かがりび》を焚《た》き、神楽笛、篳篥《ひちりき》、和琴《わごん》の独奏や伴奏と舞をまじえて、神楽歌を奏る。現在も天皇陛下ご臨席の下、皇居の賢所《かしこどころ》で宮内庁式部職楽部により行なわれている。

御神楽や火を焼く衛士にあやからん　去来

土器の酒くみかはす神楽かな　龍岡晋

▼御神楽のために庭燎を焚くのは宮中を守備する衛士《えじ》の仕事。▼自註によれば、東京・音羽の今宮神社。神に献じた酒を土器《かわらけ》で酌み交わすのが古風でゆかしい。

【里神楽《さとかぐら》】仲冬

湯立神楽《ゆだてかぐら》・霜月神楽《しもつきかぐら》・冬祭《ふゆまつり》・夜神楽《よかぐら》

宮中の「御神楽《みかぐら》」に対して、宮中以外の神社や民間で行なわれる✝神楽を総じて「里神楽」と呼ぶ。伊勢《いせ》流、出雲《いずも》流など複数のルーツがある。旧暦十一月に行なわれる霜月神楽は、大釜《おおがま》に沸かした湯で禊《みそぎ》をする湯立神楽で、三河（愛知県）の花祭など、各地の冬祭となっている。出雲の佐陀神能《さだしんのう》を起源とする石見《いわみ》神楽は、神話の演劇化が特徴。岩戸開きなどを題材に夜通し舞う高千穂《たかちほ》神楽は、夜神楽の一つとして知られる。

むつかしき拍子も見えず里神楽　曾良

里神楽こと分らねど面白き　星野立子

▼土地の人の伝える神楽は難しい拍子もない。単純なのがかえって懐かしい。▼ストーリーがわからなくても滑稽な舞の所作を見るだけで楽しいのである。

【大師講《だいしこう》】仲冬

霜月会《しもつきえ》・大師粥《だいしがゆ》・智慧粥《ちえがゆ》

十一月二十四日は、天台大師智顗《ちぎ》の忌日にあたり、全国の天台宗寺院で法要が営まれる。在家では小豆粥《あずきがゆ》を食べる風習があり、「大師粥」「智慧粥」と呼ぶ。ところによっては「大師講」

丸谷才一《まるやさいいち》▶大正14年（1925）―平成24年（2012）小説、評論、翻訳など多彩に活躍。大岡信らとの連句も人気を呼んだ。

の「大師」が、弘法大師空海、元三大師良源と誤られることがあり、また、「太子講」(聖徳太子)と混同視されている例もあるという。

こなれよき凡夫の腹や智慧の粥　松瀬青々

▼大師講で、智慧の粥の施しにあずかったのである。小豆のひと粒ひと粒に仏縁を謝していただく。

報《ほう》恩《おん》講《こう》　仲冬

御正忌《ごしょうき》・親鸞忌《しんらんき》・お霜月《しもつき》・お取越《とりこし》・お講《こう》

浄土真宗の開祖親鸞《しんらん》聖人の忌日(旧暦十一月二十八日)を結願《けちがん》日とする、七昼夜にわたる報恩謝徳のための大法要。京都東本願寺では十一月二十一日の逮夜《たいや》に始まり、二十八日まで、西本願寺では一月九日から十六日までの、各七昼夜の間、行なわれる。

白髪がはくはつ迎ふ報恩講　吉田汀史

母連れて出て来しお講日和かな　高橋るい

▼報恩講に詣で来た人も、席を空けて待つ人もみな一様に年老いたものだ。▼老母の念願だった報恩講に連れ出したのだ。小さくなった母の背に冬の日が暖かい。

臘《ろう》《らふ》八《はつ》《はつ》会《え》《ゑ》　仲冬

臘八会《ろうはちえ》・成道会《じょうどうえ》・臘八接心《ろうはちせっしん》

「臘八」は「臘月(旧暦十二月)八日」の略。釈迦《しゃか》が長い苦行の末、この日の未明に悟りを開いたことを記念して、仏教各宗派では「成道会」を営む。とくに禅宗の本山では、十二月一日から八日の朝まで不眠不休の座禅を行なうが、これを「臘八会」「臘八接心」という。

襷して走る典座《てんぞ》や臘八会　阿波野青畝

臘八の御僧煤けたまひけり　小瀬木みち

▼八日未明、臘八接心がすむと、臘八粥《がゆ》と呼ばれる茶粥を供するため、食事をつかさどる典座は襷《たすき》がけをして大忙しである。▼八日間の不眠不休の座禅を終えて下堂する僧の、やつれた様子のなんとありがたいこと。

秩《ちち》父《ぶ》夜《よ》祭《まつり》　仲冬

秩父祭《ちちぶまつり》

埼玉県秩父市の秩父神社の例大祭。十二月二日宵宮《よいみや》、三日大祭。二台の傘鉾《かさぼこ》と四台の屋台が秩父囃子《ばやし》を奏して町を巡り、屋台歌舞伎や曳踊りが演じられる。提灯《ちょうちん》を灯した夜の曳行《えいこう》は、花火もあがって華やかである。養蚕の盛んだった秩父の絹市《きぬいち》に由来し、三百年以上の歴史をもつ。

桑枯れて秩父夜祭来りけり　岡田水雲

▼養蚕業を支える桑畑は葉を落とし、賑《にぎ》やかな秩父夜祭の季節がやってきた。地元の人ならではの句。

義《ぎ》《ぎ》士《し》《し》会《かい》《くわい》　仲冬

義士討入《ぎしうちいり》の日《ひ》・赤穂義士祭《あこうぎしさい》

元禄十五年(一七〇二)十二月十四日、赤穂藩大石内蔵助良雄《くらのすけよしお》

軒を出て狗寒月に照らされる：師・百合山羽公に褒められた句で、色紙にはいつもこの句を書いた。

秩父夜祭

ら四十七人が江戸本所松坂町(墨田区)の吉良上野介義央《きらこうずけのすけよしひさ》の屋敷を襲い、主君浅野長矩《ながのり》(浅野内匠頭《たくみのかみ》)の仇《あだ》を討った。十二月十四日から十五日にかけて、義士の墓所のある東京都港区の泉岳寺《せんがくじ》や兵庫県赤穂市の大石神社などで、義士を偲《しの》ぶ催しが行なわれる。関連 義士祭《ぎしさい》↓春

義士会や献灯二三祇園より　大島民郎

吉良方も偲ぶ日なかや討入り忌　平川雅也

▼昼行灯《ひるあんどん》と笑われながら、祇園《ぎおん》で遊んで機をうかがっていた大石内蔵助。祇園との縁には浅からぬものがある。▼赤穂方から見れば吉良方は憎き敵だが、吉良を偲ぶのもよいではないか。

【鳴滝《なるたき》の大根焚《だいこたき》】

仲冬

大根焚《だいこたき》

京都市鳴滝の了徳寺《りょうとくじ》の行事で、十二月九、十日に行なわれる。建長四年(一二五二)、親鸞《しんらん》聖人がこの地で説法した時、人々が大根を煮て奉ったところ、聖人が芒《すすき》の穂で名号を記した。これが「十字の名号《みょうごう》」で寺宝。この故事にちなみ、青首大根三千本をたいて参詣者《さんけいしゃ》に振る舞う。

日だまりは婆が占めをり大根焚　草間時彦

ほとけらと半日睦み大根焚　関戸靖子

▼了徳寺はさほど大きな寺ではなく、本堂はもとより、境内の隅々まで大根を食べる人々であふれる。▼仏と心を通わしての半日。十二月初旬の鳴滝を訪ねて、冷えきった体に、たきたての大根が温かい。

藤沢周平《ふじさわしゅうへい》▶昭和2年(1927)—平成9年(1997)小説家。結核療養中に「海坂」入会、1年半ほど作句。小説「一茶」がある。

世《せ》田《たが》谷《や》のぼろ市《いち》

仲冬　ぼろ市《いち》

毎年十二月十五、十六日、一月十五、十六日の四日間、東京・世田谷の代官屋敷周辺で催される市。北条氏政《うじまさ》が楽市《らくいち》を開いて以来、四百年以上の歴史をもつ。「ぼろ市」の名は、かつて古着の取引が盛んだったことに由来する。現在は骨董品から雑貨まで多数の露店が出て賑《にぎ》わう。

ぼろ市の嵐寛《あらかん》のブロマイドかな　飯島晴子

ぼろ市やかひなに着せて女物　上田五千石

▼嵐寛寿郎《あらしかんじゅうろう》はブロマイド草創期の大スター。「あらかん」の愛称に親しみがこもる。▼古着の着物を腕にかけてだらりと垂らす。冬空の下で色彩が映える。

羽《は》子《ご》板《いた》市《いち》

仲冬　羽子板売《はごいたうり》

十二月十七日から十九日まで東京・浅草の浅草寺《せんそうじ》で開かれる市。正月用品や縁起物を売る年の市として始まり、現在は羽子板を飾り付けた露店が境内に数十軒並んで賑《にぎ》わう。押絵《おしえ》の意匠は江戸時代以来、歌舞伎役者が定番となっている。その年話題の人物の羽子板が出るのも楽しい。関連 羽子板《はごいた》→262

はぐれ来て羽子板市の人となる　結城昌治

羽子板の師直こそは売れ残る　水原秋桜子

▼作者は小説家。浅草で飲んでいるうちにふと羽子板市の灯に心を誘われたか。▼『仮名手本忠臣蔵《かなでほんちゅうしんぐら》』で吉良上野介《きらこうずけのすけ》に擬せられた高《こうの》師直《もろなお》の憎々しげな顔の羽子板が売れ残っている。

春《か》日《すが》若《わか》宮《みや》御《おん》祭《まつり》

仲冬　御祭《おんまつり》・後日《ごにち》の能《のう》・後宴《ごえん》の能《のう》

春日大社(奈良市)の摂社、若宮神社の例祭「おん祭り」は、十二月十五日から十七日に行なわれる。若宮様のご神体を仮御殿の御旅所まで移す、十七日午前零時からの「遷幸の儀」は神秘的。その日のお渡り式は賑《にぎ》やかのひと言。翌十八日には仮御殿前の芝舞台で後日の能が演能される。

お出ましもお還りも夜やおん祭　右城暮石

お渡りを鹿が横切るおんまつり　谿昭哉

▼ご神体の若宮様が仮御殿にお出ましになるのもお還《かえ》りになるのも深夜のこと。▼三条通りを行く渡御の列を鹿が横切ることも。いかにも奈良らしい。

春日若宮御祭　お渡り式の田楽。

おい癌め酌みかはさうぜ秋の酒：辞世の一句。闘病日記のタイトルになっている。

終天神《しまいてんじん》《しまひてんじん》

仲冬

天満宮の年内最終の縁日で、十二月二十五日。とくに京都の北野天満宮の終天神は、境内に多くの露店が出て、正月用品などを買い求める人で賑《にぎ》わう。

終天神撫で牛も撫でをさめ　鏑木村雨

▼北野天満宮の撫《な》で牛《うし》は、参詣者のもろもろの願いを受け止めて、見事な撫で艶《つや》を呈している。

終天神　京都・北野天満宮。

終大師《しまいだいし》《しまひだいし》

仲冬

終弘法《しまいこうぼう》・納大師《おさめだいし》・果大師《はてのだいし》

十二月二十一日、一年最後の弘法大師の縁日。この日、京都は東寺《とうじ》、関東では川崎大師(神奈川県川崎市)、西新井《にしあらい》大師(東京都足立区)などで、正月用品をはじめとする露天商が境内に並び、参詣《さんけい》者で賑《にぎ》わう。

暮れかかる川見て納大師かな　岸田稚魚

▼自註によると、昔、母と荒川を渡って西新井大師に詣《もう》でたとある。往時を回顧しての納大師の句。

和布刈神事《めかりのしんじ》

晩冬

和布刈《めかり》

関門海峡に臨む北九州市門司区の和布刈神社で大晦日《おおみそか》の深夜から元旦にかけて行なわれる神事。三人の神職が潮の引いた社前の海に入り、一人が松明《たいまつ》を掲げ、一人が桶を持ち、一人が鎌《かま》を用いて岩場の和布《わかめ》(若布《わかめ》)を刈り取る。和布は神饌《しんせん》とともに神前に供えられる。

和布刈火に照る一塊の石の雪　野見山朱鳥

和布刈る神事を前にとほる船　林徹

▼松明を掲げた神官が海へ進む。汀《みぎわ》の石に積もった雪が松明に照り映える。▼関門海峡の潮流は速い。神事を行なう磯の沖の暗闇を、船の灯が過ぎってゆく。

和布刈神事

仏名会《ぶつみょうえ》《ぶつみやうゑ》

晩冬

御仏名《おぶつみょう》

歳末に諸仏の名を唱えて一年の罪を懺悔《さんげ》し、心身の穢《けが》れを払う法要。奈良時代、宮中において始まり、平安時代には十二月十九日から三夜にわたる恒例行事となった。諸寺でも十二

江國滋《えくにしげる》▶昭和9年(1934)—平成9年(1997)随筆家。「東京やなぎ句会」を発足、「日経俳壇」選者を務めるなど活躍。

月中に日を決めて行ない、過去、現在、未来の三世《さんぜ》の仏名が列挙された仏名経を読み上げる。「御仏名」「仏名懺悔《さんげ》」ともいう。

板敷に光るつぶりや仏名会　嘯山

▼三宅嘯山《しょうざん》は蕪村とも交わりのあった京の俳人。板敷の本堂で勤《ごん》行《ぎょう》する僧の頭が、燭《しょく》の火に寒々と照る。

寒参《かんまいり》《かんまゐり》

晩冬

寒詣《かんもうで》・裸参《はだかまいり》

寒中（一月五日頃の寒《かん》の入《いり》から、二月三日頃の節分まで）の約三十日間、夜に社寺に参詣すること。裸や裸足《はだし》で参る人が多かったところから「裸参」ともいう。

寒詣木も水の香も封じゆく　金子青銅

▼水垢離《みずごり》でもとっているのか。感覚がしだいに失われていくのだろう。

寒垢離《かんごり》

晩冬

寒行《かんぎょう》

寒中、水を浴びたり滝に打たれたりして、神仏へ祈願をする荒行《あらぎょう》をいう。行者は褌姿《ふんどしすがた》や白装束になり、心身を凝らして行に就《つ》く。

寒垢離の白衣すつくと立ちあがる　福田甲子雄

▼白装束の肩のあたりを滝飛沫《たきしぶき》が激しく打つ。その立ち姿は行者の気迫そのもの。

寒念仏《かんねぶつ》

晩冬

寒念仏《かんねんぶつ》

寒中、僧や信徒などが、鉦《かね》や太鼓《たいこ》を叩《たた》き、念仏や題目を唱えながら市中を歩き、報謝を乞うもの。これもまた、寒行の一つ。

物買へる我の後ろに寒念仏　星野立子

寒念仏在野の僧もうちまじり　山田みづえ

▼買物をした作者の後ろに思いもかけない寒念仏の声に身も引き締まる。▼念仏の一団の中に、在俗と知れるいでたちの僧がいたのだろう。修行者への親近の眼が感じられる。

黒川能《くろかわのう》《くろかはのう》

晩冬

王祇祭《おうぎさい》

二月一日、二日に、山形県鶴岡市黒川の春日神社の王祇祭で演じられる能。五百年もの伝統をもつと伝えられる神事能で、現在は演目数五四〇番が残っている。ここにしか残っていない様式もあり、注目を浴びている。

雲が雨に雨が霰に黒川能　野澤節子

酒五石豆腐万丁黒川能　棚山波朗

装束に雪の力を黒川能　岡田史乃

▼曇天も雨も霰《あられ》も、とにかく寒い。それなのに浮き浮きと演目を楽しんでいる。▼漢字のみだからこその余情が感じられる。▼雪が降る。あたりを引き締める雪の精に後押しをされるように能を演じる。

黒川能

春日万灯籠《かすがまんとうろう》

晩冬

奈良の春日大社では、節分（二月三日頃）の夜と中元（旧暦七月十五日）の夜に、石灯籠や吊《つり》灯籠に一斉に灯《ひ》を入れる。森の暗さが極まり、社殿の朱が浮き立ち、意匠を凝らした灯籠の透かしが映える。昼間の森閑とした佇《たたず》まいを夜の闇の深さに変えて、幻想的な時空を生む光のゆらぎは、古都奈良に春を呼ぶ行事の一つである。

なんといふ暗さ万燈顧る　橋本多佳子

幾度もつまづく木の根万燈会　細見綾子

万灯籠明日を春の底冷す　森澄雄

▼万灯に続く春日の森は昼間も暗い原生林。あたかも異界へ誘われるような、ただならぬ怖さの迫る太古の闇だ。▼明るい火の列と足元の暗さ。闇の中で幾度も走り、根につまずく。▼節分の夜。寒さがひときわ骨身にしみるが、明日は立春だと思うと、凍《い》てが緩む。

芭蕉忌《ばしょうき》

初冬

時雨忌《しぐれき》・桃青忌《とうせいき》・芭蕉会《ばしょうえ》・翁忌《おきなき》・翁の日《おきなのひ》

俳諧の大成者である芭蕉の忌日で、旧暦十月十二日。芭蕉は元禄七年（一六九四）十月十二日、旅先の大坂で死去。この旧暦十月十二日が芭蕉忌。太陽暦では十一月半ば。ちょうど時雨の季節であり、芭蕉は数々の時雨の名句を詠んでいるので、「時雨忌」ともいう。

芭蕉会と申し初めけり像の前　史邦

はせを忌や月雪二百五十年　飯田蛇笏

芭蕉忌を一日おくれてしぐれけり　加藤楸邨

▼芭蕉が亡くなって間もない頃の芭蕉忌。▼二百五十年後の芭蕉忌。▼芭蕉忌に時雨が降れば、かえってできすぎ。

寺山修司《てらやましゅうじ》▶昭和10年（1935）―昭和58年（1983）演劇、詩、短歌などマルチな才能を発揮。中学時代より作句。

一茶忌《いっさき》　仲冬

小林一茶の忌日で、旧暦十一月十九日。一茶は江戸後期に活躍、今日においても広く親しまれる国民的俳人である。奔放自在かつ飄々《ひょうひょう》とした句風は親鸞《しんらん》に強く影響されたものであり、その作品世界はじつに多様で奥深い。文政十年（一八二七）、大火に見舞われ、信州柏原《かしわばら》の自宅が類焼。焼け残った土蔵の中で数か月を過ごしたのち病没。六十五歳であった。

俳諧寺一茶忌あなたまかせかな　増田龍雨

飄々と雲水参ず一茶の忌　飯田蛇笏

一茶忌の句会すませて楽屋入　中村吉右衛門

▼「あなたまかせ」とは「阿弥陀仏の力に任せてあるがままに生きる」の意。一茶の「ともかくもあなたまかせの年の暮」に唱和。▼まるで一茶のように飄々《ひょうひょう》とした雲水。▼初世吉右衛門は「髪を結ふ一茶」（虚子作）で一茶役を演じた。

漱石忌《そうせきき》　仲冬

十二月九日は近代日本文学を代表する文豪夏目漱石の忌日。漱石は学生時代に正岡子規と出会って俳句を作り始め、小説家以前には新進の俳人だった。英国留学から帰った漱石を一躍有名にした『吾輩は猫である』は、高浜虚子の勧めで「ホトトギス」に連載されたもの。大正五年のこの日、胃潰瘍のため四十九歳で没した。

硝子戸の中の句会や漱石忌　瀧井孝作

うす紅の和菓子の紙や漱石忌　有馬朗人

▼作者は俳句もよくした小説家。漱石晩年の随筆の題「硝子戸の中《うち》」を引きつつ、俳人漱石を懐かしむ。▼漱石は胃が悪いのに大の甘党だったという。

蕪村忌《ぶそんき》　晩冬

春星忌《しゅんせいき》

与謝《よさ》蕪村の忌日で、旧暦十二月二十五日。蕪村は江戸中期の俳人で画家。平明にして豊かな情感をたたえた句風で知られる。天明三年（一七八三）に六十八歳で没した。画号の春星にちなみ、その忌日を「春星忌」ともいう。門人らの亡きあと忘れられていたが、明治三十年（一八九七）に正岡子規らが復活させた。蕪村忌には大勢が子規の根岸庵に集まったという。

ひとりゆく野道蕪村の忌なりけり　水原秋桜子

謝春星まつるに花圃の花もなし　水原秋桜子

淀川を砂舟下る春星忌　羽田岳水

▼蕪村の作に明るかった作者の、ひとり野道を行く心情。▼「謝春星」とは与謝蕪村。寒い時節ゆえ、花畑に花が咲いていない。▼淀《よど》川《がわ》南岸の毛馬《けま》は、蕪村が「故園《こえん》」と呼んだ所。「砂舟」とは、砂利や砂を積んだ舟、または浚渫《しゅんせつ》船か。

新年

【新《しん》年《ねん》】

新年

年新《としあら》た・年頭《ねんとう》・年初《ねんしょ》・年始《としはじめ》・新玉《あらたま》の年《とし》・年立《とした》つ・新《あたら》しき年《とし》・年立返《としたちかえ》る・年明《としあ》く・年改《としあらた》まる・年来《としきた》る・年迎《としむか》う

一年の初めをいう。旧暦では新年と春がほぼ同じ時期であったことから、「春」といえば「新年」のことであった。「新玉の年」の「新玉の」は枕詞であるが、「新年」の意に用いられることもある。「あらたま」は「璞《あらたま》」（粗玉）のことで、掘り出されたままの、まだ磨かれていない玉のことである。新しい年を迎えて、山川草木にも人々の生活の場にも、淑気《しゅくき》がみなぎる。

オリオンの楯新しき年に入る　橋本多佳子
木に石に注連かけて年改まる　右城暮石
路地の子が礼して駆けて年新た　菖蒲あや
相承の数珠の一摺り年あらた　川澄祐勝
激流の上に年来る磨崖仏　大峯あきら
年迎ふ山河それぞれ位置に就き　鷹羽狩行

▼星座もまた新しい年の輝きを見せている。▼八百万《やおよろず》の神々を拝して迎える厳粛な新年。▼腕白も新年の挨拶は忘れない。「おめでとう」と元気よく礼をして、すぐに駆けていった。その勢いに年の改まった気をもらった気がする。▼寺に代々伝わる数珠の一摺りに年が明けるめでたさ。▼絶壁には仏の姿が刻まれ、その下には激流が流れている。その気魄《きはく》あふれる景は新年にふさわしい。▼山も河も気構えを新たに一年を迎えるのである。

【初《はつ》春《はる》】

新年

新春《しんしゅん》・迎春《げいしゅん》・明《あけ》の春《はる》・今朝《けさ》の春《はる》・花《はな》の春《はる》

旧暦では新年と春がほとんど同時に来たので、「初春」といえば「新年」のことであった。その習慣によって、現在も初春を「正月」の意に転用し、厳冬期であるにもかかわらず「一月」をさす言葉としても用いられている。「春」には新年を寿《ことほ》ぐ心が含まれているのである。なお暦を、初春、仲春、晩春と三つに分けた場合の「初春《しょしゅん》」は、春九十日のうちの最初の三十日をいう。

関連　初春《しょしゅん》→春

目出度さもちう位なりおらが春　一茶
真中に富士聳えけり国の春　伊藤松宇
新春やまた新しく遺言書　及川貞
初春の灯をともしゐる沖の船　中川宋淵
初春の香のものとて緋のかぶら　大橋敦子

▼『おらが春』所収の一茶の代表句。「目出度《めでた》い」といってもせいぜい「中《ちゅう》くらい」と、自嘲気味に詠んでいる。▼「富士山」を讃《たた》えることで、一国を寿いでいるのである。▼命賜って一年を過ごすことの心構えとして書く、「遺言書」である。▼沖を行く船の灯《あか》りにも新春の華やぎが感じられるのである。▼「緋《ひ》のかぶら」の彩りに、新年を迎えた心の華やぎが感じられる。

【正《しょう》《しやう》月《がつ》《ぐわつ》】

新年

お正月《しょうがつ》・祝月《いわいづき》・元月《がんげつ》・端月《たんげつ》・太郎月《たろうづき》・王春《おうしゅん》・青陽《せいよう》・孟陽《もうよう》・上陽《じょうよう》

一年の最初の月であり、新年を迎える月である。「正」という字に、年の初め、年の改まる意味があることに由来する。「お正月」という呼び方には、親しみと同時に祝意が感じられる。十二か月の中では、他と異なる特別な月であり、「元月」「端月」「太郎月」など、「はじめ」であることを意味する異称も多い。

正月やよき旅をして梅を見る　河東碧梧桐
正月や宵寝の町を風のこゑ　永井荷風
正月の雨夜の客につぐ火かな　長谷川春草
正月をして出てゆきぬ鮪船　松本たかし
正月の地べたを使ふ遊びかな　茨木和生

▼「梅」に出合ったことで、正月の旅はますます忘れがたく心に残る。▼早々と眠る正月の静かな町を、風だけが吹き抜けてゆく。▼降り出した雨に夜はいちだんと冷える。囲炉裏《いろり》の火を足してもまだまだ話は尽きない。▼正月早々、漁に出る鮪《まぐろ》船の乗組員も、正月の諸々《もろもろ》をしてから仕事に就いたのだ。▼「地べた」が土俗的な響きをもち、子供たちの生命力を思わせる。

【今《こ》年《とし》】新年

今年《こんねん》・当年《とうねん》

新しく迎えた年のこと。年が改まったという感慨や、今年こそはという希望など、新鮮な思いをもって使う。なお、「新年」「年新た」などが、年が新しくなることをいうのに対し、「今年」は、新しくなった年そのものをいう。

白波も今年の景となりゆけり　桂信子
鹿の眼に雪降る今年はじまれり　野見山ひふみ

▼波だけをとらえて新年の景を描いた。新しい年の光を浴びて、打ち寄せる白波もすがすがしい。▼元日に降る雪は「御降《おさが》り」と呼ばれ、豊穣《ほうじょう》をもたらすものとされた。

【去《こ》年《ぞ》今《こ》年《とし》】新年

大晦日《おおみそか》の夜から元旦にかけて、年の交替の速やかなことをいう。今年がたちまち去年となって、かなたへ流れ去り、来年はたちまち今年となって、われわれの前に現われる。

若水や流るるうちに去年ことし　千代女
去年今年貫く棒の如きもの　高浜虚子
去年今年闇にかなづる深山川　飯田蛇笏
籠編むや籠に去年の目今年の目　久米三汀
雑言のかぎりにも倦き去年今年　飴山實

▼水が流れるうちに年が改まった。▼天地時空を貫く一本の棒のようなもの。▼年が改まったばかりの闇の中から、せせらぎの音が聞こえる。▼年をまたいで編んだ籠《かご》。▼言いたい放題、言い尽くした。

【元《がん》日《じつ》】新年

お元日《がんじつ》・元旦《がんたん》・元朝《がんちょう》・歳旦《さいたん》・鶏日《けいじつ》・大旦《おおあした》・三《みつ》の始《はじめ》・年《とし》の朝《あさ》

一月一日。一年の最初の日で、国民の祝日の一つ。正月三が日を「元三日《がんざんにち》」と呼ぶが、「元日」はその最初の日である。とくにこの日の朝を、「元旦」「元朝」「歳旦」などと呼び、一年の始まりを寿《ことほ》ぐ。元日は宮中の年中行事であった元日節会《がんにちのせちえ》に由来するが、一般家庭においても年神《としがみ》が来臨することを祝い、屠蘇《とそ》を酌《く》み、お節料理や雑煮を食する。「鶏日」は、古来、中国で正月一日を鶏の日としたことによるもの。以下、二日を狗日《くじつ》、三日を猪日《ちょじつ》、四日を羊日《ようじつ》、五日を牛日《ぎゅうじつ》、六日を馬日《ばじつ》、七日を人日《じんじつ》とした。

関連 朝賀《ちょうが》→266

元日や神代のことも思はるる　守武
元日を飼はれて鶴の啼きにけり　臼田亜浪
元日や手を洗ひをる夕ごころ　芥川龍之介
元日の日向ありけり飛鳥寺　石田勝彦
昼深く元日の下駄おろすなり　千葉皓史
大旦はじめの言葉嬰が出す　長谷川双魚
大旦琴歌は海讃へをり　永島靖子

▼作者は伊勢の神官。六十四歳の歳旦吟と伝えられる。▼「鶴」は古来、瑞鳥《ずいちょう》とされてきた。啼声《なきごえ》はめでたいが「飼はれて」啼くところに哀れもある。▼はれの日も夕方に近づいた頃の何とはなしに淋《さび》しい思いが、手を洗うという何でもない行為を通してあらわされている。▼「飛鳥寺《あすかでら》」（奈良県明日香村）は蘇我《そが》氏の氏寺。いにしえに心を寄せての元日である。▼家族揃《そろ》って初詣《はつもうで》にでも出かけるのか、新しい下駄《げた》がいかにも新年らしい。▼赤ん坊とともに迎える、明るく穏やかな新年である。▼琴の音色とともに、新年を迎えて青々とした海が思われる。

【三が日《さんがにち》】

新年

三ケ日《さんがにち》

一月一日、二日、三日の総称である。この三日間は正月らしい気分が続き、家庭においては屠蘇《とそ》、雑煮を祝い、年賀を交換し、賀客には年酒《ねんしゅ》を勧める。また、官庁や会社なども一般的には休業する。

一人居や思ふ事なき三ケ日　夏目漱石
机上メモまだ白きまま三ケ日　吉屋信子
酒少し楽屋に出たる三ケ日　田中午次郎

▼独り過ごす三が日はのんびりと穏やかだが、所在なく寂しくもある。▼正月気分のままに過ごす三が日は、日常の雑事からも解放されている。▼新春公演など、舞台は華やか。楽屋も祝い酒が出て賑《にぎ》わっている。

【二日《ふつか》】

新年

狗日《くじつ》

一月二日の略。俳句では単に「二日」といえば一月二日のことをさす。初荷、掃《は》き初め、初湯、縫初《ぬいぞめ》、書《か》き初《ぞ》めなど、さまざまな行事が始まる。一日は諸式があって厳粛な趣が強いが、二日は活動的で活気がある。

船神のかざりしづかに二日の夜　伊東月草
つねのごと烏賊売の来て二日かな　鈴木真砂女
若き日の映画も見たりして二日　大牧広

▼大漁旗などを立てて初漁に出た船が、その飾りのまま夜を迎えたのである。▼作者は銀座の小料理屋「卯波《うなみ》」の主《あるじ》だった。割烹着がトレードマークだった。▼古い映画に若き日を偲《しの》ぶのも二日ならではの味わい。

三日《みっか》

新年　猪日《ちょじつ》

一月三日の略。三が日の最後の日で、雑煮や屠蘇《とそ》もこの日で納める。官公庁などはこの日まで業務を休むことが多く、早くも三日を迎えたという思いとともに、正月気分で過ごすのもこの日までといった趣がある。

三日はや雲おほき日となりにけり　久保田万太郎
ちりぢりに子が去り雪となる三日　福田甲子雄
誰も来ぬ三日や墨を磨り遊ぶ　殿村菟絲子

▼「三日はや」は「早くも三日を迎えた」という意。三が日の名残を惜しむかのごとき雲である。▼はれの日が終わり、それぞれ日常生活が始まる。▼緊張感をもって臨む書き初めとは違った気分が、三日のものである。

四日《よっか》

新年　羊日《ようじつ》

一月四日の略。正月の三が日が明けて、この日、仕事始めのところが多い。都会では静かだった街に活気が戻り、農村でも農事を行なうなど、活動が始まる。正月の晴れやかさを残しつつ、通常の生活が始まるのである。

其人のすでに亡かりし四日かな　高浜虚子
火の気なき官舎に戻る四日かな　戸恒東人

▼四日になってようやく届いた訃報。驚きとともに故人を偲《しの》ぶばかりである。▼年末年始の間、ひっそりと閉ざされていた「官舎」が思われる。

五日《いつか》

新年　牛日《ぎゅうじつ》

一月五日の略。かつてはこの日、宮中で叙位《じょい》（宮中で位階を授ける儀式）が行なわれていたという。四日についで、この日を仕事始めとするところも多い。また、正月気分は薄れるものの、各地でさまざまな新年の行事が行なわれる。

水仙にかかる埃も五日かな　松本たかし

▼掃き清められた座敷に飾られ、芳香を放っていた水仙も、五日になってやや衰えを見せているのである。

六日《むいか》

新年　馬日《ばじつ》・六日年《むいかどし》

一月六日の略。この日は「七日正月」の前夜で、「六日年越し」と称して、さまざまな行事が行なわれる。また、麦飯を食する風習のある地方があるところから、「六日年」の異称がある。また、翌朝の七日粥《がゆ》（七種粥《ななくさ》）のために、「春の七草」を揃《そろ》えるなどの準備も行なわれる。

凭らざりし机の塵も六日かな　安住敦
松六日手拭白き畑仕事　鍵和田秞子

▼しばらく仕事から遠ざかっていたので、机にもうっすらと塵《ちり》が見えるのである。▼畑仕事に出る人の真っ白な手拭いが、正月の名残をとどめている。

七日《なぬか》　新年

七日《なのか》

一月七日の略。元日から始まった朔旦《さくたん》正月の終わりの日で「七日正月」と称し、この日、門松を外し、松送りをするところが多い。また平安時代から始まった七種粥《ななくさがゆ》を食して、一年の無病息災を祈る風習が今に伝えられている。関連 七種《ななくさ》→274

山畑に火を放ちをる七日かな　大峯あきら
日のぬくみ欅にありて七日かな　永方裕子

▼山畑に広がる炎は、正月の終わりを告げる松明けの炎でもある。▼七日正月最後の日の温《ぬく》もりが、欅《けやき》の温もりとしてとらえられているのである。

七日　山梨県丹波山村の「お松引き」。

人日《じんじつ》　新年

人の日《ひとのひ》

一月七日。古来、中国では、一月一日を鶏の日とし、以下、狗、猪、羊、牛、馬、そして七日を人の日としたことによる。一日には鶏を殺さず、七日には刑を執行しないと決められていたという。我が国においては、古くから宮中で白馬《あおうま》の節会《せちえ》が行なわれた。江戸時代には「人日」が五節句の一つとなり、将軍以下が七種粥《ななくさがゆ》を祝った。

人日の人影さして竹そよぐ　菅裸馬
人日の日もて終りし昭和かな　稲畑汀子
人日の風鳴りとほす磯畑　大嶽青児
人日の暮れて眼鏡を折り畳む　岩城久治
人の日や読みつぐグリム物語　前田普羅

▼竹林にも人が入り、いよいよ平常の日々に戻ってゆく。▼昭和天皇の崩御は昭和六十四年一月七日。人日の日をもって昭和が終わった。▼磯畑を吹く強い潮風に、今日が人日であることを思う。▼人日の日の終わりは松の内の終わり。「折り畳む」にその感慨があらわれている。▼ヘンゼルとグレーテルから読みはじめた短編は次第に登場人物を増やしてゆく。

松《まつ》の内《うち》
新年

注連《しめ》の内《うち》・松七日《まつなぬか》

門松を立てておく期間は地方によって異なる。関東では六日の夜か七日に外されるが、関西では十四、五日まで飾る。現代では三が日が過ぎると仕事始めとなり、早々と日常生活が始まるのだが、それでも町や家の中に松飾りが見られるうちは正月気分や趣が残る。「松の内」という意識は、現代人の生活にも一つのけじめをなしているのである。

関連 門松《かどまつ》↓243

松の内こゝろおきなき朝寝かな　高橋淡路女
幕あひのさゞめきたのし松の内　水原秋桜子
更けて焼く餅の匂や松の内　日野草城
はらからの訪ひつ訪はれつ松の内　星野立子

▼まだ本格的に日常生活が始まったわけではない、正月気分の名残。▼芝居見物も松の内は華やぎがある。幕間《まくあい》を楽しむ人々も着飾っている。▼正月の余り物で小腹を満たすのもこの頃。▼「はらから」は兄弟姉妹。互いの家庭を訪れ合う松の内ならではの浮き立つ気分。

松過《まつすぎ》
新年

松明《まつあけ》・注連明《しめあけ》

門松や注連飾りを取った後も、数日は正月気分が続いている、そんな時期をいう。関東では七日過ぎ、関西では十五日過ぎあたりであろう。そこには日常に戻る寂しさも漂う。

松過ぎて年始まはりの役者かな　中村吉右衛門
主婦のひま松過ぎし夜の琴鳴らす　及川貞
松過ぎのそのさみしさとこゝろづく　篠田悌二郎
松過やふと近くある妻の顔　藤田湘子
松過や雪花菜《おから》こぼるる箸の先　小川雪魚

関連 松納《まつおさめ》↓280

▼松の内は忙しい役者稼業。世間の人々とは違う暮らしぶりを自ら顧みている。▼松の内までは何かと忙しかった主婦。暇を得たものの、どこか物足りない思いが琴の音に託されている。▼「こころづく」とは気づくこと。淋《さび》しさの原因が思い当たったという感じ。▼改めて現実を見直したような気分を、季語が語っている。▼おからにこのような美しい字が当てられていることに驚いた。

小《こ》《こ》正《しょう》《しやう》月《がつ》《ぐわつ》
新年

十五日正月《じゅうごにちしょうがつ》・望正月《もちしょうがつ》・望年《もちどし》・若正月《わかしょうがつ》・若年《わかとし》

一月一日の「大正月《おおしょうがつ》」に対して、一月十五日を「小正月」という。旧暦以前、満月の日に祝われた太古の暦の正月の名残で、農村を中心にさまざまな祝いの行事が残る。旧暦時代には、小正月は必ず満月だったが、太陽暦ではそうではなくなった。大正月は男たちは正月気分に浸れるから「男正月」、大正月に忙しい女たちも小正月になればようやく正月気分を味わえるというところから、小正月を「女正月《おんなしょうがつ》」とも呼ぶというが、これは、小正月が太古の正月であったことが忘れられたのちに考えられたものであろう。

羽子板によほど疵あり小正月　遠舟
あたゝかく暮れて月夜や小正月　岡本圭岳
衰ふや一椀おもき小正月　石田波郷

小正月　岩手県遠野の「みずき団子」。

▼正月を過ぎて小正月の頃になると、羽子板は疵《きず》だらけ。▼明治十七年(一八八四)生まれの作者は太陽暦になってからの人。たまたま月夜だったのだろう。▼粥《かゆ》の椀《わん》さえ病身には重たい。

【女《おんな》《をんな》正《しょう》《しやう》月《がつ》《ぐわつ》】新年

✦元日を中心とする「大正月《おおしょうがつ》」を「男の正月」と言ったのに対して、十五日の望《もち》(満月)の日を中心とする「✦小正月《こしょうがつ》」を、「女の正月」と呼んだもの。正月に忙しい思いをした女たちがこの頃になるとひと息つくところから、とする説が一般的である。女が楽をする風習が残っている地方もあるという。句に詠む場合は「女正月《めしょうがつ》」と読むのが音韻上便利だが、語感としてはあまり好ましくない。字余りとなっても「女正月《おんなしょうがつ》」と読みたい。

五指の爪玉の如くに女正月　飯田蛇笏
女正月集ひて洩れもなかりけり　山崎ひさを
女正月なり悪妻を愉しめり　渡辺恭子

▼爪の手入れができるのも、女正月ならでは。爪が美しいと幸せな気分になれる女心は、昔も今も変わらない。▼女同士の集まりにはたいてい誰かの都合が悪くなるものだが、この日はさすがに、大っぴらに外出ができた。▼この日の煮炊きはすべて男任せ、という風習が残っているところもあるとか。女正月くらいはと、遠慮がちに楽しんでいる。

初空《はつぞら》　新年

初御空《はつみそら》

元日の大空。淑気《しゅくき》みなぎる空を崇《あが》めて「初御空」ともいう。慌ただしく過ぎ去った年末を経て、新しい年が始まるという感慨をもって仰ぐことで、晴天、曇天にかかわらず清新さを感じることができる。月や星の残っている明け方の空をも含めて、すがすがしく晴れやかな空である。

初空や大悪人虚子の頭上に　高浜虚子
初空の藍と茜と満たしあふ　山口青邨
大那智の滝の上なる初御空　野村泊月
加速するものこそ光れ初御空　五島高資

▼みずからを「大悪人」と言い放つ豪胆さによって、あまねく広がる初空が強調される。作者四十五歳の作。▼明け方の空を「藍《あい》」と「茜《あかね》」という色彩で表現。「満たしあふ」豊かさがいかにも新年のもの。▼那智の滝（和歌山県）は御神体。神々しく厳かな新年の景である。▼例えば流星など、宇宙的な広がりをもってとらえた初御空である。

初日《はつひ》　新年

初日の出《はつひので》・初日影《はつひかげ》・初旭《はつあさひ》・初日山《はつひやま》

元日に昇る太陽のことをいう。太陽は一年の時間をつかさどる天体であり、「初日」は新しい一年の象徴。この太陽とともに一年が巡る。太古の昔から、人々は一年の幸福を願って初日を拝んできた。海から昇る初日もあれば、山から顔を出す初日もある。

白粥の茶椀くまなし初日影　丈草
大空のせましと匂ふ初日かな　鳳朗
鴉一羽初日の中を通りけり　正岡子規
草の戸の我に溢る丶初日かな　五百木飄亭
水瓶の氷や初日窓にさす　河東碧梧桐
梳く度に髪は初日に光りゆく　加藤知世子
初日影死者より伸びて来し羽か　高野ムツオ

▼白粥《しらかゆ》の椀《わん》に射し入る初日。▼初日が、空のすみずみにまで匂いを放つかのように照り輝く。▼真っ黒な鴉《からす》が飛んでゆく。▼謙遜《けんそん》して自分の家を「草の戸」という。▼水瓶には氷が張っている。▼あらたまの光かがやく髪。▼三・一一東日本大震災の年が明けた。死者も生者も同じようにここにいる。

初《はつ》明《あか》り　新年

元日の曙光《しょこう》がほのぼのと射してくる様子をいう。海辺や山頂など初日の出の名所は多いが、初明りは太陽が見えなくても感じられる。人々は荘厳な初明りを浴びることで、新しい一年の始まりを実感するのである。

初あかりそのまま命あかりかな　能村登四郎
初明りして胸中のモツアルト　平井照敏
聖鐘や海へひろがる初明り　朝倉和江

初明りしづくのやうな島ひとつ　密田真理子

▼初明りは命を再生させる光でもある。ひらがな表記によって、新年の命を賜るしみじみとした思いが伝わる。▼初明りに満たされて、胸の中にモーツァルトの明るいメロディーが湧き起こってくるのである。▼教会の鐘は祈りの鐘。その祈りの音とともに海が明けてくる。▼島を「しづく」と比喩することで大きな景をとらえた。

初《はつ》東雲《しののめ》　新年

初曙《はつあけぼの》

元日の明け方の空、暁をいう。「東雲」は、夜明け方、明け方、暁、曙、暁天と同じ意味で、雲の有無には関係がない。元日の、明けようとしてほのぼのと明るくなった空、東の空をいうのである。

おごそかな初しのゝめに海の音　野田別天楼

徐々に徐々に初東雲といへる空　後藤比奈夫

▼波音とともに、空にも海にも夜明けの色が加わってくるのである。▼刻々と明るくなる空に新年らしさを感じ、それを諾《うべな》っているのである。

初《はつ》茜《あかね》　新年

元日の初日の出に先立って、東の空が茜色に染まる。「初茜」とは、そこに吉兆を見る表現である。茜は山野に自生する多年草の蔓《つる》で、この根から暗赤色の染料を採った。「あかね」という美しい語感も新年にふさわしい。

馬小屋に馬目覚めゐて初茜　有働亨

林中にわが泉あり初茜　小澤實

▼馬はすでに目覚め、馬小屋はやがて始まる初茜に荘厳《しょうごん》される。人も生き物も等しく初茜の中にある。▼林のなかの人知れぬ泉をわがものと思う願望は、初茜の誉れにふさわしい。純真なイメージの句。

初《はつ》凪《なぎ》　新年

元日に風がなく、海や水辺が凪《な》ぎわたることをいう。凪ぎは本来、朝凪、夕凪など昼夜の境目に風が止まる現象をいうが、この場合はそれとは関係がない。風のない穏やかな日和にめでたさが感じられるのである。

初凪の真つ平なる太平洋　山口誓子

初凪やものゝこほらぬ国に住み　鈴木真砂女

▼穏やかに沖まで晴れわたった太平洋を、「真つ平《たいら》」ととらえて言《こと》祝《ほ》いだのである。新年らしく、おおらかな景。▼作者は千葉県鴨川に生まれ育った。冬でも物が凍らない温暖な安房《あわ》の国への讃歌《さんか》。

御《お》降《さが》り　新年

富正月《とみしょうがつ》

元日または三が日に降る雨や雪をいう。「おさがり」と読むのは、「降《ふ》る」という語が「古」につながり、正月の忌み言葉となるためである。「富正月」は「御降り」の異名で、元日に降る雨や雪は豊穣《ほうじょう》をもたらすとの考えからこのように呼ばれる。

御降りの雪にならぬも面白き　正岡子規
お降りといへる言葉も美しく　高野素十
御降りの松青うしてあがりけり　石田波郷

▼雪になることを期待しつつ、そうはならない元日の雨を楽しんでいるのである。▼言葉の美しさを讃《たた》えることで新年を言祝《ことほ》ぐ思いを述べた。▼お降りに洗われた松の美しさは、ことのほかのもの。その青さをいうことでめでたさを表現した。

初霞《はつがすみ》

新年

新霞《にいがすみ》

新年の野山にたなびく霞✦のことで、「新霞」ともいう。しかし、気象条件から考えて関東以北では太陽暦の正月に霞を見ることはごく稀《まれ》である。したがって一般的には、旧✦正月の季題としてふさわしいといえる。ただし、関西以西では霞のかかった景が見られる場合もある。

我が恋の松島もさぞはつ霞　西鶴
初がすみ大和山城色頒つ　能村登四郎
山が山を恋せし昔初霞　長谷川櫂

▼憧れの地松島(宮城県)も、初霞がかかって、さぞ美しいことだろうと思い描いての句。▼「大和」「山城」と、霞が色を分けて、絵巻物の世界そのもの。▼山の恋といえば、大和三山。『万葉集』に「香具山《かぐやま》は畝傍《うねび》を愛《を》しと耳成《みみなし》と相争ひき……」と天智《てんじ》天皇の長歌がある。大らかで楽しい発想。

淑気《しゅくき》

新年

新年を迎えた山河はみずみずしく、厳かな光に満ちている。そのような、天地に満ち満ちているめでたい気配を「淑気」と呼ぶ。元来は『懐風藻』などで漢詩に用いられた言葉だが、これが新春の季語として定着した。太陽暦では厳冬期であるところから、荘厳にして清新な気配をあらわす。

いんぎんにことづてたのむ淑気かな　飯田蛇笏
桑畑に鶲の声の淑気かな　皆川盤水
藤の木の老いたるもまた淑気かな　神尾久美子
闇抜けて立つ山脈の淑気かな　井上康明
白粥の一椀をおく淑気かな　きちせあや

▼賀客にか、あるいは年賀に訪れた先でか、尽くす言葉にも淑気が満ちる。▼桑畑に響く鶲《ひたき》の声に、いっそう淑気が感じられるのである。▼藤の老木には十数メートルの高さをよじ登るものもある。まるで神が宿ったような姿に淑気が感じられる。▼厳冬期の闇に磨かれたように、山脈の見せる粛然たる淑気である。▼簡素であることの美しさ。白粥《しらがゆ》の輝きがそのまま淑気なのである。

【初景色《はつげしき》】新年

初山河《はつさんが》

淑気《しゅくき》に満ちた新年に見る風景のこと。日本人は昔から、正月には正月の心で自然を観てきた。昨日と変わらない日の出を「初日の出」と拝み、「初東雲《はつしののめ》」と言祝《ことほ》ぎ、「初明り」と尊ぶ。太陽に命の源を見、自然の恵みによって生かされていることを実感する民族ならではの自然観といえよう。新年を迎えた山河はみずみずしく、厳かな光に満ちている。

初景色光芒すでに野にあふれ　井沢正江
眺めゐる老人もまた初景色　黛　執
たちまちに日の海となり初景色　鷹羽狩行
一族の墓を高きに初景色　柴田佐知子
小さくとも淡くとも富士初景色　西村和子
ゆりかもめひらりと青し初山河　山田みづえ
豊穣の祈りを胸に初山河　宮木忠夫

▼新年を迎えた野に、明るい光が幾重にも筋をなして射している。▼老人の存在そのものが、初景色にふさわしい景をなしているのである。▼海は直視できないほどの眩さになった。▼一族の墓は高きにあって、産土と人々を守っている。その常の景もまた、初景色。▼遠くかすかに見えるだけの富士山でも、見えたこと自体に喜びが感じられる。作者が十五年ぶりに関西から東京に戻った正月の作。▼新年の山河にゆりかもめを配し、「青し」ととらえることで、その豊かな景色に深みをもたらした。▼日本古来の祈りの念を、雄大な景色に投影した。

【初富士《はつふじ》】新年

元日に仰ぎ見る富士山である。日本を代表する名峰であり、駿河《するが》（静岡県）、甲斐《かい》（山梨県）、房総、そして関東方面などからも見ることができるが、初日を浴びた姿はどこから見ても神々しく気高い。霊峰富士は心のふるさととも呼ぶべき存在であり、風格ある姿は年初にふさわしい。

初富士の大きかりける汀かな　富安風生
初富士の金色に暮れ給ひつつ　竹下しづの女
初富士のかなしきまでに遠きかな　山口青邨
初富士の裾野入れたる海の音　中原道夫

▼初富士に対して汀《みぎわ》一本を配置した句。構成力が句に迫力をもたらしている。▼一日、勇姿を見せていた富士が、夕映えの中に金色を放ちつつ暮れてゆくのである。▼あまりにも遠く小さい富士を、それでも尊ぶ思いに哀《かな》しみを感じた。▼海のかなたに見える富士を、海に裾野を入れていると見た豪快な一句。

【若菜野《わかなの》】新年

「若菜」は、「春の七草」を含む春草の若菜の総称で、それを摘む野を「若菜野」という。一月七日は、無病息災を祈って七種粥《ななくさがゆ》を食す日であるため、前日の六日に若菜を摘むの

初富士

である。なお、平安時代には、「子《ね》の日の遊び」といって、正月最初の子の日に若菜を摘む風習があった。

関連　七種《ななくさ》↓274／若菜《わかな》↓236

みどり敷く彼方なほあり若菜の野　井沢正江

若菜野や鶺鴒の白うら返り　菅家瑞正

▼豊かに広がる若菜野を「彼方《かなた》なほあり」と表現し、讃《たた》えた。▼鶺《せき》鴒《れい》の鋭い羽づかいを「白うら返り」と表現した。緑との色彩の対比が美しい。

楪《ゆずりは》《ゆづりは》

新年

交譲葉《ゆずりは》・弓弦葉《ゆづるは》・親子草《おやこぐさ》・杠《ゆずりは》

高さ五メートルから一〇メートルにもなる常緑樹で、庭木や生垣にする。葉は長楕円形《ちょうだえん》で、葉柄《ようへい》の部分が紅色をしているので、すぐにこの木とわかる。初夏に新葉が出るが、古い葉は新しい葉が生長するまで木に残り、やがて、あとを譲るように落ちる。それが無事に代替わりすることにたとえられ、縁起のよいものとされる。

楪

楪をもう二三枚欲しきかな　中田みづほ
楪や高処の一戸よく見ゆる　児玉輝代
楪の下の親しき歩みかな　中山世一

▼新年になって、お飾りに添えた葉を眺めながらの感慨。▼よく晴れ上がった正月の景色のなかで、楪の生垣の家がことさら目につく。▼楪の木にしみじみと目がゆくのも新年なればこそ。その下をゆっくり歩く

歯朶《しだ》

新年

裏白《うらじろ》・羊歯《しだ》

縁起のよいものとして正月飾りに用いる。使われるのは「裏白」と呼ばれる大形のもので、葉裏の白さを夫婦の共白髪と見立て、揃《そろ》って長寿を得られるようにという願いをこめる。また、羽片が向き合って並ぶのを夫婦和合の象徴とする。さらに常緑であることが子孫の永遠の繁栄を象徴する、めでたい植物である。

関連 歯朶飾《しだかざ》る→268

歯朶の塵こぼれて畳うつくしき　大峯あきら
裏白や齢重ねし父と母　百合山羽公
うらじろの反りてかすかに山の声　髙崎武義

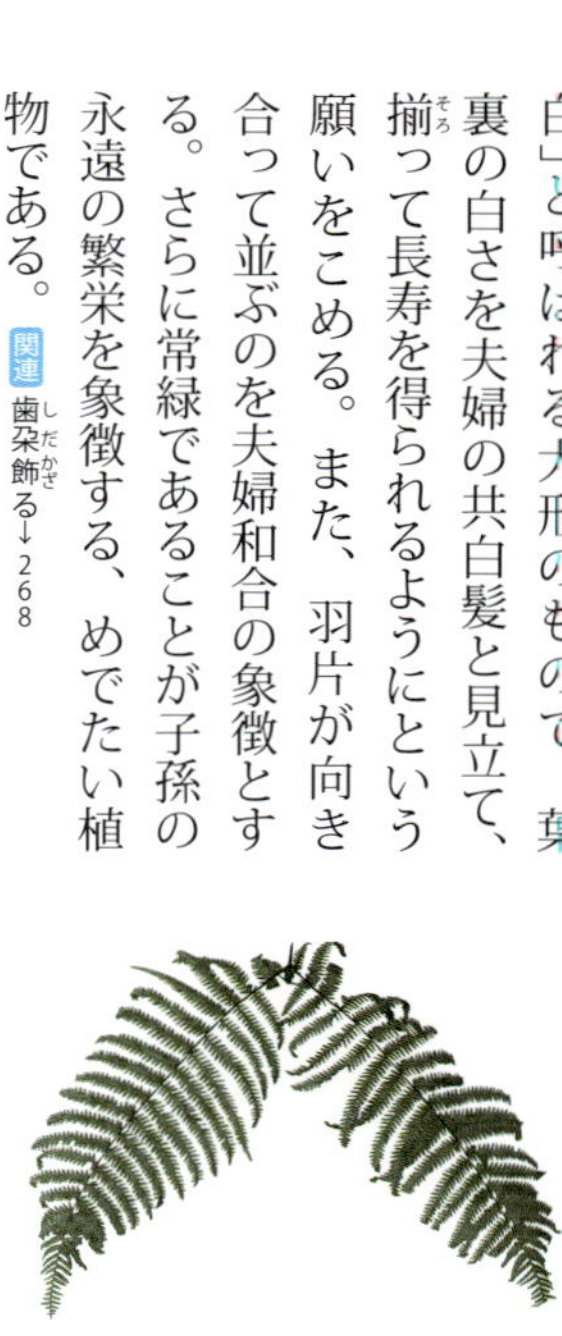
歯朶

▼塵《ちり》といっても、乾燥した葉先が縮れてわずかに落ちている程度だろう。それを美しいと感じるのは、新年の特別の空間だからである。▼裏白のめでたさそのままに老いてきた両親のありがたさ。祝福する心が感じられる。▼乾いた歯朶はかさかさ音をたてる。その音を「山の声」と聞いたところに、自然への畏怖《いふ》が感じられる。

穂俵《ほだわら》《ほだはら》

新年

ほんだわら・たわら藻《も》・莫告藻《なのりそ》

本州以西の沿岸の岩の上などに生える茶褐色の海藻で、小さな柔らかい葉がたくさんついている。葉には気泡があることから浮きやすく、漂流していることも多いので、これを採って食べたり肥料にしたりする。葉の気泡を米俵に見立てて縁起のよいものとし、正月飾りに用いる。藻を俵の形に作っ

て飾ることもある。

穂俵に乾ける塩のめでたさよ　後藤比奈夫

ほんだはらなのりそといふ名はいとし　山口青邨

関連 穂俵飾る《ほだわらかざる》→270

▼海にあったものらしく、塩を吹いているさまもめでたく思える。縁起物のありがたさ。▼『万葉集』には「なのりそ」として多く詠まれていて、「なのりその」を「名」や「名告《なの》る」にかかる序詞《じょことば》として用いた。

福寿草

穂俵

【福寿草《ふくじゅそう》《ふくじゆさう》】

新年

元日草《がんじつそう》

名前からしていかにもめでたそうな花だが、別名「元日草」の名のとおり、元日に咲くように江戸時代から人工的な栽培が行なわれてきた。現在でも正月には、寄せ植えにした鉢を床の間や玄関に飾る。金色の花はまるで太陽のようで、幸福感に満ちている。

日記まだ何も誌さず福寿草　遠藤梧逸

日の障子太鼓の如し福寿草　松本たかし

針山も日にふくらみて福寿草　八染藍子

▼真っさらな日記帳が開かれた部屋。福寿草が「新日記」を印象づけ、新年への期待を感じさせる。▼障子に燦々《さんさん》と日が射し、触れれば音をたてそうに乾ききっている。福寿草も満開にちがいない。▼福寿草を日の当たる縁側に出し、針仕事を始めた。幸福感に満ちた正月の様子が、針山までふっくらというところに感じられる。

名句鑑賞

福寿草家族のごとくかたまれり　福田蓼汀

寄せ植えの福寿草は、蕾《つぼみ》の大小をとりまぜて五つか六つというところだろうか。咲き出した花に開きかけた蕾が寄り添い、周りにはまだ開かずにいる蕾もありと、まるで家族の姿のようだと思った。しかもばらばらではなく、固まっているところに、温かなまなざしがある。幸福な家族の団欒《だんらん》風景を思わせ、新年にふさわしい一句となっている。［片山］

若菜《わかな》

新年

朝若菜《あさわかな》・磯若菜《いそわかな》・京若菜《きょうわかな》・千代名草《ちよなぐさ》・春《はる》の七草《ななくさ》

春の草の芽のうち、食べることのできるもの。おもに「春の七草」(七種《ななくさ》。次項の「根白草」から始まる七種の植物)だが、そればかりとはかぎらない。旧暦時代の正月(初春)の季語だが、太陽暦の採用とともに太陽暦の正月(晩冬)の季語になった。野原に出て若菜を摘むのが「若菜摘」。

関連 若菜摘《わかなつみ》↓273／七種《ななくさ》↓274

雪の戸や若菜ばかりの道一つ　言水

梅若菜まりこの宿のとろろ汁　芭蕉

踏分くる雪が動けばはや若菜　惟然

▼雪の残る家から続く小道に若菜が萌え出ている。▼近江《おうみ》の大津から江戸へ向かう弟子へのはなむけの一句。途中の丸子《まりこ》(静岡市)の宿のとろろ汁はうまい。▼柔らかに積もる春の雪。

根白草《ねじろぐさ》

新年

芹《せり》の「春の七草」(七種《ななくさ》)として の呼び名で、白くて長い根の特徴がそのまま名前となっている。「春の七草」は、正月七日に野に出て摘み取り、七草粥とする若菜をいう。「せり」は青々とした葉が競《せ》り合うように増えるところからついた名で、勢いのよさが新年にふさわしい。万葉時代から大切な食べ物だった。

関連 芹《せり》↓春／寒芹《かんぜり》↓86／七種《ななくさ》↓274

根白草

根白草仏の山の日だまりに　高木良多

三代の俎にほふ根白草　新田祐久

▼仏の名をもつ山に育まれた根白草は、何やらありがたいもののように思える。▼七種粥の時だけ使う俎《まないた》かもしれない。「三代」に重みがある。

薺《なずな》《なづな》

新年

新年の生活の季語に、「七種《ななくさ》」とともに「薺打つ」があることからわかるように、「春の七草」(七種)を代表するものである。「薺打つ」とは七種粥《がゆ》に入れる若菜を刻むことで、「七草打つ」ともいう。七草が揃《そろ》わなくても薺さえあれば足りる。「切る」という忌詞《いみことば》を避けて「打つ」というのも正月らしい。

関連 薺《なずな》の花《はな》↓春／七種《ななくさ》↓274／薺打《なずなう》つ↓274

薺

下京やさざめき通る薺うり　蝶夢

ひとり摘む薺の土のやはらかに　中村汀女

▼江戸時代の正月の様子が浮かぶ。七日は朝早くから薺売りの声が聞こえてきたのだろう。▼摘むといっても軽く引くだけですむ。土の柔らかさが薺らしい。

御行《おぎやう》　新年

御形《ごぎやう》・五形《ごぎやう》

母子草《ははこぐさ》の別名「おぎょう」「ごぎょう」が「春の七草」（七種《ななくさ》）としての名となっている。道端や庭の隅など、どこにでも生え、かつては若い葉を搗《つ》いて草餅にもした。花が咲いた「母子草」は春の季語。

関連　母子草《ははこぐさ》↓春／七種《ななくさ》↓274

こもごもに二人子の唄御行摘む　　石田波郷

御形摘む大和島根を膝に敷き　　八田木枯

▼きょうだいが歌いながら御行を摘んでいる。幸せな家族の新年のひとこま。▼「大和島根」は日本の別称。地に膝をついている姿を「大和島根を膝に敷き」といったことも、正月らしいゆかしさを感じさせる。

御行

仏《ほとけ》の座《ざ》　新年

田平子《たびらこ》

春、小さな黄色い花をつける田平子（小鬼田平子《こおにたびらこ》とも）の「春の七草」（七種《ななくさ》）としての名。若菜を摘んで七種粥《がゆ》に入れる。地面に広がっている様子が蓮華《れんげ》の円座に似ているところから、「仏の座」の名がある。

関連　七種《ななくさ》↓274

日のひかりひとときどき仏の座　　山口速

田平子や洗ひあげおく雪の上　　吉田冬葉

▼わずかな日射しが届くところに葉を広げている。立派な名がかえって哀れを誘う。▼雪中に求めた田平子を洗って雪の上に並べておく。緑が雪に映える。

仏の座

菘《すずな》　新年

鈴菜《すずな》

蕪《かぶ》（かぶら）のこと。古くは「鈴菜」と書いたのは、鈴が小さなものを意味するからである。小さく育てたものを七種粥《がゆ》に用いる。

関連　蕪《かぶ》↓86／七種《ななくさ》↓274

山口につくる生駒の鈴菜かな　　言水

すずなすずしろ子等よとくとく起き出でよ　　橋閒石

▼昔は生駒《いこま》（奈良・大阪県境）といえば山深いところだったのだろう。正月に備えての菘畑。▼もう七草粥も炊きあがってしまったよと、子供たちに早く起きてくるように声をかけている。潑剌《はつらつ》とした正月の朝の光景。

菘

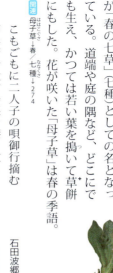

蘿蔔《すずしろ》　新年

清白《すずしろ》

大根のこと。小さなものを七種粥《がゆ》に入れる。大根は正月に関わりが深い。注連飾《しめかざり》の太いものを大根注連《だいこんじめ》といい、宮中では、元日に鏡餅の上に大根を飾った。また、幣《ぬさ》を立てる台にも輪切りの大根を用いる。

関連 大根《だいこん》→85／七種《ななくさ》→274

七種のすずしろなれば透き通る　佐藤麻績

すずしろと書けば七草らしきかな　井沢修

粥に消ゆすずしろといふゆかしき名　伊藤敬子

▼炊きあがった七種粥の蘿蔔。緑の菜との対比が美しい。▼大根ではなく「すずしろ」と書くだけで、めでたさが生まれる。「春の七草」のそれぞれの名の味わいを思わせる。▼白い粥にまぎれてよく見えない、清々しさと奥ゆかしさと。

蘿蔔

蘩蔞《はこべら》　新年

「蘩蔞《はこべ》」の古名。花が開いた「蘩蔞《はこべ》」は春の季語で、七種粥《がゆ》に入れるものは新年の季語。食用にする野草で、葉は柔らかく色もみずみずしい。秋に芽を出し、冬の間も日だまりに固まって生えている。

関連 蘩蔞《はこべ》→春／七種《ななくさ》→274

七草のはこべら莟もてかなし　山口青邨

石垣にはこべら萌ゆる北枝塚　新保ふじ子

▼すでに莟《つぼみ》をつけた蘩蔞を「かなし」とみた。愛《いと》しさのこもる「かなし」である。▼北枝は江戸中期の俳人で芭蕉の弟子の一人。金沢に住み、北越に蕉風を広めた。蘩蔞のみずみずしさが北枝に寄せる心を伝える。

蘩蔞

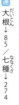

嫁《よめ》が君《きみ》

新年

「鼠《ねずみ》」の別称。正月三が日に、「ねずみ」と呼ばないための忌詞《いみことば》。由来については「夜目が君」からとか、「天井の嫁」からとか、諸説ある。古来、人々は、餌を人間の生活から得る家鼠の被害対策のために注意を払ってきた。厄介な害獣として嫌悪する一方で、福の神である大黒天の使者として大切に扱い、正月に餅を供える風習もある。

ほの暗き忍び姿や嫁が君　河東碧梧桐
声のみの出没暮れて嫁が君　倉橋羊村
美しき障子明りや嫁が君　加古宗也

▼どこぞ薄暗いところで隠れるように動き回る「嫁が君」を察知している。▼チュウチュウと声はすれど姿は見えない。そんなこんなで三が日も過ぎていく。▼元日の朝日が、貼り替えたばかりの障子に射し込む。こんな美しい障子明かりの届くどこかに鼠が潜んでいる。

初《はつ》鶏《とり》

新年

初鳥《はつどり》

一番鶏は、早いもので午前二時頃から鳴く。夜更かしの人たちは、床に就かないうちにその声を聞くことになる。一月一日の一番鶏は新しい年の始まりとされ、ことさら慶事とみなされて喜ばれた。これを「初鶏」といい、元旦を「鶏旦《けいたん》」とも称する。

初鶏や動きそめたる山かづら　高浜虚子
初鶏やひそかにたかき波の音　久保田万太郎
初鶏に先立つ隣家の母の声　中村草田男

▼元旦に鳴く一番鶏の声で、山にかかっていた暁の雲(「山かづら」は山にかかった雲を鬘《かつら》に見立てる)がゆっくり動き出した。▼初鶏の声が高らかに聞こえる。耳を澄ませば遠く波の音も。▼元朝《がんちょう》、まだ初鶏が鳴かぬというのに、新年の厨《くりや》(台所)に立つ、隣家の母親の声がする。

初声《はつこえ》《はつこゑ》

新年

新年に聞く鳥の声のこと。種類は鵯《ひよどり》であったり、雀《すずめ》であったり、時には鴉《からす》であってもよい。正月の改まった雰囲気の中で耳にする鳥の鳴声はことに心に残る。その鳴声にもどこか厳《おごそ》かなものが感じられ、いつもとは違ったひとときを与えてくれる、めでたい季語である。

初声の雀の中の四十雀　青柳志解樹
はつごゑの方へ動いて猫の耳　高尾真琴

▼元朝、早々と鳥たちが鳴き始めているが、雀ばかりかと思えば、ツピーツピーと、鳴声の違う四十雀《しじゅうから》が混じる。▼明けてきて鳥の初声がする。眠っていたはずの猫がすかさず耳を立てる。

初鶯《はつうぐいす》《はつうぐひす》

新年

冬季、野生の鶯は「笹鳴《ささなき》」という地鳴きをするのみで、まだ本来の鳴き方をしない。「初鶯」とは、飼育した鶯を正月に鳴かせることをいう。しかし現在は、野鳥保護の観点から、それも難しくなった。野生の鶯が初めて鳴くことは「初音《はつね》」といい、「鶯」とともに、春の季語となる。

まだ甘し初鶯の舌のネヂ　沢木欣一

関連 鶯《うぐいす》・初音《はつね》→春／笹鳴《ささなき》→102

▼この春、初めて鶯を鳴かせた。まだ地鳴きのようにどこか舌のねじが緩んでいるようで、物足りない。

初雀《はつすずめ》

新年

元旦の雀をさす。年間を通してなにげなく見るその姿、聞くその鳴声も、年が改まると、ことさらめでたく感じられる。早朝からせわしなく鳴く声にも、チョンチョンと公園や庭先を跳び回る姿にも、親しみを覚える。

亡き妻を探しにきたる初雀　後藤比奈夫

十羽ゐて同じ黒瞳や初雀　友岡子郷

▼家の前に今年初めての雀が来ている。おまえたちも亡くなった妻を探しているのか。▼十羽来て、それぞれ遊んでいるが、つぶらな瞳はどれも一緒でかわいい。

初鳩《はつばと》

新年

初詣《はつもうで》の時、神社仏閣で目にする鳩のこと。平和のシンボルともいわれる鳩は、人にも馴《な》れているので、足元にもよく寄りつく。正月のめでたさとも相まって、愛《め》でる気持も、よりいっそう深くなる。

初鳩の群れの大きな影走る　廣瀬直人

▼神社などでの景。一斉に鳩が飛び立った。旋回する大きな影の中にいる作者。

初鴉《はつがらす》

新年

初烏《はつがらす》

元日の早朝に聞く鴉《からす》の声、または、見るその姿をいう。鴉はその姿、鳴声から不吉なイメージでとらえられるが、古くは八咫烏《やたがらす》にみられるように瑞兆《ずいちょう》とされた。神社では鴉を神の使いとしているところもあり、元旦の鴉をめでたいものとする。

雪山の大白妙に初烏　田村木国

初鴉爆心の街雲もなし　松田多朗

▼よりによって、全き白い大地に黒い点。なにかと思えば初鴉である。▼元旦の澄みきった雲一つない空。爆心地の初鴉は何をしているのだろう。

伊勢海老　三重県志摩地方の注連飾り。

【伊勢海老《いせえび》】

新年

鎌倉海老《かまくらえび》

浅い海の岩礁《がんしょう》にすむ、体長三五センチにも達する海老で、濃い赤褐色をし、体よりも長い髭《ひげ》(第二触角)をもつ。昼間は岩棚などに潜んでいるが、夕方になると、各種の貝、海老、蟹《かに》類などの生物を求めて動き回る。古くから、色とその形態からめでたいもの、勇ましいもののたとえとして、正月の蓬莱《ほうらい》や注連《しめ》飾《かざ》りなどの縁起物に用いられ、またその味から、高級食材として扱われている。関連 飾海老→268

生きて着く伊勢海老に灯をともすべし　清水径子

伊勢海老の具足三つのめでたけれ　山田みづえ

木屑より出て伊勢海老の髭うごく　福田甲子雄

▼海から上がったばかりの伊勢海老の籠《かご》。その鮮やかな色を見るためにも、ライトを照らしてやれという。▼伊勢海老の体をおおう具足《ぐそく》(甲冑《かっちゅう》のような甲羅《こうら》)の三つの部分を、何とも勇壮でめでたいという。▼おが屑《くず》の中に詰められ、伊勢海老が届いた。長い触角(髭)がまだ元気に動いていて、作者を驚かす。

初詣《はつもうで》《はつまうで》

新年

初参《はつまいり》・初社《はつやしろ》・初祓《はつはらい》・初神籤《はつみくじ》

✝元日に神社に詣《もう》でて一年の幸福を祈ること。人気の神社には大勢の人々が、年がかわるのを待ちかねて、夜のうちから詰めかける。本来は氏神に詣でるものであった。初詣にかぎらず、神前で箇条書きでお願いする人がいるが、あれでは神さまは覚えられず、時間もかかって迷惑。無心になって「神さまの意のままに」と、ひと言お願いすれば、よきにはからってくれる。

神慮今鳩をたたしむ初詣　高浜虚子
山道の掃いてありたる初詣　富安風生
住吉に歌の神あり初詣　大橋桜坡子
口開いて矢大臣よし初詣　阿波野青畝
初みくじ大国主に蝶むすび　平畑静塔

▼鳩《はと》が飛び立つことさえ神の御心《みこころ》の現われ。▼山道が掃かれているということの空気こそ初詣にふさわしい。▼住吉明神は航海、和歌をつかさどる。▼「矢大臣」は神社を守る像。▼「大国主《おおくにぬし》」は出雲《いずも》神話の主神。国譲りや因幡《いなば》の白兎《しろうさぎ》で知られる。

破魔弓《はまゆみ》

新年

破魔矢《はまや》

縄で輪を作り、または縄を円座のようにして、これを的とし、弓矢を射って遊んだことが始まりである。この的を「はま」、弓矢を「はま弓」「はま矢」と呼んだ。のちに、弓矢に装飾をつけ、男児の初正月の贈り物にもするようになった。現在では厄除《やくよ》けの縁起物として、✝初詣《はつもうで》の折に神社で破魔弓、破摩矢を授ける。

大風の夜を真白なる破魔矢かな　渡辺水巴
をりからの雪にうけたる破魔矢かな　久保田万太郎
子に破魔矢持たせて抱きあげにけり　星野立子

▼初詣の夜、大風が吹いた。風に煽《あお》られながら、きらめくほどの真っ白さである。▼破魔矢の白さに、雪の白さがかぶさった。新春ゆえの雪の清浄感も伝わる。▼子供を抱くことで破魔矢もともに抱くことになる、この微笑《ほほえ》ましさ。

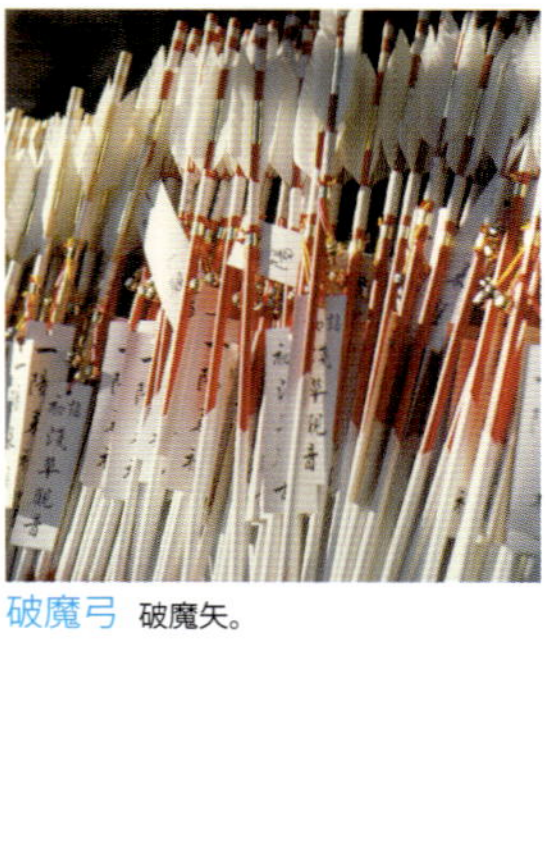

破魔弓　破魔矢。

年男《としおとこ》《としをとこ》

新年

若男《わかおとこ》・節男《せちおとこ》

新年を迎えるに際し、✝門松を立て、注連《しめ》を張るなど、年神《としがみ》を迎える支度をし、家の中の新年祭事を執り行なう男性のことをいう。一家の主《あるじ》が務めることが多い。ところによっては、元旦に✝若水《わかみず》を汲《く》み、✝雑煮を作るのも年男の役である。近年、✝節分に豆を撒《ま》く男を「年男」と呼ぶことがある。

年男我が候《うかが》ふや竈の火　石井露月

産土の鑽《き》り火《び》を受けに年男　茨木和生

▼この日、竈《かまど》の火の番をするのは男性。▼堅い木を擦り合わせて作った火が鑽り火。生まれた地(産土《うぶすな》)の社から毎年もらいうける火。

門松《かどまつ》　新年

松飾《まつかざり》・飾松《かざりまつ》・竹飾《たけかざり》・飾竹《かざりたけ》・門飾《かどかざり》・門の松《かどのまつ》・門の竹《かどのたけ》・立松《たてまつ》・飾木《かざりぎ》・門木《かどき》・俵松《たわらまつ》・長押松《なげしまつ》

新年に家の門口に立てる、一対の「松飾」のこと。地方によってその形態は異なるが、竹や梅など、縁起のよいものを添えて、戸口に立てる。新年の年神《としがみ》を迎えるための依代《よりしろ》として、松を家の門口に立てたことから始まった。根のついた雄松と雌松にそれぞれ奉書をかけ、紅白の水引で結んだものを門口に打ちつけて飾るところもある。関東ではおおむね七日まで、関西では十五日まで飾り、その飾る期間を「松の内」という。地域によっては「門木」といって、榊《さかき》、樒《しきみ》、楢《なら》、椿《つばき》などを用いるところもある。

関連 門松立つ《かどまつたつ》↓203／松の内《まつのうち》↓227

幾霜に心ばせをの松飾り　芭蕉

菜の花に門松立てて安房郡　富安風生

門松も根曳のままに城下町　福田蓼汀

永田町大き門松立つところ　今井田敬子

▼松のような気骨を持った芭蕉をもって松飾りとするという意。▼海の青と菜の花の黄。温暖な房州で迎える晴れやかな正月。▼根のついた松を奉書で巻き水引をかけて門松とする。それもまた城下町らしい。▼永田町のがらんとした正月風景に門松ばかりがいやに目立つ。

飾《かざり》　新年

お飾《かざり》

新年のいろいろな飾り物のこと。地方によって異なる。古くは注連縄《しめなわ》と鏡餅《かがみもち》に代表され、橙《だいだい》、蜜柑《みかん》、裏白《うらじろ》、干柿《ほしがき》、昆布《こんぶ》などを添えた。現在では輪飾りが一般的。門、床の間、各部屋、自転車、自動車などに飾り、一年の無事を祈る。

波の間に見えて生簀の飾かな　岡田耿陽

▼漁業を生業《なりわい》とする家の飾り。波間の生簀《いけす》には注連を張り、松の枝が飾ってあるのだろう。厳粛な思いに誘われる。

鏡餅《かがみもち》　新年

御鏡《おかがみ》・餅鏡《もちいかがみ》・据り餅《すわりもち》

鏡餅は重要な正月飾りの一つ。ふつう、三方《さんぼう》に裏白《うらじろ》を敷いて、日月二つの餅をひと重ねとし、昆布、串柿《くしがき》、橙《だいだい》などの縁起物を添えて、床の間や神棚、仏壇に飾った。略して「御鏡」ともいう。小ぶりの餅を二つ重ねたのも鏡餅といって、竈神《かまどがみ》や鏡台、厠神《かわやがみ》にも供えた。古くは「餅鏡」と呼んでいた。

関連 餅搗《もちつき》↓203／餅《もち》↓140

人の字に名吉飾れる鏡餅　奥谷郁代

鏡餅表皮剝れてきたるかな　田邊富子

餅鏡山棲は餅尊べり　茨木和生

▼「名吉」は出世魚、鯔《ぼら》の幼魚の佳名であるが、縁起物として鏡餅に飾っている。▼空気に触れることの多い鏡餅は、その表皮から剝がれてくる。▼田の少ない山がちの所に棲《す》む人は、それだけに餅を重宝にして暮らす。

年《ねん》賀《が》　新年

年始《ねんし》・年《とし》の賀《が》・年礼《ねんれい》・年《とし》の礼《れい》・初礼《はつれい》・正月礼《しょうがつれい》・春《はる》の礼《れい》・門礼《かどれい》・廻礼《かいれい》・年始廻《ねんしまわ》り・賀正《がしょう》

新年の三日くらいまでに、親戚や年長者、知人友人など親しい人を訪ねて、正式に新年の挨拶を交わすこと。丁重に祝辞を述べると改まった気分がする。親しい間柄では、節料理などの振る舞いを受けることもあるが、多くは玄関で賀詞を述べる門礼の形をとる。かつては、道路で追《お》い羽根《ばね》をつく子や、独楽廻《こままわ》しに熱中する子を見ながら年賀に回ったものだった。

きらきらと島へ手漕ぎの年始舟　星野麥丘人

赴任地は異国と告げし子の年賀　山田弘子

▼波穏やかな正月の海。島へ年始の舟を漕《こ》ぐ。「きらきら」は波の形容でもあり、年始の人の形容でもある。▼まさか年賀に来た子から外国赴任の話を聞こうとは。

御《ぎょ》慶《けい》　新年

改年《かいねん》の御慶《ぎょけい》

「御慶」は、めでたい時に述べる賀詞のこと。正月の「謹んで新年のお慶《よろこ》びを申し上げます」などがそれにあたる。美しい言葉であり、よき慣習であるといえる。路上で御慶を交わしている光景は、のどかでめでたい。

長松が親の名で来る御慶かな　野坡

火渡りの火の粉あびつつ御慶かな　松本可南

▼御慶といえばこの句というくらい、よく知られた名句。「長松」は丁稚《でっち》に多い名前。親に代わって御慶を述べる長松の健気《けなげ》なこと。▼初護摩の終わりはまだ炎を上げる熾火《おきび》の上を裸足《はだし》で歩く火渡りの行《ぎょう》。御慶を述べる間も火の粉が降る。

礼《れい》者《じゃ》　新年

初礼者《はつれいじゃ》・門礼者《かどれいじゃ》・女礼者《おんなれいじゃ》・賀客《がきゃく》・年賀客《ねんがきゃく》・年始客《ねんしきゃく》・年賀人《ねんがびと》

正月三が日に威儀を正して、知人や親戚宅などを年賀に回り歩く人のこと。その年最初の賀客が「初礼者」、門先だけで辞するのが「門礼者」である。年始客の多いところでは、玄関に礼帳や名刺受けを置く。

ややありてをんなの声や門礼者　岸田稚魚

風呂敷をふはりと解きて年始客　佐藤博美

▼玄関に人の気配がする。女の賀客とわかるまでのしばしが、絶妙な間合いを見せる。▼風呂敷をふわりと解いて、年始の挨拶の品を取り出す。美しい人の、美しい所作。

礼《れい》受《うけ》　新年

正月三が日の間、年賀の客を玄関先に迎えて、その祝辞を受けること。また、その人をさす。つまり、門礼《かどれい》の賀客に応対すること。手焙《てあぶ》りの火鉢を用意する家もある。

礼受やよき衣寒く置火燵　高浜虚子

▼広々とした玄関なのであろう。隅に寄せて置かれた火燵《こたつ》に入って、年始の客を待つ。晴れ着の肩のあたりが寒い。

初便《はつだより》

新年

初郵便《はつゆうびん》

新年を迎え、初めて出したり受け取ったりする便りのことをいう。遠く離れている親や兄弟、知人などからの無病息災を知らせてくれる便りは、年の始まりだからこそ、ことさら嬉《うれ》しいものである。

大原の時雨《しぐ》るゝとあり初だより　阿部みどり女

鳰《にほ》も居りわが初だより淡海《あふみ》より　森澄雄

▼京都・大原は新年から時雨れているという。その便りを手に、わきおこる旅心。▼淡海《おうみ》(近江《おうみ》)にて新年を迎えた作者。鳰とも親しくすることで、初旅の情趣も深まる。

年賀状《ねんがじょう》

新年

賀状《がじょう》・年始状《ねんしじょう》・年賀郵便《ねんがゆうびん》・年賀電報《ねんがでんぽう》・年賀《ねんが》はがき・賀状配達《がじょうはいたつ》・初便《はつだより》

新年の祝賀を述べた葉書や手紙。元日の朝にまとめて配達される。写真入りの年賀状もあれば、絵入りもある。遠く離れた知人の近況を想像しながら、お屠蘇《とそ》気分のまま手に取るのも、いかにも正月らしい。近年、パソコンを使った画一的なものが多くなったのは寂しいものである。

関連 賀状書く《がじょうかく》→127

会ひたしとある絶筆の賀状かな　ながさく清江

横つ面張らるるごとき賀状あり　加藤静夫

初便りみな生きてゐてくれしかな　石塚友二

▼生前、会うという望みのかなえられなかった人からの賀状がくる。▼叱《しか》られることの少なくなった若者を、年に一度、賀状がきて叱る。▼昭和二十一年の作。その年の年賀状は戦災を逃れたことの証《あかし》であった。

初電話《はつでんわ》

新年

新年になって初めて電話で話をすること。相手が親や兄弟、親友であろうと、まずは「あけましておめでとうございます」と年賀を交わし合う。弾む声で互いの無事や平安を喜び、この一年に希望を馳《は》せる。

初電話巴里よりと聞き椅子を立つ　水原秋桜子

初電話ありぬ果して父の声　星野立子

▼家人から知らされた初電話は、巴里《パリ》から。国際電話ということもあり、あわてて椅子《いす》を立つ作者が微笑《ほほえ》ましい。▼元日の朝、毎年のように父虚子から電話がかかる。今年も心待ちにしていた。

年玉《としだま》

新年

お年玉《としだま》

正月の贈り物をいう。本来、年神《としがみ》に供えたものの魂を分け与えるもので、与えられるものは、米、丸餅、酒などであった。

年長者が年下の者に与えるのが慣例で、年長順に祖父母の前に座り、「年玉」といって白紙に包んだ餅を渡されたのは、米や餅に穀霊が宿っていると信じられていた昭和十七、八年頃までであったか。近年は、もっぱら正月に贈られる金銭を「お年玉」と称している。

年玉の手拭の染メ匂ひけり　久保田万太郎
年玉のかざしの鶴の挿せば舞ふ　森川暁水
貯蓄型浪費型ありお年玉　山田弘子

▼年玉にふさわしい意匠の手拭いだろう。染料の匂いだけではない諸々《もろもろ》の新しさが籠《こも》っている。▼「かざし」とは少女の髪飾りで、ここは年玉用に「鶴」のついたもの。頭を動かすたびに鶴が舞い、新春気分が高まる。▼このタイプ、おそらく大人になっても変わらないだろう。

笑初《わらいぞめ》《わらひぞめ》

新年

初笑《はつわらい》・初笑顔《はつえがお》

新年になって初めて笑うこと。年が改まれば、笑顔もまた、新しくまぶしく感じられる。昔から「笑う門には福来たる」といわれるように、笑顔が幸せを連れてくるように思われる。

泪すこしためたる父の笑初め　石原八束
初笑ひ玩具の犬に描きし髯　沢木欣一

▼この「泪《なみだ》」は感激の涙にちがいない。家族の慶事に父が最も喜んだ。▼子供が玩具に髯《ひげ》をいたずら書きしたのだろう。それを見て家族がみな和《なご》む幸せなひととき。

泣初《なきぞめ》

新年

初泣《はつなき》

新年になって初めて泣くことをいう。たいがいは幼子が些細《ささい》なことで泣き出して、それを見て「初泣」だと囃《はや》す家族の景色が浮かぶ。また、正月に映画や芝居を見て涙を流すこともあるであろう。

泣初の子に八幡の鳩よ来よ　宮下翠舟
優しさに触れたることに初泣す　山田弘子

▼初詣《はつもうで》で幼子が駄々をこねたのだろう。八幡宮の鳩《はと》を呼び寄せて泣きやませようとしたのである。▼悲しみではなく嬉《うれ》し涙であることが心を癒やす。

初鏡《はつかがみ》

新年

初化粧《はつげしょう》

新年になって初めて、鏡に向かって化粧をすること。また、その際に用いた鏡をいうこともある。日常の化粧と手順は同じであるが、元旦の化粧となれば、心も引き締まる思いで紅を引く。

眉引も四十路となりし初鏡　杉田久女
空容れて旅の乙女の初鏡　大串章

▼眉引きは口紅と同じくらいに大切な化粧の過程である。四十路《よそじ》という齢《よわい》をひたと噛《か》みしめる。▼初旅の景。元旦の青空を鏡に映し入れ、乙女はますます麗しい。

初暦《はつごよみ》 新年

新暦《しんごよみ》・伊勢暦《いせごよみ》・暦開《こよみびらき》・花暦《はなごよみ》

新年に初めてその年の暦を用いること。かつては京都の大経《だいきょう》師《じ》暦、伊勢神宮の伊勢暦、花の咲く時節を記した花暦など、謂《いわ》れのあるさまざまな暦があった。近年は美しい絵や写真入りのカレンダーが多い。関連 暦売《こよみうり》↓128

父の座のうしろに掛けぬ初暦　佐藤紅緑

幸せの待ち居る如く初暦　稲畑汀子

▼変わらない父の座の後ろに暦の定位置がある。新春を迎え、改めて覚える父の威厳か。▼新たな暦にはまだ見ぬ一年がある。幸せが待つことを祈る心がこもる。

初刷《はつずり》 新年

刷初《すりぞめ》・初新聞《はつしんぶん》

新年になって初めて新聞や雑誌などの印刷物を刷ることをいう。おもに元旦に届く新聞をさす場合が多い。雑煮や節料理で新年を祝った後、初刷の新聞を開き、目を通す。常より増頁の重さと、色刷りも鮮やかで美しい。

初刷に厨のものは湯気立つる　中村汀女

初刷の多色グラビア白は富士　上田五千石

▼届いたばかりの初刷りの新聞を見ながら、朝の膳を待つ。雑煮の湯気が新春の瑞気《ずいき》を高めている。▼グラビアに多くの色があるなか、白は雪の富士山ただ一つ。

読初《よみぞめ》 新年

読書始《どくしょはじめ》・初草子《はつぞうし》

年が明けて初めて書物を読むこと。『吾妻鏡《あづまかがみ》』には、建仁四年(一二〇四)正月十二日に将軍 源 実朝《みなもとのさねとも》が読書始めを行なったとある。かつては漢籍などを朗々と音読するのが習いであったが、現在では黙読が多い。

座右の書兵火免れ読始　山口青邨

「いづれの御時にか」読初をこゑに出す　上田五千石

▼運よく戦火を逃れて、座右の愛蔵書があることの嬉《うれ》しさと感謝がこめられている。▼『源氏物語』桐壺巻の冒頭。あえて音読することで古語の美しさを諾《うべな》う。

初夢《はつゆめ》 新年

夢祝《ゆめいわい》・夢始《ゆめはじめ》・貘枕《ばくまくら》

現代においては、正月二日の夜に見る夢をいう。古く江戸では大晦日《おおみそか》の夜の夢をいい、京坂では節分の夜の夢を「初夢」と称したようである。吉夢《きちむ》であることを願い、枕の下に宝船の絵を敷いて寝た。また、吉夢の順を「一富士二鷹三茄子《いちふじにたかさんなすび》」と定め、その絵を枕の下に敷くこともある。悪夢であっても貘《ばく》が食べてくれるという言い伝えから、貘の絵も用いられる。

初夢に古郷《ふるさと》を見て涙かな　一茶

初夢の話もしたくとりまぎれ　星野立子

初夢の母の瞳の中にゐる　野澤節子

▼古郷を離れて古郷の夢を見る。夢の中でしか逢《あ》えない家族の姿が恋しく涙をこぼす。▼吉夢を見ることができたのに、正月の忙しさに紛れて伝えられないもどかしさ。▼母の夢を見ている安堵《あんど》感に恋しさが募る。

宝《たから》船《ぶね》 新年

元日か二日の夜に、枕の下に敷いて寝ると、よい初夢が見られるとされている、七福神などが乗った宝船の絵のこと。かつては宝船売りが町を売り歩いたものだが、現在は大きな神社などで買い求める。

泥描きをしたる日輪宝船　茨木和生

夫にもと買ふ歌神の宝船　山内節子

▼宝船の背景となっている日輪は金泥で描かれたもの。▼歌神を祀《まつ》っている神社の宝船、夫にもと二枚買い求めたのは効果があると思ったから。

右上の画賛は「よろづ代もつきぬみなとに春風がけさふく神のたから入船　春頌齋應賀」。

書《かき》初《ぞめ》 新年

筆始《ふではじめ》・試筆《しひつ》・吉書《きっしょ》

年が明けて初めて筆をとり、文字や絵を書くことで、二日に行なうのが慣わし。文字であれば和歌や漢詩のめでたい詩句を選ぶ。書いたものは「吉書」といい、左義長《さぎちょう》（どんど焼）の火で焼き、炎の高さで書の上達を占う。なお、自作の詩句を書くことは「試筆」という。

吉書ながら世の消息のせはしなき　嵐雪

一波に消ゆる書初め砂浜に　西東三鬼

宿題の書初め大の一文字　細谷喨々

▼江戸前期の俳人でも「世の消息のせはしなき」とは、まるで現今と同じ。▼水際に書いた文字を波がさらってゆく。作者の内部へ内部へと入ってゆく淋《さび》しさ。▼「大」という字、うまく書こうとすると、なかなか難しい。

初《はつ》硯《すずり》 新年

年が明けて初めて硯を使うこと。書《か》き初《ぞ》めの時のことが多いが、季語として区別する。硯を洗い墨を磨《す》り、筆に墨を染める行為を改めて行なうと、心持ちも新たになる。

ましろなる筆の命毛初硯　富安風生

初硯うなじをのべて磨りにけり　橋本鶏二

▼新しい筆であろう。「命毛《いのちげ》」は筆の最も大切な部分、穂先の毛の

宝船　七福神を乗せた宝船。渓斎英泉・歌川国貞・歌川国芳の合作。「宝船七福神」（江戸時代）　山口県立萩美術館・浦上記念館

真っ白が墨に染まる前の清浄感。▼墨を磨る時に晴れ着からのぞく項《うなじ》の美しさ。

日記始《にっきはじめ》　新年

初日記《はつにっき》・新日記《しんにっき》

その年の日記を新年になって初めてつけること。最初の真っさらな一頁に記す時の嬉《うれ》しさと心の高揚は隠せない。今年はどのようなことが待っているのかを想像しながら、元日の出来事を綴《つづ》るのである。

関連 日記買《にっきか》ふ→127

晴天と書きしばかりや初日記　中村苑子

雨あしの加はる日記はじめかな　三田きえ子

▼日記とて、今日一日を子細に記すことばかりではない。「晴天」とのみ書くことで元日の安堵《あんど》感がわかる。▼御降《おさがり》の元日となったことを静かに受け止めている。

初写真《はつしゃしん》　新年

初写し《はつうつし》

新年になって初めて写真を写すこと。また、その写した写真のこと。かつては写真館で一家揃《そろ》いの写真を撮ることも多々あった。正月は初詣《はつもうで》などで家族が揃うことが多いので写真を撮る機会も増え、喜ばしいことである。

初写真一家七人横並び　今瀬剛一

▼ふだんならば個々にポーズを自由にとるところを、新年は改まって、横並びに並ぶ。一家七人の成長の記録である。

乗《のり》初《ぞめ》

新年

初乗《はつのり》・初電車《はつでんしゃ》・初飛行《はつひこう》

新年になって初めて、電車、自動車、船、飛行機などの乗物に乗ること。初詣《はつもうで》や年賀に行くために電車に乗るが、春着の姿も見られて、正月の晴れやかさが嬉《うれ》しい。「初飛行」は元日に飛んでいる飛行機のこともいう。

初電車子の恋人と乗り合はす　安住敦

初電車待つといつもの位置に立つ　岡本眸

▼偶然に同じ電車に乗り合わせたのは子供の恋人。照れながらも新年の挨拶を交わしたのであろう。▼初電車とはいえ、ホームの待つ位置は変えない。これも作者の志。

初《はつ》旅《たび》

新年

旅始《たびはじめ》・旅行始《りょこうはじめ》

新年になって初めて旅をすること。正月を迎えて旅をする心持ちは、常の旅とは異なり、晴れやかで期待感もいっそうふくらむものである。車中から見える景色も、澄んでいて美しく感じる。

初旅の搭乗券を胸にさし　山崎ひさを

思はざる深山入かも旅始　上田五千石

▼搭乗券を、鞄《かばん》に入れるのではなく、胸にさすところに気分の高揚がわかる。▼初旅は、行き先を定めずに歩いた。思いもかけない深山入りとなったことへの期待と喜び。

初《はつ》荷《に》

新年

初荷舟《はつにぶね》・初荷馬《はつにうま》・飾馬《かざりうま》

江戸時代、正月二日に得意先の注文の荷を、華やかに飾り立てた荷馬車にのせて届けたが、その馬や荷をいう。荷を受けた大商家などでは、祝儀を与えたり、賑《にぎ》やかに手打ちをしたりして、新年を寿《ことほ》ぐ。

海晴れのまつただなかに初荷かな　友岡子郷

▼海晴れであるから、舟から届いた初荷であろう。海を越えて届いた荷物の尊さと喜びがこめられている。

初商《はつあきない》《はつあきなひ》

新年

商始《あきないはじめ》・売初《うりぞめ》・初売《はつうり》

新年になって初めての商売をいう。かつて商家では、元日は福が逃げないように店を閉じて、二日から営業するのが習いであった。現在はスーパーの台頭により、元日から店を開けるところも少なくない。

初売の加賀の起上小法師《おきあがりこぼし》かな　飴山實

▼起上小法師は達磨《だるま》の形に作った人形の底に重りをつけた玩具。倒してもすぐに起きる縁起のよさ。

買初《かいぞめ》《かひぞめ》

新年

初買《はつかい》

新年になって初めて買い物をすること。江戸では、二日に商いが始まり、蛤《はまぐり》と海鼠《なまこ》を買うという習いがあったという。子供は年玉をもらったりすることもあり、ふだん買えない高価な物を買うことも多い。

買初の小魚すこし猫のため　松本たかし

子や待たん初買物の飴幾顆　石橋秀野

▼買い初めといっても猫の餌の小魚。それも少しというささやかなもの。俳諧味あふれる一句。▼色とりどりの美しい飴《あめ》を求める。一個一個に子供への夢を乗せて。

初市《はついち》

新年

初市場《はついちば》・初立会《はつたちあい》・初相場《はつそうば》・初糶《はつせり》

新年に初めて開く、魚や青果などの市場のこと。現在では四日に行なわれることが多い。初市に成立した取引の値段を「初相場」という。ご祝儀相場といって、買い手も買い値を弾み、和《なご》やかな正月気分に浸る。

初市の鯛売れしこゑ高めたり　大串章

初糶を待つ翻車魚《まんぼう》の二畳程　小澤實

▼鯛は高級魚、その鯛が売れた声が高く響く。正月を祝う喜びがあふれている。▼魚市場であろう。二畳ほどもある巨大なまんぼうは、初糶にふさわしい大物である。

仕事始《しごとはじめ》

新年

事務始《じむはじめ》・初仕事《はつしごと》

新年になって仕事に初めて取りかかること。職種によって日は異なる。正式な儀式を行なうところもあり、年が改まった喜びとめでたさが和《なご》やかに漂う一日である。

船曳《ひ》くを仕事始の男かな　鈴木真砂女

何もせず坐りて仕事始めかな　清水基吉

▼船は魚を獲るための道具。船を浜に出すことから仕事が始まる男の朝。▼原稿を書くわけでもなく書斎に座る。一人の時間を持つことが仕事始めである。

新年会《しんねんかい》《しんねんくわい》

新年

新年宴会《しんねんえんかい》

新年を祝うために、仕事仲間や同じ趣味を持つ仲間などが集って宴会を開くこと。古くは宮中において「元日節会」と称し、元日に祝宴が行なわれていたが、現在は廃れている。

酔蟹や新年会の残り酒　正岡子規

新年会笑ひ上戸の下戸揃ふ　青山悦子

▼酔蟹《ツイシエ》は上海蟹《シャンハイ》を紹興酒《しょうこうしゅ》などに漬けた中国料理。ごちそうをいただき、親友との会話も楽しんで、新年会は果てた。その残り酒の余韻に浸る心地よさ。▼酒は入らずの宴会だが、酔わずに笑い上戸になる楽しさ。

春着《はるぎ》

新年

春衣《はるぎ》・春著《はるぎ》・正月小袖《しょうがつこそで》・春小袖《はるこそで》・花小袖《はなこそで》・初重ね《はつがさね》・初衣裳《はついしょう》

正月のために新調した晴れ着。または、正月に着る衣服のこと。多くは女性が着るものをいう。たとえ新調したものでなくても、女性は、新年を迎えたという歓びのうちに身にまとい、晴れやかに初詣や年賀に出かけるのである。むろん、家にいてもどこか改まったものを着る。 関連 春着縫《はるぎぬ》ふ→140

人の着て魂なごみたる春着かな　飯田蛇笏
一軒家より色が出て春着の児　阿波野青畝
膝に来て模様に満ちて春着の子　中村草田男
かりそめの襷かけたる春着かな　久保田万太郎
春著の子古き言葉をつかひけり　田中裕明

▼春着の人を見ると、それが他人でも心和《なご》むものがある。▼春着の色がじかに飛び込んできて残像として残る。▼あどけなさの残る子が、正月らしい大柄の着物を着せられ、膝《ひざ》に甘えにくる。▼晴れ着を着ながら、当座の家事のために襷《たすき》をかけるのはよくあること。▼晴れ着を着て嬉《うれ》しい子が、よそいきの言葉を使っているのだ。

縫初《ぬいぞめ》《ぬひぞめ》 新年

縫始《ぬいはじめ》・初針《はつばり》・針起《はりおこ》し

新年に初めて針を持って裁縫をすること。家庭においての縫い物であるが、裁縫師などの仕事始めも含まれる。地方によっては二日に縫い初めをする習いもあるという。日本女性の嗜《たしな》みをあらわす季語であろう。

縫初の絹糸紅し張り鳴らす　岡本圭岳
縫初めの糸白くまだ街を見ず　神尾久美子

▼絹糸を張る時の音は、新年だからこそ美しく鳴る。その糸の紅《あか》さも麗しい。▼正月は家に籠《こも》って、まだ外出を試みていない。糸の白さに淑気《しゅくき》を覚える。

初染《はつぞめ》 新年

染始《そめはじめ》

新年になって初めて糸や織物などを染めること。おもに染色を生業《なりわい》とする人の仕事始めをさすことが多い。かつては藍染めなどを試みる農家も多かった。

初染の甕ぬちくらき吊灯かな　高田蝶衣

▼甕《かめ》の中の染料の色の濃さを、昏《くら》さととらえた。「ぬち」は「……のうち」の意。吊《つ》られた灯が趣深く、ひとところを照らす静けさ。

織初《おりぞめ》 新年

機始《はたはじめ》・初機《はつはた》・機場始《はたばはじめ》・機屋始《はたやはじめ》

新年になって初めて機織りをすること。正月二日から行なうことが多かった。かつて機織りは農家の女性の仕事であり、家の内から聞こえてくる機の音にも風情があった。近年では、古民家での実演などにその名残をとどめている。

古き機ふるき燭置き機始　水原秋桜子
織初めの筬《をさ》音まぎれ深山川　鷲谷七菜子

▼年が改まったといえども、機場の佇《たたず》まいは変わらない。古き機と古き燭が伝統を伝えている。▼川の流れを聞く耳に、いつしか筬《おさ》の音が紛れ込む山里の新春である。

屠蘇《とそ》

新年

屠蘇祝《とそいわ》う・屠蘇酒《とそしゅ》・屠蘇袋《とそぶくろ》・屠蘇散《とそさん》

元日にいただく香り高い薬酒のこと。平安時代に中国から渡来した延命の妙薬とされる。現在でも年頭には家族揃《そろ》ってこれを飲み、邪気を払う。屠蘇の「屠」は邪気をはふり、「蘇」は命を蘇《よみがえ》らせること。屠蘇は正月らしい厳かな香りがする。その香りの源は、肉桂《にっけい》、山椒《さんしょう》、白朮《びゃくじゅつ》、桔梗《ききょう》、防風《ぼうふう》などの草木を調合した屠蘇散。これを小袋に入れ、酒に浸して屠蘇を作る。

指につくとそも一日匂ひけり　梅室

雑煮より屠蘇を密かに好しとせり　相生垣瓜人

三輪山を吸ふ心持屠蘇すすり　阿波野青畝

次の子も屠蘇を綺麗に干すことよ　中村汀女

屠蘇くむや流れつつ血は蘇へる　加藤楸邨

▼元日ならではの一句。▼酒好きの一句。▼三輪山(奈良県)は酒の神を祀《まつ》る。▼幼子ながらあっぱれ。▼新しい命を授かったかのよう。

雑煮《ぞうに》《ざふに》

新年

雑煮祝《ぞうにいわ》う・羹《かん》・羹《かん》を祝《いわ》う・雑煮餅《ぞうにもち》・雑煮膳《ぞうにぜん》・雑煮椀《ぞうにわん》

正月三が日にいただく、餅の羹《あつもの》。その起源は、大晦日《おおみそか》の夜に、神に供えた餅を下ろして食べたことだった。餅はおおよそ東日本は切り餅、西日本は丸餅。各地に、その土地の食材を入れた雑煮が伝わる。

神ごころりんと雑煮にむかふ時　来山

脇差を横に廻して雑煮かな　許六

三椀の雑煮かゆるや長者ぶり　蕪村

揺らげる歯そのまま大事雑煮食ふ　高浜虚子

何の菜のつぼみなるらん雑煮汁　室生犀星

山々の高くぞありし雑煮かな　石田勝彦

▼雑煮に向かうと、厳かな気分になる。▼武士は脇差《わきざし》を常用した。「横に廻《まわ》して」が一筆の絵のよう。▼雑煮をお代わりして、まるで長者様のよう。▼今にも抜けそうな歯を気遣いながら、雑煮の餅を食べているところ。▼雑煮に入っているつぼみもめでたい。▼水墨画の中にいるような風景。

節振舞《せちぶるまい》《せちぶるまひ》

新年

節料理《せちりょうり》・節饗《せちあえ》・節《せち》の日《ひ》・椀飯振舞《おうばんぶるまい》・節客《せちきゃく》・節座敷《せちざしき》

正月節日に人を招いて饗応すること。無事に新年を迎えたことを祝って、正月の間に、親戚、縁者を招いて酒食を振舞ったり、訪問した先で宴会などに呼ばれたりする風習のことをいう。その折のもてなし料理が「節料理」。かち栗《ぐり》、昆布《こんぶ》巻《まき》、照りごまめ、蓮根《れんこん》、芋、慈姑《くわい》などの煮しめを出す。

どの品も縁起よばはり節料理　伊藤敬子

節饗の氷魚を出してくれにけり　飯尾雪乃

▼黒豆はマメに働けるように、数の子は子孫が増えるように、慈姑は、蓮根は……と節料理の縁起が数えられる。▼その頃の氷魚《ひお》(鮎の稚魚)はまだ小さいが、それが何よりのもてなし。

歯固《はがため》
新年

歯固《はがため》の餅《もち》

正月に長寿を願って、餅、押し鮎《あゆ》、するめ、かち栗《ぐり》などの堅いものを食べる慣習をいう。「歯」には「齢」の意味があるので、歯固めは齢を固めて健康を保持するという意味があった。

歯固は栄螺の刺身なりしかな　四谷たか子

▼栄螺《さざえ》の刺身はこりこりとして歯ごたえがよい。手に入った新鮮な栄螺を歯固めの具とした。

太箸《ふとばし》
新年

孕《はら》み箸《ばし》・雑煮箸《ぞうにばし》・祝箸《いわいばし》・柳箸《やなぎばし》・箸包《はしづつみ》

新年の膳に用いる白木の箸で、折れないようにと、中ほどが太く作られている。ここから「孕み箸」の名がある。多くは柳の木を用いるところから、「柳箸」とも呼ぶ。箸袋に家族の名を書き、一年の息災を祈る。

太箸をひとしく取りし吾子等かな　中村汀女

箸紙に書き終へし名の並びけり　稲畑汀子

▼大きい子も小さい子も同じように箸をとり、祝い膳のものをいただく。▼箸袋に家族の名を書く。誰かが亡くなれば寂しく、生まれ来れば嬉《うれ》しい。ずらりと並ぶ幸いを思う。

年酒《ねんしゅ》
新年

年酒酌《ねんしゅく》む・年始酒《ねんしざけ》

年始回りの客に勧める酒のこと。まず、屠蘇《とそ》を勧め、これに数の子やごまめなどの祝い肴《ざかな》を添える。本来は、その程度の簡素なものであったが、豪華な酒食のもてなしとなることもある。

年酒酌むふるさと遠き二人かな　高野素十

女弟子早く来にける年酒かな　藤田湘子

▼郷里を遠く離れた二人。夫婦や男女ではなく、男二人のように見える。▼年酒目的ではなく、師に会いたくての「早く来にける」ではないか。

草石蚕《ちょろぎ》
新年

ちょうろぎ・甘露子《ちょろぎ》・滴露《ちょろぎ》・丁呂喜《ちょろぎ》・長老木《ちょろぎ》

草石蚕はシソ科の多年草。夏、淡紅色の花を咲かせ、地下茎の先端に巻貝状の根茎をつける。それを梅酢に漬け、赤く染まったものを、正月の黒豆の彩りにあしらう。縁起をかついで「長老木」とも書く。さして美味ではないが、愛敬《あいきょう》のあるものではある。

甘噛のまづはめでたきちよろぎかな　大木孝子

▼形といい味わいといい、甘噛《あまが》みするのにふさわしい。

草石蚕

数《かず》の子《こ》

新年

かどのこ・鰊鰤《かずのこ》・塩数《しおかず》の子《こ》

鰊《にしん》の卵巣を乾燥または塩漬にしたもの。東北地方では鰊のことを「かど」といい、「かどの子」が転訛《てんか》して「かずのこ」になったとされる。いずれにしても、夥《おびただ》しい卵の数に子孫繁栄を祈り、正月の祝い物になったのだろう。

数の子や鰊もともと青ざかな　石塚友二

数の子の塩気かくまで抜かれけり　八木林之助

▼黄色いダイヤなどと珍重されるが、所詮、数の子は青魚の鰊の子なのである。▼塩漬の数の子は塩抜きの加減が命。ここまで塩抜きされると味も素っ気もない。

結《むすび》昆《こん》布《ぶ》

新年

結《むすび》こぶ・睦昆布《むつみこんぶ》

細く切った昆布を結んだもの。雑煮や大福茶《おおぶくちゃ》に入れる。昆布は「よろこぶ」にかけて、正月の祝い物として用いる。また「睦昆布」には、正月を睦月《むつき》と呼び、家内が睦《むつ》み合うことを念じる思いがうかがえる。

杉箸ではさみし結び昆布かな　松瀬青々

結昆布結び目に歯をあてにけり　二本柳力彌

▼大福茶を飲んだあと、杉箸で茶碗の底の結び昆布をつまんだのである。▼その結び昆布の結び目を噛《か》んでみる。両句とも、どこか正月を迎えためでたさが漂う。

ごまめ

新年

田作《たづくり》・五万米《ごまめ》・小殿原《ことのばら》

鯷《ひしこ》（片口鰯《かたくちいわし》）の幼魚を素干しにしたもの。炒《い》って砂糖と醬油をからめる。かつて畑の肥料にしたところから、五穀《ごこく》豊穣《ほうじょう》や田畑の増えることを念じて「田作」ともいう。小さくても尾頭《おかしら》付きであるところから、武家では「小殿原」と呼んだ。

独酌のごまめばかりを拾ひをり　石川桂郎

ごまめ噛む歯のみ健やか幸とせむ　細川加賀

ごまめ

▼賀客が帰り、独りとなった夜更け、なお人恋しい思いで酒を酌《く》む。屈託した心が、ごまめばかりをつまませる。▼病気と生活苦を経験した作者の境涯を思うと、「幸《さち》」といえど、せつない。

切山椒《きりざんしょう》《きりざんせう》

新年

上新粉と砂糖を山椒の汁で練って蒸し、臼《うす》で搗《つ》いて延ばして拍子木に切った、正月用の餅菓子。白や薄紅、薄緑など、見た目も華やかで美しい。東京の下町では三月頃まで売られるというが、関西ではお目にかからない。

茶の間にて用済む仲や切山椒　大久保橙青

夢の世のあな夢いろの切山椒　田部谷紫

▼客間へ通すまでもない、気のおけない年始の客。切山椒でもてなす間柄というのだ。▼この世は夢のように儚《はかな》いが、その夢のように淡い色をした切山椒だこと。

初座敷《はつざしき》　新年

新年を迎え、初めて客をもてなす座敷のことをいう。年始の祝賀の思いをこめて、床の間にめでたさをあらわす掛軸を飾り、花を生ける。また、新年の飾りつけに用いる屛風《びょうぶ》を「初屛風」ともいう。瑞気《ずいき》あふれる座敷の景である。

日当りを母にあけをく初座敷　谷本栄子

▼一月は最も寒い時。賀客である母のために、座敷の中で最も日当たりのよい所を選ぶ心遣いが優しい。

掃初《はきぞめ》　新年

初箒《はつぼうき》・初掃除《はつそうじ》・拭始《ふきはじめ》

正月二日、新年を迎えて初めて箒《ほうき》で屋内外を掃除すること。元日の掃除は福を掃き出すとの言い伝えがあり、箒を用いることを忌み嫌ったという。元日だけは家に籠《こも》って静かに過ごし、二日から日常の生活に徐々に戻るのである。

掃きぞめの帚にくせもなかりけり　高浜虚子

草庵の短き縁を拭始　富安風生

▼おそらく新年に合わせて箒を新調したのであろう。くせのないすがすがしさ。▼短くとも縁《えん》を清めて新たな年を喜び、草庵を慈しむ心持ちがわかる。

初湯《はつゆ》　新年

初風呂《はつぶろ》・初湯殿《はつゆどの》・湯殿始《ゆどのはじめ》・若湯《わかゆ》

新年に初めて風呂を沸かして入ることである。銭湯では、大《おお》晦日《みそか》は終夜営業し、元日は休み、二日は初湯として営業した。熊本県のある地方では、初湯に入ると若返るとして「若湯」ともいう。淑気《しゅくき》が渡る中の湯煙は気持のよいものである。

海うつる鏡あふいで初湯かな　皆吉爽雨

初風呂や父の次には男の子　星野立子

嬰児《みどりご》が笑ふ初湯をあふらせよ　有馬朗人

▼旅先での初湯であろう。鏡に映る海の青い輝きが、新春の喜びに重なる。▼古き日本には入浴にも順序があった。父の次には長男。懐かしい家族の風景。▼嬰児を中心に家族の笑顔がある。あふれる初湯に幸せが満ちる。

餅花《もちばな》　新年

花餅《はなもち》・餅《もち》の花《はな》・餅穂《もちほ》・餅木《もちぎ》・餅手鞠《もちでまり》

小正月《こしょうがつ》の飾り物の一つ。枝垂柳や水木の枝に、小さくちぎった餅を花のようにつけ、玄関の土間の柱や床の間に高々と飾る。稲穂をあらわし、これを年神に捧《ささ》げて稲の豊作を祈る。養蚕の盛んな地方では「餅花」といわず、「繭玉《まゆだま》」と呼んで繭の豊作を祈る。関連 小正月《こしょうがつ》↓227

餅花や灯立てて壁の影　其角

餅花　京都府木津川市・相楽神社。

餅花の高々とある炬燵かな　高浜虚子

餅花や静かなる夜を重ねつつ　阿部みどり女

餅花を今戸の猫にささげばや　芥川龍之介

餅花のなだれんとして宙にあり　栗生純夫

▼壁に挿す餅花の大きな影。▼炬燵《こたつ》の上にしだれる餅花。▼静かで華やかな新年の夜。▼神棚に置かれた今戸焼の招き猫。▼静かな餅花を、動き豊かに詠む。

繭玉《まゆだま》　新年

繭団子《まゆだんご》・団子花《だんごばな》・繭玉祝う《まゆだまいわ》・繭餅《まゆもち》

紅白の餅を繭の形にこまかくちぎり、柳や黒文字《くろもじ》などの枝にたくさんつけた、小正月《こしょうがつ》の飾りである。養蚕の繁栄を祈って、神棚などに上げられる。枝の先に人の肩が触れて揺れたり、灯りに照らし出される様子は、とても美しい。

関連　小正月《こしょうがつ》↓227

繭玉の干割れ落ちたる横座かな　塩谷孝

繭玉にかかる小雪や光悦寺　星野麦丘人

▼囲炉裏《いろり》の奥正面である横座には、時折、繭玉の干割《ひわ》れたのが落ちてくる。▼洛北の光悦寺。繭玉は寺のものか、途中で買ったものか。折からの小雪が降りかかる。

万《まん》歳《ざい》　新年

三河万歳《みかわまんざい》・大和万歳《やまとまんざい》・加賀万歳《かがまんざい》

正月の門付けの一つ。芸人が家々を訪れて祝言《しゅうげん》を述べ、立ち舞をする。通常は太夫《たゆう》と才蔵《さいぞう》の二人一組の掛け合いで寿詞《ことほぎ》を唱え、余興としてくだけた万歳を演じる。現在では、愛知県の「三河万歳」、石川県の「加賀万歳」などがわずかに残るのみである。

万歳や舞ひをさめたるしたり顔　太祇

万ざいや門に居ならぶ鳩雀　一茶

万歳の里見廻して山ばかり　百合山羽公

▼主役の太夫と脇役の才蔵の名調子が、人々を喜ばせる。「したり顔」は大成功の証《あか》し。▼門口で賀詞を述べる万歳だが、居並ぶ鳩や雀《すずめ》も嬉々《きき》としている。▼万歳が今も伝えられる里はのどか。周りの山々も昔と変わらない。

獅子舞《ししまい》《ししまひ》

新年

獅子頭《ししがしら》

正月の門付けの一つ。二人立ちは、一人が獅子頭をかぶり、一人が胴体に入り、囃子《はやし》に合わせて舞う。中国から伎楽《ぎがく》などとともに伝来し、伊勢神宮の太神楽《だいかぐら》となり、これが各地に広がって祭礼などで演じられるようになった。舞い納めに、大きな口でパクリと子供らの頭を食う所作をするのが常で、幼い子らは恐ろしさのあまり泣いたりする。地方によっては一人立ちや、大勢の人が獅子に入るものもある。獅子は悪霊を除き福を招く、想像上の聖獣である。

舞ひ終へて金色さむし獅子頭　三橋鷹女

顔にあてて吹くなり獅子の笛　橋本鶏二

母にすがりて見し獅子舞や来ずなりぬ　森田公司

▼真紅と金色で彩られた獅子頭に、一月の風が冷たく吹く。▼「顔」は「かんばせ」と読む。笛方の様子を簡潔に見事に表現した句。▼時代が変わったからか、老齢化か、後継ぎが絶えたためか。いずれにしても淋《さび》しい。

猿廻し《さるまわし》《さるまはし》

新年

猿曳《さるひき》・猿引《さるひき》・猿使《さるつかい》・猿舞師《さるまいし》・舞猿《まいざる》・大夫猿《たゆうざる》

正月に猿を背負って各戸を回り、太鼓に合わせて芸をさせ、米銭をもらい歩く門付け芸人。古くから猿は厩《うまや》の守り神とされ、武家や農家の厩の一年間の無事と一家の繁栄を祈るのが猿廻しの本来の姿だった。

曳猿の紐いつぱいに踊りをり　星野立子

よき顔をして舞猿のさびしさよ　今井杏太郎

▼人だかりの中で芸と愛嬌《あいきょう》を振りまく猿。所詮《しょせん》つながれた紐《ひも》の及ぶ範囲に限られているのだが。▼芸達者なよい顔つきをした舞猿の、ふと見せる野性の哀《かな》しさ。

春駒《はるこま》

新年

春駒舞《はるこままい》・春駒踊《はるこまおどり》・春駒万歳《はるこままんざい》

正月の門付けの一つ。馬の頭の作り物を持った芸人が各戸をめぐり、三味線《しゃみせん》や太鼓に合わせておもしろおかしく歌い踊る。江戸時代に盛んだったが、現在も新潟県の佐渡の相川地区や佐和田地区などに伝統芸能として残っている。

面あげて風の春駒磯いそぐ　岸田稚魚

春駒の手ずれの面も小木泊り　村上麓人

▼佐渡の春駒はひょっとこ面《めん》に金山銀山をかたどった笠《かさ》をかぶって舞う。風の荒磯を急ぐ春駒の一行。▼春駒の今日の宿は佐渡の古い港町の小木《おぎ》。待つ人がいることだろう。

春駒

傀儡師《かいらいし》《くわいらいし》　新年

傀儡師《くぐつし》・人形廻し《にんぎょうまわし》・傀儡《かいらい》・傀儡《くぐつ》・山猫廻し《やまねこまわし》・夷廻し《えびすまわし》・木偶廻し《でくまわし》

正月に、首から人形箱をかけて各戸を訪れ、種々の人形を舞わせて銭をもらい歩く門付け芸人。のちに寺社の雑役に従事するかたわら、人形を使いながら諸国にお札を売り歩き、御徳を広めた。後世、その芸は文楽へと発展した。

傀儡や手ずれの袖の綾錦　水原秋桜子

傀儡師鰤大漁の町に入る　森田峠

▼人形を操り、正月の祝言《しゅうげん》を述べる傀儡師の、豪華な綾錦《あやにしき》の衣服が手ずれているという哀れ。▼鰤《ぶり》の大漁に沸く漁港の賑《にぎ》わいにあやかるべく、歩みを早めて来たものか。

舞初《まいぞめ》《まひぞめ》　新年

仕舞始《しまいはじめ》・舞始《まいはじめ》・踊初《おどりぞめ》

年が改まって初めて踊ること。そもそもは正月十七日に行なわれる宮中の舞楽のことをいったが、現在は能の「仕舞始」や日本舞踊の「踊初」のことをいう。日本舞踊、能、狂言などの家元に、それぞれ集って舞を披露する。

白扇を日とし月とし舞始め　木内怜子

▼日本舞踊の舞い初めである。手に掲げる白扇は時に太陽になり、月にもなる。その所作の美しさが目に浮かぶ。

稽古始《けいこはじめ》　新年

初稽古《はつげいこ》

年が改まって初めて行なう稽古のこと。茶道、謡曲、舞踊、音曲《おんぎょく》、生け花など、種々の芸事はもとより、柔道や剣道のような武道も含まれる。新年の挨拶に始まり、今年一年の精進を誓うのである。

白妙の稽古始のトウシューズ　山田弘子

▼バレエの初稽古である。トウシューズを新調したのだろうか。その白妙《しろたえ》の眩《まぶ》しさ、美しさがわかる。

初釜《はつがま》　新年

初茶湯《はつちゃのゆ》・初点前《はつてまえ》・釜始《かまはじめ》

新年になって初めて催す茶会のこと。「初茶湯」「初点前」ともいう。茶道の家元などで催される稽古始めには、春着の人々が集うさまなど、寂《じゃく》たる中にも華やかさがある。また、この茶会の釜そのものを「初釜」ともいう。

初釜にまがる小袖の梅小紋　今井つる女

美しき火を古色とも釜始　上田五千石

▼お手前の所作に小袖《こそで》の袖もしない、模様の梅小紋も同時にしなう。初釜に梅小紋が匂やか。▼炭火の色の赤さと美しさを「古色」ととらえたのは初釜の閑雅ゆえ。

【掛柳《かけやなぎ》】新年

柳掛《やなぎか》く・結柳《むすびやなぎ》

大福釜や初釜などの正月の茶会の床《とこ》飾りには、椿《つばき》の花の莟《つぼみ》と枝垂柳《しだれやなぎ》の枝を飾ることが習いとなっている。床の天井近くの隅に柳釘を打ち、青竹の花入れから柳を垂らし、中ほどに輪を作り、畳に枝先が届くほどの姿を喜ぶ。

客通す結び柳が手をつきて　平畑静塔

▼賀客を座敷に招く。床の間に飾る掛柳がまず客を迎える。床に着く枝の長さはもてなしの心である。

【初句会《はつくかい》《はつくくわい》】新年

新年句会《しんねんくかい》・初披講《はつひこう》・句会始《くかいはじめ》・初懐紙《はつかいし》

年が改まって、最初に行なわれる句会をいう。または、正月に開く定例の句会のこともいう。その日の披講を「初披講」といい、用いた懐紙を「初懐紙」という。互いに御慶《ぎょけい》を交わし、和《な》やかな雰囲気の中に、初句会は始まる。

窓近く東山あり初句会　岩崎照子

誰が袖の香のこぼるるや初句会　藤田直子

▼京にありての初句会。窓から眺められる東山に旅情を馳《は》せつつ、俳句への志を新たにする。▼「誰が袖《たそで》」は匂い袋の名。和服の装いが多いのも初句会ゆえである。

【初場所《はつばしょ》】新年

一月場所《いちがつばしょ》・正月場所《しょうがつばしょ》

大相撲興行の一月場所のことをいう。一年に六場所行なわれる本場所と呼ばれる公式興行の初めである。六場所は、一月（東京）、三月（大阪）、五月（東京）、七月（名古屋）、九月（東京）、十一月（福岡）である。

初場所やかの伊之助の白き髯　久保田万太郎

初場所や花と咲かせて清め塩　鷹羽狩行

▼伊之助《いのすけ》は行司の名。かなりの古参であることを、「髯《ひげ》」が象徴している。その白さが凜々《りり》しい。▼力士が撒《ま》く清め塩。「花と咲かせて」に、新年を祝う心が託されている。

【初席《はつせき》】新年

語初《かたりぞめ》・初噺《はつばなし》・初寄席《はつよせ》

年が改まって初めて寄席が開かれること。正月の寄席は春着の人の来場も多く、めでたい華やかさがある。また、落語家や講談師などが、高座にのぼってその年初めての口演をすることを「語初」という。

床本を押しいただくや語り初　森田峠

▼「床本《ゆかほん》」は義太夫節《ぎだゆうぶし》の太夫《たゆう》の使う浄瑠璃《じょうるり》本のこと。縁のある太夫から拝領した尊いものであろう。

初芝居《はつしばい》《はつしばゐ》　新年

初春狂言《はつはるきょうげん》・春芝居《はるしばい》・初曽我《はつそが》・二の替《にのかわり》

正月に行なわれる歌舞伎などの芝居興行のこと。京阪では、十一月に行なわれる顔見世を一年の芝居の初めとするため、正月の芝居を「二の替」とも呼ぶ。新年であるから、出し物も派手で華やかなものが登場する。

日の本のその荒事や初芝居　松根東洋城
ひとひらの雪をともなふ初芝居　三田きえ子
竹皮の鮓一本や初芝居　小川軽舟

▼「荒事」は、初代市川団十郎が創出した江戸歌舞伎の様式のひとつ。奇想天外な豪快さが日本の誇り。▼「ひとひらの雪」は芝居の中なのか、また外なのか、趣深い雪の演出である。▼竹皮に包まれた鮓《すし》の風情が、初芝居にかなっている。

歌留多《かるた》　新年

骨牌《かるた》・歌《うた》がるた・花《はな》がるた・いろは歌留多《かるた》・歌留多会《かるたかい》

歳時記で「かるた」といえば、正月の室内の遊びに使うカルタをいう。歌がるた、トランプ、いろはかるたなどがあるが、単に「歌留多」といえば「歌がるた」の一つ、小倉《おぐら》百人一首のことをいう。上《かみ》の句が書かれた読み札百枚は手元に置き、下《しも》の句が記された取り札百枚はばらばらに散らし置く。読み手が読み上げる上の句を聞き、対応する取り札をいかに素早く取るかを競う。いつしかその百首を覚えてしまうという利点もある。「花がるた」とは花札のことである。

日本の仮名美しき歌留多かな　後藤比奈夫
歌留多をよむ還らざる日を呼ぶやうに　大串章
賑やかな骨牌の裏面《うら》のさみしい絵　富澤赤黄男
座を挙げて恋ほのめくや歌かるた　高浜虚子

▼漢字にはない、見事な仮名の情感と、変体仮名の曲線の美しさ。▼正月のたびに歌留多を読んできた。過ぎた歳月がひたすら懐かしい。▼表の絵に比して裏は淋《さび》しいかるた。この作者の感性に触れたのは、楽しい遊びの場を飛び交うかるたの「裏面」だった。▼歌留多が有名になったのは、尾崎紅葉の小説『金色夜叉』の歌留多会の場面による。

絵双六《えすごろく》《ゑすごろく》　新年

双六《すごろく》

「双六」には「盤双六《ばんすごろく》」と「絵双六」があり、ともに正月の季語。中国伝来の遊戯であった盤双六が、江戸時代に絵双六となり、現在のような正月の室内遊戯となった。今、単に「双六」といえば絵双六をさす。なかでも人気の「道中双六」は、江戸から京都まで、東海道の景の描かれた紙の上で賽子《さいころ》を振り、その目の数だけ進んでゆくもの。

双六の賽振り奥の細道へ　水原秋桜子

振り出しに戻るこはさの絵双六　七田谷まりうす

▼絵に描かれた「奥の細道」。深川（東京）の庵《いおり》を発《た》って、大垣（滋賀県）までを、賽《さい》の目が導く。▼とんとんと進んでいただけに、これは怖い。そんなはらはらが、この遊びの魅力。

【十《じゅう／じふ》六《ろく／ろく》むさし】

新年

十六目石《じゅうろくむさし》

正月の遊戯の一つ。盤上に線を引き、一個の親駒《おやごま》と十六個の子駒とが対戦する。子駒で親駒を囲むと子の勝ち。子駒と子駒の間に親駒が入ると子駒を取ることができ、親駒を囲めないままで子駒を取った場合は親の勝ち。

筆措いて妻と十六むさしかな　後藤比奈夫

▼年賀状を書いていたのだろうか。妻から声をかけられて一時筆をおいて遊びに興じるのも正月気分。

【投《とう》扇《せん》興《きょう》】

新年

投扇《とうせん》

おもに正月に行なわれる座敷遊戯の一つ。台の上に銀杏《いちょう》の葉の形をした的を立て、二メートルぐらい離れた所から、開いた扇を投げて落とす。その落ちた形で勝負を決める。江戸後期から明治まで盛んに行なわれた。

松園の絵と構へたる投扇興　大橋敦子

投扇のこゑと思ひてとほりけり　岡井省二

▼上村松園の絵が的の近くに飾られている雅味は新春ならでは。▼酒席を中座して料亭の廊下を歩いた。襖《ふすま》越しではあるが、華やかな投扇の声に淑気《しゅくき》が漂う。

【福《ふく／ふく》笑《わらい／わらひ》】

新年

正月の遊戯の一つ。目隠しをして、輪郭だけ描かれたお多福顔の上に、目、眉、鼻、唇を置いていく。目隠しをしているのでおもしろい顔ができあがり、大笑いとなる。

福笑ひふたたびみたび笑ひ合ひ　滝沢伊代次

目のうへにあがる口あり福笑　中原道夫

▼できあがった福笑いに一同大笑い。それも「ふたたびみたび」のめでたさが嬉《うれ》しい。▼目の上に口があるというおかしさは福笑いとしては大成功だと言えよう。

【羽《は》子《ご》板《いた》】

新年

胡鬼板《こぎいた》

正月の遊戯である羽子《はね》つきに用いる板のこと。室町時代には「胡鬼板」「胡鬼の子」などと呼ばれ、正月の贈り物にも使われた。江戸時代以降、「羽子板」と呼ばれ、今に至る。押し絵が流行し、役者の似顔絵を写すものが評判となる。押し絵の羽子板は床飾りや贈り物として好まれる。

関連 羽子板市《はごいたいち》→216

看板の大羽子板の歌右衛門　中村吉右衛門

羽子板の役者のかほのもの足らぬ　黒田杏子

▼新春歌舞伎の入口に立てかけてある大羽子板。中村歌右衛門《うたえもん》を写した押し絵が華やかに招く。▼荒事《あらごと》の役者絵であろうか。美しいが凄《すご》みに欠けていたようだ。

羽子《はね》　新年

羽子《はご》・追羽根《おいばね》・揚羽子《あげはご》・遣羽子《やりばね》・羽子《はね》つき

✢無患子《むくろじ》の黒い球形の実に竹のひごを刺し、その上に鳥の羽根をつけて、羽子はできあがる。それを✢羽子板《はごいた》でついては遊ぶ。おもに女児の遊びである。一つの羽子を送り合う「追羽根」や、数え歌を口ずさみながら順につき、その数を競う「揚羽子」がある。

大空に羽子の白妙とゞまれり　高浜虚子
ゆふやみのわきくる羽子をつきつゞけ　久保田万太郎
山みちのほのかに光り羽子の音　大野林火

▼突いた羽子の羽根の白さが正月の青空にしばらくとどまる美しさ。のどかでかつ雅《みやび》である。▼羽子をこつんこつんとつくたびに空へあがる。夕暮れなお華やか。▼山中で思いがけなく羽子を見た。音を光として感受した。

手毬《てまり》　新年

手鞠《てまり》・手毬《てまり》つく・手毬唄《てまりうた》

かつて手毬は、貴族の成年男子による新年の行事であったが、のちに民間に広まり、女子の遊びとなった。綿や芋がら、鉋《かんな》屑《くず》などを芯にして糸を巻きつけ、さらにその上に五色の絹糸などで綾《あや》にかがって手毬はできる。手毬も現在ではゴム毬が普及し、手毬唄も懐かしいものとなった。

板の間は母に近くて手毬つく　岡本眸
聞きほれて二度目はあはれ手毬唄　森澄雄
数といふうつくしきもの手毬唄　鷹羽狩行
良寛のこころに和する手毬唄　上田五千石

▼母の見えるところで遊びたいのは子供心。板を叩《たた》く毬の音が母と子をつなぐ。▼二度目は、歌の内容まで聞き取れてあわれ深いものに思われた。▼手毬唄を歌いながら突く数を数える。その刻《とき》までもが閑雅な美しさに包まれる。▼手毬唄に偲《しの》ぶのは、良寛の心と人柄である。

手毬

独楽《こま》　新年

独楽廻《こままわ》し・独楽打《こまう》つ・勝独楽《かちごま》・負独楽《まけごま》・喧嘩独楽《けんかごま》

正月の男児の玩具の一つ。古くは「こまつぶり」といい、のちに略して「こま」と称した。独楽の種類はさまざまあるが、一般的には、中心の軸に紐《ひも》を巻きつけ、投げ引いて回すものが多い。相手の独楽を弾《はじ》き出して勝ち負けを決める「喧嘩独楽」は、世を経ても盛り上がる遊び方であろう。

少年のこぶしが張れる独楽の紐　長谷川かな女
大木に負独楽の子の凭れをり　上野泰

まろびゐし独楽に触れけり真夜の階　藤田湘子

振袖の姉貴が廻す唸り独楽　山本鬼之介

▼独楽の紐の先をつかむのは少年の拳《こぶし》。紐の張りに少年の心意気が感じられる。▼喧嘩独楽に負けた心を大木が慰めてくれることであろう。▼真夜中の階《はし》(階段)に転がっていた独楽。子供たちの寝静まった後の出来事。▼男まさりの姉貴の唸《うな》り独楽に、独楽遊びが盛り上がった。

正《しょう》《しやう》月《がつ》《ぐわつ》の凧《たこ》《たこ》

新年

初凧《はつだこ》・いかのぼり・紙鳶《しえん》

「凧」は春の季語であるが、正月に遊ぶ凧揚げのことを「正月の凧」といい、新年の季語として区別する。晴れた正月の空に高く舞う凧は瑞気《ずいき》あふれるものである。江戸時代から伝えられている「絵凧」、めでたい漢字を描く「字凧」などのほかに、現代ではビニール製のカイトと呼ばれる洋風の凧も普及している。関連 凧《たこ》→春

安定なき凧にのぼる意の旺ん　橋本多佳子

正月の凧や子供の手より借り　百合山羽公

兄いもと一つの凧をあげにけり　安住敦

▼おぼつかない風にも凧は上昇を試みる。引く糸の張りに、凧の強い意志を見た。▼たまたま凧揚げの景に出合い、子供に凧を借りた。一時《いっとき》童心に戻る愉《たの》しさ。▼一つの凧の糸を一緒に引くことが、兄と妹の美しい絆《きずな》である。

福《ふく》引《びき》

新年

宝引《ほうびき》

「福引」の由来は、正月に二人で一つの餅を引き合って、ちぎれた餅の大小によって一年の禍福を占ったことによる。現在は、籤《くじ》を引いて、さまざまな賞品を取り合うことをいう。運試しとして正月に挑戦する楽しみがある。「宝引」は、江戸時代の正月の遊戯で、束ねた縄のうちの一本に橙《だいだい》の実をつけ、それを引いた者に賞を与えるものである。

福引に当りしものを重宝す　富安風生

福引のかんらかんらと回りけり　辻桃子

▼町内会の福引は身近なものが賞品となることも。重宝すれば嬉《うれ》しさも二重である。▼福引は結果を待つ時間が心躍るもの。「かんらかんら」に期待感がある。

ぽっぺん

新年

ぽぺん・ぽこんぽこん

江戸時代から使われた玩具。ガラス製の瓶の底が薄くなっていて、そこに息を吹き込むと、振動によってペコンペコン、ポンピンなどと美しく鳴る。東京では「ぽこんぽこん」、大阪では「ぽっぺん」と呼ぶ。いま「ビードロ」と呼ぶガラス製玩具と同じである。子供の玩具というより、厄落としとして正月に吹いた。

ぽっぺん

ぽつぺんの吹く息白き曇りかな　安藤橡面坊

床の間のぽつぺん光る夜明かな　石原刀子

▼透明なぽっぺんに息を吹き込む。外気の寒さにガラスの模様のように白く曇る。▼正月の床の間の飾りとしてぽっぺんを置く。夜明けの日の光がそこに集まる。

寝正月《ねしょうがつ》《ねしやうぐわつ》　新年

元日に仕事を休み、朝起きをすることもなく、一日中家の中に籠《こも》ってくつろぐことをいう。日々の忙しさから解放され、正月だけは骨休めをする。家族一同で温泉に旅をして家を留守にすることも「寝正月」の一つとされる。

次の間に妻の客あり寝正月　日野草城

雨降つてうれしくもあり寝正月　佐藤鬼房

▼作者は自分の部屋に籠っている。次《つぎ》の間《ま》の賑《にぎ》やかな賀客の声を聞きながらの一人の時間。▼ふだんならば鬱陶《うっとう》しい雨も、家にいれば何となく安らぐ一日になる。

ひめ始《はじめ》　新年

編糅始《ひめはじめ》・飛馬始《ひめはじめ》

今では新年に男女が初めて交合する日として親しまれており、作句例もこれによったものが多いが、ヒメの由来には諸説あり、その一つに、正月に食べていた強飯《こわめし》を、通常の柔らかい姫飯《ひめし》にする日とする説がある。

姫始人黒く甕風に座す　藤村多加夫

姫はじめなどを年賀に来て言へり　藤田湘子

▼人を黒く見たのは、細部を省き、その存在に徹したということか。甕《かめ》にも「物」としての存在感がある。▼いやはや、年賀に来てそれを言うか。

朝賀《ちょうが》《てうが》

新年

朝拝《ちょうはい》・小朝拝《こちょうはい》・拝賀《はいが》・参賀《さんが》

一月一日に、天皇が群臣から祝いの言葉を受けられる儀礼。そののちに「万歳」を言祝《ことほ》ぐという、正月祝いの起源。現在も、元日に行なわれる行政の長らの「新年祝賀の儀」や、二日に行なわれる「一般参賀」に、その形式が残っている。

冠のえいをすすむる拝賀かな　貞徳

▼冠が脱げないように、顎下《あごした》で結ぶ紐《ひも》が纓《えい》。粗相のないように、しずしずと前に進む様子。

四方拝《しほうはい》《しはうはい》

新年

一月一日、天皇が天地四方の山霊、山陵を遥拝《ようはい》して、天下万民の安寧を祈る宮廷祭儀。戦前は、四方拝、紀元節（二月十一日）、天長節（四月二十九日の昭和天皇誕生日）、明治節（十一月三日の明治天皇誕生日）を四大節とし、学童も登校して祝賀の式に参加した祝日であった。

またたける灯に明け近し四方拝　岡本圭岳

遠方の山のひかりや四方拝　浦歌子

▼燭《しょく》の灯《あか》りに、かすかな夜明けの光が射し、灯りが揺らぐ。厳かな時だ。▼四方に山はあっても、曙光《しょこう》の明るさは東方の山にしかない。

恵方詣《えほうまいり》《ゑはうまゐり》

新年

恵方《えほう》・恵方拝《えほうおがみ》・明《あ》きの方《かた》・恵方道《えほうみち》

正月の間に、その年の恵方にある社寺に参詣《さんけい》して、一年の幸せを祈願すること。まず産土《うぶすな》の神に詣《もう》でてから、大きな社寺にお参りすることが多い。参詣道を「恵方道」と呼ぶ。「恵方」とは、その年の歳徳神《としとくじん》のいる方角。

恵方道注連あるかぎりなほつづく　阿波野青畝

恵方神多し日本の神多し　右城暮石

海荒れを見て行く恵方詣かな　茨木和生

▼街道に沿って注連縄《しめなわ》の張り巡らされた家々が続く。その街道が恵方道。▼電車の吊《つ》り広告を見ていると、恵方神の多いことがわかる。日本は八百万《やおよろず》の神の国である。▼荒れる海を見ながら島の神社への恵方詣。

歳徳神《としとくじん》

新年

歳徳《としとく》・年神《としがみ》・正月様《しょうがつさま》・歳徳棚《としとくだな》・年棚《としだな》・恵方棚《えほうだな》

その年の初めにやってくる神のこと。その年の恵方《えほう》をつかさどる神なので、家々では歳徳棚、恵方棚を吊《つ》って注連《しめ》を飾り、鏡餅やお神酒《みき》を供えて、歳徳神を迎えて祀《まつ》る。

年神に供ふる小判脇本陣　小野耐

歳徳棚向きのなかなか定まらず　浅井陽子

▼脇本陣が昔のままで残っているところ、年神に小判を供えているところが、いかにもである。▼吊ってある歳徳棚だから、なか

なか向きが決まらない。

注《し》連《め》飾《かざり》　新年

注連縄《しめなわ》・七五三縄《しめなわ》・年縄《としなわ》・飾縄《かざりなわ》・縄飾《なわかざり》・飾藁《かざりわら》・掛飾《かけかざり》・大飾《おおかざり》・前垂注連《まえだれしめ》・輪飾《わかざり》・輪注連《わじめ》・大根注連《だいこんじめ》・牛蒡注連《ごぼうじめ》

「注連縄」の「しめ」は「占める」の意で、神が占有する神聖な場所を明らかにし、不浄の侵入を防ぐ標《しる》しである。新藁《しんわら》を用いて左綯《ひだりな》いにし、藁の先端を切らずに仕上げるのが基本だが、その形はさまざま。縄から一面に藁を垂らした「前垂注連」、縄を輪に結んだ「輪注連」、太く短く綯って藁を垂らさない「大根注連」、やや細長い「牛蒡注連」など、用途によって異なる。正月の家の内外に漂う藁の香りがすがすがしい。

関連　注連飾《しめかざ》る↓203

洗はれて櫓櫂細身や注連飾　大野林火

狛犬の首に真青な注連飾　藤本安騎生

輪飾や海辺に棲めば海の風　草間時彦

▼櫓《ろ》や櫂《かい》を使うことを生業《なりわい》としている家なのだろう。使い込んで細身になった櫓と櫂に注連を飾る。▼社《やしろ》の狛犬《こまいぬ》の首に誰が掛けたか、注連飾りが馥郁《ふくいく》とした香りを放っている。▼簡素な輪飾りをかける海辺の暮らし。

蓬《ほう》萊《らい》　新年

蓬萊飾《ほうらいかざり》・蓬萊山《ほうらいさん》・懸蓬萊《かけほうらい》・包蓬萊《つつみほうらい》・蓬萊盆《ほうらいぼん》

新年の床《とこ》飾りのこと。素木《しらき》の三方《さんぼう》に、餅、伊勢海老《いせえび》、橙《だいだい》などのめでたいものを盛って、床の間に据える。これを、古代中国の伝説で中国の東方の海上に浮かぶとされる蓬萊島になぞらえて、「蓬萊」と呼ぶようになった。俳句ではしばしば、蓬萊飾りに蓬萊島のイメージを重ねて詠む。蓬萊は本来、年神《としがみ》へのお供えだったが、やがて年賀の客に振る舞うようになった。お節料理や鏡餅の起源でもある。江戸では「蓬萊」と呼ばず、そのものずばり「喰積《くいつみ》」と呼んだ。

蓬萊

蓬萊に聞ばや伊勢の初便　芭蕉

ほうらいの山まつりせむ老の春　蕪村

蓬萊のうへにやいます親二人　青蘿

▼めでたい蓬萊飾りを見ていると、これまためでたい伊勢からの初便りを聞きたい気分になる。「蓬萊に」で切って読む。▼「ほうらいの山まつり」とは蓬萊を飾ること。▼亡き父母が蓬萊飾りの中にいるかのようだ。

喰《くい》《くひ》積《つみ》《つみ》　新年

食積《くいつみ》・重詰《じゅうづめ》・組重《くみじゅう》・喰継《くいつ》ぎ

年賀の客をもてなすための重詰料理。江戸では、三方《さんぼう》の盤に、熨斗鮑《のしあわび》、かち栗《ぐり》、昆布《こんぶ》、野老《ところ》、ほんだわら、干柿《ほしがき》、蜜柑《みかん》、葩煎《はぜ》(餅米を煎《い》ってはぜさせたもの)など、いろいろな縁起物を盛って出した。客は儀礼として食べるまねをするだけで、実際には、重箱に用意された節料理を食べたという。

食積の慈姑の尻尾跳ねたるわ　石塚友二

食積や日がいつぱいの母の前　山田みづえ

▼「慈姑」は「咥《くわ》え」に掛けた縁起物。茎の部分を欠かずに煮るのがコツ。それを尻尾《しっぽ》と見たところが俳諧。▼老いた母の元で迎える正月。日の射すだけで幸せ。

飾《かざり》海《え》老《び》　新年

海老《えび》飾《かざ》る・伊勢《いせ》海老《えび》飾る

「飾海老」「海老飾る」という場合、茹《ゆ》で上がって鮮やかな朱色になった伊勢海老をいうことが多い。長い髭《ひげ》と曲がった腰は長寿の相に通じることから、縁起物として正月飾りの一つになった。蓬莱《ほうらい》飾りには、生きている伊勢海老も使われた。

関連 伊勢海老《いせえび》↓241

髯の威のまだ衰へず飾海老　有岡巧生

▼正月五日を過ぎたのに、飾り海老の長い髯《ひげ》に衰えが見えない。威勢のよい伊勢海老だったにちがいない。

飾《かざり》臼《うす》　新年

臼飾《うすかざ》る

正月、農家の土間に新しい筵《むしろ》を敷き、洗い清めて注連《しめ》を結わえた木の餅臼《もちうす》を置き、餅搗《もちつ》きの杵《きね》を添えたり、鏡餅を供えたりして飾り、新年を寿《ことほ》ぐ。

薪水の引き水あふれ飾臼　藤本安騎生

▼生活に使う水は山から引いているからじつに豊かである。飾り臼をした山中の暮らしが見える。

飾《かざり》米《ごめ》　新年

正月の蓬莱《ほうらい》飾りの台に敷き詰める白米のことをいう。こんもりと盛った白米の上に、正月の縁起物の昆布、柚子《ゆず》、熨斗鮑《のしあわび》、野老《ところ》、かち栗《ぐり》などを置いて蓬莱飾りとした。敷く白米の量は九合《ごう》九勺《しゃく》という所が多い。

触れたれば湿り気のある飾米　茨木和生

▼床の蓬莱飾りを見ていたところ、何となく飾り米に手が触れたら、熨斗鮑の塩気でか、湿り気を感じた。

歯《し》朶《だ》飾《かざ》る　新年

裏白飾《うらじろかざ》る

正月の「歯朶」といえば、裏白をさす。葉裏の白さを夫婦の共白髪に見立てて長寿を願い、また、羽片が対生するのを夫婦和合の象徴として、注連縄《しめなわ》や鏡餅などの飾りに用いる。また、「歯」は齢、「朶」は枝で、「齢《よわい》長く、枝を延ぶる」として縁起を担ぐ。雪や霜に強い葉は緑も美しく、初春の祝いにふさわしい。

関連 歯朶刈《しだかり》↓202／歯朶《しだ》↓234

裏白のふんはりとあるダンボール　山尾玉藻

▼年の市の、飾り物売場のダンボール箱の一つは裏白入り。羽の

ような葉がふんわりと詰められている。

橙飾《だいだいかざ》る　新年

代々飾《だいだいかざ》る

橙を正月の注連縄《しめなわ》に飾ったり、蓬莱《ほうらい》に添えたりすること。鏡餅の最上段にものせる。橙は、その音が「代々」に通じるとして尊ばれる。実をとらずにおくと次の夏にはまた緑色に戻るので、「回青橙《かいせいとう》」とも呼ばれる。関連 橙《だいだい》↓67

橙や茶碾祀りてその上に　岡井省二

▼製茶を生業《なりわい》としている家。正月は作業場を清め、茶碾《ちゃうす》には注連飾りが置かれている。橙の黄が鮮やか。

串柿飾《くしがきかざ》る　新年

干柿飾《ほしがきかざ》る・胡蘆柿飾《ころがきかざ》る

渋柿をむいて串に刺し、日に干して作った串柿を、蓬莱盤《ほうらいばん》に添えたり、注連縄《しめなわ》や鏡餅の飾りにする。柿に「嘉来《かき》」の字を当てたり、「万物を掻《か》き集める」に通じるとして、縁起のよいものとされた。

石仏の膝に串柿飾られし　廣瀬直人

▼正月の野に出ると、道端の石仏の膝の上に串柿が置かれている。信心深い人の住むところなのであろう。

搗栗飾《かちぐりかざ》る　新年

かち栗を蓬莱盤《ほうらいばん》などにのせて飾ること。かち栗は茹《ゆ》でた栗を天日によく干し、臼《うす》で搗《つ》いて鬼皮と渋皮を除いて作る。かち栗は「勝ち」に通じるとして、武家ではことに重んじられた。歯固《はがため》にも供される。

搗栗飾る丹波おほかた明智領　藤木るい

▼本能寺の変で主君織田信長を討ち逆臣とされた明智光秀は、領地の丹波では名君として慕われたという。

昆布飾《こんぶかざ》る　新年

飾昆布《かざりこんぶ》・結昆布祝《むすびこんぶいわ》う

昆布を蓬莱《ほうらい》や鏡餅などの飾りに用いること。昆布は「よろこぶ」、結昆布は「睦《むつ》びよろこぶ」に通じるとして、正月の祝い物とされた。歯固《はがため》にも用いられる。関連 昆布《こんぶ》→夏

しんしんと飾昆布が粉を噴く　松浦敬親

▼正月の床の間に設《しつら》えられた蓬莱飾りの中の、黒々とした幅広の昆布のめでたさをクローズアップした句。

野老飾《ところかざ》る　新年

野老祝《ところいわ》う

蓬莱盤《ほうらいばん》の飾りの一つとして野老を飾ること。「野老」はヤマノイモ科のオニドコロのことで、根茎はそれほど大きくはならないが、長い髭根《ひげね》がたくさん伸びているので、長寿の老人に見立てて、縁起物となった。

細鬚を大事に野老飾りけり　長野眞久

▼野老には細鬚がたくさんあるから、細心の注意を払って細鬚を切らないようにして蓬莱盤に飾る。

穂《ほ》俵《だわら》飾《かざ》る

新年

神馬《じんば》藻飾《そうかざ》る

「穂俵」は褐色の海藻のホンダワラのこと。葉についた気泡を稲の穂に見立ててこの名がある。乾燥させた穂俵を藁《わら》で束ね、米俵の形に作ったものを縁起物として蓬莱盤に飾る。穂も俵も豊作に通じるものとして、新年の飾り物の一つにした。「神馬藻」ともいい、「ジンバソウ」「ナノリソ」とよむ。

関連 穂俵《ほだわら》↓234

幸木

裏小路の質屋に飾るほんだわら　金丸鐵蕉

▼家裏の小さな道にある質屋を見ると、飾り窓にあったのは正月飾りのほんだわら。

福《ふく》藁《わら》

新年

福藁敷《ふくわらし》く・ふくさ藁《わら》

かつて農家では、年神《としがみ》を迎えるために、門先の庭に藁を敷いて、地を清めるという風習があった。この藁を「福藁」といった。また、訪れてくる賀客の足元を気遣って藁を敷いたともいわれている。

旧法華寺村福藁の一戸かな　茨木和生

粛々と昨夜の雨踏むふくさ藁　尾池葉子

▼法華寺村は、現在の奈良市法華寺町。法華寺近くの旧習を守る農家の一戸。▼ふくさ藁には昨夜の雨が含まれている。裾《すそ》を気遣いながら緊張して歩く。

藁《わら》盒《ごう》子《し》

新年

幸籠《さいわいかご》

松瀬青々の句に「鶯の巣かも知らずよ藁盒子」とあるように、藁で編んだ、鳥の巣のような小さな蓋《ふた》付きの籠で、門松に結びつけて、正月の朝夕、その中に供物を供えた。

藁盒子雀覗きてゐたるかな　西山満寿

▼好奇心の強い雀《すずめ》が藁盒子の中を覗《のぞ》き込んでいる。しばらく見ていると、中の供物をついばんだ。

幸木《さいわいぎ》《さいはひぎ》

新年

幸木《さいぎ》・万懸《よろずか》け・懸《かけ》の魚《うお》

六尺の棒に結んだ飾り縄十二本（閏年《うるうどし》には十三本）に、塩鰤《しおぶり》、塩鯛、塩鮭、鴨《かも》、雉《きじ》、大根、牛蒡《ごぼう》、昆布などといった、正月三が日に食べるものを吊《つ》るしたもの。正月飾りでもあり、実用のものでもあった。

幸木魚も小物となりにけり　　藤勢津子

▼幸木に懸けられている魚を見ていると、その魚までも最近は小物となってしまった。

若潮《わかしお》《わかしほ》

新年

若潮迎《わかしおむかえ》・若潮汲《わかしおく》む

元日の日の出前に、年男《としおとこ》が新しい晒《さらし》を巻いて海に出て、新しい木桶《きおけ》に海水を汲んできて神棚に供える、その海水を「若潮」という。若潮を汲むことを「若潮迎」ともいう。

若潮を汲み船霊に供へけり　　島田たみ子

▼漁船には船霊《ふなだま》さまを祀《まつ》っているが、汲んできた若潮を船霊さまにもお供えして祈る。

若水《わかみず》《わかみづ》

新年

福水《ふくみず》・若井《わかい》・井華水《せいかすい》

元日の朝に汲《く》む水のこと。威儀を正した年男《としおとこ》が井戸や川の水を汲み、まず神棚に供える。水を神聖なものとして敬い、命の再生を願うというのが、若水を汲む第一義で、福沸《ふくわかし》しに用いるのも若水である。水道水や購入する水であっても、新年を寿《ことほ》ぎ、命を継ぐ水だという気持があれば、やはり若水であるといえるだろう。

若水や一つの桶へ二タ釣瓶　　小杉余子

若水の鉄気多きを供へけり　　吉田鴻司

一睡のあと暁闇の若井汲む　　福田甲子雄

▼若水桶は小ぶりな桶で、ふだん使う桶とは区別されていた。釣《つる》瓶《べ》二杯分の井戸水で桶がいっぱいになったという。▼ところによっては鉄分を含んだ鉄気《かなけ》水が出る。それでも尊い水であることに変わりはない。▼父祖の代からのしきたりか、一睡して、まだ暗い早朝に若水を汲みに行く。

若水　京都・日向大神宮。

初手水《はつちょうず》《はつてうづ》

新年

元旦に汲《く》み上げた若水《わかみず》で、手や顔を洗い清めること。そののちに東天を拝み、神仏を拝む。用水の多くを水道水に頼っている昨今、若水を神聖な水として敬っていた頃を思い出させる季語である。

ねむごろに義歯をみがくや初手水　日野草城

▼顔を洗い、口をすすぐ。さらに義歯までを若水で洗う。一年中、世話になる義歯だ。

大服《おおぶく》《おほぶく》

新年

大福《おおぶく》・御福茶《おふくちゃ》・福茶《ふくちゃ》・大福茶《おおぶくちゃ》

若水《わかみず》を沸かして飲む、その年初めての喫茶。「大服」は、たっぷりいただくという意。梅干、結び昆布、山椒《さんしょう》などを入れて煎茶を注ぎ、雑煮を食べる前に家族揃《そろ》って飲み、邪気を払う。

ふるさとや福茶より立つ湯気柱　今瀬剛一

大服に梅ぼつてりと沈みあり　立村霜衣

▼故郷で正月を迎えることの嬉《うれ》しさも、父母あってのこと。大福茶の豊かな湯気がなんともめでたい。▼大服の中に「ぼつてり」と沈む大きな梅。これで一年の邪気を払うのだ。

福沸《ふくわかし》

新年

福鍋《ふくなべ》

元旦の未明に汲《く》んだ若水《わかみず》で湯を沸かすこと、あるいは、神供《じんく》の諸々《もろもろ》を一つ鍋で炊くことなどをいう。七草粥《がゆ》を炊くことをさすこともあり、地域によって内容が異なる。

灰の静か鍋の静かや福わかし　松根東洋城

▼年神《としがみ》の来臨に際しての大事は「静か」であること。物音をたてぬよう、おもんぱかる。

年木《としぎ》

新年

若木《わかぎ》・節木《せちぎ》・祝木《いわいぎ》

正月に年神を迎えるために、元旦から炉に焚《た》く薪《たきぎ》のことをいう。十二月十三日から年木樵《としきこり》(年木を伐採すること)を行なって準備をしてきた薪で、軒下などに「年木」として蓄えてきた。

一雨に締まりよろしき年木かな　尾池葉子

▼晴天の日が続いて乾燥しきっていた年木に、ひと雨あって、ほっとしている。

初炊《はつかし》ぎ

新年

炊《かし》ぎ初《ぞめ》・若飯《わかめし》

正月を迎えて、初めてご飯を炊くことをいう。元日の朝は雑煮で祝うので、早い家でも元日の夕方か二日の朝が「初炊ぎ」となる。九州地方では初炊ぎのご飯を「若飯」というところがある。

初炊ぎ貰ひたてなる護符を貼り　森井美知代

▼大晦日《おおみそか》の夜に神社でもらってきた火の用心の護符を貼っての初炊ぎである。

初竈《はつかまど》　新年

焚初《たきぞめ》

元日の朝、豆がらや藁《わら》を焚《た》きつけにして初めて竈を焚くこと。注連飾《しめかざり》や鏡餅《かがみもち》の供えられた竈での焚き初めは心が引き締まる。京都の八坂《やさか》神社の白朮火《おけらび》のように、神から戴いてきた福火を火種に、雑煮を炊くところもある。

豆殻を焚くならはしの初かまど　清水千代

▼初竈の焚きつけは町家でも豆がらを使うところが多い。それは大根配りの農家からもらったもの。

初竈

俎始《まないたはじめ》　新年

庖丁始《ほうちょうはじめ》

元日には物を切ることを忌んでいたから、雑煮の仕度も除夜の鐘が鳴るまでにすませ、三が日の間は節料理を食べてゆっくりと過ごす風習があった。ふつう「俎始」「庖丁始」は、三が日が過ぎてから行なわれた。

十人に切り分け俎始かな　前田攝子

小えびかむ鯛や庖丁始かな　三谷道子

▼十人に切り分けたものは何かわからないが、年賀客の持って来たもの。▼初漁の鯛だろうか、餌の小海老をくわえている鯛は新鮮で、庖丁始めには何より。

若菜摘《わかなつみ》　新年

若菜摘《わかなつ》む・若菜籠《わかなかご》・若菜狩《わかながり》・薺摘《なずなつみ》

年が明けたばかりの初春の野原に出て、若菜を摘むこと。旧暦時代の新年は太陽暦の二月初めにあたるので、すでに初春だった。七種《ななくさ》の日（一月七日）には、これを七種粥《ななくさがゆ》（若菜粥）に入れ、七種の羹《あつもの》（若菜の羹）にして食べる。人と植物がもっと親密であった時代に生まれた風習である。関連 若菜《わかな》→236

若菜つむ籠の雫や小づまさき　北枝

何なりとひとふしうたへ若菜摘　存義

幸の鍋に摘みこむ若菜哉　正岡子規

有るものを摘み来よ乙女若菜の日　高浜虚子

美しの湖上の虹や若菜摘む　鈴木花蓑

▼若い女性だろう。可憐《かれん》な爪先にこぼれ落ちる若菜の雫《しずく》。▼若菜摘みの風情を出すために、一節唄《うた》ってくれというのだ。▼若菜籠の代わりに鍋を使う。▼七種でなくてもよいからと、乙女たちを送り出す。▼はるか湖上にかかる虹。

七種《ななくさ》 新年

七草《ななくさ》・七種粥《ななくさがゆ》・七日粥《なぬかがゆ》・薺粥《なずながゆ》・叩《たた》き菜《な》・七種売《ななくさうり》

一月七日の「人日《じんじつ》」の節句を「七種」と呼ぶ。五節句のうち最初の節句で、この日、「春の七草」(若菜)を羹《あつもの》にしたり、粥に炊き込んだりして食べ、無病息災を祈る。正月らしい行事の一つ。七種をはじめ五節句はみな旧暦に従って定められたので、たとえば旧暦時代の七種は、ちょうど若菜の萌《も》える二十四節気の立春(二月四日頃)の前後に巡ってきた。ところが、明治時代初めに太陽暦に切り替わると、五節句は太陽暦のその日づけに移り、七種も太陽暦の一月七日に移動した。つまり五節句はみなひと月ほど早まることとなり、太陽暦の七種も真冬の寒中に祝われることになった。この頃、自然の状態では若菜はまだ芽を出していないので、人工的に育てた若菜を買って七種粥を炊くことになる。太陽暦の七種の日は冬の最中なのに、ひと月先の春の気配が漂う日となった。「春の七草」は、根白草《ねじろぐさ》(芹《せり》)、薺《なずな》、御行《おぎょう》(母子草《ははこぐさ》)、仏《ほとけ》の座《ざ》(田平子《たびらこ》)、菘《すずな》(蕪《かぶ》)、蘿蔔《すずしろ》(大根)、繁蔞《はこべら》(繁蔞《はこべ》)。 関連 若菜《わかな》↓236

なな草や次手に扣く鳥の骨　桃隣

七草の名札新らし雪の中　鈴木花蓑

国の喪となりし七種粥のいろ　佐藤鬼房

薺粥箸にかからぬ緑かな　高田蝶衣

薺粥仮の世の雪舞ひそめし　飯田龍太

夫婦老いどちらが先かなづな粥　草間時彦

▼七草粥に鶏団子も入れようと扣《たた》く。▼新しい名札に新春の気配がある。▼昭和天皇崩御の昭和六四年一月七日の作。めでたさが一転、七種の彩りだけが鮮やか。▼さらさらと箸を流れ落ちる粥と七種。▼この世は「仮の世」にちがいないが、雪が舞うこともあれば、花が散ることもある。▼ともかく無事、七種を迎えた老夫婦。

七草籠《ななくさかご》 新年

「春の七草」を植え込んだ小さな籠。正月の飾り物とされ、七種《ななくさ》の日にはこれを摘んで七種粥《ななくさがゆ》を炊く。従来の歳時記では項目を立てていないが、ここでは一項目として独立させた。なお、「若菜摘」の傍題に「若菜籠」があるが、これは摘んだ若菜を入れておく籠のことで、ここでいう七草籠とは別のもの。

ねもころに長し七草籠の弦　千葉皓史

▼「ねもころに」とは心をこめて作ったということ。

薺《なずな》《なづな》打《う》つ 新年

薺打《なずなうち》・七草打《ななくさうち》・七草《ななくさ》はやす・若菜《わかな》はやす・薺《なずな》はやす・七草《ななくさ》たたく

一月七日の七種粥《がゆ》に入れる菜を刻むこと。六日の夜あるいは七日の朝に、「なかくさなずな唐土の鳥が日本の土地に渡らぬ先に」などと唄《うた》いながら俎《まないた》の上で菜を叩《たた》く。「春の七草」は根白草《ねじろぐさ》(芹《せり》)、薺《なずな》、御行《おぎょう》(母子草《ははこぐさ》)、仏《ほとけ》の座《ざ》(田平子《たびらこ》)、菘《すずな》(蕪)、蘿蔔《すずしろ》(大根)、繁蔞《はこべら》(繁蔞《はこべ》)が一般的。 関連 薺《なずな》↓236

なづな打つ妻は醍醐の里育ち　鈴鹿野風呂

日本のあちこちに富士なづな打つ　奥坂まや

▼京都の醍醐《だいご》で生まれた妻への、愛憐の情あふれた句。▼日本のあちこちに〇〇富士があるように、七種《ななくさ》の日、あちこちで薺を打つ。富士山を目ざして渡り来る唐土の鳥を威嚇《いかく》するように。

【七種爪《ななくさづめ》】新年

菜爪《なづめ》・薺爪《なずなづめ》・六日爪《むいかづめ》・七日爪《なぬかづめ》・爪切湯《つめきりゆ》

+七種の日に、その年初めて手足の爪を切ること。六日に切るところもある。その日に切ると、一年の邪気が払われるという。「爪切湯」は「春の七草」を茹《ゆ》でた汁のことで、その汁に手をつけてから爪を切るとよいとされた。

ねむごろに七種爪の手足かな　細川加賀

あかんぼの七種爪もつみにけり　飴山實

▼一年の息災を祈って丹念に爪を切る。つくづくと手足を眺め、来し方を思う。▼七種爪を切る大人と同じように、湯上がりの赤ん坊の桜貝のような爪を切る。

【七福神詣《しちふくじんまいり》《しちふくじんまゐり》】新年

七福詣《しちふくまいり》・福神詣《ふくじんまいり》・福参《ふくまいり》

+元日から七日までの間に、その年の開運を祈願して、恵比須《えびす》、大黒天《だいこくてん》、毘沙門天《びしゃもんてん》、福禄寿《ふくろくじゅ》、弁財天《べんざいてん》、布袋《ほてい》、寿老人《じゅろうじん》の七福神を祀《まつ》る神社や寺に参詣《さんけい》すること。東京の向島《むこうじま》や谷中《やなか》の七福神をはじめ、京都、大阪など各地にある。

屋形船雇ひ七福神詣　島田たみ子

▼たとえば、隅田川《すみだがわ》の七福神詣なら、屋形船を雇って賑《にぎ》やかに繰り出したにちがいない。

【初卯《はつう》】新年

初卯祭《はつうまつり》・初卯詣《はつうまいり》・卯《う》の札《ふだ》・二《に》の卯《う》・三《さん》の卯《う》・亀戸妙義参り《かめいどみょうぎまいり》

正月最初の卯の日に、神社に詣《もう》でること。大阪市の住吉《すみよし》大社、京都市の上賀茂《かみがも》神社、東京都江東区の亀戸天神社内の妙義社などが有名。魔除《まよ》けの「卯の御札」や「卯槌《うづち》」が授与される。初卯が三が日にくる年は、「二の卯」「三の卯」もある。

卯の札を髪挿し人とまた逢ひぬ　安土ともよ

ひんがしへ初卯詣の橋渡る　藤木るい

▼卯の札を竹串に挟《はさ》み、髪に挿した人とすれ違う懐かしさ。▼「初卯詣」は、東の方角へ出かける途中の神社に詣でたことに由来する。橋も渡ったであろう。

【初巳《はつみ》】新年

初弁財天《はつべんざいてん》・初弁天《はつべんてん》

正月最初の巳の日に弁財天に詣《もう》でること。弁財天は福徳、智《ち》慧《え》、財宝を賦与する女神で、七福神の一つとしてなじみ深い。安芸《あき》の宮島(広島県)、大和《やまと》の天川《てんかわ》(奈良県)、近江《おうみ》の竹生島《ちくぶしま》(滋賀県)、相模《さがみ》の江ノ島(神奈川県)、陸前《りくぜん》の金華山《きんかざん》(宮城県)、これらが五大弁財天として有名。

銭洗ふ群衆初巳の弁天に　石塚友二

▼鎌倉市佐助の宇賀福《うがふく》神社は源頼朝が勧請《かんじょう》した神社で、銭洗弁天《ぜにあらいべんてん》

とも呼ばれる。初巳の弁天の縁日にはとくに賑《にぎ》わう。

【初辰《はつたつ》】

新年

上辰日《じょうしんにち》・初辰《はつたつ》の水《みず》・潮《しお》の水《みず》・辰祭《たつまつり》

正月最初の辰の日。水をつかさどる竜神にちなみ、屋根に水または海水を打って、火伏せの呪《まじな》いとした。これを「初辰の水」「潮の水」という。京都の貴船《きぶね》神社の初辰大祭は、諸事の「発《はっ》達《たっ》」や無病息災を祈願して行なわれる。

初辰の水のしぶきが虹なせり　米川米丸

▼江戸時代、貴人の屋敷では初辰の日の辰の刻に、辰年生まれの男に台所の屋根などに火伏せの水を撒《ま》かせたという。

【初寅《はつとら》】

新年

鞍馬初寅詣《くらまはつとらまいり》・初寅参《はつとらまいり》・初寅詣《はつとらもうで》・鞍馬詣《くらままいり》・一《いち》の寅《とら》・上寅《かみのとら》日《のひ》・福寅《ふくとら》・福掻《ふくかき》・畚下《ふごおろ》し・お福蜈蚣《ふくむかで》・鞍馬《くらま》小判《こばん》・百足《むかで》小判《こばん》

正月初めての寅の日に、毘沙門天《びしゃもんてん》に参詣《さんけい》すること。毘沙門天(多聞天《たもんてん》)は四天王の一つで、福徳開運、商売繁盛の霊験《れいげん》があるとされる。蜈蚣を毘沙門天の使いとするのはお足(お金)が多いという洒落《しゃれ》から。京都の鞍馬寺の毘沙門天が有名。

初寅の護符をかざして貴船へも　中田余瓶

初寅や天狗歩きし山歩く　畑伝一郎

▼鞍馬寺の初寅の帰り、蜈蚣を描いた護符をかざし、貴船《きぶね》の茶屋へ繰り込む。▼鞍馬山は牛若丸や鞍馬天狗《てんぐ》でおなじみ。暖かい初寅の日、山中の散策を楽しんだのであろう。

【初勤行《はつごんぎょう》《はつごんぎやう》】

新年

初読経《はつどきょう》・初諷経《はつふぎん》・初太鼓《はつだいこ》・初鐘《はつかね》・初開扉《はつかいひ》・初法座《はつほうざ》・初御堂《はつみどう》・年始会《ねんしえ》

正月になって、各寺院で初めてあげる読経や回向《えこう》のこと。新年を迎えた暁闇《ぎょうあん》のなか、一山の僧侶が総出仕して厳粛に行なわれる。初勤行の様式は宗派によって異なるが、一年の日課である勤行が、この時から始まるのである。

僧正の猪首つややか初勤行　鈴木貞雄

初諷経かな父のため兄のため　加古宗也

▼もったいなくも初勤行の僧正を後ろから拝しているのである。▼新年初めてお経を読みあげる。厳しかった父のこと、若くして逝った兄のことなどを思いながら。

【初護摩《はつごま》】

新年

新年になって初めて焚《た》く護摩のこと。「護摩」は、梵語《ぼんご》homaの音写で、供物を火中に投じて祈願する意。インドで古くから行なわれていた祭祀《さいし》法を取り入れたもの。護摩壇を設け、護摩木を焚き、息災、増益、降伏《ごうぶく》、敬愛などを祈る。

初護摩や背山の風を請来す　峯山原野

▼元日、護摩堂に独り静かに護摩木を焚いている僧がいる。時折、背後の山から吹く正月の風が、毘沙門天《びしゃもんてん》の灯を揺らす。

【初弥撒《はつみさ》】 新年

初《はつ》ミサ・弥撒始《みさはじめ》・聖名祭《せいめいさい》

一月一日、カトリックの教会で行なわれるミサ（聖餐式《せいさんしき》）のこと。この日は降誕節中の「神の母聖マリアの祝日」でもあり、多くの信者が集い、祝福の祈りを捧《ささ》げる。司祭になって初めてつかさどる「初ミサ」とは異なる。

燦々とステンドガラス弥撒始　阿波野青畝

初弥撒や信ずる者のよく謳ふ　内田哀而

▼新年の光がステンドグラスを通して射し込む聖堂。荘厳な雰囲気のなか、初弥撒があげられる。▼初弥撒に集う信厚き人々の歌う賛美歌の、なんと清らかなこと。

【鍬始《くわはじめ》《くははじめ》】 新年

鍬初《くわぞめ》・鋤初《すきぞめ》・鍬入《くわいれ》・鋤入《すきいれ》・初田打《はつたうち》・農始《のうはじめ》

新年になって、農作業を始める儀式を行なうこと。鍬や鋤を使って農耕などの所作をし、松や榊《さかき》を立て、神酒《みき》などを供えて、その年の豊作を祈る。日は地域によって異なり、正月二日、四日、十一日、十五日のいずれかに行なわれる。東北地方や日本海側の雪深いところでは、雪の上を田に見なして儀式を行なう。

もぐら罠埋めて均して鍬始　関山美代子

鍬はじめ半紙の米が零れたる　三和幸一

▼春になると活発に動き始めるもぐらを捕るため、罠《わな》を仕掛けて土を均《なら》し、鍬始めの儀式を行なう。▼鍬始めの日、米や塩を供えて祀《まつ》るが、半紙に包んだ米が零《こぼ》れてしまった。

【初山《はつやま》】 新年

山初《やまぞめ》・山始《やまはじめ》・初山入《はつやまいり》・初山踏《はつやまふみ》・山誉《やまほ》め

年の初めに、注連縄《しめなわ》、餅、米、塩を持って山に入り、木《き》を伐る所作などをし、その一年の山仕事の安全を祈願する、山仕事始めの儀式。日は地方によって異なるが、正月の二日、四日、八日、十一日に行なわれる。

斧の柄に酒をひと吹き山始　山中弘通

持山は伊勢まで続き山始　浅井陽子

▼斧を使って木を伐る所作をする山始め、斧の柄に酒をひと吹きするのも儀礼。▼大和から伊勢までの山を持つ家の山始めの儀式は大掛かりなもの。

【初漁《はつりょう》《はつれふ》】 新年

漁始《りょうはじめ》・初魚《はつうお》・初漁祝《はつりょういわい》

正月になって初めて出漁すること。地域によって初漁の日はさまざまだが、二日から七日にかけて行なわれる。大漁旗を掲げて出漁し、初漁の鯛《たい》や鰤《ぶり》は戎神社《えびす》や船霊《ふなだま》に供えて一年の豊漁を願う。

間祝着著て初漁の戻り待つ　柴田美雪

漁始尺余の目板鰈あげ　大和愉美子

▼漁業無線で知った初漁は大漁である。縁起物を描いた間祝着《まいわいぎ》を

着て初漁の戻りを待つ。▼漁始めの鰈《かれい》漁、一尺余りの目板鰈《めいたがれい》もとれて初漁から好調である。

着衣始《きそはじめ》 新年

新年に、初めて新しい着物を着ること、またはその儀式。正月三が日のうちの吉日を選んで行なわれた。現在ではその習慣もなくなったが、新しい着物に袖を通すと、気持が引き締まる。

亡母のもの似合ふ齢や着衣始　植松ふみ

着衣始子無き夫婦の睦みあふ　武村いづみ

▼亡くなった母の着物は地味だとばかり思っていたが、それがとうとう似合う年になってしまったという感慨。▼夫の手を借りて帯でも結んでいるのだろう。

鞠始《まりはじめ》 新年

蹴鞠始《けまりはじめ》・初蹴鞠《はつけまり》

新年に、初めて蹴鞠(鹿革製の鞠を蹴り合う平安貴人の遊戯)を行なう儀式。桜、柳、楓《かえで》、松を四方に植えた七間半四方の鞠壺で、古来の装束を着て、鞠を落とさないよう、高く蹴り上げる。一月四日、京都の下鴨《しもがも》神社の鞠始が有名。

公卿ぶりのこゑ天へ揚げ初蹴鞠　岡崎鶴子

▼鞠装束を着た鞠人が「アリ」「オー」と声をあげながら高々と鞠を蹴る。殿上人《てんじょうびと》を見る思いになる。

御用始《ごようはじめ》 新年

官公庁の仕事始めは一月四日。これを「御用始」と称する。一般の会社や銀行などでも、四日を仕事始めとするところが多い。かつては春着で出勤する女性社員も多かった。新しい年を祝う華やかさに満ちた日である。

関連 御用納《ごようおさめ》→204

宮内庁書陵部御用始かな　山崎ひさを

▼宮内庁の中にも多くの役職や部署がある。なかでも、書陵部《しょりょうぶ》の御用始めに着目したところに趣がある。

出初《でぞめ》 新年

出初式《でぞめしき》・消防出初式《しょうぼうでぞめしき》・初出《はつで》・梯子乗《はしごのり》

新年の始まりを祝し、消防団が集まって種々の消防演習を行なう儀式。一月六日に行なわれることが多い。歴史は古く、江戸時代からの伝統を引き継いでいる。消防自動車の一斉放水や、梯子乗りの妙技を見ることができる。

職を得し町の小さき出初かな　加倉井秋を

出初式ありたる夜の星揃ふ　鷹羽狩行

▼若かりし頃に縁のあった町を訪ねた作者。偶然に出合った出初め式に、心躍らせたことであろう。▼出初め式の活気を存分に浴びた、その夜の空。星の淑気《しゅくき》がまばゆい。

出初

手斧始《ちょうなはじめ》《てうなはじめ》

新年

初手斧《はつちょうな》・鉋始《かんなはじめ》

「ちょうな」は「ておの」の訛《なま》った言い方。大工仕事始めの儀式である。手斧を使う宮大工は、今もしきたりを守って、新年初めて仕事をする時は、鏡餅、神酒《みき》、祝い肴《ざかな》を供えて仕事の安全を祈願する。古くは朝廷にて、正月五日に内侍所《ないしどころ》の前で行なわれていたが、聖徳太子ゆかりの四天王寺(大阪市)では、現在でも正月十一日に行なわれている。

関連 斧仕舞《おのじまい》↓187

手斧始烏帽子の大工真顔して　松木呂子

▼手斧始めに臨んだ、烏帽子《えぼし》、狩衣《かりぎぬ》姿の宮大工の真剣な顔が紅潮している。

歌会始《うたかいはじめ》《うたくわいはじめ》

新年

歌御会始《うたごかいはじめ》・和歌御会始《わかごかいはじめ》・御会始《ごかいはじめ》

天皇陛下が催される歌会を「歌御会」といい、年始の歌御会を「歌御会始」「歌会始」という。宮中の新年儀式の一つで、お題による一般からの詠進歌に続き、選者、召人《めしうど》、皇族の歌、天皇・皇后両陛下のお歌が披講される。

歌会始講師音声張られけり　藤木るい

▼テレビ中継でおなじみとなった歌会始めの儀。歌を読み上げる講師《こうじ》の若々しい声が印象的だった。

弓始《ゆみはじめ》

新年

弓場始《ゆばはじめ》・的始《まとはじめ》・弓矢始《ゆみやはじめ》・射初《いぞめ》・初弓《はつゆみ》

新年に、初めて弓を引くことをいう。京都東山三十三間堂の「楊枝加持《やなぎかじ》の日」(初観音)に行なわれる通し矢が有名。毎年、成人の日の頃に行なわれ、全国から新成人の射手が集まり、大的《おおまと》を射る。

白木の門押しひらきあり弓始　永島靖子

▼弓場に続く門の扉が広々と開かれ、初弓の的を射る音が聞こえてくる。白木の門が清廉な弓場を思わせる。

成人《せいじん》の日《ひ》

新年

成人式《せいじんしき》

二十歳に達した男女を祝い、励ますことを主旨とする国民の祝日で、一月第二月曜日。各市町村では成人式を主催し、新しく成人した若者たちが集う。

帆柱に成人の日の風鳴れり　原田青児

成人の日ぞ大雪もたのもしき　細川加賀

成人の日のストールの中に顔　鷹羽狩行

▼海の仕事に就いた青年か。帆柱を打つ風の音がこれからの日々の喜怒哀楽の音となる。▼所によっては大雪となる。若い人が頼もしい。▼ふかふかのストールに顔を埋める愛らしさ。いささかの揶揄《やゆ》が感じられる。

松納《まつおさめ》《まつをさめ》

新年

松取《まつと》る・門松取《かどまつと》る・松送《まつおく》り・松引《まつびき》・松上《まつあが》り・松倒《まつたお》し・松下《まつおろ》し・松直《まつなお》し・お松払《まつはら》い

門松など正月の飾りにした松を取り払うこと。関東地方では六、七日、京阪地方では十四、五日にするところが多い。この日が過ぎると松過《まつすぎ》となり、正月気分も遠ざかり、世間は普通の暮らしに戻っていく。

関連　松過《まつすぎ》→227

日の暮のとろりと伸びし松納め　福田甲子雄

松取れて夕風遊ぶところなし　角川照子

▼正月の賑《にぎ》やかさに紛れて気づかなかったが、松が取れて日暮れの伸びたことに驚く。▼門松や注連縄《しめなわ》など、つねに風に吹かれていたものがなくなった寂しさ。

飾納《かざりおさめ》《かざりをさめ》

新年

注連飾取《しめかざりと》る・飾取《かざりと》る・注連取《しめと》る・飾卸《かざりおろし》・お飾《かざり》こわし

注連飾りなどの正月の飾り物を外すこと。関東地方では六、七日、京阪地方では十四、五日に外すことが多い。これで正月が終わったという気分になる。外した飾りは、十四日夜か十五日の左義長《さぎちょう》で燃やす。

細帯に着替へ飾をおろしたり　きくちつねこ

濁世へと飾はづしてしまひけり　渡辺恭子

▼飾りを外すのに、ふだんの着物に着替える。帯は半幅《はんはば》の締め慣れたもの。労働の気分のよい句。▼正月とふだんの日、晴れと褻《け》の鮮やかな転換をなすのが、飾り納め。

鳥総松《とぶさまつ》

新年

留守居松《るすいまつ》

正月の間中立ててあった門松を取り払い、その後に盛り砂をしたり穴を掘ったりして、門松の梢をひと枝挿しておくことをいう。「鳥総」とは、きこりが木を伐《き》った切り株に、山の神を祀《まつ》るため、その木の梢を立てたもの。

暮れ方に来客ひとり鳥総松　片山由美子

山城の末寺ひきつぎ鳥総松　山内節子

▼もう賀客もないだろうと思っていた日暮れの来客に困惑している。▼山城は京都府南部のこと。檀家《だんか》の少ない末寺を引き継ぎ、しきたりを守っている。

鏡開《かがみびらき》　新年

鏡割《かがみわり》・お供《そな》えくずし・具足開《ぐそくびらき》

正月に年神に供えた鏡餅を下ろして、雑煮、汁粉などにして食べることをいう。かつては十一日であったが、現在では七日までにするところが多く、地域によっては十五日、二十日などとさまざま。硬くなった餅は包丁が入らず、手や槌《つち》で「割る」ことになる。「切る」「割る」という縁起が悪い言葉を避けて、運気の開ける「開く」に言い換えたのが「鏡開」で、忌詞《いみことば》の一つ。新年にはことに忌詞が多く工夫されており、言葉の霊性を畏怖《いふ》した古人の心情をうかがうことができる。

伊勢海老のかがみ開きや具足櫃　許六

パック裂く鏡開と云うべきや　竹村文一

罅に刃を合せて鏡餅ひらく　橋本美代子

▼具足櫃《ぐそくびつ》とは甲冑《かっちゅう》を収めておく櫃。具足を床に飾り、その前に鏡餅と伊勢海老を飾るのが武家の新年床飾り。鏡開きをすませ、また甲冑を櫃に収める。▼パックされた当世風鏡餅。まさに「鏡開と云《い》うべきや」。▼罅《ひび》を頼りに刃を入れる。古人には見せられない鏡割りである。

蔵開《くらびらき》　新年

御蔵開《おくらびらき》

新年に蔵を初めて開くこと。江戸の数え唄に、「十一日は蔵開き、お蔵を開いて祝いましょう」とあるように、十一日に祝うのが商家の習いであった。かつては鏡開きの日とも重なったので、雑煮や汁粉を作り、酒肴《しゅこう》を調え、祝宴を開いた。

風に向いて並ぶ雀や蔵開　青木月斗

▼蔵の周りは祝いに集う人で賑《にぎ》わう。電線の上には雀《すずめ》が並んでいる。冷たいが淑気《しゅくき》に満ちた風が吹く。

帳綴《ちょうとじ》《ちやうとぢ》　新年

帳書《ちょうがき》・帳始《ちょうはじめ》・帳祝《ちょういわい》・紙縒《こより》

商家が十一日に新年から用いる帳簿を作り、それに書き入れること。かつては紙を白元結か紙縒で綴《と》じて、大福帳や水揚げ帳、金銀出入帳などを作った。現代では近代化の波で帳簿も廃《すた》れ、パソコンなどにとってかわられている。

帳綴や古き音なる掛時計　阿片瓢郎

▼掛時計は古時計である。幾世もその商家を守りつつ、時を刻み続けている。伝統と威厳がそこにある。

鬼打木《おにうちぎ》　新年

鬼木《おにぎ》・鬼除木《おによけぎ》・鬼障木《おにさえぎ》・鬼押木《おにおしぎ》

合歓《ねむ》の木や胡桃《くるみ》、樫《かし》の木を伐《き》ってきて、その一面を削って、「十二月」と記すか、あるいは横線を十二本書いたもの。正月十四日の夜に神前に供えたり、門口や門松の周りに立てて、邪鬼を追い払った。

鬼打木倒して童子逃れけり　安藤橡面坊

▼「こら」という声に驚いて、童子は門口の鬼打木を倒して逃げて

行った。童子はいたずらに来たのかも。

【小豆粥《あずきがゆ》《あづきがゆ》】 新年

十五日粥《じゅうごにちがゆ》・赤小豆粥《あずきがゆ》・望の粥《もちのかゆ》

小正月《こしょうがつ》である正月十五日に行なわれる年占《としうら》行事の一つ。小豆を入れた粥を炊く。多くは餅(粥柱)を入れ、その粥で一年の豊凶や天候を占う。小豆を入れるのは、小豆の赤に邪気を払う霊力があると信じられていたためらしい。冬至にも小豆粥を食べるが、小正月のものと紛らわしいので、「冬至粥」と呼んで区別する。 関連 小正月《こしょうがつ》↓227

小豆粥親のなき子となりにけり　久保田万太郎

小豆粥やさしく姉の呆けたる　小林ミチ

▼いくつになっても、親を頼る気持はあるもの。正月も小正月の頃になると、ふと、亡くなった親のことが思われる。▼呆《ほう》けてきた姉を見守る妹。小豆の赤は、血縁の徴《しるし》。

【粥杖《かゆづえ》《かゆづゑ》】 新年

粥の木《かゆのき》・福杖《ふくづえ》・粥箸《かゆばし》・祝棒《いわいぼう》

小正月《こしょうがつ》の朝、小豆粥《あずきがゆ》を炊く時、掻き回すのに用いた棒をいう。年木《としぎ》を削ったり、炉や竈《かまど》にくべた燃えさしを用いる。この棒で女性の尻を打つと子が授かるとされ、「祝棒」「孕《はら》め棒」とも呼ばれた。 関連 小正月《こしょうがつ》↓227

祝棒貰うて来たり如何せむ　前田攝子

▼吟行で訪れた神社でもらった粥杖、尻を叩《たた》いてもらうと子が授かるといわれても。

【粥柱《かゆばしら》】 新年

小正月《こしょうがつ》の小豆粥《あずきがゆ》に入れる餅のこと。冬至の小豆粥は米と小豆だけだが、小正月の小豆粥には餅を入れる。家の柱といえば家を支えるもの、粥柱といえば粥を支えるもの。柔らかな餅で柔らかな粥を支えるわけだ。

したたかに挟み上げたり粥柱　李山

粥ばしら円きもあれば角もある　都雀

松山の日のうつくしき粥柱　柴田白葉女

▼箸でしっかり挟んで持ち上げた粥柱。▼丸餅も角餅も入っている。▼松の山に射す正月の太陽。

【粥占《かゆうら》】 新年

粥試《かゆだめし》・管粥《くだがゆ》・筒粥《つつがゆ》・粥占神事《かゆうらしんじ》

一月十五日、小豆粥《あずきがゆ》を作る時、細い竹筒や葭《よし》の茎などもいっしょに入れて炊き、筒や茎の中に入った粥や小豆の量によって、その年の天候や五穀の豊凶を占うもの。本来は農家の行事だったが、今は

粥占

神事として行なわれることが多い。

地母神の護る水をうけ粥占祭　福田蓼汀

粥占もすみたり今年風邪引かぬ　平井照敏

▼地母神は生命の源をつかさどる大地の女神。その御宮に湧く霊水を受け、粥占は粛々と進む。▼小正月《こしょうがつ》の粥占も無事に終わった。そのご利益《りやく》か、今年はまだ風邪《かぜ》をひかないなあ。

綱引《つなひき》

新年

綱曳《つなひき》・縄引《なわひき》

小正月《こしょうがつ》の日に神社で行なわれる年占《としうら》の神事の一つ。集落ごとに争ったり、漁業の神である恵比寿と農業の神である大黒とに分かれて争ったりして、その年の豊凶を占った。西日本では、盆綱引として盆の頃に行なわれることが多い。

関連 小正月《こしょうがつ》→227

綱引の綱の切れ端もらひけり　中西倭

▼藁《わら》で作られた綱引きの綱は、勝負がついた時には切れ端が出る。それをもらって帰ると豊作になるという信仰があるのかもしれない。

成木責《なりきぜめ》

新年

木責《きぜめ》・木呪《きまじない》・なるかならぬか・木《き》を囃《はや》す

小正月《こしょうがつ》の行事の一つで、果樹、とくに柿の木を責めたてて、その年の豊作を約束させるもの。男たちが斧《おの》や鉈《なた》、粥杖《かゆづえ》などで木を叩《たた》きながら、「なるか、ならぬか、ならぬは伐《き》るぞ」と威《おど》すと、樹上の年男が「なります、なります」と木に代わって誓う。幹に鉈などで傷をつけ、粥の汁などを流し込んだりする。

関連 小正月《こしょうがつ》→227

鶏犬の声家毎に成木責　右城暮石

塩味の濃き粥かけて成木責　若井新一

▼成木責の声に驚いて、どの家々の鶏も犬も鳴きたてる。▼柿の木の幹につけた傷に塩味の濃い粥をかけるのも、成木責の一つの方法。

成木責　長野県阿智村。

田《た》遊《あそび》

新年

春鍬《はるくわ》

正月に、その年の稲の豊作を予祝する神事芸能の一つで、稲の苗から収穫までの農耕の手順を、歌としぐさで演じる。田の神を祝い、豊穣を妨げる精霊を鎮めて安全を祈る。稲の穂《ほ》孕《ばら》みを願う、男女交合を象徴する舞もある。

田遊びの面《おもて》ちかぢか笑ひけり　岸田稚魚

▼豊作の予祝の舞ともなれば、とびきりの笑いの面となろう。間近にあるその笑いに、つられて笑ったか。

土竜《もぐら》打《うち》

新年

もぐら追《おい》・もぐら送《おく》り

農作物を荒らしたり、家の床下に穴を開けたりして危害を及ぼす土竜を追い払う、小正月《こしょうがつ》の行事。子供たちが唱えごとをしたり歌をうたったりしながら、棒などで田畑を打って歩き回り、家々を回って、小銭や蜜柑《みかん》、餅などをもらう。節分の夜に行なう地域もある。

土龍打大きな夕日入るところ　山本洋子

▼田や畑を回る土竜打ちは、日のある明るいうちに行なう。夕日の入る頃には子供たちは戻ってくる。

注連《しめ》貰《もら》ひ《い》

新年

小正月《こしょうがつ》の日の朝、子供たちがリヤカーを引いて家々を回り、左義長《さぎちょう》やどんど焼きで燃やす注連飾《しめかざり》や門松をもらい集めること。家々でもらうお駄賃もまた、子供たちの楽しみの一つであった。

吹きさらす磧に寄れり注連貰　山中みね子

▼幾組かに分かれていた注連貰いの子供たちが、吹きさらしの磧《かわら》（川原）のどんど場に寄ってきた。

左義長《さぎちょう》《さぎちやう》

新年

三毬杖《さぎちょう》・三毬打《さぎちょう》・とんど・どんど・どんどん焼《やき》・どんど正月《しょうがつ》・どんど場《ば》

小正月《こしょうがつ》の火祭り。十五日または十四日の夜に行なわれる。三本の青竹を三つまたに組み、この周囲に正月の飾り物などを積み上げて、焚《た》き上げる。「三毬杖」「三毬打」とも書く。「どんど焼」ともいう。この火祭りをなぜ「サギチョウ」と呼ぶかについてはいくつかの説がある。その一つは「打毬《だきゅう》」という正月の遊びに由来するという。これは、槌《つち》形の杖《つえ》で木製の毬《まり》を打って勝敗を競う、クリケットに似たゲームだが、この遊びに使う杖（スティック）が「毬杖《ぎちょう》」。『徒然草《つれづれぐさ》』第一八〇段には、正月に宮中で行なわれ

左義長

た「打毬」で使った「毬杖」を神泉苑《しんせんえん》（京都の二条城近くにあった大庭園）で焚き上げる、とある。

左義長や四方へ走る竹の音　菊乙

どんど焼どんどと雪の降りにけり　一茶

金星の生まれたてなるとんどかな　大峯あきら

▼炎の中の青竹が景気よく爆《は》ぜる。▼どんど焼きの炎に降りしきる雪。▼夕空に輝く宵の明星。

【上元《じょうげん》《じやうげん》の日《ひ》《ひ》】

新年

上元《じょうげん》・上元会《じょうげんえ》・元宵祭《げんしょうさい》

旧暦一月十五日のこと。中元（七月十五日）、下元（十月十五日）とともに「三元」の節会《せちえ》の一つ。古代中国の習俗。寺で魔除《まよ》けの呪《まじな》いを行ない、魔除けの小豆粥《あずきがゆ》を食した。

一仏の寂《じゃく》を犯さず上元会　下村ひろし

▼平素、静寂の中に坐《いま》す仏さま。上元の日、その静けさを壊さぬように勤めを運ぶ。

【藪入《やぶいり》】

新年

家父入《やぶいり》・養父入《やぶいり》・走百病《やぶいり》・宿入《やどいり》・宿下《やどさが》り・六入《ろくいり》・十六日遊《じゅうろくにちあそび》

奉公人が正月十六日と盆の七月十六日に、主家から休暇をもらって、親元などへ帰ること。またその日。盆の休暇は「後《のち》の藪入」という。「宿入」が転訛《てんか》して「藪入」となったものだろうが、いかにも草深い田舎へ帰る様子が思われる。

藪入のことさら母の泣きにけり　細川加賀

▼半年ぶりに会うわが子に、つらくはないかと泣き、背丈がまた伸びたと泣く。母のなんとありがたいことか。

【初伊勢《はついせ》】

新年

初参宮《はつさんぐう》

元日を迎え、伊勢神宮に参拝すること。内宮《ないくう》、外宮《げくう》を参拝した後、二見浦《ふたみがうら》の夫婦岩《めおと》の間から昇ってくる初日を拝む人も多い。「初伊勢」という季語には、おのずとめでたさが寄り添っている。

日の出づる今初伊勢の初二見　阿波野青畝

▼伊勢神宮の初詣を終えて、今、二見浦に来て、初日の出を迎えるめでたさ。

【初神楽《はつかぐら》】

新年

神楽始《かぐらはじめ》

新年になって初めて神前で神楽を奏すること。伊勢神宮の初神楽は元日の午前零時から行なわれる。豪雪地帯や寒冷地の初神楽は厳しい条件のもとで行なわれる。奈良の春日《かすが》大社では正月三日に奏され、これを「神楽始式」という。

風呂敷の鈴とり出して初神楽　矢野典子

白波のときをり見ゆる初神楽　片山由美子

▼産土《うぶすな》の森での初神楽。巫女《みこ》は風呂敷から鈴を取り出して初神楽を舞う。▼島の神社での初神楽。海に立つ白波が、時折見える。

白朮詣《おけらまいり》《をけらまゐり》　新年

白朮祭《おけらさい》・白朮火《おけらび》・白朮縄《おけらなわ》・吉兆縄《きっちょうなわ》・火縄売《ひなわうり》・祇園削掛神事《ぎおんけずりかけしんじ》・削掛《けずりかけ》の行《おこない》

京都の八坂《やさか》神社にて、元日の明け方に行なわれる削り掛け神事を「白朮祭」といい、それに詣でることを「白朮詣」という。薬草の白朮を焚《た》く火を吉兆縄に移し、消えないように回しながら持ち帰り、灯明《とうみょう》や正月の雑煮を煮るのに用いる。

白朮詣

白朮火のほのかに顔の見られけり　矢島渚男

白朮火の一つを二人してかばふ　西村和子

▼白朮縄に火をともして家路を急ぐ人の真剣な横顔が見えたのだろう。▼白朮火が消えないように、風を避けたり振り回したりしている若い二人連れ。

繞道祭《にょうどうさい》《ねうだうさい》　新年

繞道《にょうどう》の火《ひ》

奈良県桜井市三輪の大神《おおみわ》神社で行なわれる、元日の午前一時から始まる祭事。白装束の祭員は大松明《おおたいまつ》を担《かつ》いで闇を駆け、二時間ほどで本殿に戻ってくる。この大松明の火を火縄にもらって、雑煮の祝い火とする。

繞道祭ゆくぞとお火の走りけり　水野露草

▼御神火で大松明を燃え上がらせると、大声で「ゆくぞ」と叫び、松明を担いで闇に駆け出す。

玉《たま》せせり　新年

玉取祭《たまとりまつり》・玉競祭《たませりまつり》

一月三日、福岡市の筥崎宮《はこざきぐう》で行なわれる「玉取祭」の俗称。陰陽二つの木製の玉の陽玉を競り合う奇祭で、肩車をした下帯姿の男たちが、勢《きお》い水を浴びて激しい争奪戦を繰り広げる。最後に玉を手にした者が陸《おか》組なら豊作、浜組なら豊漁とされる。

屈強の胸に水受け玉せせり　岡部六弥太

▼陽玉を追って男たちの群れが激しく動く。勢い水を浴びた屈強な体から湯気が立ち上り、祭は最高潮。

鷽替《うそかえ》《うそかへ》　新年

一月七日の夕刻、福岡の太宰府《だざいふ》天満宮の火祭「鬼すべ」に先立って行なわれる神事。参拝人は一年の「嘘《うそ》」を「誠」に替えようと、木製の鷽を交換する。平服の神官の持つ鷽に当たると、金の鷽が授与される。東京の亀戸《かめいど》天神社、大阪の大阪天満宮や道明寺《どうみょうじ》天満宮では、一月二十四、二十五日に行なわれる。

関連　鷽→春

鷽替の人中にゐて真顔なり　角光雄

▼「嘘を誠に替えましょう」と声をかけつつ鷽を交換する。多くの

人と替えるとよいと聞き、つい真顔になる。

達磨市《だるまいち》

新年

福達磨《ふくだるま》

縁起物の達磨を売る市のこと。達磨は開運や厄除《やくよ》けを祈願して、新年に神棚に飾られることが多い。歳末から新年、†節分の頃にかけて、各地の神社仏閣の縁日で達磨市が立ち、賑《にぎ》わう。ことに、群馬県高崎市の少林山達磨寺境内に立つ正月六、七日の市が有名。

曇りつつ薄日映えつつ達磨市　石田波郷

福だるま妙義は雲を飛ばしけり　大嶽青児

▼達磨市の頃の天候を巧みにとらえた。達磨の赤は薄日にも映えよう。▼妙義山《みょうぎさん》は奇岩怪石で名高い群馬県南西部の山。風の強い土地柄、風土色の濃い一句。

達磨市

初薬師《はつやくし》

新年

一月八日、その年最初の薬師如来《やくしにょらい》の縁日、また、その日に参詣《さんけい》すること。薬師如来は薬師瑠璃光《るりこう》如来の略称で、衆生《しゅじょう》のさまざまな病苦を除き、安楽を与えるとされる。縁日とは別に元日に詣《もう》でると、三千日分のご利益《りやく》があるとされる。

杉の雪しきりに落ちぬ初薬師　大峯あきら

▼参道に積った雪を踏んでお薬師さんに詣でる。昼近く、寒さが緩んで、杉の枝から雪がしきりに落ちる。

十日戎《とおかえびす》

新年

初戎《はつえびす》・宵戎《よいえびす》・戎祭《えびすまつり》・残《のこ》り戎《えびす》・残《のこ》り福《ふく》・福笹《ふくささ》・吉兆《きっちょう》

一月十日に行なわれる恵比須《えびす》さまの祭。商いの神さまである恵比須さまに向こう一年の商売繁盛を祈願する日である。大阪の今宮戎《いまみやえびす》神社、兵庫の西宮神社、京都の恵美須《えびす》神社をはじめ、おもに上方の恵比須神社で賑《にぎ》やかに営まれる。境内には鯛《たい》や小判、米俵などの縁起物を吊《つ》るした「福笹」を売るにわか作りの店が立ち並ぶ。九日は「宵戎」、十一日は「残り戎」「残り福」。関東では†酉《とり》の市《いち》(十一月の酉の日)がこれに相当する。

十日戎所詮われらは食ひ倒れ　岡本圭岳

福笹をかつげば肩に小判かな　山口青邨

商ひも恋もたのみて宵戎　島谷征良

▼「所詮《しょせん》われらは」とは謙遜《けんそん》。作者は大阪の人。▼福笹を担《かつ》いで遊楽の人を気取っているのだ。▼恵比須さまに恋の願いとは。

宝恵駕《ほえかご》

新年

ほい駕《かご》・福助籠《ふくすけかご》

一月の†十日戎《とおかえびす》の日、大阪市浪速区の今宮戎《いまみやえびす》神社に参拝する南地の芸妓たちが乗る駕をいう。四本柱を紅白の布で巻いた宝恵駕に、黒紋付に稲穂の簪《かんざし》を挿した芸妓が乗り込み、紅の座布団に座って担《かつ》がれてゆく。道中、「ほいかご、ほいかご」と囃《はや》すところから「宝恵駕」という。

宝恵籠の妓の眦の朱こそ艶　大橋敦子

張りぼての福助が乗る戎駕籠　藤田直美

▼宝恵籠から見えた芸妓の横顔、その目尻に描かれた朱の色がなんとも艶。▼福助籠ともいう宝恵籠には、張りぼての福助も乗り込んでいる。

十日戎　大阪市浪速区・今宮戎神社。

俎開《まないたびらき》　新年

一月十二日、東京都台東区の坂東報恩寺《ばんどうほうおんじ》の新年行事。四条流包丁人が古式に則《のっと》り、大俎《おおまないた》にのった二尾の大鯉を、包丁と真《ま》魚箸《なばし》を持ち、魚に手を触れることなく捌《さば》いていく。縁起は古く、一二三〇年頃から伝わる儀式という。

鯉こくにあづかる俎開かな　倉田ひろこ

▼料理された大鯉は、鯉こくにして参詣者に振る舞われる。この振る舞い、同寺の開基性信《しょうしん》の故事に由来するという。

ちやつきらこ　新年

正月十五日に、神奈川県三浦市三崎《みさき》で行なわれる小歌踊り。少女たちが海南《かいなん》神社の拝殿前で舞を奉納した後、町内を舞い歩く。「ちやつきらこ」の名は、少女の踊り手が手に持つ綾竹《あやだけ》を、ちゃっきらこと呼ぶことに由来する。

ちやつきらこ舞ふ娘に海が騒ぐなり　志摩芳次郎

▼舞の特徴を諧謔《かいぎゃく》でとらえた。ちゃっきらこの踊り手は、十四、五歳までの少女。冬の男性的な海が騒ぐのも納得。

なまはげ　新年

生《なま》身《み》剝《はぎ》・なもみ剝《はぎ》

秋田県男鹿《おが》半島に伝わる行事。鬼の仮装をした者が家々を訪ね、「ウォーウォー、泣く子はいねがー（いないか）」などと奇声をあげて、子供たちを威嚇《いかく》する。怠け者を戒めるためという。鬼には餅や酒などが供される。もともとは小正月《こしょうがつ》（旧暦一月十五日）の夜に行なわれたが、現在は大晦日《おおみそか》の夜の行事となっている。

なまはげにしやつくり止みし童かな　古川芋蔓

なまぬるき夜風なまはげ去りしあと　大畑善昭

▼鬼たちの奇声に子供はびっくり、しゃっくりも止まる。▼酒に酔った鬼たちが去った後ならさもありなん。

鳥《とり》追《おい》《とりおひ》　新年

小正月《こしょうがつ》の頃、信越から関東・東北地方にかけての地域で行なわれる、農村行事の一つ。子供たちが、ささら、槌《つち》、杓子《しゃくし》、棒などを打ち鳴らしながら、「物を食う鳥は、頭割って塩つけて、佐渡が島へ追うてやれ」などと、害鳥を追い払う歌をうたい、家々や田畑を回る。正月の門付け芸能の鳥追い太夫はこの行事が変化したもの。

北佐久の牧の枯れ枯れ鳥追い唄　松崎鉄之介

▼北佐久は長野県東部。鳥追い唄が、事実でも幻想でも聞こえてきて不思議はない。風土をとらえた作。

初《はつ》閻《えん》魔《ま》　新年

おえんまさま・閻魔参《えんままい》り・斎日《さいにち》・賽日《さいにち》

一月十六日、閻魔の初縁日の日。七月十六日とともに、地獄の亡者が責め苦から逃れる日とされる。寺院では閻魔堂を開帳し、地獄変相図などを拝観させる。「斎（賽）日」は藪入《やぶいり》にあたるその日、奉公人が閻魔に詣でること。

こんにやくの辛子に泣いて初閻魔　木田千女

▼形が閻魔に抜かれた舌に似るとして、閻魔寺では縁日に、蒟蒻《こんにゃく》の煮たのを供する。その辛子《からし》の辛いこと。

初《はつ》観《かん》音《のん》《はつくわんおん》　新年

一月十八日、観世音菩薩《かんぜおんぼさつ》を祀《まつ》る寺の初縁日の日、また、その日に詣《もう》でること。東京では浅草寺《せんそうじ》、京都では清水寺の観音さまが有名。観世音菩薩は観自在菩薩という慈悲の仏で、諸菩薩の中で庶民の信仰が最も篤い。

初観音臍のめでたき仏立ち　茨木和生

▼観音さまは衆生《しゅじょう》の求めに応じて種々、相を変え、救済に出現する。豊かなお臍《へそ》をお持ちの観音さまのありがたいこと。

初《はつ》大《だい》師《し》　新年

初弘法《はつこうぼう》

一月二十一日、弘法大師空海の忌日にちなむ、新年最初の縁日。厄除《やくよ》けや開運を祈り、多くの人が参拝する。関東では川崎大師（神奈川県川崎市）や西新井《にしあらい》大師（東京都足立区）が有名。京都の東寺《とうじ》の初弘法には境内に多くの露店が出て、露店巡りの人で混雑する。

煎り豆の袋温しや初大師　西村青雨

▼初大師には懐かしい食べ物を売る露店が並ぶ。手頃なものでは煎《い》り豆。煎りたてを紙袋に入れてくれる。

【初《はつ》天《てん》神《じん》】新年

天神花《てんじんばな》・天神旗《てんじんばた》・宵天神《よいてんじん》・残《のこ》り天神《てんじん》

一月二十五日、天満宮の新年最初の縁日、また、それに詣《もう》でること。福岡県太宰府《だざいふ》市の太宰府天満宮、大阪市の大阪天満宮、京都市の北野天満宮、東京都江東区の亀戸《かめいど》天神社が有名。「天神花」「天神旗」は紅白の梅の枝に縁起物をあしらったもの。「宵天神」は二十四日、「残り天神」は二十六日。

文運を初天神にして思ふ　百合山羽公

筆硯のどれも大ぶり初天神　野口喜久子

▼祭神の菅原道真にあやかって、自らの文運盛んなることを念じたのであろう。▼書道の上達を願い、書を奉納する人のための筆や硯《すずり》。どれもが大ぶりであることがめでたい。

【初《はつ》不《ふ》動《どう》】新年

一月二十八日、新年最初の不動尊の縁日。不動尊は五大明王の主尊で、密教の本尊大日如来《だいにちにょらい》の化身とも使者ともいわれる。悪魔降伏《ごうぶく》のため憤怒の形相をし、右手には降魔《ごうま》の剣、左手には羂索《けんさく》を持つ。成田山新勝寺《なりたさんしんしょうじ》（千葉県）の初不動はとくに有名。

前髪にちらつく雪や初不動　石田波郷

▼一年で最も寒い頃。初不動の雑踏の中にいると、雪がちらついてきた。連れの女性を詠んだものか。

【奈《な》良《ら》の山《やま》焼《やき》】新年

奈良市にある若草山で行なわれる山焼き。現在は一月の第四土曜日に行なわれ、天候によっては延期されることもある。麓《ふもと》の野上《のがみ》神社での点火の祭儀のあと、午後六時頃に点火されると、なだらかな山はみるみる炎に包まれて見ごたえがある。

奈良離る山焼の火の消えぬ間に　右城暮石

お山焼いただきの火となりにけり　森田峠

▼毎年見ている人は帰りの電車の混雑を避けるために、山焼きの半ばで奈良を離れる。▼若草山は三重になった山。最後に山頂が炎に包まれる。

【懸《け》想《そう》文《ぶみ》売《うり》】新年

懸想文《けそうぶみ》

「懸想文」は、元日から十五日の間に京で売られた、恋文を模した良縁祈願のお札。江戸時代には、赤い袴《はかま》に立烏帽子《たてえぼし》、白布で覆面をした男が、正月の京の町を売り歩いた。現在は節分の日とその前夜に、京都市左京区の須賀神社の境内に懸想文売りが立つ。

懸想文売りの小声の佳かりけり　西村和子

四五人に送るあてある懸想文　茨木和生

▼「懸想文はいかがですか」と小声で男が近づいてくるが、その小声の魅力的なこと。▼懸想文がほしいと頼まれると、須賀神社に出かけていく。

かまくら　新年

秋田県で行なわれる子供の行事。もともとは小正月《こしょうがつ》の行事であったが、現在では二月十五、十六日に行なわれる。雪を固めて小高く積み、中をくりぬいた雪穴の中に水神を祀《まつ》り、筵《むしろ》などを敷いて、中で餅を食べたり甘酒を飲んだりして遊ぶ。

かまくらや天に星撒く童神　林　翔

▼かまくらは子供たちの大好きな行事で、夜には蠟燭《ろうそく》を灯《とも》す。外には満天の星。まさしく童神の撒《ま》いた星。

えんぶり　新年

えぶり・ながえんぶり

東北地方で行なわれる、豊作を祈る田植え踊り。かつては小正月《しょうがつ》に行なわれたが、現在は二月十七日から二十日にかけて、青森県八戸《はちのへ》周辺で催されている。杁《えぶり》さしの舞のほか、大黒舞などもある。「えんぶり」の名は、水田の土をならしたりする農具「杁」に由来する。

えんぶりの笛いきいきと雪降らす　村上しゆら

▼伝統のえんぶりゆえに笛も気負うのであろう。その音が生きと雪を降らすのもうなずける。感覚的な擬人法。

会《え》陽《よう》　新年

西大寺参《さいだいじまいり》・宝木《しんぎ》・裸押《はだかお》し

寺院の修正会《しゅしょうえ》の結願《けちがん》の夜(旧暦一月十四日)に行なわれる儀式。とくに岡山市の西大寺観音院の会陽は奇祭として有名。境内にあふれる締め込み姿の男たちが、深夜、投下される陰陽二本の宝木を奪い合う。現在は二月の第三土曜日に行なわれている。

仏心のふどし一筋裸押し　久保田博

▼会陽に参加する男たちは、水垢離《みずごり》をとり、褌《ふんどし》姿となって境内に集まる。暗闇の中、ひたひたとその仏心が伝わる。

写真協力者一覧（アイウエオ順、本文掲載順に頁数を表記）

相澤弘
104、107（上）

朝倉秀之
84、105（上）、187

植松国雄
235（上・左）

岡田昇
99（下）

おくやまひさし
58（下・下）、65（下）、66（上・右）、81（上）、92（下）

木内博
72

熊谷元一／熊谷元一写真童画館
194、283

佐藤秀明
21、24、109、137、155（上）、158、161、170、172、186、188（上）、203

竹前朗
26（上）、42、48、154、174、217（上）、233、267

中村英俊
60、61（下）、65（上）、66（上・左）、82（下）

中村征夫
110

芳賀ライブラリー
　宇野五郎　241
　門山隆　147、150、284
　金森盈　209
　木村敬司　226
　鶴添泰蔵　270
　中田昭　273
　芳賀日出男　135、138、160（左）、168（上）、195、219、259、288
　芳賀日向　215、228
　満田新一郎　234（上）
　味村敏　160（右）
　広渡孝　217（下）

広瀬雅敏
57、58（下・上）、61（上）、62、63、80（上、下・左）、81（下）、236、237、238、279

牧野貞之
188（下）、216

増村征夫
8、18、26（下）、35、36、45、64、77、78、80（下・右）83、87、88、90（下）、91、92（上）

水上みさき
124

水野克比古
32、71（上）、167、257、271、282、286

［協力］
昭和のくらし博物館　168（下）
四十萬谷本舗　142
一般財団法人 奈良県ビジターズビューロー　208

※公共施設（美術館、図書館、博物館等）および寺社所蔵の写真・図版についてはキャプションに掲載した。
※小学館所蔵または提供先記載不要のものについては掲載しなかった。

付録

季語と季節

冬の全季語索引
新年の全季語索引

冬・新年の行事一覧
忌日一覧

春・夏・秋の全季語総索引

季語と季節

日本の季節を知る大事な目安は、立春に始まり大寒に終わる二十四節気である。二十四節気は旧暦時代に使われていたため、月の運行にもとづくものと勘違いしている人が多いが、太陽の一年の周期を二十四等分したものである。

二十四節気の柱となるのは、夏至と冬至、春分と秋分。この四つの節気はそれぞれ、夏と冬、春と秋の真ん中に位置している。次に、四季それぞれの始まりが立春、立夏、立秋、立冬である。この四つを境にして、日本の季節は春・夏・秋・冬に分かれる。

この合計八つの節気が二十四節気の基本である。この八節気の間に、それぞれ二つずつ節気が入る。これが二十四節気全体の構造である。

この二十四節気はもともと中国で考えられたものだが、旧暦とともに日本に伝わった。なぜ旧暦時代に二十四節気が必

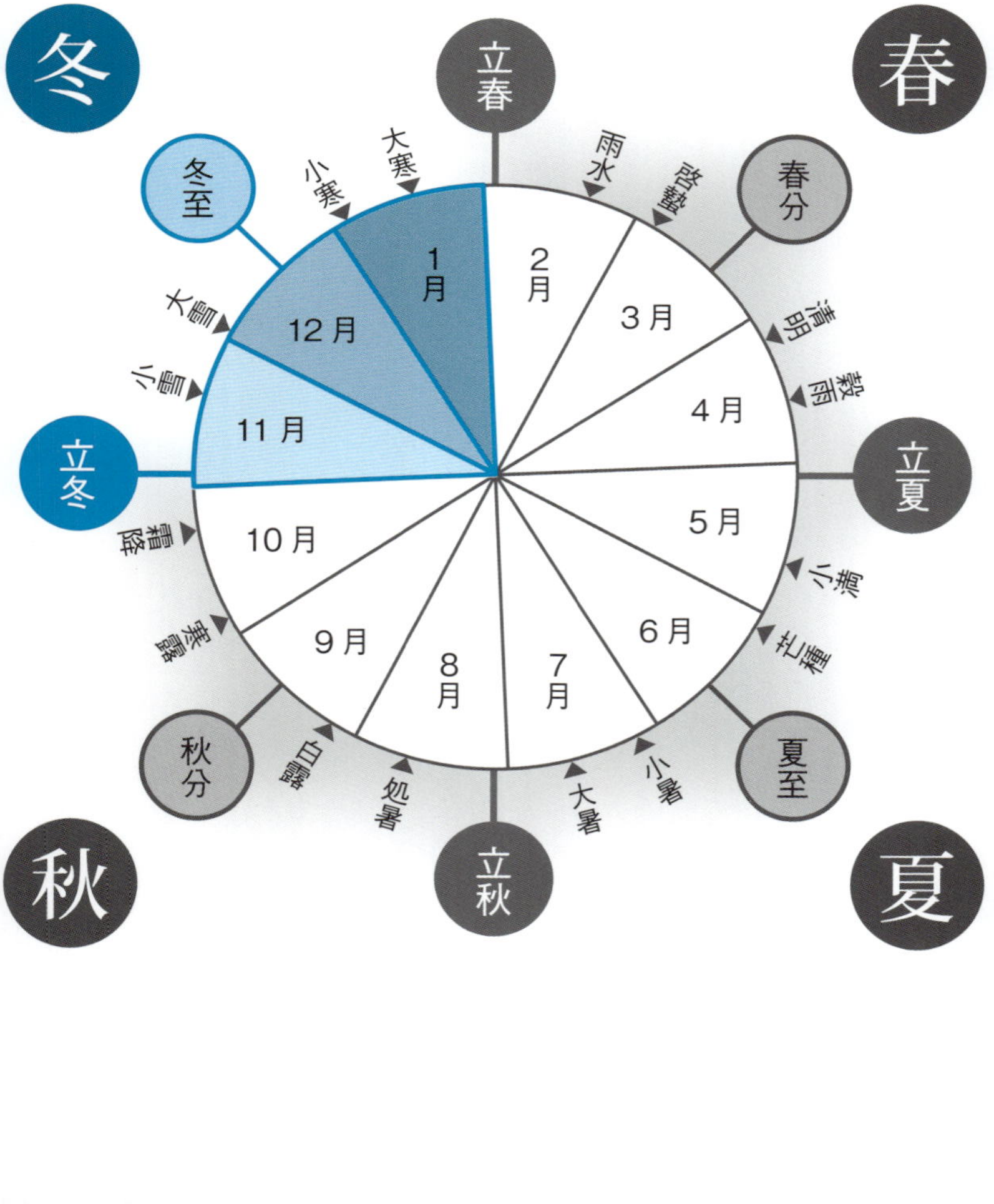

要だったのだろうか。

　月の満ち欠けをもとにした旧暦の一年十二か月は、太陽の一年の周期より十日ほど短く、このずれを調整するために、旧暦では、二、三年おきに閏月を入れて、一年を十三か月にしていた。その結果、年によって旧暦の月は季節と大幅にずれてしまうので、旧暦の月だけでは季節がわからない。そこで、旧暦時代には二十四節気を併用して季節の目安にしていた。

　一方、太陽暦（新暦）の月は太陽に基づいている。明治時代に太陽暦を採用してから二十四節気は不要になったはずだが、季節の区分けを知るためには、やはりなくてはならないものなのであり、大切な季語となっている。

　この二十四節気それぞれを三分したものが七十二候であり、その日本での解釈となる「獺《かわうそ》魚《うお》を祭る」「魚《うお》氷《ひ》に上《のぼ》る」などは、季語としてもよく使われている。

［長谷川］

季節	節気	二十四節気	日取り（頃）	七十二候	日取り（頃）	七十二候
冬						
初冬	十月節	立冬《りっとう》	11月7日	初候	11月7日～11日	水《みず》始《はじ》めて氷《こお》る
				次候	11月12日～16日	地《ち》始《はじ》めて凍《こお》る
				末候	11月17日～21日	野鶏《やけい》大水《たいすい》に入《い》りて蜃《おおはまぐり》と為《な》る
	十月中	小雪《しょうせつ》	11月22日	初候	11月22日～26日	虹《にじ》蔵《かく》れて見《み》えず
				次候	11月27日～12月1日	天気《てんき》上騰《じょうとう》し地気《ちき》下降《かこう》す
				末候	12月2日～6日	閉塞《へいそく》して冬《ふゆ》を成《な》す
仲冬	十一月節	大雪《たいせつ》	12月7日	初候	12月7日～11日	鶡鳥《かっちょう》鳴かず
				次候	12月12日～16日	虎《とら》始《はじ》めて交《つる》む
				末候	12月17日～21日	茘挺《れいてい》出《いず》る
	十一月中	冬至《とうじ》	12月22日	初候	12月22日～26日	蚯蚓《きゅういん》結《むす》ぶ
				次候	12月27日～31日	麋角《びかく》解《げ》す
				末候	1月1日～4日	水泉《すいせん》動《うご》く
晩冬	十二月節	小寒《しょうかん》	1月5日	初候	1月5日～9日	雁《かり》北《きた》に郷《むか》ふ
				次候	1月10日～14日	鵲《かささぎ》始《はじ》めて巣《す》くふ
				末候	1月15日～19日	野鶏《やけい》始《はじ》めて雊《な》く
	十二月中	大寒《だいかん》	1月20日	初候	1月20日～24日	鶏《にわとり》始《はじ》めて乳《にゅう》す
				次候	1月25日～29日	鷙鳥《しちょう》厲疾《れいしつ》す
				末候	1月30日～2月3日（節分）	水沢《すいたく》腹《あつ》く堅《かた》し

五十音順 冬の全季語索引

- ●本書に収録した見出し季語および傍題、季語解説文中で取り上げた季語を収録した。
- ●配列は現代仮名遣いによる五十音順とした。
- ●色文字は見出し季語を示す。重要季語は、季語の後に★を付した。
- ●部分けは、時＝時候、天＝天文、地＝地理、植＝植物、動＝動物、生＝生活、行＝行事をあらわす。
- ●季語解説文中で触れたものについては、解説のある季語名を〔 〕内に示した。

あ

アイスホッケー……生178
アイゼン……生172
青木の実《あおきのみ》……植064
青頸《あおくび》……動105
青首大根《あおくびだいこん》……植085
青鹿《あおしし》……動094
青写真《あおじゃしん》……生176
赤襟鳰《あかえりかいつぶり》……動107
赤柏《あかがしわ》……行201
赤蕪《あかかぶ》……植086
あかがり……生182
赤狐《あかぎつね》……動094
皸《あかぎれ》……生182
明《あか》り障子《しょうじ》……生163
赤穂義士祭《あこうぎしさい》……行214
朝北風《あさぎた》……天029
朝時雨《あさしぐれ》……天031
朝霜《あさしも》……天036
朝焚火《あさたきび》……生171
足焙《あしあぶり》……生168
足揃《あしぞろえ》……生174
網代《あじろ》……生191
網代木《あじろぎ》……生191
網代床《あじろのとこ》……生191
網代守《あじろもり》……生191
熱燗《あつかん》……生143
厚着《あつぎ》……生133
厚氷《あつごおり》……地051
厚司《あつし》……生133
厚子《あつし》……生133
貛《あなぐま》……動093
姉羽鶴《あねはづる》〔鶴〕……動108
油菊《あぶらぎく》……植079
綾取《あやとり》……生176
荒星《あらぼし》……天028
新巻《あらまき》……生155
あられ……生141
霰《あられ》★……天034
霰魚《あられうお》……動115
霰がこ《あられがこ》……動115
霰餅《あられもち》……生141
アロエの花《はな》……植081
行火《あんか》……生168
鮟肝《あんきも》……生150
鮟鱇《あんこう》……動114
鮟鱇汁《あんこうじる》……生150
鮟鱇鍋《あんこうなべ》……生150
鮟鱇《あんこう》の吊《つる》し切《ぎ》り……動114

い

息白し《いきしろし》……生181
池涸る《いけかる》……地047
いけ炭《ずみ》……生166
いけ火《び》……生166
池普請《いけぶしん》……生188
魦《いさざ》……動117
魦網《いさざあみ》……動117
魦船《いさざぶね》……動117
勇魚《いさな》……動098
勇魚取《いさなとり》……生192
いしずみ……生166
石焼芋《いしやきいも》……生145
磯鳴鳥《いそなどり》……動106
板樏《いたかんじき》……生172
鼬《いたち》……動095
鼬罠《いたちわな》……生190
板甫牡蠣《いたぼがき》……動120
一月《いちがつ》……時016
一の酉《いちのとり》……行198
一夜飾《いちやかざり》……行203
銀杏落葉《いちょうおちば》……植072

銀杏《いちょう》枯《か》る……植074
銀杏羽《いちょうば》……動105
一陽来復《いちようらいふく》……時011
冱《い》つ……時021
凍《い》つ……時021
一茶忌《いっさき》★……行220
凍《いて》……時021
凍虻《いてあぶ》……動122
凍霞《いてがすみ》……時021
凍《い》て風《かぜ》……天029
凍雲《いてぐも》……天027
凍曇《いてぐもり》……時021
凍鯉《いてごい》……動118
凍空《いてぞら》……天027
凍滝《いてだき》……地052
凍《いて》つく……時021
凍鶴《いてづる》★……動109
凍蠅《いてはえ》……動122
凍蜂《いてばち》……動122
凍晴《いてばれ》……時021
凍星《いてぼし》……天028
凍道《いてみち》……時021
凍港《いてみなと》……時021
凍靄《いてもや》……時021
いぬぞり……生173
犬鷲《いぬわし》……動099
亥《い》の子《こ》……行195
亥《い》の子石《こいし》……行195
亥《い》の子突《こづき》……行195
亥《い》の子餅《こもち》……行195
今川焼《いまがわやき》……生145
イヤーマフ……生138
いよめ……動107
海豚《いるか》……動098
色足袋《いろたび》……生139
囲炉裏《いろり》……生167
囲炉裏《いろり》開《ひら》く……生169
鰯《いわし》の頭挿《あたまさ》す……行208
インバネス……生136

う

筌《うえ》……生191
魚《うお》すき……生151
浮鳥《うきどり》……動104
浮寝鳥《うきねどり》……動104
兎《うさぎ》……動096
兎網《うさぎあみ》……生190
兎狩《うさぎがり》……生190
兎罠《うさぎわな》……生190
丑紅《うしべに》……生189
埋火《うずみび》……生166
うちむらさき……植067
善知鳥《うとう》……動110
饂飩《うどん》すき……生151
馬下《うまさ》げ……生187
馬下《うまさ》げる……生187
海凍《うみこお》る……地053
海雀《うみすずめ》……動110
海雀《うみすずめ》(河豚《ふぐ》)……動114
梅探《うめさぐ》る……生130
梅初月《うめはつづき》……時011
梅早《うめはや》し……植056
潤目鰯《うるめいわし》……動117
運気蕎麦《うんきそば》……行204
温州蜜柑《うんしゅうみかん》……植066

え

蝦夷鼬《えぞいたち》……動095
枝打《えだうち》……生187
越後兎《えちごうさぎ》……動096
越前蟹《えちぜんがに》……動119
越冬燕《えっとうつばめ》……動104
越年蝶《えつねんちょう》……動121
恵比須市《えびすいち》……行212
夷切《えびすぎれ》……行212
恵比須講《えびすこう》……行212
絵屏風《えびょうぶ》……生164
絵襖《えぶすま》……生164
烏帽子貝《えぼしがい》……動121
襟巻《えりまき》……生138

お

負《お》い半纏《ばんてん》……生133
王祇祭《おうぎさい》……行218
大蕪《おおかぶ》……植086
狼《おおかみ》……動096
大北風《おおぎた》……天029
大木葉木菟《おおこのはずく》……動103
大霜《おおしも》……天036
大《おお》つごもり……時014
大年《おおどし》……時014
大年越《おおとしこし》……時015
おおね……植085
オーバー……生136
オーバーコート……生136
大白鳥《おおはくちょう》……動109
大鰤《おおぶり》……動113
大晦日《おおみそか》……時014
大三十日《おおみそか》……時014
大鷲《おおわし》……動099
大綿《おおわた》……動123
おかめ市《いち》……行198
置炬燵《おきごたつ》……生167
沖《おき》すき……生151
翁忌《おきなき》……行219
翁《おきな》の日《ひ》……行219
お講《こう》……行214
御高祖頭巾《おこそずきん》……生137
納大師《おさめだいし》……行217
納札《おさめふだ》……行204
納《おさ》め八日《ようか》……行199
おし……動105
押《お》しくら饅頭《まんじゅう》……生175

鴛鴦《おしどり》……動105
匹鳥《おしどり》……動105
鴛鴦《おし》の浮寝《うきね》……動105
鴛鴦《おし》の沓《くつ》……動105
鴛鴦《おし》の契《ちぎり》……動105
鴛鴦《おし》の妻《つま》……動105
お霜月《しもつき》……行214
おじや……生142
お十夜《じゅうや》……行210
尾白鷲《おじろわし》……動099
お歳暮《せいぼ》……生126
落鱚《おちぎす》……動116
落鱸《おちすずき》〔鱸〕……秋・動
落葉《おちば》★……植070
落葉風《おちばかぜ》……植070
落葉焚《おちばたき》……生171
落葉焚《おちばた》く……植070
落葉時《おちばどき》……植070
落葉《おちば》の雨《あめ》……植070
落葉《おちば》の時雨《しぐれ》……植070
落葉掃《おちばは》く……植070
越年蝶《おつねんちょう》……動121
おでん……生152
お取越《とりこし》……行214
お酉《とり》さま……行198
尾長鴨《おながもも》〔鴨〕……動105
鬼《おに》の豆《まめ》……行208
鬼《おに》の目《め》さし……行208
鬼《おに》は外《そと》……行208
鬼《おに》やらひ★……行208
斧仕舞《おのじまい》……生187
おひえ……生131
おひたき……行211
帯解《おびとき》……行197
御仏名《おぶつみょう》……行217
御火焚《おほたき》……行211
お火焼《ほたき》……行211
御神渡《おみわたり》……地053
思羽《おもいば》……動105
親蟹《おやがに》〔ずわい蟹〕……動119
温室《おんしつ》……生186
温石《おんじゃく》……生169
御祭《おんまつり》……行216
カーディガン……生136

か

カーペット……生164
回青橙《かいせいとう》……植067
開戦《かいせん》の日《ひ》……行199
鳰《かいつぶり》……動107
かいつむり……動107
外套《がいとう》……生136
掻巻《かいまき》……生131
貝焼《かいやき》……生147
懐炉《かいろ》……生169
懐炉灰《かいろばい》……生169
懐炉焼《かいろやけ》……生169
帰咲《かえりざき》……植057
帰《かえ》り花《ばな》★……植057
返《かえ》り花《ばな》……植057
顔見世《かおみせ》……生174
案山子揚《かかしあげ》……行196
牡蠣《かき》★……動120
牡蠣打《かきうち》……動120
柿落葉《かきおちば》……植070
牡蠣殻《かきがら》……動120
牡蠣雑炊《かきぞうすい》……生142
牡蠣田《かきた》……動120
書出《かきだ》し……生127
牡蠣鍋《かきなべ》……生193
牡蠣船《かきぶね》……生193
牡蠣剥《かきむ》く……生193
かき餅《もち》……生141
牡蠣料理《かきりょうり》……生193
牡蠣割女《かきわりめ》……生193
牡蠣割《かきわ》る……生193
杜父魚《かくぶつ》……動115
杜夫魚《かくぶつ》……動115
角巻《かくまき》……生135
神楽《かぐら》……行213
神楽歌《かぐらうた》……行213
神楽月《かぐらづき》……時010
掛乞《かけごい》……生127
影冴《かげさ》ゆる……時022
懸大根《かけだいこん》……生185
掛取《かけとり》……生127
懸菜《かけな》……生186
掛衾《かけぶすま》……生131
掛蒲団《かけぶとん》……生132
風垣《かざがき》……生159
風囲《かざがこい》……生159
風邪声《かざごえ》……生179
重《かさ》ね着《ぎ》……生133
風花《かざはな》……天039
風除《かざよけ》……生159
飾売《かざりうり》……行200
火事《かじ》……生171
火事跡《かじあと》……生171
悴《かじか》む……生181
かじけ鳥《どり》……動100
かじけ猫《ねこ》……動097
加湿器《かしつき》……生170
鍛冶祭《かじまつり》……行211
火事見舞《かじみまい》〔火事〕……生172
賀状書《がじょうか》く……生127
春日万灯籠《かすがまんとうろう》……行219
春日若宮御祭《かすがわかみやおんまつり》……行216
粕汁《かすじる》……生149
ガスストーブ……生165
風邪《かぜ》★……生179
華臍魚《かせいぎょ》……動114
風邪薬《かぜぐすり》……生179
風邪心地《かぜごこち》……生179

風冴《かざさ》ゆ……天 029
風冴《かざさ》ゆる……時 022
数《かぞ》へ日《び》……時 013
肩掛《かたかけ》……生 139
堅炭《かたずみ》……生 165
門松立《かどまつた》つ……行 203
門松《かどまつ》の営《いとなみ》……行 203
カトレア……植 080
方頭魚《かながしら》……動 111
金頭《かながしら》……動 111
金槱《かねかんじき》……生 172
鐘冴《かねさ》ゆる……時 022
黴餅《かびもち》……生 140
蕪《かぶ》……植 086
歌舞伎顔見世《かぶきかおみせ》……生 174
歌舞伎正月《かぶきしょうがつ》……生 174
冑蝶《かぶとちょう》……動 104
蕪菁《かぶら》……植 086
蕪汁《かぶらじる》……生 148
蕪鮓《かぶらずし》……生 142
かぶらな……植 086
蕪菁干《かぶらほ》す……生 186
蕪蒸《かぶらむし》……生 153
鎌鼬《かまいたち》……天 030
鎌風《かまかぜ》……天 030
竈猫《かまどねこ》……動 097
神遊《かみあそび》……行 213
神在月《かみありづき》……時 006
神有月《かみありづき》……時 006
神在祭《かみありまつり》……行 209
髪置《かみおき》……行 196
神送《かみおくり》……行 209
紙懐炉《かみかいろ》……生 169
神帰月《かみかえりづき》……時 010
紙子《かみこ》……生 134
紙衣《かみこ》……生 134
神去《かみさ》り月《づき》……時 006
紙漉《かみすき》……生 188
紙漉女《かみすきめ》……生 188
神立《かみたち》……行 209
かみなりうお……動 110
神《かみ》の旅《たび》……行 209
神《かみ》の旅立《たびだち》……行 209
神《かみ》の留守《るす》……行 209
紙干場《かみほしば》……生 188
神迎《かみむかえ》……行 209
亀《かめ》の子半纏《こばんてん》……生 133
鴨《かも》★……動 105
鴨打《かもうち》……動 105
羚羊《かもしか》……動 094
氈鹿《かもしか》……動 094
かもしし……動 094
鴨鍋《かもなべ》……動 105
貝焼《かやき》……生 147
唐梅《からうめ》……植 057
空風《からかぜ》……天 029
唐紙《からかみ》……生 164
乾鮭《からざけ》……生 155
からさで……行 210
神等去出《からさで》の神事《しんじ》……行 210
落葉松落葉《からまつおちば》……植 069
落葉松散《からまつち》る……植 069
辛味大根《からみだいこん》……植 085
狩《かり》……生 189
狩《かり》の宿《やど》……生 189
狩場《かりば》……生 189
枯《か》る……植 077
枯蘆《かれあし》……植 088
枯芦《かれあし》……植 088
枯葦《かれあし》……植 088
枯葦原《かれあしはら》……植 088
枯銀杏《かれいちょう》……植 074
枯公孫樹《かれいちょう》……植 074
枯枝《かれえだ》……植 074
枯尾花《かれおばな》……植 088
枯柏《かれかしわ》……植 076
枯木《かれき》★……植 074
枯菊《かれぎく》……植 079
枯菊焚《かれぎくた》く……植 079
枯木星《かれきぼし》……植 074
枯木道《かれきみち》……植 074
枯木宿《かれきやど》……植 074
枯草《かれくさ》……植 087
枯桑《かれくわ》……植 075
枯欅《かれけやき》……植 074
枯木立《かれこだち》……植 074
枯桜《かれざくら》……植 058
枯芝《かれしば》……植 089
枯芒《かれすすき》……植 088
枯薄《かれすすき》……植 088
枯園《かれその》……地 046
枯蔦《かれつた》……植 076
枯蔓《かれづる》……植 077
枯蟷螂《かれとうろう》……動 124
枯庭《かれにわ》……地 046
枯野《かれの》★……地 045
枯野人《かれのびと》……地 045
枯野道《かれのみち》……地 045
枯野宿《かれのやど》……地 045
枯葉《かれは》……植 070
枯萩《かれはぎ》……植 075
枯芭蕉《かればしょう》……植 083
枯蓮《かれはす》……植 083
枯《かれ》はちす……植 083
枯原《かれはら》……地 045
枯葎《かれむぐら》……植 089
枯柳《かれやなぎ》……植 075
枯山《かれやま》……地 044
川涸《かわか》る……地 047
皮衣《かわごろも》……生 134
裘《かわごろも》……生 134
革足袋《かわたび》……生 139
川千鳥《かわちどり》……動 106
皮手袋《かわてぶくろ》……生 139

川普請《かわぶしん》……生188
寒《かん》……時017
寒鴉《かんあ》……動103
寒茜《かんあかね》……天043
寒威《かんい》……時020
寒苺《かんいちご》……植065
寒雲《かんうん》……天027
寒泳《かんえい》……生178
寒猿《かんえん》……動097
寒鶯《かんおう》……動101
寒泳《かんおよ》ぎ……生178
かんかい……動116
寒霞《かんがすみ》……天042
寒固《かんがため》……時016
寒鴉《かんがらす》……動103
寒鰈《かんがれい》……動115
寒雁《かんがん》……動100
寒気《かんき》……時020
雁木《がんぎ》……生160
雁木《がんぎ》市《いち》……生160
寒菊《かんぎく》……植079
寒《かん》きびし……時022
寒暁《かんぎょう》……時018
寒行《かんぎょう》……行218
寒禽《かんきん》……動100
寒九《かんく》……時017
寒苦《かんく》……時020
寒喰《かんぐい》……生152
寒苦鳥《かんくちょう》……動100
寒九《かんく》の雨《あめ》……天033
寒九《かんく》の水《みず》……地048
寒月《かんげつ》……天027
寒犬《かんけん》……動097
寒鯉《かんごい》★……動118
寒鯉釣《かんごいつり》……動118
寒江《かんこう》……地048
寒耕《かんこう》……生184
寒紅梅《かんこうばい》……植056
寒肥《かんごえ》……生186
寒《かん》ごやし……生186
寒垢離《かんごり》……行218
関西震災忌《かんさいしんさいき》……行207
寒桜《かんざくら》……植058
燗酒《かんざけ》……生143
寒曝《かんざらし》……生156
寒晒《かんざらし》……生156
寒晒粉《かんざらしこ》……生156
樏《かんじき》……生172
寒蜆《かんしじみ》……動121
甘蔗刈《かんしょかり》……生184
寒漉《かんすき》……生188
寒雀《かんすずめ》……動102
寒昴《かんすばる》……天028
寒菫《かんすみれ》……植090
寒星《かんせい》……天028
寒施行《かんせぎょう》……生130
寒芹《かんぜり》……植086
寒泉《かんせん》……地047
寒薔薇《かんそうび》……植059
寒鯛《かんだい》……動117
寒柝《かんたく》……生171
寒卵《かんたまご》……生156
寒玉子《かんたまご》……生156
寒中《かんちゅう》……時017
寒中水泳《かんちゅうすいえい》……生178
寒中見舞《かんちゅうみまい》……生130
寒潮《かんちょう》……地050
寒造《かんづくり》……生157
寒造酒《かんづくりざけ》……生157
寒椿《かんつばき》……植060
寒釣《かんづり》……生194
寒天《かんてん》……天027
寒天《かんてん》晒《さら》す……生157
寒天製《かんてんせい》す……生157
寒天造《かんてんつく》る……生157
寒天《かんてん》干《ほ》す……生157
寒濤《かんとう》……地049
寒灯《かんとう》……生162
関東煮《かんとうだき》……生152
神無月《かんなづき》……時006
寒馴《かんな》れ……動118
寒念仏《かんねぶつ》……行218
寒念仏《かんねんぶつ》……行218
寒《かん》の雨《あめ》……天033
寒《かん》の入《いり》……時016
寒《かん》の内《うち》★……時017
寒《かん》の滝《たき》……地052
寒《かん》の水《みず》……地048
寒《かん》の鵙《もず》……動101
寒《かん》の餅《もち》……生141
寒波《かんぱ》……時022
寒梅《かんばい》……植056
寒鮠《かんばや》……動118
寒晴《かんばれ》……天026
寒緋桜《かんひざくら》……植058
寒雲雀《かんひばり》……動102
寒日和《かんびより》……天026
寒鮃《かんびらめ》……動115
寒風《かんぷう》……天029
寒鮒《かんぶな》……動118
寒鰤《かんぶり》★……動113
寒紅《かんべに》……生189
寒紅売《かんべにうり》……生189
寒暮《かんぼ》……時018
感冒《かんぼう》……生179
寒木《かんぼく》……植072
寒北斗《かんほくと》……天028
寒木瓜《かんぼけ》……植062
寒牡丹《かんぼたん》……植059
寒鰡《かんぼら》……動115
寒参《かんまいり》……行218
寒見舞《かんみまい》……生130
寒詣《かんもうで》……行218
寒餅《かんもち》……生141
寒餅搗《かんもちつ》く……生141

寒夜《かんや》……時019
寒八目《かんやつめ》……動119
寒夕焼《かんゆうやけ》……天043
寒雷《かんらい》……天041
寒蘭《かんらん》……植091
寒林《かんりん》……植073
寒冷《かんれい》……時020

き

菊枯《きくか》る……植079
義士《ぎし》討入《うちいり》の日《ひ》……行214
義士会《ぎしかい》……行214
北風《きた》……天029
北颪《きたおろし》〔冬の風〕……天029
北風《きたかぜ》……天029
北狐《きたきつね》……動094
北時雨《きたしぐれ》……天031
北吹《きたふ》く……天029
北塞《きたふさ》ぐ……生158
北窓塞《きたまどふさ》ぐ……生158
狐《きつね》……動094
狐落《きつねおと》し……生190
狐釣《きつねつり》……生190
狐《きつね》の提灯《ちょうちん》(狐火《きつねび》)……地054
狐火《きつねび》……地054
狐罠《きつねわな》……生190
きな粉餅《こもち》……生140
黄肌《きはだ》……動111
木華《きばな》……天035
甘蔗刈《きびかり》……生184
着《き》ぶくれ……生133
木まぶり……植068
木守《きまもり》……植068
きも和《あえ》……生150
木守柿《きもりがき》……植068
木守柚子《きもりゆず》……植068
客土《きゃくど》……生184
急霰《きゅうさん》……天034
九州場所《きゅうしゅうばしょ》……生174
九冬《きゅうとう》……時006
牛鍋《ぎゅうなべ》……生151
吸入器《きゅうにゅうき》……生170
きりたんぽ……生150
切干《きりぼし》……生158
金屏《きんびょう》……生164
銀屏《ぎんびょう》……生164
金屏風《きんびょうぶ》……生164
銀屏風《ぎんびょうぶ》……生164
勤労感謝《きんろうかんしゃ》の日《ひ》……行198

く

空也念仏《くうやねんぶつ》……行212
空也和讃《くうやわさん》……行212
釘打《くぎうち》……生175
茎圧《くきお》す……生154
茎漬《くきづけ》……生154
茎《くき》の石《いし》……生154
茎《くき》の桶《おけ》……生154
茎《くき》の水《みず》……生154
鵠《くぐい》……動109
草枯《くさか》る……植087
草枯《くさがれ》……植087
草珊瑚《くささんご》……植063
嚔《くさめ》……生180
くしゃみ……生180
鯨《くじら》★……動098
葛湯《くずゆ》……生144
薬喰《くすりぐい》……生152
口切《くちきり》……生169
口切茶会《くちきりちゃかい》……生169
口切茶事《くちきりちゃじ》……生169
くっさめ……生180
九年母《くねんぼ》……植066
首巻《くびまき》……生138
熊《くま》……動093
熊穴《くまあな》に入《い》る……動093
熊狩《くまがり》……生190
熊突《くまつき》……生190
熊手《くまで》……行198
熊手市《くまでいち》……行198
熊猟《くまりょう》……生190
熊罠《くまわな》……生190
クリスマス……行201
クリスマスイヴ……行201
クリスマスカクタス……植081
クリスマスローズ……植081
狂咲《くるいざき》……植057
狂花《くるいばな》……植057
暮《くれ》……時012
暮市《くれいち》……生129
暮《くれ》の市《いち》……生129
暮早《くれはや》し……時018
黒川能《くろかわのう》……行218
黒狐《くろぎつね》……動094
黒鶴《くろづる》〔鶴〕……動108
黒鮪《くろまぐろ》〔鮪〕……動111
桑枯《くわか》る……植075

け

毛糸《けいと》……生140
毛糸編《けいとあ》む……生140
毛糸玉《けいとだま》……生140
毛皮《けがわ》……生134
毛皮売《けがわうり》……生134
毛衣《けごろも》……生134
今朝《けさ》の冬《ふゆ》……時007
消炭《けしずみ》……生165
結氷《けっぴょう》……地051
結氷湖《けっぴょうこ》……地053
獣狩《けものがり》……生189
欅枯《けやきか》る……植074

ゲレンデ……生177
厳寒《げんかん》……時022
玄猪《げんちょ》……行195
けんちん……生149
けんちん汁《じる》……生149
玄帝《げんてい》……時006
玄冬《げんとう》……時006
厳冬《げんとう》……時022

こ

楮晒《こうぞさら》す……生188
楮蒸《こうぞむ》す……生188
降誕祭《こうたんさい》……行201
こうばく蟹《がに》……動119
高野豆腐《こうやどうふ》……生157
高麗狐《こうらいぎつね》……動094
後宴《ごえん》の能《のう》……行216
コート……生136
氷《こおり》★……地051
氷《こおり》あられ……天034
氷切《こおりき》る……生194
氷滑《こおりすべり》……生177
氷豆腐《こおりどうふ》……生157
氷張《こおりは》る……地051
氷挽《こおりひ》く……生194
氷結《こおりむす》ぶ……地051
氷餅《こおりもち》……生142
凍《こお》る……時020
氷《こお》る……時020
小蕪《こかぶ》……植086
小鴨《こがも》……動105
凩《こがらし》★……天029
木枯《こがらし》……天029
極月《ごくげつ》……時011
黒鳥《こくちょう》……動109
黒帝《こくてい》……時006
凍《こご》ゆ……時020
凝鮒《こごりぶな》……生153
腰障子《こししょうじ》……生163
腰蒲団《こしぶとん》……生132
御正忌《ごしょうき》……行214
小袖《こそで》……生131
炬燵《こたつ》★……生167
炬燵板《こたついた》……生167
炬燵猫《こたつねこ》……動097
炬燵開《こたつひら》く……生167
炬燵蒲団《こたつぶとん》……生167
炬燵櫓《こたつやぐら》……生167
小千鳥《こちどり》……動106
酷寒《こっかん》……時022
極寒《ごっかん》……時022
小晦日《こつごもり》……時013
事納《ことおさめ》……行199
事始《ことはじめ》(正月事始《しょうがつのことはじめ》)……行200
事始《ことはじめ》の餅《もち》……行200
粉雪《こなゆき》……天037
後日《ごにち》の能《のう》……行216
このこ……動120
木《こ》の葉《は》……植069
木《こ》の葉雨《はあめ》……植069
木《こ》の葉髪《はがみ》……生183
木《こ》の葉時雨《はしぐれ》……植069
木《こ》の葉散《はち》る……植069
海鼠腸《このわた》……生155
小春《こはる》……時008
小春空《こはるぞら》……時008
小春凪《こはるなぎ》……時008
小春日《こはるび》……時008
小春日和《こはるびより》……時008
氷下魚《こまい》……動116
氷下魚釣《こまいつ》る……動116
小松菜《こまつな》……植084
菰巻《こもまき》……生160
木守《こもり》……植068
木守柿《こもりがき》……植068
子守半纏《こもりばんてん》……生133
木守柚子《こもりゆず》……植068
御用納《ごようおさめ》……行204
御用終《ごようじまい》……行204
小夜着《こよぎ》……生131
暦売《こよみうり》……生128
暦配《こよみくばり》……生128
暦果《こよみは》つ……生128
小六月《ころくがつ》……時008
五郎助《ごろすけ》……動103
巨頭鯨《ごんどうくじら》……動098
蒟蒻玉干《こんにゃくだまほ》す……生184
蒟蒻掘《こんにゃくほ》る……生184

さ

歳晩《さいばん》……時012
採氷《さいひょう》……生194
細氷《さいひょう》……天036
砕氷船《さいひょうせん》……生194
歳末《さいまつ》……時012
冴《さ》え……時022
鷺足《さぎあし》……生175
朔風《さくふう》……天029
酒《さけ》の粕《かす》……生149
笹熊《ささぐま》……動093
笹子《ささご》……動102
笹鳴《ささなき》……動102
小鳴《ささなき》……動102
ざざ虫《むし》……動124
細雪《ささめゆき》……天037
山茶花《さざんか》★……植060
茶梅《さざんか》……植060
薩摩汁《さつまじる》……生148
座頭鯨《ざとうくじら》……動098
里神楽《さとかぐら》……行213
朱欒《ざぼん》……植067
寒《さむ》き朝《あさ》……時018
寒《さむ》き夜《よ》……時019
寒《さむ》さ……時020

寒《さむ》し★……時020
寒空《さむぞら》……天027
鮫《さめ》……動110
冴《さ》ゆ……時022
小夜時雨《さよしぐれ》……天031
猿子《さるこ》……生132
三寒《さんかん》……時022
三寒四温《さんかんしおん》……時022
サンタクロース……行201
三冬《さんとう》……時006
三《さん》の酉《とり》……行198
ざんぼ……植067
ざんぼあ……植067

し

塩鮭《しおざけ》……生155
しおじゃけ……生155
塩引鮭《しおびき》……生155
四温《しおん》……時022
四温日和《しおんびより》……時022
敷衾《しきぶすま》……生131
敷蒲団《しきぶとん》……生132
敷松葉《しきまつば》……生169
時雨《しぐれ》★……天031
時雨傘《しぐれがさ》……天031
時雨忌《しぐれき》……行219
時雨雲《しぐれぐも》……天031
時雨月《しぐれづき》……時006
しぐれ虹《にじ》……天043
仕事納《しごとおさめ》……行204
猪鍋《ししなべ》……生151
柳葉魚《ししゃも》……動116
ししゃも焼《や》く……動116
しずり……天040
しずり雪《ゆき》……天040
しずれ……天040
慈善鍋《じぜんなべ》……生126
歯朶刈《しだかり》……行202
羊歯刈《しだかり》……行202
七五三《しちごさん》……行196
七五三《しちごさん》の祝《いわい》……行196
しづり……天040
芝枯《しばか》る……植089
しび……動111
地吹雪《じふぶき》……天039
終弘法《しまいこうぼう》……行217
終大師《しまいだいし》……行217
終天神《しまいてんじん》……行217
島寒菊《しまかんぎく》……植079
しまき……天040
しまき雲《ぐも》……天040
凍豆腐《しみどうふ》……生157
凍豆腐造《しみどうふつく》る……生157
凍《し》む……時020
七五三《しめ》祝《いわい》……生196
注連飾《しめかざ》る……行203
注連作《しめつくり》……行202
注連綯《しめな》う……行202
霜《しも》★……天036
霜覆《しもおおい》……生159
霜囲《しもがこい》……生159
霜枯《しもが》る……植077
霜枯《しもがれ》……植077
霜月《しもつき》……時010
霜月会《しもつきえ》……行213
霜月神楽《しもつきかぐら》……行213
霜月鰈《しもつきがれい》……動115
霜《しも》の菊《きく》……植079
霜《しも》の声《こえ》……天036
霜《しも》の鶴《つる》……動109
霜《しも》の花《はな》……天036
霜柱《しもばしら》……地050
霜晴《しもばれ》……天036
霜腫《しもばれ》……生182
霜降月《しもふりづき》……時010
霜焼《しもやけ》……生182
霜夜《しもよ》……時019
霜除《しもよけ》……生159
霜夜《しもよ》の鶴《つる》……動109
社会鍋《しゃかいなべ》……生126
借銭乞《しゃくせんごい》……生127
ジャケツ……生136
ジャケット……生136
蝦蛄仙人掌《しゃこさぼてん》……植081
蝦蛄葉仙人掌《しゃこばさぼてん》……植081
蛇《じゃ》の髯《ひげ》の実《み》……植091
ジャンパー……生136
十一月《じゅういちがつ》……時007
十一月場所《じゅういちがつばしょ》……生174
十月桜《じゅうがつざくら》……植058
絨毯《じゅうたん》……生164
十二月《じゅうにがつ》……時010
十二月八日《じゅうにがつようか》……行199
十夜《じゅうや》……行210
十夜粥《じゅうやがゆ》……行210
十夜僧《じゅうやそう》……行210
十夜寺《じゅうやでら》……行210
十夜婆《じゅうやばば》……行210
手套《しゅとう》……生139
樹氷《じゅひょう》……天035
樹氷林《じゅひょうりん》……天035
撞木鮫《しゅもくざめ》……動110
狩猟《しゅりょう》……生189
春星忌《しゅんせいき》……行220
生姜酒《しょうがざけ》……生144
正月事始《しょうがつのことはじめ》……行200
生姜湯《しょうがゆ》……生144
小寒《しょうかん》……時017
聖護院蕪《しょうごいんかぶ》……植086
聖護院大根《しょうごいんだいこん》……植085
障子《しょうじ》……生163
猩々木《しょうじょうぼく》……植062
小雪《しょうせつ》……時008
成道会《じょうどうえ》……行214

消防車《しょうぼうしゃ》〔火事〕……生172
ショール……生139
除夕《じょせき》……時015
除雪《じょせつ》……生161
除雪車《じょせつしゃ》……生162
除雪隊《じょせつたい》……生161
塩汁《しょっつる》……生149
塩汁貝焼《しょっつるかやき》……生149
塩汁鍋《しょっつるなべ》……生149
初冬《しょとう》……時006
除夜《じょや》……時015
除夜《じょや》の宴《えん》……生128
除夜《じょや》の鐘《かね》★……行206
除夜《じょや》の湯《ゆ》……行205
除夜詣《じょやもうで》……行206
白息《しらいき》……生181
白熊《しろくま》……動093
白粉婆《しろこばば》……動123
白炭《しろずみ》……生165
白足袋《しろたび》……生139
白長須鯨《しろながすくじら》……動098
白南天《しろなんてん》……植064
師走《しわす》★……時011
師走《しわす》の市《いち》……生129
しわぶき……生180
新嘗祭《しんじょうさい》……行197
新沢庵《しんたくあん》……生157
新漬沢庵《しんづけたくあん》……生157
神農《しんのう》さん……行212
神農祭《しんのうさい》……行212
新海苔《しんのり》……生156
親鸞忌《しんらんき》……行214

す

水禽《すいきん》……動104
水仙《すいせん》★……植082
水仙花《すいせんか》……植082
すが漏《も》り……生173
すが漏《も》れ……生173
スキー……生177
スキー場《じょう》……生177
スキー帽《ぼう》……生177
スキーヤー……生177
スキー宿《やど》……生177
スキー列車《れっしゃ》……生177
隙間風《すきまかぜ》……天030
隙間張《すきまばり》……生159
隙間張《すきまは》る……生159
すき焼《やき》……生151
鋤焼《すきやき》……生151
頭巾《ずきん》……生137
木菟《ずく》……動103
酢茎《すぐき》……生154
酸茎《すぐき》……生154
酢茎売《すぐきうり》……生154
スケーター……生177
スケート……生177
スケート場《じょう》……生177
助宗鱈《すけそうだら》……動112
介党鱈《すけとうだら》……動112
煤《すす》おろし……行200
鈴鴨《すずがも》〔鴨〕……動105
煤籠《すすごもり》……行200
煤竹《すすだけ》……行200
煤竹売《すすだけうり》……行200
煤逃《すすにげ》……行200
煤《すす》の日《ひ》……行200
煤掃《すすはき》……行200
煤払《すすはらい》……行200
煤見舞《すすみま》い……行200
煤湯《すすゆ》……行200
スチーム……生164
ストーブ……生165
酢海鼠《すなまこ》……動120
スノーチェーン……生173
スノーモビル……生173
炭《すみ》……生165
炭馬《すみうま》……生187
炭売《すみうり》……生165
炭負《すみおい》……生187
炭車《すみぐるま》……生187
角頭巾《すみずきん》……生137
炭俵《すみだわら》……生165
炭斗《すみとり》……生165
炭納屋《すみなや》……生165
住江牡蠣《すみのえがき》……動120
炭《すみ》の香《か》……生165
炭火《すみび》……生165
炭挽《すみひ》く……生165
炭焼《すみやき》……生187
炭焼夫《すみやきふ》……生187
炭焼《すみや》く……生187
スモッグ……天042
ずわい蟹《がに》……動119
据《す》り蕪《かぶ》……植086
スワン……動109

せ

聖歌《せいか》……行201
聖菓《せいか》……行201
聖樹《せいじゅ》……行201
歳暮《せいぼ》……生126
歳暮祝《せいぼいわい》……生126
歳暮《せいぼ》の礼《れい》……生126
聖夜《せいや》……行201
セーター……生136
咳《せき》……生180
石炭《せきたん》……生166
石炭《せきたん》ストーブ……生165
石油《せきゆ》ストーブ……生165
咳《せ》く……生180
世田谷《せたがや》のぼろ市《いち》……行216
節季市《せっきいち》……生129

雪原《せつげん》……地045
雪山《せつざん》の鳥《とり》……動100
雪上車《せつじょうしゃ》……生173
節分《せつぶん》★……時025
雪嶺《せつれい》……地044
背蒲団《せなぶとん》……生132
背美鯨《せみくじら》……動098
千枚漬《せんまいづけ》……生154
仙蓼《せんりょう》……植063
千両《せんりょう》……植063

そ

雑炊《ぞうすい》……生142
漱石忌《そうせきき》……行220
早梅《そうばい》……植056
底冷《そこび》え……時020
蕎麦掻《そばがき》……生145
蕎麦掻餅《そばかいもち》……生145
そめの年《とし》取《と》り……行196
橇《そり》……生173
雪舟《そり》……生173
雪車《そり》……生173
橇《そり》の鈴《すず》……生173

た

大火《たいか》……生171
大寒《だいかん》……時017
だいこ……植085
大根《だいこ》洗《あら》う……生185
大黒頭巾《だいこくずきん》……生137
大根焚《だいこたき》……行215
だいこ引《び》き……生184
太鼓焼《たいこやき》……生145
大根《だいこん》★……植085
大根洗《だいこんあら》ふ……生185
大根馬《だいこんうま》……生184
大根車《だいこんぐるま》……生184
大根漬《だいこんつ》ける……生157
大根引《だいこんひき》……生184
大根引《だいこんひ》く……生184
大根干《だいこんほ》す……生185
大師粥《だいしがゆ》……行213
大師講《だいしこう》……行213
待春《たいしゅん》……時023
大嘗祭《だいじょうさい》……行197
大雪《たいせつ》……時010
橙《だいだい》……植067
鯛焼《たいやき》……生146
鯛焼屋《たいやきや》……生146
ダイヤモンドダスト……天036
平貝《たいらがい》……動121
玉珧《たいらぎ》……動121
鷹《たか》……動098
高足《たかあし》……生175
鷹狩《たかがり》……生191
鷹匠《たかじょう》……生191
鷹野《たかの》……生191
鷹《たか》の鈴《すず》……生191
鷹場《たかば》……生191
鷹猟《たかりょう》……生191
滝《たき》涸《か》る……地047
滝凍《たきこお》る……地052
焚火《たきび》★……生171
焚火跡《たきびあと》……生171
焚火守《たきびもり》……生171
沢庵大根《たくあんだいこん》……植085
沢庵漬製《たくあんづけせい》す……生157
沢庵漬《たくあんつ》ける……生157
巧婦鳥《たくみどり》……動104
竹馬《たけうま》……生175
田鳧《たげり》……動106
畳替《たたみがえ》……生163
踏鞴祭《たたらまつり》……行211
竹瓮《たっぺ》……生191
たっぺ……生191
炭団《たどん》……生166
狸《たぬき》……動095
狸狩《たぬきがり》……生190
狸罠《たぬきわな》……生190
たのき……動095
足袋《たび》……生139
足袋洗《たびあら》う……生139
足袋干《たびほ》す……生139
玉霰《たまあられ》……天034
玉子酒《たまござけ》……生143
卵酒《たまござけ》……生143
卵雑炊《たまごぞうすい》……生142
玉珊瑚《たまさんご》……植065
だまっこ汁《じる》……生150
鱈《たら》……動111
雪魚《たら》……動111
鱈子《たらこ》……動111
鱈場蟹《たらばがに》……動119
多羅波蟹《たらばがに》……動119
垂氷《たるひ》……地052
短景《たんけい》……時018
短日《たんじつ》★……時018
丹前《たんぜん》……生134
丹頂《たんちょう》……動108
緞通《だんつう》……生164
暖冬《だんとう》……時009
探梅《たんばい》★……生130
湯婆《たんぽ》……生168
暖房《だんぼう》……生164
煖房《だんぼう》……生164
暖房車《だんぼうしゃ》……生164
たんぽ鍋《なべ》……生150
暖炉《だんろ》……生165
煖炉《だんろ》……生165

ち

智慧粥《ちえがゆ》……行213
稚児隼《ちごはやぶさ》……動099
秩父祭《ちちぶまつり》……行214

秩父夜祭《ちちぶよまつり》……行214
千歳飴《ちとせあめ》……行196
千鳥《ちどり》……動106
鵆《ちどり》……動106
茶《ちゃ》の花《はな》★……植061
ちゃんちゃんこ……生132
仲冬《ちゅうとう》……時009
沢鵟《ちゅうひ》……動098
長元坊《ちょうげんぼう》……動099
手斧仕舞《ちょうなじまい》……生187
散紅葉《ちりもみじ》……植069
賃餅《ちんもち》……行203

つ

衝立《ついたて》……生164
追儺《ついな》……行208
月氷《つきこお》る……天027
月冴《つきさ》ゆる……時022
月輪熊《つきのわぐま》……動093
附《つ》け……生127
つごもり蕎麦《そば》……行204
蔦枯《つたか》る……植076
土曳《つちひき》……生184
綱飛《つなとび》……生175
壺焼芋《つぼやきいも》……生145
冷《つめ》たし……時020
面見世《つらみせ》……生174
氷柱《つらら》★……地052
鶴《つる》……動108
鶴凍《つるい》つ……動109
石蕗《つわ》の花《はな》……植080
橐吾《つわ》の花《はな》……植080
石蕗《つわぶき》の花《はな》……植080

て

手焙《てあぶり》……生168
てっちり……生151
手袋《てぶくろ》……生139
貂《てん》……動095
電気炬燵《でんきごたつ》……生167
電気《でんき》ストーブ……生165
電気毛布《でんきもうふ》……生135
天皇誕生日《てんのうたんじょうび》……行201

と

凍海《とうかい》……地053
冬景《とうけい》……地046
凍結湖《とうけつこ》……地053
凍湖《とうこ》……地053
冬耕《とうこう》……生184
冬至《とうじ》★……時011
冬至南瓜《とうじかぼちゃ》……時011
冬至粥《とうじがゆ》……行201
杜氏来《とうじきた》る……生156
冬至梅《とうじばい》……植056
冬至風呂《とうじぶろ》……行201
冬至餅《とうじもち》……時011
冬至湯《とうじゆ》……行201
凍傷《とうしょう》……生182
桃青忌《とうせいき》……行219
冬泉《とうせん》……地047
冬暖《とうだん》……時009
冬帝《とうてい》……時006
冬天《とうてん》……天027
頭《とう》の芋《いも》……行198
冬眠《とうみん》……動093
冬麗《とうれい》……天026
蟷螂枯《とうろうか》る……動124
遠火事《とおかじ》……生171
十日夜《とおかんや》……行195
通《とお》し燕《つばめ》……動104
鳥叫《とさけ》び……生191
年歩《としあゆ》む……時013
年移《としうつ》る……時015
年送《としおく》る……時013
年惜《としお》しむ……時014
年木樵《としきこり》〔年木〕……新年・生272
年暮《としく》る……時012
年越《としこし》……時015
年越資金《としこししきん》……生126
年越蕎麦《としこしそば》……行204
年越詣《としこしもうで》……行206
年越《としこ》す……時015
年籠《としごもり》……行205
年《とし》つまる……時012
年取《としとり》……行206
年取物《としとりもの》……生129
年取《としと》る……行206
年流《としなが》る……時013
年浪流《としなみなが》る……時013
年《とし》の垢《あか》……行205
年《とし》の市《いち》……生129
年《とし》の内《うち》……時012
年《とし》の暮《くれ》……時012
年《とし》の瀬《せ》……時012
年《とし》の晩《ばん》……時015
年《とし》の火《ひ》……行205
年《とし》の豆《まめ》……行208
年《とし》の湊《みなと》……時012
年《とし》の夜《よ》……時015
年一夜《としひとよ》……時015
年深《としふか》し……時012
年参《としまいり》……行205
年守《としまも》る……行205
年設《としもうけ》……生129
年《とし》もる……行205
年夜《としや》……時015
年湯《としゆ》……行205
年行《としゆ》く……時013
年用意《としようい》……生129
泥鰌掘《どじょうほ》る……生192
年忘《としわすれ》……生128
土手焼《どてやき》……生146

褞袍《どてら》……生134
巴焼《ともえやき》……生145
虎海鼠《とらこ》……動120
虎河豚《とらふぐ》……動114
鳥追《とりお》う……生191
鶏《とり》すき……生151
鶏雑炊《とりぞうすい》……生142
酉《とり》の市《いち》……行198
酉《とり》の町《まち》……行198
とんび……生136

な

長須鯨《ながすくじら》……動098
名草《なぐさ》枯《か》る……植087
投頭巾《なげずきん》……生137
菜雑炊《なぞうすい》……生142
菜漬《なづけ》……生154
納豆汁《なっとうじる》……生147
なっと汁《じる》……生147
名《な》の木《き》枯《か》る〔枯銀杏〕……植074
名《な》の草枯《くさか》る……植087
鍋鶴《なべづる》……動108
鍋焼《なべやき》……生146
鍋焼饂飩《なべやきうどん》……生146
海鼠《なまこ》★……動120
海鼠売《なまこうり》……動120
海鼠突《なまこつき》……動120
海鼠舟《なまこぶね》……動120
波《なみ》の花《はな》……地049
波《なみ》の華《はな》……地049
滑子《なめこ》……植092
なやらい……行208
鳴滝《なるたき》の大根焚《だいこたき》……行215
縄飛《なわとび》……生175
縄跳《なわとび》……生175
縄飛唄《なわとびうた》……生175
縄綯《なわな》う……生188
菜《な》を洗《あら》う……生185
南京梅《なんきんうめ》……植057
南天《なんてん》の実《み》……植064

に

新嘗祭《にいなめのまつり》……行197
鳰《にお》……動107
煮凝《にこごり》……生153
煮凍《にこごり》……生153
煮込《にこ》みおでん……生152
二重廻《にじゅうまわ》し……生136
荷橇《にぞり》……生173
日記買《にっきか》ふ……生127
日記果《にっきは》つ……生128
日光写真《にっこうしゃしん》……生176
二度咲《にどざき》……植057
二《に》の酉《とり》……行198
庭枯《にわか》るる……地046
人参《にんじん》……植085
胡蘿蔔《にんじん》……植085

ぬ

暖鳥《ぬくめどり》……動100
温《ぬく》め飯《めし》……生142
布子《ぬのこ》……生131
沼涸《ぬまか》る……地047

ね

葱《ねぎ》★……植084
葱雑炊《ねぎぞうすい》……生142
葱畑《ねぎばたけ》……植084
葱鮪《ねぎま》……生147
葱鮪鍋《ねぎまなべ》……生147
ねこ……生168
猫鮫《ねこざめ》……動110
ねこ火鉢《ひばち》……生168
猫間障子《ねこましょうじ》……生163
寝酒《ねざけ》……生143
ねずみのこまくら……植065
ねずみのふん……植065
女貞《ねずみもち》の実《み》……植065
鼠黐《ねずみもち》の実《み》……植065
根木打《ねっきうち》……生175
根深《ねぶか》……植084
根榾《ねほだ》……生167
眠《ねむ》る山《やま》……地044
年内《ねんない》……時012
年内立春《ねんないりっしゅん》〔年の内〕……時012
ねんねこ……生133
ねんねこ半纏《ばんてん》……生133
ねん棒《ぼう》……生175
年末《ねんまつ》……時012
年末休暇《ねんまつきゅうか》……生127
年末賞与《ねんまつしょうよ》……生126
年末手当《ねんまつてあて》……生126

の

野兎《のうさぎ》……動096
残《のこ》り鷺《さぎ》……動101
残《のこ》る紅葉《もみじ》……植068
野沢菜《のざわな》……植084
野水仙《のずいせん》……植082
鵟《のすり》……動098
野施行《のせぎょう》……生130
のっぺ……生148
のっぺい汁《じる》……生148
濃餅汁《のっぺいじる》……生148
能平汁《のっぺいじる》……生148
のっぺ煮《に》……生148

は

灰猫《はいねこ》……動097
袴着《はかまぎ》……行197
掃納《はきおさめ》……行204
萩枯《はぎか》る……植075

白菜《はくさい》……植084
白鳥《はくちょう》……動109
羽子板市《はごいたいち》……行216
羽子板売《はごいたうり》……行216
箱河豚《はこふぐ》……動114
芭蕉会《ばしょうえ》……行219
芭蕉枯《ばしょうか》る……植083
芭蕉忌《ばしょうき》★……行219
羽白鳰《はじろかいつぶり》……動107
蓮枯《はすか》る……植083
蓮根《はすね》掘《ほ》る……生185
蓮《はす》の骨《ほね》……植083
蓮掘《はすほり》……生185
蓮掘《はすほ》る……生185
馬橇《ばそり》……生173
裸木《はだかぎ》……植074
裸参《はだかまいり》……行218
鰰《はたはた》……動110
雷魚《はたはた》……動110
鱩《はたはた》……動110
鉢叩《はちたたき》……行212
初霰《はつあられ》……天034
初狩《はつかり》……生189
葉漬《はづけ》……生154
初氷《はつごおり》……地051
初時雨《はつしぐれ》……天031
初霜《はつしも》……天036
初霜月《はつしもづき》……時006
初鱈《はつたら》……動111
パッチ……生135
初海苔《はつのり》……生156
初冬《はつふゆ》……時006
初鰤《はつぶり》……動113
初雪《はつゆき》……天037
初猟《はつりょう》……生189
果大師《はてのだいし》……行217
鼻《はな》ひり……生180
花枇杷《はなびわ》……植066
鼻水《はなみず》……生180
花八手《はなやつで》……植061
葉葱《はねぎ》……植084
羽根蒲団《はねぶとん》……生132
母食鳥《ははくいどり》……動103
葉牡丹《はぼたん》……植082
浜千鳥《はまちどり》……動106
早咲《はやざき》の椿《つばき》……植060
隼《はやぶさ》……動099
針千本《はりせんぼん》……動114
春着《はるぎ》縫《ぬ》ふ……生140
春仕度《はるじたく》……生129
春近《はるちか》し……時024
春遠《はるとお》からじ……時024
春隣《はるとなり》★……時024
春隣《はるとな》る……時024
春《はる》の便《たよ》り……生130
春待月《はるまちづき》……時011
春待《はるま》つ……時023
春《はる》を待《ま》つ……時023
阪神淡路震災忌《はんしんあわじしんさいき》……行207
阪神忌《はんしんき》……行207
晩冬《ばんとう》……時015
晩鳥《ばんどり》……動096

ひ

日脚《ひあし》伸《の》ぶ……時023
ヒーター……生164
柊売《ひいらぎうり》……行208
柊《ひいらぎ》挿《さ》す……行208
柊《ひいらぎ》の花《はな》……植062
氷魚《ひうお》……動117
火魚《ひうお》……動111
氷魚《ひお》……動117
氷魚《ひお》汲《く》む……動117
火桶《ひおけ》……生168
緋寒桜《ひかんざくら》……植058
引摺《ひきず》り餅《もち》……行203
羆《ひぐま》……動093
膝掛《ひざかけ》……生135
膝毛布《ひざもうふ》……生135
灯《ひ》冴《さ》ゆる……時022
日《ひ》つまる……時018
一文字《ひともじ》……植084
日向《ひなた》ぼこ……生183
日向《ひなた》ぼこり……生183
日向《ひなた》ぼっこ……生183
日出鰡《ひのでぼら》……動115
火《ひ》の番《ばん》……生171
火《ひ》の用心《ようじん》……生171
火鉢《ひばち》……生168
胼《ひび》……生181
胼薬《ひびぐすり》……生181
火櫃《ひびつ》……生168
日短《ひみじか》……時018
ひめつばき……植060
百八《ひゃくはち》の鐘《かね》……行206
氷塊《ひょうかい》……地051
氷海《ひょうかい》……地053
氷湖《ひょうこ》……地053
氷晶《ひょうしょう》……天036
氷上《ひょうじょう》……地051
氷塵《ひょうじん》……天036
氷点下《ひょうてんか》……地051
氷瀑《ひょうばく》……地052
氷盤《ひょうばん》……地053
屏風《びょうぶ》……生164
氷霧《ひょうむ》……天036
鮃《ひらめ》……動115
平目《ひらめ》……動115
比目魚《ひらめ》……動115
昼火事《ひるかじ》……生171
鰭酒《ひれざけ》……生143
広島菜《ひろしまな》……植084
琵琶魚《びわぎょ》……動114
枇杷《びわ》の花《はな》……植066

鰭長《びんなが》……動111

ふ

鞴祭《ふいごまつり》……行211
風雪《ふうせつ》……天040
鱶《ふか》……動110
深沓《ふかぐつ》……生172
蒸飯《ふかしめし》……生142
深霜《ふかしも》……天036
ふく……動114
河豚《ふぐ》★……動114
鰒《ふぐ》……動114
河豚汁《ふぐじる》……生147
河豚提灯《ふぐちょうちん》……動114
河豚《ふぐ》ちり……生151
ふぐと汁《じる》……生147
河豚鍋《ふぐなべ》……生151
河豚《ふぐ》の毒《どく》……動114
河豚《ふぐ》の宿《やど》……生147
福《ふく》は内《うち》……行208
福豆《ふくまめ》……行208
ふくら雀《すずめ》……動102
ふぐり落《おと》し……行209
河豚料理《ふぐりょうり》……生151
ふくろ……動103
梟《ふくろう》……動103
柴漬《ふしづけ》……生191
仏手柑《ぶしゅかん》……植067
衾《ふすま》……生131
襖《ふすま》……生164
襖障子《ふすましょうじ》……生164
蕪村忌《ぶそんき》★……行220
札納《ふだおさめ》……行204
吹越《ふっこし》……天039
仏手柑《ぶっしゅかん》……植067
仏名会《ぶつみょうえ》……行217
懐手《ふところで》……生181
蒲団《ふとん》……生132
布団《ふとん》……生132
蒲団《ふとん》干《ほ》す……生132
吹雪《ふぶき》……天039
冬《ふゆ》★……時006
冬青草《ふゆあおくさ》……植087
冬青空《ふゆあおぞら》……天027
冬暁《ふゆあかつき》……時018
冬曙《ふゆあけぼの》……時018
冬暖《ふゆあたた》か……時009
冬安居《ふゆあんご》……行210
冬苺《ふゆいちご》……植065
冬一番《ふゆいちばん》……時022
冬蝗《ふゆいなご》……動123
冬海《ふゆうみ》……地049
冬麗《ふゆうらら》……天026
冬送《ふゆおく》る……時025
冬終《ふゆおわ》る……時025
冬蚊《ふゆか》……動123
冬柏《ふゆかしわ》……植076
冬霞《ふゆがすみ》……天042
冬霞《ふゆかす》む……天042
冬風《ふゆかぜ》……天029
冬構《ふゆがまえ》……生158
冬鷗《ふゆかもめ》……動108
冬枯《ふゆがれ》……植077
冬川《ふゆかわ》……地048
冬川原《ふゆかわら》……地048
冬木《ふゆき》……植072
冬着《ふゆぎ》……生131
冬木影《ふゆきかげ》……植072
冬菊《ふゆぎく》……植079
冬来《ふゆきた》る……時007
冬木《ふゆき》の桜《さくら》……植058
冬木《ふゆき》の芽《め》……植078
冬木道《ふゆきみち》……植072
冬霧《ふゆぎり》……天042
冬銀河《ふゆぎんが》……天028
冬草《ふゆくさ》……植087
冬雲《ふゆぐも》……天027
冬景色《ふゆげしき》……地046
冬木立《ふゆこだち》……植073
冬籠《ふゆごもり》★……生161
冬《ふゆ》ごもる……生161
冬衣《ふゆごろも》……生131
冬鷺《ふゆさぎ》……動101
冬桜《ふゆざくら》……植058
冬座敷《ふゆざしき》……生163
冬去《ふゆさ》る……時025
冬《ふゆ》ざるる……時008
冬《ふゆ》され……時008
冬《ふゆ》ざれ★……時008
冬珊瑚《ふゆさんご》……植065
冬汐《ふゆじお》……地050
冬潮《ふゆじお》……地050
冬将軍《ふゆしょうぐん》……時006
冬芒《ふゆすすき》……植088
冬薄《ふゆすすき》……植088
冬雀《ふゆすずめ》……動102
冬昴《ふゆすばる》……天028
冬菫《ふゆすみれ》……植090
冬星座《ふゆせいざ》……天028
冬芹《ふゆぜり》……植086
冬薔薇《ふゆそうび》……植059
冬空《ふゆぞら》……天027
冬田《ふゆた》……地046
冬田打《ふゆたうち》……生184
冬滝《ふゆだき》……地052
冬立《ふゆた》つ……時007
冬田道《ふゆたみち》……地046
冬蒲公英《ふゆたんぽぽ》……植089
冬尽《ふゆつ》く……時025
冬椿《ふゆつばき》★……植060
冬天《ふゆてん》……天027
冬灯《ふゆともし》……生162
冬鳥《ふゆどり》……動100
冬菜《ふゆな》……植084
冬半《ふゆなか》ば……時009

冬菜畑《ふゆなばた》……植084
冬浪《ふゆなみ》……地049
冬濤《ふゆなみ》……地049
冬《ふゆ》に入《い》る……時007
冬《ふゆ》ぬくし……時009
冬野《ふゆの》……地044
冬《ふゆ》の朝《あさ》……時018
冬《ふゆ》の虻《あぶ》……動122
冬《ふゆ》の雨《あめ》……天033
冬《ふゆ》の泉《いずみ》……地047
冬《ふゆ》の蝗《いなご》……動123
冬《ふゆ》の犬《いぬ》……動097
冬《ふゆ》の色《いろ》……地046
冬《ふゆ》の鶯《うぐいす》……動101
冬《ふゆ》の海《うみ》……地049
冬《ふゆ》の梅《うめ》……植056
冬《ふゆ》の蚊《か》……動123
冬《ふゆ》の限《かぎ》り……時025
冬《ふゆ》の霞《かすみ》……天042
冬《ふゆ》の風《かぜ》……天029
冬《ふゆ》の雁《かり》……動100
冬《ふゆ》の川《かわ》……地048
冬《ふゆ》の霧《きり》……天042
冬《ふゆ》の草《くさ》……植087
冬《ふゆ》の雲《くも》……天027
冬《ふゆ》の暮《くれ》……時018
冬《ふゆ》の景《けい》……地046
冬《ふゆ》の潮《しお》……地050
冬《ふゆ》の鹿《しか》……動094
冬《ふゆ》の菫《すみれ》……植090
冬《ふゆ》の園《その》……地046
冬《ふゆ》の空《そら》……天027
冬《ふゆ》の田《た》……地046
冬《ふゆ》の鯛《たい》……動117
冬《ふゆ》の蝶《ちょう》……動121
冬《ふゆ》の月《つき》★……天027
冬《ふゆ》の鳥《とり》……動100
冬《ふゆ》の名残《なごり》……時025
冬《ふゆ》の波《なみ》……地049
冬《ふゆ》の虹《にじ》……天043
冬《ふゆ》の庭《にわ》……地046
冬《ふゆ》の野《の》……地044
冬《ふゆ》の蠅《はえ》……動122
冬《ふゆ》の蜂《はち》……動122
冬《ふゆ》の原《はら》……地044
冬《ふゆ》の薔薇《ばら》……植059
冬《ふゆ》の日《ひ》……天026
冬《ふゆ》の灯《ひ》……生162
冬《ふゆ》の星《ほし》……天028
冬《ふゆ》の水《みず》……地047
冬《ふゆ》の湖《みずうみ》……地053
冬《ふゆ》の虫《むし》……動123
冬《ふゆ》の鵙《もず》……動101
冬《ふゆ》の山《やま》……地044
冬《ふゆ》の夕《ゆう》……時019
冬《ふゆ》の夜《よ》……時018
冬《ふゆ》の宵《よい》……時018
冬《ふゆ》の雷《らい》……天041
冬《ふゆ》の別《わか》れ……時025
冬蠅《ふゆばえ》……動122
冬《ふゆ》はじめ……時006
冬《ふゆ》果《は》つ……時025
冬薔薇《ふゆばら》……植059
冬晴《ふゆばれ》……天026
冬日《ふゆひ》……天026
冬日影《ふゆひかげ》……天026
冬日射《ふゆひざし》……天026
冬日向《ふゆひなた》……天026
冬雲雀《ふゆひばり》……動102
冬日和《ふゆびより》……天026
冬深《ふゆふか》し……時023
冬深《ふゆふか》む……時023
冬服《ふゆふく》……生131
冬衾《ふゆふすま》……生131
冬帽《ふゆぼう》……生137
冬帽子《ふゆぼうし》……生137
冬北斗《ふゆほくと》……天028
冬木瓜《ふゆぼけ》……植062
冬星《ふゆぼし》……天028
冬牡丹《ふゆぼたん》★……植059
冬祭《ふゆまつり》……行213
冬嶺《ふゆみね》……地044
冬芽《ふゆめ》……植078
冬《ふゆ》めく……時009
冬萌《ふゆもえ》……植091
冬紅葉《ふゆもみじ》……植068
冬館《ふゆやかた》……生161
冬休《ふゆやすみ》……生127
冬山《ふゆやま》……地044
冬山家《ふゆやまが》……地044
冬山路《ふゆやまじ》……地044
冬夕焼《ふゆゆうやけ》……天043
冬《ふゆ》行く……時025
冬林檎《ふゆりんご》……植068
鰤《ぶり》……動113
鰤網《ぶりあみ》……生192
鰤起《ぶりおこ》し……天042
鰤《ぶり》釣《つ》る……生192
鰤船《ぶりぶね》……生192
古暦《ふるごよみ》……生128
古日記《ふるにっき》……生128
古衾《ふるぶすま》……生131
フレーム……生186
風呂吹《ふろふき》……生153
風呂吹大根《ふろふきだいこん》……生153
文旦《ぶんたん》……植067

へ

別歳《べっさい》……生128
へっつい猫《ねこ》……動097
篦打《へらうち》……生175

ほ

ポインセチア……植062
報恩講《ほうおんこう》……行214

忘年会《ぼうねんかい》……生 128
魴鮄《ほうぼう》……動 111
放鷹《ほうよう》……生 191
朴落葉《ほおおちば》……植 071
頰被《ほおかむり》……生 138
朴散《ほおち》る……植 071
ボーナス……生 126
捕鯨《ほげい》……生 192
捕鯨船《ほげいせん》……生 192
乾氷下魚《ほしこまい》……動 116
干鮭《ほしざけ》……生 155
星冴《ほしさ》ゆる……時 022
干大根《ほしだいこん》……生 185
干菜《ほしな》……生 186
干菜汁《ほしなじる》……生 148
干菜吊《ほしなつ》る……生 186
干菜風呂《ほしなぶろ》……生 171
干菜湯《ほしなゆ》……生 171
榾《ほた》……生 167
ほだ……生 167
榾明《ほたあかり》……生 167
榾《ほだ》の主《ぬし》……生 167
榾《ほだ》の宿《やど》……生 167
榾火《ほたび》……生 167
牡丹供養《ぼたんくよう》……行 211
牡丹焚火《ぼたんたきび》……行 211
牡丹焚《ぼたんた》く……行 211
牡丹鍋《ぼたんなべ》……生 151
掘炬燵《ほりごたつ》……生 167
ぼろ市《いち》……行 216
本鱈《ほんだら》……動 111
ぼんたん……植 067

ま

真海豚《まいるか》……動 098
真牡蠣《まがき》……動 120
真鴨《まがも》……動 105
巻鰤《まきぶり》……動 113
枕屛風《まくらびょうぶ》……生 164
鮪《まぐろ》……動 111
鮪鍋《まぐろなべ》……生 147
真蜆《ましじみ》……動 121
マスク★……生 140
真鱈《まだら》……動 111
松飾《まつかざ》る……行 203
抹香鯨《まっこうくじら》……動 098
松葉蟹《まつばがに》……動 119
松《まつ》ばやし……行 202
松迎《まつむかえ》……行 202
真鶴《まなづる》……動 108
真河豚《まふぐ》……動 114
真冬《まふゆ》……時 023
真冬日《まふゆび》〔冬の日〕……天 026
マフラー……生 138
貒《まみ》……動 093
豆打《まめうち》……行 208
豆炭《まめたん》……生 166
豆撒《まめまき》……行 208
丸頭巾《まるずきん》……生 137
マント……生 136
万両《まんりょう》……植 063

み

三浦大根《みうらだいこん》……植 085
御神楽《みかぐら》……行 213
蜜柑《みかん》……植 066
蜜柑撒《みかんまき》……行 211
蜜柑山《みかんやま》……植 066
身酒《みざけ》……生 143
鶚《みさご》……動 098
湖《みずうみ》氷《こお》る……地 053
水涸《みずか》る……地 047
水烟《みずけむ》る……地 047
水鳥《みずとり》★……動 104
水洟《みずばな》……生 180
水餅《みずもち》……生 141
実千両《みせんりょう》……植 063
晦日蕎麦《みそかそば》……行 204
鷦鷯《みそさざい》……動 104
三十三才《みそさざい》……動 104
味噌焚《みそたき》……生 158
味噌搗《みそつき》……生 158
味噌作《みそつく》る……生 158
霙《みぞ》る……天 034
霙《みぞれ》……天 034
実南天《みなんてん》……植 064
三冬月《みふゆづき》……時 011
三冬尽《みふゆつ》く……時 025
実万両《みまんりょう》……植 063
耳掛《みみかけ》……生 138
木菟《みみずく》……動 103
耳袋《みみぶくろ》……生 138
都鳥《みやこどり》……動 107
深雪《みゆき》……天 037
深雪晴《みゆきばれ》……天 039
御渡《みわたり》……地 053

む

麦《むぎ》の芽《め》……植 086
麦蒔《むぎまき》……生 185
麦蒔《むぎま》く……生 185
鼯鼠《むささび》……動 096
虫老《むしお》ゆ……動 123
虫嗄《むしか》る……動 123
虫絶《むした》ゆ……動 123
貉《むじな》（貛《あなぐま》）……動 093
貉《むじな》（狸《たぬき》）……動 095
蒸《む》し飯《めし》……生 142
筵織《むしろお》る……生 188
霧雪《むせつ》……天 036
六花《むつのはな》……天 037
六連星《むつらぼし》……天 028
霧氷《むひょう》……天 034
霧氷林《むひょうりん》……天 034

村時雨《むらしぐれ》……天031
室咲《むろざき》……植057
室咲《むろざき》の梅《うめ》……植057
室《むろ》の梅《うめ》……植057
室《むろ》の花《はな》……植057

め

和布刈《めかり》（和布刈神事《めかりのしんじ》）……行217
和布刈神事《めかりのしんじ》……行217
盲鯔《めくらぼら》……動115
目突柴《めつきしば》……行208
めばち……動111
目貼《めばり》……生159
明太魚《めんたいぎょ》……動112

も

毛布《もうふ》……生135
虎落笛《もがりぶえ》……天030
木炭《もくたん》……生165
餅《もち》★……生140
餅配《もちくばり》……行203
餅雑炊《もちぞうすい》……生142
餅搗《もちつき》……行203
餅《もち》の音《おと》……行203
餅《もち》の杵《きね》……行203
餅筵《もちむしろ》……行203
餅焼《もちや》く……生140
紅葉子《もみじこ》……動112
紅葉《もみじ》散《ち》る……植069
紅葉鍋《もみじなべ》……生151
股引《ももひき》……生135
ももんが……動096
蒼鷹《もろがえり》……動098
もろむき……行202

や

焼《や》い嗅《か》がし……行208
焼芋《やきいも》……生145
焼藷《やきいも》……生145
焼芋屋《やきいもや》……生145
焼燗《やきかん》……生143
焼鳥《やきとり》……生145
焼鳥屋《やきとりや》……生145
厄落し《やくおとし》……行209
厄払《やくばらい》……行209
厄詣《やくもうで》……行209
夜警《やけい》……生171
休《やす》め田《だ》……地046
八手《やつで》の花《はな》……植061
八目《やつめ》……動119
八目鰻《やつめうなぎ》……動119
宿木《やどりぎ》……植092
寄生木《やどりぎ》……植092
柳《やなぎ》枯《か》る……植075
藪鶯《やぶうぐいす》……動101
藪柑子《やぶこうじ》……植063
藪巻《やぶまき》……生160
山犬《やまいぬ》……動096
豺《やまいぬ》……動096
山火事《やまかじ》……生171
山《やま》枯《か》る……地044
山鯨《やまくじら》……生151
山橘《やまたちばな》……植063
山眠《やまねむ》る★……地044
闇汁《やみじる》……生149
闇汁《やみじる》会《え》……生149
闇夜汁《やみよじる》……生149

ゆ

夕霰《ゆうあられ》……天034
夕時雨《ゆうしぐれ》……天031
夕焚火《ゆうたきび》……生171
床暖房《ゆかだんぼう》……生164
雪《ゆき》★……天037
雪遊《ゆきあそび》……生176
雪《ゆき》あられ……天034
雪安居《ゆきあんご》……行210
雪兎《ゆきうさぎ》……生177
雪起《ゆきおこ》し……天041
雪男《ゆきおとこ》……天038
雪鬼《ゆきおに》……天038
雪折《ゆきおれ》……植078
雪下《ゆきおろ》し……生162
雪卸《ゆきおろし》……生162
雪女《ゆきおんな》……天038
雪掻《ゆきかき》……生161
雪垣《ゆきがき》……生160
雪囲《ゆきがこい》……生160
雪合戦《ゆきがっせん》……生176
雪合羽《ゆきがっぱ》……生137
雪雷《ゆきがみなり》……天041
雪沓《ゆきぐつ》……生172
雪雲《ゆきぐも》……天038
雪曇《ゆきぐもり》……天038
雪暗《ゆきぐれ》……天038
雪気《ゆきげ》……天038
雪煙《ゆきけぶり》……天039
雪菰《ゆきごも》……生160
雪籠《ゆきごもり》……生161
雪《ゆき》しまき……天040
雪女郎《ゆきじょろう》……天040
雪捨《ゆきす》つ……生161
雪達磨《ゆきだるま》……生176
雪礫《ゆきつぶて》……生176
雪吊《ゆきつり》……生160
雪釣《ゆきつり》……生176
雪投《ゆきなげ》……生176
雪浪《ゆきなみ》……天039
雪野《ゆきの》……地045
雪《ゆき》の犬《いぬ》……動097
雪《ゆき》の声《こえ》……天037
雪《ゆき》の精《せい》……天038
雪《ゆき》の田《た》……地046

雪《ゆき》の花《はな》……天037
雪《ゆき》の原《はら》……地045
雪《ゆき》の雷《らい》……天041
雪晴《ゆきばれ》……天039
雪婆《ゆきばんば》……動123
雪踏《ゆきふみ》……生162
雪坊主《ゆきぼうず》……天038
雪蛍《ゆきぼたる》……動123
雪布袋《ゆきほてい》……生176
雪仏《ゆきぼとけ》……生176
雪交《ゆきま》ぜ……天034
雪待月《ゆきまちづき》……時010
雪丸《ゆきまろ》げ……生176
雪《ゆき》マント……生137
雪見《ゆきみ》……生129
雪見酒《ゆきみざけ》……生129
雪見障子《ゆきみしょうじ》……生163
雪見月《ゆきみづき》……時010
雪蓑《ゆきみの》……生137
雪虫《ゆきむし》(綿虫《わたむし》)……動123
雪眼《ゆきめ》……生183
雪眼鏡《ゆきめがね》……生138
雪催《ゆきもよい》……天038
雪模様《ゆきもよう》……天038
雪焼《ゆきやけ》……生182
雪山《ゆきやま》……地044
雪除《ゆきよけ》……生160
雪《ゆき》を掻《か》く……生161
雪《ゆき》を掃《は》く……生161
行《ゆ》く年《とし》……時013
湯気立《ゆげた》て……生170
湯《ゆ》ざめ……生179
柚子風呂《ゆずぶろ》……行201
柚子湯《ゆずゆ》……行201
湯立神楽《ゆだてかぐら》……行213
湯《ゆ》たんぽ……生168
湯豆腐《ゆどうふ》……生153
百合鷗《ゆりかもめ》……動107

よ

夜神楽《よかぐら》……行213
夜着《よぎ》……生131
横時雨《よこしぐれ》……天031
葭切鮫《よしきりざめ》……動110
寄鍋《よせなべ》……生150
夜鷹蕎麦《よたかそば》……生146
夜焚火《よたきび》……生171
夜泣饂飩《よなきうどん》……生146
夜泣蕎麦《よなきそば》……生146
夜咄《よばなし》……生170
夜咄茶事《よばなしちゃじ》……生170
夜番《よばん》……生171
夜番小屋《よばんごや》……生171
夜廻《よまわ》り……生171
夜火事《よるかじ》……生171
夜半《よわ》の冬《ふゆ》……時019

ら

ラガー……生178
ラグビー……生178
落葉《らくよう》……植070
ラッセル車《しゃ》……生162

り

立冬《りっとう》★……時007
流感《りゅうかん》……生179
竜《りゅう》の玉《たま》……植091
竜《りゅう》の髯《ひげ》の実《み》……植091
猟《りょう》……生189
猟解禁《りょうかいきん》……生189
猟期《りょうき》……生189
猟犬《りょうけん》……生189
猟銃《りょうじゅう》……生189

れ

蓮根掘《れんこんほ》る……生185
練炭《れんたん》……生166

ろ

炉《ろ》……生167
炉明《ろあかり》……生167
臘月《ろうげつ》……時011
蠟梅《ろうばい》……植057
臘梅《ろうばい》……植057
臘八会《ろうはちえ》……行214
臘八接心《ろうはちせっしん》……行214
臘八会《ろうはつえ》……行214
ロータリー車《しゃ》……生162
鹿売《ろくうり》……生152
炉話《ろばなし》……生167
炉火《ろび》……生167
炉開《ろびらき》……生169
炉辺話《ろべばなし》……生170

わ

輪飾《わかざ》りす……行203
鷲《わし》……動099
忘咲《わすれざき》……植057
忘花《わすればな》……植057
綿入《わたいれ》……生131
綿氷《わたごおり》……地051
綿虫《わたむし》★……動123
侘助《わびすけ》……植060
藁打《わらう》つ……生188
藁沓《わらぐつ》……生172
藁仕事《わらしごと》……生188
藁蒲団《わらぶとん》……生132

五十音順 新年の全季語索引

あ

商始《あきないはじめ》……生250
明《あ》きの方《かた》……行266
明《あけ》の春《はる》……時222
揚羽子《あげはご》……生263
朝若菜《あさわかな》……植236
小豆粥《あずきがゆ》……行282
赤小豆《あずき》粥《がゆ》……行282
新《あたら》しき年《とし》……時222
新玉《あらたま》の年《とし》……時222

い

いかのぼり(正月《しょうがつ》の凧《たこ》)……生264
伊勢海老《いせえび》……動241
伊勢海老《いせえび》飾《かざ》る……行268
伊勢暦《いせごよみ》……生247
射初《いぞめ》……行279
磯若菜《いそわかな》……植236
一月場所《いちがつばしょ》……生260
一《いち》の寅《とら》……行276
五日《いつか》……時225
いろは歌留多《かるた》……生261
祝木《いわいぎ》……行272
祝月《いわいづき》……時222
祝箸《いわいばし》……生254
祝棒《いわいぼう》……行282

う

臼飾《うすかざ》る……行268
鷽替《うそかえ》……行286
歌会始《うたかいはじめ》……行279
歌《うた》がるた……生261
歌御会始《うたごかいはじめ》……行279
卯《う》の札《ふだ》……行275
裏白《うらじろ》……植234
裏白飾《うらじろかざ》る……行268
売初《うりぞめ》……生250

え

絵双六《えすごろく》……生261
海老飾《えびかざ》る……行268
戎祭《えびすまつり》……行287
夷廻《えびすまわ》し……行259
えぶり……行291
恵方《えほう》……行266
恵方拝《えほうおがみ》……行266
恵方棚《えほうだな》……行266
恵方詣《えほうまいり》……行266
恵方道《えほうみち》……行266
会陽《えよう》……行291
えんぶり……行291
閻魔参《えんままい》り……行289

お

追羽根《おいばね》……生263
王春《おうしゅん》……時222
椀飯振舞《おうばんぶるまい》……生253
おえんまさま……行289
大旦《おおあした》……時223
大飾《おおかざり》……行267
大服《おおぶく》……行272
大福《おおぶく》……行272
大福茶《おおぶくちゃ》……行272
御鏡《おかがみ》……生243
お飾《かざり》……生243
お飾《かざり》こわし……行280
お元日《がんじつ》……時223
御行《おぎょう》……植237
御蔵開《おくらびらき》……行281
白朮祭《おけらさい》……行286
白朮縄《おけらなわ》……行286
白朮火《おけらび》……行286
白朮詣《おけらまいり》……行286
御降《おさが》り……天230
お正月《しょうがつ》……時222
お供《そな》えくずし……行281
お年玉《としだま》……生245
踊初《おどりぞめ》……生259
鬼打木《おにうちぎ》……行281
鬼押木《おにおしぎ》……行281
鬼木《おにぎ》……行281
鬼障木《おにさえぎ》……行281
鬼除木《おによけぎ》……行281
御福茶《おふくちゃ》……行272
お福蜈蚣《ふくむかで》……行276
お松払《まつはら》い……行280
親子草《おやこぐさ》……植234
織初《おりぞめ》……生252
女正月《おんなしょうがつ》……時228
女礼者《おんなれいじゃ》……生244

か

買初《かいぞめ》……生250
改年《かいねん》の御慶《ぎょけい》……生244
傀儡《かいらい》……行259
傀儡師《かいらいし》……行259
廻礼《かいれい》……生244

加賀万歳《かがまんざい》……行257
鏡開《かがみびらき》……行281
鏡餅《かがみもち》★……生243
鏡割《かがみわり》……行281
書初《かきぞめ》……生248
賀客《がきゃく》……生244
神楽始《かぐらはじめ》……行285
掛飾《かけかざり》……行267
懸の魚《かけのうお》……行271
懸蓬莱《かけほうらい》……行267
掛柳《かけやなぎ》……生260
飾《かざり》……生243
飾臼《かざりうす》……行268
飾馬《かざりうま》……生250
飾海老《かざりえび》……行268
飾納《かざりおさめ》……行280
飾卸《かざりおろし》……行280
飾木《かざりぎ》……生243
飾米《かざりごめ》……行268
飾昆布《かざりこんぶ》……行269
飾竹《かざりたけ》……生243
飾取る《かざりとる》……行280
飾縄《かざりなわ》……行267
飾松《かざりまつ》……生243
飾藁《かざりわら》……行267
炊《かし》ぎ初《ぞめ》……行272
賀正《がしょう》……生244
賀状《がじょう》……生245
賀状配達《がじょうはいたつ》……生245
数《かず》の子《こ》……生255
鰊鯆《かずのこ》……生255
語初《かたりぞめ》……生260
搗栗飾《かちぐりかざ》る……行269
勝独楽《かちごま》……生263
門飾《かどかざり》……生243
門木《かどき》……生243
かどのこ……生255
門《かど》の竹《たけ》……生243
門《かど》の松《まつ》……生243
門松《かどまつ》★……生243
門松取《かどまつと》る……行280
門礼《かどれい》……生244
門礼者《かどれいじゃ》……生244
かまくら……行291
鎌倉海老《かまくらえび》……動241
釜始《かまはじめ》……生259
上寅日《かみのとらのひ》……行276
亀戸妙義参《かめいどみょうぎまい》り……行275
粥占《かゆうら》……行282
粥占神事《かゆうらしんじ》……行282
粥試《かゆだめし》……行282
粥杖《かゆづえ》……行282
粥《かゆ》の木《き》……行282
粥箸《かゆばし》……行282
粥柱《かゆばしら》……行282
歌留多《かるた》……生261
骨牌《かるた》……生261
歌留多会《かるたかい》……生261
羹《かん》……生253
元月《がんげつ》……時222
元日《がんじつ》……時223
元日草《がんじつそう》……植235
元旦《がんたん》……時223
元朝《がんちょう》……時223
鉋始《かんなはじめ》……行279
羹《かん》を祝《いわ》う……生253

き

祇園削掛神事《ぎおんけずりかけしんじ》行286
木責《きぜめ》……行283
着衣始《きそはじめ》……行278
吉書《きっしょ》……生248
吉兆《きっちょう》……行287
吉兆縄《きっちょうなわ》……行286
木呪《きまじない》……行283
牛日《ぎゅうじつ》……時225
京若菜《きょうわかな》……植236
御慶《ぎょけい》……生244
切山椒《きりざんしょう》……生255
木《き》を囃《はや》す……行283

く

喰継《くいつ》ぎ……行267
喰積《くいつみ》……行267
食積《くいつみ》……行267
句会始《くかいはじめ》……生260
傀儡《くぐつ》……行259
傀儡師《くぐつし》……行259
串柿飾《くしがきかざ》る……行269
狗日《くじつ》……時224
具足開《ぐそくびらき》……行281
管粥《くだがゆ》……行282
組重《くみじゅう》……行267
蔵開《くらびらき》……行281
鞍馬小判《くらまこばん》……行276
鞍馬初寅詣《くらまはつとらまいり》……行276
鞍馬詣《くらままいり》……行276
鍬入《くわいれ》……生277
鍬初《くわぞめ》……行277
鍬始《くわはじめ》……行277

け

稽古始《けいこはじめ》……生259
鶏日《けいじつ》……時223
迎春《げいしゅん》……時222
今朝《けさ》の春《はる》……時222
削掛《けずりかけ》の行《おこない》……行286
懸想文《けそうぶみ》……行290
懸想文売《けそうぶみうり》……行290
蹴鞠始《けまりはじめ》……行278
喧嘩独楽《けんかごま》……生263
元宵祭《げんしょうさい》……行285

こ

御会始《ごかいはじめ》……行279

胡鬼板《こぎいた》……生262
五形《ごぎょう》……植237
御形《ごぎょう》……植237
小正月《こしょうがつ》★……時227
去年今年《こぞことし》★……時223
小朝拝《こちょうはい》……行266
今年《ことし》……時223
小殿原《ことのばら》……生255
牛蒡注連《ごぼうじめ》……行267
独楽《こま》★……生263
独楽打《こまう》つ……生263
独楽廻《こままわ》し……生263
ごまめ……生255
五万米《ごまめ》……生255
御用始《ごようはじめ》……生278
暦開《こよみびらき》……生247
紙縒《こより》……行281
胡蘆柿飾《ころがきかざ》る……行269
今年《こんねん》……時223
昆布飾《こんぶかざ》る……行269

さ

幸木《さいぎ》……行271
西大寺参《さいだいじまいり》……行291
歳旦《さいたん》……時223
賽日《さいにち》……行289
斎日《さいにち》……行289
幸籠《さいわいかご》……行270
幸木《さいわいぎ》……行271
左義長《さぎちょう》★……行284
三毬打《さぎちょう》……行284
三毬杖《さぎちょう》……行284
猿使《さるつかい》……行258
猿引《さるひき》……行258
猿曳《さるひき》……行258
猿舞師《さるまいし》……行258
猿廻《さるまわ》し……行258
参賀《さんが》……行266
三が日《さんがにち》……時224
三ケ日《さんがにち》……時224
三の卯《さんのう》……行275

し

紙鳶《しえん》……生264
塩数《しおかず》の子《こ》……生255
潮《しお》の水《みず》……行276
仕事始《しごとはじめ》……生251
獅子頭《ししがしら》（獅子舞《ししまい》）……行258
獅子舞《ししまい》★……行258
歯朶《しだ》……植234
羊歯《しだ》……植234
歯朶飾《しだかざ》る……行268
七福神詣《しちふくじんまいり》……行275
七福詣《しちふくまいり》……行275
試筆《しひつ》……生248
四方拝《しほうはい》……行266
仕舞始《しまいはじめ》……生259
事務始《じむはじめ》……生251
注連明《しめあけ》……時227
注連飾《しめかざり》★……行267
注連飾取《しめかざりと》る……行280
注連取《しめと》る……行280
七五三縄《しめなわ》……行267
注連縄《しめなわ》……行267
注連《しめ》の内《うち》……時227
注連貰《しめもら》ひ……行284
十五日粥《じゅうごにちがゆ》……行282
十五日正月《じゅうごにちしょうがつ》……時227
重詰《じゅうづめ》……行267
十六日遊《じゅうろくにちあそび》……行285
十六《じゅうろく》むさし……生262
十六目石《じゅうろくむさし》……生262
淑気《しゅくき》……天231
正月《しょうがつ》★……時222
正月小袖《しょうがつこそで》……生251
正月様《しょうがつさま》……行266
正月《しょうがつ》の凧《たこ》……生264
正月場所《しょうがつばしょ》……生260
正月礼《しょうがつれい》……生244
上元《じょうげん》……行285
上元会《じょうげんえ》……行285
上元《じょうげん》の日《ひ》……行285
上辰日《じょうしんにち》……行276
消防出初式《しょうぼうでぞめしき》……行278
上陽《じょうよう》……時222
宝木《しんぎ》……行291
新暦《しんごよみ》……生247
人日《じんじつ》……時226
新春《しんしゅん》……時222
新日記《しんにっき》……生249
新年《しんねん》★……時222
新年宴会《しんねんえんかい》……生251
新年会《しんねんかい》……生251
新年句会《しんねんくかい》……生260
神馬藻飾《じんばそうかざ》る……行270

す

鋤入《すきいれ》……行277
鋤初《すきぞめ》……行277
双六《すごろく》……生261
蘿蔔《すずしろ》……植238
清白《すずしろ》……植238
菘《すずな》……植237
鈴菜《すずな》……植237
刷初《すりぞめ》……生247
据《すわ》り餅《もち》……生243

せ

井華水《せいかすい》……行271
成人式《せいじんしき》……行279
成人《せいじん》の日《ひ》……行279
聖名祭《せいめいさい》……行277
青陽《せいよう》……時222
節饗《せちあえ》……生253
節男《せちおとこ》……生242

節木《せちぎ》……行272
節客《せちきゃく》……生253
節座敷《せちざしき》……生253
節《せち》の日《ひ》……生253
節振舞《せちぶるまい》……生253
節料理《せちりょうり》……生253

そ

雑煮《ぞうに》★……生253
雑煮祝《ぞうにいわ》う……生253
雑煮膳《ぞうにぜん》……生253
雑煮箸《ぞうにばし》……生254
雑煮餅《ぞうにもち》……生253
雑煮椀《ぞうにわん》……生253
染始《そめはじめ》……生252

た

田遊《たあそび》……行284
大根注連《だいこんじめ》……行267
橙《だいだい》飾《かざ》る……行269
代々飾《だいだいかざ》る……行269
宝船《たからぶね》……生248
焚初《たきぞめ》……行273
竹飾《たけかざり》……生243
叩《たた》き菜《な》……行274
田作《たづくり》……生255
辰祭《たつまつり》……行276
立松《たてまつ》……生243
旅始《たびはじめ》……生250
田平子《たびらこ》……植237
玉《たま》せせり……行286
玉競祭《たませりまつり》……行286
玉取祭《たまとりまつり》（玉《たま》せせり）……行286
大夫猿《たゆうざる》……行258
達磨市《だるまいち》……行287
太郎月《たろうづき》……時222
俵松《たわらまつ》……生243
たわら藻《も》……植234
端月《たんげつ》……時222
団子花《だんごばな》（繭玉《まゆだま》）……生257

ち

ちやつきらこ……行288
帳祝《ちょういわい》……行281
朝賀《ちょうが》……行266
帳書《ちょうがき》……行281
帳綴《ちょうとじ》……行281
手斧始《ちょうなはじめ》……行279
朝拝《ちょうはい》……行266
帳始《ちょうはじめ》……行281
ちょうろぎ……生254
猪日《ちょじつ》……時225
千代名草《ちよなぐさ》……植236
草石蚕《ちょろぎ》……生254
丁呂喜《ちょろぎ》……生254
滴露《ちょろぎ》……生254
甘露子《ちょろぎ》……生254
長老木《ちょろぎ》……生254

つ

筒粥《つつがゆ》……行282
包蓬莱《つつみほうらい》……行267
綱引《つなひき》……行283
綱曳《つなひき》……行283
爪切湯《つめきりゆ》……行275

て

木偶《でく》廻《まわ》し……行259
出初《でぞめ》……行278
出初式《でぞめしき》……行278
手毬《てまり》★……生263
手鞠《てまり》……生263
手毬唄《てまりうた》……生263
手毬《てまり》つく……生263
天神旗《てんじんばた》……行290
天神花《てんじんばな》……行290

と

投扇《とうせん》……生262
投扇興《とうせんきょう》……生262
当年《とうねん》……時223
十日戎《とおかえびす》……行287
読書始《どくしょはじめ》……生247
野老祝《ところいわ》う……行269
野老飾《ところかざ》る……行269
年明《としあ》く……時222
年新《としあら》た……時222
年改《としあらた》まる……時222
年男《としおとこ》……生242
年神《としがみ》……行266
年木《としぎ》……行272
年来《としきた》る……時222
年立返《としたちかえ》る……時222
年立《とした》つ……時222
年棚《としだな》……行266
年玉《としだま》……生245
歳徳《としとく》……行266
歳徳神《としとくじん》……行266
歳徳棚《としとくだな》……行266
年縄《としなわ》……行267
年《とし》の朝《あさ》……時223
年《とし》の賀《が》……生244
年《とし》の礼《れい》……生244
年始《としはじめ》……時222
年迎《としむか》う……時222
屠蘇《とそ》★……生253
屠蘇祝《とそいわ》う……生253
屠蘇散《とそさん》……生253
屠蘇酒《とそしゅ》……生253
屠蘇袋《とそぶくろ》……生253
鳥総松《とぶさまつ》……行280
富正月《とみしょうがつ》……天230
鳥追《とりおい》……行289
とんど……行284

どんど……行284
どんど正月《しょうがつ》……行284
どんど場《ば》……行284
どんどん焼《やき》……行284

な

ながえんぶり……行291
泣初《なきぞめ》……生246
長押松《なげしまつ》……生243
薺《なずな》★……植236
薺打《なずなうち》……行274
薺打《なずなう》つ……行274
薺粥《なずながゆ》……行274
薺摘《なずなつみ》……行273
薺爪《なずなづめ》……行275
薺《なずな》はやす……行274
菜爪《なづめ》……行275
七種《ななくさ》★……行274
七草《ななくさ》……行274
七草打《ななくさうち》……行274
七種売《ななくさうり》……行274
七草籠《ななくさかご》……行274
七種粥《ななくさがゆ》……行274
七草《ななくさ》たたく……行274
七種爪《ななくさづめ》……行275
七草《ななくさ》はやす……行274
七日《なぬか》……時226
七日粥《なぬかがゆ》……生274
七日爪《なぬかづめ》……行275
七日《なのか》……時226
莫告藻《なのりそ》……植234
なまはげ……行288
生身剝《なまみはぎ》……行288
なもみ剝《はぎ》……行288
奈良《なら》の山焼《やまやき》……行290
成木責《なりきぜめ》……行283
なるかならぬか……行283
縄飾《なわかざり》……行267
縄引《なわひき》……行283

に

新霞《にいがすみ》……天231
日記始《にっきはじめ》……生249
二《に》の卯《う》……行275
二《に》の替《かわり》……生261
繞道祭《にょうどうさい》……行286
繞道《にょうどう》の火《ひ》……行286
人形廻《にんぎょうまわ》し……行259

ぬ

縫初《ぬいぞめ》……生252
縫始《ぬいはじめ》……生252

ね

寝正月《ねしょうがつ》……生265
根白草《ねじろぐさ》……植236
年賀《ねんが》★……生244
年賀客《ねんがきゃく》……生244
年賀状《ねんがじょう》……生245
年賀電報《ねんがでんぽう》……生245
年賀《ねんが》はがき……生245
年賀人《ねんがびと》……生244
年賀郵便《ねんがゆうびん》……生245
年始《ねんし》……生244
年始会《ねんしえ》……行276
年始客《ねんしきゃく》……生244
年始酒《ねんしざけ》……生254
年始状《ねんしじょう》……生245
年始廻《ねんしまわ》り……生244
年酒《ねんしゅ》……生254
年酒《ねんしゅ》酌《く》む……生254
年初《ねんしょ》……時222
年頭《ねんとう》……時222
年礼《ねんれい》……生244

の

農始《のうはじめ》……行277
残《のこ》り戎《えびす》……行287
残《のこ》り天神《てんじん》……行290
残《のこ》り福《ふく》……行287
乗初《のりぞめ》……生250

は

拝賀《はいが》……行266
歯固《はがため》……生254
歯固《はがため》の餅《もち》……生254
掃初《はきぞめ》……生256
貘枕《ばくまくら》……生247
羽子《はご》……生263
羽子板《はごいた》★……生262
蘩蔞《はこべら》……植238
梯子乗《はしごのり》……行278
馬日《ばじつ》……時225
箸包《はしづつみ》……生254
裸押《はだかお》し……行291
機始《はたはじめ》……生252
機場始《はたばはじめ》……生252
機屋始《はたやはじめ》……生252
初茜《はつあかね》……天230
初明《はつあか》り……天229
初商《はつあきない》……生250
初曙《はつあけぼの》……天230
初旭《はつあさひ》……天229
初衣裳《はついしょう》……生251
初伊勢《はつ い せ》……行285
初市《はついち》……生251
初市場《はついちば》……生251
初卯《はつう》……行275
初魚《はつうお》……行277
初鶯《はつうぐいす》……動240
初写《はつうつ》し……生249
初卯詣《はつうまいり》……行275
初卯祭《はつうまつり》……行275
初売《はつうり》……生250

初笑顔《はつえがお》……生246
初戎《はつえびす》……行287
初閻魔《はつえんま》……行289
初買《はつかい》……生250
初懐紙《はつかいし》……生260
初開扉《はつかいひ》……行276
初鏡《はつかがみ》……生246
初神楽《はつかぐら》……行285
初重《はつがさ》ね……生251
初炊《はつかし》ぎ……行272
初霞《はつがすみ》……天231
初鐘《はつかね》……行276
初釜《はつがま》……生259
初竈《はつかまど》……行273
初鴉《はつがらす》★……動240
初烏《はつがらす》……動240
初観音《はつかんのん》……行289
初句会《はつくかい》……生260
初稽古《はつげいこ》……生259
初景色《はつげしき》……地232
初化粧《はつげしょう》……生246
初蹴鞠《はつけまり》……行278
初弘法《はつこうぼう》……行289
初声《はつこえ》……動239
初護摩《はつごま》……行276
初暦《はつごよみ》……生247
初勤行《はつごんぎょう》……行276
初座敷《はつざしき》……生256
初山河《はつさんが》……地232
初参宮《はつさんぐう》……行285
初仕事《はつしごと》……生251
初東雲《はつしののめ》……天230
初芝居《はつしばい》……生261
初写真《はつしゃしん》……生249
初新聞《はつしんぶん》……生247
初雀《はつすずめ》……動240
初硯《はつすずり》……生248
初刷《はつずり》……生247
初席《はつせき》……生260
初糶《はつせり》……生251
初掃除《はつそうじ》……生256
初草子《はつぞうし》……生247
初相場《はつそうば》……生251
初曽我《はつそが》……生261
初染《はつぞめ》……生252
初空《はつぞら》★……天229
初太鼓《はつだいこ》……行276
初大師《はつだいし》……行289
初田打《はつたうち》……行277
初凧《はつだこ》……生264
初立会《はつたちあい》……生251
初辰《はつたつ》……行276
初辰《はつたつ》の水《みず》……行276
初旅《はつたび》……生250
初便《はつだより》……生245
初便《はつだより》(年賀状)……生245
初茶湯《はつちゃのゆ》……生259
初手水《はつちょうず》……行272
初手斧《はつちょうな》……行279
初出《はつで》……行278
初点前《はつてまえ》……生259
初電車《はつでんしゃ》……生250
初天神《はつてんじん》……行290
初電話《はつでんわ》……生245
初読経《はつどきょう》……行276
初寅《はつとら》……行276
初寅参《はつとらまいり》……行276
初寅詣《はつとらもうで》……行276
初鶏《はつとり》……動239
初鳥《はつどり》……動239
初泣《はつなき》……生246
初凪《はつなぎ》……天230
初荷《はつに》……生250
初荷馬《はつにうま》……生250
初日記《はつにっき》……生249
初荷舟《はつにぶね》……生250
初乗《はつのり》……生250
初場所《はつばしょ》……生260
初機《はつはた》……生252
初鳩《はつばと》……動240
初嘶《はつばなし》……生260
初祓《はつはらい》……生242
初針《はつばり》……生252
初春《はつはる》……時222
初春狂言《はつはるきょうげん》……生261
初日《はつひ》★……天229
初日影《はつひかげ》……天229
初披講《はつひこう》……生260
初飛行《はつひこう》……生250
初日《はつひ》の出《で》……天229
初日山《はつひやま》……天229
初諷経《はつふぎん》……行276
初富士《はつふじ》★……地232
初不動《はつふどう》……行290
初風呂《はつぶろ》……生256
初弁財天《はつべんざいてん》……行275
初弁天《はつべんてん》……行275
初箒《はつぼうき》……生256
初法座《はつほうざ》……行276
初参《はつまいり》……生242
初巳《はつみ》……行275
初神籤《はつみくじ》……生242
初弥撒《はつみさ》……行277
初《はつ》ミサ……行277
初御空《はつみそら》……天229
初御堂《はつみどう》……行276
初詣《はつもうで》★……生242
初薬師《はつやくし》……行287
初社《はつやしろ》……生242
初山《はつやま》……行277
初山入《はつやまいり》……行277
初山踏《はつやまふみ》……行277
初湯《はつゆ》★……生256
初郵便《はつゆうびん》……生245
初湯殿《はつゆどの》……生256

初弓《はつゆみ》……行279
初夢《はつゆめ》★……生247
初寄席《はつよせ》……生260
初漁《はつりょう》……行277
初漁祝《はつりょういわい》……行277
初礼《はつれい》……生244
初礼者《はつれいじゃ》……生244
初笑《はつわらい》……生246
花《はな》がるた……生261
花小袖《はなこそで》……生251
花暦《はなごよみ》……生247
花《はな》の春《はる》……時222
花餅《はなもち》……生256
羽子《はね》……生263
羽子《はね》つき……生263
破魔矢《はまや》……生242
破魔弓《はまゆみ》★……生242
孕《はら》み箸《ばし》……生254
針起《はりおこ》し……生252
春着《はるぎ》★……生251
春著《はるぎ》……生251
春衣《はるぎ》……生251
春鍬《はるくわ》……行284
春小袖《はるこそで》……生251
春駒《はるこま》……行258
春駒踊《はるこまおどり》……行258
春駒舞《はるこままい》……行258
春駒万歳《はるこままんざい》……行258
春芝居《はるしばい》……生261
春《はる》の七草《ななくさ》……植236
春《はる》の礼《れい》……生244

ひ

人《ひと》の日《ひ》……時226
火縄売《ひなわうり》……行286
ひめ始《はじめ》……生265
糄糅始《ひめはじめ》……生265
飛馬始《ひめはじめ》……生265

ふ

拭始《ふきはじめ》……生256
福掻《ふくかき》……行276
福笹《ふくささ》……行287
ふくさ藁《わら》……行270
福寿草《ふくじゅそう》……植235
福神詣《ふくじんまいり》……行275
福助籠《ふくすけかご》……行287
福達磨《ふくだるま》……行287
福茶《ふくちゃ》……行272
福杖《ふくづえ》……行282
福寅《ふくとら》……行276
福鍋《ふくなべ》……行272
福引《ふくびき》……生264
福参《ふくまいり》……行275
福水《ふくみず》……行271
福沸《ふくわかし》……行272
福藁《ふくわら》……行270
福笑《ふくわらい》……生262
福藁敷《ふくわらし》く……行270
畚下《ふごおろ》し……行276
二日《ふつか》……時224
筆始《ふではじめ》……生248
太箸《ふとばし》……生254

ほ

ほい駕《かご》……行287
庖丁始《ほうちょうはじめ》……行273
宝引《ほうびき》……生264
蓬莱《ほうらい》★……行267
蓬莱飾《ほうらいかざり》……行267
蓬莱山《ほうらいさん》……行267
蓬莱盆《ほうらいぼん》……行267
宝恵駕《ほえかご》……行287
ぽこんぽこん……生264
干柿飾《ほしがきかざ》る……行269
穂俵《ほだわら》……植234
穂俵飾《ほだわらかざ》る……行270
ぽっぺん……生264
仏《ほとけ》の座《ざ》……植237
ぽぺん……生264
ほんだわら……植234

ま

舞猿《まいざる》……行258
舞初《まいぞめ》……生259
舞始《まいはじめ》……生259
前垂注連《まえだれしめ》……行267
負独楽《まけごま》……生263
松上《まつあが》り……行279
松明《まつあけ》……時227
松送《まつおく》り……行280
松納《まつおさめ》……行280
松下《まつおろ》し……行280
松飾《まつかざり》……生243
松過《まつすぎ》……時227
松倒《まつたお》し……行280
松取《まつと》る……行280
松直《まつなお》し……行280
松七日《まつなぬか》……時227
松《まつ》の内《うち》……時227
松引《まつびき》……行280
的始《まとはじめ》……行279
俎始《まないたはじめ》……行273
俎開《まないたびらき》……行288
繭玉《まゆだま》……生257
繭玉祝《まゆだまいわ》う……生257
繭団子《まゆだんご》……生257
繭餅《まゆもち》……生257
鞠始《まりはじめ》……行278
万歳《まんざい》……行257

み

三河万歳《みかわまんざい》……行257
弥撒始《みさはじめ》……行277
三日《みっか》……時225

三《みつ》の始《はじめ》……時 223

む

六日《むいか》……時 225
六日爪《むいかづめ》……行 275
六日年《むいかどし》……時 225
百足小判《むかでこばん》……行 276
結《むすび》こぶ……生 255
結昆布《むすびこんぶ》……生 255
結昆布祝《むすびこんぶいわ》う……行 269
結柳《むすびやなぎ》……生 260
睦昆布《むつみこんぶ》……生 255

も

孟陽《もうよう》……時 222
土竜打《もぐらうち》……行 284
もぐら追《おい》……行 284
もぐら送《おく》り……行 284
餅鏡《もちいかがみ》……生 243
餅木《もちぎ》……生 256
望正月《もちしょうがつ》……時 227
餅手鞠《もちでまり》……生 256
望年《もちどし》……時 227
望《もち》の粥《かゆ》……行 282
餅《もち》の花《はな》……生 256
餅花《もちばな》★……生 256
餅穂《もちほ》……生 256

や

宿入《やどいり》……行 285
宿下《やどさが》り……行 285
柳掛《やなぎか》く……生 260
柳箸《やなぎばし》……生 254
藪入《やぶいり》……行 285
家父入《やぶいり》……行 285
走百病《やぶいり》……行 285
養父入《やぶいり》……行 285
山初《やまぞめ》……行 277
大和万歳《やまとまんざい》……行 257
山猫廻《やまねこまわ》し……行 259
山始《やまはじめ》……行 277
山誉《やまほ》め……行 277
遣羽子《やりばね》……生 263

ゆ

楪《ゆずりは》……植 234
交譲葉《ゆずりは》……植 234
杠《ゆずりは》……植 234
弓弦葉《ゆづるは》……植 234
湯殿始《ゆどのはじめ》……生 256
弓場始《ゆばはじめ》……行 279
弓始《ゆみはじめ》……行 279
弓矢始《ゆみやはじめ》……行 279
夢祝《ゆめいわい》……生 247
夢始《ゆめはじめ》……生 247

よ

宵戎《よいえびす》……行 287
宵天神《よいてんじん》……行 290
羊日《ようじつ》……時 225
四日《よっか》……時 225
読初《よみぞめ》……生 247
嫁《よめ》が君《きみ》★……動 239
万懸《よろずか》け……行 271

り

漁始《りょうはじめ》……行 277
旅行始《りょこうはじめ》……生 250

る

留守居松《るすいまつ》……行 280

れ

礼受《れいうけ》……生 244
礼者《れいじゃ》……生 244

ろ

六入《ろくいり》……行 285

わ

若井《わかい》……行 271
若男《わかおとこ》……生 242
若木《わかぎ》……行 272
和歌御会始《わかごかいはじめ》……行 279
輪飾《わかざり》……行 267
若潮《わかしお》……行 271
若潮汲《わかしおく》む……行 271
若潮迎《わかしおむかえ》……行 271
若正月《わかしょうがつ》……時 227
若年《わかとし》……時 227
若菜《わかな》……植 236
若菜籠《わかなかご》……行 273
若菜狩《わかながり》……行 273
若菜摘《わかなつみ》……行 273
若菜摘《わかなつ》む……行 273
若菜野《わかなの》……地 232
若菜《わかな》はやす……行 274
若水《わかみず》……行 271
若飯《わかめし》……行 272
若湯《わかゆ》……生 256
輪注連《わじめ》……行 267
笑初《わらいぞめ》★……生 246
藁盒子《わらごうし》……行 270

25日　下村槐太《しもむらかいた》　昭和41年（1966）

池内《いけのうち》たけし　昭和49年（1974）

30日　横光利一《よこみつりいち》（小説家）　昭和22年（1947）〔横光忌《よこみつき》〕

田中裕明《たなかひろあき》　平成16年（2004）

31日　寺田寅彦《てらだとらひこ》　昭和10年（1935）〔冬彦忌《ふゆひこき》〕

中塚一碧楼《なかつかいっぺきろう》　昭和21年（1946）

旧暦12月

7日　黒柳召波《くろやなぎしょうは》　明和8年（1771）

12日　関山慧玄《かんざんえげん》（禅僧）　延文5年（1360）〔妙心寺開山忌《みょうしんじかいさんき》・関山忌《かんざんき》〕

15日　吉良義央《きらよしなか》（武士）　元禄15年（1702）〔吉良忌《きらき》・高家《こうけ》の忌《き》〕

22日　大燈国師妙超《だいとうこくしみょうちょう》（大徳寺開祖）　建武4年（1337）〔大徳寺開山忌《だいとくじかいさんき》・大燈国師忌《だいとうこくしき》〕

25日　与謝蕪村《よさぶそん》　天明3年（1783）〔春星忌《しゅんせいき》〕→220

1月

1日　高屋窓秋《たかやそうしゅう》　平成11年（1999）

5日　中村苑子《なかむらそのこ》　平成13年（2001）

8日　松村蒼石《まつむらそうせき》　昭和57年（1982）

9日　松瀬青々《まつせせいせい》　昭和12年（1937）

10日　宮津昭彦《みやつあきひこ》　平成23年（2011）

15日　上野章子《うえのあきこ》　平成11年（1999）

18日　福田蓼汀《ふくだりょうてい》　昭和63年（1988）

19日　相馬遷子《そうませんし》　昭和51年（1976）

佐藤鬼房《さとうおにふさ》　平成14年（2002）

20日　大須賀乙字《おおすがおつじ》　大正9年（1920）〔寒雷忌《かんらいき》・二十日忌《はつかき》〕

21日　杉田久女《すぎたひさじょ》　昭和21年（1946）

26日　藤沢周平《ふじさわしゅうへい》（小説家）　平成9年（1997）

29日　日野草城《ひのそうじょう》　昭和31年（1956）〔凍鶴忌《いてづるき》・銀忌《しろがねき》・鶴唳忌《かくれいき》〕

5日　沢木欣一《さわききんいち》　平成13年（2001）

6日　鈴木花蓑《すずきはなみの》　昭和17年（1942）

石川桂郎《いしかわけいろう》　昭和50年（1975）〔含羞忌《がんしゅうき》〕

8日　京極杞陽《きょうごくきよう》　昭和56年（1981）

長谷川双魚《はせがわそうぎょ》　昭和62年（1987）

11日　臼田亜浪《うすだあろう》　昭和26年（1951）

17日　小沢碧童《おざわへきどう》　昭和16年（1941）

19日　吉井勇《よしいいさむ》（歌人）　昭和35年（1960）〔かにかく忌《き》・紅灯忌《こうとうき》〕

21日　会津八一《あいづやいち》（歌人・書家）　昭和31年（1956）〔秋艸忌《しゅうそうき》・渾斎忌《こんさいき》〕

石田波郷《いしだはきょう》　昭和44年（1969）〔忍冬忌《にんどうき》・風鶴忌《ふうかくき》・惜命忌《しゃくみょうき》〕

24日　岸田稚魚《きしだちぎょ》　昭和63年（1988）

25日　三島由紀夫《みしまゆきお》（小説家）　昭和45年（1970）〔三島忌《みしまき》・憂国忌《ゆうこくき》〕

29日　川崎展宏《かわさきてんこう》　平成21年（2009）

旧暦11月

13日　空也《くうや》（時宗の祖）　天禄3年（972）〔空也堂踊念仏《くうやどうおどりねんぶつ》〕

15日　松永貞徳《まつながていとく》（歌人・貞門俳諧の祖）　承応2年（1653）

16日　三浦樗良《みうらちょら》　安永9年（1780）

17日　建部巣兆《たけべそうちょう》　文化11年（1814）

19日　夏目成美《なつめせいび》　文化13年（1816）

小林一茶《こばやしいっさ》　文政10年（1827）→220

21日　一休《いっきゅう》（禅僧）　文明13年（1481）

22日　近松門左衛門《ちかまつもんざえもん》（浄瑠璃作者）　享保9年（1724）〔近松忌《ちかまつき》・巣林子忌《そうりんしき》〕

28日　親鸞《しんらん》（浄土真宗開祖）　弘長2年（1262）〔報恩講《ほうおんこう》〕→214

29日　酒井抱一《さかいほういつ》（画家・俳人）　文政11年（1828）

30日　藤原俊成《ふじわらのしゅんぜい》（歌人）　元久元年（1204）

12月

1日　三橋敏雄《みつはしとしお》　平成13年（2001）

3日　増田龍雨《ますだりゅうう》　昭和9年（1934）

4日　福永耕二《ふくながこうじ》　昭和55年（1980）

8日　轡田進《くつわだすすむ》　平成11年（1999）

9日　夏目漱石《なつめそうせき》　大正5年（1916）→220

12日　鈴木六林男《すずきむりお》　平成16年（2004）

14日　成瀬櫻桃子《なるせおうとうし》　平成16年（2004）

15日　山口青邨《やまぐちせいそん》　昭和63年（1988）

16日　桂信子《かつらのぶこ》　平成16年（2004）

17日　楠本憲吉《くすもとけんきち》　昭和63年（1988）

20日　原石鼎《はらせきてい》　昭和26年（1951）

22日　阿波野青畝《あわのせいほ》　平成4年（1992）〔万両忌《まんりょうき》〕

武射神事《むしやしんじ》（上賀茂神社）京都市　裏に「鬼」と書かれた的を射て年中の邪気を祓う。
御木始《おきはじめ》・御弓始《おゆみはじめ》（藤森神社）京都市　この１年の無事を祈る行事。
17 日……**三吉梵天祭《みよしぼんでんさい》**（三吉神社）秋田市　梵天と呼ばれる依代《よりしろ》を神社に奉納する。
18 日……**初観音《はつかんのん》**　→ 289
亡者送《もうじゃおく》り（浅草寺）東京都台東区　7 昼夜続く温座秘法陀羅尼会《おんざひほうだらにえ》の結願行事。
20 日……**二十日夜祭《はつかやさい》**（毛越寺《もうつうじ》常行堂）岩手県平泉町　法会の後、延年の舞が奉納される。
厳島《いつくしま》の御弓始《おんゆみはじ》め（百手祭《ももてさい》／大元《おおもと》神社）広島県廿日市市　弓始めの神事。
21 日……**初大師《はつだいし》**　→ 289
24 日……**鷽替《うそかえ》**（～ 25 日／亀戸《かめいど》天神社）東京都江東区　→ 286
とげぬき地蔵初地蔵《じぞうはつじぞう》（高岩寺）東京都豊島区　とげぬき地蔵の新年初の大祭。
初愛宕《はつあたご》（京都愛宕神社）京都市　愛宕は火の神。火伏せの護符を授ける初縁日。
25 日……**初天神《はつてんじん》**　→ 290
篠原踊《しのはらおどり》（篠原天神社）奈良県五條市　氏神に太鼓踊りを奉納する。
28 日……**初不動《はつふどう》**　→ 290
木賊不動《とくさふどう》だるま市《いち》（麻生不動院）神奈川県川崎市　関東の納めのだるま市。
第 4 土曜…**若草山山焼《わかくさやまやまやき》**　奈良市　奈良の山焼→ 290
第 4 日曜…**篦岳白山祭《ののたけはくさんまつり》**（篦峯寺《こんぽうじ》境内白山社）宮城県涌谷町　御弓神事で豊凶を占う。
旧大晦日…**和布刈神事《めかりのしんじ》**（～旧暦元日／和布刈神社）北九州市　→ 217

忌日一覧

●月ごと（旧暦と太陽暦）の配列とした。
●忌日、姓名（雅号）、職業（俳諧師・俳人である場合は省略）、没年の順に掲載した。
●本文中に立項したものは掲数を示した。

旧暦 10 月

2 日　**山崎宗鑑《やまざきそうかん》**（連歌師）　没年未詳
5 日　**達磨《だるま》**（禅宗始祖）　没年未詳〔初祖忌《しょそき》・少林忌《しょうりんき》〕
9 日　**浪化《ろうか》**　元禄 16 年（1703）
12 日　**松尾芭蕉《まつおばしょう》**　元禄 7 年（1694）〔桃青忌《とうせいき》・翁忌《おきなき》・時雨忌《しぐれき》〕→ 219
13 日　**日蓮《にちれん》**（日蓮宗開祖）　弘安 5 年（1282）〔御命講《おめいこう》・御会式《おえしき》〕→秋・227
服部嵐雪《はっとりらんせつ》　宝永 4 年（1707）
16 日　**聖一国師《しょういちこくし》**（東福寺開祖）　弘安 3 年（1280）〔東福寺開山忌《とうふくじかいさんき》・弁当納《べんとうおさめ》〕
23 日　**高井几董《たかいきとう》**　寛政元年（1789）
26 日　**岡西惟中《おかにしいちゅう》**　正徳元年（1711）

11 月

1 日　**北原白秋《きたはらはくしゅう》**（詩人）　昭和 17 年（1942）

　　　　稲荷《いなり》の大山祭《おおやまさい》（伏見稲荷大社）京都市　御饌石の上に酒を奉納して豊穣祈願。

6 日……少林山七草大祭《しょうりんざんななくさたいさい》だるま市（～ 7 日／少林山達磨寺）群馬県高崎市　達磨市→ 287

　　　　びんずる廻《まわ》し（善光寺）長野市　びんずる尊者像を引き回し無病息災を祈る。

　　　　六日祭《むいかまつり》（長滝白山神社）岐阜県郡上市　延年の舞が舞われ花奪いが行なわれる。

7 日……白馬祭《おうめさい》（鹿島神宮）茨城県鹿嶋市　御神馬 7 頭が御神前をめぐる。

　　　　三島御田打祭《みしまおたうちまつり》（三嶋大社）静岡県三島市　米作りを演じて豊作を祈願する田楽。

　　　　御印文頂戴《ごいんもんちょうだい》（～ 15 日／善光寺）長野市　参詣者の頭に御印文を押し当てる。

　　　　清水《きよみず》の牛王《ごおう》（清水寺）京都市　修正会満願の日、牛王宝印が授けられる。

　　　　住吉《すみよし》の白馬神事《あおうましんじ》（住吉大社）大阪市　白馬が本宮を拝礼した後、駆け巡る。

　　　　鷽替《うそかえ》（太宰府天満宮）福岡県太宰府市　→ 286

　　　　鬼《おに》すべ（太宰府天満宮鬼すべ堂）福岡県太宰府市　鬼をいぶし出す火祭。

　　　　鬼夜《おによ》（大善寺玉垂宮《たまたれぐう》）福岡県久留米市　松明を手に若衆が練り歩く追儺の火祭。

8 日……鳥越神社《とりごえじんじゃ》どんど焼《や》き（鳥越神社）東京都台東区　新春七草お焚き上げ行事。

9 日……西宮《にしのみや》の居籠《いごも》り（西宮神社）兵庫県西宮市　十日戎を前に心身を浄める。

10 日……十日戎《とおかえびす》（今宮戎神社）大阪市　→ 287

　　　　宝恵駕籠《ほえかご》（今宮戎神社）大阪市　宝恵駕《ほえかご》→ 287

　　　　初《はつ》こんぴら（金刀比羅宮《ことひらぐう》）香川県琴平町　「初十日祭」とも呼ばれる。

11 日……御札切《おふだき》り（遊行寺《ゆぎょうじ》）神奈川県藤沢市　遊行上人が御札を切る日。非公開。

　　　　熱田踏歌神事《あつたとうかしんじ》（熱田神宮）愛知県名古屋市　卯杖舞《うづえのまい》・扇舞を舞い豊凶を占う。

　　　　粥占神事《かゆうらしんじ》（枚岡神社《ひらおか》）大阪府東大阪市　粥の炊きあがりを見て豊凶を占う。

　　　　大宝《だいほう》の綱引《つなひき》（大宝寺）長崎県五島市　男女に分かれて綱を引き豊漁豊作を祈願。

12 日……俎開《まないたびらき》（坂東報恩寺）東京都台東区　→ 288

　　　　稲荷《いなり》の奉射祭《ぶしゃさい》（伏見稲荷大社）京都市　御弓始めで邪気を祓い豊穣を祈願。

　　　　生身供《しょうじんく》（四天王寺太子堂）大阪市天王寺区　開祖聖徳太子の誕生を祝う行事。

13 日……初虚空蔵《はつこくぞう》　虚空蔵菩薩を祀る寺に新年初めて参詣すること。

　　　　住吉御結鎮神事《すみよしみけちしんじ》（住吉大社）大阪市　除魔招福を願う「住吉の御弓」の神事。

　　　　新野《にいの》の雪《ゆき》まつり（新野伊豆神社）長野県阿南町　豊年を祈願する芸能の祭典。

　　　　三保祭《みほまつり》（～ 15 日／御穂神社）静岡県清水市　豊凶を占う「筒かゆの御神事」。

　　　　上賀茂御棚飾《かみがもおたなかざり》（上賀茂神社）京都市　供物の御棚が奉納される。

　　　　どやどや祭《まつり》（四天王寺）大阪市　修正会の結願日に行なわれる勇壮な祭。

15 日……左義長《さぎちょう》　→ 284

　　　　ちゃっきらこ（本宮神社・海南神社）神奈川県三浦市　→ 288

　　　　熱田歩射神事《あつたほしゃしんじ》（熱田神宮）名古屋市　神矢で除災する「御的《おまとう》」と呼ばれる神事。

　　　　厄除参《やくよけまい》り（～ 19 日／石清水《いわしみず》八幡宮）京都市八幡市　男山八幡に厄除け祈願。

成人の日……玉替祭《たまかえまつり》（高良《こうら》大社）福岡県久留米市　宝珠に触れて開運を祈願する行事。

中旬の日曜……楊枝《やなぎ》のお加持《かじ》（三十三間堂）京都市　楊枝水を参拝者に注ぎ病を除く。

16 日……初閻魔《はつえんま》　→ 289

第3日曜…早池峰《はやちね》神楽《かぐら》舞《ま》い納《おさ》め（早池峰神社）岩手県花巻市　大償《おおつぐない》神楽と岳《たけ》神楽が奉納される。

長松寺《ちょうしょうじ》どんき　愛知県豊川市　白狐、赤天狗、青天狗が子供にベンガラを塗る。

20日……西本願寺《にしほんがんじ》御煤払《おすすはらい》　京都市　竹の棒で一斉に畳を叩き、舞い上がった埃を団扇であおぐ。

21日……終大師《しまいだいし》（川崎大師・西新井大師ほか）神奈川県・東京都ほか　→217

東寺《とうじ》終《しま》い弘法《こうぼう》　京都市　毎月21日に行なわれる縁日の1年の最後のもの。

22日……御火焚串炎上祭《おひたきぐしえんじょうさい》（笠間稲荷神社）茨城県笠間市　御火焚串に点火し、1年の罪を祓う。

23日……来迎院火防大祭《らいごういんひぶせたいさい》　茨城県龍ケ崎市　焚いた護摩木の上を、山伏や参詣者が裸足で渡る。

矢田寺《やたでら》かぼちゃ供養《くよう》　京都市　振る舞われるかぼちゃを食すと、1年間、無病息災。

25日……終天神《しまいてんじん》（亀戸《かめいど》天神社・北野天満宮ほか）東京都・京都市ほか　→217

知恩院《ちおんいん》お身拭式《みぬぐいしき》　京都市　法然上人の像を、御門跡手ずから真新しい羽二重で拭う。

枚岡神社注連縄掛神事《ひらおかじんじゃしめなわかけしんじ》　大阪府東大阪市　注連縄張り替え後、宮司以下、高笑いする。

28日……成田山新勝寺納不動《なりたさんしんしょうじおさめふどう》・お焚上《たきあげ》　千葉県成田市　護摩札など焚き1年の無事を感謝。

善光寺《ぜんこうじ》お煤払《すすはら》い　長野市　年に一度の「お煤払いの儀」で、本堂の大掃除が行なわれる。

29日……薬師寺《やくしじ》お身拭《みぬぐ》い　奈良市　正月用の餅をつくのに使用した湯で仏像を拭き清める。

31日……松例祭《しょうれいさい》（～1月1日／出羽三山神社）山形県鶴岡市　百日間参籠の山伏が競い合う。

王子《おうじ》の狐火《きつねび》（狐《きつね》の行列《ぎょうれつ》／王子稲荷神社）東京都北区　狐に扮した人々が練り歩く。

1月

1日……御判行事《ごはんぎょうじ》（～7日／鶴岡八幡宮）神奈川県鎌倉市　神印を額に当て息災を祈念。

正月夜宴神事《しょうがつやえんしんじ》（～3日／彌彦《やひこ》神社）新潟県弥彦村　神楽を舞い新年を祝う。

蛙狩神事《かわずがりしんじ》（諏訪《すわ》大社）長野県諏訪市　御手洗川の蛙を捕らえて神前に捧げる。

白朮詣《おけらまいり》（八坂神社）京都市　→286

繞道祭《にょうどうさい》（大神《おおみわ》神社）奈良県桜井市　→286

延寿祭《えんじゅさい》（橿原《かしはら》神宮）奈良県橿原市　無病長寿を祈る延寿箸を配布。歳旦祭とも。

大御饌祭《おおみけさい》（出雲大社）島根県出雲市　国家安泰を願う。「寝ごもりの神事」とも。

2日……大日詣《だいにちまいり》（大日霊貴《おおひるめむち》神社）秋田県鹿角市　1300年前から伝わる古典舞楽。

北野《きたの》の筆始祭《ふではじめさい》・天満書《てんまがき》（北野天満宮）京都市　菅原道真公に書道上達を祈願。

釿始《ちょうなはじ》め（広隆寺）京都市　宮大工が1年の無事故を祈願する行事。

3日……寺野《てらの》のひょんどり　静岡県浜松市　引佐町寺野に古くから伝わる火踊り。

矢立《やたて》の神事《しんじ》（吉備津《きびつ》神社）岡山市　東西南北に矢を放ち厄災を祓う。

玉《たま》せせり（筥崎《はこざき》宮）福岡市　→286

4日……武射祭《むしゃさい》（二荒山《ふたらさん》神社中宮祠）栃木県日光市　赤城山に向けて矢を放つ神事。

坂部《さかんべ》の冬祭《ふゆまつり》（諏訪神社）長野県天龍村　諏訪神社の祭に行なわれる湯立神楽。

蹴鞠《けまり》はじめ（下鴨《しもがも》神社）京都市　古式にのっとり伝統芸能「蹴鞠」が奉納される。

住吉踏歌神事《すみよしとうかしんじ》（住吉大社）大阪市　大地を踏みしめて白拍子舞などを踊る神事。

5日……初水天宮《はつすいてんぐう》　東京都中央区の水天宮、または福岡県久留米市の水天宮への参詣。

浅草寺牛王加持《せんそうじごおうかじ》　東京都台東区　牛王宝印の護符が与えられる。

2日……秩父夜祭《ちちぶよまつり》（～3日／秩父神社）埼玉県秩父市　→214

3日……諸手船神事《もろたぶねしんじ》（美保神社）島根県松江市　二手に分かれて「諸手船」に乗り水を掛け合う。

第1土曜…兒原稲荷神社例大祭《こばるいなりじんじゃれいたいさい》（夜神楽）宮崎県西米良村　一晩中児原稲荷神楽が舞われる。

第1日曜…木幡《こはた》の幡祭《はたまつ》り（隠津島《おきつしま》神社）福島県二本松市　百余本の五反幡を立て木幡をめざす。

4日……保呂羽堂《ほろはどう》の年越祭《としこしまつり》（千眼寺）山形県米沢市　ついた餅を天井高く突き上げ煤をつける。

香取神宮内陣神楽《かとりじんぐうないじんかぐら》　千葉県香取市　内陣の開扉と少年による大和舞の奉奏。非公開。

5日……あえのこと　石川県輪島市ほか　今年の収穫を田の神に感謝する、奥能登の行事。

納《おさめ》の水天宮《すいてんぐう》　東京都中央区ほか　毎月5日開催の「水天の縁日」の1年最後の祭。

6日……秋葉山火防祭《あきばさんひぶせまつり》（秋葉山量覚院）神奈川県小田原市　「火おどり」の後、火渡りを行なう。

7日……団碁祭《だんごまつり》（香取神宮）千葉県香取市　新穀で団子を作り五穀成熟を感謝する。

千本釈迦堂大根焚《せんぼんしゃかどうだいこたき》（～8日）京都市　上京区の千本釈迦堂で行なわれる大根焚の行事。

8日……石　上神宮《いそのかみじんぐう》お火焚祭《ひたきまつり》　奈良県天理市　年頭に書いた願串や絵馬を焚き家内安全を祈る。

祐徳稲荷神社《ゆうとくいなりじんじゃ》おひたき神事《しんじ》　佐賀県鹿島市　木々を積み重ねた「お山」を燃やす。

9日……鳴滝大根焚《なるたきだいこたき》（～10日／了徳寺）京都市　鳴滝の大根焚→215

第2土曜…池《いけ》ノ上《うえ》みそぎ祭《まつり》（葛懸《かつらがけ》神社）岐阜市　長良川に入り禊ぎを行ない五穀豊穣を祈願。

10日……大湯祭《だいとうさい》（氷川神社）さいたま市　「十日市」ともいわれ、熊手や縁起物の露店が並ぶ。

大頭祭《だいとうさい》（～14日／武水別神社）長野県千曲市　沿道で豆殻を燃やして行列を迎える。

金刀比羅宮《ことひらぐう》納《おさめ》の金毘羅《こんぴら》　香川県琴平町　金刀比羅宮の1年の最後の祭。

11日……冬報恩講《ふゆほうおんこう》（智積院論議《ちしゃくいんろんぎ》／～12日）京都市　法然上人の忌日法要。

庚申の日……柴又帝釈天《しばまたたいしやくてん》納《おさめ》の庚申《こうしん》　東京都葛飾区　各地の庚申待ちの中でもとくに有名。

13日……常磐神社《ときわじんじゃ》煤払祭《すすはらいさい》　茨城県水戸市　建物の内外の大掃除。

空也踊躍念仏厳修《くうやゆやくねんぶつげんじゅ》（～除夜／六波羅蜜寺《ろくはらみつじ》）京都市　鉦を叩き足踏み鳴らし多幸を祈る。

14日……赤穂義士祭《あこうぎしさい》（泉岳寺《せんがくじ》ほか）東京都港区・兵庫県赤穂市　義士会→214

やっさいほっさい（石津太神社）大阪府堺市　えびすに扮した男を担ぎ火の中を渡る。

15日……冬渡祭《おたりや》（二荒山《ふたあらやま》神社）宇都宮市　守札や破魔矢などを焚き、火伏せと無病息災を祈願。

おかめ市《いち》（川口神社）埼玉県川口市　露店が並び縁起物の熊手を求める人々で賑わう。

世田谷《せたがや》のぼろ市《いち》（～16日、1月も同日）東京都世田谷区　→216

舘山寺火祭《かんざんじひまつり》　静岡県浜松市　護摩木が焚かれた上を火渡りをして無病息災を祈願。

春日若宮御祭《かすがわかみやおんまつり》（～18日／春日大社若宮神社）奈良市　→216

15日頃の日曜………宗像祭《むなかたまつり》（古式祭／宗像大社）福岡県宗像市　神饌を供え今年の収穫に感謝。

16日……鵜祭《うまつり》（気多大社）石川県羽咋市　放たれた鵜が台に止まるまでの様子で吉凶を占う。

秋葉《あきば》の火祭《ひまつ》り（秋葉神社）静岡県浜松市　神職による弓の舞、剣の舞、火の舞の奉納。

宝山寺大鳥居大注連縄奉納《ほうざんじおおとりいおおしめなわほうのう》　奈良県生駒市　1年間使われた注連縄を供養し掛け直す。

中旬……浅草《あさくさ》ガサ市《いち》（～下旬）東京都台東区　浅草寺本堂裏手に正月用品を売る市が立つ。

17日……七日町観音堂《なぬかまちかんのんどう》だるま市《いち》　山形県鶴岡市　だるまや熊手など、正月の縁起物の販売。

浅草羽子板市《あさくさはごいたいち》（～19日）東京都台東区　羽子板市→216

白糸《しらいと》の寒《かん》みそぎ（～18日／白糸熊野神社）福岡県糸島市　長野川の禊ぎ場で水を掛け合う。

冬・新年の行事一覧

●日本のおもな行事を月順に掲載し、簡単な説明を加えた。

●本文中に立項したものは頁数を示した。

●日程は変更となる場合があるので、注意されたい。

11月

1日……秋《あき》の藤原《ふじわら》まつり（～3日／中尊寺・毛越寺）岩手県平泉町　稚児行列や延年の舞。

正倉院曝涼《しょうそういんばくりょう》（中旬までの約2週間）奈良市　一部の宝物は奈良国立博物館に展示。

2日……唐津《からつ》くんち（～4日／唐津神社）佐賀県唐津市　14基のヤマ（山車）が市内を巡幸。

3日……けまり祭《まつり》（談山《たんざん》神社）奈良県桜井市　古式にのっとった蹴鞠が奉納される。

5日……十日十夜別時念仏会《じゅうにちじゅうやべつじねんぶつえ》（～15日／真如堂）京都市　念仏を唱え、極楽往生を願う。

8日……火焚祭《ひたきさい》（鞴祭《ふいごまつり》／伏見稲荷大社）京都市　御火焚《おほたき》→211

明恵上人献茶式《みょうえしょうにんけんちゃしき》（高山寺開山堂）京都市　茶祖明恵上人に新茶を献上する法会。

10日……尻摘祭《しりつみまつり》（音無神社）静岡県伊東市　灯が消され話をすることも禁じられる暗闇の祭。

第2日曜…松尾芭蕉祭《まつおばしょうさい》（瑞巌寺）宮城県松島町　芭蕉の追善法要。中央公民館で全国俳句大会。

将門《まさかど》まつり（国王神社）茨城県坂東市　「神田明神将門太鼓」が響くなか、武者行列。

12日……誕生寺御会式《たんじょうじおえしき》　千葉県鴨川市　万灯を先頭に、稚児衣装に着飾った子供が練り歩く。

17日……じゃぼんこう（西光寺）福井県鯖江市　蛇が参詣する「蛇報恩講」がもとという。

第3土曜…牡丹焚火《ぼたんたきび》（須賀川牡丹園）福島県須賀川市　→211

原《はら》の天狗《てんぐ》まつり　埼玉県秩父市　木や竹やを積んで焚き、天狗に1年の安泰を祈願。

19日……西宮神社《にしのみやじんじゃ》えびす講市《こういち》　静岡県焼津市　商売繁盛祈願の熊手などが並ぶ。

20日……三嶋大社《みしまたいしゃ》えびす講《こう》　静岡県三島市　境内の一画でえびす講投げ市、野菜市が開かれる。

佐太神社神在祭《さだじんじゃかみありさい》（お忌《いみ》さん／～25日）島根県松江市　八百万の神々が集まるという。

21日……東本願寺報恩講《ひがしほんがんじほうおんこう》（～28日）京都市　報恩講→214

22日……戸隠神社新嘗祭《とがくしじんじゃにいなめさい》（太々神楽《だいだいかぐら》献奏／～24日）長野市　9種の舞を奉納、五穀豊穣を祈る。

豊川稲荷秋季大祭《とよかわいなりしゅうきたいさい》（～23日）愛知県豊川市　白狐の面をつけた男や稚児が練り歩く。

石上神宮鎮魂祭《いそのかみじんぐうちんこんさい》　奈良県天理市　日没後に行なわれる厳かな神事。人長舞も奉納。

神農祭《しんのうさい》（～23日／少彦名神社）大阪市　→212

八代妙見祭《やつしろみょうけんさい》（～23日／八代神社）熊本県八代市　亀蛇《きだ》の巡行や馬追いが行なわれる。

23日……出雲大社新嘗祭《いずもたいしゃにいなめさい》　島根県出雲市　古伝にのっとって新嘗祭の祭事が行なわれる。

下旬……高千穂《たかちほ》の夜神楽《よかぐら》（～翌年2月）宮崎県高千穂町　町内の「神楽宿」で33の神楽奉納。

酉の日…酉《とり》の市《いち》（鷲《おおとり》神社ほか）東京都ほか　→198

旧10月11日…神在祭《かみありさい》（～17日／出雲大社）島根県出雲市　神の旅→209

12月

1日……永平寺臘八大摂心会《えいへいじろうはつだいせっしんえ》（～8日）福井県永平寺町　雲水が昼夜にわたって座禅を組む。

遠山《とおやま》の霜月祭《しもつきまつり》（～12月末）長野県飯田市　遠山郷の各神社で催される湯立神楽。

柳絮《りゅうじょ》飛《と》ぶ……春・植086
流星《りゅうせい》……秋・天039
竜天《りゅうてん》に登《のぼ》る……春・時014
流灯《りゅうとう》……秋・行214
竜灯《りゅうとう》……秋・地056
流灯会《りゅうとうえ》……秋・行214
竜脳菊《りゅうのうぎく》〔野菊〕秋・植123
龍之介忌《りゅうのすけき》……夏・行275
流氷《りゅうひょう》……春・地060
流氷期《りゅうひょうき》……春・地060
流氷盤《りゅうひょうばん》……春・地060
涼《りょう》……夏・時020
涼新《りょうあら》た……秋・時009
涼気《りょうき》……夏・時020
両国川開《りょうごくかわびら》き……夏・行267
両国《りょうごく》の花火《はなび》……夏・行267
料峭《りょうしょう》……春・時011
良宵《りょうしょう》……秋・天033
涼風《りょうふう》……夏・天026
涼味《りょうみ》……夏・時020
涼夜《りょうや》……夏・時020
良夜《りょうや》……秋・天033
綾羅《りょうら》……夏・生197
緑陰《りょくいん》★……夏・植074
緑雨《りょくう》……夏・天028
林檎《りんご》……秋・植062
林檎園《りんごえん》……秋・植062
林檎《りんご》の花《はな》……春・植080
竜胆《りんどう》……秋・植122

る

縷紅草《るこうそう》……夏・植099
留紅草《るこうそう》……夏・植099
瑠璃《るり》……夏・動156
瑠璃鳥《るりちょう》……夏・動156

れ

冷夏《れいか》……夏・時014
冷害《れいがい》……夏・時014
茘枝《れいし》……秋・植098
麗日《れいじつ》……春・時021
冷酒《れいしゅ》……夏・生209
冷蔵庫《れいぞうこ》……夏・生226
冷房《れいぼう》……夏・生225
冷房車《れいぼうしゃ》……夏・生225
レース……夏・生199
レース編《あ》む……夏・生199
レタス……春・植098
檸檬《れもん》……秋・植067
レモン……秋・植067
連翹《れんぎょう》……春・植073
蓮華《れんげ》……夏・植122
蓮華草《れんげそう》……春・植108
蓮華躑躅《れんげつつじ》……春・植075
連雀《れんじゃく》……秋・動138

ろ

絽《ろ》……夏・生197
老鶯《ろうおう》……夏・動151
老人《ろうじん》の日《ひ》……秋・行216
労働祭《ろうどうさい》……春・行217
六月《ろくがつ》……夏・時010
六斎《ろくさい》……秋・行223
六斎念仏《ろくさいねんぶつ》……秋・行223
鹿茸《ろくじょう》……夏・動143
六道参《ろくどうまいり》……秋・行223
炉《ろ》の名残《なごり》……春・生186
炉火恋《ろびこい》し……秋・生187
炉塞《ろふさぎ》……春・生186

わ

ワイン作《つく》る……秋・生183
若鮎《わかあゆ》……春・動150
若楓《わかかえで》……夏・植072
若返《わかがえ》る草《くさ》……春・植104
若草《わかくさ》……春・植106
若草野《わかくさの》……春・植106
若駒《わかごま》……春・動127
若菰《わかこも》……春・植124
公魚《わかさぎ》……春・動149
鰙《わかさぎ》……春・動149
若桜《わかざくら》……春・植064
若狭《わかさ》のお水送《みずおく》り
……春・行220
若芝《わかしば》……春・植107
若竹《わかたけ》……夏・植086
若葉《わかば》★……夏・植071
若葉雨《わかばあめ》……夏・植071
若葉風《わかばかぜ》……夏・植071
若葉時《わかばどき》……夏・植071
若松《わかまつ》……春・植082
若緑《わかみどり》……春・植082
若宮能《わかみやのう》……夏・生237
若布《わかめ》★……春・植125
和布《わかめ》……春・植125
若布売《わかめうり》……春・植125
若布刈《わかめかり》……春・生204
若布刈《わかめか》る……春・生204
若布汁《わかめじる》……春・植125
若布干《わかめほ》す……春・生204
別《わか》れ蚊《か》……秋・動152
別烏《わかれからす》……秋・動133
別《わか》れ霜《じも》……春・天043
和金《わきん》……夏・動162
病葉《わくらば》……夏・植076
分葱《わけぎ》……春・植102
山葵《わさび》……春・植102
山葵沢《わさびざわ》……春・植102
山葵田《わさびだ》……春・植102
山葵漬《わさびづけ》……春・生176
山葵《わさび》の花《はな》……夏・植106
山葵掘《わさびほり》……春・植102
忘草《わすれぐさ》……夏・植136
忘《わす》れ霜《じも》……春・天043
勿忘草《わすれなぐさ》……春・植095
忘《わす》れな草《ぐさ》……春・植095
忘《わす》れ雪《ゆき》……春・天042
早稲《わせ》……秋・植103
和清《わせい》の天《てん》……夏・時008
早稲刈《わせか》る……秋・植103
早稲酒《わせざけ》……秋・生182
早稲田《わせだ》……秋・地050
早稲《わせ》の香《か》……秋・植103
早稲《わせ》の穂《ほ》……秋・植103
早稲《わせ》の飯《めし》……秋・生175
棉《わた》……秋・植109
綿菅《わたすげ》……夏・植138
綿摘《わたつみ》……秋・生198
綿取《わたとり》……秋・生198
綿取《わたと》る……秋・生198
綿抜《わたぬき》……夏・生196
棉《わた》の花《はな》……夏・植115
綿《わた》の花《はな》……夏・植115
棉《わた》の桃《もも》……秋・植109
棉吹《わたふ》く……秋・植109
綿干《わたほ》す……秋・生198
綿雪《わたゆき》……春・天041
渡《わた》り鳥《どり》★……秋・動134
藁砧《わらきぬた》……秋・生197
藁《わら》ぐろ……秋・生196
藁塚《わらづか》……秋・生196
藁《わら》にお……秋・生196
蕨《わらび》★……春・植115
蕨狩《わらびがり》……春・植115
蕨汁《わらびじる》……春・植115
蕨手《わらびで》……春・植115
蕨飯《わらびめし》……春・植115
蕨餅《わらびもち》……春・生181
われから……秋・動168
吾亦紅《われもこう》……秋・植125
吾木香《われもこう》……秋・植125

鴨足草《ゆきのした》…………夏・植 132
雪《ゆき》の下《した》…………夏・植 132
虎耳草《ゆきのした》…………夏・植 132
雪《ゆき》の絶間《たえま》………春・地 057
雪《ゆき》の名残《なごり》………春・天 042
雪《ゆき》の果《はて》…………春・天 042
雪《ゆき》のひま…………春・地 057
雪《ゆき》の別《わか》れ…………春・天 042
雪間《ゆきま》…………春・地 057
雪虫《ゆきむし》…………春・動 159
雪柳《ゆきやなぎ》…………春・植 076
雪割《ゆきわり》…………春・生 187
雪割草《ゆきわりそう》…………春・植 114
行《ゆ》く秋《あき》★…………秋・時 024
行《ゆ》く鴨《かも》…………春・動 140
行《ゆ》く雁《かり》…………春・動 139
ゆく夏《なつ》…………夏・時 020
行《ゆ》く春《はる》★…………春・時 027
ゆさわり…………春・生 190
柚子《ゆず》…………秋・植 066
柚子《ゆず》の花《はな》…………夏・植 063
柚子《ゆず》の実《み》…………秋・植 066
柚子坊《ゆずぼう》…………秋・動 167
ゆずみそ…………秋・生 178
ゆすら…………夏・植 068
山桜桃《ゆすらうめ》…………夏・植 068
山桜桃《ゆすら》の実《み》
…………夏・植 068
ゆだち…………夏・天 032
ユッカ…………夏・植 097
油点草《ゆてんそう》…………秋・植 122
湯殿行《ゆどのぎょう》…………夏・行 268
湯殿垢離《ゆどのごり》…………夏・行 268
湯殿詣《ゆどのもうで》…………夏・行 268
油団《ゆとん》…………夏・生 220
柚《ゆ》の花《はな》…………夏・植 063
柚餅子《ゆべし》…………秋・生 177
柚味噌《ゆみそ》…………秋・生 178
弓張《ゆみはり》…………秋・天 032
弦《ゆみはり》…………秋・天 032
弓張月《ゆみはりづき》…………秋・天 032
夢見月《ゆめみづき》…………春・時 016
ゆやけ…………夏・天 039
百合《ゆり》★…………夏・植 094

よ

宵涼《よいすず》し…………夏・時 020
宵涼《よいすず》み…………夏・生 192
宵月《よいづき》…………秋・天 032
宵月夜《よいづきよ》…………秋・天 032
宵《よい》の秋《あき》…………秋・時 015
宵《よい》の春《はる》…………春・時 020
宵待草《よいまちぐさ》…………夏・植 121
宵山《よいやま》…………夏・行 272
宵闇《よいやみ》…………秋・天 036
陽焔《ようえん》…………春・天 045
養花天《ようかてん》…………春・天 046
楊貴妃桜《ようきひざくら》………春・植 064
養蚕《ようさん》…………春・生 203
陽春《ようしゅん》…………春・時 006
洋凧《ようだこ》…………春・生 189
洋梨《ようなし》…………秋・植 061
楊梅《ようばい》…………夏・植 067
楊柳《ようりゅう》…………春・植 084
余花《よか》…………夏・植 054
夜蛙《よかわず》…………春・動 131
余寒《よかん》…………春・時 010
夜霧《よぎり》…………秋・天 045
浴仏会《よくぶつえ》…………春・行 222
横泳《よこおよ》ぎ…………夏・生 232
横這《よこばい》…………秋・動 163
よこぶよ…………秋・動 163
夜桜《よざくら》…………春・生 168
夜寒《よさむ》★…………秋・時 022
夜寒《よさむ》さ…………秋・時 022
葭切《よしきり》…………夏・動 153
夜仕事《よしごと》…………秋・生 174
葭障子《よししょうじ》…………夏・生 222
葭簀《よしず》…………夏・生 222
葭簾《よしすだれ》…………夏・生 221
葭簀茶屋《よしずぢゃや》…………夏・生 222
葭簀張《よしずばり》…………夏・生 222
吉田火祭《よしだひまつり》…………秋・行 225
葭戸《よしど》…………夏・生 222
葭《よし》の秋《あき》…………秋・植 113
吉野桜《よしのざくら》…………春・植 065
吉野静《よしのしずか》…………春・植 118
葭《よし》の花《はな》…………秋・植 113
吉野花会式《よしのはなえしき》……春・行 223
葭原《よしはら》…………秋・植 113
葭屏風《よしびょうぶ》…………夏・生 222
夜濯《よすすぎ》…………夏・生 230
夜涼《よすず》み…………夏・生 192
粧《よそお》う山《やま》…………秋・地 049
夜鷹《よたか》…………夏・動 150
怪鴟《よたか》…………夏・動 150
よだち…………夏・天 032
ヨット…………夏・生 231
ヨットレース…夏・生 231
夜露《よつゆ》…………秋・天 046
夜盗虫《よとうむし》…………夏・動 174
よとうむし……夏・動 174
夜長《よなが》★…………秋・時 016
霾晦《よなぐもり》…………春・天 037
夜《よ》なべ…………秋・生 174
よなべ…………秋・生 174
よなぼこり……春・天 037
よなむし…………夏・動 177
夜庭《よにわ》…………秋・生 196
夜庭唄《よにわうた》…………秋・生 196
米桃《よねもも》…………夏・植 068
夜能《よのう》…………夏・生 237
夜這星《よばいぼし》…………秋・天 039
四葩《よひら》の花《はな》…………夏・植 056
呼子鳥《よぶこどり》…………春・動 133
夜振《よぶり》…………夏・生 258
夜振火《よぶりび》…………夏・生 258
夜店《よみせ》…………夏・生 235
夜見世《よみせ》…………夏・生 235
よめがはぎ……春・植 110
嫁菜《よめな》…………春・植 110
嫁菜摘《よめなつ》む…………春・植 110
嫁菜飯《よめなめし》…………春・植 110
蓬《よもぎ》★…………春・植 110
蓬生《よもぎう》…………春・植 110
蓬長《よもぎた》く…………夏・植 118
蓬摘《よもぎつ》む…………春・生 167
蓬葺《よもぎふ》く…………夏・行 261
蓬餅《よもぎもち》…………春・生 181
寄合田植《よりあいたうえ》…………夏・生 249
夜《よる》の秋《あき》★…………夏・時 021
夜半《よわ》の秋《あき》…………秋・時 015
夜半《よわ》の夏《なつ》…………夏・時 016
夜半《よわ》の春《はる》…………春・時 020
夜《よ》を寒《さむ》み…………秋・時 022

ら

雷雨《らいう》…………夏・天 037
雷雲《らいうん》…………夏・天 022
雷鶏《らいけい》…………夏・動 152
来迎会《らいごうえ》…………夏・行 270
雷鳥《らいちょう》…………夏・動 152
雷鳴《らいめい》…………夏・天 037
落雁《らくがん》…………秋・動 142
駱駝薯《らくだいも》…………秋・植 100
落雷《らくらい》…………夏・天 037
落花《らっか》…………春・植 066
落花生《らっかせい》…………秋・植 107
らっきょ…………夏・植 112
辣韮《らっきょう》…………夏・植 112
薤《らっきょう》…………夏・植 112
喇叭水仙《らっぱずいせん》…………春・植 091
ラ・フランス
…………〔梨〕秋・植 061
ラムネ…………夏・生 211
蘭《らん》…………秋・植 091
蘭草《らんそう》…………秋・植 115
蘭鋳《らんちゅう》…………夏・動 162
蘭湯《らんとう》…………夏・行 262
蘭《らん》の秋《あき》…………秋・植 091
蘭《らん》の香《か》…………秋・植 091
蘭《らん》の花《はな》…………秋・植 091

り

李花《りか》…………春・植 079
梨花《りか》…………春・植 079
利休忌《りきゅうき》…………春・行 228
利久忌《りきゅうき》…………春・行 228
立夏《りっか》★…………夏・時 008
立秋《りっしゅう》★…………秋・時 008
立春《りっしゅん》★…………春・時 008
立春大吉《りっしゅんだいきち》……春・時 008
琉球薯《りゅうきゅういも》……秋・植 099
琉球木槿《りゅうきゅうむくげ》……夏・植 062
琉金《りゅうきん》…………夏・動 162
柳絮《りゅうじょ》…………春・植 086

柳影《やなぎかげ》……春・植 084
柳陰《やなぎかげ》……春・植 084
柳蓼《やなぎたで》〔蓼の花〕秋・植 120
柳散《やなぎち》る……秋・植 075
柳《やなぎ》の雨《あめ》……春・植 084
柳《やなぎ》の糸《いと》……春・植 084
柳《やなぎ》の花《はな》……春・植 086
柳《やなぎ》の芽《め》……春・植 082
柳《やなぎ》の絮《わた》……春・植 086
柳鮠《やなぎはえ》……春・動 149
やなぎむし……春・生 179
柳虫鰈《やなぎむしがれい》……春・生 179
簗瀬《やなせ》……夏・生 259
屋根替《やねがえ》……春・生 188
屋根葺《やねふ》く……春・生 188
野梅《やばい》……春・植 062
藪蚊《やぶか》……夏・動 183
藪枯《やぶか》らし……秋・植 126
やぶがらし……秋・植 126
藪萱草《やぶかんぞう》……夏・植 136
藪虱《やぶじらみ》……秋・植 119
藪椿《やぶつばき》……春・植 063
破《やぶ》れ傘《がさ》……夏・植 131
山薊《やまあざみ》……秋・植 125
山遊《やまあそび》……春・生 166
やまあららぎ……春・植 071
山蟻《やまあり》……夏・動 187
山芋《やまいも》……秋・植 100
山独活《やまうど》……春・植 100
やまうめ……夏・植 067
山蚕《やまがいこ》……夏・動 173
赤棟蛇《やまかがし》……夏・動 147
山笠《やまがさ》……夏・行 273
山霞《やまがすみ》……春・天 044
山兜《やまかぶと》……秋・植 126
山雀《やまがら》……夏・動 159
山栗《やまぐり》……秋・植 063
山桑《やまぐわ》……春・植 084
山桑《やまぐわ》(山法師《やまぼうし》)……夏・植 079
山小屋《やまごや》……夏・生 234
山蒟蒻《やまこんにゃく》……春・植 118
山桜《やまざくら》……春・植 065
山鴫《やましぎ》……秋・動 141
山滴《やましたた》る……夏・地 043
山清水《やましみず》……夏・地 051
やませ……夏・天 024
山背風《やませかぜ》……夏・天 024
山瀬風《やませかぜ》……夏・天 024
山田《やまだ》の御田植《おたうえ》……夏・行 272
山苣《やまぢさ》の花《はな》……夏・植 082
山躑躅《やまつつじ》……春・植 075
山椿《やまつばき》……春・植 063
大和蜆《やまとしじみ》……春・動 156
大和撫子《やまとなでしこ》……秋・植 114
山鳥《やまどり》……春・動 135
やまどり……春・動 135
山《やま》の芋《いも》……秋・植 100
山登《やまのぼ》り……夏・生 234
山萩《やまはぎ》……秋・植 059
山火《やまび》……春・生 193
山女《やまひめ》……秋・植 085
山開《やまびら》き……夏・行 266
山蛭《やまびる》……夏・動 190
山吹《やまぶき》★……春・植 077
山藤《やまふじ》……春・植 077
山葡萄《やまぶどう》……秋・植 086
山法師《やまぼうし》……夏・植 079
山帽子《やまぼうし》……夏・植 079
山鉾《やまぼこ》……夏・行 272
天蚕《やままゆ》……夏・動 173
山繭《やままゆ》……夏・動 173
やまめ……夏・動 181
山女《やまめ》……夏・動 161
山女魚《やまめ》……夏・動 161
山木蓮《やまもくれん》……春・植 071
楊梅《やまもも》……夏・植 067
山桃《やまもも》……夏・植 067
山焼《やまやき》……春・生 193
山焼《やまや》く……春・生 193
山百合《やまゆり》……夏・植 094
山粧《やまよそお》ふ……秋・地 049
山若葉《やまわかば》……夏・植 071
山山葵《やまわさび》……春・植 102
山笑《やまわら》ふ★……春・地 049
病蛍《やみほたる》……秋・動 151
守宮《やもり》……夏・動 146
壁虎《やもり》……夏・動 146
守居《やもり》……夏・動 146
屋守《やもり》……夏・動 146
やや寒《さむ》……秋・時 020
漸寒《ややさむ》……秋・時 020
やや寒《さむ》し……秋・時 020
弥生《やよい》……春・時 016
弥生尽《やよいじん》……春・時 028
槍鶏頭《やりけいとう》……秋・植 090
夜涼《やりょう》……夏・時 020
破芭蕉《やればしょう》……秋・植 087
敗荷《やれはす》……秋・植 108
破蓮《やれはす》……秋・植 108
破蓮《やれはちす》……秋・植 108
八幡放生会《やわたほうじょうえ》……秋・行 226
やんま……秋・動 154

ゆ

夕鰺《ゆうあじ》……夏・生 259
夕顔《ゆうがお》……夏・植 104
夕顔棚《ゆうがおだな》……夏・植 104
夕顔《ゆうがお》の花《はな》……夏・植 104
夕顔《ゆうがお》の実《み》……秋・植 097
夕顔蒔《ゆうがおま》く……春・生 199
夕河岸《ゆうがし》……夏・生 259
夕霞《ゆうがすみ》……春・天 044
夕蛙《ゆうかわず》……春・動 131
夕霧《ゆうぎり》……秋・天 045
夕化粧《ゆうげしょう》……秋・植 092
夕東風《ゆうごち》……春・天 033
夕桜《ゆうざくら》……春・植 064
遊糸《ゆうし》……春・天 045
夕菅《ゆうすげ》……夏・植 135
夕涼《ゆうすず》……夏・時 020
夕涼《ゆうすず》み……夏・生 192
遊船《ゆうせん》……夏・生 230
夕立《ゆうだち》★……夏・天 032
夕立雲《ゆうだちぐも》……夏・天 032
夕立後《ゆうだちご》……夏・天 032
夕立晴《ゆうだちばれ》……夏・天 032
夕月《ゆうづき》……秋・天 032
夕月夜《ゆうづきよ》……秋・天 032
夕燕《ゆうつばめ》……春・動 138
夕永《ゆうなが》し……春・時 022
夕長《ゆうなが》し……春・時 022
夕凪《ゆうなぎ》……夏・天 028
夕凪《ゆうな》ぐ……夏・天 028
夕虹《ゆうにじ》……夏・天 035
夕端居《ゆうはしい》……夏・生 193
夕張《ゆうばり》メロン……夏・植 110
夕焼《ゆうやけ》★……夏・天 039
夕焼雲《ゆうやけぐも》……夏・天 039
幽霊花《ゆうれいばな》……秋・植 123
川床《ゆか》……夏・生 193
床《ゆか》……夏・生 193
床涼《ゆかすず》み……夏・生 193
浴衣《ゆかた》★……夏・生 198
浴衣掛《ゆかたがけ》……夏・生 198
湯帷子《ゆかたびら》……夏・生 198
柚釜《ゆがま》……秋・生 178
雪垢《ゆきあか》……春・地 056
雪垣《ゆきがき》とる……春・生 187
雪囲解《ゆきがこいと》く……春・生 187
雪囲《ゆきがこい》とる……春・生 187
雪形《ゆきがた》……春・地 056
雪切《ゆききり》……春・生 187
雪切夫《ゆききりふ》……春・生 187
雪《ゆき》くずれ……春・地 057
雪解《ゆきげ》★……春・地 058
雪消《ゆきげ》……春・地 058
雪解川《ゆきげがわ》……春・地 058
雪消《ゆきけ》し……春・生 187
雪解雫《ゆきげしずく》……春・地 058
雪解月《ゆきげづき》……春・時 013
雪解富士《ゆきげふじ》……夏・地 043
雪解水《ゆきげみず》……春・地 058
雪解道《ゆきげみち》……春・地 058
雪汁《ゆきじる》……春・地 058
雪《ゆき》しろ……春・地 058
雪代岩魚《ゆきしろいわな》……春・動 151
雪代鱒《ゆきしろます》……春・動 151
雪《ゆき》しろ水《みず》……春・地 058
雪代山女《ゆきしろやまめ》……春・動 151
雪椿《ゆきつばき》……〔椿〕春・植 063
雪解《ゆきどけ》……春・地 058
雪《ゆき》なだれ……春・地 057
雪濁《ゆきにご》り……春・地 058
雪涅槃《ゆきねはん》……春・天 042
雪《ゆき》の終《おわり》……春・天 042
雪残《ゆきのこ》る……春・地 056

メーデー……春・行217
メーデー歌《か》……春・行217
メーデー旗《き》……春・行217
めかり……春・生204
若布《め》刈鎌《かりがま》……春・生204
若布《め》刈竿《かりざお》……春・生204
若布《め》刈舟《かりぶね》……春・生204
雌刈萱《めがるかや》‥〔刈萱〕秋・植112
目刺《めざし》……春・生180
目刺鰯《めざしいわし》……春・生180
芽山椒《めざんしょう》……春・植083
牝鹿《めじか》……秋・動130
飯饐《めしす》える……夏・生205
眼白《めじろ》……夏・動158
目白《めじろ》……夏・動158
目白押《めじろお》し……夏・動158
目白籠《めじろかご》……夏・動158
目白捕《めじろと》り……夏・動158
目白鰡《めじろぼら》……秋・動146
目高《めだか》……夏・動163
芽立《めだち》……春・時023
芽接《めつぎ》……春・生201
めのは……春・植125
目貼《めは》ぐ 春
……〔目貼《めば》り〕冬・生159
芽《め》ばり柳《やなぎ》……春・植082
眼張《めばる》……春・動145
芽張《めは》るかつみ…春・植124
めまとい……夏・動184
芽柳《めやなぎ》……春・植082
メロン……夏・植110

も

猛暑《もうしょ》……〔炎暑〕夏・時019
孟宗竹《もうそうちく》の子《こ》……夏・植108
萌《もえ》……春・植104
藻刈《もかり》……夏・生254
藻刈鎌《もかりがま》……夏・生254
藻刈舟《もかりぶね》……夏・生254
藻刈《もか》る……夏・生254
もくげ……秋・植058
も草《ぐさ》……春・植110
苜蓿《もくしゅく》……春・植109
木犀《もくせい》……秋・植059
木犀《もくせい》の花《はな》……秋・植059
木芙蓉《もくふよう》……秋・植058
もぐり……春・生207
木蓮《もくれん》……春・植074
木蘭《もくれん》……春・植074
木蓮花《もくれんげ》……春・植074
文字摺《もじずり》……夏・植130
文字摺草《もじずりそう》……夏・植130
鵙《もず》……秋・動136
百舌鳥《もず》……秋・動136
海雲《もずく》……春・植125
水雲《もずく》……春・植125
海雲売《もずくうり》……春・植125
海雲桶《もずくおけ》……春・植125
海雲採《もずくとり》……春・植125
鵙《もず》の高音《たかね》……秋・動136
鵙《もず》の贄《にえ》……秋・動136
鵙《もず》の贄刺《にえさし》……秋・動136
鵙《もず》の早贄《はやにえ》……秋・動136
鵙《もず》の晴《はれ》……秋・動136
鵙日和《もずびより》……秋・動136
冬青落葉《もちおちば》……夏・植075
餅草《もちくさ》……春・植110
もちごめ……秋・植102
望月《もちづき》……秋・天033
望《もち》の潮《しお》……秋・地055
木瓜《もっか》……夏・植070
木斛落葉《もっこくおちば》……夏・植075
木斛《もっこく》の花《はな》……夏・植082
戻《もど》り鰹《がつお》……秋・動148
戻《もど》り梅雨《づゆ》……夏・天031
藻《も》に住《す》む虫《むし》……秋・動168
物種《ものだね》……春・生196
物種蒔《ものだねま》く……春・生198
ものの芽《め》★……春・植105
藻《も》の花《はな》……夏・植140
藻《も》の虫《むし》……秋・動168
物芽《ものめ》……春・植105
籾《もみ》……秋・生194
樅落葉《もみおちば》……夏・植075
籾殻焼《もみがらや》く……秋・生194
紅葉《もみじ》★……秋・植068
黄葉《もみじ》……秋・植069
紅葉葵《もみじあおい》……夏・植096
紅葉《もみじ》且《か》つ散《ち》る…秋・植069
紅葉狩《もみじがり》……秋・生173
紅葉川《もみじがわ》……秋・植068
紅葉酒《もみじざけ》……秋・生173
紅葉茶屋《もみじぢゃや》……秋・生173
紅葉月《もみじづき》……秋・時013
紅葉《もみじ》の錦《にしき》……秋・植068
紅葉鮒《もみじぶな》……秋・動144
紅葉舟《もみじぶね》……秋・生173
紅葉見《もみじみ》……秋・生173
紅葉山《もみじやま》……秋・植068
籾摺《もみすり》……秋・生194
籾干《もみほ》す……秋・生194
籾蒔《もみま》く……春・生197
籾筵《もみむしろ》……秋・生194
木綿蚊帳《もめんがや》……夏・生224
桃《もも》★……秋・植060
ももかわ……夏・植067
桃咲《ももさ》く……春・植078
桃園《ももぞの》……春・植078
百千鳥《ももちどり》……春・動133
桃《もも》の節句《せっく》……春・行211
桃《もも》の花《はな》★……春・植078
桃《もも》の実《み》……秋・植060
桃《もも》の宿《やど》……春・植078
桃畑《ももばたけ》……春・植078
桃吹《ももふ》く……秋・植109
桃見《ももみ》……春・植078
諸鶉《もろうずら》……秋・動141
諸鬘《もろかずら》……夏・行271
諸子《もろこ》……春・動148
もろこし……秋・植104
醪《もろみ》……秋・生183
紋蜉蝣《もんかげろう》……秋・動155
聞酒《もんしゅ》……秋・生182
紋白蝶《もんしろちょう》……春・動161

や

灸花《やいとばな》……夏・植134
八重桜《やえざくら》……春・植066
八重椿《やえつばき》……〔椿〕春・植063
八重葎《やえむぐら》……夏・植118
八重山吹《やえやまぶき》……春・植077
夜学《やがく》……秋・生173
夜学子《やがくし》……秋・生173
夜学生《やがくせい》……秋・生173
夜間学校《やかんがっこう》……秋・生173
焼穴子《やきあなご》……夏・動168
やき草《ぐさ》……春・植110
焼栄螺《やきさざえ》……春・生180
焼茄子《やきなす》……夏・植110
山羊《やぎ》の毛刈《けか》る…春・生202
焼蛤《やきはまぐり》……春・動153
夜業《やぎょう》……秋・生174
薬草摘《やくそうつみ》……夏・行263
厄日《やくび》……秋・時010
灼《や》くる……夏・時020
矢車《やぐるま》……夏・行261
矢車菊《やぐるまぎく》……夏・植091
矢車草《やぐるまそう》……夏・植091
灼岩《やけいわ》……夏・時020
灼砂《やけすな》……夏・時020
焼野《やけの》……春・地050
焼野《やけの》の薄《すすき》……春・植105
焼野原《やけのはら》……春・地050
焼原《やけはら》……春・地050
やご……夏・動181
夜光虫《やこうちゅう》……夏・動190
八塩躑躅《やしおつつじ》……春・植075
夜食《やしょく》……秋・生175
夜食時《やしょくどき》……秋・生175
夜食《やしょく》とる……秋・生175
靖国祭《やすくにまつり》……春・行225
やすらい……春・行223
やすらい花《ばな》……春・行223
やすらい祭《まつり》……春・行223
安良居祭《やすらいまつり》……春・生223
八千草《やちぐさ》……秋・植109
八尾《やつお》の廻《まわ》り盆《ぼん》…秋・行225
奴凧《やっこだこ》……春・生189
やとう……夏・動174
寄居虫《やどかり》……春・動158
宿借《やどか》り……春・動158
簗《やな》……夏・生259
魚簗《やな》……夏・生259
簗打《やなう》つ……夏・生259
柳川鍋《やながわなべ》……夏・生215
柳《やなぎ》★……春・植084

水羊羹《みずようかん》…………夏・生 213
御祓《みそぎ》……………夏・行 265
御祓川《みそぎがわ》…………夏・行 265
溝蕎麦《みぞそば》…………秋・植 119
味噌玉《みそだま》…………春・生 184
千屈菜《みそはぎ》…………秋・植 119
鼠尾萩《みそはぎ》…………秋・植 119
溝萩《みぞはぎ》……………秋・植 119
溝雲雀《みぞひばり》…………秋・動 140
みそまめ………秋・植 106
味噌豆煮《みそまめに》る……春・生 184
みぞれ…………夏・生 214
道《みち》おしえ………夏・動 178
三角蟋蟀《みつかどこおろぎ》………秋・動 157
三《み》つ栗《ぐり》…………秋・植 063
蜜蜂《みつばち》……………春・動 161
三葉躑躅《みつばつつじ》………春・植 075
三椏《みつまた》の花《はな》………春・植 071
蜜豆《みつまめ》……………夏・生 213
御戸開《みとびらき》…………夏・行 266
みと祭《まつり》…………春・生 196
緑《みどり》 ……………夏・植 073
緑《みどり》さす…………夏・植 073
緑立《みどりた》つ…………春・植 082
みどりの月間《げっかん》…春・行 217
みどりの日《ひ》……春・行 217
みどりの日《ひ》(昭和《しょうわ》の日《ひ》)
…………………春・行 216
みどりの募金《ぼきん》…春・行 217
みな……………春・動 156
水口祭《みなくちまつり》 …………春・生 196
みなし子《ご》………秋・動 165
水無月《みなづき》…………夏・時 013
水無月祓《みなづきはらえ》………夏・行 265
南風《みなみ》★…………夏・天 024
南風《みなみかぜ》…………夏・天 024
南吹《みなみふ》く…………夏・天 024
身《み》に入《し》む………秋・時 018
身《み》に沁《し》む………秋・時 018
峯入《みねいり》……………夏・行 268
峰入《みねいり》……………夏・行 268
峰雲《みねぐも》……………夏・天 022
蓑虫《みのむし》★…………秋・動 165
蓑虫鳴《みのむしな》く………秋・動 165
みの早生《わせ》………夏・植 111
実芭蕉《みばしょう》…………夏・植 070
壬生踊《みぶおどり》…………春・行 226
壬生狂言《みぶきょうげん》………春・行 226
壬生慈姑《みぶぐわい》………春・植 103
壬生菜《みぶな》…………春・植 099
壬生念仏《みぶねんぶつ》………春・行 226
壬生《みぶ》の鉦《かね》………春・行 226
壬生《みぶ》の面《めん》………春・行 226
壬生祭《みぶまつり》…………春・行 226
蚯蚓《みみず》……………夏・動 190
蚯蚓鳴《みみずな》く………秋・動 164
実紫《みむらさき》 …………秋・植 083
ミモザ…………春・植 072
都踊《みやこおどり》 …………春・行 227
都忘《みやこわす》れ…………春・植 095
都《みやこ》をどり………春・行 227
宮相撲《みやずもう》…………秋・行 220
深山猫《みやまねこ》の目草《めそう》…春・植 114
深山頬白《みやまほおじろ》………春・動 137
深山竜胆《みやまりんどう》………秋・植 122
茗荷汁《みょうがじる》…………夏・植 113
茗荷竹《みょうがたけ》…………春・植 102
茗荷《みょうが》の子《こ》………夏・植 113
茗荷《みょうが》の花《はな》………秋・植 102
妙法《みょうほう》の火《ひ》……秋・行 224
みんみん蟬《ぜみ》……夏・動 180

む

迎馬《むかえうま》……………秋・行 212
迎鐘《むかえがね》……………秋・行 223
迎《むか》え梅雨《づゆ》………夏・天 029
迎火《むかえび》……………秋・行 212
零余子《むかご》…………秋・植 100
むかご飯《めし》………秋・生 176
零余子飯《むかごめし》………秋・生 176
蜈蚣《むかで》……………夏・動 188
百足虫《むかで》…………夏・動 188
麦《むぎ》………………夏・植 114
麦青《むぎあお》む…………春・植 103
麦秋《むぎあき》……………夏・時 009
麦生《むぎう》……………夏・植 114
麦鶉《むぎうずら》 …………春・動 136
麦打《むぎうち》……〔麦刈〕夏・生 248
麦刈《むぎかり》……………夏・生 248
麦刈《むぎか》る …………夏・生 248
麦車《むぎぐるま》 …………夏・生 248
麦香煎《むぎこうせん》…………夏・生 212
麦《むぎ》こがし ………夏・生 212
麦扱《むぎこき》……〔麦刈〕夏・生 248
麦焼酎《むぎしょうちゅう》 ………夏・生 209
麦茶《むぎちゃ》……………夏・生 210
麦《むぎ》とろ …………秋・生 181
麦《むぎ》の秋《あき》★…………夏・時 009
麦《むぎ》の穂《ほ》…………夏・植 114
麦畑《むぎばたけ》 …………夏・植 114
麦笛《むぎぶえ》……………夏・生 242
麦踏《むぎふみ》……………春・生 193
麦飯《むぎめし》……………夏・生 204
麦湯《むぎゆ》……………夏・生 210
麦落雁《むぎらくがん》…………夏・生 212
麦藁《むぎわら》……………夏・生 248
麦稈《むぎわら》……………夏・生 248
麦藁鯛《むぎわらだい》 夏
………〔落鯛〕秋・動 145
麦藁笛《むぎわらぶえ》…………夏・生 242
麦稈帽《むぎわらぼう》…………夏・生 201
麦《むぎ》を踏《ふ》む………春・生 193
むく……………秋・動 140
木槿《むくげ》……………秋・植 058
椋鳥《むくどり》……………秋・動 140
葎《むぐら》 ……………夏・植 118
葎生《むぐらう》……………夏・植 118
葎茂《むぐらしげ》る…………夏・植 118
葎《むぐら》の宿《やど》…………夏・植 118
無患子《むくろじ》…………秋・植 084
木患子《むくろじ》…………秋・植 084
無月《むげつ》……………秋・天 034
むこぎ…………春・植 084
虫《むし》★……………秋・動 156
虫売《むしうり》……………秋・生 189
虫追《むしお》い…………夏・生 256
虫送《むしおく》り …………夏・生 256
虫篝《むしかがり》 …………夏・生 255
虫籠《むしかご》……………秋・生 189
蒸鰈《むしがれい》 …………春・生 179
むしこ …………秋・生 189
むしご…………秋・生 189
虫時雨《むししぐれ》…………秋・動 156
虫《むし》すだく ………秋・動 156
虫出《むしだ》し…………春・天 044
虫出《むしだ》しの雷《らい》……春・天 044
六質汁《むしつじる》…………春・行 208
虫流《むしなが》し …………夏・生 256
虫鳴《むしな》く …………秋・動 156
虫《むし》の声《こえ》…………秋・動 156
虫《むし》の音《ね》…………秋・動 156
蒸蛤《むしはまぐり》 …………春・動 153
虫払《むしばら》い…………夏・生 228
虫干《むしぼし》★…………夏・生 228
虫屋《むしや》……………秋・生 189
武者人形《むしゃにんぎょう》………夏・行 262
むつ……………春・動 147
鯥掛《むつか》け …………春・動 147
睦月《むつき》……………春・時 006
鯥五郎《むつごろう》…………春・動 147
むつ飛《と》ぶ………春・動 147
むつみ月《づき》………春・時 006
郁子《むべ》……………秋・植 086
郁子《むべ》の花《はな》………春・植 089
野木瓜《むべ》の花《はな》……春・植 089
村歌舞伎《むらかぶき》………秋・生 188
紫草《むらさき》……………夏・植 119
紫《むらさき》えのころ
……〔狗尾草〕秋・植 118
紫式部《むらさきしきぶ》…………秋・植 083
紫式部《むらさきしきぶ》の実《み》…秋・植 083
紫海苔《むらさきのり》………春・植 126
紫花菜《むらさきはなな》………春・植 091
村芝居《むらしばい》…………秋・生 188
むら芒《すすき》…………秋・植 112
村祭《むらまつり》 …………秋・行 221
室鰺《むろあじ》……………夏・動 164

め

芽《め》………………春・植 105
名月《めいげつ》★…………秋・天 033
明月《めいげつ》 ……………秋・天 033
明月草《めいげつそう》…………夏・植 127
明治節《めいじせつ》…………秋・行 220
芽独活《めうど》…………春・植 100
メークイン……秋・植 099

真鰯《まいわし》……秋・動 149
前梅雨《まえづゆ》……夏・天 029
真雁《まがん》……〔雁〕秋・動 142
真木草《まきくさ》……夏・植 115
牧《まき》閉《とざ》す……秋・生 205
牧《まき》開《びら》き……春・生 202
真葛《まくず》……秋・植 113
真葛原《まくずはら》……秋・植 113
蠛蠓《まくなぎ》……夏・動 184
真瓜《まくわ》……夏・植 109
甜　瓜《まくわうり》……夏・植 109
真桑瓜《まくわうり》……夏・植 109
甜瓜《まくわ》蒔《ま》く……春・生 198
負海螺《まけばい》……秋・生 188
正東風《まごち》……春・天 033
真菰《まこも》……夏・植 123
真菰《まこも》生《お》う……春・植 124
真菰《まこも》の芽《め》……春・植 124
まじ……夏・天 024
真清水《ましみず》……夏・地 051
ましら酒《ざけ》……秋・生 184
鱒《ます》……春・動 148
マスカット……秋・植 061
マスクメロン……夏・植 110
鱒《ます》上《のぼ》る……春・動 148
木天蓼《またたび》……秋・植 079
摩多羅神《まだらじん》……秋・行 226
まついか……春・動 151
松落葉《まつおちば》……夏・植 075
松蟬《まつぜみ》……夏・動 180
松茸《まつたけ》★……秋・植 128
松茸狩《まつたけがり》……秋・生 172
松茸飯《まつたけめし》……秋・生 177
松手入《まつていれ》……秋・生 186
松《まつ》の花粉《かふん》……春・植 086
松《まつ》の芯《しん》……春・植 082
松《まつ》の花《はな》……春・植 086
松《まつ》の緑《みどり》……春・植 082
松葉《まつば》散《ち》る……夏・植 075
松葉牡丹《まつばぼたん》……夏・植 096
末伏《まっぷく》……夏・時 018
松虫《まつむし》……秋・動 159
松虫草《まつむしそう》……秋・植 117
待宵《まつよい》……秋・天 032
待宵草《まつよいぐさ》……夏・植 121
祭《まつり》★……夏・行 268
祭《まつり》（葵祭《あおいまつり》）……夏・行 271
茉莉花《まつりか》……夏・植 063
祭　衣《まつりごろも》……夏・行 268
祭獅子《まつりじし》……夏・行 268
祭太鼓《まつりだいこ》……夏・行 268
祭　鱧《まつりはも》……夏・動 168
祭囃子《まつりばやし》……夏・行 268
祭　笛《まつりぶえ》……夏・行 268
まつりんご……夏・植 069
馬刀《まて》……春・動 154
馬蛤貝《まてがい》……春・動 154
馬刀貝《まてがい》……春・動 154
真夏《まなつ》……夏・時 017
真夏日《まなつび》……夏・時 017
真鯊《まはぜ》……秋・動 147
間引菜《まびきな》……秋・植 101
真鶸《まひわ》……秋・動 138
蚕簿《まぶし》……夏・生 256
真海鞘《まぼや》……夏・動 171
ままこのしりぬぐい
……秋・植 120
正南風《まみなみ》……夏・天 024
真蒸《まむ》し……夏・動 168
蝮《まむし》……夏・動 148
蝮蛇草《まむしぐさ》……春・植 118
蝮　酒《まむしざけ》……夏・動 148
蝮　捕《まむしとり》……夏・動 148
豆《まめ》植《う》う……夏・生 252
豆《まめ》打《う》つ……秋・生 201
豆殻《まめがら》……秋・生 201
豆《まめ》叩《たた》く……秋・生 201
豆《まめ》の花《はな》……春・植 097
豆稲架《まめはざ》……秋・生 201
豆《まめ》引《ひ》く……秋・生 201
豆《まめ》干《ほ》す……秋・生 201
豆《まめ》蒔《ま》く……夏・生 252
豆　筵《まめむしろ》……秋・生 201
豆名月《まめめいげつ》……秋・天 037
豆飯《まめめし》……夏・生 203
繭《まゆ》★……夏・生 256
繭市《まゆいち》……夏・生 256
繭買《まゆかい》……夏・生 256
繭《まゆ》掻《か》き……夏・生 256
眉書月《まゆかきづき》……秋・天 031
眉月《まゆづき》……秋・天 031
繭問屋《まゆどんや》……夏・生 256
眉掃草《まゆはきそう》……春・植 118
繭《まゆ》干《ほ》す……夏・生 256
檀《まゆみ》の実《み》……秋・植 082
丸子《まるこ》……夏・動 162
丸田螺《まるたにし》……春・動 157
丸茄子《まるなす》……夏・植 110
丸　裸《まるはだか》……夏・生 242
回《まわ》り灯籠《どうろう》……夏・生 228
廻　灯籠《まわりどうろう》……秋・行 213
満月《まんげつ》……秋・天 033
金縷梅《まんさく》……春・植 070
万作《まんさく》……春・植 070
満作《まんさく》……春・植 070
金縷梅《まんさく》の花《はな》……春・植 070
万寿果《まんじゅか》……夏・植 070
曼珠沙華《まんじゅしゃげ》……秋・植 123
曼荼羅会《まんだらえ》……夏・行 270
万灯《まんどう》……秋・行 227
万年貝《まんねんがい》……春・動 154

み

三井寺《みいでら》ごみむし
……秋・動 166
実梅《みうめ》……夏・植 065
御影供《みえいく》……春・行 221
御影講《みえいこう》……秋・行 227
みえく……春・行 221
三日月《みかづき》……秋・天 031
三日《みか》の月《つき》……秋・天 031
蜜柑《みかん》の花《はな》……夏・植 063
水草《みくさ》生《お》う……春・植 123
神輿《みこし》……夏・行 268
実　桜《みざくら》……夏・植 054
実石榴《みざくろ》……秋・植 064
実山椒《みざんしょう》……秋・植 078
短夜《みじかよ》★……夏・時 016
水遊《みずあそ》び……夏・生 231
水中《みずあた》り……夏・生 245
水　争《みずあらそい》……夏・生 250
水　戦《みずいくさ》……夏・生 231
水《みず》打《う》つ……夏・生 229
水落《みずおと》す……秋・地 051
水　朧《みずおぼろ》……春・天 032
水貝《みずがい》……夏・生 216
水掛合《みずかけあい》……夏・生 231
水掛草《みずかけぐさ》
……〔千屈菜〕秋・植 119
水影草《みずかげぐさ》……秋・植 102
水合戦《みずがっせん》……夏・生 231
みずがらし……春・植 100
水着《みずぎ》……夏・生 200
水木《みずき》の花《はな》……夏・植 079
水草《みずくさ》生《お》い初《そ》む……春・植 123
水草《みずくさ》生《お》ふ……春・植 123
水草紅葉《みずくさもみじ》……秋・植 127
水水母《みずくらげ》……夏・動 171
水喧嘩《みずげんか》……夏・生 250
水霜《みずしも》……秋・天 047
水澄《みずすま》し（水馬《あめんぼ》）……夏・動 179
水澄《みずすま》し（鼓虫《まいまい》）……夏・動 179
水《みず》澄《す》む★……秋・地 052
水漬《みずづけ》……夏・生 204
水豆腐《みずどうふ》……夏・生 206
水取《みずとり》……春・行 220
水菜《みずな》……春・植 099
水盗《みずぬす》む……夏・生 250
水温《みずぬる》む★……春・地 051
水《みず》の秋《あき》……秋・地 052
水《みず》の春《はる》……春・地 051
水芭蕉《みずばしょう》……夏・植 125
水鱧《みずはも》……夏・動 168
水番《みずばん》……夏・生 250
水番小屋《みずばんごや》……夏・生 250
水引《みずひき》……秋・植 117
水引草《みずひきそう》……秋・植 117
水引《みずひき》の花《はな》……秋・植 117
水《みず》撒《ま》き……夏・生 229
水守《みずまも》る……夏・生 250
三角草《みすみそう》……春・植 114
水見舞《みずみまい》……夏・生 195
みずむし……夏・動 180
水虫《みずむし》……夏・生 247
水眼鏡《みずめがね》……夏・生 258
水飯《みずめし》……夏・生 204

紅芙蓉《べにふよう》……秋・植 058
紅鱒《べにます》……春・動 148
蛇《へび》★……夏・動 147
蛇穴《へびあな》に入《い》る……秋・動 132
蛇穴《へびあな》を出《い》づ……春・動 130
蛇苺《へびいちご》……夏・植 139
蛇苺《へびいちご》の花《はな》……春・植 098
蛇《へび》出《い》づ……春・動 130
蛇衣《へびきぬ》を脱《ぬ》ぐ……夏・動 147
蛇《へび》の殻《から》……夏・動 147
蛇《へび》の衣《きぬ》……夏・動 147
蛇《へび》の大八《だいはち》……春・植 118
放屁虫《へひりむし》……秋・動 166
弁慶草《べんけいそう》……秋・植 093
弁当始《べんとうはじめ》……春・行 224
ぺんぺん草《ぐさ》……春・植 109
遍路《へんろ》……春・行 218
遍路道《へんろみち》……春・行 218
遍路宿《へんろやど》……春・行 218

ほ

焙炉茶《ほいろちゃ》……春・生 204
焙炉場《ほいろば》……春・生 204
箒木《ほうきぎ》……夏・植 115
帚草《ほうきぐさ》……夏・植 115
箒草《ほうきぐさ》……夏・植 115
箒鶏頭《ほうきけいとう》……秋・植 090
鼠麴草《ほうこぐさ》……春・植 121
防災《ぼうさい》の日《ひ》……秋・行 216
豊作《ほうさく》……秋・生 195
法師蟬《ほうしぜみ》……秋・動 154
帽子花《ぼうしばな》……秋・植 121
芒種《ぼうしゅ》……夏・時 011
芳春《ほうしゅん》……春・時 006
放生会《ほうじょうえ》……秋・行 226
鳳仙花《ほうせんか》……秋・植 089
芳草《ほうそう》……春・植 103
棒鱈《ぼうだら》……春・生 180
ほうたる……夏・動 175
ぼうたん……夏・植 055
宝鐸草《ほうちゃくそう》……夏・植 130
宝鐸草《ほうちゃくそう》の花《はな》……夏・植 130
豊年《ほうねん》……秋・生 195
法然忌《ほうねんき》……春・行 224
防風《ぼうふう》……春・植 102
防風摘《ぼうふうつみ》……春・植 102
防風《ぼうふう》取《と》る……春・植 102
防風《ぼうふう》掘《ほ》る……春・植 102
孑孑《ぼうふら》……夏・動 183
ぼうぶら……秋・植 096
ぼうふり……夏・動 183
棒振虫《ぼうふりむし》……夏・動 183
鳳梨《ほうり》……夏・植 069
菠薐草《ほうれんそう》……春・植 098
頬刺《ほおざし》……春・生 180
頬白《ほおじろ》……春・動 137
鬼灯《ほおずき》……秋・植 093
酸漿《ほおずき》……秋・植 093
鬼灯市《ほおずきいち》……夏・行 273
酸漿市《ほおずきいち》……夏・行 273
鬼灯《ほおずき》の花《はな》……夏・植 102
酸漿《ほおずき》の花《はな》……夏・植 102
ボート……夏・生 230
ボートレース……春・生 188
朴《ほお》の花《はな》……夏・植 077
厚朴《ほお》の花《はな》……夏・植 077
火串《ほぐし》……夏・生 257
ほくり……春・植 117
ほくろ……春・植 117
木瓜《ぼけ》の花《はな》……春・植 078
鉾粽《ほこちまき》……夏・行 272
鉾《ほこ》の稚児《ちご》……夏・行 272
ほざし……春・生 180
墓参《ぼさん》……秋・行 213
星合《ほしあい》……秋・行 208
干飯《ほしいい》……〔水飯〕夏・生 204
干梅《ほしうめ》……夏・生 208
星朧《ほしおぼろ》……春・天 032
干柿《ほしがき》……秋・生 178
干鰈《ほしがれい》……春・生 179
干草《ほしくさ》……夏・生 255
星涼《ほしすず》し……夏・天 023
干薇《ほしぜんまい》……春・植 116
穂紫蘇《ほじそ》……秋・植 101
乾鱈《ほしだら》……春・生 180
星月夜《ほしづきよ》……秋・天 038
星月夜《ほしづくよ》……秋・天 038
星《ほし》飛《と》ぶ……秋・天 039
星《ほし》の恋《こい》……秋・行 208
星祭《ほしまつり》……秋・行 208
星祭《ほしまつ》る……秋・行 208
干見世《ほしみせ》……夏・生 235
暮秋《ぼしゅう》……秋・時 023
暮春《ぼしゅん》……春・時 026
穂薄《ほすすき》……秋・植 112
菩提子《ぼだいし》……秋・植 084
菩提《ぼだい》の実《み》……秋・植 084
穂蓼《ほたで》……秋・植 120
帆立貝《ほたてがい》……夏・動 169
蛍《ほたる》★……夏・動 175
蛍烏賊《ほたるいか》……春・動 151
蛍籠《ほたるかご》……夏・生 241
蛍合戦《ほたるがっせん》……夏・動 175
蛍狩《ほたるがり》……夏・生 240
蛍草《ほたるぐさ》……秋・植 121
蛍火《ほたるび》……夏・動 175
蛍袋《ほたるぶくろ》……夏・植 131
蛍舟《ほたるぶね》……夏・生 240
蛍見《ほたるみ》……夏・生 240
牡丹《ぼたん》★……夏・植 055
牡丹一華《ぼたんいちげ》……春・植 093
牡丹《ぼたん》植《う》う……秋・生 200
牡丹園《ぼたんえん》……夏・植 055
牡丹杏《ぼたんきょう》……夏・植 068
牡丹根分《ぼたんねわけ》……秋・生 200
牡丹《ぼたん》の接木《つぎき》……秋・生 200
牡丹《ぼたん》の根分《ねわけ》……秋・生 200
牡丹《ぼたん》の芽《め》……春・植 069
牡丹雪《ぼたんゆき》……春・天 041
牡丹百合《ぼたんゆり》……春・植 093
捕虫網《ほちゅうあみ》……夏・生 239
捕虫器《ほちゅうき》……夏・生 239
ほっき……春・動 157
北寄貝《ほっきがい》……春・動 157
ホップ……秋・植 107
ホップ摘《つ》む……秋・植 107
ホップの花《はな》……秋・植 107
仏《ほとけ》の別《わか》れ……春・行 219
時鳥《ほととぎす》★……夏・動 148
不如帰《ほととぎす》……夏・動 148
子規《ほととぎす》……夏・動 148
杜鵑《ほととぎす》……夏・動 148
杜鵑草《ほととぎす》……秋・植 122
時鳥《ほととぎす》の落《おと》し文《ぶみ》……夏・動 178
ポピー……夏・植 090
海鞘《ほや》……夏・動 171
保夜《ほや》……夏・動 171
ほや鳥《どり》……秋・動 138
寄生鳥《ほやどり》……秋・動 138
鯔《ぼら》……秋・動 146
蒲蘆《ほろ》……秋・植 097
ほろかけぐさ
……〔熊谷草〕春・植 118
盆《ぼん》★……秋・行 210
盆市《ぼんいち》……秋・行 209
盆唄《ぼんうた》……秋・生 170
盆踊《ぼんおどり》……秋・生 170
盆狂言《ぼんきょうげん》……秋・生 188
盆芝居《ぼんしばい》……秋・生 188
本占地《ほんしめじ》……秋・植 128
盆過《ぼんすぎ》……秋・行 210
盆棚《ぼんだな》……秋・行 210
盆提灯《ぼんぢょうちん》……秋・行 213
盆灯籠《ぼんどうろう》……秋・行 213
盆《ぼん》の市《いち》……秋・行 209
盆《ぼん》の月《つき》……秋・天 031
盆花《ぼんばな》……秋・行 210
ポンポンダリア……夏・植 093
本鱒《ほんます》……春・動 148
盆祭《ぼんまつり》……秋・行 210
盆路《ぼんみち》……秋・行 213
盆見舞《ぼんみまい》……秋・行 209
本《ほん》むつ……春・動 147
梵網会《ぼんもうえ》……夏・行 271
盆休《ぼんやすみ》……秋・行 210
盆用意《ぼんようい》……秋・行 209
盆礼《ぼんれい》……秋・行 209

ま

マーガレット……夏・植 092
真鰺《まあじ》……夏・動 164
真穴子《まあなご》……夏・動 168
舞茸《まいたけ》……秋・植 129
まいまい……夏・動 189
鼓虫《まいまい》……夏・動 179
まいまい虫《むし》……夏・動 179

鶸《ひわ》……秋・動 138
枇杷《びわ》……夏・植 069
枇杷《びわ》の実《み》……夏・植 069
琵琶鱒《びわます》……秋・動 145
旻天《びんてん》……秋・天 028
貧乏蔓《びんぼうかずら》……秋・植 126

ふ

風炎《ふうえん》……春・天 048
富貴草《ふうきぐさ》……夏・植 055
風信子《ふうしんし》……春・植 093
風船《ふうせん》……春・生 189
風船売《ふうせんうり》……春・生 189
風船葛《ふうせんかずら》……秋・植 094
風船玉《ふうせんだま》……春・生 189
風船虫《ふうせんむし》……夏・動 180
風知草《ふうちそう》……夏・植 138
風蘭《ふうらん》……夏・植 120
風鈴《ふうりん》★……夏・生 227
風鈴売《ふうりんうり》……夏・生 227
風鈴草《ふうりんそう》……夏・植 131
プール……夏・生 233
フェーン……春・天 048
深見草《ふかみぐさ》……夏・植 055
蕗《ふき》★……夏・植 109
吹上《ふきあ》げ……夏・生 218
噴井《ふきい》……夏・地 051
葺替《ふきかえ》……春・生 188
蕗刈《ふきか》り……夏・植 109
吹流《ふきなが》し……夏・行 261
吹貫《ふきぬき》……夏・行 261
蕗《ふき》の雨《あめ》……夏・植 109
蕗《ふき》のしゅうとめ……春・植 110
蕗《ふき》の薹《とう》……春・植 110
蕗《ふき》の薹味噌《とうみそ》……春・生 177
蕗《ふき》の葉《は》……夏・植 109
蕗《ふき》の花《はな》……春・植 110
蕗《ふき》の広葉《ひろば》……夏・植 109
蕗《ふき》の芽《め》……春・植 110
蕗畑《ふきばたけ》……夏・植 109
蕗味噌《ふきみそ》……春・生 177
武具飾《ぶぐかざ》る……夏・行 262
瓢《ふくべ》……秋・植 097
ふくべの花《はな》……夏・植 104
袋掛《ふくろかけ》……夏・生 254
袋角《ふくろづの》……夏・動 143
噴井《ふけい》……夏・地 051
更待《ふけまち》……秋・天 036
更待月《ふけまちづき》……秋・天 036
不作《ふさく》……秋・生 195
房鶏頭《ふさけいとう》……秋・植 090
五倍子《ふし》……秋・植 072
藤《ふじ》★……春・植 077
ふじ(林檎《りんご》)……秋・植 062
ふしだか……秋・植 118
藤棚《ふじだな》……春・植 077
藤波《ふじなみ》……春・植 077
富士《ふじ》の農男《のうおとこ》……夏・地 043
富士《ふじ》の初雪《はつゆき》……秋・天 044
藤《ふじ》の花《はな》……春・植 077
富士《ふじ》の雪解《ゆきげ》……夏・地 043
藤袴《ふじばかま》……秋・植 115
藤房《ふじふさ》……春・植 077
臥待《ふしまち》……秋・天 035
臥待月《ふしまちづき》……秋・天 035
藤豆《ふじまめ》……秋・植 106
藤見《ふじみ》……春・植 077
富士雪解《ふじゆきげ》……夏・地 043
襖入《ふすまい》れる……秋・生 186
襖外《ふすまはず》す……夏・生 222
扶桑花《ふそうか》……夏・植 062
二重虹《ふたえにじ》……夏・天 035
双葉《ふたば》……春・植 106
二葉《ふたば》……春・植 106
二葉菜《ふたばな》……秋・植 101
ふたもじ……春・植 101
二夜《ふたよ》の月《つき》……秋・天 037
二人静《ふたりしずか》……春・植 119
ぶっかき……夏・生 211
復活祭《ふっかつさい》……春・行 227
復活節《ふっかつせつ》……春・行 227
文月《ふづき》……秋・時 007
ふっこ……秋・動 147
仏生会《ぶっしょうえ》★……春・行 222
仏桑花《ぶっそうげ》……夏・植 062
仏誕会《ぶったんえ》……春・行 222
仏法僧《ぶっぽうそう》……夏・動 150
筆《ふで》の花《はな》……春・植 112
蚋《ぶと》……夏・動 184
蟆子《ぶと》……夏・動 184
太藺《ふとい》……夏・植 125
太藺《ふとい》の花《はな》……夏・植 125
葡萄《ぶどう》★……秋・植 061
葡萄園《ぶどうえん》……秋・植 061
葡萄酒醸《ぶどうしゅかも》す……秋・生 183
葡萄酒製《ぶどうしゅせい》す……秋・生 183
葡萄酒作《ぶどうしゅつく》る……秋・生 183
葡萄棚《ぶどうだな》……秋・植 061
船遊《ふなあそび》……夏・生 230
船形《ふながた》の火《ひ》……秋・行 224
舟施餓鬼《ふなせがき》……秋・行 213
船渡御《ふなとぎょ》……夏・行 274
鮒《ふな》の巣立《すだ》ち……春・動 150
鮒《ふな》の巣離《すばな》れ……春・動 150
船祭《ふなまつり》……夏・行 274
船虫《ふなむし》……夏・動 170
舟虫《ふなむし》……夏・動 170
文月《ふみづき》……秋・時 007
文披月《ふみひらきづき》……秋・時 007
ぶゆ……夏・動 184
富有柿《ふゆうがき》……秋・植 062
冬支度《ふゆじたく》……秋・生 187
冬近《ふゆちか》し……秋・時 025
冬隣《ふゆどなり》……秋・時 025
冬用意《ふゆようい》……秋・生 187
冬《ふゆ》を待《ま》つ……秋・時 025
ぶよ……夏・動 184
芙蓉《ふよう》……秋・植 058
ふらここ……春・生 190
プラタナスの花《はな》……春・植 089
ぶらんこ……春・生 190
ふらんど……春・生 190
フランネル草《そう》……秋・植 091
フリージア……春・植 092
プリムラ……春・植 120
プリンスメロン……夏・植 110
古団扇《ふるうちわ》……夏・生 226
古草《ふるくさ》……春・植 107
ふるざけ……秋・生 183
古巣《ふるす》……春・動 143
古簾《ふるすだれ》……夏・生 221
ふるせ……秋・動 147
古雛《ふるびな》……春・行 211
風炉《ふろ》……夏・生 218
風炉茶《ふろちゃ》……夏・生 218
フロックス……夏・植 098
風炉点前《ふろてまえ》……夏・生 218
風炉名残《ふろなごり》……秋・生 187
風炉《ふろ》の名残《なごり》……秋・生 187
文化祭《ぶんかさい》……秋・行 220
文化《ぶんか》の日《ひ》……秋・行 220
豊後梅《ぶんごうめ》……夏・植 065
噴水《ふんすい》……夏・生 218
噴泉《ふんせん》……夏・生 218
ぶんだいゆり……春・植 111
緑豆引《ぶんどうひ》く……秋・生 201
ぶんぶん……夏・動 177

へ

平安祭《へいあんまつり》……秋・行 227
平家蛍《へいけぼたる》……夏・動 175
べい独楽《ごま》……秋・生 188
ペガサス……秋・天 037
屁糞葛《へくそかずら》……夏・植 134
へこき虫《むし》……秋・動 166
ベゴニア……夏・植 100
糸瓜《へちま》★……秋・植 096
糸瓜忌《へちまき》……秋・行 228
糸瓜《へちま》の水《みず》……秋・生 199
糸瓜《へちま》の水取《みずと》る……秋・生 199
糸瓜引《へちまひ》く……秋・生 199
糸瓜蒔《へちまま》く……春・生 198
べつたら市《いち》……秋・行 227
へっぴり虫《むし》……秋・動 166
紅虎杖《べにいたどり》……夏・植 127
紅貝《べにがい》……春・動 156
紅枝垂《べにしだれ》……春・植 065
紅染月《べにぞめづき》……秋・時 010
紅茸《べにたけ》……秋・植 129
紅椿《べにつばき》……春・植 063
紅《べに》の花《はな》……夏・植 093
紅蓮《べにはす》……夏・植 122
紅花《べにばな》……夏・植 093
紅藍花《べにばな》……夏・植 093
紅鶸《べにひわ》……秋・動 138

菱形餅《ひしがたもち》…………春・生 182
鹿尾菜《ひじき》…………春・植 125
鹿角菜《ひじき》…………春・植 125
ひじき刈《か》る……春・植 125
ひじき干《ほ》す……春・植 125
菱喰《ひしくい》……〔雁〕秋・動 142
鯷《ひしこ》…………秋・動 149
鯷 漬《ひしこづけ》…………秋・生 180
菱採《ひしと》る…………秋・植 127
菱《ひし》の花《はな》…………夏・植 124
菱《ひし》の実《み》…………秋・植 127
菱餅《ひしもち》…………春・生 182
菱紅葉《ひしもみじ》…………秋・植 127
美術展覧会《びじゅつてんらんかい》……秋・生 173
美術《びじゅつ》の秋《あき》…………秋・生 173
避暑《ひしょ》…………夏・生 192
被昇天祭《ひしょうてんさい》…………秋・行 223
避暑客《ひしょきゃく》…………夏・生 192
避暑地《ひしょち》…………夏・生 192
避暑名残《ひしょなごり》…………夏・生 192
避暑《ひしょ》の宿《やど》…………夏・生 192
灯涼《ひすず》し…………夏・生 217
氷頭 膾《ひずなます》…………秋・生 179
引板《ひた》…………秋・生 191
鶲《ひたき》…………秋・動 139
火焚鳥《ひたきどり》…………秋・動 139
干鱈《ひだら》…………春・生 180
未 草《ひつじぐさ》…………夏・植 123
羊 剪毛《ひつじせんもう》…………春・生 202
穭田《ひつじだ》…………秋・地 051
羊《ひつじ》の毛《け》刈《か》る……春・生 202
旱《ひでり》…………夏・天 042
旱 草《ひでりぐさ》…………夏・天 042
旱 雲《ひでりぐも》…………夏・天 042
日照草《ひでりそう》…………夏・植 096
旱梅雨《ひでりづゆ》…………夏・天 030
旱 年《ひでりどし》…………夏・天 042
旱 畑《ひでりばたけ》…………夏・天 042
旱 星《ひでりぼし》…………夏・天 042
単衣《ひとえ》…………夏・生 196
単 帯《ひとえおび》……〔単衣〕夏・生 196
単 衣《ひとえぎぬ》…………夏・生 196
単足袋《ひとえたび》…………夏・生 201
単衣羽織《ひとえばおり》…………夏・生 198
単 物《ひとえもの》…………夏・生 196
一《ひと》つ栗《ぐり》…………秋・植 063
一《ひと》つ葉《ば》…………夏・植 139
一葉《ひとは》…………秋・植 074
一葉落《ひとはお》つ…………秋・植 074
人麻呂忌《ひとまろき》…………春・行 229
人丸忌《ひとまろき》…………春・行 229
人麿忌《ひとまろき》…………春・行 229
一夜草《ひとよぐさ》…………春・植 107
一夜酒《ひとよざけ》…………夏・生 209
火取蛾《ひとりが》…………夏・動 172
一人静《ひとりしずか》…………春・植 118
火取虫《ひとりむし》…………夏・動 172
灯取虫《ひとりむし》…………夏・動 172
雛《ひな》…………春・行 211
雛遊《ひなあそ》び…………春・行 211
雛《ひな》あらし
……〔雛あられ〕春・生 183
雛《ひな》あられ…………春・生 183
雛市《ひないち》…………春・行 211
雛 納《ひなおさめ》…………春・行 212
日永《ひなが》★…………春・時 022
雛 飾《ひなかざり》…………春・行 211
日永《ひなが》し…………春・時 022
雛菓子《ひながし》…………春・生 183
雛菊《ひなぎく》…………春・植 090
雛草《ひなぐさ》…………春・植 122
雛罌粟《ひなげし》…………夏・植 090
雛《ひな》しまう…………春・行 212
日向水《ひなたみず》…………夏・生 229
雛流《ひなнが》し…………春・行 212
雛人 形《ひなにんぎょう》…………春・行 211
雛《ひな》の市《いち》…………春・行 211
雛《ひな》の餅《もち》…………春・生 182
雛 祭《ひなまつり》★…………春・行 211
美男葛《びなんかずら》…………秋・植 083
檜落葉《ひのきおちば》…………夏・植 075
日《ひ》の盛《さか》り…………夏・天 040
飛瀑《ひばく》…………夏・地 052
火鉢欲《ひばちほ》し…………秋・生 187
雲雀《ひばり》★…………春・動 135
雲雀籠《ひばりかご》…………春・動 135
雲雀野《ひばりの》…………春・動 135
雲雀笛《ひばりぶえ》…………春・生 190
ひひ鳴《なき》…………春・動 136
火伏祭《ひぶせまつり》…………秋・行 225
火振《ひぶ》り…………夏・生 258
緋木瓜《ひぼけ》…………春・植 078
火祭《ひまつり》(鞍馬《くらま》の火祭《ひまつり》)
…………秋・行 228
火祭《ひまつり》(吉田《よしだ》火祭《ひまつり》)
…………秋・行 225
向日葵《ひまわり》★…………夏・植 097
火虫《ひむし》…………夏・動 172
灯虫《ひむし》…………夏・動 172
氷室《ひむろ》…………夏・生 194
氷室《ひむろ》の山《やま》…………夏・生 194
氷室《ひむろ》の雪《ゆき》…………夏・生 194
氷室守《ひむろもり》…………夏・生 194
姫浅蜊《ひめあさり》…………春・動 153
姫虻《ひめあぶ》…………春・動 162
姫五加《ひめうこぎ》…………春・植 084
姫瓜《ひめうり》…………夏・植 109
姫沙羅《ひめしゃら》…………夏・植 083
姫女菀《ひめじょおん》…………夏・植 130
姫《ひめ》すみれ…………春・植 107
緋目高《ひめだか》…………夏・動 163
姫田螺《ひめたにし》…………春・動 157
姫黄楊《ひめつげ》…………春・植 088
姫百合《ひめゆり》…………夏・植 094
緋桃《ひもも》…………春・植 078
ビヤガーデン…夏・生 208
百日紅《ひゃくじつこう》…………夏・植 060
百生《ひゃくな》り…………秋・植 097
百 日草《ひゃくにちそう》…………夏・植 099
白夜《びゃくや》…………夏・時 012
白 蓮《びゃくれん》…………夏・植 122
日焼《ひやけ》…………夏・生 244
冷酒《ひやざけ》…………夏・生 209
冷《ひや》し飴《あめ》…………夏・生 214
冷《ひや》し牛《うし》…………夏・生 249
冷《ひや》し馬《うま》…………夏・生 249
冷《ひや》し瓜《うり》…………夏・生 207
冷《ひや》し珈琲《コーヒー》…………夏・生 210
冷《ひや》しサイダー…夏・生 210
冷《ひや》し酒《ざけ》…………夏・生 209
冷《ひや》し汁《じる》…………夏・生 205
冷《ひや》し麦《むぎ》…………夏・生 205
冷《ひや》し麦茶《むぎちゃ》…………夏・生 210
冷汁《ひやじる》…………夏・生 205
ヒヤシンス……春・植 093
冷索麺《ひやそうめん》…………夏・生 205
白 虹《びゃっこう》…………夏・天 035
冷豆腐《ひやどうふ》…………夏・生 206
ひやひや…………秋・時 017
ビヤホール……夏・生 208
冷麦《ひやむぎ》…………夏・生 205
冷《ひや》やか…………秋・時 017
冷 奴《ひややっこ》…………夏・生 206
冷《ひ》ゆ…………秋・時 017
鵯《ひよ》…………秋・動 137
雹《ひょう》…………夏・天 036
氷菓《ひょうか》…………夏・生 211
氷河《ひょうが》…………夏・地 044
瓢 箪《ひょうたん》…………秋・植 097
瓢 箪《ひょうたん》の花《はな》……夏・植 104
瓢箪蒔《ひょうたんま》く…………春・生 198
漂 鳥《ひょうちょう》…………秋・動 134
屛風 祭《びょうぶまつり》…………夏・行 272
日除《ひよけ》…………夏・生 221
鵯《ひよどり》…………秋・動 137
白頭鳥《ひよどり》…………秋・動 137
ひょんの笛《ふえ》……秋・植 082
瓢《ひょん》の実《み》…………秋・植 082
平泳《ひらおよ》ぎ…………夏・生 232
比良《ひら》の八荒《はっこう》……春・天 035
比良八荒《ひらはっこう》…………春・天 035
比良八講《ひらはっこう》…………春・行 221
蛭《ひる》…………夏・動 190
昼網《ひるあみ》…………夏・生 259
昼顔《ひるがお》…………夏・植 121
昼 霞《ひるがすみ》…………春・天 044
昼 蛙《ひるかわず》…………春・動 131
昼寝《ひるね》★…………夏・生 244
昼寝起《ひるねおき》…………夏・生 244
昼寝覚《ひるねざめ》…………夏・生 244
昼寝人《ひるねびと》…………夏・生 244
昼《ひる》の虫《むし》…………秋・動 156
蛭 蓆《ひるむしろ》…………夏・植 141
蛭藻《ひるも》…………夏・植 141
緋連雀《ひれんじゃく》…………秋・動 138
広島忌《ひろしまき》…………秋・行 215

春《はる》の土《つち》……春・植055
春《はる》の鳥《とり》……春・動132
春《はる》の泥《どろ》……春・植055
春《はる》の長雨《ながあめ》
……〔春の雨〕春・天037
春《はる》の渚《なぎさ》……春・地052
春《はる》の名残《なごり》……春・時027
春《はる》の波《なみ》……春・地053
春《はる》の浪《なみ》……春・地053
春《はる》の虹《にじ》……春・天043
春《はる》の猫《ねこ》……春・動129
春《はる》の眠《ねむ》り……春・生192
春《はる》の野《の》……春・地049
春《はる》の蠅《はえ》……春・動163
春《はる》の鯊《はぜ》……春・動147
春《はる》の果《はて》……春・時027
春《はる》の浜《はま》……春・地052
春《はる》のパラソル……春・生175
春《はる》の日《ひ》……春・天029
春《はる》の灯《ひ》……春・生185
春《はる》の燈《ひ》……春・生185
春《はる》の日傘《ひがさ》……春・生175
春《はる》の昼《ひる》……春・時018
春《はる》の蕗《ふき》……春・植111
春《はる》の服《ふく》……春・生173
春《はる》の鮒《ふな》……春・動150
春《はる》の星《ほし》……春・天032
春《はる》の水《みず》……春・地051
春《はる》の霙《みぞれ》……春・天042
春《はる》の湊《みなと》……春・時027
春《はる》の鵙《もず》……春・動137
春《はる》の簗《やな》……春・生205
春《はる》の山《やま》……春・地049
春《はる》の闇《やみ》……春・天032
春《はる》の夕《ゆう》……春・時019
春《はる》の夕暮《ゆうぐれ》……春・時019
春《はる》の夕日《ゆうひ》……春・天029
春《はる》の夕《ゆうべ》……春・時019
春《はる》の夕焼《ゆうやけ》……春・天048
春《はる》の雪《ゆき》★……春・天039
春《はる》の行方《ゆくえ》……春・時027
春《はる》の夜《よ》★……春・時020
春《はる》の夜明《よあけ》……春・時018
春《はる》の宵《よい》……春・時020
春《はる》の雷《らい》……春・天044
春《はる》の炉《ろ》……春・生185
春《はる》の別《わか》れ……春・時027
春薄暮《はるはくぼ》……春・時019
春場所《はるばしょ》……春・生188
春疾風《はるはやて》……春・天036
春 颷《はるはやて》……春・天036
春日《はるひ》……春・天029
春火桶《はるひおけ》……春・生186
春日影《はるひかげ》……春・天029
春日傘《はるひがさ》……春・生175
春挽糸《はるびきいと》……〔蚕飼〕春・生203
春日射《はるひざし》……春・天029
春日向《はるひなた》……春・天029
春火鉢《はるひばち》……春・生186
春深《はるふか》し……春・時025
春深《はるふか》む……春・時025
春《はる》更《ふ》く……春・時025
春吹雪《はるふぶき》……春・天039
春帽子《はるぼうし》……春・生175
春 埃《はるぼこり》……春・天036
春 祭《はるまつり》……春・行208
春満月《はるまんげつ》……春・天031
春 霙《はるみぞれ》……春・天042
春《はる》めく……春・時011
春 休《はるやすみ》……春・生171
春休《はるやす》み……春・生171
春山《はるやま》……春・地049
春《はる》行《ゆ》く……春・時027
春百合《はるゆり》……春・植094
春四番《はるよばん》……春・天035
春炉《はるろ》……春・生185
春《はる》を惜《お》しむ……春・時027
馬鈴薯《ばれいしょ》……秋・植099
馬鈴薯《ばれいしょ》の花《はな》……夏・植105
バレンタインデー
……春・行226
バレンタインの日《ひ》
……春・行226
葉山葵《はわさび》……春・植102
鷭《ばん》……夏・動153
晩夏《ばんか》……夏・時013
蕃茄《ばんか》……夏・植110
晩夏光《ばんかこう》……夏・時013
ハンカチ……夏・生202
晩菊《ばんぎく》……秋・植095
万愚節《ばんぐせつ》……春・行216
半夏《はんげ》(烏柄杓《からすびしゃく》)……夏・植132
半夏《はんげ》(半夏生《はんげしょう》)……夏・時012
半夏雨《はんげあめ》……夏・時012
半夏生《はんげしょう》……夏・時012
半夏生《はんげしょう》ず……夏・時012
ハンケチ……夏・生202
半月《はんげつ》……秋・天032
はんざき……夏・動146
パンジー……〔菫〕春・植108
晩 秋《ばんしゅう》……秋・時013
晩 秋 蚕《ばんしゅうさん》……秋・動168
晩 春《ばんしゅん》……春・時016
蕃藷《ばんしょ》……秋・植099
半仙戯《はんせんぎ》……春・生190
晩霜《ばんそう》……春・天043
坂東青《ばんどうあお》……春・植125
坂東太郎《ばんどうたろう》……夏・天022
赤楊《はんのき》の花《はな》……春・植087
榛《はん》の花《はな》……春・植087
半風子《はんぷうし》……夏・動186
斑 猫《はんみょう》……夏・動178
晩 涼《ばんりょう》……夏・時020
万 緑《ばんりょく》★……夏・植074

ひ

ビーチパラソル
……夏・生232
雛《ひいな》……春・行211
ピーナッツ
……〔落花生〕秋・植107
柊 落葉《ひいらぎおちば》……夏・植075
ビール……夏・生208
麦酒《ビール》……夏・生208
稗《ひえ》……秋・植104
ひえどり……秋・動137
日吉祭《ひえまつり》……春・行224
日枝祭《ひえまつり》……夏・行272
射干《ひおうぎ》……夏・植134
日覆《ひおおい》……夏・生221
灯朧《ひおぼろ》……春・天032
火蛾《ひが》……夏・動172
灯蛾《ひが》……夏・動172
日陰《ひかげ》……夏・天042
日傘《ひがさ》……夏・生200
東日本震災忌《ひがしにほんしんさいき》……春・行215
東日本大震災《ひがしにほんだいしんさい》……春・行215
干潟《ひがた》……春・地053
日雀《ひがら》……夏・動159
ひかり蝦《えび》……春・動158
彼岸《ひがん》★……春・時015
彼岸会《ひがんえ》……春・行221
彼岸桜《ひがんざくら》……春・植065
彼岸過《ひがんすぎ》……春・時015
彼岸団子《ひがんだんご》……春・行221
彼岸中日《ひがんちゅうにち》……春・時015
彼岸寺《ひがんでら》……春・行221
彼岸西風《ひがんにし》……春・天034
彼岸花《ひがんばな》……秋・植123
彼岸婆《ひがんばば》……春・行221
彼岸河豚《ひがんふぐ》……春・動151
彼岸前《ひがんまえ》……春・時015
彼岸詣《ひがんもうで》……春・行221
彼岸餅《ひがんもち》……春・行221
蟾《ひき》……夏・動145
蟇穴《ひきあな》を出《い》づ……春・動130
引板《ひきいた》……秋・生191
蟇《ひき》出《い》づ……春・動130
蟇《ひきがえる》……夏・動145
蟾 蜍《ひきがえる》……夏・動145
引鴨《ひきがも》……春・動140
引鶴《ひきづる》……春・動138
緋水鶏《ひくいな》……夏・動155
ピクニック……春・生166
蜩《ひぐらし》★……秋・動153
日暮《ひぐらし》……秋・動153
日車《ひぐるま》……夏・植097
火恋《ひこい》し……秋・生187
蘖《ひこばえ》……春・植082
ひこばゆ……春・植082
彦星《ひこぼし》……〔七夕〕秋・行208
緋衣草《ひごろもそう》……夏・植101
日盛《ひざかり》★……夏・天040
ひさご……秋・植097
瓢《ひさご》の花《はな》……夏・植104
氷雨《ひさめ》……夏・天036

羽抜鳥《はぬけどり》…………夏・動 148

羽抜鶏《はぬけどり》…………夏・動 148

跳人《はねと》……………秋・行 221

パパイヤ………夏・植 070

帚木《ははきぎ》……………夏・植 115

地膚子《ははきぎ》…………夏・植 115

母栗《ははぐり》……………春・植 094

母子草《ははこぐさ》…………春・植 121

母子餅《ははこもち》…………春・生 181

柞《ははそ》 ……………秋・植 072

柞紅葉《ははそもみじ》…………秋・植 072

母《はは》の日《ひ》…………夏・行 263

パパヤ…………夏・植 070

浜《はま》えのころ

……〔狗尾草〕秋・植 118

浜豌豆《はまえんどう》…………夏・植 138

浜荻《はまおぎ》……………秋・植 113

浜万年青《はまおもと》………夏・植 138

蛤《はまぐり》★……………春・動 153

蛤鍋《はまぐりなべ》…………春・動 153

蛤《はま》つゆ…………春・動 153

浜梨《はまなし》……………夏・植 084

玫瑰《はまなす》……………夏・植 084

浜茄子《はまなす》…………夏・植 084

はまにがな……春・植 102

浜《はま》の秋《あき》…………秋・地 055

浜《はま》の口開《くちあ》け

………〔礒開〕春・生 207

浜日傘《はまひがさ》…………夏・生 232

浜昼顔《はまひるがお》…………夏・植 120

浜防風《はまぼうふう》…………春・植 102

浜木綿《はまゆう》…………夏・植 138

浜木綿《はまゆう》の花《はな》……夏・植 138

鱧《はも》★……………夏・動 168

鱧《はも》の皮《かわ》…………夏・生 216

鱧料理《はもりょうり》…………夏・動 168

はや……………春・動 149

早鮓《はやずし》……………夏・生 204

葉柳《はやなぎ》……………夏・植 075

薔薇《ばら》……………夏・植 055

腹当《はらあて》……………夏・生 201

薔薇園《ばらえん》…………夏・植 055

腹掛《はらかけ》……………夏・生 201

はらこ…………秋・生 179

鰰飯《はらこめし》……………秋・生 179

パラソル………夏・生 200

薔薇《ばら》の芽《め》………春・植 069

腹巻《はらまき》……………夏・生 201

孕鹿《はらみじか》……………春・動 128

孕雀《はらみすずめ》 …………春・動 142

孕鳥《はらみどり》……………春・動 142

孕猫《はらみねこ》……………春・動 129

鰰《はららご》 ……………秋・生 179

針槐《はりえんじゅ》の花《はな》……夏・植 078

針魚《はりお》……………春・動 146

針納《はりおさ》め…………春・行 210

針供養《はりくよう》…………春・行 210

パリ祭《さい》…………夏・行 274

巴里祭《パリさい》…………夏・行 274

はりの木の花《はな》…春・植 087

針祭《はりまつ》る…………春・行 210

春《はる》★……………春・時 006

春曙《はるあけぼの》 …………春・時 018

春浅《はるあさ》し…………春・時 009

春《はる》あした………春・時 018

春遊《はるあそび》 …………春・生 166

春暑《はるあつ》し…………春・時 026

春嵐《はるあらし》 …………春・天 036

春霰《はるあられ》 …………春・天 042

春袷《はるあわせ》 …………春・生 173

春一《はるいち》……………春・天 035

春一番《はるいちばん》…………春・天 035

春愁《はるうれ》い…………春・生 192

春惜《はるお》しみ月《づき》……春・時 016

春惜《はるお》しむ………春・時 027

春落葉《はるおちば》…………春・植 090

春外套《はるがいとう》…………春・生 174

春霞《はるがすみ》 …………春・天 044

春風《はるかぜ》★…………春・天 033

春《はる》かなし………春・生 192

春川《はるかわ》……………春・地 052

春兆《はるきざ》す…………春・時 011

春暮《はるく》る…………春・時 026

春来《はるく》る…………春・時 008

春景色《はるげしき》…………春・天 030

春子《はるご》……………春・植 124

春蚕《はるご》……………春・動 164

春《はる》コート………春・生 174

春黄金花《はるこがねばな》………春・植 070

春炬燵《はるごたつ》…………春・生 185

春《はる》ごと…………春・行 208

春駒《はるごま》……………春・動 127

春《はる》さき…………春・時 008

春咲《はるさ》きサフラン

〔クロッカス〕春・植 092

春寒《はるさむ》……………春・時 011

春寒《はるさむ》し…………春・時 011

春雨《はるさめ》★…………春・天 038

春雨傘《はるさめがさ》…………春・天 038

春《はる》さる…………春・時 008

春三番《はるさんばん》…………春・天 035

春椎茸《はるしいたけ》…………春・植 124

春時雨《はるしぐれ》…………春・天 038

春驟雨《はるしゅうう》…………春・天 038

春障子《はるしょうじ》…………春・生 185

春《はる》ショール……春・生 175

春《はる》セーター

………〔春装〕春・生 173

春蟬《はるぜみ》……………春・動 164

春空《はるぞら》……………春・天 030

春田《はるた》……………春・地 054

春大根《はるだいこん》…………春・植 100

春田打《はるたうち》…………春・生 195

春闌《はるた》く…………春・時 025

春闌《はるたけなわ》 …………春・時 025

春筍《はるたけのこ》 …………春・植 090

春立《はるた》つ…………春・時 008

春月夜《はるづきよ》…………春・天 031

春尽《はるつ》く…………春・時 027

春告草《はるつげぐさ》…………春・植 062

春告鳥《はるつげどり》…………春・動 133

春手袋《はるてぶくろ》‥〔春装〕春・生 173

春出水《はるでみず》…………春・地 058

春怒濤《はるどとう》…………春・地 053

春灯《はるともし》 …………春・生 185

春二番《はるにばん》…………春・天 035

春眠《はるねむ》し…………春・生 192

春《はる》の暁《あかつき》 ………春・時 018

春《はる》の曙《あけぼの》 ………春・時 018

春《はる》の朝《あさ》…………春・時 018

春《はる》の朝日《あさひ》………春・天 029

春《はる》の汗《あせ》…………春・時 026

春《はる》の暑《あつ》さ………春・時 026

春《はる》の雨《あめ》…………春・天 037

春《はる》の霰《あられ》…………春・天 042

春《はる》の磯《いそ》…………春・地 052

春《はる》の入日《いりひ》………春・天 029

春《はる》の色《いろ》…………春・天 030

春《はる》の馬《うま》…………春・動 127

春《はる》の海《うみ》…………春・地 052

春《はる》の江《え》…………春・地 052

春《はる》の沖《おき》…………春・地 052

春《はる》の落葉《おちば》………春・植 090

春《はる》の終《おわ》り………春・時 016

春《はる》の蚊《か》…………春・動 162

春《はる》の風《かぜ》…………春・天 033

春《はる》の風邪《かぜ》………春・生 191

春《はる》のかたみ……春・時 027

春《はる》の鴨《かも》…………春・動 140

春《はる》の雁《かり》…………春・動 139

春《はる》の川《かわ》…………春・地 052

春《はる》の川波《かわなみ》………春・地 053

春《はる》の着物《きもの》………春・生 173

春《はる》の草《くさ》…………春・植 103

春《はる》の雲《くも》…………春・天 030

春《はる》の暮《くれ》★………春・時 019

春《はる》の炬燵《こたつ》………春・生 185

春《はる》の事《こと》…………春・行 208

春《はる》の駒《こま》…………春・動 127

春《はる》の寒《さむ》さ………春・時 011

春《はる》の椎茸《しいたけ》………春・植 124

春《はる》の潮《しお》…………春・地 053

春《はる》の鹿《しか》…………春・動 128

春《はる》の時雨《しぐれ》………春・天 038

春《はる》の芝《しば》…………春・植 107

春《はる》の霜《しも》…………春・天 043

春《はる》の障子《しょうじ》………春・生 185

春《はる》の燭《しょく》…………春・生 185

春《はる》の雀《すずめ》…………春・動 142

春《はる》の蟬《せみ》…………春・動 164

春《はる》の空《そら》…………春・天 030

春《はる》の田《た》…………春・地 054

春《はる》の筍《たけのこ》 ………春・植 090

春《はる》の蝶《ちょう》…………春・動 161

春《はる》の塵《ちり》…………春・天 036

春《はる》の月《つき》★………春・天 031

初蚊帳《はつかや》……夏・生224
初雁《はつかり》……秋・動142
初蛙《はつかわず》……春・動131
葉月《はづき》……秋・時010
葉月潮《はづきじお》……秋・地055
八荒《はっこう》……春・天035
八講《はっこう》の荒《あ》れ……春・天035
八朔《はっさく》……秋・時011
八朔《はっさく》の祝《いわい》……秋・行214
初桜《はつざくら》……春・植063
初潮《はつしお》……秋・地055
初蟬《はつぜみ》……夏・動180
初蕎麦《はつそば》……秋・生181
螇蚸《ばった》……秋・動161
はったい……夏・生212
はったい茶《ちゃ》……夏・生212
初茸《はつたけ》……秋・植128
ばったんこ……秋・生190
初蝶《はつちょう》……春・動160
初燕《はつつばめ》……春・動138
初茄子《はつなすび》……夏・植110
初夏《はつなつ》……夏・時006
初虹《はつにじ》……春・天043
初音《はつね》……春・動134
初幟《はつのぼり》……夏・生260
初萩《はつはぎ》……秋・植059
初花《はつはな》……春・植063
初花月《はつはなづき》……春・時013
初雛《はつびな》……春・行211
初雲雀《はつひばり》……春・動135
初風炉《はつふろ》……夏・生218
初蛍《はつほたる》……夏・動175
初時鳥《はつほととぎす》……夏・動148
初盆《はつぼん》……秋・行210
初緑《はつみどり》……春・植082
初百舌鳥《はつもず》……秋・動136
初紅葉《はつもみじ》……秋・植067
初浴衣《はつゆかた》……夏・生198
はつゆり（片栗《かたくり》の花《はな》）
……春・植111
初百合《はつゆり》（貝母《ばいも》の花《はな》）
……春・植094
初雷《はつらい》……春・天044
鳩笛《はとぶえ》……秋・生205
鳩吹《はとふ》く……秋・生205
花《はな》★……春・植064
花葵《はなあおい》……夏・植095
花明《はなあか》り……春・植064
花通草《はなあけび》……春・植088
花薊《はなあざみ》……春・植122
花馬酔木《はなあしび》……春・植075
花虻《はなあぶ》……春・動162
花《はな》あやめ……夏・植087
花荒《はなあ》れ
……〔春の雨〕春・天038
花杏《はなあんず》……春・植080
花烏賊《はないか》……春・動152
花筏《はないかだ》……春・植068
花一華《はないちげ》……春・植093
花苺《はないちご》……春・植098
花茨《はないばら》……夏・植076
花《はな》うぐい……春・動149
花空木《はなうつぎ》……夏・植076
花《はな》うばら……夏・植076
花《はな》えびね……春・植117
花槐《はなえんじゅ》……夏・植079
花樗《はなおうち》……夏・植081
花貝《はながい》……春・動156
花海棠《はなかいどう》……春・植073
花楓《はなかえで》……春・植086
花篝《はなかがり》……春・生169
花《はな》かつみ……夏・植123
花南瓜《はなかぼちゃ》……夏・植104
花《はな》かんば……春・植087
花《はな》きぶし……春・植087
花桐《はなぎり》……夏・植077
花屑《はなくず》……春・植067
花供懺法会《はなくせんぼうえ》
〔吉野花会式〕春・行223
花曇《はなぐもり》……春・天046
花栗《はなぐり》……夏・植063
花胡桃《はなくるみ》……夏・植077
花慈姑《はなくわい》……夏・植124
花芥子《はなげし》……夏・植090
花氷《はなごおり》……夏・生225
花苔《はなごけ》……夏・植140
花茣蓙《はなござ》……夏・生219
花衣《はなごろも》……春・生174
花盛《はなざか》り……春・植064
花咲蟹《はなさきがに》……秋・動151
花石榴《はなざくろ》……夏・植064
花《はな》さびた……夏・植083
花椎《はなしい》……夏・植082
はなしずめ……春・行225
鎮花祭《はなしずめまつり》……春・行225
花《はな》しどみ……春・植078
花棕櫚《はなしゅろ》……夏・植079
花菖蒲《はなしょうぶ》★……夏・植087
花過《はなす》ぎ……春・時024
花薄《はなすすき》……秋・植112
花菫《はなすみれ》……春・植107
花蕎麦《はなそば》……秋・植105
花田《はなた》……春・地054
花大根《はなだいこ》……春・植097
花大根《はなだいこん》……春・植097
花蓼《はなたで》…〔蓼の花〕秋・植120
花種蒔《はなたねま》く……春・生199
花煙草《はなたばこ》……秋・植109
花便《はなだよ》り……春・植064
放《はな》ち鳥《どり》……秋・行226
花散《はなち》らし……春・生170
花散《はなち》る……春・植066
花疲《はなづか》れ……春・生169
花月夜《はなづきよ》……春・植064
花漬《はなづけ》……春・生177
花躑躅《はなつつじ》……春・植075
花爪草《はなつめくさ》……春・植096
花灯籠《はなどうろう》……秋・行213
花時《はなどき》……春・時024
花海桐《はなとべら》……夏・植085
花鳥《はなどり》……春・動133
花菜《はなな》……春・植096
バナナ……夏・植070
花薺《はななずな》……春・植109
花菜漬《はななづけ》……春・生176
花南天《はななんてん》……夏・植061
花盗人《はなぬすびと》……春・植064
花猫《はなねこ》の目草《めそう》……春・植114
花合歓《はなねむ》……夏・植082
花野《はなの》……秋・地050
花《はな》の雨《あめ》……春・天039
花《はな》の主《あるじ》……春・生169
花《はな》の宴《えん》……春・生167
花野風《はなのかぜ》……秋・地050
花《はな》の雲《くも》……春・植064
花残月《はなのこりづき》……夏・時006
花《はな》のころ……春・時024
花《はな》の宰相《さいしょう》
……〔芍薬〕夏・植090
花《はな》の塵《ちり》……春・植067
花野原《はなのはら》……秋・地050
花野道《はなのみち》……秋・地050
花《はな》の宿《やど》……春・植064
花繁蔞《はなはこべ》……春・植112
花火《はなび》……秋・生170
花冷《はなび》え……春・時023
花火線香《はなびせんこう》……夏・生235
花人《はなびと》……春・生167
花《はな》びら……春・植066
花房《はなぶさ》……春・植064
花吹雪《はなふぶき》……春・植067
花芙蓉《はなふよう》……秋・植058
花木瓜《はなぼけ》……春・植078
鼻曲《はなまが》り鮭《さけ》……秋・動150
花祭《はなまつり》……春・行222
パナマ帽《ぼう》……夏・生201
花見《はなみ》……春・生167
花蜜柑《はなみかん》……夏・植063
花見客《はなみきゃく》……春・生167
花見茣蓙《はなみござ》……春・生168
花見小袖《はなみこそで》……春・生174
花見衣《はなみごろも》……春・生174
花見酒《はなみざけ》……春・生167
花見鯛《はなみだい》……春・動144
花見疲《はなみづか》れ……春・生169
花見月《はなみづき》……春・時016
花御堂《はなみどう》……春・行222
花見船《はなみぶね》……春・生167
花木槿《はなむくげ》……秋・植058
花筵《はなむしろ》……春・生168
花藻《はなも》……夏・植140
花守《はなもり》……春・生169
花柚《はなゆ》……夏・植063
花柚子《はなゆず》……夏・植063
花林檎《はなりんご》……春・植080
花山葵《はなわさび》……夏・植106

羽蟻《はあり》……夏・動 187
霾《ばい》……春・天 037
灰色雁《はいいろがん》……〔雁〕秋・動 142
梅雨《ばいう》……夏・天 029
黴雨《ばいう》……夏・天 029
海嬴打《ばいうち》……秋・生 188
梅園《ばいえん》……春・植 062
梅佳節《ばいかせつ》……春・行 210
梅花節《ばいかせつ》……春・行 210
梅花藻《ばいかも》の花《はな》……夏・植 140
ばい独楽《ごま》……秋・生 188
敗戦忌《はいせんき》……秋・行 215
敗戦《はいせん》の日《ひ》……秋・行 215
媒鳥《ばいちょう》……秋・生 205
霾天《ばいてん》……春・天 037
パイナップル……夏・植 069
ハイビスカス……夏・植 062
海螺廻《ばいまわ》し……秋・生 188
海嬴廻《ばいまわ》し……秋・生 188
貝母《ばいも》の花《はな》……春・植 094
梅林《ばいりん》……春・植 062
鮠《はえ》……春・動 149
蠅《はえ》★……夏・動 182
はえ……夏・天 024
蠅入《はえい》らず……夏・生 223
蠅打《はえう》ち……夏・生 223
蠅生《はえうま》る……春・動 163
蠅叩《はえたたき》……夏・生 223
蠅帳《はえちょう》……夏・生 223
蠅虎《はえとりぐも》……夏・動 188
蠅取蜘蛛《はえとりぐも》……夏・動 188
蠅《はえ》の子《こ》……春・動 163
蠅除《はえよけ》……夏・生 223
墓洗《はかあら》う……秋・行 213
馬珂貝《ばかがい》……春・動 155
馬鹿貝《ばかがい》……春・動 155
墓掃除《はかそうじ》……秋・行 213
博多祇園山笠《はかたぎおんやまかさ》……夏・行 273
博多《はかた》どんたく……春・行 228
博多《はかた》の祇園祭《ぎおんまつり》……夏・行 273
博多祭《はかたまつり》……夏・行 273
馬鹿《ばか》っちょ……秋・動 139
墓参《はかまいり》……秋・行 213
袴能《はかまのう》……夏・生 237
墓詣《はかもうで》……秋・行 213
萩《はぎ》★……秋・植 059
萩植《はぎう》う……春・生 201
萩刈《はぎかり》……秋・生 202
萩刈《はぎか》る……秋・生 202
掃立《はきたて》……春・生 203
萩月《はぎづき》……秋・時 010
萩根分《はぎねわけ》……春・生 201
萩《はぎ》の根分《ねわけ》……春・生 201
萩《はぎ》の花《はな》……秋・植 059
白雨《はくう》……夏・天 032
白雁《はくがん》……〔雁〕秋・動 142
白磁枕《はくじちん》……夏・生 220
白秋《はくしゅう》……秋・時 006
麦秋《ばくしゅう》……夏・時 009
薄暑《はくしょ》……夏・時 009
曝書《ばくしょ》……夏・生 228
爆心地《ばくしんち》……秋・行 215
白鶺鴒《はくせきれい》……秋・動 139
白扇《はくせん》……夏・生 226
白鳥帰《はくちょうかえ》る……春・動 139
白鳥座《はくちょうざ》……秋・天 037
白鳥引《はくちょうひ》く……春・動 139
白帝《はくてい》……秋・時 006
白桃《はくとう》……秋・植 060
白頭翁《はくとうおう》……春・植 119
白頭翁《はくとうおう》（椋鳥《むくどり》）……秋・動 140
白梅《はくばい》……春・植 062
瀑布《ばくふ》……夏・地 052
白牡丹《はくぼたん》……夏・植 055
白木蓮《はくもくれん》……春・植 074
白夜《はくや》……夏・時 012
曝涼《ばくりょう》……夏・生 228
はくれん……春・植 074
白木蓮《はくれん》……春・植 074
白露《はくろ》……秋・時 012
葉鶏頭《はげいとう》……秋・植 090
杲鳥《はこどり》……春・動 132
箱庭《はこにわ》……夏・生 239
繁蔞《はこべ》……春・植 112
はこべら……春・植 112
箱眼鏡《はこめがね》……夏・生 258
稲架《はさ》……秋・生 193
はざ……秋・生 193
葉桜《はざくら》★……夏・植 054
端居《はしい》★……夏・生 193
薑《はじかみ》……秋・植 102
はじき豆《まめ》……夏・植 108
箸鷹《はしたか》……秋・動 132
芭蕉《ばしょう》★……秋・植 087
葉生姜《はしょうが》……秋・植 102
芭蕉《ばしょう》の巻葉《まきは》……夏・植 103
芭蕉葉《ばしょうば》……秋・植 087
芭蕉布《ばしょうふ》……夏・生 197
芭蕉林《ばしょうりん》……秋・植 087
芭蕉若葉《ばしょうわかば》……夏・植 103
走《はし》り蕎麦《そば》……秋・生 181
走《はし》り茶《ちゃ》……夏・生 209
走《はし》り梅雨《づゆ》……夏・天 029
蓮《はす》★……夏・植 122
蓮池《はすいけ》……夏・植 122
蓮浮葉《はすうきは》……夏・植 122
蓮《はす》の浮葉《うきは》……夏・植 122
蓮《はす》の花《はな》……夏・植 122
蓮《はす》の実《み》……秋・植 108
蓮《はす》の実《み》飛《と》ぶ……秋・植 108
蓮見《はすみ》……夏・生 240
蓮見舟《はすみぶね》……夏・生 240
鯊《はぜ》……秋・動 147
沙魚《はぜ》……秋・動 147
鯊釣《はぜつり》……秋・生 207
鯊《はぜ》の竿《さお》……秋・生 207
鯊《はぜ》の潮《しお》……秋・生 207
鯊日和《はぜびより》……秋・動 147
鯊舟《はぜぶね》……秋・生 207
櫨紅葉《はぜもみじ》……秋・植 071
パセリ……夏・植 113
はた……春・生 189
畑打《はたうち》……春・生 195
畑打《はたう》つ……春・生 195
機織《はたおり》……秋・動 160
機織虫《はたおりむし》……秋・動 160
裸《はだか》……夏・生 242
畑返《はたかえ》す……春・生 195
裸子《はだかご》……夏・生 242
肌寒《はださむ》……秋・時 021
肌寒《はださむ》し……秋・時 021
跣足《はだし》……夏・生 242
跣《はだし》……夏・生 242
裸足《はだし》……夏・生 242
畑鋤《はたす》く……春・生 195
畑芹《はたぜり》……春・植 114
肌脱《はだぬぎ》……夏・生 243
蟄螽《はたはた》……秋・動 161
畑焼《はたや》く……春・生 194
はだら……春・天 041
働《はたら》き蜂《ばち》……〔蜂〕春・動 161
はだら雪《ゆき》……春・天 041
斑雪《はだれ》……春・天 041
はだれ野《の》……春・天 041
斑雪山《はだれやま》……春・天 041
はだれ雪《ゆき》……春・天 041
畑山葵《はたわさび》……春・植 102
巴旦杏《はたんきょう》……夏・植 068
蜂《はち》……春・動 161
八月《はちがつ》……秋・時 007
八月蚊《はちがつか》……秋・動 152
八月十五日《はちがつじゅうごにち》……秋・行 215
八月大名《はちがつだいみょう》……秋・生 190
淡竹《はちく》の子《こ》……夏・植 108
葉萵苣《はちしゃ》……春・植 098
八十八夜《はちじゅうはちや》……春・時 025
はちす……夏・植 122
蓮《はちす》の実《み》……秋・植 108
蜂《はち》の仔《こ》……秋・動 167
蜂《はち》の子飯《こめし》……秋・動 167
蜂《はち》の巣《す》……春・動 162
蜂《はち》の窩《す》……春・動 162
初秋《はつあき》……秋・時 006
初嵐《はつあらし》……秋・天 041
初袷《はつあわせ》……夏・生 196
初卯《はつう》の花《はな》……夏・植 076
初午《はつうま》……春・行 209
初午狂言《はつうまきょうげん》……春・行 209
初午芝居《はつうましばい》……春・行 209
初尾花《はつおばな》……秋・植 112
初蚊《はつか》……春・動 162
初風《はつかぜ》……秋・天 041
初鰹《はつがつお》★……夏・動 164
初松魚《はつがつお》……夏・動 164
二十日月《はつかづき》……秋・天 036
初鴨《はつかも》……秋・動 142

抜手《ぬきて》……夏・生 232
抜菜《ぬきな》……秋・植 101
ぬくし……春・時 020
ぬくめ酒《ざけ》……秋・生 183
抜参《ぬけまいり》……春・行 218
蓴《ぬなわ》……夏・植 141
蓴生《ぬなわお》ふ……春・植 123
蓴採《ぬなわと》る……夏・植 141
蓴《ぬなわ》の花《はな》……夏・植 141
蓴舟《ぬなわぶね》……夏・植 141
ぬるで……秋・植 072
白膠木紅葉《ぬるでもみじ》……秋・植 072
温《ぬる》む池《いけ》……春・地 051
温《ぬる》む川《かわ》……春・地 051
温《ぬる》む沼《ぬま》……春・地 051
温《ぬる》む水《みず》……春・地 051

ね

根魚《ねうお》……秋・生 207
根魚釣《ねうおづり》……秋・生 207
ネーブル……春・植 081
葱《ねぎ》ぬた……春・生 178
葱《ねぎ》の擬宝《ぎぼ》……春・植 097
葱《ねぎ》の花《はな》……春・植 097
葱坊主《ねぎぼうず》……春・植 097
根切虫《ねきりむし》……夏・動 174
寝茣蓙《ねござ》……夏・生 219
猫《ねこ》じゃらし……秋・植 118
猫《ねこ》の親《おや》……春・動 129
猫《ねこ》の子《こ》……春・動 129
猫《ねこ》の恋《こい》★……春・動 129
猫《ねこ》の夫《つま》……春・動 129
猫《ねこ》の妻《つま》……春・動 129
猫《ねこ》の目草《めそう》……春・植 114
猫柳《ねこやなぎ》……春・植 085
寝覚草《ねざめぐさ》……秋・植 113
寝覚月《ねざめづき》……秋・時 013
捩花《ねじばな》……夏・植 130
寝釈迦《ねしゃか》……春・行 219
鼠花火《ねずみはなび》……夏・生 235
鼠黐《ねずみもち》の花《はな》……夏・植 084
女貞《ねずみもち》の花《はな》……夏・植 084
根芹《ねぜり》……春・植 114
熱砂《ねっさ》……夏・時 020
熱射病《ねっしゃびょう》…〔霍乱〕夏・生 246
熱帯魚《ねったいぎょ》……夏・動 162
熱帯夜《ねったいや》
……〔暑き日〕夏・時 019
根釣《ねづり》……秋・生 207
根無草《ねなしぐさ》……夏・植 141
涅槃《ねはん》……春・行 219
涅槃会《ねはんえ》★……春・行 219
涅槃絵《ねはんえ》……春・行 219
涅槃図《ねはんず》……春・行 219
涅槃像《ねはんぞう》……春・行 219
涅槃西風《ねはんにし》……春・天 034
涅槃雪《ねはんゆき》……春・天 042
寝冷《ねび》え……夏・生 244
寝冷《ねび》え知《し》らず…夏・生 201
佞武多《ねぶた》……秋・行 221
ねぶた衆《しゅう》……秋・行 221
ねぷた祭《まつり》……秋・行 221
ねぶの花《はな》……夏・植 082
根曲竹《ねまがりたけ》……夏・植 086
寝待《ねまち》……秋・天 035
寝待月《ねまちづき》……秋・天 035
寝筵《ねむしろ》……夏・生 219
ねむた流《なが》し……秋・行 221
合歓《ねむ》の花《はな》……夏・植 082
眠草《ねむりぐさ》……夏・植 103
眠《ねむ》り蚕《ご》……春・生 203
睡花《ねむりばな》……春・植 073
眠《ねむ》る蝶《ちょう》……春・動 161
ねむれる花《はな》……春・植 073
ねらい狩《がり》……夏・生 257
練供養《ねりくよう》……夏・行 270
練雲雀《ねりひばり》……夏・動 150
年魚《ねんぎょ》……夏・動 160
念仏踊《ねんぶつおどり》……春・行 221

の

野薊《のあざみ》……春・植 122
野遊《のあそび》★……春・生 166
野《の》あやめ……夏・植 087
野茨《のいばら》……夏・植 076
野茨《のいばら》の実《み》……秋・植 082
野茨《のいばら》の芽《め》……春・植 069
凌霄《のうぜん》……夏・植 061
凌霄花《のうぜん》……夏・植 061
のうぜんかずら……夏・植 061
凌霄《のうぜん》の花《はな》……夏・植 061
凌霄葉蓮《のうぜんはれん》……夏・植 102
農村歌舞伎《のうそんかぶき》……秋・生 188
濃霧《のうむ》……秋・天 045
納涼《のうりょう》……夏・生 192
野《の》がけ……春・生 166
野萱草《のかんぞう》……夏・植 136
野菊《のぎく》……秋・植 123
軒忍《のきしのぶ》……夏・生 227
軒菖蒲《のきしょうぶ》……夏・行 261
残《のこ》る暑《あつ》さ……秋・時 008
残《のこ》る蚊《か》……秋・動 152
残《のこ》る鴨《かも》……春・動 140
残《のこ》る雁《かり》……春・動 139
残《のこ》る菊《きく》……秋・植 095
残《のこ》る海猫《ごめ》……秋・動 143
残《のこ》る桜《さくら》……春・植 068
残《のこ》る寒《さむ》さ……春・時 010
残《のこ》る蟬《せみ》……秋・動 153
残《のこ》る月《つき》……秋・天 037
残《のこ》る燕《つばめ》……秋・動 135
残《のこ》る蠅《はえ》……秋・動 152
残《のこ》る白鳥《はくちょう》……春・動 139
残《のこ》る花《はな》……春・植 068
残《のこ》る蛍《ほたる》……秋・動 151
残《のこ》る虫《むし》……秋・動 157
残《のこ》る雪《ゆき》……春・地 056
野紺菊《のこんぎく》……秋・植 123
野路菊《のじぎく》……秋・植 123
野路《のじ》の秋《あき》……秋・地 050
のしめ……秋・動 155
野春菊《のしゅんぎく》
……〔都忘れ〕春・植 095
覗眼鏡《のぞきめがね》……夏・生 258
野田藤《のだふじ》……春・植 077
後《のち》の袷《あわせ》……秋・生 174
後《のち》の月《つき》★……秋・天 037
後《のち》の彼岸《ひがん》……秋・時 012
後《のち》の雛《ひな》……秋・行 219
後《のち》の藪入《やぶいり》夏
………〔藪入〕新・行 285
乗込鯛《のっこみだい》……春・動 144
乗込鮒《のっこみぶな》……春・動 150
長閑《のどか》★……春・時 022
のどけし……春・時 022
能登上布《のとじょうふ》……夏・生 197
野《の》の花《はな》……秋・植 110
野萩《のはぎ》……秋・植 059
野薔薇《のばら》……夏・植 076
野《の》ばらの実《み》……秋・植 082
野火《のび》……春・生 193
野蒜《のびる》……春・植 115
野蒜摘《のびるつ》む……春・植 115
野藤《のふじ》……春・植 077
のぼけ……秋・植 079
野牡丹《のぼたん》……夏・植 059
幟《のぼり》……夏・行 260
上《のぼ》り鮎《あゆ》……春・動 150
上《のぼ》り月《づき》……秋・天 029
上《のぼ》り簗《やな》……春・生 205
野馬追《のまおい》……夏・行 274
蚤《のみ》……夏・動 186
野焼《のやき》……春・生 193
野焼《のや》く★……春・生 193
野山《のやま》の茂《しげ》り……夏・植 073
野山《のやま》の錦《にしき》……秋・地 049
海苔《のり》……春・植 126
糊《のり》うつぎの花《はな》…夏・植 083
海苔掻《のりかき》……春・生 204
海苔簀《のりす》……春・生 204
海苔採《のりと》る……春・生 204
糊《のり》の木《き》の花《はな》……夏・植 083
海苔篊《のりひび》……春・生 204
海苔舟《のりぶね》……春・生 204
海苔干《のりほ》す……春・生 204
糊浴衣《のりゆかた》……夏・生 198
野分《のわき》★……秋・天 041
野分跡《のわきあと》……秋・天 041
野分雲《のわきぐも》……秋・天 041
野分《のわき》だつ……秋・天 041
野分晴《のわきばれ》……秋・天 041
野《の》わけ……秋・天 041

は

バードウイーク…夏・行 264
バードデー……夏・行 264

夏《なつ》の山《やま》…………夏・地 043
夏《なつ》の夕《ゆう》…………夏・時 016
夏《なつ》の夜《よ》…………夏・時 016
夏《なつ》の夜明《よあけ》………夏・時 015
夏《なつ》の宵《よい》…………夏・時 016
夏暖簾《なつのれん》…………夏・生 221
夏《なつ》の炉《ろ》…………夏・生 217
夏羽織《なつばおり》…………夏・生 198
夏袴《なつばかま》‥〔夏羽織〕夏・生 198
夏萩《なつはぎ》……………夏・植 118
夏場所《なつばしょ》…………夏・生 236
夏芭蕉《なつばしょう》…………夏・植 103
夏果《なつはて》……………夏・時 020
夏祓《なつはらえ》……………夏・行 265
夏日《なつび》……………夏・天 022
夏日影《なつひかげ》…………夏・天 022
夏火鉢《なつひばち》…………夏・生 217
夏雲雀《なつひばり》…………夏・動 150
夏服《なつふく》……………夏・生 195
夏蒲団《なつぶとん》…………夏・生 218
夏布団《なつぶとん》…………夏・生 218
夏帽《なつぼう》……………夏・生 201
夏帽子《なつぼうし》…………夏・生 201
夏星《なつぼし》……………夏・天 023
夏負《なつま》け…………夏・生 245
夏祭《なつまつり》……………夏・行 268
夏真昼《なつまひる》…………夏・時 015
夏蜜柑《なつみかん》…………夏・植 069
夏見舞《なつみまい》…………夏・生 194
夏未明《なつみめい》…………夏・時 015
棗《なつめ》………………秋・植 064
夏《なつ》めく…………夏・時 008
棗《なつめ》の実《み》…………秋・植 064
夏物《なつもの》……………夏・生 195
夏館《なつやかた》……………夏・生 217
夏邸《なつやしき》……………夏・生 217
夏休《なつやすみ》……………夏・生 192
夏痩《なつやせ》……………夏・生 245
夏柳《なつやなぎ》……………夏・植 075
夏山《なつやま》……………夏・地 043
夏山家《なつやまが》…………夏・地 043
夏山路《なつやまじ》…………夏・地 043
夏夕《なつゆう》べ…………夏・時 016
夏雪草《なつゆきそう》…………夏・植 101
夏蓬《なつよもぎ》……………夏・植 118
夏料理《なつりょうり》…………夏・生 203
夏炉《なつろ》……………夏・生 217
夏蕨《なつわらび》……………夏・植 140
撫子《なでしこ》……………秋・植 114
ななかまど……秋・植 082
七竈《ななかまど》……………秋・植 082
名《な》の木散《きち》る……秋・植 074
名《な》の木《き》の芽《め》……春・植 081
名《な》の木《き》の紅葉《もみじ》‥秋・植 070
菜《な》の花《はな》★………春・植 096
菜《な》の花漬《はなづけ》………春・生 176
鍋乙女《なべおとめ》…………夏・行 269
鍋被《なべかぶ》り…………夏・行 269
鍋祭《なべまつり》……………夏・行 269
蠓《なまぐさ》………………夏・動 184
生胡桃《なまくるみ》…………夏・植 066
鯰《なまず》………………夏・動 160
生《なま》ビール………夏・生 208
生節《なまぶし》……………夏・生 216
なまり…………夏・生 216
なまり節《ぶし》………夏・生 216
波乗《なみの》り…………夏・生 233
菜虫《なむし》……………秋・動 167
蛞蝓《なめくじ》……………夏・動 189
なめくじら……夏・動 189
なめくじり……夏・動 189
菜飯《なめし》……………春・生 183
名吉《なよし》……………秋・動 146
奈良団扇《ならうちわ》………夏・生 226
楢紅葉《ならもみじ》…………秋・植 072
鳴神《なるかみ》……………夏・天 037
鳴子《なるこ》……………秋・生 191
鳴子縄《なるこなわ》…………秋・生 191
鳴子守《なるこもり》…………秋・生 191
熟《な》れ鮓《ずし》…………夏・生 204
苗代《なわしろ》……………春・地 054
苗代苺《なわしろいちご》の花《はな》……春・植 098
苗代粥《なわしろがゆ》…………春・地 054
苗代田《なわしろた》…………春・地 054
苗代時《なわしろどき》…………春・地 054
苗代祭《なわしろまつり》…………春・生 196
苗代水《なわしろみず》…………春・地 054
なんきん………秋・植 096
南京酸漿《なんきんほおずき》………夏・動 169
南京豆《なんきんまめ》…………秋・植 107
南薫《なんくん》……………夏・天 026
南天《なんてん》の花《はな》………夏・植 061
なんばん（玉蜀黍《とうもろこし》）
…………………秋・植 104
南蛮《なんばん》（唐辛子《とうがらし》）…秋・植 101
南蛮煙管《なんばんぎせる》………秋・植 125
南風《なんぷう》……………夏・天 024

に

にいにい蟬《ぜみ》……夏・動 180
新盆《にいぼん》……………秋・行 210
煮梅《にうめ》……………夏・植 065
匂草《においぐさ》……………春・植 062
匂鳥《においどり》……………春・動 133
匂袋《においぶくろ》……………夏・生 224
鳰《にお》の浮巣《うきす》………夏・動 154
鳰《にお》の巣《す》…………夏・動 154
苦瓜《にがうり》……………秋・植 098
二月《にがつ》……………春・時 007
二学期《にがっき》…………秋・生 170
二科展《にかてん》…………秋・生 173
握《にぎ》り鮓《ずし》…………夏・生 204
逃水《にげみず》……………春・天 047
濁《にご》り酒《ざけ》…………秋・生 183
濁《にご》り鮒《ぶな》…………夏・動 160
煮冷《にざま》し…………夏・生 205
虹《にじ》★………………夏・天 035
錦木《にしきぎ》……………秋・植 073
鬼箭木《にしきぎ》…………秋・植 073
錦木《にしきぎ》の実《み》………秋・植 073
錦木紅葉《にしきぎもみじ》………秋・植 073
虹立《にじた》つ…………夏・天 035
二十世紀《にじっせいき》………秋・植 061
虹《にじ》の橋《はし》…………夏・天 035
虹《にじ》の輪《わ》…………夏・天 035
虹始《にじはじ》めて見《み》ゆ
……〔春の虹〕春・天 043
西日《にしび》……………夏・天 040
虹鱒《にじます》……………夏・動 162
鰊《にしん》………………春・動 146
春告魚《にしん》…………春・動 146
鯡《にしん》………………春・動 146
鰊群来《にしんくき》…………春・動 146
鰊曇《にしんぐもり》…………春・動 146
日日草《にちにちそう》…………夏・植 099
日輪草《にちりんそう》…………夏・植 097
日蓮忌《にちれんき》…………秋・行 227
日光黄菅《にっこうきすげ》………夏・植 135
日射病《にっしゃびょう》‥〔霍乱〕夏・生 246
日展《にってん》……………秋・生 173
蜷《にな》………………春・動 156
蜷《にな》の道《みち》…………春・動 156
二《に》の午《うま》…………春・行 209
二番草《にばんぐさ》…………夏・生 251
二番蚕《にばんこ》…………夏・動 173
二番渋《にばんしぶ》…………秋・生 197
二番茶《にばんちゃ》…………春・生 204
二百十日《にひゃくとおか》………秋・時 010
二百二十日《にひゃくはつか》……秋・時 010
煮冷《にびや》し…………夏・生 205
日本梨《にほんなし》…………秋・植 061
入学《にゅうがく》……………春・生 172
入学式《にゅうがくしき》…………春・生 172
入学試験《にゅうがくしけん》………春・生 171
入道雲《にゅうどうぐも》…………夏・天 022
入梅《にゅうばい》……………夏・時 011
入峰《にゅうぶ》……………夏・行 268
韮《にら》………………春・植 101
韮《にら》の花《はな》…………夏・植 106
庭揚《にわあ》げ…………秋・生 196
庭叩《にわたたき》……………秋・動 139
庭花火《にわはなび》…………夏・生 235
庭紅葉《にわもみじ》…………秋・植 068
煮蕨《にわらび》……………春・植 115
忍冬《にんどう》……………夏・植 080
蒜《にんにく》………………春・植 101
忍辱《にんにく》……………春・植 101

ぬ

鵺《ぬえ》………………夏・動 157
ぬえつぐみ……夏・動 157
糠蚊《ぬかか》……………夏・動 184
ぬかご…………秋・植 100
ぬかご飯《めし》………秋・生 176
叩頭虫《ぬかずきむし》…………夏・動 178
糠蠅《ぬかばえ》……………秋・動 163

とろろ……秋・生181
とろろあおい…夏・植095
とろろかずら…秋・植083
とろろ汁《じる》……秋・生181
薯蕷汁《とろろじる》……秋・生181
とろろ飯《めし》……秋・生181
どんがめ……夏・動179
団栗《どんぐり》……秋・植076
団栗《どんぐり》の花《はな》……夏・植081
どんこ……秋・動147
どんたく……春・行228
とんぶり……秋・生177
蜻蛉《とんぼ》★……秋・動154
蜻蜓《とんぼ》……秋・動154
とんぼう……秋・動154
蜻蛉《とんぼう》生《ま》る……夏・動181

な

ナイター……夏・生234
苗《なえ》打《う》ち……夏・植114
苗売《なえうり》……夏・生247
苗木市《なえぎいち》……春・生200
苗配《なえくば》り……夏・植114
苗障子《なえしょうじ》……春・生198
苗田《なえた》……春・地054
苗床《なえどこ》……春・生198
苗運《なえはこ》び……夏・植114
苗札《なえふだ》……春・生200
薯蕷《ながいも》……秋・植100
長薯《ながいも》……秋・植100
永《なが》き日《ひ》……春・時022
長《なが》き夜《よ》……秋・時016
長崎忌《ながさきき》……秋・行215
ながし……秋・生170
ながしこ……春・動154
流《なが》し雛《びな》……春・行212
長田螺《ながたにし》……春・動157
長月《ながつき》……秋・時013
中稲《なかて》……〔稲〕秋・植103
長茄子《ながなす》……夏・植110
中抜大根《なかぬきだいこん》
……〔大根蒔く〕秋・生200
中抜菜《なかぬきな》……秋・植101
ながむし……夏・動147
菜殻《ながら》……夏・生253
菜殻火《ながらび》……夏・生253
流《なが》れ星《ぼし》……秋・天039
長刀酸漿《なぎなたほおずき》……夏・動169
鳴《な》く蛙《かわず》……春・動131
名草《なくさ》の芽《め》……春・植105
鳴《な》く虫《むし》……秋・動156
名越《なごし》……夏・行265
夏越《なごし》の祓《はらえ》★……夏・行265
名古屋場所《なごやばしょ》……夏・生236
名古屋河豚《なごやふぐ》……春・動151
名残狂言《なごりきょうげん》……秋・生188
名残《なごり》の霜《しも》……春・天043
名残《なごり》の茶《ちゃ》……秋・生187
名残《なごり》の月《つき》……秋・天037
名残《なごり》の雪《ゆき》……春・天042
梨《なし》★……秋・植061
梨子《なし》……秋・植061
梨売《なしうり》……秋・植061
梨園《なしえん》……秋・植061
梨咲《なしさ》く……春・植079
梨《なし》の花《はな》……春・植079
茄子《なす》★……夏・植110
茄子植《なすう》う……夏・生253
ナスタチウム…夏・植102
茄子漬《なすづけ》……夏・生207
茄子漬《なすつ》ける……夏・生207
茄子田楽《なすでんがく》……夏・生207
茄子苗植《なすなえう》う……夏・生253
薺《なずな》の花《はな》……春・植109
茄子《なす》の牛《うし》……秋・行212
茄子《なす》の馬《うま》……秋・行212
茄子《なす》の鴫焼《しぎやき》……夏・生207
茄子《なす》の花《はな》……夏・植105
なすび……夏・植110
なすび漬《づけ》……夏・生207
なすびの花……夏・植105
茄子蒔《なすびま》く……春・生198
菜種打《なたねう》つ……夏・生253
菜種殻《なたねがら》……夏・生253
菜種刈《なたねかり》……夏・生253
菜種刈《なたねか》る……夏・生253
菜種梅雨《なたねづゆ》……春・天039
菜種《なたね》の花《はな》……春・植096
菜種河豚《なたねふぐ》……春・動151
菜種干《なたねほ》す……夏・生253
菜種蒔《なたねま》く……秋・生200
刀豆《なたまめ》……秋・植106
鉈豆《なたまめ》……秋・植106
雪崩《なだれ》……春・地057
なだれ雪《ゆき》……春・地057
夏《なつ》★……夏・時006
夏暁《なつあけ》……夏・時015
夏薊《なつあざみ》……夏・植127
夏鶯《なつうぐいす》……夏・動151
夏海《なつうみ》……夏・地047
夏惜《なつお》しむ……夏・時020
夏落葉《なつおちば》……夏・植075
夏帯《なつおび》……〔単衣〕夏・生196
夏終《なつおわ》る……夏・時020
夏陰《なつかげ》……夏・天042
夏掛《なつがけ》……夏・生218
夏霞《なつがすみ》……夏・天034
夏風邪《なつかぜ》……夏・生245
夏鴨《なつがも》……夏・動154
夏川《なつがわ》……夏・地046
夏河原《なつがわら》……夏・地046
夏柑《なつかん》……夏・植069
夏木《なつき》……夏・植070
夏着《なつぎ》……夏・生195
夏兆《なつきざ》す……夏・時008
夏来《なつきた》る……夏・時008
夏狂言《なつきょうげん》……夏・生236
夏霧《なつぎり》……夏・天033
夏草《なつくさ》★……夏・植116
夏草茂《なつくさしげ》る……夏・植116
夏雲《なつぐも》……夏・天022
夏雲立《なつぐもた》つ……夏・天022
夏蚕《なつご》……夏・動173
夏氷《なつごおり》……夏・生214
夏木立《なつこだち》★……夏・植070
夏衣《なつごろも》……夏・生195
夏旺《なつさか》ん……夏・時017
夏座敷《なつざしき》……夏・生217
夏座蒲団《なつざぶとん》……夏・生219
夏寒《なつさむ》……夏・時014
夏寒《なつさむ》し……夏・時014
夏雨《なつさめ》……夏・天028
夏潮《なつじお》……夏・地048
夏芝《なつしば》……夏・植117
夏芝居《なつしばい》……夏・生236
夏《なつ》シャツ……夏・生199
夏大根《なつだいこん》……夏・植111
夏橙《なつだいだい》……夏・植069
夏立《なつた》つ……夏・時008
夏足袋《なつたび》……夏・生201
夏近《なつちか》し……春・時027
夏蝶《なつちょう》……夏・動171
夏椿《なつつばき》……夏・植083
夏燕《なつつばめ》……夏・動157
夏手袋《なつてぶくろ》……夏・生201
夏点前《なつてまえ》
……〔風炉茶〕夏・生218
夏出水《なつでみず》……夏・地046
夏怒濤《なつどとう》……夏・地047
夏隣《なつどなり》……春・時027
夏灯《なつともし》……夏・生217
夏濤《なつなみ》……夏・地047
夏《なつ》に入《い》る……夏・時008
夏嶺《なつね》……夏・地043
夏葱《なつねぎ》……夏・植112
夏野《なつの》……夏・地046
夏《なつ》の暁《あかつき》……夏・時015
夏《なつ》の雨《あめ》……夏・天028
夏《なつ》の海《うみ》……夏・地047
夏《なつ》の風邪《かぜ》……夏・生245
夏《なつ》の川《かわ》……夏・地046
夏《なつ》の霧《きり》……夏・天033
夏《なつ》の草《くさ》……夏・植116
夏《なつ》の雲《くも》……夏・天022
夏《なつ》の暮《くれ》……夏・時016
夏《なつ》の潮《しお》……夏・地048
夏《なつ》の霜《しも》……夏・天023
夏《なつ》の蝶《ちょう》……夏・動171
夏《なつ》の月《つき》★……夏・天023
夏《なつ》の露《つゆ》……夏・天033
夏《なつ》の波《なみ》……夏・地047
夏《なつ》の果《はて》……夏・時020
夏野原《なつのはら》……夏・地046
夏《なつ》の日《ひ》……夏・天022
夏《なつ》の灯《ひ》……夏・生217
夏《なつ》の星《ほし》……夏・天023

田楽焼《でんがくやき》…………春・生 178
天瓜粉《てんかふん》…………夏・生 246
天花粉《てんかふん》…………夏・生 246
天下祭《てんかまつり》(江戸山王祭《えどさんのうまつり》)
…………………夏・行 272
天下祭《てんかまつり》(神田祭《かんだまつり》)
…………………夏・行 270
天漢《てんかん》……………秋・天 038
天狗茸《てんぐたけ》…………秋・植 129
天使魚《てんしうお》…………夏・動 162
天竺葵《てんじくあおい》…………夏・植 096
天竺牡丹《てんじくぼたん》………夏・植 093
天竺《てんじく》まもり……秋・植 101
天井守《てんじょうもり》…………秋・植 101
天津桃《てんしんとう》…………秋・植 060
天神祭《てんじんまつり》…………夏・行 274
田鼠化《でんそか》して鴽《うずら》と為《な》る
…………………春・時 024
天高《てんたか》し…………秋・天 028
でんでん虫《むし》……夏・動 189
瓢虫《てんとうむし》…………夏・動 177
天道虫《てんとうむし》…………夏・動 177
てんとむし……夏・動 177
展墓《てんぼ》……………秋・行 213
天満祭《てんままつり》…………夏・行 274

と

籐椅子《とういす》…………夏・生 222
灯蛾《とうが》……………夏・動 172
冬瓜《とうが》……………秋・植 096
灯下親《とうかした》し………秋・生 184
灯火親《とうかした》し………秋・生 184
灯火親《とうかした》しむ……秋・生 184
冬瓜汁《とうがじる》…………秋・植 096
桃花鳥《とうかちょう》…………秋・動 142
灯火《とうか》の秋《あき》………秋・生 184
唐辛子《とうがらし》…………秋・植 101
蕃椒《とうがらし》……………秋・植 101
唐鴉《とうがらす》……………秋・動 140
冬瓜《とうがん》……………秋・植 096
唐黍《とうきび》……………秋・植 104
登高《とうこう》……………秋・行 217
とうしみ蜻蛉《とんぼ》
…………………夏・動 181
唐菖蒲《とうしょうぶ》
〔グラジオラス〕夏・植 089
灯心蜻蛉《とうしんとんぼ》………夏・動 181
とうすみ蜻蛉《とんぼ》…夏・動 181
踏青《とうせい》……………春・生 166
陶枕《とうちん》……………夏・生 220
とうなす………秋・植 096
唐茄子《とうなす》の花《はな》……夏・植 104
籐寝椅子《とうねいす》………夏・生 222
籐枕《とうまくら》……………夏・生 220
唐麦《とうむぎ》……………秋・植 118
籐筵《とうむしろ》……………夏・生 219
唐木蓮《とうもくれん》…………春・植 074
玉蜀黍《とうもろこし》…………秋・植 104
桃林《とうりん》……………春・植 078
灯籠《とうろう》★…………秋・行 213
蟷螂《とうろう》……………秋・動 164
灯籠市《とうろういち》…………秋・行 213
蟷螂生《とうろううま》る………夏・動 182
灯籠見物《とうろうけんぶつ》………秋・行 213
灯籠流《とうろうながし》…………秋・行 214
蟷螂《とうろう》の子《こ》………夏・動 182
遠案山子《とおかがし》………秋・生 191
遠霞《とおがすみ》……………春・天 044
遠蛙《とおかわず》……………春・動 131
通《とお》し鴨《がも》…………夏・動 154
十返《とかえ》りの花《はな》……春・植 086
蜥蜴《とかげ》……………夏・動 146
蜥蜴穴《とかげあな》に入《い》る…秋・動 132
蜥蜴穴《とかげあな》を出《い》づ…春・動 131
蜥蜴出《とかげい》づ………春・動 131
鴇《とき》………………秋・動 142
朱鷺《とき》……………秋・動 142
時《とき》の記念日《きねんび》……夏・行 264
時《とき》の日《ひ》…………夏・行 264
ときわあけび…秋・植 086
常磐通草《ときわあけび》の花《はな》…春・植 089
常磐木落葉《ときわぎおちば》……夏・植 075
毒茸《どくきのこ》……………秋・植 127
木賊刈《とくさか》る………秋・生 203
毒茸《どくたけ》……………秋・植 129
蕺菜《どくだみ》……………夏・植 128
時計草《とけいそう》…………夏・植 062
常夏《とこなつ》……………秋・植 114
常節《とこぶし》……………春・動 154
小鮑《とこぶし》……………春・動 154
とこよむし……秋・動 167
心太《ところてん》……………夏・生 214
心天《ところてん》……………夏・生 214
心太突《ところてんつ》き………夏・生 214
登山《とざん》……………夏・生 234
登山小屋《とざんごや》………夏・生 234
登山宿《とざんやど》…………夏・生 234
年祈《としご》いの祭《まつり》……春・行 210
泥鰌汁《どじょうじる》…………夏・生 215
鰌鍋《どじょうなべ》…………夏・生 215
泥鰌鍋《どじょうなべ》…………夏・生 215
どぜう鍋《なべ》………夏・生 215
橡粥《とちがゆ》……………秋・生 177
橡団子《とちだんご》…………秋・生 177
栃《とち》の花《はな》…………夏・植 078
橡《とち》の実《み》…………秋・植 077
栃《とち》の実《み》…………秋・植 077
橡《とち》の餅《もち》…………秋・生 177
橡麺《とちめん》……………秋・生 177
橡餅《とちもち》……………秋・生 177
栃餅《とちもち》……………秋・生 177
嫁鳥《とつぎどり》……………秋・動 139
土手青《どてあお》む………春・植 104
土手涼《どてすず》み………夏・生 192
とど……………秋・動 146
殿様蛙《とのさまがえる》…………春・動 131
殿様《とのさま》ばった……秋・動 161
飛魚《とびうお》……………夏・動 165
飛梅《とびうめ》……………春・植 062
飛《と》び込《こ》み………夏・生 233
とびら…………夏・動 165
どびろく………秋・生 183
土瓶蒸《どびんむ》し………秋・植 128
土瓶割《どびんわり》…………夏・動 174
どぶろく………秋・生 183
海桐《とべら》の花《はな》………夏・植 085
海桐《とべら》の実《み》………秋・植 081
トマト…………夏・植 110
トマト畑《ばたけ》………夏・植 110
富草《とみくさ》……………秋・植 102
富草《とみくさ》の花《はな》………秋・植 103
照射《ともし》……………夏・生 257
鳥屋勝《とやまさり》…………秋・動 132
土用《どよう》……………夏・時 017
土用明《どようあけ》…………夏・時 017
土用入《どよういり》…………夏・時 017
土用丑《どよううし》の日《ひ》の鰻《うなぎ》
…………………夏・生 215
土用鰻《どよううなぎ》★………夏・生 215
土用東風《どようごち》………夏・時 017
土用三郎《どようさぶろう》………夏・時 017
土用蜆《どようしじみ》 夏·〔蜆〕 春・動 156
土用次郎《どようじろう》………夏・時 017
土用太郎《どようたろう》………夏・時 017
土用凪《どようなぎ》
……〔凪死す〕 夏・天 028
土用波《どようなみ》★………夏・地 048
土用浪《どようなみ》…………夏・地 048
土用干《どようぼし》…………夏・生 228
土用見舞《どようみまい》………夏・生 194
豊《とよ》の秋《あき》…………秋・生 195
虎《とら》が雨《あめ》…………夏・天 031
虎《とら》が涙雨《なみだあめ》………夏・天 031
虎鶫《とらつぐみ》……………夏・動 157
虎尾草《とらのお》…………夏・植 132
鳥居形《とりいがた》の火《ひ》……秋・行 224
鳥威《とりおどし》……………秋・生 191
鳥帰《とりかえ》る…………春・動 140
鳥風《とりかぜ》……………春・天 047
鳥兜《とりかぶと》……………秋・植 126
烏兜《とりかぶと》……………秋・植 126
烏甲《とりかぶと》……………秋・植 126
烏頭《とりかぶと》……………秋・植 126
鳥雲《とりくも》……………春・天 047
鳥雲《とりくも》に…………春・動 141
鳥雲《とりくも》に入《い》る★…春・動 141
鳥曇《とりぐもり》……………春・天 047
鳥囀《とりさえず》る…………春・動 141
鳥交《とりさか》る…………春・動 142
鳥《とり》つがう………春・動 142
鳥《とり》つるむ………春・動 142
鳥《とり》の恋《こい》…………春・動 142
鳥《とり》の巣《す》…………春・動 142
鳥《とり》の渡《わた》り………秋・動 134
鳥引《とりひ》く…………春・動 140
鳥渡《とりわた》る…………秋・動 134

月待《つきま》ち……秋・天029
接《つ》ぎ松《まつ》……春・植112
月祭《つきまつ》る……秋・生171
月見《つきみ》……秋・生171
月見《つきみ》ず月《づき》……夏・時010
月見草《つきみそう》……夏・植121
月見月《つきみづき》……秋・時010
月見豆《つきみまめ》……秋・生176
月夜《つきよ》……秋・天029
月夜茸《つきよたけ》……秋・植129
机《つくえ》 洗《あら》う……秋・行208
土筆《つくし》★……春・植112
つくしんぼ……春・植112
つくつくし……秋・動154
つくづくし……春・植112
つくつく法師《ぼうし》★……秋・動154
衝羽根《つくばね》……秋・植085
突羽子《つくばね》……秋・植085
筑摩鍋《つくまなべ》……夏・行269
筑摩姫《つくまひめ》……夏・行269
筑摩祭《つくままつり》……夏・行269
鶫《つぐみ》……秋・動136
作《つく》り滝《たき》……夏・地052
漬瓜《つけうり》……夏・生206
黄楊《つげ》の花《はな》……春・植088
蔦《つた》……秋・植073
蔦葛《つたかずら》……秋・植073
蔦茂《つたしげ》る……夏・植117
蔦《つた》の葉《は》……秋・植073
蔦紅葉《つたもみじ》……秋・植073
土現《つちあらわ》る……春・植055
土《つち》 蛙《がえる》……春・動131
つちぐもり……春・天037
土恋《つちこい》し……春・植055
土匂《つちにお》う……春・植055
土《つち》の春《はる》……春・植055
土雛《つちびな》……春・行211
土雲雀《つちひばり》……秋・動140
霾《つちふる》★……春・天037
土山葵《つちわさび》……春・植102
躑躅《つつじ》……春・植075
筒鳥《つつどり》……夏・動149
堤青《つつみあお》む……春・植104
鼓《つづみ》 草《ぐさ》……春・植109
堤《つつみ》 焼《や》く……春・生193
つづれさせ……秋・動157
つなし……秋・動149
角伐《つのき》り……秋・行226
角組《つのぐ》む蘆《あし》……春・植124
椿《つばき》★……春・植063
山茶《つばき》……春・植063
椿《つばき》の実《み》……秋・植076
椿《つばき》 餅《もち》……春・生182
つばくら……春・動138
つばくろ……春・動138
茅花《つばな》……春・植122
針茅《つばな》……春・植122
茅花流《つばななが》し……夏・天025
茅花《つばな》ぬく……春・植122
茅花野《つばなの》……春・植122
燕《つばめ》★……春・動138
乙鳥《つばめ》……春・動138
玄鳥《つばめ》……春・動138
燕《つばめ》 帰《かえ》る……秋・動135
燕来《つばめく》る……春・動138
燕《つばめ》 去月《さりづき》……秋・時010
燕《つばめ》の子《こ》……夏・動152
燕《つばめ》の巣《す》……春・動143
つぶ……春・動157
坪刈《つぼがり》……秋・行215
壺《つぼ》すみれ……春・植107
壺焼《つぼやき》……春・生180
つまぐれ……秋・植089
つまくれない……秋・植089
褄黒横這《つまぐろよこばい》……秋・動163
妻恋《つまこ》う鹿《しか》……秋・動130
爪紅《つまべに》……秋・植089
摘《つま》み菜《な》……秋・植101
摘草《つみくさ》……春・生167
つみまし草《ぐさ》……春・植114
梅雨《つゆ》★……夏・天029
露《つゆ》★……秋・天046
梅雨《つゆ》あがる……夏・時014
梅雨明《つゆあ》くる……夏・時014
梅雨明《つゆあけ》……夏・時014
梅雨入《つゆいり》……夏・時011
梅雨《つゆ》 雷《かみなり》……夏・時014
梅雨茸《つゆきのこ》……夏・植142
梅雨菌《つゆきのこ》……夏・植142
露草《つゆくさ》……秋・植121
露《つゆ》けし……秋・天046
露寒《つゆさむ》……秋・天047
梅雨寒《つゆざむ》……夏・時011
梅雨寒《つゆさむ》し……夏・時011
露寒《つゆさむ》し……秋・天047
露時雨《つゆしぐれ》……秋・天046
露霜《つゆしも》……秋・天047
露涼《つゆすず》し……夏・天033
梅雨茸《つゆだけ》……夏・植142
梅雨出水《つゆでみず》……夏・地046
梅雨鯰《つゆなまず》……夏・動160
梅雨《つゆ》に入《い》る……夏・時011
露《つゆ》の秋《あき》……秋・天046
梅雨《つゆ》の後《あと》……夏・時014
露《つゆ》の命《いのち》……秋・天046
梅雨《つゆ》の入《い》り……夏・時011
露《つゆ》の玉《たま》……秋・天046
梅雨《つゆ》の蝶《ちょう》……夏・動171
梅雨《つゆ》の月《つき》……夏・天023
梅雨《つゆ》の走《はし》り……夏・天029
梅雨《つゆ》の晴《はれ》……夏・天038
梅雨《つゆ》の星《ほし》……夏・天023
露《つゆ》の世《よ》……秋・天046
梅雨晴《つゆは》る……夏・天038
梅雨晴《つゆばれ》……夏・天038
梅雨晴間《つゆはれま》……夏・天038
梅雨冷《つゆびえ》……夏・時011
梅雨《つゆ》めく……夏・時011
梅雨闇《つゆやみ》……夏・天037
強東風《つよごち》……春・天033
つらつら椿《つばき》……〔椿〕春・植063
吊《つ》り柿《がき》……秋・生178
釣鐘草《つりがねそう》……夏・植131
釣《つり》 忍《しのぶ》……夏・生227
吊《つり》 忍《しのぶ》……夏・生227
釣船草《つりふねそう》……秋・植121
釣堀《つりぼり》……夏・生236
蔓梅《つるうめ》 擬《もどき》……秋・植084
鶴来《つるきた》る……秋・動143
蔓切《つるきり》……秋・生204
鶴去《つるさ》る……春・動138
吊《つる》し柿《がき》……秋・生178
蔓《つる》たぐり……秋・生204
鶴《つる》の舞《まい》……春・動142
蔓引《つるひき》……秋・生204
釣瓶落《つるべおと》し……秋・天048
つるもどき……秋・植084
蔓竜胆《つるりんどう》……秋・植122
鶴渡《つるわた》る……秋・動143

て

梯梧《でいご》……夏・植062
梯梧《でいご》の花《はな》……夏・植062
帝展《ていてん》……秋・生173
デージー……春・植090
出開帳《でかいちょう》……春・行218
出来秋《できあき》……秋・生195
てぐすむし……夏・動173
鉄線《てっせん》……夏・植094
鉄線花《てっせんか》……夏・植094
てっせんかずら……夏・植094
鉄砲百合《てっぽうゆり》……夏・植094
ででむし……夏・動189
手始《てはじめ》……春・生204
手花火《てはなび》……夏・生235
手鞠花《てまりばな》（紫陽花《あじさい》）……夏・植056
繍毬花《てまりばな》……夏・植057
手毬花《てまりばな》……夏・植057
粉団花《てまりばな》……夏・植057
出水《でみず》……夏・地046
出水川《でみずがわ》……夏・地046
出目金《でめきん》……夏・動162
デラウェア……秋・植061
照鷽《てりうそ》……春・動136
照葉《てりは》……秋・植069
天蓋花《てんがいばな》（向日葵《ひまわり》）……夏・植097
天蓋花《てんがいばな》（曼珠沙華《まんじゅしゃげ》）……秋・植123
田楽《でんがく》……春・生178
田楽刺《でんがくざし》……春・生178
田楽豆腐《でんがくどうふ》……春・生178

田《た》の実《み》……秋・植102
煙草《たばこ》の花《はな》……秋・植109
田雲雀《たひばり》……秋・動140
たびら雪《ゆき》……春・天041
魂送《たまおくり》……秋・行214
玉章《たまずさ》……秋・植127
魂棚《たまだな》……秋・行210
玉萵苣《たまちしゃ》……春・植098
玉椿《たまつばき》……夏・植084
玉解《たまと》く芭蕉《ばしょう》……夏・植103
玉菜《たまな》……夏・植111
玉苗《たまなえ》……夏・植114
玉葱《たまねぎ》……夏・植112
葱頭《たまねぎ》……夏・植112
玉《たま》の汗《あせ》……夏・生243
玉巻《たまま》く芭蕉《ばしょう》……夏・植103
魂祭《たままつり》……秋・行210
玉繭《たままゆ》……夏・生256
玉見草《たまみぐさ》……秋・植059
魂迎《たまむかえ》……秋・行212
玉虫《たまむし》……夏・動176
たまや……春・生190
田水張《たみずは》る……夏・地049
田水引《たみずひ》く……夏・地049
田水沸《たみずわ》く……夏・地050
田水《たみず》を落《おと》す……秋・地051
手向《たむけ》の市《いち》……秋・行209
田母木《たもぎ》……秋・生193
たらうど……春・植083
だらだら祭《まつり》……秋・行225
楤摘《たらつ》む……春・植083
楤《たら》の芽《め》……春・植083
多羅《たら》の芽《め》……春・植083
たらめ……春・植083
ダリア……夏・植093
ダリヤ……夏・植093
樽柿《たるがき》……秋・植062
達磨草《だるまそう》……春・植122
俵編《たわらあみ》……秋・生197
俵麦《たわらむぎ》……夏・植102
戯《たわ》れ猫《ねこ》……春・動129
田《た》を打《う》つ……春・生195
田《た》を返《かえ》す……春・生195
田《た》を鋤《す》く……春・生195
端午《たんご》★……夏・行260
団子背負《だんごしょ》い……秋・動139
端午《たんご》の節句《せっく》……夏・行260
団子花《だんごばな》……春・植076
短冊苗代《たんざくなわしろ》……春・地054
男爵《だんしゃく》……秋・植099
誕生会《たんじょうえ》……春・行222
断腸花《だんちょうか》……秋・植091
丹波栗《たんばぐり》……秋・植063
丹波太郎《たんばたろう》……夏・天022
だんびら雪《ゆき》……春・天041
蒲公英《たんぽぽ》★……春・植109
蒲公英《たんぽぽ》の絮《わた》……春・植109
短夜《たんや》……夏・時016

ち

稚鮎《ちあゆ》……春・動150
智恵詣《ちえもうで》……春・行223
智恵貰《ちえもらい》……春・行223
チェリー……夏・植067
ちか……春・動149
血貝《ちがい》……春・動154
茅萱《ちがや》の花《はな》……春・植122
地鏡《ちきょう》……〔逃水〕春・天048
千草《ちぐさ》……秋・植109
千草《ちぐさ》の花《はな》……秋・植110
竹秋《ちくしゅう》……春・植089
竹春《ちくしゅん》……秋・植086
竹酔日《ちくすいじつ》……夏・生255
竹誕日《ちくたんじつ》……夏・生255
竹奴《ちくど》……夏・生220
竹婦人《ちくふじん》……夏・生220
竹夫人《ちくふじん》……夏・生220
竹迷日《ちくめいじつ》……夏・生255
稚児鵙《ちごもず》……秋・動136
遅日《ちじつ》……春・時022
萵苣《ちしゃ》……春・植098
ちしゃのきの花《はな》……夏・植082
ちちうりの木《き》……夏・植070
父乞虫《ちちこうむし》……秋・動165
父子草《ちちこぐさ》
……〔母子草〕春・植122
父《ちち》の日《ひ》……夏・行264
ちちぶ……秋・動147
縮足袋《ちぢみたび》……夏・生201
縮布《ちぢみふ》……〔夏衣〕夏・生195
ちちろ……秋・動157
血止草《ちどめぐさ》……秋・植093
茅海《ちぬ》……夏・動163
黒鯛釣《ちぬつり》……夏・動163
茅《ち》の輪《わ》★……夏・行266
茅《ち》の輪潜《わくぐ》り……夏・行266
ちばな……春・植122
粽《ちまき》★……夏・行262
粽解《ちまきと》く……夏・行262
粽結《ちまきゆ》う……夏・行262
茶園《ちゃえん》……春・生204
茶立虫《ちゃたてむし》……秋・動165
茶柱虫《ちゃたてむし》……秋・動165
茶作《ちゃづく》り……春・生204
茶摘《ちゃつみ》★……春・生204
茶摘唄《ちゃつみうた》……春・生204
茶摘籠《ちゃつみかご》……春・生204
茶詰《ちゃつめ》……夏・生209
茶《ちゃ》の葉選《はえ》り……春・生204
茶畠《ちゃばたけ》……春・生204
ちゃぼ鶏頭《けいとう》……秋・植090
茶揉《ちゃも》み……春・生204
仲夏《ちゅうか》……夏・時010
中菊《ちゅうぎく》……秋・植094
中元《ちゅうげん》……秋・行209
中元売出《ちゅうげんうりだし》……秋・行209
中元贈答《ちゅうげんぞうとう》……秋・行209
仲秋《ちゅうしゅう》……秋・時010
中秋《ちゅうしゅう》……秋・時010
中秋無月《ちゅうしゅうむげつ》……秋・天034
仲春《ちゅうしゅん》……春・時013
中日《ちゅうにち》……春・時015
中伏《ちゅうふく》……夏・時018
チューリップ……春・植093
蝶《ちょう》★……春・動161
重九《ちょうきゅう》……秋・行217
澄江堂忌《ちょうこうどうき》……夏・行275
丁子《ちょうじ》……春・植072
丁字《ちょうじ》……春・植072
長十郎《ちょうじゅうろう》……秋・植061
長春花《ちょうしゅんか》……春・植091
蝶々《ちょうちょう》……春・動161
提灯花《ちょうちんばな》……夏・植131
鳥馬《ちょうま》……秋・動136
長命縷《ちょうめいる》……夏・行263
長夜《ちょうや》……秋・時016
重陽《ちょうよう》★……秋・行217
ちらし鮓《ずし》……夏・生204
散椿《ちりつばき》……春・植063
散松葉《ちりまつば》……夏・植075
ちりめん……春・生180
縮緬鰯《ちりめんいわし》……秋・動149
ちりめんじゃこ……春・生180
散《ち》る桜《さくら》……春・植066
散《ち》る花《はな》……春・植066
鎮花祭《ちんかさい》……春・行225
ちんぐるま……夏・植137
椿寿忌《ちんじゅき》……春・行228
ちんちろ……秋・動159
ちんちろりん……秋・動159

つ

ついり……夏・時011
疲《つか》れ鵜《う》……夏・生258
月《つき》★……秋・天029
月朧《つきおぼろ》……春・天031
月傾《つきかたむ》く……秋・天029
接木《つぎき》……春・生201
接木苗《つぎきなえ》……春・生201
月草《つきくさ》……秋・植121
月代《つきしろ》……秋・天029
月涼《つきすず》し……夏・天023
月《つき》の秋《あき》……秋・天029
月《つき》の雨《あめ》……秋・天034
月《つき》の主《あるじ》……秋・生171
月《つき》の宴《えん》……秋・生171
月《つき》の客《きゃく》……秋・生171
月《つき》の雲《くも》……秋・天034
月《つき》の座《ざ》……秋・生171
月《つき》の舟《ふね》……秋・天032
月上《つきのぼ》る……秋・天029
月《つき》の眉《まゆ》……秋・天031
月《つき》の宿《やど》……秋・生171
月《つき》の弓《ゆみ》……秋・天032
月日貝《つきひがい》……春・動154
接穂《つぎほ》……春・生201

体育祭《たいいくさい》……秋・生 172
体育《たいいく》の日《ひ》……秋・生 220
鯛葛網《たいかつらあみ》……春・生 206
大旱《たいかん》……夏・天 042
帯魚《たいぎょ》……秋・動 149
大根《だいこん》の花《はな》……春・植 097
大根蒔《だいこんま》く……秋・生 200
泰山木《たいさんぼく》の花《はな》……夏・植 057
大試験《だいしけん》……春・生 171
鯛地漕網《たいじこぎあみ》……春・生 206
大暑《たいしょ》……夏・時 019
大豆《だいず》……秋・植 106
大豆打《だいずう》つ……秋・生 201
大豆殻《だいずがら》……秋・生 201
大豆引《だいずひ》く……秋・生 201
大豆干《だいずほ》す……秋・生 201
大豆蒔《だいずま》く……夏・生 252
ダイビング……夏・生 233
台風《たいふう》……秋・天 042
颱風《たいふう》……秋・天 042
台風禍《たいふうか》……秋・天 042
台風圏《たいふうけん》……秋・天 042
台風《たいふう》の目《め》……秋・天 042
台風裡《たいふうり》……秋・天 042
大麻《たいま》……夏・植 115
当麻練供養《たいまねりくよう》……夏・行 270
大文字《だいもんじ》★……秋・行 224
大文字草《だいもんじそう》……秋・植 122
大文字《だいもんじ》の火《ひ》……秋・行 224
田色《たいろ》づく……秋・地 050
田植《たうえ》★……夏・生 249
田植唄《たうえうた》……夏・生 249
田植笠《たうえがさ》……夏・生 249
田植機《たうえき》……夏・生 249
田植組《たうえぐみ》……夏・生 249
田植仕舞《たうえじまい》……夏・生 251
田植時《たうえどき》……夏・生 249
田植女《たうえめ》……夏・生 250
田打《たうち》……春・生 195
田打蟹《たうちがに》……春・動 158
田打桜《たうちざくら》……春・植 071
田起《たおこ》し……春・生 195
田返《たがえ》し……春・生 195
鷹化《たかか》して鳩《はと》と為《な》る……春・時 014
田掻牛《たかきうし》……夏・生 248
田掻馬《たかきうま》……夏・生 248
高《たか》きに登《のぼ》る……秋・行 217
田掻《たか》く……夏・生 248
高砂飯蛸《たかさごいいだこ》……春・動 152
誰袖《たがそで》……夏・生 224
高灯籠《たかどうろう》……秋・行 213
鷹《たか》の爪《つめ》……秋・植 101
鷹《たか》の塒出《とやで》……秋・動 132
鷹柱《たかばしら》……秋・動 133
簟《たかむしろ》……夏・生 219
田亀《たがめ》……夏・動 179
耕《たがやし》★……春・生 194
高山祭《たかやままつり》……春・行 224
田刈《たかり》……秋・生 192
鷹渡《たかわた》る……秋・動 133
たかんな……夏・植 108
滝《たき》★……夏・地 052
瀑《たき》……夏・地 052
抱籠《だきかご》……夏・生 220
薪御能《たきぎおのう》…〔薪能〕夏・生 237
薪猿楽《たきぎさるがく》……夏・生 237
薪能《たきぎのう》……夏・生 237
滝《たき》しぶき……夏・地 052
滝涼《たきすず》し……夏・地 052
滝壺《たきつぼ》……夏・地 052
滝《たき》の音《おと》……夏・地 052
滝見《たきみ》……夏・地 052
田草取《たくさとり》……夏・生 251
田草引《たくさひ》く……夏・生 251
啄木忌《たくぼくき》……春・行 229
番匠鳥《たくみどり》……秋・動 141
茸《たけ》……秋・植 127
竹植《たけう》う……夏・生 255
竹移《たけうつ》す……夏・生 255
竹落葉《たけおちば》……夏・植 085
茸狩《たけがり》……秋・生 172
竹伐《たけき》る……秋・生 198
竹床几《たけしょうぎ》……夏・生 223
竹簾《たけすだれ》……夏・生 221
だけつばめ……春・動 138
竹煮草《たけにぐさ》……夏・植 119
竹似草《たけにぐさ》……夏・植 119
竹《たけ》の秋《あき》……春・植 089
竹《たけ》の皮落《かわお》つ……夏・植 085
竹《たけ》の皮散《かわち》る……夏・植 085
竹《たけ》の皮脱《かわぬ》ぐ……夏・植 085
簭脱《たけのかわぬ》ぐ……夏・植 085
筍《たけのこ》★……夏・植 108
筍流《たけのこなが》し……夏・天 025
筍飯《たけのこめし》……夏・生 203
竹《たけ》の春《はる》……秋・植 086
竹《たけ》の若葉《わかば》……夏・植 086
竹《たけ》の若緑《わかみどり》……夏・植 086
茸山《たけやま》……秋・生 172
凧《たこ》……春・生 189
章魚《たこ》……夏・動 169
蛸《たこ》……夏・動 169
凧揚《たこあ》げ……春・生 189
たこうな……夏・植 108
凧合戦《たこがっせん》……春・生 189
蛇笏忌《だこつき》……秋・行 229
蛸壺《たこつぼ》……夏・動 169
凧日和《たこびより》……春・生 189
太宰忌《だざいき》……夏・行 275
山車《だし》……夏・行 268
田鴫《たしぎ》……秋・動 141
田仕舞《たじまい》……秋・生 196
田芹《たぜり》……春・植 114
たち……秋・動 149
立葵《たちあおい》……夏・植 095
太刀魚《たちうお》……秋・動 149
立《た》ち泳《およ》ぎ……夏・生 232
たちの魚《うお》……秋・動 149
たちはき……秋・植 106
橘《たちばな》……秋・植 086
立花《たちばな》……秋・植 086
橘月《たちばなづき》……夏・時 010
立雛《たちびな》……春・行 211
立待《たちまち》……秋・天 035
立待月《たちまちづき》……秋・天 035
脱穀機《だっこくき》……秋・生 194
獺祭《だっさい》……春・時 012
獺祭忌《だっさいき》……秋・行 228
獺祭魚《だっさいぎょ》……春・時 012
龍田草《たつたぐさ》……秋・植 068
龍田姫《たつたひめ》……秋・天 048
立浪草《たつなみそう》……夏・植 129
たつび……春・動 157
田鶴渡《たづわた》る……秋・動 143
蓼藍《たであい》の花《はな》……秋・植 108
立《た》て絵《え》……夏・生 239
蓼《たで》の花《はな》……秋・植 120
蓼《たで》の穂《ほ》……秋・植 120
立版古《たてばんこ》……夏・生 239
蓼紅葉《たでもみじ》……秋・植 120
棚経《たなぎょう》……秋・行 210
七夕《たなばた》★……秋・行 208
棚機《たなばた》……秋・行 208
七夕雨《たなばたあめ》……秋・行 208
七夕竹《たなばただけ》……秋・行 208
七夕月《たなばたづき》……秋・時 007
七夕祭《たなばたまつり》……秋・行 208
谷朧《たにおぼろ》……春・天 032
田螺《たにし》……春・動 157
田螺鳴《たにしな》く……春・動 157
谷若葉《たにわかば》……夏・植 071
種井《たねい》……春・生 197
種池《たねいけ》……春・生 197
種芋《たねいも》……春・植 103
種藷《たねいも》……春・植 103
種売《たねうり》……春・生 196
種選《たねえらび》……春・生 197
種降《たねおろ》し……春・生 197
種案山子《たねかがし》……春・生 198
蚕卵紙《たねがみ》‥〔蚕飼〕春・生 203
種俵《たねだわら》……春・生 197
種《たね》つけ……春・動 127
種漬《たねつ》ける……春・生 197
種床《たねどこ》……春・生 198
種採《たねとり》……秋・生 199
種茄子《たねなす》……秋・植 098
種茄子《たねなすび》……秋・植 098
種浸《たねひたし》……春・生 197
種瓢《たねふくべ》……秋・植 097
種袋《たねぶくろ》……春・生 196
種蒔《たねまき》★……春・生 197
種物《たねもの》……春・生 196
種選《たねよ》り……春・生 197
田《た》の色《いろ》……秋・地 050

簾外《すだれはず》す……秋・生 185
巣《す》づくり……春・動 142
巣乙鳥《すつばめ》……春・動 143
巣燕《すつばめ》……春・動 143
捨《す》て扇《おうぎ》……秋・生 185
捨案山子《すてかがし》……秋・生 191
すててこ……夏・生 198
捨雛《すてびな》……春・行 212
簀戸《すど》……夏・生 222
巣鳥《すどり》……春・動 142
砂《すな》あらし……春・天 036
砂日傘《すなひがさ》……夏・生 232
巣箱《すばこ》……春・動 143
洲走《すばしり》……秋・動 146
素裸《すはだか》……夏・生 242
洲浜草《すはまそう》……春・植 114
巣引雀《すびきすずめ》……春・動 144
スプリングコート……春・生 174
滑歯莧《すべりひゆ》……夏・植 126
滑莧《すべりひゆ》……夏・植 126
すまい……秋・行 220
相撲節会《すまいのせちえ》……秋・行 220
墨烏賊《すみいか》……春・動 152
炭火恋《すみびこい》し……秋・生 187
住吉《すみよし》の御田植《おたうえ》……夏・行 272
菫《すみれ》★……春・植 107
菫草《すみれぐさ》……春・植 107
菫摘《すみれつ》む……春・植 107
菫野《すみれの》……春・植 107
すむぎ……夏・生 204
すめらみぐさ……秋・植 102
相撲《すもう》★……秋・行 220
角力《すもう》……秋・行 220
相撲取草《すもうとりぐさ》……春・植 107
李《すもも》……夏・植 068
李子《すもも》……夏・植 068
李咲《すももさ》く……春・植 079
李《すもも》の花《はな》……春・植 079
駿河蘭《するがらん》……秋・植 091
諏訪《すわ》の御柱祭《おんばしらまつり》……夏・行 269
寸取虫《すんとりむし》……夏・動 174

せ

盛夏《せいか》……夏・時 017
星河《せいが》……秋・天 038
盛夏見舞《せいかみまい》……夏・生 194
せいご……秋・動 147
聖五月《せいごがつ》……夏・時 007
青磁枕《せいじちん》……夏・生 220
清秋《せいしゅう》……秋・時 016
聖週間《せいしゅうかん》……春・行 227
青春《せいしゅん》……春・時 006
背高泡立草《せいたかあわだちそう》……秋・植 116
製茶《せいちゃ》……春・生 204
聖母祭《せいぼさい》……秋・行 223
聖母月《せいぼづき》……夏・時 007
清明《せいめい》……春・時 017
清明節《せいめいせつ》……春・時 017
西洋朝顔《せいようあさがお》……秋・植 089
青嵐《せいらん》……夏・天 026
蜻蛉《せいれい》……秋・動 154
清和《せいわ》……夏・時 008
背泳《せおよ》ぎ……夏・生 232
施餓鬼《せがき》……秋・行 213
施餓鬼会《せがきえ》……秋・行 213
施餓鬼壇《せがきだん》……秋・行 213
施餓鬼寺《せがきでら》……秋・行 213
惜春《せきしゅん》……春・時 027
惜春忌《せきしゅんき》……春・行 228
石竹《せきちく》……夏・植 092
積乱雲《せきらんうん》……夏・天 022
赤痢《せきり》……〔霍乱〕夏・生 246
鶺鴒《せきれい》……秋・動 139
背黒鶺鴒《せぐろせきれい》……秋・動 139
ぜぜ貝《がい》……春・動 156
瀬田蜆《せたしじみ》……春・動 156
雪加《せっか》……夏・動 159
雪下《せっか》……夏・動 159
雪渓《せっけい》……夏・地 044
雪泥《せつでい》……春・地 056
節分草《せつぶんそう》……春・植 113
銭亀《ぜにがめ》……夏・動 144
銭葉《ぜには》……夏・植 122
施火《せび》……秋・行 224
蟬《せみ》★……夏・動 180
蟬時雨《せみしぐれ》……夏・動 180
蟬捕《せみと》り……夏・動 180
蟬《せみ》の殻《から》……夏・動 180
蟬《せみ》の抜殻《ぬけがら》……夏・動 180
蟬《せみ》のもぬけ……夏・動 180
ゼラニウム……夏・植 096
ゼラニューム……夏・植 096
芹《せり》★……春・植 114
ゼリー……夏・生 214
芹田《せりた》……春・植 114
芹摘《せりつみ》……春・植 114
芹摘《せりつ》む……春・生 167
芹《せり》の水《みず》……春・植 114
セル……夏・生 196
仙翁花《せんおうげ》……秋・植 091
銭荷《せんか》……夏・植 122
線香花火《せんこうはなび》……夏・生 235
剪枝《せんし》……春・生 200
剪秋羅《せんしゅうら》……秋・植 091
浅春《せんしゅん》……春・時 009
扇子《せんす》……夏・生 226
栴檀《せんだん》の花《はな》……夏・植 081
剪定《せんてい》……春・生 200
千生《せんな》り……秋・植 097
千日紅《せんにちこう》……夏・植 100
千日草《せんにちそう》……夏・植 100
仙翁花《せんのう》……秋・植 091
扇風機《せんぷうき》……夏・生 227
千振引《せんぶりひ》く……秋・生 201
千本桜《せんぼんざくら》……春・植 064
千本分葱《せんぼんわけぎ》……春・植 101
薇《ぜんまい》……春・植 116
狗背《ぜんまい》……春・植 116
薇採《ぜんまいとり》……春・植 116
薇飯《ぜんまいめし》……春・植 116
剪毛期《せんもうき》……春・生 202

そ

添寝籠《そいねかご》……夏・生 220
送行《そうあん》……秋・行 222
宗易忌《そうえきき》……春・行 228
霜害《そうがい》……春・天 043
爽気《そうき》……秋・時 017
雑木《ぞうき》の芽《め》……春・植 081
雑木紅葉《ぞうきもみじ》……秋・植 070
霜降《そうこう》……秋・時 022
早春《そうしゅん》……春・時 008
添水《そうず》……秋・生 190
僧都《そうず》……秋・生 190
送水会《そうずいえ》……春・行 220
添水唐臼《そうずからうす》……秋・生 190
そうとめ……夏・生 250
象鼻虫《ぞうはなむし》……夏・動 177
薔薇《そうび》……夏・植 055
走馬灯《そうまとう》★……夏・生 228
素麺《そうめん》……夏・生 205
索麺冷《そうめんひ》やす……夏・生 205
爽籟《そうらい》……秋・天 040
爽涼《そうりょう》……秋・時 017
ソーダ水《すい》……夏・生 210
曾我《そが》の雨《あめ》……夏・天 031
素馨《そけい》……夏・植 063
底《そこ》なだれ……春・地 057
底紅《そこべに》……秋・植 058
素秋《そしゅう》……秋・時 006
そぞろ寒《さむ》……秋・時 019
卒業《そつぎょう》……春・生 171
卒業期《そつぎょうき》……春・生 171
卒業式《そつぎょうしき》……春・生 171
卒業試験《そつぎょうしけん》……春・生 171
卒業証書《そつぎょうしょうしょ》……春・生 171
卒業生《そつぎょうせい》……春・生 171
蘇鉄《そてつ》の花《はな》……夏・植 083
外寝《そとね》……夏・生 244
そのひぐさ……夏・植 099
蕎麦焼酎《そばじょうちゅう》……夏・生 209
蕎麦《そば》の花《はな》……秋・植 105
ソフトクリーム……夏・生 211
染井吉野《そめいよしの》…〔桜〕春・植 064
染卵《そめたまご》……春・行 227
染浴衣《そめゆかた》……夏・生 198
空澄《そらす》む……秋・時 016
蚕豆《そらまめ》……夏・植 108
空豆《そらまめ》……夏・植 108
蚕豆《そらまめ》の花《はな》……春・植 097

た

鯛網《たいあみ》……春・生 206

次郎柿《じろうがき》……秋・植 062
白団扇《しろうちわ》……夏・生 226
白梅擬《しろうめもどき》……秋・植 084
越瓜《しろうり》……夏・植 109
越瓜漬《しろうりづけ》……夏・生 206
代掻《しろかき》……夏・生 248
白《しろ》かきつばた…夏・植 087
代掻《しろか》く……夏・生 248
白絣《しろがすり》……夏・生 199
白飛白《しろがすり》……夏・生 199
白黴《しろかび》……夏・植 142
白蚊帳《しろかや》……夏・生 224
白鱚《しろぎす》……夏・動 165
白靴《しろぐつ》……夏・生 202
白慈姑《しろぐわい》……春・植 103
白酒《しろざけ》……春・生 183
白酒売《しろざけうり》……春・生 183
白酒徳利《しろざけとくり》……春・生 183
白地《しろじ》……夏・生 199
白式部《しろしきぶ》……秋・植 083
白《しろ》シャツ……夏・生 199
白菖蒲《しろしょうぶ》……夏・植 087
代田《しろた》……夏・地 049
白蝶《しろちょう》……春・動 160
白躑躅《しろつつじ》……春・植 075
白椿《しろつばき》……春・植 063
白詰草《しろつめくさ》……春・植 109
白灯籠《しろとうろう》……秋・行 213
白南風《しろはえ》……夏・天 025
しろばえ……夏・天 025
白腹《しろはら》……秋・動 136
白日傘《しろひがさ》……夏・生 200
白服《しろふく》……夏・生 195
白芙蓉《しろふよう》……秋・植 058
白木瓜《しろぼけ》……春・植 078
白舞《しろまい》茸……秋・植 129
白繭《しろまゆ》……夏・生 256
白木槿《しろむくげ》……秋・植 058
白目高《しろめだか》……夏・動 163
白山吹《しろやまぶき》……春・植 077
白山葵《しろわさび》……春・植 102
新小豆《しんあずき》……秋・植 106
新数《しんかず》の子《こ》……春・生 184
新榧《しんかや》……秋・植 078
新榧子《しんかや》……秋・植 078
新干瓢《しんかんぴょう》……夏・生 254
新絹《しんぎぬ》……秋・生 198
進級試験《しんきゅうしけん》……春・生 171
蜃気楼《しんきろう》……春・天 047
新月《しんげつ》……秋・天 031
しんこ……秋・動 149
新胡麻《しんごま》……秋・植 107
震災忌《しんさいき》……秋・行 216
震災記念日《しんさいきねんび》……秋・行 216
蜃市《しんし》……春・天 047
新渋《しんしぶ》……秋・生 197
ジンジャーの花《はな》
……秋・植 088
新馬鈴薯《しんじゃが》……夏・植 112
新酒《しんしゅ》……秋・生 182
新樹《しんじゅ》……夏・植 070
新秋《しんしゅう》……秋・時 006
深秋《しんしゅう》……秋・時 023
新酒糟《しんしゅかす》……秋・生 182
神水《しんずい》…〔薬降る〕夏・天 031
新蕎麦《しんそば》……秋・生 181
新大豆《しんだいず》……秋・植 106
新松子《しんちぢり》……秋・植 073
新茶《しんちゃ》★……夏・生 209
沈丁《じんちょう》……春・植 072
沈丁花《じんちょうげ》……春・植 072
新豆腐《しんどうふ》……秋・生 182
新機《しんばた》……秋・生 198
じんべ……夏・生 198
甚平《じんべい》……夏・生 198
甚兵衛《じんべえ》……夏・生 198
新米《しんまい》★……秋・生 175
新繭《しんまゆ》……夏・生 256
新麦《しんむぎ》……〔麦刈〕夏・生 248
迅雷《じんらい》……夏・天 037
新涼《しんりょう》★……秋・時 009
新緑《しんりょく》……夏・植 073
蜃楼《しんろう》……春・天 047
新藁《しんわら》……秋・生 195

す

素足《すあし》……夏・生 242
スイートピー…春・植 093
翠蔭《すいいん》……夏・植 074
水泳《すいえい》……夏・生 232
水禍《すいか》……夏・地 046
西瓜《すいか》★……秋・植 095
水害《すいがい》……夏・地 046
吸葛《すいかずら》……夏・植 080
忍冬《すいかずら》の花《はな》……夏・植 080
西瓜蒔《すいかま》く……春・生 198
西瓜割《すいかわり》 夏
……〔西瓜〕秋・植 095
芋茎《ずいき》……秋・植 099
芋茎干《ずいきほ》す……秋・植 099
瑞香《ずいこう》……春・植 072
吹田慈姑《すいたくわい》……春・植 103
水中花《すいちゅうか》……夏・生 238
水中眼鏡《すいちゅうめがね》……夏・生 258
すいっちょ……秋・動 161
すいと……秋・動 161
酸葉《すいば》……春・植 116
水飯《すいはん》……夏・生 204
水盤《すいばん》……夏・生 223
酔芙蓉《すいふよう》……秋・植 058
水蜜桃《すいみつとう》……秋・植 060
水楊《すいよう》……春・植 084
水蘭《すいらん》……夏・植 088
水練《すいれん》……夏・生 232
睡蓮《すいれん》★……夏・植 123
水論《すいろん》……夏・生 250
末摘花《すえつむはな》……夏・植 093
末《すえ》の秋《あき》……秋・時 013
末《すえ》の春《はる》……春・時 026
饐飯《すえめし》……夏・生 205
巣隠《すがく》れ……春・動 142
透百合《すかしゆり》……夏・植 094
菅貫《すがぬき》……夏・行 266
すがる虫《むし》……秋・動 157
すかんぽ……春・植 116
酸模《すかんぽ》……春・植 116
杉落葉《すぎおちば》……夏・植 075
杉花粉《すぎかふん》……春・植 086
杉菜《すぎな》……春・植 112
杉《すぎ》の花《はな》……春・植 086
杉《すぎ》の実《み》……秋・植 076
すくもむし……秋・動 165
末黒《すぐろ》……春・地 050
末黒野《すぐろの》……春・地 050
末黒《すぐろ》の薄《すすき》……春・植 105
巣籠《すごも》り……春・動 142
冷《すさ》まじ……秋・時 022
鮓《すし》★……夏・生 204
鮨《すし》……夏・生 204
筋子《すじこ》……秋・生 179
すじ蒔《まき》……春・生 197
鈴懸《すずかけ》の花《はな》……春・植 089
篠懸《すずかけ》の花《はな》……春・植 089
涼風《すずかぜ》……夏・天 026
芒《すすき》★……秋・植 112
薄《すすき》……秋・植 112
鱸《すずき》……秋・動 147
鱸膾《すずきなます》……秋・動 147
芒野《すすきの》……秋・植 112
芒原《すすきはら》……秋・植 112
すずこ……秋・生 179
ずずこ……秋・植 118
涼《すず》し★……夏・時 020
ずず珠《だま》……秋・植 118
篠《すず》の子《こ》……夏・植 086
納涼《すずみ》★……夏・生 192
涼《すず》み台《だい》……夏・生 192
納涼舟《すずみぶね》……夏・生 192
納涼床《すずみゆか》……夏・生 193
涼《すず》む……夏・生 192
鈴虫《すずむし》★……秋・動 158
雀隠《すずめがく》れ……春・植 106
雀《すずめ》の子《こ》……春・動 142
雀《すずめ》の恋《こい》……春・動 142
雀《すずめ》の巣《す》……春・動 144
雀蜂《すずめばち》……春・動 161
鈴蘭《すずらん》……夏・植 120
硯洗《すずりあらい》……秋・行 208
硯洗《すずりあら》う……秋・行 208
酢橘《すだち》……秋・植 066
巣立鳥《すだちどり》……春・動 144
簾《すだれ》★……夏・生 221
簾売《すだれうり》……夏・生 221
簾戸《すだれど》……夏・生 221
簾名残《すだれなごり》……秋・生 185
簾《すだれ》の名残《なごり》……秋・生 185

十八夜月《じゅうはちやづき》……秋・天 035
秋旻《しゅうびん》……秋・天 028
秋風《しゅうふう》……秋・天 039
秋分《しゅうぶん》……秋・時 012
秋分《しゅうぶん》の日《ひ》……秋・行 217
秋明菊《しゅうめいぎく》……秋・植 123
秋夜《しゅうや》……秋・時 015
十薬《じゅうやく》……夏・植 128
秋雷《しゅうらい》……秋・天 044
秋蘭《しゅうらん》……秋・植 091
秋霖《しゅうりん》……秋・天 043
秋麗《しゅうれい》……秋・時 018
秋冷《しゅうれい》……秋・時 017
秋嶺《しゅうれい》……秋・地 049
十六豇豆《じゅうろくささげ》……秋・植 106
十六夜《じゅうろくや》……秋・天 034
朱夏《しゅか》……夏・時 006
首夏《しゅか》……夏・時 006
熟柿《じゅくし》……秋・植 063
数珠玉《じゅずだま》……秋・植 118
酒中花《しゅちゅうか》……夏・生 238
修二会《しゅにえ》……春・行 219
修二月会《しゅにがつえ》……春・行 219
樹梅《じゅばい》……夏・植 067
棕櫚《しゅろ》の花《はな》……夏・植 079
椶櫚《しゅろ》の花《はな》……夏・植 079
春陰《しゅんいん》……春・天 046
春寒《しゅんかん》……春・時 011
春菊《しゅんぎく》……春・植 101
春季闘争《しゅんきとうそう》……春・生 173
春暁《しゅんぎょう》……春・時 018
春禽《しゅんきん》……春・動 132
春景《しゅんけい》……春・天 030
春月《しゅんげつ》……春・天 031
春光《しゅんこう》……春・天 030
春江《しゅんこう》……春・地 052
春耕《しゅんこう》……春・生 194
春恨《しゅんこん》……春・生 192
蓴菜《じゅんさい》……夏・植 141
蓴菜生《じゅんさいお》う……春・植 123
春霰《しゅんさん》……春・天 042
春思《しゅんし》……春・生 192
春日《しゅんじつ》……春・天 029
春日遅々《しゅんじつちち》……春・時 022
春愁《しゅんしゅう》★……春・生 192
春筍《しゅんじゅん》……春・植 090
春宵《しゅんしょう》……春・時 020
春色《しゅんしょく》……春・天 030
春塵《しゅんじん》……春・天 036
春水《しゅんすい》……春・地 051
春睡《しゅんすい》……春・生 192
春星《しゅんせい》……春・天 032
春夕《しゅんせき》……春・時 019
春雪《しゅんせつ》……春・天 039
春草《しゅんそう》……春・植 103
春装《しゅんそう》……春・生 173
春霜《しゅんそう》……春・天 043
春昼《しゅんちゅう》……春・時 018
春潮《しゅんちょう》……春・地 053
春朝《しゅんちょう》……春・時 018
春泥《しゅんでい》★……春・植 055
春天《しゅんてん》……春・天 030
春闘《しゅんとう》……春・生 173
春濤《しゅんとう》……春・地 053
春灯《しゅんとう》……春・生 185
春燈《しゅんとう》……春・生 185
順《じゅん》の峯入《みねいり》……夏・行 268
春風《しゅんぷう》……春・天 033
春服《しゅんぷく》……春・生 173
春分《しゅんぶん》……春・時 015
春分《しゅんぶん》の日《ひ》……春・行 215
春暮《しゅんぼ》……春・時 019
春望《しゅんぼう》……春・天 030
春眠《しゅんみん》★……春・生 192
春夜《しゅんや》……春・時 020
春雷《しゅんらい》……春・天 044
春蘭《しゅんらん》……春・植 117
春霖《しゅんりん》……春・天 038
春嶺《しゅんれい》……春・地 049
暑《しょ》……夏・時 018
生姜《しょうが》……秋・植 102
生姜市《しょうがいち》……秋・行 225
招魂祭《しょうこんさい》……春・行 225
上巳《じょうし》……〔雛祭〕春・行 211
障子洗《しょうじあら》う……秋・生 186
障子《しょうじ》入《い》れる……秋・生 186
障子《しょうじ》の貼替《はりかえ》……秋・生 186
障子《しょうじ》貼《は》る……秋・生 186
障子襖《しょうじふすま》を入《い》れる……秋・生 186
傷秋《しょうしゅう》……秋・生 189
常春花《じょうしゅんか》……春・植 091
小暑《しょうしょ》……夏・時 014
正雪蜻蛉《しょうせつとんぼ》……秋・動 155
上蔟《じょうぞく》……夏・生 256
焼酎《しょうちゅう》……夏・生 209
薔薇《しょうび》……夏・植 055
尉鶲《じょうびたき》……秋・動 139
しょうびん……夏・動 153
菖蒲《しょうぶ》……夏・植 088
白菖《しょうぶ》……夏・植 088
上布《じょうふ》……夏・生 197
菖蒲園《しょうぶえん》……夏・植 087
菖蒲挿《しょうぶさ》す……夏・行 261
菖蒲田《しょうぶだ》……夏・植 087
菖蒲葺《しょうぶふ》く……夏・行 261
菖蒲風呂《しょうぶぶろ》……夏・行 262
菖蒲湯《しょうぶゆ》★……夏・行 262
小満《しょうまん》……夏・時 010
正御影供《しょうみえいく》……春・行 221
聖霊会《しょうりょうえ》……春・行 226
精霊流《しょうりょうながし》……秋・行 214
精霊花《しょうりょうばな》……秋・植 119
松露《しょうろ》……春・植 124
松露掻《しょうろか》く……春・植 124
松露取《しょうろとり》……春・植 124
松露掘《しょうろほり》……春・植 124
昭和《しょうわ》の日《ひ》……春・行 216
女王蟻《じょおうあり》……〔蟻〕夏・動 187
女王花《じょおうか》……夏・植 098
女王蜂《じょおうばち》……〔蜂〕春・動 161
初夏《しょか》……夏・時 006
諸葛菜《しょかつさい》……春・植 091
暑気《しょき》……夏・時 018
暑気中《しょきあた》り……夏・生 245
暑気下《しょきくだ》し……夏・生 242
暑気払《しょきばらい》……夏・生 242
植樹祭《しょくじゅさい》……春・行 217
溽暑《じょくしょ》……夏・時 019
織女《しょくじょ》……〔七夕〕秋・行 208
蜀木瓜《しょくぼけ》……春・植 078
初秋《しょしゅう》……秋・時 006
初秋蚕《しょしゅうさん》……秋・動 168
初春《しょしゅん》……春・時 006
処暑《しょしょ》……秋・時 009
除草《じょそう》……夏・生 252
除虫菊《じょちゅうぎく》……夏・植 091
暑中休暇《しょちゅうきゅうか》……夏・生 192
暑中見舞《しょちゅうみまい》……夏・生 194
暑中休《しょちゅうやすみ》……夏・生 192
暑熱《しょねつ》……夏・時 018
初伏《しょふく》……夏・時 018
初風炉《しょぶろ》……夏・生 218
女郎蜘蛛《じょろうぐも》……夏・動 188
白魚《しらうお》★……春・動 148
白魚飯《しらうおめし》……春・生 184
しらお……春・動 148
白魚網《しらおあみ》……春・動 148
白魚汲《しらおく》む……春・動 148
白魚汁《しらおじる》……春・生 184
白魚捕《しらおと》り……春・動 148
白魚鍋《しらおなべ》……春・生 184
白魚火《しらおび》……春・動 148
白魚舟《しらおぶね》……春・動 148
白魚飯《しらおめし》……春・生 184
白髪太郎《しらがたろう》……夏・動 173
白樺《しらかば》の花《はな》……春・植 087
白菊《しらぎく》……秋・植 094
白鷺《しらさぎ》……夏・動 156
白子干《しらすぼし》……春・生 180
白子干《しらすほ》す……春・生 180
白玉《しらたま》……夏・生 213
白玉《しらたま》ぜんざい……夏・生 213
白露《しらつゆ》……秋・天 046
不知火《しらぬい》……秋・地 056
しらはえ……夏・天 025
白萩《しらはぎ》……秋・植 059
しらはぐさ……春・植 122
白藤《しらふじ》……春・植 077
虱《しらみ》……夏・動 186
白桃《しらもも》……春・植 078
白百合《しらゆり》……夏・植 094
紫蘭《しらん》……夏・植 119
海霧《じり》……夏・天 033
尻焼烏賊《しりやけいか》……春・動 152
白蟻《しろあり》……夏・動 187

鹿《しか》の角切《つのきり》……秋・行226
鹿《しか》の妻《つま》……秋・動130
鹿《しか》の袋角《ふくろづの》……夏・動143
鹿《しか》の若角《わかづの》……夏・動143
鴫《しぎ》……秋・動141
鷸《しぎ》……秋・動141
子規忌《しきき》★……秋・行228
ジギタリス……夏・植100
樒《しきみ》の花《はな》……春・植088
鴫焼《しぎやき》……夏・生207
地狂言《じきょうげん》……秋・生188
シクラメン……春・植092
茂《しげ》み……夏・植073
茂《しげり》★……夏・植073
茂《しげ》り葉《ば》……夏・植073
茂《しげ》る……夏・植073
茂《しげ》る草《くさ》……夏・植116
しこ……秋・動149
鯷鰯《しこいわし》……秋・動149
四国巡《しこくめぐ》り……春・行218
地《じ》こすり……春・地057
猪《しし》……秋・動130
猪垣《ししがき》……秋・生192
鹿垣《ししがき》……秋・生192
獅子頭《ししがしら》（金魚《きんぎょ》）……夏・動162
猪肉《ししにく》……秋・動130
地芝居《じしばい》……秋・生188
蜆《しじみ》……春・動156
蜆売《しじみうり》……春・動156
蜆貝《しじみがい》……春・動156
蜆汁《しじみじる》……春・生178
小灰蝶《しじみちょう》……春・動161
四十雀《しじゅうから》……夏・動158
四十雀雁《しじゅうからがん》‥〔雁〕秋・動142
四十日《しじゅうにち》……夏・植111
四旬節《しじゅんせつ》
……〔謝肉祭〕春・行227
時正《じしょう》……春・時015
四条河原《しじょうがわら》の納涼《すずみ》
……夏・生193
紫蘇《しそ》……夏・植113
地蔵会《じぞうえ》……秋・行224
地蔵盆《じぞうぼん》……秋・行224
地蔵祭《じぞうまつり》……秋・行224
地蔵詣《じぞうもうで》……秋・行224
紫蘇《しそ》の実《み》……秋・植101
時代祭《じだいまつり》……秋・行227
字凧《じだこ》……春・生189
滴《したた》り★……夏・地051
舌鮃《したびらめ》……夏・動166
下萌《したもえ》★……春・植104
下紅葉《したもみじ》……秋・植068
下闇《したやみ》……夏・植074
枝垂桜《しだれざくら》……春・植065
枝垂桃《しだれもも》……春・植078
枝垂柳《しだれやなぎ》……春・植084
七月《しちがつ》……夏・時013
七月場所《しちがつばしょ》……夏・生236
七変化《しちへんげ》……夏・植056
磁枕《じちん》……夏・生220
幣辛夷《しでこぶし》……春・植071
樝子《しどみ》の花《はな》……春・植078
樝子《しどみ》の実《み》……秋・植079
シトロン……夏・生210
地梨《じなし》……秋・植079
地梨《じなし》の花《はな》……春・植078
信濃梅《しなのうめ》……夏・植065
稲《しね》……秋・植102
自然薯《じねんじょ》……秋・植100
自然生《じねんじょう》……秋・植100
芝青《しばあお》む……春・植107
芝桜《しばざくら》……春・植096
芝神明祭《しばしんめいまつり》……秋・行225
地蜂《じばち》……春・動161
地蜂焼《じばちやき》……秋・動167
芝能《しばのう》……夏・生237
芝萌《しばも》ゆ……春・植107
紫薇《しび》……夏・植060
慈悲心鳥《じひしんちょう》……夏・動149
死人花《しびとばな》……秋・植123
渋鮎《しぶあゆ》……秋・動144
渋柿《しぶがき》……秋・植062
渋取《しぶとり》……秋・生197
縞蚊《しまか》……夏・動183
縞鯛《しまだい》……夏・動163
縞蠅《しまばえ》……夏・動182
四万六千日《しまんろくせんにち》……夏・行273
紙魚《しみ》……夏・動186
衣魚《しみ》……夏・動186
しみ返《かえ》る……春・時010
清水《しみず》……夏・地051
地虫穴《じむしあな》を出《い》づ…春・動160
地虫鳴《じむしな》く……秋・動165
占地《しめじ》……秋・植128
湿地《しめじ》……秋・植128
湿地茸《しめじ》……秋・植128
霜囲《しもがこい》とる……春・生188
霜《しも》くすべ……春・生202
紫木蓮《しもくれん》……春・植074
繡線菊《しもつけ》……夏・植059
繡線菊《しもつけ》の花《はな》……夏・植059
霜《しも》の果《はて》……春・天043
下《しも》の弓張《ゆみはり》……秋・天032
霜《しも》の別《わか》れ……春・天043
霜除《しもよけ》解《と》く……春・生188
霜除《しもよけ》とる……春・生188
紗《しゃ》……夏・生197
シャーベット…夏・生211
胡蝶花《しゃが》……夏・植089
馬鈴薯《じゃがいも》……秋・植099
馬鈴薯《じゃがいも》植《う》う……春・生199
馬鈴薯《じゃがいも》の種《たね》おろし
……春・生199
馬鈴薯《じゃがいも》の花《はな》……夏・植105
じゃがたらいも・秋・植099
じゃがたらの花《はな》‐夏・植105
著莪《しゃが》の花《はな》……夏・植089
若月《じゃくげつ》……秋・天031
尺蠖《しゃくとり》……夏・動174
尺取虫《しゃくとりむし》……夏・動174
石楠花《しゃくなげ》……夏・植057
石南花《しゃくなげ》……夏・植057
芍薬《しゃくやく》……夏・植090
しゃけ……秋・動150
蝦蛄《しゃこ》……夏・動170
麝香豌豆《じゃこうえんどう》……春・植093
ジャスミン……夏・植063
謝肉祭《しゃにくさい》……春・行226
石鹸玉《しゃぼんだま》……春・生190
三味線草《しゃみせんぐさ》……春・植109
沙羅《しゃら》の花《はな》……夏・植083
シャワー……夏・生229
十一《じゅういち》……夏・動149
秋陰《しゅういん》……秋・天043
驟雨《しゅうう》……夏・天032
秋雲《しゅううん》……秋・天028
秋果《しゅうか》……秋・植060
秋懐《しゅうかい》……秋・生189
秋海棠《しゅうかいどう》……秋・植091
収穫《しゅうかく》……秋・生192
十月《じゅうがつ》……秋・時014
秋気《しゅうき》……秋・時017
秋季皇霊祭《しゅうきこうれいさい》……秋・行217
秋気澄《しゅうきす》む……秋・時017
秋暁《しゅうぎょう》……秋・時014
秋光《しゅうこう》……秋・天027
秋耕《しゅうこう》……秋・生190
秋郊《しゅうこう》……秋・地050
秋高《しゅうこう》……秋・天028
十五夜《じゅうごや》……秋・天033
秋蚕《しゅうさん》……秋・動168
十三詣《じゅうさんまいり》……春・行223
十三参《じゅうさんまいり》……春・行223
十三夜《じゅうさんや》……秋・天037
秋思《しゅうし》★……秋・生189
十七夜《じゅうしちや》……秋・天035
十四夜月《じゅうしやづき》……秋・天032
秋愁《しゅうしゅう》……秋・生189
秋暑《しゅうしょ》……秋・時008
秋色《しゅうしょく》……秋・天027
秋水《しゅうすい》……秋・地052
秋声《しゅうせい》……秋・天027
終雪《しゅうせつ》……春・天042
鞦韆《しゅうせん》……春・生190
秋千《しゅうせん》……春・生190
秋蟬《しゅうせん》……秋・動153
終戦記念日《しゅうせんきねんび》★…秋・行215
終戦《しゅうせん》の日《ひ》……秋・行215
終霜《しゅうそう》……春・天043
秋爽《しゅうそう》……秋・時017
秋霜《しゅうそう》……秋・天047
秋朝《しゅうちょう》……秋・時014
秋天《しゅうてん》……秋・天028
秋濤《しゅうとう》……秋・地054
秋灯《しゅうとう》……秋・生184
十八豇豆《じゅうはちささげ》……秋・植106

鮭《さけ》……………………秋・動 150
鮭打《さけうち》……………………秋・生 206
鮭小屋《さけごや》…………………秋・生 206
鮭番《さけばん》……………………秋・生 206
狭腰《さごし》……………………春・動 146
栄螺《さざえ》……………………春・動 152
拳螺《さざえ》……………………春・動 152
栄螺《さざえ》の壺焼《つぼやき》……春・生 180
笹落葉《ささおちば》………………夏・植 085
豇豆《ささげ》……………………秋・植 106
豇豆《ささげ》引《ひ》く………秋・生 201
笹粽《ささちまき》……………夏・行 262
笹《ささ》散《ち》る……………夏・植 085
笹《ささ》の子《こ》……………夏・植 086
笹百合《ささゆり》……………夏・植 094
ささら荻《おぎ》………秋・植 113
笹竜胆《ささりんどう》‥〔竜胆〕秋・植 122
さし……………………夏・動 182
挿木《さしき》……〔接木〕春・生 201
さしも草《ぐさ》………春・植 110
座禅草《ざぜんそう》……………春・植 122
杜鵑花《さつき》……………夏・植 058
皐月《さつき》……………夏・時 010
五月《さつき》……………夏・時 007
五月雨《さつきあめ》……………夏・天 030
五月乙女《さつきおとめ》………夏・生 250
五月狂言《さつききょうげん》
……〔夏芝居〕夏・生 236
五月鯉《さつきごい》……………夏・行 260
皐月《さつき》つつじ……夏・植 058
五月野《さつきの》……………夏・地 046
五月幟《さつきのぼり》……………夏・行 260
五月晴《さつきばれ》……………夏・天 038
五月富士《さつきふじ》…………夏・地 043
五月女《さつきめ》……………夏・生 250
五月闇《さつきやみ》★…………夏・天 037
甘藷《さつまいも》……………秋・植 099
薩摩薯《さつまいも》……………秋・植 099
薩摩上布《さつまじょうふ》………夏・生 197
里芋《さといも》……………秋・植 098
里芋《さといも》植《う》う………春・生 199
甘蔗《さとうきび》……………秋・植 105
砂糖黍《さとうきび》……………秋・植 105
里桜《さとざくら》……………春・植 064
里若葉《さとわかば》…………夏・植 071
早苗《さなえ》……………夏・植 114
早苗田《さなえだ》…………夏・地 049
早苗束《さなえたば》…………夏・植 114
早苗月《さなえづき》…………夏・時 010
早苗取《さなえとり》…………夏・生 249
早苗饗《さなぶり》…………夏・生 251
さなぼり………夏・生 251
真葛《さねかずら》…………秋・植 083
実葛《さねかずら》…………秋・植 083
実盛送《さねもりおく》り………夏・生 256
実盛虫《さねもりむし》…………秋・動 163
さのぼり………夏・生 251
鯖《さば》……………夏・動 164
五月蠅《さばえ》…………夏・動 182
鯖雲《さばぐも》…………秋・天 029
鯖釣《さばつり》…………夏・動 164
鯖火《さばび》…………夏・動 164
鯖舟《さばぶね》…………夏・動 164
錆鮎《さびあゆ》…………秋・動 144
さびたの花《はな》……夏・植 083
泊夫藍《さふらん》…………秋・植 088
サフランの花《はな》‥秋・植 088
仙人掌《さぼてん》の花《はな》……夏・植 097
覇王樹《さぼてん》の花《はな》……夏・植 097
サマードレス‥夏・生 195
さみだる………夏・天 030
五月雨《さみだれ》★………夏・天 030
五月雨傘《さみだれがさ》………夏・天 030
五月雨雲《さみだれぐも》………夏・天 030
五月雨月《さみだれづき》………夏・時 010
莢隠元《さやいんげん》…………秋・植 106
莢豌豆《さやえんどう》…………夏・植 107
さやか…………秋・時 017
さやけし…………秋・時 017
鱵《さより》…………春・動 146
水針魚《さより》…………春・動 146
細魚《さより》…………春・動 146
針嘴魚《さより》…………春・動 146
更紗木瓜《さらさぼけ》…………春・植 078
更紗木蓮《さらさもくれん》………春・植 074
晒井《さらしい》…………夏・生 228
サラダ菜《な》………春・植 098
さらの花《はな》………夏・植 083
蝲蛄《ざりがに》…………夏・動 170
松蘿《さるおがせ》…………夏・植 140
猿酒《さるざけ》…………秋・生 184
百日紅《さるすべり》…………夏・植 060
サルビア……夏・植 101
猿笛《さるぶえ》…………秋・植 082
申祭《さるまつり》…………春・行 224
沢蟹《さわがに》…………夏・動 170
沢桔梗《さわぎきょう》…………秋・植 115
爽《さわ》やか★…………秋・時 017
爽《さわ》やぐ…………秋・時 017
鰆《さわら》…………春・動 146
馬鮫魚《さわら》…………春・動 146
早蕨《さわらび》…………春・植 115
三夏《さんか》…………夏・時 006
残花《ざんか》…………春・植 068
三月《さんがつ》…………春・時 013
三月尽《さんがつじん》…………春・時 028
三月戦災忌《さんがつせんさいき》……春・行 214
三月十日《さんがつとおか》……春・行 214
三月場所《さんがつばしょ》……春・生 188
残菊《ざんぎく》…………秋・植 095
サングラス……夏・生 200
残月《ざんげつ》…………秋・天 037
三光鳥《さんこうちょう》…………夏・動 156
三五夜《さんごや》…………秋・天 033
山市《さんし》…………春・天 047
三色菫《さんしきすみれ》
……………〔菫〕春・植 108
三社祭《さんじゃまつり》…………夏・行 271
三秋《さんしゅう》…………秋・時 006
山茱萸《さんしゅゆ》の花《はな》……春・植 070
三春《さんしゅん》…………春・時 006
残暑《ざんしょ》★…………秋・時 008
山椒和《さんしょうあえ》…………春・生 177
山椒魚《さんしょううお》…………夏・動 146
山椒《さんしょう》の実《み》…………秋・植 078
山椒《さんしょう》の芽《め》…………春・植 083
山椒《さんしょ》の芽《め》…………春・植 083
残雪《ざんせつ》★…………春・地 056
三《さん》の午《うま》…………春・行 209
山王祭《さんのうまつり》…………春・行 224
山王祭《さんのうまつり》（江戸山王祭《えどさんのうまつり》）
……………………夏・行 272
山王祭《さんのうまつり》(高山祭《たかやままつり》)
……………………春・生 224
三番茶《さんばんちゃ》 夏
………〔茶摘〕春・生 204
三伏《さんぷく》…………夏・時 018
三宝鳥《さんぼうちょう》…………夏・動 150
秋刀魚《さんま》★…………秋・動 150
山廬忌《さんろき》…………秋・行 229

し

椎落葉《しいおちば》…………夏・植 075
椎茸《しいたけ》…………秋・植 129
椎茸榾《しいたけほだ》…………秋・植 129
椎《しい》の花《はな》…………夏・植 082
椎《しい》の実《み》…………秋・植 077
椎拾《しいひろ》う…………秋・植 077
椎若葉《しいわかば》…………夏・植 072
慈雨《じう》…………夏・天 032
潮浴《しおあび》…………夏・生 232
塩辛蜻蛉《しおからとんぼ》………秋・動 154
塩桜《しおざくら》…………春・生 177
しおに…………秋・植 093
汐干《しおひ》…………春・生 170
汐干貝《しおひがい》…………春・生 170
潮干貝《しおひがい》…………春・生 170
潮干潟《しおひがた》…………春・地 053
潮干狩《しおひがり》…………春・生 170
潮吹《しおふき》…………春・動 155
潮吹貝《しおふきがい》…………春・動 155
望潮《しおまねき》…………春・動 158
潮《しお》まねき…………春・動 158
潮招《しおまねき》…………春・動 158
紫苑《しおん》…………秋・植 093
鹿《しか》★…………秋・動 130
仕掛花火《しかけはなび》…………秋・生 170
四月《しがつ》…………春・時 016
四月尽《しがつじん》…………春・時 028
四月馬鹿《しがつばか》…………春・行 216
鹿妻草《しかつまぐさ》…………秋・植 059
鹿鳴草《しかなきぐさ》…………秋・植 059
鹿鳴《しかな》く…………秋・動 130
鹿《しか》の子《こ》…………夏・動 143
鹿《しか》の声《こえ》…………秋・動 130
鹿《しか》の角落《つのお》つ……春・動 129

東風《こち》★……春・天033
鯒《こち》……夏・動167
五智網《ごちあみ》……春・生206
こち風《かぜ》……春・天033
古茶《こちゃ》……夏・生209
胡蝶《こちょう》……春・動161
胡蝶蘭《こちょうらん》……夏・植120
国光《こっこう》……秋・植062
木《こ》っ葉《ぱ》……秋・動147
子燕《こつばめ》……夏・動152
小手鞠《こでまり》……春・植076
小粉団《こでまり》の花《はな》……春・植076
蚕時《こどき》……春・生203
今年絹《ことしぎぬ》……秋・生198
今年酒《ことしざけ》……秋・生182
今年渋《ことししぶ》……秋・生197
今年竹《ことしだけ》……夏・植086
今年米《ことしまい》……秋・生175
今年藁《ことしわら》……秋・生195
事始《ことはじめ》……春・行208
事日《ことび》……春・行208
琴弾《ことひ》き鳥《どり》……春・動136
事祭《ことまつり》……春・行208
こどもの日《ひ》……夏・行263
子供《こども》の日《ひ》……夏・行263
子鳥《ことり》……春・動144
小鳥《ことり》★……秋・動135
小鳥帰《ことりかえ》る……春・動140
小鳥来《ことりく》る……秋・動135
小鳥《ことり》の巣《す》……春・動142
小鳥渡《ことりわた》る……秋・動135
小庭《こにわ》……秋・生196
仔猫《こねこ》……春・動129
子猫《こねこ》……春・動129
蚕《こ》の上蔟《あがり》……夏・生256
木《こ》の晩《くれ》……夏・植074
木《こ》の下闇《したやみ》……夏・植074
鰶《このしろ》……秋・動149
蚕《こ》の眠《ねむ》り……春・生203
木葉木菟《このはずく》……夏・動150
木《こ》の葉山女《はやまめ》……秋・動145
木《こ》の実《み》★……秋・植075
木《こ》の実植《みう》う……春・生200
木《こ》の実落《みお》つ……秋・植075
木《こ》の実時《みどき》……秋・植075
木《こ》の実《み》の雨《あめ》……秋・植075
木《こ》の実拾《みひろ》う……秋・植075
木《こ》の実降《みふ》る……秋・植075
木《こ》の芽《め》★……春・植081
木《こ》の芽雨《めあめ》……春・時023
木《こ》の芽垣《めがき》……春・植081
木《こ》の芽風《めかぜ》……春・時023
木《こ》の芽時《めどき》……春・時023
木《こ》の芽張《めは》る……春・植081
木《こ》の芽晴《めばれ》……春・時023
木《こ》の芽冷《めび》え……春・時023
五倍子《ごばいし》……秋・植072
小鰭《こはだ》……秋・動149
小浜菊《こはまぎく》‥〔野菊〕秋・植123
小鱧《こはも》……夏・動168
小鷭《こばん》……夏・動153
小判草《こばんそう》……夏・植102
小彼岸桜《こひがんざくら》
……〔彼岸桜〕春・植065
辛夷《こぶし》……春・植071
木筆《こぶし》……春・植071
こぶしはじかみ‥春・植071
牛蒡引《ごぼうひ》く……秋・生202
牛蒡掘《ごぼうほ》る……秋・生202
牛蒡蒔《ごぼうま》く……春・生198
こま……夏・動157
胡麻《ごま》……秋・植107
古米《こまい》……秋・生175
胡麻打《ごまう》つ……秋・生202
駒返《こまがえ》る草《くさ》……春・植104
胡麻殻《ごまがら》……秋・生202
胡麻刈《ごまか》る……秋・生202
駒草《こまくさ》……夏・植137
胡麻叩《ごまたた》く……秋・生202
駒鳥《こまどり》……夏・動157
胡麻《ごま》の花《はな》……夏・植106
こまのひざ……秋・植118
胡麻干《ごまほ》す……秋・生202
胡麻筵《ごまむしろ》……秋・生202
小麦《こむぎ》……夏・植114
虚無僧花《こむそうばな》……夏・植129
ゴム風船《ふうせん》……春・生189
小紫《こむらさき》……秋・植083
ごめ……夏・動160
海猫帰《ごめかえ》る……秋・動143
米搗虫《こめつきむし》……夏・動178
米《こめ》の虫《むし》……夏・動177
海猫渡《ごめわた》る……春・動140
菰《こも》……夏・植123
子持雀《こもちすずめ》……春・動142
小望月《こもちづき》……秋・天032
子持鯊《こもちはぜ》……春・動147
子持鮒《こもちぶな》……春・動150
菰若葉《こもわかば》
……〔草若葉〕春・植107
こやすぐさ……夏・植088
今宵《こよい》の月《つき》……秋・天033
小葭切《こよしきり》……夏・動153
御来光《ごらいこう》……夏・天035
御来迎《ごらいごう》……夏・天035
鮴《ごり》……夏・動163
鮴汁《ごりじる》……夏・動163
コレラ‥〔霍乱〕夏・生246
葫蘆《ころ》……秋・植097
ころ柿《がき》……秋・植062
衣打《ころもう》つ……秋・生197
更衣《ころもか》う……夏・生195
更衣《ころもがえ》★……夏・生195
衣更《ころもがえ》……夏・生195
紺菊《こんぎく》……秋・植123
昆虫採集《こんちゅうさいしゅう》……夏・生239
昆布《こんぶ》……夏・植142
昆布刈《こんぶかり》……夏・生257
昆布刈《こんぶか》る……夏・生257
昆布干《こんぶほ》す……夏・生257

さ

サーフィン……夏・生233
サーフボード‥夏・生233
皀角子《さいかち》……秋・植085
皀莢《さいかち》……秋・植085
さいかちの実《み》‥秋・植085
皀莢虫《さいかちむし》……夏・動175
西行忌《さいぎょうき》★……春・行228
サイダー……夏・生210
さいたづま……春・植116
在祭《ざいまつり》……秋・行221
さいより……春・動146
冴返《さえかえ》る★……春・時010
囀《さえず》り★……春・動141
囀《さえず》る……春・動141
小牡鹿《さおしか》……秋・動130
早乙女《さおとめ》★……夏・生250
佐保姫《さおひめ》……春・天044
酒面雁《さかつらがん》……〔雁〕秋・動142
坂鳥《さかどり》……秋・動134
さがりごけ……夏・植140
裂鰯《さきいわし》……秋・生180
鷺草《さぎそう》……夏・植133
裂膾《さきなます》……秋・生180
桜《さくら》★……春・植064
桜烏賊《さくらいか》……春・動152
桜魚《さくらうお》……春・動149
桜鯎《さくらうぐい》……春・動149
桜蝦《さくらえび》……春・動158
桜貝《さくらがい》……春・動156
桜《さくら》がさね
………〔花衣〕春・生174
桜狩《さくらがり》……春・生167
桜東風《さくらごち》……春・天033
桜衣《さくらごろも》‥〔花衣〕春・生174
桜蘂降《さくらしべふ》る……春・植068
桜草《さくらそう》……春・植120
桜鯛《さくらだい》★……春・動144
桜蓼《さくらたで》……秋・植120
桜月《さくらづき》……春・時016
桜漬《さくらづけ》……春・生177
桜時《さくらどき》……春・時024
桜《さくら》の実《み》……夏・植054
桜人《さくらびと》……春・生167
桜吹雪《さくらふぶき》……春・植067
桜鱒《さくらます》……春・動148
桜餅《さくらもち》★……春・生182
桜紅葉《さくらもみじ》……秋・植072
桜守《さくらもり》……春・生169
桜湯《さくらゆ》……春・生177
桜若葉《さくらわかば》……夏・植054
さくらんぼ……夏・植067
石榴《ざくろ》……秋・植064
柘榴《ざくろ》……秋・植064
石榴《ざくろ》の花《はな》……夏・植064

解夏《げげ》……秋・行 222
毛蚕《けご》……〔蚕〕春・動 164
夏籠《げごもり》……夏・行 267
今朝《けさ》の秋《あき》……秋・時 008
今朝《けさ》の夏《なつ》……夏・時 008
夏至《げし》……夏・時 012
げじ……夏・動 189
蚰蜒《げじげじ》……夏・動 189
罌粟《けし》の花《はな》……夏・植 090
芥子《けし》の花《はな》……夏・植 090
芥子《けし》の実《み》……夏・植 091
罌粟坊主《けしぼうず》……夏・植 091
芥子坊主《けしぼうず》……夏・植 091
夏断《げだち》……夏・行 267
月下美人《げっかびじん》……夏・植 098
結夏《けつげ》……夏・行 267
月光《げっこう》……秋・天 029
月鈴子《げつれいし》……秋・動 158
夏《げ》の入《いり》……夏・行 267
夏《げ》の終《おわり》……秋・行 222
夏《げ》の始《はじめ》……夏・行 267
夏花《げばな》……夏・行 267
夏百日《げひゃくにち》……夏・行 267
毛見《けみ》……秋・行 215
検見《けみ》……秋・行 215
毛見《けみ》の衆《しゅう》……秋・行 215
毛見《けみ》の日《ひ》……秋・行 215
毛見《けみ》の賄《まかな》い……秋・行 215
毛虫《けむし》……夏・動 173
毛虫焼《けむしや》く……夏・動 173
獣 交《けものさか》る……春・動 127
獣 交《けものつる》む……春・動 127
欅《けやき》の芽《め》……春・植 081
螻蛄《けら》……夏・動 188
けら……秋・動 141
けらつつき……秋・動 141
螻蛄鳴《けらな》く……秋・動 164
ケルン……夏・生 234
牽 牛《けんぎゅう》……〔七夕〕秋・行 208
牽牛花《けんぎゅうか》……秋・植 089
紫雲英《げんげ》……春・植 108
げんげ田《だ》……春・植 108
弦月《げんげつ》……秋・天 032
げんげ野《の》……春・植 108
げんげ畑《ばた》……春・植 108
げんげ道《みち》……春・植 108
げんげん……春・植 108
建国記念《けんこくきねん》の日《ひ》…春・行 210
建国《けんこく》の日《ひ》……春・行 210
牽牛子《けんごし》‥〔朝顔〕秋・植 089
源五郎《げんごろう》……夏・動 178
源五郎虫《げんごろうむし》……夏・動 178
源氏蛍《げんじぼたる》……夏・動 175
現《げん》の証拠《しょうこ》……夏・植 128
原爆忌《げんばくき》……秋・行 215
原爆《げんばく》の日《ひ》★……秋・行 215
憲法記念日《けんぽうきねんび》……春・行 217

こ

蚕《こ》……春・動 164
小鰺《こあじ》……夏・動 164
小鰺刺《こあじさし》……夏・動 156
小鮎《こあゆ》……春・動 150
子鮎汲《こあゆくみ》……春・生 205
恋 教 鳥《こいおしえどり》……秋・動 139
こいか……春・動 151
恋猫《こいねこ》……春・動 129
鯉 幟《こいのぼり》★……夏・行 260
子芋《こいも》……秋・植 098
小鰯《こいわし》……秋・動 149
小鰯引《こいわしひ》く……秋・生 206
甲烏賊《こういか》……春・動 152
膏雨《こうう》……春・天 038
耕 牛《こうぎゅう》……春・生 194
香魚《こうぎょ》……夏・動 160
紅 玉《こうぎょく》……秋・植 062
黄沙《こうさ》……春・天 037
甲 州 梅《こうしゅううめ》……夏・植 065
紅藷《こうしょ》……秋・植 099
劫暑《ごうしょ》……〔炎暑〕夏・時 019
紅蜀葵《こうしょっき》……夏・植 096
耕人《こうじん》……春・生 194
香水《こうすい》……夏・生 225
香水蘭《こうすいらん》……秋・植 115
香草《こうそう》……秋・植 115
降誕会《こうたんえ》……春・行 222
候 鳥《こうちょう》……秋・動 134
後天木瓜《こうてんぼけ》……春・植 078
ごうな……春・動 158
こうなご……春・動 147
耕馬《こうば》……春・生 194
紅梅《こうばい》……春・植 062
紅梅草《こうばいぐさ》……秋・植 091
光風《こうふう》……春・天 036
河骨《こうほね》……夏・植 124
仔馬《こうま》……春・動 128
子馬《こうま》……春・動 128
小梅《こうめ》……夏・植 065
蝙蝠《こうもり》……夏・動 143
高野聖《こうやひじり》……夏・動 179
黄葉《こうよう》……秋・植 069
紅葉《こうよう》……秋・植 068
高麗 鰯《こうらいいわし》……春・動 146
高麗 鴉《こうらいがらす》……秋・動 140
黄落《こうらく》……秋・植 069
黄落期《こうらくき》……秋・植 069
小扇《こおうぎ》……夏・生 226
ゴーヤー……秋・植 098
氷小豆《こおりあずき》……夏・生 214
氷《こおり》いちご……夏・生 214
氷菓子《こおりがし》……夏・生 211
氷消《こおりき》ゆ……春・地 060
氷 金時《こおりきんとき》……夏・生 214
氷 白玉《こおりしらたま》……夏・生 213
氷解《こおりと》く……春・地 060
氷 解《こおりどけ》……春・地 060
氷 流《こおりなが》るる……春・地 060
氷 柱《こおりばしら》……夏・生 225
氷 旗《こおりばた》……夏・生 214
氷 水《こおりみず》……夏・生 214
氷 店《こおりみせ》……夏・生 214
氷冷蔵庫《こおりれいぞうこ》……夏・生 226
ゴールデンウイーク
……春・行 216
蟋蟀《こおろぎ》★……秋・動 157
蚕飼《こがい》……春・生 203
蚕飼時《こがいどき》……春・生 203
五月《ごがつ》……夏・時 007
五月来《ごがつく》る……夏・時 007
五月人形《ごがつにんぎょう》……夏・行 262
五月《ごがつ》の節句《せっく》……夏・行 260
五月場所《ごがつばしょ》……夏・生 236
五月連休《ごがつれんきゅう》……春・行 216
黄金甜瓜《こがねまくわうり》……夏・植 109
金亀虫《こがねむし》……夏・動 177
金亀子《こがねむし》……夏・動 177
黄金虫《こがねむし》……夏・動 177
子蟷螂《こかまきり》……夏・動 182
子鴉《こがらす》……夏・動 152
小河原鶸《こかわらひわ》……春・動 137
御器噛《ごきかぶ》り……夏・動 186
小菊《こぎく》……秋・植 094
胡鬼《こぎ》の子《こ》……秋・植 085
ごきぶり……夏・動 186
穀雨《こくう》……春・時 025
酷暑《こくしょ》……〔炎暑〕夏・時 019
極暑《ごくしょ》……夏・時 019
穀象《こくぞう》……夏・動 177
告天子《こくてんし》……春・動 135
コクリコ……夏・植 090
木暮《こぐれ》……夏・植 074
苔《こけ》の花《はな》……夏・植 140
五香水《ごこうずい》……春・行 223
九日《ここのか》の節句《せっく》……秋・行 217
小米桜《こごめざくら》……春・植 076
小米花《こごめばな》……春・植 076
こころぶと……夏・生 214
五山送《ござんおく》り火《び》……秋・行 224
子鹿《こじか》……夏・動 143
小式部《こしきぶ》……秋・植 083
小式部《こしきぶ》の実《み》……秋・植 083
木下闇《こしたやみ》……夏・植 074
御赦免花《ごしゃめんばな》……夏・植 083
古酒《こしゅ》……秋・生 183
小綬鶏《こじゅけい》……春・動 135
御所桜《ごしょざくら》……春・植 064
午睡《ごすい》……夏・生 244
コスモス……秋・植 092
小袖納《こそでおさめ》‥〔花衣〕春・生 174
小袖幕《こそでまく》‥〔花衣〕春・生 174
木染月《こそめづき》……秋・時 010
炬燵《こたつ》の名残《なごり》
……〔炬燵塞ぐ〕春・生 186
炬燵塞《こたつふさ》ぐ……春・生 186
炬燵欲《こたつほ》し……秋・生 187
蚕棚《こだな》……春・生 203

草駒返《くさこまかえ》る……春・植 104
草茂《くさしげ》る……夏・植 116
草清水《くさしみず》……夏・地 051
草虱《くさじらみ》……秋・植 119
草相撲《くさずもう》……秋・行 220
草摘《くさつ》む……春・生 167
草泊《くさどまり》……秋・生 204
草取《くさとり》……夏・生 252
草《くさ》の息《いき》……夏・植 116
草《くさ》のいきれ……夏・植 116
草《くさ》の市《いち》……秋・行 209
草《くさ》の錦《にしき》……秋・植 110
草《くさ》の花《はな》……秋・植 110
草《くさ》の実《み》……秋・植 110
草《くさ》の実《み》飛《と》ぶ……秋・植 110
草《くさ》の芽《め》……春・植 105
草《くさ》の餅《もち》……春・生 181
草《くさ》の紅葉《もみじ》……秋・植 110
草《くさ》の若葉《わかば》……春・植 107
草雲雀《くさひばり》……秋・動 159
くさびら‥〔茸〕秋・植 128
草笛《くさぶえ》……夏・生 241
草木瓜《くさぼけ》の花《はな》……春・植 078
草木瓜《くさぼけ》の実《み》……秋・植 079
草干《くさほ》す……夏・生 255
草《くさ》むしり……夏・生 252
草萌《くさもえ》……春・植 104
草餅《くさもち》★……春・生 181
草紅葉《くさもみじ》……秋・植 110
草矢《くさや》……夏・生 241
草焼《くさや》く……春・生 193
草山《くさやま》……秋・生 204
草若《くさわか》し……春・植 106
草若葉《くさわかば》……春・植 107
葛《くず》……秋・植 113
葛《くず》かずら……秋・植 113
葛切《くずきり》……夏・生 213
くすぐりの木《き》
……〔百日紅〕夏・植 060
葛桜《くずざくら》……夏・生 212
樟蚕《くすさん》……夏・動 173
薬玉《くすだま》……夏・行 263
葛根掘《くずねほ》る……秋・生 201
葛練《くずねり》……夏・生 213
葛《くず》の葉《は》……秋・植 113
葛《くず》の花《はな》……秋・植 114
葛引《くずひ》く……秋・生 201
葛掘《くずほ》る……秋・生 201
葛饅頭《くずまんじゅう》……夏・生 212
葛水《くずみず》……〔葛切〕夏・生 213
葛餅《くずもち》……夏・生 212
薬狩《くすりがり》……夏・行 263
薬採《くすりと》り……夏・行 263
薬採《くすりと》る……秋・生 201
薬《くすり》の日《ひ》……夏・行 263
薬降《くすりふ》る……夏・天 031
薬掘《くすりほ》る……秋・生 201
崩《くず》れ簗《やな》……秋・生 206
樟若葉《くすわかば》……夏・植 072
下《くだ》り鮎《あゆ》……秋・動 144
下《くだ》り鰻《うなぎ》……秋・動 145
降《くだ》り月《づき》……秋・天 029
下《くだ》り簗《やな》……秋・生 205
梔子《くちなし》 秋
……〔梔子の花〕夏・植 059
梔子《くちなし》の花《はな》……夏・植 059
くちなわ……夏・動 147
沓手鳥《くつてどり》……夏・動 148
轡虫《くつわむし》……秋・動 161
櫟《くぬぎ》の花《はな》……夏・植 081
櫟《くぬぎ》の芽《め》……春・植 081
薫衣香《くのえこう》……夏・生 224
虞美人草《ぐびじんそう》……夏・植 090
苦匏《くほう》……秋・植 097
熊穴《くまあな》を出《い》づ……春・動 127
熊谷草《くまがいそう》……春・植 118
熊蟬《くまぜみ》……夏・動 180
熊《くま》の栗棚《くりだな》……秋・動 132
熊《くま》の架《たな》……秋・動 132
熊《くま》の棚《たな》……秋・動 132
熊蜂《くまばち》……春・動 161
茱萸《ぐみ》……秋・植 079
組上《くみあげ》……夏・生 239
蜘蛛《くも》……夏・動 188
雲《くも》に入《い》る鳥《とり》……春・動 141
蜘蛛《くも》の囲《い》……夏・動 188
蜘蛛《くも》の糸《いと》……夏・動 188
蜘蛛《くも》の子《こ》……夏・動 188
蜘蛛《くも》の巣《す》……夏・動 188
雲《くも》の峰《みね》★……夏・天 022
曇《くも》る名月《めいげつ》……秋・天 034
水母《くらげ》……夏・動 171
海月《くらげ》……夏・動 171
グラジオラス…夏・植 089
競馬《くらべうま》……夏・行 270
鞍馬《くらま》の火祭《ひまつり》……秋・行 228
鞍馬祭《くらままつり》……秋・行 228
苦参引《くららひ》く……秋・生 201
栗《くり》★……秋・植 063
栗強飯《くりおこわ》……秋・生 176
栗南瓜《くりかぼちゃ》……秋・植 096
栗棚《くりだな》……秋・動 132
栗《くり》のしぎ虫《むし》……秋・動 166
栗《くり》の花《はな》……夏・植 063
栗虫《くりむし》……秋・動 166
栗名月《くりめいげつ》……秋・天 037
栗飯《くりめし》……秋・生 176
栗山《くりやま》……秋・植 063
グリンピース…夏・植 107
狂《くる》う蝶《ちょう》……春・動 161
胡桃《くるみ》……秋・植 065
胡桃《くるみ》の花《はな》……夏・植 077
暮遅《くれおそ》し……春・時 022
暮《く》れかぬる……春・時 022
クレソン……春・植 100
暮《くれ》の秋《あき》……秋・時 023
くれのはじかみ・秋・植 102
暮《くれ》の春《はる》……春・時 026
クレバス……夏・地 044
クレマチス……夏・植 094
黒揚羽《くろあげは》……夏・動 171
黒生《くろう》の薄《すすき》……春・植 105
クローバー……春・植 109
クロール……夏・生 232
黒黴《くろかび》……夏・植 142
黒胡麻《くろごま》……秋・植 107
黒鯛《くろだい》……夏・動 163
クロッカス……春・植 092
畔塗《くろぬり》……春・生 196
黒南風《くろはえ》……夏・天 024
黒《くろ》ばえ……夏・天 024
黒鯊《くろはぜ》……秋・動 147
黒《くろ》ビール……夏・生 208
黒葡萄《くろぶどう》……秋・植 061
黒舞茸《くろまい》……秋・植 129
黒麦《くろむぎ》……夏・植 114
黒《くろ》めばる……春・動 145
黒百合《くろゆり》……夏・植 136
桑《くわ》……春・植 084
慈姑《くわい》……春・植 103
桑苺《くわいちご》……夏・植 067
慈姑《くわい》の芽《め》……春・植 103
慈姑掘《くわいほ》る……春・生 202
桑籠《くわかご》……春・生 203
鍬形虫《くわがたむし》……夏・動 176
桑括《くわくく》る……秋・生 204
桑蚕《くわご》……春・動 164
桑摘女《くわつみめ》……春・生 203
桑摘《くわつ》む……春・生 203
桑解《くわと》く……春・生 203
桑《くわ》の花《はな》……春・植 084
桑《くわ》の実《み》……夏・植 067
桑《くわ》の芽《め》……春・植 084
桑畑《くわばたけ》……春・植 084
君子蘭《くんしらん》……春・植 094
軍配酸漿《ぐんばいほおずき》……夏・動 169
薫風《くんぷう》……夏・天 026

け

夏《げ》……夏・行 267
解夏《げあき》……秋・行 222
夏明《げあ》き……秋・行 222
夏安居《げあんご》……夏・行 267
迎春花《げいしゅんか》……春・植 071
軽暖《けいだん》……夏・時 009
啓蟄《けいちつ》★……春・時 014
鶏頭《けいとう》★……秋・植 090
鶏頭花《けいとうか》……秋・植 090
鶏頭蒔《けいとうま》く……春・生 199
軽羅《けいら》……夏・生 197
敬老《けいろう》の日《ひ》……秋・行 216
敬老日《けいろうび》……秋・行 216
夏書《げがき》……夏・行 267
夏書納《げがきおさめ》……秋・行 222
毛黴《けかび》……夏・植 142
夏行《げぎょう》……夏・行 267

きつねのてぶくろ……夏・植100
狐《きつね》の牡丹《ぼたん》……春・植120
狐花《きつねばな》……秋・植123
黄釣船《きつりふね》……秋・植121
衣被《きぬかつぎ》……秋・生180
絹莢《きぬさや》……夏・植107
砧《きぬた》……秋・生197
砧打《きぬたう》つ……秋・生197
砧盤《きぬたばん》……秋・生197
絹羽織《きぬばおり》……夏・生198
祈年祭《きねんさい》……春・行210
茸《きのこ》★……秋・植127
菌《きのこ》……秋・植127
茸籠《きのこかご》……秋・生172
茸狩《きのこがり》……秋・生172
茸採《きのこと》り……秋・生172
きのこ飯《めし》……秋・生177
菌山《きのこやま》……秋・植127
きのめ……春・植081
木《き》の芽《め》……春・植083
木《き》の芽和《めあえ》……春・生177
木《き》の芽煮《めだき》……春・生176
木《き》の芽漬《めづけ》……春・生176
木《き》の芽田楽《めでんがく》……春・生178
木《き》の芽味噌《めみそ》……春・生177
きばち……秋・動146
きはちす……秋・植058
黍《きび》……秋・植104
黍《きび》の穂《ほ》……秋・植104
黍畑《きびばたけ》……秋・植104
木五倍子咲《きぶしさ》く……春・植087
木五倍子《きぶし》の花《はな》……春・植087
貴船菊《きぶねぎく》……秋・植123
既望《きぼう》……秋・天034
擬宝珠《ぎぼうし》の花《はな》……夏・植122
ぎぼし……夏・植122
ぎぼしゅ……夏・植122
君影草《きみかげそう》……夏・植120
キャベツ……夏・植111
伽羅蕗《きゃらぶき》……夏・植109
キャンプ……夏・生234
キャンプ小屋《ごや》……夏・生234
キャンプファイヤー……夏・生234
キャンプ村《むら》……夏・生234
休暇明《きゅうかあ》け……秋・生170
休暇果《きゅうかは》つ……秋・生170
九秋《きゅうしゅう》……秋・時006
九春《きゅうしゅん》……春・時006
旧正《きゅうしょう》……春・時007
旧正月《きゅうしょうがつ》……春・時007
及第《きゅうだい》……春・生171
牛馬洗《ぎゅうばあら》う……夏・生249
牛馬冷《ぎゅうばひや》す……夏・生249
胡瓜《きゅうり》……夏・植110
胡瓜漬《きゅうりづけ》……夏・生206
胡瓜蒔《きゅうりま》く……春・生198
胡瓜《きゅうり》もぐ……夏・植110
胡瓜揉《きゅうりもみ》……夏・生206
杞楊《きよう》……春・植084
京団扇《きょううちわ》……夏・生226
競泳《きょうえい》……夏・生232
杏花村《きょうかそん》……春・植080
京鹿子《きょうがのこ》……夏・植101
行々子《ぎょうぎょうし》……夏・動153
凶作《きょうさく》……秋・生195
行水《ぎょうずい》……夏・生229
競漕《きょうそう》……春・生188
夾竹桃《きょうちくとう》……夏・植060
叫天子《きょうてんし》……春・動135
京菜《きょうな》……春・植098
今日《きょう》の秋《あき》……秋・時008
今日《きょう》の月《つき》……秋・天033
経読鳥《きょうよみどり》……春・動133
御忌《ぎょき》……春・行224
御忌詣《ぎょきもうで》……春・行224
曲水《きょくすい》……春・行213
曲水《きょくすい》の宴《えん》……春・行213
虚子忌《きょしき》★……春・行228
去来忌《きょらいき》……秋・行228
雲母虫《きららむし》……夏・動186
霧《きり》★……秋・天045
螽蟖《きりぎりす》★……秋・動160
切子《きりこ》……秋・行213
切籠《きりこ》……秋・行213
切子灯籠《きりこどうろう》……秋・行213
霧雨《きりさめ》……秋・天045
霧時雨《きりしぐれ》……秋・天045
霧島躑躅《きりしまつつじ》……春・植075
切抜灯籠《きりぬきとうろう》……夏・生239
桐《きり》の花《はな》……夏・植077
桐《きり》の実《み》……秋・植081
桐一葉《きりひとは》★……秋・植074
切麦《きりむぎ》……夏・生205
黄連雀《きれんじゃく》……秋・動138
金《きん》えのころ……〔狗尾草〕秋・植118
銀河《ぎんが》……秋・天038
金柑《きんかん》……秋・植067
銀漢《ぎんかん》……秋・天038
金魚《きんぎょ》★……夏・動162
銀魚《ぎんぎょ》……夏・動162
金魚売《きんぎょうり》……夏・生235
金魚草《きんぎょそう》……夏・植098
金魚玉《きんぎょだま》……夏・生238
金魚鉢《きんぎょばち》……夏・生238
金魚屋《きんぎょや》……夏・生235
金銀花《きんぎんか》……夏・植080
金胡麻《きんごま》……秋・植107
金雀《きんじゃく》……秋・動138
金秋《きんしゅう》……秋・時006
金鐘児《きんしょうじ》……秋・動158
金盞花《きんせんか》……春・植091
銀杏《ぎんなん》……秋・植078
金蠅《きんばえ》……夏・動182
銀蠅《ぎんばえ》……夏・動182
金雲雀《きんひばり》……秋・動159
金琵琶《きんびわ》……秋・動159
金風《きんぷう》……秋・天039
金鳳花《きんぽうげ》……春・植121
金木犀《きんもくせい》……秋・植059
銀木犀《ぎんもくせい》……秋・植059
銀《ぎん》やんま……秋・動154
金蘭《きんらん》……春・植118
きんらん……春・植118
銀蘭《ぎんらん》……〔金蘭〕春・植118
金蓮花《きんれんか》……夏・植102
金縷梅《きんろばい》……春・植070
銀湾《ぎんわん》……秋・天038

く

水鶏《くいな》……夏・動155
水鶏《くいな》たたく……夏・動155
水鶏笛《くいなぶえ》……夏・動155
空海忌《くうかいき》……春・行221
クーラー……夏・生225
九月《くがつ》……秋・時011
九月蚊帳《くがつかや》……秋・生185
九月尽《くがつじん》……秋・時025
九月尽《くがつつ》く……秋・時025
九月場所《くがつばしょ》……秋・生188
茎立《くきだち》……春・植099
茎立《くきた》つ……春・植099
茎立《くくたち》……春・植099
括《くく》り桑《ぐわ》……秋・生204
枸杞《くこ》……春・植084
枸杞子《くこし》……秋・植080
枸杞茶《くこちゃ》……春・植084
枸杞摘《くこつ》む……春・植084
枸杞《くこ》の実《み》……秋・植080
枸杞《くこ》の芽《め》……春・植084
枸杞飯《くこめし》……春・植084
草青《くさあお》む……春・植104
草《くさ》いきり……夏・植116
草《くさ》いきれ……夏・植116
草市《くさいち》……秋・行209
草苺《くさいちご》の花《はな》……春・植098
草朧《くさおぼろ》……春・天032
草芳《くさかぐわ》し……春・植103
草蜉蝣《くさかげろう》……夏・動184
臭蜉蝣《くさかげろう》……夏・動184
草刈《くさかり》……夏・生255
草刈鎌《くさかりがま》……夏・生255
草刈機《くさかりき》……夏・生255
草刈女《くさかりめ》……夏・生255
草刈《くさか》る……夏・生255
草芳《くさかんば》し……春・植103
臭木《くさぎ》の花《はな》……秋・植080
常山木《くさぎ》の花《はな》……秋・植080
臭木《くさぎ》の実《み》……秋・植080
常山木《くさぎ》の実《み》……秋・植080
草夾竹桃《くさきょうちくとう》……夏・植098
臭桐《くさぎり》……秋・植080

川鰍《かわかじか》……秋・動 146
川蟹《かわがに》……夏・動 170
蛙《かわず》★……春・動 131
蛙《かわず》穴《あな》に入《い》る……秋・動 132
蛙合戦《かわずがっせん》……春・動 131
川鱸《かわすずき》……秋・動 147
蛙《かわず》の目《め》借《か》り時《どき》……春・時 024
川施餓鬼《かわせがき》……秋・行 213
かわせび……夏・動 153
翡翠《かわせみ》……夏・動 153
川蟬《かわせみ》……夏・動 153
川床《かわどこ》……夏・生 193
川《かわ》ともし……夏・生 258
川蜻蛉《かわとんぼ》……夏・動 181
川菜《かわな》(石蓴《あおさ》)……春・植 125
川菜《かわな》(クレソン)……春・植 100
川蜷《かわにな》……〔蜷〕春・動 157
皮剝《かわはぎ》……夏・動 165
川端柳《かわばたやなぎ》……春・植 084
川祓《かわはらえ》……夏・行 265
川開《かわびら》き……夏・行 267
川骨《かわほね》……夏・植 124
かわほり……夏・動 143
川楊《かわやなぎ》……春・植 085
川床《かわゆか》……夏・生 193
川原撫子《かわらなでしこ》……秋・植 114
河原《かわら》の納涼《すずみ》……夏・生 193
河原鶸《かわらひわ》……春・動 137
雁《がん》……秋・動 142
寒明《かんあ》くる……春・時 008
寒明《かんあけ》……春・時 008
寒明《かんあ》け……春・時 008
旱害《かんがい》……夏・天 042
寒返《かんかえ》る……春・時 010
雁瘡癒《がんがさい》ゆ……春・生 191
カンカン帽《ぼう》……夏・生 201
観月《かんげつ》……秋・生 171
雁行《がんこう》……秋・動 142
閑古鳥《かんこどり》……夏・動 149
甘藷《かんしょ》……秋・植 099
甘藷植《かんしょう》う……夏・生 253
寒過《かんす》ぐ……春・時 008
寒蟬《かんせん》……秋・動 154
汗瘡《かんそう》……夏・生 246
萱草《かんぞう》……夏・植 136
萱草《かんぞう》の花《はな》……夏・植 136
神田祭《かんだまつり》……夏・行 270
神田明神祭《かんだみょうじんまつり》……夏・行 270
邯鄲《かんたん》……秋・動 159
簡単服《かんたんふく》……夏・生 195
観潮《かんちょう》……春・生 170
旱天《かんてん》……夏・天 042
竿灯《かんとう》……秋・行 222
広東木瓜《かんとんぼけ》……春・植 078
カンナ……秋・植 087
寒《かん》の明《あ》け……春・時 008
観梅《かんばい》……春・生 166
旱魃《かんばつ》……夏・天 042
かんばの花《はな》……春・植 087
缶《かん》ビール……夏・生 208
干瓢干《かんぴょうほ》す……夏・生 254
干瓢剝《かんぴょうむ》く……夏・生 254
観楓《かんぷう》……秋・生 173
灌仏《かんぶつ》…〔仏生会〕春・生 222
灌仏会《かんぶつえ》……春・行 222
雁風呂《がんぶろ》……春・行 214
寒戻《かんもど》り……春・時 010
雁来紅《がんらいこう》……秋・植 090
甘藍《かんらん》……夏・植 111
橄欖《かんらん》……秋・植 067
寒露《かんろ》……秋・時 019

き

黄虻《きあぶ》……春・動 162
木苺《きいちご》……夏・植 066
喜雨《きう》……夏・天 032
祈雨《きう》……夏・生 250
祈雨経《きうきょう》……夏・生 250
喜雨休《きうやすみ》……夏・生 251
黄《き》えびね……春・植 117
帰燕《きえん》……秋・動 135
祇園会《ぎおんえ》★……夏・行 272
祇園御霊会《ぎおんごりょうえ》……夏・行 272
祇園祭《ぎおんまつり》……夏・行 272
黄烏瓜《きからすうり》‥〔烏瓜〕秋・植 127
帰雁《きがん》……春・動 139
黄顙魚《ぎぎ》……秋・動 146
きぎう……秋・動 146
黄菊《きぎく》……秋・植 094
利酒《ききざけ》……秋・生 182
きぎす……春・動 134
聞茶《ききちゃ》……春・生 204
ぎぎゅう……秋・動 146
桔梗《ききょう》★……秋・植 115
菊《きく》★……秋・植 094
菊植《きくう》う……春・生 201
菊花展《きくかてん》……秋・行 219
菊供養《きくくよう》……秋・行 227
菊師《きくし》……秋・行 219
菊酒《きくしゅ》……秋・行 218
菊吸《きくすい》……秋・動 166
菊吸天牛《きくすいかみきり》……秋・動 166
菊吸虫《きくすいむし》……秋・動 166
菊月《きくづき》……秋・時 013
菊作《きくづく》り……秋・植 094
菊菜《きくな》……春・植 101
菊膾《きくなます》……秋・生 179
菊人形《きくにんぎょう》……秋・行 219
菊根分《きくねわけ》……春・生 201
菊《きく》の被綿《きせわた》
……〔重陽〕秋・行 217
菊残《きくのこ》る……秋・植 095
菊《きく》の酒《さけ》……秋・行 218
菊《きく》の節句《せっく》……秋・行 217
菊《きく》の根分《ねわけ》……春・生 201
菊《きく》の枕《まくら》……秋・行 218
菊雛《きくびな》……秋・行 219
菊日和《きくびより》……秋・天 026
菊枕《きくまくら》……秋・行 218
木耳《きくらげ》……〔茸〕秋・植 128
菊分《きくわか》つ……春・生 201
菊若葉《きくわかば》
……〔草若葉〕春・植 107
喜見城《きけんじょう》……春・天 047
紀元節《きげんせつ》……春・行 210
木樵虫《きこりむし》……秋・動 165
蚶《きさ》……春・動 154
細螺《きさご》……春・動 156
喜佐古《きさご》……春・動 156
如月《きさらぎ》……春・時 013
衣更着《きさらぎ》……春・時 013
雉《きじ》……春・動 134
雉子《きじ》……春・動 134
岸青《きしあお》む……春・植 104
ぎしぎし……春・植 115
羊蹄《ぎしぎし》……春・植 115
ぎしぎしの花《はな》……夏・植 126
義士祭《ぎしさい》……春・行 227
岸釣《きしづり》……秋・生 207
羊蹄《ぎし》の花《はな》……夏・植 126
生渋《きしぶ》……秋・生 197
義士《ぎし》まつり……春・行 227
雉蓆《きじむしろ》……春・植 120
雉筵《きじむしろ》……春・植 120
雉焼《きじやき》……夏・生 207
きしゃご……春・動 156
季秋《きしゅう》……秋・時 013
季春《きしゅん》……春・時 016
鱚《きす》……夏・動 165
木酢《きず》……秋・植 066
ぎす……秋・動 160
黄水仙《きずいせん》……春・植 091
黄菅《きすげ》……夏・植 135
黄雀《きすずめ》……春・動 142
鱚釣《きすつり》……夏・動 165
帰省《きせい》……夏・生 192
帰省子《きせいし》……夏・生 192
黄鶺鴒《きせきれい》……秋・動 139
きせる草《ぐさ》……秋・植 125
きそいがり……夏・行 263
北祭《きたのまつり》……夏・行 271
北開《きたひら》く……春・生 187
北窓開《きたまどひら》く……春・生 187
きちきち……秋・動 161
きちこう……秋・植 115
黄蝶《きちょう》……春・動 161
菊花《きっか》の酒《さけ》……秋・行 218
乞巧奠《きっこうでん》
……〔七夕〕秋・行 208
吉丁虫《きっちょうむし》……夏・動 176
啄木鳥《きつつき》……秋・動 141
木突《きつつき》……秋・動 141
狐草《きつねぐさ》……春・植 119
きつねだな……春・天 047
狐《きつね》の剃刀《かみそり》……秋・植 124
狐《きつね》の提灯《ちょうちん》……夏・植 130

かたびら雪《ゆき》……春・天 041
片見月《かたみづき》……秋・生 171
堅雪《かたゆき》……春・地 056
片割月《かたわれづき》……秋・天 032
鵲《かち》……秋・動 140
勝鴉《かちがらす》……秋・動 140
勝海螺《かちばい》……秋・生 188
がちゃがちゃ……秋・動 161
蚊帳《かちょう》……夏・生 224
かちわり……夏・生 211
鰹《かつお》……夏・動 164
松魚《かつお》……夏・動 164
鰹売《かつおうり》……夏・動 164
鰹潮《かつおじお》……夏・地 048
鰹時《かつおどき》……夏・動 164
かつぎ……春・生 207
脚気《かっけ》……夏・生 247
郭公《かっこう》……夏・動 149
河童忌《かっぱき》……夏・行 275
河童虫《かっぱむし》……夏・動 179
かつみ草《ぐさ》……夏・植 123
かつみの芽《め》……春・植 124
鬘草《かつらぐさ》……春・植 122
桂《かつら》の花《はな》……秋・植 059
蝌蚪《かと》……春・動 131
かど……春・動 146
門清水《かどしみず》……夏・地 051
門涼《かどすず》み……夏・生 192
門火《かどび》……秋・行 212
蚊取線香《かとりせんこう》……夏・生 224
蚊蜻蛉《かとんぼ》……夏・動 184
かなかな……秋・動 153
かなぶん……夏・動 177
金葎《かなむぐら》……夏・植 118
蟹《かに》……夏・動 170
カヌー……〔ヨット〕夏・生 231
鐘朧《かねおぼろ》……春・天 032
鉦叩《かねたたき》……秋・動 160
かねつけ蜻蛉《とんぼ》……夏・動 181
蚊《か》の姥《うば》……夏・動 184
鹿《か》の子《こ》★……夏・動 143
鹿《か》の子狩《こがり》……夏・生 257
鹿《か》の子斑《こまだら》……夏・動 143
蚊《か》の名残《なごり》……秋・動 152
河貝子《かばいし》……春・動 156
蚊柱《かばしら》……夏・動 183
樺《かば》の花《はな》……春・植 087
黴《かび》★……夏・植 142
蚊火《かび》……夏・生 224
黴煙《かびけむり》……夏・植 142
画眉鳥《がびちょう》……春・動 137
黴拭《かびぬぐ》う……夏・植 142
黴《かび》の香《か》……夏・植 142
黴《かび》の宿《やど》……夏・植 142
鹿火屋《かびや》……秋・生 192
鹿火屋守《かびやもり》……秋・生 192
兜菊《かぶとぎく》……秋・植 127
兜人形《かぶとにんぎょう》……夏・行 262
兜花《かぶとばな》……秋・植 127
兜虫《かぶとむし》……夏・動 175
甲虫《かぶとむし》……夏・動 175
南瓜《かぼちゃ》……秋・植 095
南瓜《かぼちゃ》の花《はな》……夏・植 104
南瓜蒔《かぼちゃま》く……春・生 198
蒲《がま》……夏・植 125
蝦蟇《がま》……夏・動 145
鎌《かま》あげ……秋・生 194
かまい時《どき》……春・動 127
鎌祝《かまいわい》……秋・生 194
鎌納《かまおさ》め……秋・生 194
がまがえる……夏・動 145
蟷螂《かまきり》★……秋・動 164
鎌切《かまきり》……秋・動 164
蟷螂生《かまきりうま》る……夏・動 182
かますご……春・動 147
かまつか……秋・植 090
かまどうま……秋・動 157
蒲《がま》の穂《ほ》……夏・植 125
蒲筵《がまむしろ》……夏・生 219
髪洗《かみあら》ふ……夏・生 243
かみかずら……秋・植 085
天牛《かみきり》……夏・動 176
髪切虫《かみきりむし》……夏・動 176
紙切虫《かみきりむし》……夏・動 176
剃刀貝《かみそりがい》……春・動 154
雷《かみなり》★……夏・天 037
神鳴《かみなり》……夏・天 037
紙幟《かみのぼり》……夏・行 260
上《かみ》の弓張《ゆみはり》……秋・天 032
紙雛《かみびな》……春・行 211
紙風船《かみふうせん》……春・生 189
神祭《かみまつり》……夏・行 268
亀鳴《かめな》く……春・動 130
亀《かめ》の看経《かんきん》……春・動 130
亀《かめ》の子《こ》……夏・動 144
亀虫《かめむし》……秋・動 166
冬瓜《かもうり》……秋・植 096
鴨帰《かもかえ》る……春・動 140
鴨川《かもがわ》をどり
……〔都をどり〕春・行 227
鴨来《かもきた》る……秋・動 142
髢草《かもじぐさ》……春・植 122
鴨涼《かもすず》し……夏・動 154
賀茂《かも》の競馬《くらべうま》……夏・行 270
賀茂《かも》の競馬《けいば》……夏・行 270
賀茂祭《かものまつり》……夏・行 271
鴨渡《かもわた》る……秋・動 142
蚊帳《かや》★……夏・生 224
萱《かや》……秋・植 112
萱刈《かやか》る……秋・生 203
蚊帳吊草《かやつりぐさ》……夏・植 134
萱野《かやの》……秋・植 112
蚊帳《かや》の名残《なごり》……秋・生 185
榧《かや》の実《み》……秋・植 078
蚊帳《かや》の別《わか》れ……秋・生 185
蚊帳初《かやはじめ》……夏・生 224
萱原《かやはら》……秋・植 112
蚊遣《かやり》……夏・生 224
蚊遣火《かやりび》……夏・生 224
通《かよ》う猫《ねこ》……春・動 129
韓藍《からあい》の花《はな》……秋・植 090
唐藺《からい》……夏・植 125
唐藷《からいも》……秋・植 099
芥菜《からしな》……春・植 099
芥子菜《からしな》……春・植 099
烏瓜《からすうり》……秋・植 127
烏瓜《からすうり》の花《はな》……夏・植 139
鴉《からす》の子《こ》……夏・動 152
烏《からす》の子《こ》……夏・動 152
鴉《からす》の子別《こわか》れ……秋・動 133
烏柄杓《からすびしゃく》……夏・植 132
烏柄杓《からすびしゃく》の花《はな》……夏・植 132
からすみ……秋・生 180
鱲子《からすみ》……秋・生 180
烏麦《からすむぎ》……夏・植 114
枸橘《からたち》の花《はな》……春・植 088
枳殻《からたち》の花《はな》……春・植 088
空梅雨《からつゆ》……夏・天 030
唐撫子《からなでしこ》……夏・植 092
唐花草《からはなそう》……秋・植 107
唐木瓜《からぼけ》……春・植 078
からもも……夏・植 069
からももの花《はな》……春・植 080
雁《かり》★……秋・動 142
刈上《かりあ》げ……秋・生 194
刈蘆《かりあし》……秋・生 203
刈稲《かりいね》……秋・生 192
雁帰《かりかえ》る……春・動 139
かりがね……秋・動 142
雁《かり》が音《ね》……秋・動 142
刈葱《かりぎ》……夏・植 112
雁来月《かりくづき》……秋・時 010
雁供養《かりくよう》……春・行 214
刈田《かりた》……秋・地 051
刈田原《かりたはら》……秋・地 051
刈田道《かりたみち》……秋・地 051
雁《かり》の棹《さお》……秋・動 142
雁《かり》の名残《なごり》……春・動 139
雁《かり》の列《れつ》……秋・動 142
雁《かり》の別《わか》れ……春・動 139
刈干《かりぼし》……夏・生 255
刈藻《かりも》……夏・生 254
雁渡《かりわた》し……秋・天 042
雁渡《かりわた》る……秋・動 142
榠樝《かりん》……秋・植 064
榠樝《かりん》の実《み》……秋・植 064
花梨《かりん》の実《み》……秋・植 064
軽鴨《かるがも》……夏・動 154
軽鴨《かるがも》の子……夏・動 154
刈萱《かるかや》……秋・植 112
軽鳧《かる》の子《こ》……夏・動 154
鰈干《かれいほ》す……春・生 179
川明《かわあ》き
……〔川開き〕夏・行 267
河鵜《かわう》……夏・動 155
獺魚《かわうそうお》を祭《まつ》る……春・時 012

御命講《おめいこう》……秋・行 227
おめかずら……秋・植 085
思草《おもいぐさ》……秋・植 125
面影草《おもかげぐさ》……春・植 077
沢瀉《おもだか》……夏・植 124
万年青《おもと》の実《み》……秋・植 095
親芋《おやいも》……秋・植 098
親鴉《おやがらす》……夏・動 152
親雀《おやすずめ》……春・動 142
親燕《おやつばめ》……夏・動 152
親鳥《おやどり》……春・動 144
親無子《おやなしご》……秋・動 165
泳《およ》ぎ★……夏・生 232
和蘭《おらんだ》あやめ
〔グラジオラス〕夏・植 089
和蘭石竹《おらんだせきちく》
〔カーネーション〕夏・植 092
和蘭撫子《おらんだなでしこ》
〔カーネーション〕夏・植 092
オリーブの実《み》…秋・植 067
織姫《おりひめ》……〔七夕〕秋・行 208
おわら祭《まつり》……秋・行 225
おんこの実《み》……秋・植 080
御田《おんだ》……夏・行 272
御田祭《おんだまつり》……夏・行 272
女明月《おんなめいげつ》……秋・天 037
御柱祭《おんばしらさい》……夏・行 269
御柱祭《おんばしらまつり》……夏・行 269

か

蚊《か》★……夏・動 183
蛾《が》……夏・動 172
カーニバル……春・行 226
カーネーション…夏・植 092
ガーベラ……夏・植 092
開襟《かいきん》シャツ……夏・生 199
蚕《かいこ》★……春・動 164
海紅豆《かいこうず》……夏・植 062
蚕《かいこ》の上蔟《あがり》……夏・生 256
開山式《かいざんしき》……夏・行 266
海市《かいし》……春・天 047
海水着《かいすいぎ》……夏・生 200
海水帽《かいすいぼう》……夏・生 200
海水浴《かいすいよく》……夏・生 232
快走艇《かいそうてい》……夏・生 231
開帳《かいちょう》……春・行 218
海棠《かいどう》……春・植 073
海南風《かいなんぷう》……夏・天 024
貝《かい》の華《はな》……春・行 226
解氷《かいひょう》……春・地 060
解氷期《かいひょうき》……春・地 060
蚊《か》いぶし……夏・生 224
海霧《かいむ》……夏・天 033
飼屋《かいや》……春・生 203
かいやぐら……春・天 047
貝寄風《かいよせ》……春・天 034
貝寄《かいよせ》……春・天 034
貝割菜《かいわりな》……秋・植 101
殻割菜《かいわりな》……秋・植 101
花影《かえい》……春・植 064
楓《かえで》……秋・植 070
楓《かえで》の花《はな》……春・植 086
楓《かえで》の芽《め》……春・植 083
返《かえ》り梅雨《づゆ》……夏・天 031
かえる……春・動 131
帰《かえ》る鶴《つる》……春・動 138
蛙《かえる》の子《こ》……春・動 131
貌鳥《かおどり》……春・動 132
容鳥《かおどり》……春・動 132
薫《かお》る風《かぜ》……夏・天 026
かかし……秋・生 191
案山子《かがし》……秋・生 191
かがせ……秋・生 191
鏡草《かがみぐさ》……春・植 077
かがみぐさ……夏・植 141
篝火花《かがりびばな》……春・植 092
河漢《かかん》……秋・天 038
ががんぼ……夏・動 184
柿《かき》★……秋・植 062
柿青葉《かきあおば》夏
……〔柿紅葉〕秋・植 071
我鬼忌《がきき》……夏・行 275
かき氷《ごおり》……夏・生 214
掻萵苣《かきちしゃ》……春・植 098
燕子花《かきつばた》★……夏・植 087
杜若《かきつばた》……夏・植 087
柿《かき》の秋《あき》……秋・植 062
柿《かき》の薹《とう》……夏・植 064
柿《かき》の花《はな》……夏・植 064
柿紅葉《かきもみじ》……秋・植 071
嘉魚《かぎょ》……夏・動 161
かぎろい……春・天 045
かぎろう……秋・動 155
柿若葉《かきわかば》……夏・植 071
鍵蕨《かぎわらび》……春・植 115
額紫陽花《がくあじさい》……夏・植 056
蚊喰鳥《かくいどり》……夏・動 143
学年試験《がくねんしけん》……春・生 171
額《がく》の花《はな》……夏・植 056
霍乱《かくらん》……夏・生 246
隠座頭《かくれざとう》……秋・動 165
懸葵《かけあおい》……夏・行 271
架稲《かけいね》……秋・生 193
掛香《かけこう》……夏・生 224
懸巣《かけす》……秋・動 137
懸巣鳥《かけす》……秋・動 137
掛簾《かけすだれ》……夏・生 221
陰雪《かげゆき》……春・地 056
陽炎《かげろう》★……春・天 045
野馬《かげろう》……春・天 045
蜉蝣《かげろう》……秋・動 155
陽炎燃《かげろうも》ゆ……春・天 045
籠枕《かごまくら》……夏・生 220
葛西海苔《かさいのり》……春・植 126
風車《かざぐるま》……春・生 189
風車売《かざぐるまうり》……春・生 189
鵲《かささぎ》……秋・動 140
鵲《かささぎ》の橋《はし》…〔七夕〕秋・行 208
カサブランカ…夏・植 094
蝸蛑《がざみ》……夏・動 170
飾兜《かざりかぶと》……夏・行 262
樫落葉《かしおちば》……夏・植 075
河鹿《かじか》……夏・動 145
鰍《かじか》……秋・動 146
河鹿蛙《かじかがえる》……夏・動 145
河鹿笛《かじかぶえ》……夏・動 145
樫茂《かししげ》る……夏・植 072
樫鳥《かしどり》……秋・動 137
橿鳥《かしどり》……秋・動 137
梶《かじ》の七葉《ななは》……秋・行 209
梶《かじ》の葉《は》……秋・行 209
梶葉売《かじのはうり》……秋・行 209
梶葉《かじのは》の歌《うた》……秋・行 209
樫《かし》の実《み》……秋・植 077
橿《かし》の実《み》……秋・植 077
貸《かし》ボート……夏・生 230
佳宵《かしょう》……秋・天 033
樫若葉《かしわかば》……夏・植 072
柏餅《かしわもち》★……夏・生 212
ガス……夏・天 033
蚊吸鳥《かすいどり》……夏・動 150
数《かず》の子製《こせい》す……春・生 184
数《かず》の子作《こつく》る……春・生 184
霞《かすみ》★……春・天 044
霞隠《かすみがく》れ……春・天 044
霞草《かすみそう》……春・植 096
霞棚引《かすみたなび》く……春・天 044
ガス冷蔵庫《れいぞうこ》……夏・生 226
風薫《かぜかお》る★……夏・天 026
風聞草《かぜききぐさ》……秋・植 113
風死《かぜし》す……夏・天 028
風涼《かぜすず》し……夏・天 026
風通《かぜとお》し……夏・生 222
風通《かぜとお》り……夏・生 222
風《かぜ》なだれ……春・地 057
風《かぜ》の香《か》……夏・天 026
風《かぜ》の盆《ぼん》……秋・行 225
風光《かぜひか》る★……春・天 036
風待月《かぜまちづき》……夏・時 013
風持草《かぜもちぐさ》……秋・植 113
片鶉《かたうずら》……秋・動 141
片蔭《かたかげ》★……夏・天 042
片《かた》かげり……夏・天 042
かたかごの花《はな》…春・植 111
片口鰯《かたくちいわし》……秋・動 149
片栗《かたくり》の花《はな》……春・植 111
形代《かたしろ》……〔御祓〕夏・行 265
かたしろぐさ…夏・植 056
片月見《かたつきみ》……秋・生 171
かたつぶり……夏・動 189
蝸牛《かたつむり》★……夏・動 189
かたつむり……夏・動 189
片肌脱《かたはだぬぎ》……夏・生 243
かたばな……春・植 111
酸漿《かたばみ》の花《はな》……夏・植 128
帷子《かたびら》……夏・生 196

円座《えんざ》……夏・生 219
槐《えんじゅ》の花《はな》……夏・植 079
炎暑《えんしょ》……夏・時 019
縁涼《えんすず》み……夏・生 192
遠足《えんそく》……春・生 172
炎昼《えんちゅう》……夏・時 015
炎帝《えんてい》……夏・時 006
炎天《えんてん》★……夏・天 041
炎天下《えんてんか》……夏・天 041
豌豆《えんどう》……夏・植 107
炎熱《えんねつ》……夏・時 019
燕麦《えんばく》……夏・植 114
えんま蟋蟀《こおろぎ》……秋・動 157
遠雷《えんらい》……夏・天 037

お

老鶯《おいうぐいす》……夏・動 151
老桜《おいざくら》……春・植 064
老蝶《おいちょう》……秋・動 153
追山笠《おいやま》……夏・行 273
花魁草《おいらんそう》……夏・植 098
老蕨《おいわらび》……春・植 115
扇《おうぎ》★……夏・生 226
扇置《おうぎお》く……秋・生 185
扇鶏頭《おうぎけいとう》……秋・植 090
黄金週間《おうごんしゅうかん》……春・行 216
黄蜀葵《おうしょっき》……夏・植 095
棟《おうち》の花《はな》……夏・植 081
樗《おうち》の花《はな》……夏・植 081
樗葺《おうちふ》く……夏・行 261
桜桃《おうとう》……夏・植 067
桜桃忌《おうとうき》……夏・行 275
桜桃《おうとう》の実《み》……夏・植 067
黄梅《おうばい》……春・植 071
王林《おうりん》……秋・植 062
御会式《おえしき》……秋・行 227
大麻《おおあさ》……夏・植 115
大蟻《おおあり》……夏・動 187
大犬《おおいぬ》のふぐり……春・植 113
大菊《おおぎく》……秋・植 094
大毛蓼《おおけたで》……〔蓼の花〕秋・植 120
大阪場所《おおさかばしょ》……春・生 188
大蜆《おおしじみ》……春・動 156
大島桜《おおしまざくら》……〔八重桜〕春・植 066
大田植《おおたうえ》……夏・生 249
大田螺《おおたにし》……春・動 157
オーデコロン……夏・生 225
おおでまり……夏・植 057
大西日《おおにしび》……夏・天 040
大庭《おおにわ》……秋・生 196
車前《おおばこ》の花《はな》……夏・植 128
大葉子《おおばこ》の花《はな》……夏・植 128
大鷭《おおばん》……夏・動 153
大干潟《おおひがた》……春・地 053
大菱喰《おおひしくい》……〔雁〕秋・動 142
大蒜《おおびる》……春・植 101
大待宵草《おおまつよいぐさ》……夏・植 121
大南風《おおみなみ》……夏・天 024
大麦《おおむぎ》……夏・植 114
大山蓮華《おおやまれんげ》……夏・植 080
天女花《おおやまれんげ》……夏・植 080
大横這《おおよこばい》……秋・動 163
大葭切《おおよしきり》……夏・動 153
大瑠璃《おおるり》……夏・動 156
丘青《おかあお》む……春・植 104
お陰参《かげまいり》……春・行 218
おかま蟋蟀《こおろぎ》……秋・動 157
苧殻《おがら》……秋・行 212
雄刈萱《おがるかや》……〔刈萱〕秋・植 112
荻《おぎ》……秋・植 113
翁草《おきなぐさ》……春・植 119
沖膾《おきなます》……夏・生 216
沖縄忌《おきなわき》……夏・行 265
荻《おぎ》の風《かぜ》……秋・植 113
荻《おぎ》の声《こえ》……秋・植 113
荻原《おぎはら》……秋・植 113
荻吹《おぎふ》く……秋・植 113
晩稲《おくて》……〔稲〕秋・植 103
晩稲田《おくてだ》……秋・地 050
おくにち……秋・行 217
送馬《おくりうま》……秋・行 212
送《おく》り梅雨《づゆ》……夏・天 031
送《おく》り火《び》……秋・行 214
おけら……夏・動 188
おけら鳴《な》く……秋・動 164
おご……春・植 126
起《おこ》し絵《え》……夏・生 239
尾越《おごし》の鴨《かも》……秋・動 143
虎魚《おこぜ》……夏・動 166
御事汁《おことじる》……春・行 208
おごのり……春・植 126
牡鹿《おじか》……秋・動 130
含羞草《おじぎそう》……夏・植 103
圧《お》し鮓《ずし》……夏・生 204
おしろい……秋・植 092
白粉花《おしろいばな》……秋・植 092
晩秋《おそあき》……秋・時 013
遅《おそ》き日《ひ》……春・時 022
遅桜《おそざくら》……春・植 066
獺《おそ》の祭《まつり》……春・時 012
獺祭《おそまつり》……春・時 012
お松明《たいまつ》……春・行 219
御田植《おたうえ》……夏・行 272
小田刈月《おだかりづき》……秋・時 013
小田刈《おだか》る……秋・生 192
御旅所《おたびしょ》……夏・行 268
苧環《おだまき》の花《はな》……春・植 095
お玉杓子《たまじゃくし》……春・動 131
落鮎《おちあゆ》★……秋・動 144
落鰻《おちうなぎ》……秋・動 145
落栗《おちぐり》……秋・植 063
落鯛《おちだい》……秋・動 145
落椿《おちつばき》……春・植 063
落雲雀《おちひばり》……春・動 135
落穂《おちぼ》……秋・植 103
落穂拾《おちぼひろ》い……秋・植 103
お中元《ちゅうげん》……秋・行 209
お中日《ちゅうにち》……春・行 221
男郎花《おとこえし》……秋・植 116
おとこめし……秋・植 116
男山祭《おとこやままつり》……秋・行 226
おどし……秋・生 191
威銃《おどしづつ》……秋・生 191
落《おと》し角《づの》……春・動 129
落《おと》し鱧《はも》……夏・動 168
落《おと》し文《ぶみ》……夏・動 178
落《おと》し水《みず》……秋・地 051
乙女椿《おとめつばき》……春・植 063
囮《おとり》……秋・生 205
踊《おどり》★……秋・生 170
囮鮎《おとりあゆ》……夏・動 160
囮籠《おとりかご》……秋・生 205
踊草《おどりぐさ》……夏・植 129
踊子《おどりこ》……秋・生 170
踊子草《おどりこそう》……夏・植 129
踊念仏《おどりねんぶつ》……春・行 221
踊花《おどりばな》……夏・植 129
囮番《おとりばん》……秋・生 205
囮守《おとりもり》……秋・生 205
鬼薊《おにあざみ》……秋・植 125
鬼浅蜊《おにあさり》……春・動 153
鬼虎魚《おにおこぜ》……夏・動 166
鬼踊《おにおどり》……春・行 223
鬼《おに》の子《こ》……秋・動 165
鬼《おに》の醜草《しこぐさ》……秋・植 093
鬼《おに》の捨子《すてご》……秋・動 165
鬼《おに》やんま……秋・動 154
鬼百合《おにゆり》……夏・植 094
鬼蕨《おにわらび》……春・植 116
お涅槃《ねはん》……春・行 219
斧虫《おのむし》……秋・動 164
薺蒿《おはぎ》……春・植 110
おはぐろ……夏・動 181
鉄漿蜻蛉《おはぐろとんぼ》……夏・動 181
雄蜂《おばち》……〔蜂〕春・動 161
尾花《おばな》……秋・植 112
尾花蛸《おばなだこ》……秋・動 150
おはなばた……夏・地 045
お花畑《はなばたけ》……夏・地 045
お花畠《はなばたけ》……夏・地 045
お花見《はなみ》……春・生 167
お花見《はなみ》レガッタ〔ボートレース〕春・生 188
お彼岸《ひがん》……春・行 221
朧《おぼろ》★……春・天 032
朧影《おぼろかげ》……春・天 032
朧月《おぼろづき》……春・天 031
朧月夜《おぼろづきよ》……春・天 031
朧夜《おぼろよ》……春・天 032
お水送《みずおく》り……春・行 220
お水取《みずとり》★……春・行 220
女郎花《おみなえし》……秋・植 116
おみなめし……秋・植 116
御身拭《おみぬぐい》……春・行 225

薄羽織《うすばおり》……夏・生 198
薄翅蜉蝣《うすばかげろう》……夏・動 185
薄羽蜉蝣《うすばかげろう》……夏・動 185
太秦《うずまさ》の牛祭《うしまつり》……秋・行 226
渦虫《うずむし》……夏・動 179
羅《うすもの》★……夏・生 197
薄紅葉《うすもみじ》……秋・植 068
鶉《うずら》……秋・動 141
薄氷《うすらい》★……春・地 059
鶉野《うずらの》……秋・動 141
鶉《うずら》の床《とこ》……秋・動 141
鷽《うそ》……春・動 136
うそ寒《さむ》……秋・時 021
鷽鳥《うそどり》……春・動 136
鷽《うそ》の琴《こと》……春・動 136
歌詠鳥《うたよみどり》……春・動 133
打水《うちみず》★……夏・生 229
団扇《うちわ》★……夏・生 226
団《うちわ》……夏・生 226
団扇売《うちわうり》……夏・生 226
団扇撒《うちわまき》……夏・行 271
卯月《うづき》……夏・時 006
卯月鳥《うづきどり》……夏・動 148
卯月波《うづきなみ》……夏・地 047
卯月野《うづきの》……夏・地 046
空木《うつぎ》の花《はな》……夏・植 076
卯月八日《うづきようか》……夏・行 266
鬱金香《うっこんこう》……春・植 093
空蟬《うつせみ》★……夏・動 180
十六島海苔《うっぷるいのり》……春・植 126
靫草《うつぼぐさ》……夏・植 131
空穂草《うつぼぐさ》……夏・植 131
独活《うど》……春・植 100
独活掘《うどほ》る……春・植 100
うどめ……春・植 083
うどもどき……春・植 083
優曇華《うどんげ》……夏・動 185
鰻《うなぎ》……夏・動 168
鰻掻《うなぎかき》……夏・動 168
鰻筒《うなぎづつ》……夏・動 168
卯波《うなみ》★……夏・地 047
卯浪《うなみ》……夏・地 047
雲丹《うに》……春・動 159
海栗《うに》……春・動 159
海胆《うに》……春・動 159
卯《う》の花《はな》★……夏・植 076
卯《う》の花垣《はながき》……夏・植 076
卯《う》の花腐《はなくた》し……夏・天 029
卯《う》の花月《はなづき》……夏・時 006
うば貝《がい》……春・動 157
うばがしら……春・植 119
菟芽子《うはぎ》……春・植 110
姥桜《うばざくら》……春・植 064
姥月《うばづき》……秋・天 037
鵜舟《うぶね》……夏・生 258
うべ……秋・植 086
うべの花《はな》……春・植 089
馬追《うまおい》……秋・動 161
苜蓿《うまごやし》……春・植 109
馬肥《うまこ》ゆ★……秋・動 131
馬肥《うまこ》ゆる……秋・動 131
馬下《うまさ》げ……秋・生 205
馬《うま》の脚形《あしがた》……春・植 121
馬《うま》の子《こ》……春・動 128
馬《うま》の仔《こ》……春・動 128
馬《うま》の子生《こうま》る……春・動 128
馬冷《うまひや》す……夏・生 249
馬蛭《うまびる》……夏・動 190
午祭《うままつり》……春・行 209
海鵜《うみう》……夏・動 155
海下《うみおり》……春・生 207
海霧《うみぎり》……夏・天 033
海鱸《うみすずき》……秋・動 147
海施餓鬼《うみせがき》……秋・行 213
海猫《うみねこ》……夏・動 160
海猫帰《うみねこかえ》る……秋・動 143
海猫渡《うみねこわた》る……春・動 140
海《うみ》の家《いえ》
……〔海開き〕夏・行 267
海《うみ》の記念日《きねんび》……夏・生 267
海《うみ》の日《ひ》……夏・行 267
海開《うみびら》き……夏・行 267
海酸漿《うみほおずき》……夏・動 169
梅《うめ》★……春・植 062
梅《うめ》が香《か》……春・植 062
梅東風《うめごち》……春・天 033
梅酒《うめざけ》……夏・生 208
梅酒《うめしゅ》……夏・生 208
梅焼酎《うめしょうちゅう》……夏・生 208
梅漬《うめづけ》……夏・生 208
梅《うめ》の雨《あめ》……夏・天 029
梅《うめ》の実《み》……夏・植 065
梅干《うめぼし》……夏・生 208
梅干《うめほ》す……夏・生 208
梅見《うめみ》……春・生 166
梅見月《うめみづき》……春・時 013
梅筵《うめむしろ》……夏・生 208
梅擬《うめもどき》……秋・植 084
梅嫌《うめもどき》……秋・植 084
落霜紅《うめもどき》……秋・植 084
うらうら……春・時 021
末枯《うらが》る……秋・植 111
末枯《うらがれ》★……秋・植 111
裏葉草《うらはぐさ》……夏・植 138
裏紅一花《うらべにいちげ》……春・植 119
盂蘭盆《うらぼん》……秋・行 210
盂蘭盆会《うらぼんえ》……秋・行 210
うらら……春・時 021
麗《うらら》か★……春・時 021
うららけし……春・時 021
瓜《うり》……夏・植 109
瓜小屋《うりごや》……夏・生 254
瓜漬《うりづけ》……夏・生 206
瓜膾《うりなます》……夏・生 206
瓜盗人《うりぬすっと》……夏・生 254
瓜《うり》の牛《うし》……秋・行 212
瓜《うり》の馬《うま》……秋・行 212
瓜《うり》の花《はな》……夏・植 104
瓜畑《うりばたけ》……夏・植 109
瓜番《うりばん》……夏・生 254
瓜番小屋《うりばんごや》……夏・生 254
瓜冷《うりひや》す……夏・生 207
瓜坊《うりぼう》……秋・動 130
瓜揉《うりもみ》……夏・生 206
瓜揉《うりも》む……夏・生 206
瓜守《うりもり》……夏・生 254
粳稲《うるしね》……秋・植 102
漆紅葉《うるしもみじ》……秋・植 071
うるち……秋・植 102
熟《う》れ麦《むぎ》……夏・植 114
鱗雲《うろこぐも》……秋・天 029
虚抜菜《うろぬきな》……秋・植 101
浮塵子《うんか》……秋・動 163
雲海《うんかい》……夏・天 035
雲漢《うんかん》……秋・天 038
雲仙躑躅《うんぜんつつじ》……春・植 075
運動会《うんどうかい》……秋・生 172

え

鱏《えい》……夏・動 167
鱝《えい》……夏・動 167
永日《えいじつ》……春・時 022
エイプリルフール
……春・行 216
絵団扇《えうちわ》……夏・生 226
絵扇《えおうぎ》……夏・生 226
絵茣蓙《えござ》……夏・生 219
えごの花《はな》……夏・植 082
蝦夷竜胆《えぞりんどう》……秋・植 122
枝蛙《えだかわず》……夏・動 144
絵凧《えだこ》……春・生 189
枝豆《えだまめ》……秋・生 176
越後上布《えちごじょうふ》……夏・生 197
越前水母《えちぜんくらげ》……夏・動 171
絵灯籠《えどうろう》……秋・行 213
江戸山王祭《えどさんのうまつり》……夏・行 272
金雀枝《えにしだ》……夏・植 058
金雀花《えにしだ》……夏・植 058
えのこぐさ……秋・植 118
狗尾草《えのころぐさ》……秋・植 118
えのころやなぎ……春・植 085
絵日傘《えひがさ》……夏・生 200
夷子講市《えびすこういち》……秋・行 227
海老根《えびね》……春・植 117
化偸草《えびね》……春・植 117
えびね蘭《らん》……春・植 117
えぼし魚《うお》……夏・動 164
笑栗《えみぐり》……秋・植 063
絵筵《えむしろ》……夏・生 219
衣紋竿《えもんざお》……夏・生 202
衣紋竹《えもんだけ》……夏・生 202
魞挿《えりさ》す……春・生 205
円位忌《えんいき》……春・行 228
遠泳《えんえい》……夏・生 232
円虹《えんこう》……夏・天 035
円光忌《えんこうき》……春・行 224

糸葱《いとねぎ》……春・植101
糸引《いとひき》……夏・生257
糸引歌《いとひきうた》……夏・生257
糸柳《いとやなぎ》……春・植084
糸遊《いとゆう》……春・天045
糸蘭《いとらん》……夏・植097
いな……秋・動146
稲負鳥《いなおおせどり》……秋・動136
いなおせどり……秋・動136
亥中《いなか》の月《つき》……秋・天036
稲城《いなぎ》……秋・生193
稲木《いなぎ》……秋・生193
蝗《いなご》……秋・動162
螽《いなご》……秋・動162
稲子《いなご》……秋・動162
蝗串《いなごぐし》……秋・動162
蝗捕《いなごと》り……秋・動162
稲子麿《いなごまろ》……秋・動163
稲雀《いなすずめ》……秋・動135
稲妻《いなずま》★……秋・天045
稲田《いなた》……秋・地050
いなたま……秋・天045
いなつるび……秋・天045
稲《いな》つるみ……秋・天045
稲光《いなびかり》……秋・天045
稲穂《いなほ》……秋・植102
稲虫《いなむし》……秋・動163
稲荷鮓《いなりずし》……夏・生204
犬掻《いぬかき》……夏・生232
犬子草《いぬこぐさ》……秋・植118
いぬさわら……春・動146
犬蓼《いぬたで》の花《はな》……秋・植120
去《い》ぬ燕《つばめ》……秋・動135
犬《いぬ》のふぐり……春・植113
犬《いぬ》ふぐり……春・植113
犬蕨《いぬわらび》……春・植116
稲《いね》★……秋・植102
稲打《いねうち》……秋・生194
稲掛《いねかけ》……秋・生193
稲刈《いねかり》★……秋・生192
稲刈鎌《いねかりがま》……秋・生192
稲刈機《いねかりき》……秋・生192
稲刈月《いねかりづき》……秋・時013
稲刈《いねか》る……秋・生192
稲扱《いねこき》……秋・生194
稲塚《いねつか》……秋・生193
稲《いね》の妻《つま》……秋・天045
稲《いね》の殿《との》……秋・天045
稲《いね》の花《はな》……秋・植103
稲埃《いねぼこり》……秋・生194
稲《いね》干《ほ》す……秋・生193
牛膝《いのこずち》……秋・植118
猪《いのしし》……秋・動130
藺《い》の花《はな》……夏・植125
茨《いばら》……夏・植076
茨《いばら》の花《はな》……夏・植076
茨《いばら》の実《み》……秋・植082
茨《いばら》の芽《め》……春・植069
いぼじり……秋・動164
いぼむしり……秋・動164
居待《いまち》……秋・天035
居待月《いまちづき》……秋・天035
座待月《いまちづき》……秋・天035
芋《いも》★……秋・植098
藷《いも》……秋・植099
芋植《いもう》う……春・生199
芋殻《いもがら》……秋・植099
甘藷《いも》焼酎《じょうちゅう》……夏・生209
妹背鳥《いもせどり》……夏・動148
芋種《いもだね》……春・植103
稲熱田《いもちだ》……秋・地050
藷蔓《いもづる》……秋・植099
藷苗《いもなえ》……春・植103
芋煮《いもに》……秋・生172
芋煮会《いもにかい》……秋・生172
芋《いも》の秋《あき》……秋・植098
芋《いも》の茎《くき》……秋・植099
芋《いも》の芽《め》……春・植103
芋畑《いもばたけ》……秋・植098
甘藷《いも》掘《ほ》り……秋・植099
芋虫《いもむし》……秋・動166
芋名月《いもめいげつ》……秋・天033
蠑螈《いもり》……夏・動146
井守《いもり》……夏・動146
藷《いも》を挿《さ》す……夏・生253
伊予柑《いよかん》……春・植081
伊予蜜柑《いよみかん》……春・植081
入《い》り彼岸《ひがん》……春・時015
入谷《いりや》朝顔市《あさがおいち》……夏・行273
慰霊《いれい》の日《ひ》……夏・行265
色変《いろか》へぬ松《まつ》……秋・植073
色草《いろくさ》……秋・植109
色鳥《いろどり》……秋・動134
色《いろ》なき風《かぜ》……秋・天040
色葉《いろは》……秋・植068
岩朧《いわおぼろ》……春・天032
岩鏡《いわかがみ》……夏・植137
鰯《いわし》……秋・動149
弱魚《いわし》……秋・動149
鰯網《いわしあみ》……秋・生206
鰯雲《いわしぐも》★……秋・天029
鰯引《いわしひ》く……秋・生206
鰯干《いわしほ》す……秋・動149
岩清水《いわしみず》……夏・地051
岩茸《いわたけ》……〔茸〕秋・植128
岩煙草《いわたばこ》……夏・植133
岩躑躅《いわつつじ》……春・植075
岩燕《いわつばめ》……春・動138
岩魚《いわな》……夏・動161
巌魚《いわな》……夏・動161
岩魚釣《いわなつり》……夏・動161
隠元豆《いんげんまめ》……秋・植106
院展《いんてん》……秋・生173

う

鵜《う》………夏・動155
雨安居《うあんご》……夏・行267
浮《う》いてこい……夏・生238
植木市《うえきいち》……春・生200
ウェストン祭《さい》……夏・行266
植田《うえた》……夏・地049
植女《うえめ》……夏・生250
魚島《うおじま》……春・動145
魚島時《うおじまどき》……春・動145
魚《うお》氷《ひ》に上《のぼ》る……春・時011
鵜飼《うかい》★……夏・生258
鵜篝《うかがり》……夏・生258
浮《う》かれ猫《ねこ》……春・動129
鵜川《うかわ》……夏・生258
萍《うきくさ》……夏・植141
浮草《うきくさ》……夏・植141
萍生《うきくさお》う……春・植123
萍生《うきくさお》ひ初《そ》む……春・植123
萍《うきくさ》の花《はな》……夏・植141
萍紅葉《うきくさもみじ》……秋・植127
浮氷《うきごおり》……春・地060
浮巣《うきす》……夏・動154
浮人形《うきにんぎょう》……夏・生238
浮葉《うきは》……夏・植122
浮袋《うきぶくろ》……夏・生232
浮輪《うきわ》……夏・生232
鶯《うぐいす》★……春・動133
黄鳥《うぐいす》……春・動133
鶯《うぐいす》音《ね》を入《い》る……夏・動151
鶯《うぐいす》の落《おと》し文《ぶみ》……夏・動178
鶯笛《うぐいすぶえ》……春・生190
鶯餅《うぐいすもち》……春・生181
雨月《うげつ》……秋・天034
うご……春・植126
海髪《うご》……春・植126
五加木《うこぎ》……春・植084
五加《うこぎ》……春・植084
五加垣《うこぎがき》……春・植084
五加摘《うこぎつ》む……春・植084
五加木飯《うこぎめし》……春・植084
うごのり……春・植126
蛆《うじ》……夏・動182
牛蛙《うしがえる》……夏・動145
うしかわず……夏・動145
牛《うし》の舌《した》……夏・動166
牛《うし》の額《ひたい》
……〔溝蕎麦〕秋・植120
牛冷《うしひや》す……夏・生249
牛祭《うしまつり》……秋・行226
蛆虫《うじむし》……夏・動182
鵜匠《うしょう》……夏・生258
雨水《うすい》……春・時012
薄霞《うすがすみ》……春・天044
薄衣《うすぎぬ》……夏・生197
薄黄木犀《うすぎもくせい》……秋・植059
薄霧《うすぎり》……秋・天045
薄紅梅《うすこうばい》……春・植062
薄氷《うすごおり》……春・地059
薄衣《うすごろも》……夏・生197
渦潮《うずしお》……春・生170
薄墨桜《うすずみざくら》……春・植064

飴湯売《あめゆうり》…………夏・生 214
雨喜《あめよろこ》び…………夏・天 032
水馬《あめんぼ》……………夏・動 179
あめんぼう……夏・動 179
綾筵《あやむしろ》……………夏・生 219
あやめ(菖蒲《しょうぶ》)…夏・植 088
渓蓀《あやめ》……………夏・植 087
菖蒲草《あやめぐさ》…………夏・植 088
あやめ草《ぐさ》………夏・植 088
あやめ人形《にんぎょう》…夏・行 262
あやめ葺《ふ》く……夏・行 261
鮎《あゆ》★……………夏・動 160
鮎生簀《あゆいけす》…………夏・動 160
鮎落《あゆお》つ…………秋・動 144
鮎籠《あゆかご》……………夏・動 160
鮎狩《あゆがり》……………夏・動 160
鮎汲《あゆくみ》……………春・生 205
鮎刺《あゆさし》……………夏・動 156
鮎鮨《あゆずし》……………夏・動 160
鮎鷹《あゆたか》……………夏・動 156
鮎苗《あゆなえ》……………春・生 205
鮎膾《あゆなます》……………夏・動 160
鮎《あゆ》の子《こ》…………春・動 150
洗膾《あらい》……………夏・生 215
洗《あら》い……………夏・生 215
洗《あら》い髪《がみ》…………夏・生 243
洗鯉《あらいごい》……………夏・生 215
洗鱸《あらいすずき》……………夏・生 215
洗鯛《あらいたい》……………夏・生 215
洗《あら》い飯《めし》…………夏・生 204
荒鵜《あらう》……………夏・生 258
荒鷹《あらたか》……………秋・動 133
荒梅雨《あらづゆ》…………夏・天 029
荒南風《あらはえ》…………夏・天 024
新走《あらばし》り…………秋・生 182
あららぎの実《み》…秋・植 080
蟻《あり》★……………夏・動 187
有明《ありあけ》……………秋・天 037
有明月《ありあけづき》…………秋・天 037
蟻穴《ありあな》に入《い》る……秋・動 132
蟻穴《ありあな》を出《い》づ……春・動 160
蟻出《ありい》づ…………春・動 160
蟻地獄《ありじごく》…………夏・動 185
蟻吸《ありすい》……………秋・動 141
蟻塚《ありづか》……………夏・動 187
蟻《あり》の道《みち》…………夏・動 187
アロハシャツ…夏・生 199
粟《あわ》……………秋・植 104
阿波踊《あわおどり》…………秋・行 223
泡黄金菊《あわこがねぎく》
………〔野菊〕秋・植 123
袷《あわせ》……………夏・生 196
泡立草《あわだちそう》…………秋・植 116
粟《あわ》の穂《ほ》…………秋・植 104
粟畑《あわばたけ》…………秋・植 104
粟花《あわばな》……………秋・植 116
鮑《あわび》……………夏・動 169
鰒《あわび》……………夏・動 169
鮑取《あわびとり》…………夏・動 169
泡虫《あわむし》……………秋・動 163
粟飯《あわめし》……………秋・植 104
粟餅《あわもち》……………秋・植 104
泡盛《あわもり》……………夏・生 209
淡雪《あわゆき》……………春・天 041
泡雪《あわゆき》……………春・天 041
沫雪《あわゆき》……………春・天 041
哀《あわ》れ蚊《か》…………秋・動 152
安居《あんご》……………夏・行 267
杏子《あんず》……………夏・植 069
杏《あんず》……………夏・植 069
杏咲《あんずさ》く…………春・植 080
杏《あんず》の花《はな》…………春・植 080
餡蜜《あんみつ》……………夏・生 213

い

いいぎり………秋・動 157
飯桐《いいぎり》の実《み》………秋・植 081
飯鮓《いいずし》……………夏・生 204
イースター……春・生 227
飯蛸《いいだこ》……………春・動 152
望潮魚《いいだこ》…………春・動 152
家蠅《いえばえ》……………夏・動 182
いか……………春・生 189
烏賊洗《いかあら》い………秋・生 207
居開帳《いかいちょう》…………春・行 218
猪垣《いがき》……………秋・生 192
毬栗《いがぐり》……………秋・植 063
烏賊裂《いかさき》…………秋・生 207
いかずち………夏・天 037
烏賊釣《いかつり》…………夏・生 259
烏賊釣火《いかつりび》………夏・生 259
烏賊釣船《いかつりぶね》………夏・生 259
鮊子《いかなご》……………春・動 147
玉筋魚《いかなご》…………春・動 147
いかのぼり……春・生 189
烏賊火《いかび》…………夏・生 259
烏賊襖《いかぶすま》…………秋・生 207
烏賊干《いかほ》す………秋・生 207
錨草《いかりそう》…………春・植 120
碇草《いかりそう》…………春・植 120
活草《いきくさ》……………秋・植 093
生盆《いきぼん》……………秋・行 212
生身魂《いきみたま》★…………秋・行 210
生御魂《いきみたま》…………秋・行 212
生見玉《いきみたま》…………秋・行 212
生身玉《いきみたま》…………秋・行 212
いくら…………秋・生 179
衣桁《いこう》……………夏・生 202
藺座蒲団《いざぶとん》………夏・生 219
十六夜《いざよい》★…………秋・天 034
いざよう月《つき》……秋・天 034
井浚《いざらえ》……………夏・生 228
石鯛《いしだい》……………夏・動 163
いしだこ………春・動 152
石叩《いしたたき》……………秋・動 139
石伏《いしぶし》(鰍《かじか》)………秋・動 146
石斑魚《いしぶし》(鰍《かじか》)……秋・動 146
石伏魚《いしぶし》(鮴《ごり》)……夏・動 163
いしぼたん……春・動 159
衣裳競《いしょうくら》べ………春・行 225
いしわり………夏・動 166
蚊母樹《いすのき》の実《み》……秋・植 082
泉《いずみ》★……………夏・地 050
伊勢《いせ》の御田植《おたうえ》…夏・行 272
伊勢参《いせまいり》…………春・行 218
磯遊《いそあそび》…………春・生 170
磯蟹《いそがに》……………夏・動 170
磯竈《いそかまど》…………春・生 206
磯巾着《いそぎんちゃく》…………春・動 158
磯鴫《いそしぎ》……………秋・動 141
磯清水《いそしみず》…………夏・地 051
磯焚火《いそたきび》…………春・生 206
磯人《いそど》……………春・生 207
磯《いそ》なげき………春・生 207
磯菜摘《いそなつみ》…………春・生 207
磯《いそ》の口開《くちあ》け……春・生 207
磯開《いそびらき》…………春・生 207
磯笛《いそぶえ》……………春・生 207
磯祭《いそまつり》…………春・生 170
いたちぐさ……春・植 073
いたちはぜ……春・植 073
虎杖《いたどり》……………春・植 116
虎杖《いたどり》の花《はな》………夏・植 127
一位《いちい》の実《み》………秋・植 080
一夏《いちげ》……………夏・行 267
一花草《いちげそう》…………春・植 119
苺《いちご》……………夏・植 107
覆盆子《いちご》…………夏・植 107
苺《いちご》の花《はな》…………春・植 098
無花果《いちじく》…………秋・植 065
一《いち》の午《うま》…………春・行 209
鳶尾草《いちはつ》…………夏・植 088
一八《いちはつ》……………夏・植 088
一番草《いちばんぐさ》…………夏・生 251
一番茶《いちばんちゃ》…………春・生 204
一夜鮓《いちやずし》…………夏・生 204
銀杏散《いちょうち》る………秋・植 075
銀杏《いちょう》の実《み》………秋・植 078
銀杏黄葉《いちょうもみじ》………秋・植 070
一輪草《いちりんそう》…………春・植 119
冱返《いてかえ》る…………春・時 010
凍解《いてと》くる………春・地 058
凍解《いてどけ》……………春・地 058
凍《いて》ゆるむ………春・地 058
糸瓜《いとうり》……………秋・植 097
井戸替《いどかえ》…………夏・生 228
糸繰草《いとくりそう》…………春・植 095
いとこ煮《に》………春・行 208
糸桜《いとざくら》…………春・植 065
井戸浚《いどさらえ》…………夏・生 228
糸芒《いとすすき》…………秋・植 112
竈馬《いとど》……………秋・動 157
糸取《いととり》……………夏・生 257
糸取鍋《いととりなべ》…………夏・生 257
糸取女《いととりめ》…………夏・生 257
糸蜻蛉《いととんぼ》…………夏・動 181

麻《あさ》……夏・植 115
朝顔《あさがお》★……秋・植 089
朝顔市《あさがおいち》……夏・行 273
朝顔《あさがお》の種《たね》……秋・植 089
朝顔《あさがお》の実《み》……秋・植 089
朝顔蒔《あさがおま》く……春・生 199
朝霞《あさがすみ》……春・天 044
麻蚊帳《あさがや》……夏・生 224
麻刈《あさかり》……夏・生 253
麻刈《あさか》る……夏・生 253
浅《あさ》き春《はる》……春・時 009
朝霧《あさぎり》……秋・天 045
朝草刈《あさくさかり》……夏・生 255
浅草海苔《あさくさのり》……春・植 126
浅草祭《あさくさまつり》……夏・行 271
朝曇《あさぐもり》……夏・天 038
朝東風《あさごち》……春・天 033
朝桜《あさざくら》……春・植 064
麻座蒲団《あさざぶとん》……夏・生 219
朝寒《あささむ》……秋・時 021
朝寒《あささむ》し……秋・時 021
あさしらげ……春・植 112
朝涼《あさすず》……夏・時 020
朝鈴《あさすず》……秋・動 159
朝涼《あさすず》み……夏・生 192
麻足袋《あさたび》……夏・生 201
あさぢがはな……春・植 122
朝茶《あさちゃ》……〔風炉茶〕夏・生 218
朝茶《あさちゃ》の湯《ゆ》……〔風炉茶〕夏・生 218
胡葱《あさつき》……春・植 101
浅葱《あさつき》……春・植 101
浅漬《あさづけ》……秋・生 179
浅漬市《あさづけいち》……秋・行 227
浅漬大根《あさづけだいこん》……秋・生 179
朝燕《あさつばめ》……春・動 138
朝露《あさつゆ》……秋・天 046
朝鳥渡《あさどりわた》る……秋・動 134
朝凪《あさなぎ》……夏・天 028
朝虹《あさにじ》……夏・天 035
朝庭《あさにわ》……秋・生 196
朝寝《あさね》……春・生 191
朝《あさ》の月《つき》……秋・天 037
麻《あさ》の葉《は》……夏・植 115
麻《あさ》の花《はな》……夏・植 115
麻《あさ》の実《み》 秋……〔麻〕夏・植 115
麻暖簾《あさのれん》……夏・生 221
麻羽織《あさばおり》……夏・生 198
麻畑《あさばたけ》……夏・植 115
麻畠《あさばたけ》……夏・植 115
麻服《あさふく》……夏・生 195
麻蒲団《あさぶとん》……夏・生 218
麻干《あさほ》す……夏・生 253
麻蒔《あさま》く……春・生 198
薊《あざみ》……春・植 122
朝焼《あさやけ》……夏・天 039
朝焼雲《あさやけぐも》……夏・天 039
浅蜊《あさり》……春・動 153
浅蜊汁《あさりじる》……春・動 153
浅蜊舟《あさりぶね》……春・動 153
鯵《あじ》……夏・動 164
鯵売《あじうり》……夏・動 164
蘆牙《あしかび》……春・植 124
蘆刈《あしかり》……秋・生 203
葦刈《あしか》る……秋・生 203
蘆刈《あしか》る……秋・生 203
紫陽花《あじさい》★……夏・植 056
鯵刺《あじさし》……夏・動 156
蘆茂《あししげ》る……夏・植 118
鯵釣《あじつり》……夏・動 164
足長蜂《あしながばち》……春・動 161
蘆《あし》の秋《あき》……秋・植 113
蘆《あし》の錐《きり》……春・植 124
蘆《あし》の角《つの》★……春・植 124
蘆《あし》の花《はな》……秋・植 113
蘆《あし》の芽《め》……春・植 124
蘆原《あしはら》……秋・植 113
蘆火《あしび》……秋・生 203
馬酔木《あしび》の花《はな》……春・植 075
あしぶ……春・植 075
蘆舟《あしぶね》……秋・生 203
蘆焼《あしや》く 春……〔蘆火《あしび》〕秋・生 203
小豆《あずき》……秋・植 106
小豆洗《あずきあら》い……秋・動 165
小豆引《あずきひ》く……秋・生 201
小豆干《あずきほ》す……秋・生 201
小豆蒔《あずきま》く……夏・生 252
あずさい……夏・植 056
アスパラガス……春・植 100
東菊《あずまぎく》〔都忘れ〕春・植 095
汗《あせ》★……夏・生 243
汗《あせ》しらず……夏・生 246
汗拭《あせぬぐ》い……夏・生 202
畦塗《あぜぬり》……春・生 196
汗《あせ》の飯《めし》……夏・生 205
汗《あせ》ばむ……夏・生 243
あせび……春・植 075
畦火《あぜび》……春・生 194
畦雲雀《あぜひばり》……秋・動 140
あせぼ（馬酔木《あしび》の花《はな》）……春・植 075
あせぼ（汗疹《あせも》）……夏・生 246
畦豆《あぜまめ》……秋・植 106
あせみ……春・植 075
汗水《あせみず》……夏・生 243
汗《あせ》みどろ……夏・生 243
汗疹《あせも》……夏・生 246
汗疣《あせも》……夏・生 246
畦焼《あぜやき》……春・生 194
畦焼《あぜや》く……春・生 194
遊《あそ》び船《ぶね》……夏・生 230
暖《あたた》か……春・時 020
あたたかし……春・時 020
温《あたた》め酒《ざけ》……秋・生 183
暑《あつ》き日《ひ》……夏・時 019
暑《あつ》き夜《よ》……夏・時 019
暑苦《あつくる》し……夏・時 018
暑《あつ》さ……夏・時 018
暑《あつ》さ負《ま》け……夏・生 245
暑《あつ》し★……夏・時 018
あつとり……秋・動 138
アッパッパ……〔夏服〕夏・生 195
厚物咲《あつものざき》……秋・植 094
敦盛草《あつもりそう》……夏・植 130
あとずさり……夏・動 185
獦子鳥《あとり》……秋・動 138
花鶏《あとり》……秋・動 138
穴子《あなご》……夏・動 168
穴子鮓《あなごずし》……夏・動 168
穴子釣《あなごつり》……夏・動 168
鳳梨《アナナス》……夏・植 069
穴惑《あなまど》い……秋・動 132
アネモネ……春・植 093
虻《あぶ》……春・動 162
油蟬《あぶらぜみ》……夏・動 180
油照《あぶらでり》……夏・天 041
脂照《あぶらでり》……夏・天 041
油菜《あぶらな》……春・植 096
油虫《あぶらむし》……夏・動 186
溢蚊《あぶれか》……秋・動 152
海女《あま》……春・生 207
雨鷽《あまうそ》……春・動 136
雨蛙《あまがえる》……夏・動 144
甘柿《あまがき》……秋・植 062
あまご……夏・動 161
甘子《あまご》……秋・動 145
雨乞《あまごい》……夏・生 250
甘酒《あまざけ》……夏・生 209
甘橙《あまだいだい》……春・植 081
甘茶《あまちゃ》……春・行 223
甘茶寺《あまちゃでら》……春・行 223
甘茶仏《あまちゃぶつ》……春・行 223
天《あま》の川《がわ》★……秋・天 038
海女《あま》の笛《ふえ》……〔海女〕春・生 207
甘海苔《あまのり》……春・植 126
アマポーラ……夏・植 090
甘干《あまぼし》……秋・生 178
余《あま》り苗《なえ》……夏・植 114
アマリリス……夏・植 101
網掛《あみがけ》の鷹《たか》……秋・動 133
編笠百合《あみがさゆり》……春・植 094
網障子《あみしょうじ》……夏・生 221
網戸《あみど》……夏・生 221
雨祝《あめいわい》……夏・生 251
あめご……秋・動 145
江鮭《あめのうお》……秋・動 145
鯇魚《あめのうお》……秋・動 145
雨魚《あめのうお》……秋・動 145
雨《あめ》の月《つき》……秋・天 034
雨名月《あめめいげつ》……秋・天 034
雨休《あめやすみ》……夏・生 251
飴湯《あめゆ》……夏・生 214

秋《あき》惜《お》しむ……秋・時024
秋陰《あきかげり》……秋・天043
秋霞《あきがすみ》秋…〔霞〕春・天045
秋風《あきかぜ》★……秋・天039
秋風月《あきかぜづき》……秋・時010
秋鰹《あきがつお》……秋・動148
秋渇《あきがわ》き……秋・生189
秋狂言《あききょうげん》……秋・生188
秋草《あきくさ》★……秋・植109
秋口《あきぐち》……秋・時006
秋茱萸《あきぐみ》……秋・植079
秋雲《あきぐも》……秋・天028
秋曇《あきぐもり》……秋・天043
秋《あき》来《く》る……秋・時008
秋《あき》暮《く》るる……秋・時023
秋蚕《あきご》……秋・動168
秋蚕棚《あきごだな》……秋・動168
秋桜《あきざくら》……秋・植092
秋鯖《あきさば》……秋・動148
秋《あき》寂《さ》び……秋・時023
秋《あき》さびし……秋・生189
秋《あき》寂《さ》ぶ……秋・時023
秋寒《あきさむ》……秋・時019
秋寒《あきさむ》し……秋・時019
秋雨《あきさめ》……秋・天043
秋潮《あきしお》……秋・地055
秋時雨《あきしぐれ》……秋・天044
秋仕舞《あきじまい》……秋・生196
秋湿《あきじめり》……秋・天043
秋《あき》過《す》ぐ……秋・時024
秋涼《あきすず》し……秋・時009
秋雀《あきすずめ》……秋・動135
秋簾《あきすだれ》……秋・生185
秋《あき》澄《す》む……秋・時016
秋薔薇《あきそうび》……秋・植058
秋蕎麦《あきそば》……秋・生181
秋空《あきぞら》……秋・天028
秋高《あきたか》し……秋・天028
秋田《あきた》刈《か》る……秋・生192
秋《あき》闌《た》く……秋・時023
秋闌《あきたけなわ》……秋・時023
秋《あき》立《た》つ……秋・時008
秋田蕗《あきたふき》……夏・植109
秋近《あきちか》し……夏・時021
秋蝶《あきちょう》……秋・動153
あきつ……秋・動154
秋黴雨《あきついり》……秋・天043
秋《あき》尽《つ》く……秋・時025
秋《あき》づく……秋・時008
秋燕《あきつばめ》……秋・動135
秋出水《あきでみず》……秋・地054
秋隣《あきどなり》……夏・時021
秋《あき》ともし……秋・生184
秋半《あきなか》ば……秋・時010
秋渚《あきなぎさ》……秋・地055
秋茄子《あきなす》……秋・植098
秋茄子《あきなすび》……秋・植098
秋七草《あきななくさ》……秋・植111
秋《あき》に入《い》る……秋・時008
秋虹《あきにじ》……秋・天045
秋野《あきの》……秋・地050
秋《あき》の朝《あさ》……秋・時014
秋《あき》の朝日《あさひ》……秋・天026
秋《あき》の雨《あめ》★……秋・天043
秋《あき》の鮎《あゆ》……秋・動144
秋《あき》の袷《あわせ》……秋・生174
秋《あき》の色《いろ》……秋・天027
秋《あき》の団扇《うちわ》……秋・生185
秋《あき》の海《うみ》……秋・地054
秋《あき》の音《おと》……秋・天027
秋《あき》の蚊《か》……秋・動152
秋《あき》の限《かぎり》……秋・時024
秋《あき》の翳《かげ》……秋・天043
秋《あき》の風《かぜ》……秋・天039
秋《あき》の蚊帳《かや》……秋・生185
秋《あき》の烏《からす》……秋・動133
秋《あき》の蛙《かわず》……秋・動132
秋《あき》の気《き》……秋・時017
秋《あき》の麒麟草《きりんそう》……秋・植116
秋《あき》の金魚《きんぎょ》……秋・動144
秋《あき》の草《くさ》……秋・植109
秋《あき》の雲《くも》……秋・天028
秋《あき》の暮《くれ》★……秋・時014
秋《あき》の声《こえ》……秋・天027
秋《あき》の駒《こま》……秋・動131
秋《あき》の潮《しお》……秋・地055
秋《あき》の霜《しも》……秋・天047
秋《あき》の蟬《せみ》……秋・動153
秋《あき》の空《そら》……秋・天028
秋《あき》の田《た》……秋・地050
秋《あき》の鷹《たか》……秋・動133
秋《あき》の蝶《ちょう》……秋・動153
秋《あき》の隣《となり》……夏・時021
秋《あき》の名草《なぐさ》……秋・植111
秋《あき》の名残《なごり》……秋・時024
秋《あき》の七草《ななくさ》……秋・植111
秋《あき》の波《なみ》……秋・地054
秋《あき》の虹《にじ》……秋・天045
秋《あき》の野《の》……秋・地050
秋《あき》の蠅《はえ》……秋・動152
秋《あき》の蓮《はす》……秋・植108
秋《あき》の蜂《はち》……秋・動152
秋《あき》の初風《はつかぜ》……秋・天041
秋《あき》の初霜《はつしも》……秋・天047
秋《あき》の果《はて》……秋・時024
秋《あき》の浜《はま》……秋・地055
秋《あき》の薔薇《ばら》……秋・植058
秋《あき》の晴《はれ》……秋・天026
秋《あき》の日《ひ》……秋・天026
秋《あき》の灯《ひ》……秋・生184
秋《あき》の彼岸《ひがん》……秋・時012
秋《あき》の雛《ひな》……秋・行219
秋《あき》の昼《ひる》……秋・時014
秋《あき》の蛇《へび》……秋・動132
秋《あき》の星《ほし》……秋・天037
秋《あき》の蛍《ほたる》……秋・動151
秋《あき》の水《みず》……秋・地052
秋《あき》の湊《みなと》……秋・時024
秋《あき》の峰《みね》……秋・地049
秋《あき》の村雨《むらさめ》……秋・天043
秋《あき》の山《やま》……秋・地049
秋《あき》の夕暮《ゆうぐれ》……秋・時014
秋《あき》の夕日《ゆうひ》……秋・天026
秋《あき》の夕《ゆうべ》……秋・時014
秋《あき》の夕焼《ゆうやけ》……秋・天047
秋《あき》の行方《ゆくえ》……秋・時024
秋《あき》の夜《よ》……秋・時015
秋《あき》の宵《よい》……秋・時015
秋《あき》の雷《らい》……秋・天044
秋《あき》の炉《ろ》……秋・生187
秋《あき》の別《わかれ》……秋・時024
秋場所《あきばしょ》……秋・生188
秋薔薇《あきばら》……秋・植058
秋《あき》晴《は》るる……秋・天026
秋晴《あきばれ》……秋・天026
秋日《あきび》……秋・天026
秋日影《あきひかげ》……秋・天026
秋日傘《あきひがさ》……秋・生175
秋彼岸《あきひがん》……秋・時012
秋彼岸会《あきひがんえ》……秋・時012
秋日射《あきひざし》……秋・天026
秋日和《あきびより》……秋・天026
秋深《あきふか》し★……秋・時023
秋深《あきふか》む……秋・時023
秋《あき》更《ふ》く……秋・時023
秋遍路《あきへんろ》……秋・行222
秋北斗《あきほくと》……秋・天037
秋蛍《あきほたる》……秋・動151
秋祭《あきまつり》……秋・行221
秋真昼《あきまひる》……秋・時014
秋茗荷《あきみょうが》……秋・植102
秋《あき》めく……秋・時008
秋山《あきやま》……秋・地049
秋山家《あきやまが》……秋・地049
秋夕映《あきゆうばえ》……秋・天047
秋夕焼《あきゆうやけ》……秋・天047
秋《あき》行《ゆ》く……秋・時024
秋炉《あきろ》……秋・生187
秋《あき》を待《ま》つ……夏・時021
挙草《あげぐさ》……夏・生251
揚灯籠《あげどうろう》……秋・行213
明《あけ》の月《つき》……秋・天037
揚羽《あげは》……夏・動171
揚羽蝶《あげはちょう》……夏・動171
鳳蝶《あげはちょう》……夏・動171
揚花火《あげはなび》……秋・生170
通草《あけび》……秋・植085
木通《あけび》……秋・植085
あけびかずら……秋・植085
通草《あけび》の花《はな》……春・植088
木通《あけび》の花《はな》……春・植088
揚雲雀《あげひばり》……春・動135
あけぶ……秋・植085
明易《あけやす》……夏・時017
明易《あけやす》し……夏・時017
あご……夏・動165

五十音順 春・夏・秋の全季語総索引

●本書の「春」「夏」「秋」巻に収録した見出し季語および傍題、季語解説文中で取り上げた季語を収録した。

●配列は現代仮名遣いによる五十音順とした。

●色文字は見出し季語を示す。重要季語は、季語の後に★を付した。

●見出し季語と傍題は、ページ表示の左に、季節と部分けを示した。部分けは、時＝時候、天＝天文、地＝地理、植＝植物、動＝動物、生＝生活、行＝行事をあらわす。

●季語解説文中で触れたものについては、解説のある季語名を〔　〕内に示した。

あ

合生《あいう》……春・動 136
合《あい》オーバー……春・生 174
アイスキャンデー……夏・生 211
アイスクリーム……夏・生 211
アイスコーヒー……夏・生 210
アイスティー……夏・生 210
アイス最中《もなか》……夏・生 211
愛鳥週間《あいちょうしゅうかん》……夏・行 264
愛鳥日《あいちょうび》……夏・行 264
藍《あい》の花《はな》……秋・植 108
愛《あい》の羽根《はね》……秋・行 219
藍《あい》蒔《ま》く……春・生 198
藍浴衣《あいゆかた》……夏・生 198
アイリス……夏・植 089
青蘆《あおあし》……夏・植 118
青葦《あおあし》……夏・植 118
青蘆原《あおあしはら》……夏・植 118
青虻《あおあぶ》……春・動 162
青嵐《あおあらし》★……夏・天 026
葵《あおい》……夏・植 095
青藺《あおい》……夏・植 125
葵祭《あおいまつり》……夏・行 271
青梅《あおうめ》★……夏・植 065
青蛙《あおがえる》……夏・動 144
青柿《あおがき》……夏・植 065
青黴《あおかび》……夏・植 142
青蚊帳《あおかや》……夏・生 224
青鱚《あおぎす》……夏・動 165
青《あお》き踏《ふ》む……春・生 166
青胡瓜《あおきゅうり》……夏・植 110
青茎山葵《あおくきわさび》……春・植 102
青草《あおくさ》……夏・植 116
青胡桃《あおくるみ》……夏・植 066
青慈姑《あおぐわい》……春・植 103
青《あお》げら……秋・動 141
石蓴《あおさ》……春・植 125
青鷺《あおさぎ》……夏・動 155
石蓴採《あおさとり》……春・植 125
青山椒《あおざんしょう》……夏・植 113
蒿雀《あおじ》……夏・動 158
青鴫《あおしぎ》……秋・動 141
青時雨《あおしぐれ》……夏・植 073
青紫蘇《あおじそ》……夏・植 113
青鵐《あおしとど》……夏・動 158
青芝《あおしば》……夏・植 117
青芒《あおすすき》……夏・植 117
青薄《あおすすき》……夏・植 117
青簾《あおすだれ》……夏・生 221
青田《あおた》★……夏・地 049
青大将《あおだいしょう》……夏・動 147
青田風《あおたかぜ》……夏・地 049
青田時《あおたどき》……夏・地 049
青田波《あおたなみ》……夏・地 049
青田面《あおたのも》……夏・地 049
青田道《あおたみち》……夏・地 049
青蔦《あおつた》……夏・植 117
青梅雨《あおつゆ》……夏・天 029
青唐辛子《あおとうがらし》 夏……〔唐辛子〕秋・植 101
青蜥蜴《あおとかげ》……夏・動 146
青棗《あおなつめ》……秋・植 064
青饅《あおぬた》……春・生 178
青嶺《あおね》……夏・地 043
青野《あおの》……夏・地 046
青葉《あおば》……夏・植 073
青葉雨《あおばあめ》……夏・植 073
青萩《あおはぎ》……夏・植 118
青葉寒《あおばざむ》……夏・植 073
青葉潮《あおばしお》……夏・地 048
青葉時雨《あおばしぐれ》……夏・植 073
青芭蕉《あおばしょう》……夏・植 103
青葉木菟《あおばずく》……夏・動 151
青花《あおばな》……秋・植 121
青葉冷《あおばび》え……夏・植 073
青葉山《あおばやま》……夏・植 073
青葉闇《あおばやみ》……夏・植 074
青葉若葉《あおばわかば》……夏・植 073
青瓢簞《あおびょうたん》……秋・植 097
青瓢《あおふくべ》……秋・植 097
青葡萄《あおぶどう》……夏・植 066
青松毬《あおまつかさ》……秋・植 074
青蜜柑《あおみかん》……秋・植 066
青《あお》みどろ……夏・植 141
青水無月《あおみなづき》……夏・時 013
青麦《あおむぎ》……春・植 103
青虫《あおむし》……秋・動 167
あおやぎ……春・動 155
青柳《あおやぎ》……春・動 155
青山潮《あおやまじお》……夏・地 048
青柚《あおゆ》……夏・植 065
青柚子《あおゆず》……夏・植 065
青林檎《あおりんご》……夏・植 066
青《あお》を踏《ふ》む……春・生 166
赤家蚊《あかいえか》……夏・動 183
赤《あか》い羽根《はね》……秋・行 219
赤鱏《あかえい》……夏・動 167
赤卒《あかえんば》……秋・動 155
赤貝《あかがい》……春・動 154
赤蛙《あかがえる》……春・動 131
赤茎山葵《あかくきわさび》……春・植 102
赤《あか》げら……秋・動 141
藜《あかざ》……夏・植 127
アカシアの花《はな》……夏・植 078
赤紫蘇《あかじそ》……夏・植 113
赤蜻蛉《あかとんぼ》……秋・動 155
赤茄子《あかなす》……夏・植 110
茜掘《あかねほ》る……秋・生 201
赤《あか》のまま……秋・植 120
赤《あか》のまんま……秋・植 120
赤鯊《あかはぜ》……秋・動 147
赤腹《あかはら》……夏・動 146
赤富士《あかふじ》……夏・地 044
赤蝮《あかまむし》……夏・動 148
赤《あか》まんま……秋・植 120
赤《あか》めばる……春・動 145
上蔟祝《あがりいわい》……夏・生 256
秋《あき》★……秋・時 006
秋茜《あきあかね》……秋・動 155
秋揚《あきあ》げ……秋・生 196
秋薊《あきあざみ》……秋・植 125
秋鰺《あきあじ》……秋・動 148
秋味《あきあじ》……秋・動 150
秋暑《あきあつ》し……秋・時 008
秋袷《あきあわせ》……秋・生 174
秋《あき》あわれ……秋・生 189
秋没日《あきいりひ》……秋・天 026
秋麗《あきうらら》……秋・時 018
秋扇《あきおうぎ》……秋・生 185
秋収《あきおさ》め……秋・生 196

校正　中山英子
編集協力　兼古和昌
　　　　　高橋由佳
編集　矢野文子
制作　望月公栄
制作企画　直居裕子
資材　坂野弘明
宣伝　浦城朋子
販売　奥村浩一（以上、小学館）

読んでわかる俳句
日本の歳時記　冬・新年
2014年7月30日　初版第1刷　発行

編著　宇多喜代子
　　　西村和子
　　　中原道夫
　　　片山由美子
　　　長谷川櫂

編集　株式会社　小学館
発行者　蔵敏則
発行所　株式会社　小学館
〒101-8001
東京都千代田区一ツ橋2-3-1
編集　03-3230-5118
販売　03-5281-3555
印刷所　日本写真印刷株式会社
製本所　牧製本印刷株式会社

ISBN 978-4-09-388345-0